Доктор Живаго

# 닥터 지바고 제2권

**초판 1쇄 발행** | 2022년 11월 20일

**지은이** 보리스 파스테르나크
**옮긴이** 이영의
**발행인** 한명선

**편집팀장** 김수경
**마케팅** 김예진 **관리** 박미실 **디자인** 모리스

**주소** 서울시 종로구 평창길 329(우편번호 03003)
**문의전화** 02-394-1037(편집) 02-394-1047(마케팅)
**팩스** 02-394-1029
**전자우편** saeum98@hanmail.net
**블로그** blog.naver.com/saeumpub
**페이스북** facebook.com/saeumbooks
**인스타그램** instagram.com/saeumbooks

**발행처** (주)새움출판사
**출판등록** 1998년 8월 28일(제10-1633호)

ⓒ 이영의, 2022
ISBN 979-11-92684-09-3
ISBN 979-11-92684-10-9 04890(세트)

Доктор Живаго

# 닥터 지바고

2

보리스 파스테르나크 지음
이영의 옮김

새흠

제9장

바르이키노

# 1

겨울이 되어, 시간적 여유가 생기자, 유리 안드레예비치는 다양한 종류의 기록을 해나가기 시작했다. 그는 노트에 이렇게 썼다.

지난여름엔 튜체프*와 대화하고 싶었던 적이 얼마나 많았던가.

**멋진 여름, 아름다운 여름!**
**이것이 바로 마법이 아니런가,**
**아무 대가도 없이**
**어찌 이런 여름이 주어졌던가?**\*\*

해가 떠서 질 때까지 자신과 가족을 위해 노동을 하고, 지붕을 이고, 먹을 것을 얻기 위해 땅을 갈고, 로빈슨 크루소처럼 창조주의 우주 창조를 본떠, 어머니의 뒤를 이어 자신을 다시 새롭게 이 세상에 낳고 낳으며, 자신의 세계를 창조하는 일은 얼마나 행복한 일인가!

---

\* 표도르 이바노비치 튜체프(1803-1873)는 러시아의 가장 유명한 세 명의 시인 중 하나로 평가될 정도로 뛰어난 서정시인이다.
\*\* 「1854년 여름」이란 제목으로 튜체프가 51세 때 지은 시.

온몸과 근육을 쓰고, 땅을 파고 목수 일을 하느라 두 손이 바쁠 때마다, 육체적이고 합리적으로 해결할 수 있는 일을 계획하고 성취해 마음이 흐뭇하고 뿌듯할 때마다, 그리고 따스한 숨결로 우리의 살갗을 태우는 뜨거운 하늘 아래서, 여섯 시간이 넘도록 도끼질을 하고 땅을 일굴 때마다, 얼마나 많은 생각이 우리의 뇌리를 스치고, 얼마나 많은 새로운 상념이 떠오르는가! 혹여 그렇게 떠오른 상념과 직관과 유추 등이 기록되지 못한 채, 순식간에 사라진다 해도, 그것은 상실이 아니라, 오히려 얻는 것이리라. 둔해진 신경과 상상력을 진한 블랙커피나 담배로 자극하는 도시의 은둔자는 결코 진정한 필요에 의해, 다부진 강건함으로 만들어 낸 가장 강력한 마약을 알지 못하리라.

나는 톨스토이적 검소와 대지로의 귀향을 더 이상 언급하거나 설교하지 않을 것이며, 농업 문제에 대한 내 나름의 사회주의적 수정을 모색하지도 않겠다. 나는 그저 사실을 분명히 밝히려는 것이지, 우연히 마주친 우리의 운명을 체계화하려고 하는 것이 아니다. 우리의 경우는 논쟁의 여지가 많고, 결론을 내리는 데 적합하지도 않다. 우리의 살림살이는 지나치게 이질적인 요소들로 이루어진 것이다. 우리가 노동으로 얻은 야채와 감자의 양은 전체 생활의 일부에 불과하다. 나머지는 모두 다른 곳에서 얻고 있는 것이다.

우리가 토지를 사용하는 것은 불법이다. 정부 당국의 조사가 있을 때면, 우리는 그것을 감추곤 했다. 또한 우리의 벌목 행위는 도둑질이며, 예전에는 크류게르의 소유였다 해도, 지금은 국가의 재산을 도둑질하는 것이므로 변명의 여지가 없다. 우리가 안전한 것은 우리와 같은 방식으로 살고 있는 미쿨리친의 묵인으로 비호를 받고, 다행히 도시에서 멀리 떨어져 있어, 우리의 행위가 외부에 알려지지 않았기 때문인 것이다.

나는 진료를 그만두었고, 자유를 침해받고 싶지 않아 의사라는 사실도 밝히지 않았다. 그러나 세상 어느 곳에나 선한 사람이 있게 마련이어서, 그들은 바르이키노에 의사가 산다는 소문을 듣고, 암탉이나 계란, 버터나 여타 다른 것들을 들고, 30베르스타가 넘는 거리를 진찰을 받으러 오곤 했다. 대가를 사양했지만, 사람들은 무료로 진찰을 받으면 효험이 없다고 간주했기 때문에, 하는 수 없이 받곤 했다. 그래서 진료로 약간의 수입을 얻었다. 그러나 우리들과 미쿨리친의 중요한 후원자는 삼데뱌토프였다.

이 인물의 내면에 어떤 모순이 내재해 있는지 이해하기 쉽지는 않았다. 진심으로 그는 혁명을 지지했고, 유랴틴시 소비에트의 신임을 받을 자격도 충분했다. 그는 우리와 미쿨리친에게 아무 말 하지 않고, 자기 권한으로 바르이키노의 나무를 징발해 갈 수도 있었다. 그렇다 해도 우리는 꼼짝없이 당할 수밖에 없었다. 또한 그가 국유재산을 빼돌릴 생각만 있었다면, 자기 주머니를 얼마든지 채울 수도 있었으며, 역시 누구도 그것에 불만을 제기하지 못했을 것이다. 그는 누구를 매수할 필요도, 누구와 나누어 가질 필요도 없었다. 그런데 왜 그는 우리를 돌보고, 미쿨리친 부부를 돕고, 토르퐈나야역의 역장 같은, 이 지역의 모든 사람들을 돕는 것일까? 그는 분주히 돌아다니며, 필요한 것을 구해서 가져다주고, 동시에 도스토옙스키의 『악령』
이나 『공산당 선언』*을 흥미롭게 비평하고 해석하기도 했는데,
내 생각에는, 만약 그가 불필요한 일이긴 했지만, 자신의 삶을
그렇게 복잡하게 만들지 않았더라면, 권태로 견디지 못했을 거
라는 생각이 들었다.

**2**

얼마 후, 의사는 이렇게 썼다.

우리는 오래된 저택 뒤편에 딸린 방 두 개짜리 목조 별채에 자
리를 잡았다. 그곳은 안나 이바노브나가 어렸을 때, 크류게르
가 재봉사나 가정부, 은퇴한 유모 등을 위해 특별히 마련한 거
처였다.

그곳은 매우 낡아 보였다. 우리는 곧장 그곳을 수리했다. 손재
주가 있는 사람들의 도움을 받아 두 방으로 통하는 페치카도
새로 설치했다. 지금 이 자리에 굴뚝을 배치하니, 훨씬 더 방이
따뜻했다.

정원이 있었던 그 자리는 잡초들이 새로 자라, 모든 것을 뒤덮
어 버려, 예전의 자취가 보이지 않았다. 그러나 지금, 주변의 모

---

* 『악령』은 도스토옙스키가 1872년에 쓴 소설로, 원래 사회주의를 지지했던 작가가 사회
주의란 결국 니힐리즘에 기반한 것으로 자멸할 수밖에 없다는 반혁명적 메시지를 담은
혁명가들에 대한 내용이며, 『공산당 선언』은 마르크스와 엥겔스가 1848년에 쓴 사회주
의 선언문이다.

든 것이 죽고, 산 것이 죽은 것을 가려 주지 못하는 겨울이 되자, 눈에 뒤덮인 그 모습은 예전의 윤곽을 더 또렷하게 드러내 주었다.

운이 좋았다. 가을이 건조하고 따뜻했던 것이다. 덕분에 비와 추위가 닥치기 전에 감자를 수확할 여유가 있었다. 우리는 미쿨리친에게 빚을 갚고도 감자 스무 자루를 캐서, 지하실의 저장고에 넣고, 마룻바닥과 위쪽을 건초와 낡은 담요로 덮어 두었다. 토냐는 그 밑에 소금에 절인 오이 피클 두 통과 양배추 절임 두 통도 저장해 두었다. 싱싱한 양배추는 두 통씩 기둥 고리에 매달아 놓고, 홍당무는 건조한 모래 속에 묻어 두었다. 무와 사탕무와 순무 역시 상당량을 저장해 두었고, 완두와 다른 콩들은 대부분 다락에 보관했다. 헛간에는 봄까지 쓸 만큼의 장작을 쌓아 두었다. 겨울날, 새벽이 오기 전 이른 시간에, 금방 꺼질 듯이 희미하게 빛나는 등불을 손에 들고, 지하실 창고의 포장을 걷어 올리는 순간, 뿌리채소들과 흙과 눈의 냄새가 코를 찌르는 겨울 지하실의 따뜻한 공기는 얼마나 느꺼운가.

창고 밖으로 나온다. 날은 아직 새지 않았다. 양배추 잔뿌리가 눈 속에 아직 남아 있는 먼 채마밭 이랑에 있던 토끼들은 문을 삐걱대거나, 갑자기 재채기를 하거나, 그저 발로 뽀드득 눈을 밟기만 해도, 펄쩍 뛰어올라, 정신없이 도망치며, 여기저기 발자국을 남기고 종횡으로 사방에 눈 이랑을 만들어 낸다. 그러면 근처에 있던 개들이 하나둘 뒤를 따라 한참을 짖어 댄다. 마지막으로 수탉들은 아침 일찍 벌써 한 차례 홰를 치고 난 뒤라, 울지는 않을 것이다. 그러고 나면, 이윽고 새벽이 밝아 온다.

눈 덮인 드넓은 평원에는 토끼들의 발자국 외에도 길게 이어진 스라소니 발자국들이 한 구멍 한 구멍 단정하게 줄에 꿴 듯, 길게 가로질러 나 있곤 했다. 스라소니는 고양이처럼 조심스럽게 한 발 한 발 내디디며, 하룻밤 사이에 수 베르스타를 돌아다닌다고 했다.

그놈들을 잡으려고 이곳 사람들이 '함정'이라고 부르는 덫을 놓곤 했다. 그런데 스라소니 대신 가엾은 토끼가 덫에 걸려들어, 사람들은 반쯤 눈에 덮여 꽁꽁 얼어 있는 토끼를 파내곤 했다.

처음 봄과 여름에는 몹시 힘들었다. 녹초가 되도록 우리는 일을 했다. 그러나 이제는 겨울밤의 휴식을 즐기곤 한다. 우리에게 석유를 조달해 주는 안핌 예피모비치 덕분에 우리는 밤마다 등잔불 주위에 모여 앉곤 한다. 여자들은 바느질이나 뜨개질을 하고, 나와 알렉산드르 알렉산드로비치는 큰 소리로 책을 읽는다. 페치카는 뜨겁게 타오르고, 벌써 오래전에 불을 지피는 데 능숙해진 나는 제때에 화덕을 닫아, 열기의 손실을 막으려고 페치카를 지켜보고 있다. 장작이 숯덩이가 되어 불이 잘 붙지 않으면, 연기가 나는 숯덩이를 꺼내 들고 얼른 집 밖으로 나가 눈 속에 내던진다. 숯덩이는 불꽃을 뿌리며 허공을 날아가, 눈 속에 떨어져, 어두운 정적에 쌓여 있던 네모난 정원의 하얀 잔디밭 모서리를 환하게 밝히며 피시식 소리를 내다가 꺼져 간다.

우리는 『전쟁과 평화』와 『예브게니 오네긴』과 푸시킨의 모든 시들, 러시아어로 번역된 스탕달의 『적과 흑』과 디킨스의 『두

도시 이야기』, 그리고 클라이스트의 단편들을 읽고 또 읽었다.

# 3

봄이 올 무렵, 의사는 다음과 같이 썼다.

토냐가 임신한 것 같다. 그녀에게 그것을 이야기했다. 그녀는 나의 추측을 믿으려고 하지 않았지만, 나는 확신한다. 어떤 확실한 증거가 보이지는 않지만, 지금 보이는 작은 증상만으로도 내 눈을 속일 수는 없다.

여자의 얼굴은 변하게 된다. 그녀가 좋지 않게 변했다고 할 수는 없다. 전에는 스스로 그녀가 자기 외모를 관리할 수 있었지만, 이젠 그녀가 제어할 수가 없게 된다. 그녀 자신이 아니라, 그녀의 안에서 나오게 될 미래의 존재가 그녀를 제어하게 된다. 통제되지 않는 여자의 외모는 얼굴이 창백해지고 피부가 거칠어지며, 눈동자는 자신이 원하는 대로가 아니라, 전혀 다르게 빛나게 되는 신체적인 변화를 불러와, 마치 그녀가 자신을 돌보지 않고 방치해 두는 것처럼 보이게 되는 것이다.

토냐와 나는 서로 소원한 적이 없었다. 힘들었던 올 한 해를 보내면서는, 더 가까워졌다. 나는 토냐가 얼마나 부지런하고 강하며 정열적인지, 또 여러 가지 일을 가능한 한 시간을 아껴 합리적으로 처리하고, 얼마나 현명하게 처신하는지 보았다.

모든 임신은 원죄 없는 잉태이며, 성모와 관련된 이 교리 속에 모성의 일반적인 이념이 내포되어 있다고 믿는다.

모든 임산부는 자기 스스로 부여한 고독감과 소외감, 그리고 책임감을 느낀다. 결정적인 그 순간에 남자가 할 수 있는 일은 아무것도 없으며, 그와는 아무런 관련 없이, 모든 것이 하늘에서 뚝 떨어지는 것처럼 느끼는 법이다.

여자는 홀로 아이를 낳으며, 홀로 아이와 함께 제2의 층위, 곧 조용하고 안전하게 요람을 놓을 수 있는 곳으로 찾아 들어간다. 그리고 고요하고 온유한 상태에서 자식을 먹이고 키운다. 성모에게 '당신의 아들과 신에게 간절히 기도해 주세요.'*라고 기도한다. 그녀의 입술에서 「시편」 구절들이 쏟아져 나온다. '내 마음이 하나님 내 구주를 기뻐하였음은 그의 여종의 비천함을 돌아보셨음이라. 보라, 이제 후로는 만세에 나를 복이 있다 일컬으리로다.'** 그녀는 자기 아이를 두고 이렇게 말할 것이며, ('능하신 이가 큰일을 내게 행하셨으니'***) 그는 그녀를 찬미할 것이며, 그는 그녀의 영광이 될 것이다. 모든 여자들을 이렇게 말하리라. 그녀의 신이 자식 안에 있기 때문이다. 위인들의 어머니는 그 마음을 잘 알리라. 그리고 결국 모든 어머니는 위인들의 어머니이며, 설혹 이후의 삶이 그들을 기만한다고 해도 그것은 그들의 죄가 아니다.

---

\* 러시아정교회에서 성모에게 기도할 때 하는 말.

\*\* 누가복음 1:47~48.

\*\*\* 누가복음 1:49.

# 4

우리는 『예브게니 오네긴』과 서사시들을 수없이 반복해 읽고 있다. 어제 안핌이 선물을 가져왔다. 우리는 등불을 켜고, 배불리 먹었다. 밤새 예술에 대한 토론이 이어졌다.

나는 오래전부터 예술을 수많은 개념과 파생된 현상을 포괄하는 영역이나 혹은 범주의 명칭이 아닌, 오히려 예술 작품을 구성하는 한 요소의 명칭이자, 더 제한적이고 집중된 어떤 것, 작품 속에 구현된 힘이나 혹은 탐색된 진리의 명칭으로 생각해 왔다. 동시에 예술을 형식적 일면이나 그 대상이라고 생각한 적이 없고, 반대로 감추어진 내용의 비밀스러운 부분이라고 생각해 왔다. 그것은 너무나 자명한 사실로, 나는 온몸으로 그것을 느끼지만, 그 생각을 어떻게 표현하고 정의를 내려야 할지 모르겠다.

작품들은 테마와 상황, 구성과 주인공 등 많은 것을 통해 이야기한다. 그러나 무엇보다 작품에 내재된 예술성을 통해 이야기한다. 『죄와 벌』에 담겨진 예술성이 라스콜리니코프의 죄보다 훨씬 더 감동적인 것은 그 때문이다.

원시시대나 이집트, 그리스와 우리의 예술은 분명 동일한 것이며, 수천 년 동안 이어졌고 영원히 남게 될 유일한 것이다. 예술은 각각의 단어로 분해할 수 없는 포괄적인 삶에 대한 사상이자 주장이다. 그러한 힘의 한 알갱이가 어떤 복잡한 혼합의 구성 속에 들어가게 될 때, 예술의 이 혼합물은 나머지 모든 다른 것들의 의미를 능가해, 작품의 기반이 되고, 정신이 되고,

본질이 된다.

# 5

오한이 약간 들고 기침도 나고, 열이 조금 나는 것 같다. 목구멍이 부어올라 하루 종일 숨 쉬기가 힘들다. 상태가 좋지 않다. 심장 때문이다. 평생 심장병을 앓은 가엾은 엄마한테서 유전된 첫 징조이다. 정말 그럴까? 이렇게 일찍? 그렇다면 밝은 세상에서 살날도 얼마 남지 않았다는 말인가.

방 안에서 살짝 타는 냄새가 난다. 다림질하는 냄새다. 다림질을 하며, 아직 활활 타고 있는 페치카에서 이글거리는 숯을 꺼내 다리미에 넣으면, 위아래의 이빨이 맞물리며 다리미 뚜껑이 찰칵 소리를 낸다. 그것은 무엇인가를 떠오르게 한다. 하지만 무엇인지는 정확히 기억나지 않는다. 몸이 좋지 않아 기억이 나지 않는다.

안찜이 호두 오일로 만든 비누를 가져왔다. 너무 반가워 모두 달려들어 빨래를 했다. 슈로치카는 이틀 동안이나 아무도 말리는 사람 없이 마구 뛰어다녔다. 내가 글을 쓰고 있을 때, 슈로치카는 책상 밑으로 기어 들어가 발걸이 위에 올라앉아, 우리를 찾아올 때마다, 썰매를 태워 주는 안찜을 흉내 내며, 나를 썰매에 태워 데리고 가는 흉내를 냈다.

몸이 나아지면, 시내로 가서, 이 지역의 민속과 역사에 관한 책을 찾아 읽어야겠다. 몇몇 부자들로부터 많은 양의 장서를 기증받은 이곳 시립도서관은 매우 훌륭하다고 한다. 글을 쓰고 싶다. 서둘러야 한다. 방심하다 보면 어느새 봄이 올 것이다. 그러면 책을 읽을 수도, 글을 쓸 수도 없게 될 것이다.

두통이 점점 더 심해진다. 잠도 제대로 자지 못했다. 잠에서 깨면 아무것도 생각나지 않는 혼란스러운 꿈을 꾸곤 한다. 꿈은 사라져 버리고, 잠을 깬 원인만 머릿속에 남아 있다. 나를 깨우는 것은 허공을 울리며 꿈속에서 들려오는 여자의 목소리였다. 나는 그 소리를 기억하고, 애써 그 소리를 떠올리며, 아는 여자들을 하나하나 생각해 본다. 그들 중에서 허스키하고 조용하고 촉촉한 목소리의 주인공이 누구인지를 더듬는다. 목소리의 주인을 찾을 수 없다. 토냐의 목소리인데도, 혹시 내가 토냐와 너무 가까워 익숙하다 보니, 귀가 무디어진 것일지도 모른다고 생각한다. 나는 그녀가 나의 아내라는 사실을 잠시 무시하고, 진실을 밝힐 수 있을 정도로 충분한 거리를 두고, 그녀의 이미지를 거리를 두고 떠올려 본다. 하지만 역시 그녀의 목소리는 아니었다. 그 목소리의 주인공은 알 수 없었다.

그러면 꿈에 대해 생각해 보자. 사람들은 보통 낮에 있었던 강한 감정이 밤에 꿈으로 나타난다고 한다. 그러나 이번 경우에는 그와 반대다.

낮에는 거의 의식하지 못했던 사물들, 분명치 않은 생각들, 아무 생각 없이 무심코 던진 말들이 밤이 되면, 피와 살을 붙이고 되돌아와, 낮에 무시당한 것을 보상받기라도 하려는 듯, 꿈의 주인공이 되어 나타나는 것이다.

# 6

맑고 추운 밤이다. 보기 드물게 환하고, 또렷하게 보인다. 땅과
대기, 그리고 달과 별들이 모두 서리를 맞고 한데 결박되어 있
다. 공원을 가로지르는 가로수길에는 부조浮彫처럼 또렷해 보
이는 나무들의 선명한 그림자가 드문드문 드리워져 있었다. 그
것은 마치 어떤 검은 그림자가 계속 길을 건너는 것처럼 보인
다. 커다란 별들이 푸르른 운모의 등불처럼, 숲속의 나뭇가지
사이사이에 걸려 있었다. 여름 들판의 들국화처럼 작은 별들
이 밤하늘을 온통 수놓고 있었다.

밤마다 푸시킨에 대한 이야기가 계속된다. 푸시킨이 리체이*
시절에 쓴, 제1권에 나오는 시들을 토론하곤 했다. 음보音譜가
얼마나 많은 것을 지배하는지 모른다!

행이 긴 시들에 나타나는 소년 시절 야망의 한계는 '아르자마
스**였고, 선배들에게 뒤지고 싶지 않다는 욕망, 신화와 과장된
이야기, 꾸며 낸 음담패설, 쾌락주의, 조숙하고 가장된 냉철함
으로 숙부***를 속이려는 욕망이었다.

그러나 오시안****과 파르니*****를 모방한 것들이나 혹은, 「차르스코

---

* 러시아 귀족들이 다니던 남자 중등학교.
** 아르자마스는 러시아 낭만주의 최초의 시인인 주콥스키를 중심으로 1815년 페테르
　부르크에서 생긴 문학 단체이다. 당시 열다섯 살이었던 푸시킨은 곧바로 가입했다.
*** 시인의 숙부인 바실리 푸시킨을 말한다.
**** 3세기 전설의 켈트 음유시인.
***** 파르니(1753~1814)는 프랑스 시인으로 젊은 시절 푸시킨이 영향을 받은 인물이다.

예 셀로의 회상」*에서 시작해, 젊은 시인이 「작은 마을」과 「누이에게 부치는 편지」 같은 짧은 시행에서, 그리고 그 후의 키시뇨프 시절에 쓴 「나의 잉크병에게」와 「유진에게 부치는 편지」의 리듬에서 보여 주었던 것들, 더 나아가 미래의 푸시킨의 모든 것들이 아직 어린 소년 시절에 이미 잠재되어 있었다.

빛과 공기와 일상의 소음과 사물들과 본질적인 것들이 창문을 통해 방으로 들어오듯, 거리에서 그의 시 속으로 쏟아져 들어왔다. 외부 세계의 대상들, 일상생활의 대상들, 그리고 명사들을 빈번하게 사용하고 연결시켜 시행을 지배하면서, 모호한 언어를 배격했다. 대상, 대상, 대상들이 압운의 뼈대를 이루며 시의 양쪽에 배치되곤 했다.

나중에 유명하게 된 푸시킨의 이 4보격은 러시아 삶을 측정하는 일종의 단위이자 기준이 되었다. 그것은 마치 장화의 본을 뜨기 위해 발 형태의 윤곽을 그린다거나, 자신의 손에 맞는 장갑을 찾기 위해 치수를 맞추는 것과 같은 것이었다.

러시아 구어와 구어적 음조를 길이의 단위로 표현하게 된, 그 이후의 리듬은 네크라소프**의 3보격 운율과 강약약격에 의해서였다.

---

* 푸시킨이 차르스코예 셀로의 리체이를 졸업할 때, 러시아의 최고의 권위 있는 시인이었던 데르자빈 앞에서 낭독해 찬사를 받았던 시이다.

** 니콜라이 네크라소프(1821~1877). 18세기 초반 푸시킨을 중심으로 하는 러시아 시의 황금시대가 저물고 도스토옙스키와 톨스토이를 중심으로 하는 러시아 산문의 시대에 가장 영향력 있는 시인이자 급진적인 진보주의 사상가였으며, 그가 쓴 일련의 민요풍의 시들은 주목을 받았다.

# 7

농사일과 진료를 같이 하면서, 후세에 남길 수 있는 어떤 의미 있는 일을 구상하고, 과학 논문이라든가 예술 작품 같은 것을 쓸 수 있다면 얼마나 좋을까.

누구든 모든 것을 깨닫고, 경험하고, 표현할 수 있는 파우스트로 태어난다. 파우스트는 선조들과 동시대인들이 저지른 잘못을 걱정하다가 과학자가 되었다. 과학의 발달은 대립의 법칙에 따라, 지배적인 오류와 잘못된 이론을 반박하며 이루어진다. 파우스트가 예술가가 될 수 있었던 것은 전염성 강한 스승들의 본보기 덕분이었다. 예술의 진보는 인력의 법칙에 따라, 사랑하는 선구자에 대한 모방과 계승과 찬양을 통해 이루어진다.

내가 일하고 진료하고 글을 쓰는 데 방해되는 것은 무엇일까? 그것은 궁핍이나 방황 때문이 아니며, 불안정이나 빈번한 변화 때문도 아니다. 그것은 미래의 새벽이라느니, 새로운 세계의 건설이라느니, 인류의 등불이라느니 하는 공허한 구호로 만연된 우리 시대의 정신 때문이라고 생각한다. 그런 말을 들으면, 사람들은 처음에는 상상력이 풍부하고 뛰어나다고 생각한다. 하지만 사실 그것은 재능의 결핍에서 오는 허풍일 뿐이다.

천재의 손을 거친 평범한 것이야말로 진정 경이로운 것이다. 그런 측면에서 가장 최고의 실례는 푸시킨이다. 그의 시는 순수한 노동과 의무와 일상적인 풍습에 대한 진정한 최고의 찬가 아닌가! 지금 우리들은 '소시민'이니 '속인'이니 하는 명칭을 비아냥으로 여긴다. 그는 이런 비난을 「나의 가문」 속 한 구절에서 이미 예견했다.

나는 소시민, 나는 소시민.*

그리고 「오네긴의 여행」에는 이런 구절도 있다.

지금 나의 이상은 가정주부,
나의 소망은 평온,
그리고 커다란 야채국 한 사발.**

러시아적인 모든 것 가운데, 지금 내가 가장 좋아하는 것은 푸시킨과 체호프의 아이 같은 러시아적 순박함이며, 인류의 궁극적 목표니, 자신의 구원이니 하는 거창한 것들에 대한 겸손한 무심함이다. 이런 모든 문제를 이해하고 있으면서도, 그들은 전혀 자만하거나 나서지 않았으며, 분수를 잃지도 않았다! 고골, 톨스토이, 도스토옙스키는 죽음을 준비하고, 고민하고, 의미를 추구하고, 결론을 이끌어 내려 했지만, 푸시킨과 체호프는 끝까지 그들에게 부여된 예술가로서의 소명이라는 당면한 요소에만 몰입했으며, 자신의 소명을 완수하며 극히 평범하게, 다른 사람들과 아무 관계도 맺지 않는 개인적인 삶을 살았다. 그런데, 이제는 그들의 개인성이 나무에서 따낸 덜 익은

---

* 1930년에 푸시킨이 쓴 「나의 가문」 속 이 구절은 후렴처럼 반복된다.
** 푸시킨의 운문소설 『예브게니 오네긴』(1823~1830)의 '오네긴의 여행' 장의 18연에 나오는 구절이다.

사과가 대를 이어 점점 그 맛과 의미를 더하며 저절로 익어가 듯, 보편적인 관심사로 바뀌어 가고 있다.

# 8

봄의 첫 전조는 해빙이다. 마치, 달력 자체가 운을 맞춘 듯, 마슬레니차 기간 동안, 대기 중에는 블린과 보드카 냄새가 진동한다.* 한낮, 숲속에서 태양은 미끈거리는 눈을 껌뻑이며 졸고, 숲은 속눈썹 같은 바늘잎을 졸린 듯 깜박이며, 한낮의 웅덩이는 반짝반짝 빛난다. 모든 자연이 하품을 하고, 기지개를 켜고, 몸을 뒤척이다, 다시 잠이 든다.

『예브게니 오네긴』의 제7장에서는 봄, 오네긴이 떠난 뒤 황폐해진 저택, 산 아래 개울가에 있는 렌스키의 무덤 등이 묘사된다.

**그리고 봄의 연인, 꾀꼬리가**
**밤새 울어 댄다. 들장미가 핀다.**

왜 '연인'일까? 이 수식어는 대체로 자연스럽고 적절해 보인다. 실제로 연인이다. 그 외에도 들장미란 단어와 각운이 맞다.** 그

---

* 마슬레니차는 러시아 전역에서 매년 러시아정교회의 사순절 직전 일주일 동안 열리는 축제로 2월 말~3월 초에 열린다. 긴 겨울이 끝나 갈 무렵, 금식이 시작되는 사순절 전에 기름지고 영양가 높은 음식을 먹고 술을 마시며 흥겹게 새로운 봄을 맞이하는 축제를 벌였는데, 이때 주로 기름에 구운 블린, 일종의 팬케이크와 보드카를 즐겼다.
** 러시아어로 '연인'은 '류보브니크'이고 '들장미'는 '쉬포브니크'로 각운이 맞다.

러나 음의 이미지상, 러시아 고대 설화 속에 나오는 '꾀꼬리-산
적'*에서 따온 것은 아닐까.

설화에서 그는 오지크만티예프의 아들로 '꾀꼬리-산적'이라고
불렸다. 그에 대해 얼마나 잘 묘사되어 있는지!


그가 내는 소리일까, 꾀꼬리의 휘파람 소리일까,

그가 내는 소리일까, 짐승의 울부짖는 소리일까,

모든 풀과 잔디가 떨고,

모든 푸른 꽃들이 떨어진다.

어두운 숲속 나무들도 모두 땅바닥에 엎드리니,

사람이란 사람은 모두 죽어 넘어지는구나.


우리는 이른 봄에 바르이키노에 왔다. 순식간에 모든 것이 푸
르게 변했고, 특히 슈티마라고 불리는 미쿨리친의 집 아래에
있는 골짜기에 자란 오리나무, 개암나무, 벚나무들은 더 빨리
푸르게 자라났다. 며칠 밤이 지나자, 꾀꼬리도 울어 대기 시작
했다.

나는 그 소리를 처음 들은 사람처럼, 다시 감동을 받는다. 다
른 많은 새들의 지저귐과 달리, 점점 변해 가지 않고, 순간적으
로 도약하는 그 선율은 얼마나 독특하며, 그 본질적인 특성은
얼마나 풍요롭고 독특한 노래를 완성해 주는가. 다양한 선율
의 변화는 얼마나 경이로우며, 멀리 울려 퍼지는 독특한 울음

* '꾀꼬리-산적'의 러시아어 음은 '솔로베이-라즈보이니크'이다.

소리는 얼마나 강렬한가! 투르게네프는 어디선가* 이 지저귐과 숲속 요정의 휘파람 소리, 그리고 종달새의 단속음을 묘사한 적이 있었다. 다음의 두 구절이 매우 인상적이었다. 그 하나는 때론 삼박자씩, 때론 셀 수도 없이 빠르고 집요하며 화려하게 '쨱-쨱-쨱'거리는 소리와 그에 화답이라도 하듯, 이슬에 흠뻑 젖은 풀숲이 간지럼을 타듯 몸을 떨어 이슬을 털어 내고 몸단 장을 한다는 것이었다. 다른 하나는 두 음절로 나뉜, '오치-니 시! 오치-니시! 오치-니시!'** 하는 소리가 마치 어떤 부탁이나 충고를 하는 듯한 호소와 간절한 애원의 소리라는 것이었다.

# 9

봄이다. 농사일을 준비하고 있다. 일기를 쓸 여유가 없다. 글을 쓰는 것이 즐거웠는데. 그러나 겨울까지는 미뤄야 할 것 같다. 며칠 전, 정말로 눈이 녹는 마슬레니차 주간에, 병든 농부가 썰매를 타고 물웅덩이와 흙탕길을 지나 우리 집으로 왔다. 물 론 나는 진료를 할 수 없다고 거부했다. '죄송하지만, 저는 이 제 진료하지 않습니다. 지금 필요한 약도 없고, 진료 기구도 없 어요.' 그러나 그는 막무가내였다. '도와주세요. 피부가 이상해 요. 이놈을 불쌍히 여겨 주세요. 몸에 병이 났어요.'

어쩌겠는가? 심장이 돌은 아닌데. 진찰하기로 했다. '옷을 벗

---

* 투르게네프 후기 작품집 『문학적 회상』에서 '나이팅게일에 대하여'라는 제목이 붙은 글에 나온다.
** '오치-니시'는 '일어-나라'라는 의미를 갖고 있다.

으세요.' 나는 조심스럽게 그를 살폈다. '낭창이군요.' 그를 진찰하며, 창문 앞에 놓인 석탄산 병을 흘끗 쳐다본다(오 하나님, 그것이 어디서 났는지, 그리고 다른 온갖 생필품들이 어디서 났는지 묻지 마세요! 그 모든 것은 삼데뱌토프에게서 온 것이니까요). 그런데 마당으로 썰매 하나가 또 들어오는 것이 보여서, 처음에는 다른 환자일 것이라고 판단했다. 그러나 갑자기 나타난 사람은 동생 예브그라프가 아닌가. 곧장 토냐, 슈로치카, 알렉산드르 알렉산드로비치가 그를 반갑게 맞았다. 나는 일을 마치고 밖으로 나가 그들과 합류했다. 어디에서 오는 길이냐, 어떻게 지냈느냐며 질문을 퍼붓기 시작했다. 그는 여느 때처럼 질문을 회피하고 외면하면서, 한마디도 제대로 대답하지 않았고, 그저 웃거나 어깨를 들썩일 뿐, 알쏭달쏭한 이야기만 늘어놓았다.

그는 유랴틴을 자주 방문하며 거의 이 주 동안이나 머물다가, 어느 날 갑자기 땅속으로 사라진 듯, 자취를 감추었다. 그동안 나는 그가 삼데뱌토프보다 더 큰 영향력을 갖고 있다는 것을 알게 되었지만, 그의 임무나 연줄은 더욱 알기 어려웠다. 그는 어디서 온 것일까? 그는 어떻게 그런 권력을 가지게 되었을까? 그의 직업은 무엇일까? 그는 사라지기 전에, 토냐에게는 슈로치카를 돌볼 수 있게 해주고, 나에게는 진료를 하고, 문학에 열중할 여유를 갖게 해주겠다고 약속했다. 우리는 그가 어떻게 그렇게 해줄 수 있다는 것인지 궁금해 물어보았다. 그는 역시 말없이 미소만 지을 뿐이었다. 그러나 그것은 거짓말이 아니었다. 우리의 생활에 변화의 조짐이 나타난 것이다.

정말 이상한 일이다! 그가 나의 이복동생이라니. 그는 나와 성이 같다. 하지만 솔직히 말해서 그를 가장 모르는 사람이 나일 것이다.

이렇게 그는 두 번이나, 모든 어려움을 해결해 주는 구원자요, 선한 영웅으로 내 인생에 끼어들었다. 어쩌면 모든 사람의 인생에는 실제로 어떤 역할을 맡은 인물들 외에, 청하지 않아도 도움을 주려고 나타나는 수수께끼 같은 미지의 초자연적인 힘이나 아주 상징적인 인물이 존재하곤 하는데, 내 인생에는 그 역할을 동생 예브그라프가 하는지도 모르겠다!


여기에서 유리 안드레예비치의 기록은 끝났다. 그는 더 이상 기록을 할 수 없었다.


## 10


유리 안드레예비치는 유랴틴 시립도서관 열람실에서 빌린 책을 훑어보고 있었다. 수많은 창문이 달린, 백여 명 정도가 들어갈 수 있는 넓은 열람실에는 긴 책상들이 창문 쪽에 바짝 붙은 채, 반듯하게 줄지어 놓여 있었다. 어둠이 지면, 열람실은 문을 닫았다. 봄철에는 시내에 전기가 들어오지 않았기 때문이다. 유리 안드레예비치는 어둠이 내릴 때까지 자리에 남아 있거나, 저녁식사 시간 이후에 시내에 머문 적이 없었다.

그는 미쿨리친이 빌려준 말을 삼데뱌토프의 집 마당에 매어 두고, 오전 내내 책을 읽고 나서, 오후에는 말을 타고 바르이키노의 집으로 돌아가곤 했다.

도서관을 다니기 전에는 유리 안드레예비치가 유랴틴에 가는 일은 거의 없었다. 시내에 특별히 볼일이 없었던 터였다. 그래서 의사는 그곳을 잘 알지 못했다. 그의 자리에서 가깝든 좀 떨어졌든, 열람실 안에 유랴틴 주민들이 점점 들어차면, 유리 안드레예비치는 자신이 마치 사람들이 북적이는 어느 한 교차로에 서서 시내 사람들과 교류를 하는 듯한 느낌이 들었고, 유랴틴 주민들이 책을 읽으려고 열람실 안으로 몰려드는 것이 아니라, 그들이 살고 있는 집이나 거리가 열람실 안으로 몰려드는 듯한 느낌이 들었다.

그러나 열람실 창문을 통해서 보이는 것은 상상 속의 유랴틴이 아닌 현실의 유랴틴이었다. 중앙의 가장 큰 창문 옆에 끓인 물을 담아 놓은 통이 놓여 있었다. 책을 읽던 사람들은 휴식을 취하려고 계단으로 나가 담배를 피우거나 물통 주위로 몰려들어 물을 마시고는, 남은 물을 물통에 버리기도 하고, 창가에 서서 도시의 풍경을 바라보기도 했다.

책을 읽는 사람은 두 부류였다. 대부분 이 지방의 나이 든 인텔리였고, 나머지는 일반 시민들이었다.

첫째 부류의 대부분은 여자들이었다. 그들은 허름한 옷차림에 몸단장도 하지 않고 축 처져 있었고, 굶주림과 황달, 혹은 종기 등 갖가지 원인으로 피부가 늘어지고 얼굴이 여위어, 병색이 완연했다. 그들은 열람실의 단골손님들로 도서관 사서들과 개인적으로 가까웠고, 이곳을 자기 집처럼 여겼다.

붉고 건강한 얼굴의 일반 시민들은 명절 때처럼 말끔하게 옷을 차려입고, 교회를 들어오듯 쭈뼛거리며 소심하게 열람실 안으로 들어오곤 했다. 그들은 예의에 어긋나게 소란을 떨며 열람실로 들어오곤 했는데, 그것은 그들이 규칙을 몰라서가 아니라, 절대 소음을 내지 않으려는 긴장감 때문에 오히려 요란한 발소리와 목소리를 조절하지 못한 때문이었다.

창문 맞은편 벽에 움푹 들어간 공간이 있었다. 높은 카운터 때문에 열람실의 나머지 공간과 분리된 이곳에서 나이 든 사서와 조수 두 명이 사무를 보고 있었다. 조수들 중 사납게 보이는 얼굴에 털목도리를 두른 한 여자는 계속 코안경을 썼다 벗었다 하곤 했는데, 그것은 아마도 안경이 필요해서라기보다는, 기분에 따라 하는 행동 같았다. 검은색 실크 상의를 입은 다른 한 여자는 폐가 좋지 않은지, 손수건을 코와 입에 계속 대고 있었는데, 심지어는 말을 하거나 숨을 쉴 때도 그랬다.

통통 부어 있거나 홀쭉한 얼굴에 푸석푸석하고 생기 없이 축 늘어진 절반이 넘는 열람자들의 피부와 마찬가지로, 절인 오이나 회색 곰팡이처럼 푸르뎅뎅한 검은 얼굴을 한 직원들은 교대로, 새로 온 열람자들에게 도서관 이용법을 나직한 목소리로 설명해 주거나, 도서 청구 카드를 정리하기도 하고, 책을 주고받거나, 틈틈이 연차보고서 같은 것을 작성하기도 했다.

열람실 안에서 상상하던 도시와 창밖에 보이는 실제 도시의 풍경을 목격하게 되자, 어떤 알 수 없는 연상 작용에 의한 것인지, 아니면 모두가 갑상선종에 걸린 것처럼, 똑같이 사색이 된 퉁퉁 부은 얼굴들의 유사성 때문이었는지, 유리 안드레예비치는 이상하게도 그들이 도착하던 날 아침, 유랴틴의 철로에서 본 여자 전철수의 심술궂은 얼굴과 멀리 보이던 도시의 원경과 객실 바닥에 나란히 앉아 있던 삼데뱌토프와 그때 그가 설명해 준 이야기가 머리에 떠올랐다. 유리 안드레예비치는 그때 시내에서 아주 멀리 떨어진 거리에서 들었던 이야기와 지금 가까운 이곳, 시내 한복판의 지도에서 보이는 것들을 연결 지어 보려 했지만, 삼데뱌토프가 말해 준 지명이 기억나지 않아, 아무것도 생각해 낼 수 없었다.

## 11

유리 안드레예비치는 책이 잔뜩 쌓인 열람실의 한쪽 구석에 앉아 있었다. 그 앞에 지방자치체의 통계간행물 몇 권과 이 지방의 민속에 관한 보고서 몇 권이 놓여 있었다. 그는 푸가초프의 역사에 대한 연구서 두 권도 청구했지만, 실크 상의를 입은 도서관 사서가 손수건을 입에 댄 채, 그렇게 많은 책을 한 사람에게 빌려줄 수는 없고, 필요한 연구서들을 대출받기 위해서는 빌렸던 잡지와 보고서를 반납해야 한다고 말했다.

그 때문에 유리 안드레예비치는 꼭 필요한 책만 골라 놓고, 나머지는 관심 가는 역사 연구서로 바꾸어 청구하려고, 아직 정리되지 않은 책들을 서둘러 열심히 훑어보았다. 그는 주위에 눈길 한 번 돌리지 않고, 온전히 집중해 책들을 빨리 뒤적이며 부지런히 눈을 굴려 목차를 훑어보았다. 열람실 안에는 사람들이 많았지만, 아무런 방해가 되지 않았고, 산만하게 느껴지지도 않았다. 그는 책에서 눈을 들지 않고, 옆 좌석에 앉은 사람들을 눈여겨보며, 그의 오른쪽과 왼쪽에 앉은 사람들이 그가 돌아가기 전에는, 창밖으로 보이는 교회와 집들이 자리를 차지하고 있듯, 계속 자리를 지키고 있을 것 같다는 생각이 들었다.

그 사이에도 태양은 가만히 멈춰 있지 않았다. 태양은 계속 자리를 옮기며, 도서관의 동쪽 귀퉁이로 돌아갔다. 태양이 남쪽 창문을 비추자, 그 근처에 가까이 앉아 있던 사람들은 눈이 부셔 책을 읽을 수가 없었다.

감기에 걸린 사서가 칸막이 쳐진 높은 곳에서 내려와 창 쪽으로 걸어갔다. 창문에는 기분 좋게 햇빛을 가려 주는 부드럽고 주름진 흰색 커튼이 달려 있었다. 사서는 창문 하나만 남기고 커튼을 모두 내렸다. 아직 그늘진 끝부분의 창문 커튼은 내리지 않았다. 그녀는 계속 콜록거리며 줄을 잡아당겨 창문의 접이식 환기창을 열었다.

그녀가 열 번인가, 열두어 번 정도를 콜록거렸을 때, 유리 안드레예비치는 그녀가 미쿨리친의 처제이자, 삼데뱌토프가 말한 툰체프 집안의 네 자매 중 하나라는 것을 알아챘다. 다른 열람자들을 따라, 유리 안드레예비치도 고개를 들어 그녀를 쳐다보았다.

그 순간, 열람실 안에 조금 변화가 생겼다는 것을 알게 되었다. 맞은편 끝에 새로운 열람자가 자리해 있었다. 유리 안드레예비치는 한눈에 그녀가 안티포바라는 사실을 알아챘다. 그녀는 의사에게 등을 돌린 채, 의사 앞쪽 줄의 책상에 앉아, 그곳에 서서 허리를 굽힌 채 속삭이고 있는 감기 걸린 사서에게 나직하게 말을 하고 있었다. 그들의 대화가 사서에게 좋은 영향을 끼친 듯 보였다. 그녀는 순식간에 짜증나는 감기 증상이 멈추었을 뿐만 아니라, 곤두서 있던 신경이 안정된 것처럼 보였다. 그녀는 안티포바에게 고개를 까닥하며 따뜻한 감사의 눈길을 보내고는, 계속 입을 막고 있던 손수건을 거두어 주머니에 넣고, 만족스러운 여유 있는 미소를 지으며, 칸막이 뒤 자기 자리로 돌아갔다.

사소했지만, 감동적인 이 장면은 그곳에 있던 몇몇 사람들의 눈에 띄었다. 열람실 여기저기에 앉아 있던 사람들이 한결같이 안티포바를 흐뭇하게 바라보며 미소를 보냈다. 유리 안드레예비치는 이 작은 반응을 통해, 그녀가 이 도시 사람들과

닥터 지바고 2

잘 알고 지내며, 사랑받고 있다는 것을 알 수 있었다.

## 12

처음, 유리 안드레예비치는 곧바로 자리에서 일어나 라리사 표도로브나에게 다가가려고 했다. 그러나 곧 자신의 원래 성격과는 맞지 않게, 그의 내부에 자리한 그녀에 대한 거북함과 복잡한 심경이 더 강하게 그를 막았다. 그는 그녀를 방해하지 말고, 계속 공부하자는 결론을 내렸다. 그는 그녀 쪽을 바라보고 싶은 유혹을 떨쳐 내려고, 의자를 책상 옆으로 돌려 열람자들과 등을 지고는, 한 손으로는 책을 앞으로 들고, 다른 손으로는 무릎에 올려놓은 다른 책을 잡고 집중해 책을 읽었다.

하지만 그의 생각은 공부와는 동떨어진 다른 곳을 맴돌고 있었다. 이런 상황과는 전혀 무관하게도, 그는 불현듯 언젠가 바르이키노의 겨울밤, 꿈속에서 들려왔던 목소리가 안티포바의 목소리였다는 사실을 깨달았다. 그 사실에 깜짝 놀란 그는 안티포바가 보이는 쪽으로 다시 의자를 돌리고는, 주변 사람들이 쳐다보는데도 상관하지 않고, 그녀를 주시하기 시작했다.

그는 반쯤 등을 돌리고 있는 그녀의 바로 뒤에서 그녀를 보고 있었다. 그녀는 밝은 체크무늬 블라우스에 벨트를 매고 있었고, 어린아이처럼 고개를 오른쪽 어깨 위로 약간 기울인 채, 온통 책에 빠져 있었다. 그녀는 가끔 생각에 잠기기도 하고 천장을 올려다보거나 눈을 가늘게 뜨고 멍하니 앞쪽 어딘가를 바라보기도 했으며, 다시 손에 턱을 괴고 재빠르게 연필을 움직이며 책 속의 구절을 노트에 옮겨 적기도 했다.

유리 안드레예비치는 예전의 멜류제예프에서 느꼈던 인상을 떠올리며 확신했다. '그녀는 다른 사람에게 잘 보이려고 애쓰지 않는 것 같아. 예쁘게 보이고 싶다거나 남의 이목을 끌고 싶어 하지 않는 거야.' 하고 그는 생각했다. '그녀는 여성의 본성을 무시함으로써, 자신의 아름다움에 스스로 벌을 주는 거야. 그런데 오히려 자신에 대한 그런 도도한 적대감이 그녀의 매력을 열 배나 더 배가시켜 주고 있는 거야.

그녀가 하는 모든 행동은 얼마나 멋진가. 그녀는 독서란 인간만의 고상한 행위가 아니라, 동물들도 할 수 있는 단순한 행동이라는 듯이 책을 읽고 있어. 마치 물을 긷거나 감자 껍질을 벗기는 일처럼 말이야.'

그런 생각을 하는 동안, 의사는 마음의 안정을 찾았다. 모처럼 그의 마음에 평화가 찾아왔다. 복잡한 여러 가지 문제들로 생각이 혼란스럽거나 산만하던 것이 사라졌다. 그는 자신도 모르게 미소를 지었다. 안티포바의 존재가 신경이 곤두서 있던 사서에게 영향을 끼친 것처럼, 그에게도 똑같은 영향을 준 것 같았다.

그는 의자의 위치가 신경 쓰이거나 방해가 되지도 않았고, 정신이 혼란스러워지지도 않았으며, 안티포바가 나타나기 전보다 더 정신을 집중해 한 시간에서 한 시간 반 정도 공부를 계속했다. 그는 눈앞에 산더미처럼 쌓인 책들을 분류해 우선 필요한 책들을 골라냈고, 내친김에 그 안에 담긴 중요한 논문 두 편을 살펴보았다. 자신이 한 일에 만족하며 접수대로 책을 가져가려고 정리했다. 그는 여러 가지 온갖 잡념과 어색한 감정을 털어내 버렸다. 그리고 다른 어떤 불순한 의도 없이, 순수한 마음으로 성실하게 공부를 마친 자신이 이제 옛 지인을 만나 인사할 권리가 있다고 생각했다. 그러나 몸을 일으켜 열람실을 둘러보았을 때, 안티포바는 이미 열람실 안에 없었다.

의사가 자신이 본 책들과 팸플릿을 가져간 카운터 위에, 안티포바가 반납한 책들이 아직 정리되지 않은 채 놓여 있었다. 모두 마르크시즘에 대한 참고서였다. 아마 전직 교사였던 그녀가 다시 복직하기 위해 집에서 정치 분야를 자습하고 있는 것 같았다.

라리사 표도로브나가 제출한 대출 용지가 책 속에 그대로 끼워져 있었다. 용지 끝부분이 밖으로 삐져나와 있었다. 거기에 라리사 표도로브나의 주소가 적혀 있었다. 그것을 그는 손쉽게 읽을 수가 있었다. 유리 안드레예비치는 주소를 베껴 쓰다가, 이상한 명칭에 놀랐다. '쿠페체스카야 거리, 조각상이 있는 건물 맞은편.'

유리 안드레예비치가 그곳의 어떤 사람에게 물어보고서야, 유랴틴에서 '조각상이 있는 건물'이라는 명칭은, 모스크바에서 교구의 명칭을 붙이거나, 페테르부르크에서 '다섯 모퉁이 옆'이라는 명칭처럼 통용된다는 사실을 알려 주었다.

그 건물은 백 년 전에 어느 연극 애호가였던 상인의 개인 극장으로, 조각상이 새겨진 기둥과 손에 심벌즈, 하프, 그리고 가면을 든 고대 뮤즈들의 조각상들이 있는 진회색 강철 빛깔의 건물을 가리키는 말이었다. 나중에 상인의 상속자들이 건물을 상인 조합에 팔았는데, 그곳의 거리 이름을 건물의 명칭으로 부르게 되었다. 지금은 조각상들이 있는 그 건물이 당의 시 위원회로 사용되고 있어, 산 밑으로 경사진 이 건물의 지하 벽에는 예전에 극장과 교회의 광고문이 붙어 있던 자리에, 지금은 정부의 법령과 결정문이 붙어 있었다.


## 13


춥고 바람이 부는 5월 초순이었다. 유리 안드레예비치는 시내에서 잠깐 볼일을 보고, 잠시 도서관에 들른 다음, 갑자기 모든 계획을 바꾸어, 안티포바를 찾아갔다.

바람이 자꾸 모래와 먼지구름을 일으켜 그의 앞길을 방해했다. 의사는 몸을 돌려 고개를 숙인 채, 눈을 감고 먼지바람이 지나기를 기다렸다가 앞으로 걸어가곤 했다.

안티포바가 살고 있는 곳은 낯선 조각상들이 있는 도로 가장자리의 진청색 건물 맞은편의 노보스발로치니 교차로의 쿠페체스카야 골목이었다. 그곳의 건물은 이름처럼 이상하고 불길한 느낌을 주었다.

건물 맨 위층에는 사람 키의 1.5배쯤 되는 신화 속 여인들의 조각상들이 죽 늘어서 있었다. 두 번에 걸친 흙먼지 바람에 건물 전면이 뒤덮여 있는 동안, 의사는 집 안에 있는 모든 여자들이 건물에서 발코니로 나와 난간에 기대서서, 자신과 쿠페체스카야 골목을 내려다보는 느낌이 들었다.

안티포바의 집으로 들어가는 입구는 두 곳이었는데, 대로에서 들어가는 정문 현관과 골목길에서 마당을 통해 들어가는 곳이었다. 첫 번째 입구가 있는 것을 몰랐던 그는 두 번째 입구로 들어섰다.

그가 골목길에서 문으로 돌아서자, 바람이 마당에 널린 쓰레기와 흙먼지를 공중으로 불어 올려 의사의 시야를 가렸다. 그의 발밑에 있던 암탉들이 쫓아오는 수탉을 피해, 시커먼 장막 뒤로 꼬꼬댁거리며 도망쳤다.

먼지구름이 가라앉자, 우물가에 있는 안티포바가 눈에 들어 왔다. 그녀는 벌써 물을 가득 채운 물통 두 개를 멜대에 걸어 왼쪽 어깨에 걸치고 있었는데, 회오리바람이 그녀가 있는 쪽으로 불었다. 그녀는 머리에 먼지를 뒤집어쓸까 봐, 얼른 머릿수건으로 이마에 '뻐꾸기'형 매듭을 지어 머리를 싸맸고,

날리는 외투의 아랫단을 두 무릎으로 눌렀다. 그녀는 이내 물통을 지고 집으로 가려다가, 또다시 불어온 바람에 걸음을 멈추었다. 바람이 그녀의 머리에서 수건을 벗겨 머리카락을 헝클어뜨리고는, 아직 암탉들이 꼬꼬댁거리는 담장 끝으로 날려 버렸다.

유리 안드레예비치는 얼른 달려가 수건을 주워, 어리둥절한 표정으로 우물가에 서 있는 안티포바에게 수건을 건넸다. 그녀는 평소의 느긋한 성격대로 놀라거나 당황하는 기색을 보이지 않았다. 그저 이렇게 한마디를 했을 뿐이다.

"지바고!"

"라리사 표도로브나!"

"어떻게 된 일이에요? 무슨 일이죠?"

"물통을 내려놔요. 내가 들어다 주겠소."

"저는 하던 일을 중단하거나 미루지 않아요. 절 만나러 오신 거라면 같이 가세요."

"그럼 누굴 만나러 왔겠소?"

"누가 그걸 알겠어요?"

"아무튼 당신의 어깨에 들린 멜대는 내가 메고 가겠소. 힘들게 일하는 당신을 보고 내버려 둘 수는 없지 않소."

"힘들 것까지는 없어요. 그냥 놔두세요. 계단에 물만 흘릴걸요. 무슨 바람이 불어, 이곳을 찾아오셨죠? 이곳에 일 년 동안 살면서도 한 번도 저를 찾거나 찾을 여유가 없었던 것 같은데요."

"우리가 이곳에 온 것을 어떻게 알았소?"

"소문이 다 퍼졌어요. 그리고 도서관에서 당신을 본 적도 있어요."

"그럼 왜 아는 척하지 않았소?"

"절 보지 못했다는 말을 믿으라는 것은 아니겠죠."

물통이 흔들리는 바람에 살짝 비틀대는 라리사 표도로브나의 뒤를 따라 의사는 나지막한 아치문으로 들어갔다. 그곳은 컴컴한 지하실 입구였다. 그곳에서 그녀는 얼른 몸을 숙여 바닥에 물통을 내려놓고 어깨에서 멜대를 벗고는 허리를 펴며, 작은 손수건으로 두 손을 닦았다.

"가세요. 안쪽 통로를 통해 현관으로 안내할게요. 그곳은 밝아요. 잠깐 거기서 기다려 주세요. 저는 뒷문에 물통을 갖다 놓고 위층을 대충 치운 다음, 옷도 갈아입어야 해요. 이곳의 계단이 정말 멋지지 않아요? 철제 계단에 무늬도 새겨져 있어요. 위에서 보면 한눈에 다 내려다보여요. 오래된 건물이에요. 폭격이 있던 날, 약간 흔들리긴 했지만요. 포격을 당했어요. 여기 보세요, 벽돌 사이가 벌어져 있죠? 카텐카와 저는 외출할 때면, 이 구멍에 방 열쇠를 넣고 벽돌을 올려 두죠. 잘 기억해 두세요. 혹시라도 제가 없을 때, 이곳을 들르게 되면, 부탁이니 편하게 생각하시고 문을 열고 들어오세요. 저는 금방 돌아올 거예요. 보세요, 여기 이렇게 열쇠가 있잖아요. 하지만 지금은 필요 없어요. 뒤로 돌아가서 안쪽으로 문을 열면 되거든요. 한 가지 골칫거리는 쥐가 많다는 거예요. 쥐들이 너무 많아 손을 쓸 수가 없어요. 머리 위로 뛰어다닐 정도니까요. 이렇게 건물이 낡은 것 좀 보세요. 벽들이 갈라지고 여기저기 틈이 많아요. 최대한 쥐구멍을 막아 보긴 하지만, 별 도움이 안 돼요. 언제 한번 오셔서 도와주시겠어요? 같이 마룻바닥과 언저리에 난 틈을 막으면 좋겠어요. 괜찮죠? 그럼, 여기 층계참에서 잠깐 기다리며 해결책을 생각 좀 해보세요. 조금 기다리시면, 곧 부를게요."

유리 안드레예비치는 그녀가 부르기를 기다리며 칠이 벗겨진 입구의 벽면과 계단의 철제 발판을 둘러보았다. 그는 생각에 잠겼다. '열람실에서 독서에 열중한 그녀의 모습을 이런 육체노동에 쏟는 열정과 비교했었지. 그런데 반대로 그녀는 전혀 힘들이지 않고 책을 읽듯 가볍게 물을 긷고 있어. 그녀는 모든 면에서 아주 유연해. 오래전 어린 시절부터 그녀는 이렇게 인생을 향해 전력 질주했고, 이제는 그것에 탄성이 붙어 모든 일이 스스로 알아서 이루어지는 거야. 허리를 굽힐 때 드러나는 등의 곡선이나 입술을 벌리고 턱으로 원을 그리는 그녀의 미소 속에, 그리고 그녀의 말과 생각 속에 그것이 모두 드러나 보여.'

"지바고!" 그녀가 위층 층계참에 있는 방의 문 앞에서 소리쳤다. 의사는 계단을 따라 올라갔다.

# 14

"제 손을 잡고 조심조심 따라오세요. 두 개의 방을 지나야 하는데, 어둡기도 하고 물건들이 천장까지 들어차 있어요. 부 딪히면 다쳐요."

"정말 무슨 미로 같군. 혼자서는 길을 못 찾겠소. 왜 이 모 양이오? 방에서 무슨 공사라도 하고 있소?"

"오, 아니에요. 그런 문제가 아니에요. 이 방은 다른 사람 소 유인데, 누가 주인인지도 몰라요. 전에는 김나지야 건물의 관 사에서 살았어요. 그런데 유랴틴시 소비에트 주택부서가 학 교를 차지한 후에는, 저와 딸에게 아무도 살지 않는 이곳으로 옮기도록 했어요. 여기에는 전 주인의 세간살이가 그대로 있 어요. 가구도 많아요. 하지만 전 남의 물건은 필요 없어요. 그 래서 이곳의 방 두 개에 세간들을 집어넣고 창문을 하얗게 칠 해 두었어요. 오, 제 손을 놓치면 길을 잃을 거예요. 그래요. 오 른쪽이에요. 이제 미로는 다 지났어요. 여기가 제 방의 문이에 요. 이제 환하게 보일 거예요. 문지방이 있어요. 조심하세요."

유리 안드레예비치가 안내를 받으며 방으로 들어서니, 방 문 맞은편 벽에 창문이 보였다. 의사는 창밖의 광경을 보고 깜짝 놀랐다. 창은 마당과 이웃집 건물 뒤편과 강 근처 시내 의 초지를 향해 나 있었다. 그곳에는 풀을 뜯고 있는 염소와 양들이 풀어 헤친 털외투 자락으로 땅바닥을 쓸듯, 긴 털로 흙먼지를 쓸고 있었다. 그 외에도 창문 바로 앞에 있는 두 개의 기둥에 '모로와 베트친킨 회사. 파종기. 탈곡기'라고 쓰인 낯익은 간판이 달려 있었다.

간판을 보고 불현듯 생각이 난 의사는 라리사 표도로브나에게 가족과 함께 우랄 지방까지 여행한 이야기를 꺼냈다. 그는 스트렐리니코프와 그녀의 남편이 동일 인물이라는 소문을 잊고 깊이 생각하지도 못한 채, 열차에서 군사위원을 만난 이야기를 했다. 그 이야기에 라리사 표도로브나는 큰 관심을 보였다.

"스트렐리니코프를 만나셨다고요?!" 곧장 그녀가 되물었다. "지금 당신에게 더 자세한 이야기는 하지 않겠어요. 하지만 정말 놀랍네요! 당신이 그 사람을 만나게 된 것은 운명인 것 같아요. 언젠가 나중에 제가 설명해 드리면, 정말 놀랄 거예요. 제가 제대로 이해했는지는 모르지만, 그가 당신에게 나쁜 인상보다는 좋은 인상을 준 것 같군요."

"그래요, 그럴 거요. 나는 그에게 분명 반감을 갖고 있었어요. 그가 학살하고 파괴한 현장을 지나왔으니 말이오. 그래서 나는 폭력적인 군인이나 혁명에 미친 학살자를 보게 될 줄 알았는데, 전혀 아니었소. 어떤 사람이 상상했던 이미지와 다르거나 갖고 있던 편견과 다르다는 것을 알게 되는 것은 기분 좋은 일 아니겠소. 일정한 유형으로 규정된다는 것은 그 사람의 종말이자 그에게 내리는 선고라고 생각합니다. 만일, 그가 어떤 범주에도 속하지 않고, 어떤 전형적인 특성도 갖고 있지 않다면, 인간에게 요구되는 절반은 성공한 셈입니다. 자신으로부터 해방되어 불멸의 씨앗을 획득하는 셈이니까요."

"그는 당원이 아니라고 하던데요."

"그래요, 그런 것 같아요. 그는 왜 그렇게 되었을까요? 운명 때문이겠죠. 그는 불행한 최후를 맞게 될 겁니다. 자신이 저지른 죗값을 치르게 될 거예요. 혁명의 무법자들이 두려운 것은 그들이 악당이기 때문이 아니라, 철로에서 탈선한 열차처럼 조종할 수 없는 메커니즘 때문에 두려운 겁니다. 스트렐리니코프도 다른 사람들처럼 광기에 휩싸여 있지만, 그는 책을 통해서가 아니라, 직접 겪은 체험과 시련을 통해서 그렇게 되었어요. 그에게 어떤 비밀이 있는지 나는 모르지만, 분명 무슨 비밀을 갖고 있다고 확신해요. 물론 그가 볼셰비키와 결탁한 것은 우연이었을 겁니다. 그가 그들에게 필요한 동안은 그를 인정하며 동행하겠죠. 하지만 필요가 없어지면, 그에 앞선 수많은 군사전문가*들이 그랬던 것처럼, 가차 없이 버려지고 짓밟힐 겁니다."

"그렇게 생각하세요?"

"확실합니다."

"그럼, 그가 살아남을 방법은 없을까요? 그러니까 도망을

* 제정기의 수많은 군인들이 볼셰비키군에 합류했다.

치면요?"

"어디로 말입니까, 라리사 표도로브나! 옛날 차르 시대라면 도망칠 수도 있었겠지요. 하지만 지금은 도망갈 길이 없어요."

"가엾군요. 당신의 이야기를 들으니 그가 가엾어요. 그리고 당신도 변했군요. 예전에는 당신이 이렇게 날카롭고 격앙된 말투로 혁명을 비판하지는 않았는데."

"바로 그겁니다, 라리사 표도로브나! 모든 일에는 한계가 있지요. 시간이 그 정도 지났으면, 어떤 결론이 났어야 하지 않겠습니까? 그러나 혁명에 고무된 사람들에게 유일하고 근본적인 본질은 변혁과 변화의 격동이며, 그들이 원하는 것은 빵이 아니라, 범세계적인 무언가를 원하고 있다는 것이 밝혀졌습니다. 세계 건설과 과도기, 이것이 그들이 원하는 것입니다. 그들은 이것 외에는 다른 것을 배운 적이 없어서 아무것도 할 줄 모릅니다. 당신은 끝없는 이런 준비가 왜 헛될 수밖에 없는지 아십니까? 그것은 그들이 타고난 재능이 전혀 없는 무능력자들이기 때문입니다. 인간은 살기 위해 태어나는 것이지, 삶을 준비하려고 태어나는 것이 아닙니다. 삶 그 자체, 삶이라는 현상, 그리고 삶의 은총은 놀랄 만큼 진실한 것입니다! 그런데 그런 삶을 그렇게 허구적이며 미숙한 아이들의 장난 같은 광대놀음으로 바꾸다니, 체호프의 어린 학생들이 미국으로 도망가는 꼴* 아닙니까? 이쯤에서 그만두지요. 이번에는 제가 물어볼 차례입니다. 우리가 이 도시에 도착한 것은 봉기가 일어난 날 아침이었어요. 당신도 그 난리를 겪었을 테죠?"

"아, 그랬죠! 맞아요. 사방에 불이 났어요. 하마터면 다 타버릴 뻔했어요. 제가 방금 전에 말한 대로 이 건물도 몹시 흔들렸어요! 아직도 불발탄이 마당의 대문 옆에 있어요. 약탈이 일어나고 포탄이 날아다니고 몹시 혼란스러웠죠. 정권이 바뀔 때면, 언제나 그렇듯이 말예요. 그래서 우리는 이미 훈련이 되어 있고 익숙해졌어요. 처음 당하는 일이 아니거든요. 백군이 장악하고 있었을 때는 얼마나 심각했는지 몰라요! 여기저기서 개인적인 원한으로 살해하고, 협박하고, 술판이 끊이지 않았어요. 아 참, 그보다 중요한 이야기를 잊고 있었네요. 갈리울린이란 분 말이에요! 그는 체코군**의 대단한 거물이 되어 나타났어요. 무슨 군사령관 비슷한 것이었어요."

"알고 있어요. 소문을 들었어요. 그를 만난 적이 있소?"

"자주 만났어요. 그분 도움으로 제가 얼마나 많은 사람을 구해 주었는지 몰라요! 그분에 대해 정당한 평가를 해야 해요. 그분은 흠잡을 데 없이 신사답게 행동했어요. 못된 카자크 대위들이나 경찰관들과는 달랐으니까요. 하지만 그 당시에 주도권을 잡고 있는 사람들은 제대로 된 사람들이 아니라,

---

* 유명한 러시아 단편소설가인 안톤 체호프의 단편 「초등학생들」에 미국으로 도망갈 계획을 짜는 초등학생들이 등장한다.
** 제1차 세계대전 당시, 러시아에 머물고 있던 체코군이 백군과 연합해 우랄 지방과 시베리아 지방에서 혁명군과 싸웠다.

그런 못된 위인들이었죠. 고맙게도 갈리울린이 저를 많이 도
와주었어요. 우리는 전부터 아는 사이였거든요. 소녀 시절에,
그의 집으로 자주 놀러 가곤 했었죠. 그 집에 철도 노동자들
이 살고 있어서, 저는 어려서부터 가난과 노동을 가까이서 경
험했어요. 그 때문에 저는 혁명에 대해 당신과는 다른 견해를
갖고 있어요. 혁명은 저에게 낯설지가 않아요. 혁명에 끌리는
어떤 부분이 있어요. 그런데 건물 경비원의 아들이었던 그 소
년이 갑자기 대령이 되었어요. 아니, 백군의 장군이라고 했던
가? 저는 민간인이라서 계급에 대해선 잘 모르겠어요. 저의
직업이 역사 교사이기도 하고. 아무튼 그런 사정이 있었어요,
지바고. 저는 많은 사람들을 도왔어요. 그러느라 그를 찾아갔
던 거예요. 둘이서 당신에 대한 이야기를 하기도 했어요. 저는
어떤 정부든 지인과 후원자가 있었지만, 모든 정권에 실망하
고 비애를 느꼈어요. 사람들이 두 진영으로 나뉘어 서로 적대
시하며 사는 것은, 유치한 책에서나 나오는 이야기잖아요. 하
지만 현실에서는 모든 것이 뒤엉켜 있기 마련이죠! 만약, 평생
을 살면서 한 가지 역할만 한다거나, 사회에서 한 가지 직책만
맡고, 항상 모든 것에 하나의 가치만 추구하며 살아간다면,
정말 하찮고 무의미한 존재로 전락하고 말 거예요."

"아, 너 왔구나!"

두 갈래로 머리를 가늘게 땋아 내린 여덟 살쯤 되어 보이
는 여자아이가 방 안으로 들어왔다. 미간이 넓고 눈을 가늘

게 뜨고 있는 모습이 개구지고 영악하게 보였다. 웃을 때면 눈꼬리가 살짝 올라갔다. 아이는 이미 문밖에서 엄마에게 손님이 와 있다는 걸 알았으면서도, 뜻밖이라는 듯, 짐짓 놀란 표정을 하며 문턱을 넘어와 무릎을 굽혀 인사를 했다. 그러고는 외동으로 자란 아이답게 조숙하고 사려 깊은 눈길로 의사를 똑바로 응시했다.

"제 딸 카텐카예요. 서로 잘 지내도록 하세요."

"멜류제예프에서 이 아이의 사진을 보여 준 적이 있었어요. 이젠 몰라볼 정도로 많이 컸군요!"

"집에 올 줄은 몰랐네? 놀러 간 줄 알았거든. 그래서 네가 집에 들어오는 소리도 듣지 못했구나."

"구멍에서 열쇠를 꺼내려고 하는데, 그 속에 엄청 큰 쥐가 있었어요! 비명을 지르며 도망쳤어요! 무서워 죽겠어요."

카텐카는 귀여운 얼굴을 찡그리며 영악한 눈을 크게 뜬 채, 물 밖에 나온 물고기처럼 작은 입술을 쭉 내밀며 말했다.

"자, 이제 네 방으로 가렴. 아저씨께 저녁을 함께하자고 말하려던 참이었단다. 오븐에서 죽을 꺼내면 부를게."

"고맙지만 그것은 어려울 것 같소. 시내를 오가기 시작하면서, 우리 집에서는 항상 저녁식사를 여섯 시에 하고 있어요. 저는 보통 늦는 법이 없는 데다 집까지 가는 데 서너 시간이 걸립니다. 그래서 이렇게 일찍 찾아온 겁니다. 미안하지만, 곧 일어나야 해요."

"그럼 삼십 분만 더 계세요."

"그러죠."

## 15

"당신이 솔직히 이야기하시니, 저도 솔직히 말씀드릴게요. 당신이 말씀하신 스트렐리니코프는, 도저히 사망 사실을 믿을 수 없어, 전선으로 찾아다녔던 저의 남편 파샤, 파벨 파블로비치 안티포프가 맞아요."

"놀랄 일은 아니오. 혹시나 하고 생각했으니까. 물론 그런 소문은 들었지만, 꾸며 낸 이야기일 거라고 생각했소. 그래서 그런 소문을 못 들은 것처럼, 완전히 잊어버리고는 그에 대해 아무렇지도 않게 거리낌 없이 말했던 것이오. 그런 소문은 말도 안 되오. 나는 그를 직접 만났소. 어떻게 그와 당신이 관계가 있다는 것이오? 당신들 사이에 무슨 공통점이 있다고 말이오?"

"하지만 유리 안드레예비치! 모두 사실이에요. 스트렐리니코프는 안티포프, 바로 제 남편이에요. 저는 사람들의 견해에 동의해요. 카텐카도 그 사실을 알고, 아버지를 자랑스럽게 생각하고요. 스트렐리니코프라는 이름은 다른 모든 혁명가들과 마찬가지로 그가 사용하는 가명이에요. 그럴 만한 사정이 있어서, 가명으로 살아가고 활동하는 것이겠죠.

사실 그는 유랴틴을 점령하고 포탄을 퍼붓고 우리가 이곳에 있다는 것을 알면서도, 자신의 비밀을 노출시키지 않으려고, 한 번도 우리의 안위를 알아보지도 않았어요. 물론, 그것이 그의 의무였겠지만. 만일, 그가 우리에게 어떻게 처신하면 좋은지 물었더라도, 우리는 그렇게 해야 한다고 했을 거예요. 당신은 제가 누리는 특권과 시 소비에트가 우리에게 제공한 비교적 좋은 주거 환경 등을 볼 때, 그가 남몰래 우리를 돕고 있다는 간접적인 증거라고 하시겠죠. 아무리 그렇다 해도 저는 설득이 안 돼요. 그가 이곳에 있으면서도 우릴 만나려는 유혹을 뿌리칠 수 있다니요! 저는 도저히 이해할 수도 상상할 수도 없는 일이에요. 내가 도저히 납득할 수도 없고 현실이라고도 할 수 없는, 어느 로마시대의 시민정신이거나 최신 사상의 하나겠지요. 그런데 제가 당신의 영향을 받아 당신의 이야기를 따라 하기 시작하네요. 그럴 생각은 없었는데 말예요. 당신과 저는 같은 견해를 갖고 있지는 않았잖아요. 물론 막연한 문제나 특별한 경우가 아닐 때는 생각이 비슷해요. 그러나 중요한 문제나 인생철학에 있어서는 대립하는 것이 더 나을 것 같아요. 다시 스트렐리니코프에 대해 이야기하죠.

　그는 지금 시베리아에 있으며, 당신의 지적대로, 간담이 서늘한 사건들을 저질러 비난을 받고 있다는 소문을 들었어요. 지금은 시베리아로 성공적으로 더 진군해 들어가, 그곳의 어느 전선에서, 죽마고우이자 나중에는 전우이기도 했던 가엾은 갈리울린을 공격하는 중이라고 합니다. 갈리울린도 그의 본명과 우리가 부부 사이라는 것을 알고 있고, 스트렐리니코프라는 이름만 들어도 분통을 터뜨리며 격노하고 광분했지만, 매우 사려 깊은 분이라 저에게는 한 번도 그런 감정을 드러낸 적이 없었어요. 아무튼 그는 지금 시베리아에 있어요.

그가 이곳에 머무르고 있었을 때—그는 오랫동안 이곳에 머물렀지만, 거의 대부분의 시간을 열차에서 보내며 돌아다녔어요—우연이라도 그와 마주치기를 간절히 원했죠. 그는 예전에 제헌회의군制憲會議軍의 군무국이 있는 사령부에 가끔 들르곤 했거든요. 그런데 정말 기이한 운명의 장난이었지요. 그 사령부의 입구가 제가 다른 사람들 문제로 갈리울린을 자주 찾아갔을 때, 그를 만나곤 했던 별체 쪽에 있었거든요. 한 번은, 육군후보생 사관학교에서 시끄러운 사건이 일어났어요. 교관에게 불만을 품은 사관생도들이 볼셰비즘을 신봉한다는 구실로 교관들을 습격하고 사살했어요. 게다가 그때 유대인 박해와 학살도 시작되었어요. 우리처럼 정신노동을 하는 지인들의 절반이 유대인으로 몰렸죠. 이런 끔찍하고 가공할 일이 시작된 조직적인 대학살기에, 우리는 분노와 수치심을 느끼고 동정하기도 했지만, 마음 한쪽으로는 공감을 하기도 했던 터라, 뒷맛이 개운치 않은 모순된 감정으로 괴로웠어요.

언젠가 우상숭배의 굴레에서 인류를 해방시킨 사람들과 지금 사회악으로부터 인류를 해방시키기 위해 헌신하는 그만큼의 많은 사람들이 자기 자신으로부터는 해방될 여력이 없고, 의미를 상실한 구시대의 낡은 명분에 보내던 지지를 철회할 여력도 없으며, 자신을 극복할 수도, 다른 이들을 더 이해함으로써 그들이 세워 올린 종교적 원칙을 사람들에게 불어넣어 그들과 가까워지거나, 그들 속으로 자연스럽게 스며들 수도 없었던 거예요.

물론, 그런 압박과 박해가 재앙을 불러오고, 무익한 파멸과 수치스러운 자기희생의 고립을 야기했겠지만, 그 속에는 이미 쇠락의 기운이, 수 세기에 걸친 역사적 피로감이 내재해 있었던 거죠. 저는 그들의 아이로니컬한 허풍이나 진부하고 조악한 개념, 상상력의 결핍이 싫어요. 그건 노인이 늙었다고 한탄하는 것이나, 병자가 병들었다고 탄식하는 것처럼 거슬리는 일이죠. 그렇지 않나요?"

"글쎄, 나는 그런 생각을 해본 적이 없소. 고르돈이라는 친구가 있는데, 그와 비슷한 견해를 갖고 있긴 합니다."

"아무튼 그곳으로 파샤를 보려고 가곤 했어요. 그가 들어가거나 나갈 때, 마주칠 수 있기를 바라면서요. 한때는 그 별채 안에 지방사령관의 사무실이 있었어요. 지금은 출입문에 '청원처'라는 팻말이 붙어 있어요. 아마 당신도 보셨을 거예요. 시내에서 가장 아름다운 곳이죠. 출입문 앞의 광장에는 포석이 깔려 있어요. 광장 건너편에 마가목과 단풍, 그리고 산사나무들이 자라는 시립 공원이 있고요. 보통 청원자들이 보도에 서 있었는데, 저도 그곳에서 기다리곤 했어요. 문을 박차고 들어가, 제가 그의 아내라고 말할 수도 없었어요. 우린 성이 달랐으니까요. 그들의 감정에 호소할 수도 없었죠. 그들은 전혀 다른 규범을 따르고 있었으니까요. 한 예로, 과거에 정치적 유형을 당한 노동자 출신인 그의 아버지 파벨 페라폰토비치 안티포프가 큰길에서 가까운 한 재판소에 근무하고 있어요. 예전에 그가 추방당했던 곳이지요. 그의 친구인 티베르진도 그곳에 있었어요. 그들은 모두 혁명재판소의 위원들이거든요. 당신은 어떨 거라고 생각하세요? 아들은 아버지를 감추고, 아버지는 그것을 당연하게 생각해, 전혀 섭섭해 하지 않았다니까요. 아들이 신분을 감추고 있다면, 밝힐 필요가 없다는 뜻이었겠죠. 그들은 목석이지 사람이 아니에요. 원칙, 규범, 그것뿐이죠.

결론적으로, 제가 그의 아내라는 사실을 입증했다 해도 달라질 게 없었을 거라는 말이죠! 지금 같은 이런 상황에서 아내가 무슨 대수겠어요? 세계 프롤레타리아니, 세계 개혁이니, 하는 구호들은 그렇다고 해요. 그것은 저도 이해하니까요. 그러나 아내라느니 하는 두 발 달린 존재 따위는 그들에게 하찮은 벼룩이나 이 따위에 불과하죠!

부관이 돌아다니며 캐물었어요. 몇 사람을 안으로 들여보내더군요. 저는 성을 밝히지도 않았고, 용건을 물어보면 개인적인 일이라고만 대답했어요. 미리 행불자 문제라고 귀띔할 수도 있었지만, 그렇게 하지 않았어요. 부관은 어깨를 으쓱하더니, 의심의 눈초리로 훑어보더군요. 그렇게 한 번도 그를 만날 수가 없었어요.

당신은 그 사람이 우리를 사랑하지도 않고 우리를 피하며 잊었다고 생각하세요? 오, 그 반대예요! 저는 그를 잘 알아요! 그는 우리를 너무 사랑하기 때문에 일부러 그런 거예요! 그는 빈손이 아니라, 승리자가 되어 위풍당당하게 돌아와, 우리의 발아래 월계관을 바치려고 했던 거예요! 우리를 영원히 영광스럽게 하고 싶었던 거예요! 정말, 어린아이 같지 뭐예요!"

카텐카가 다시 방으로 들어왔다. 라리사 표도로브나는 놀란 딸을 두 팔로 번쩍 들어 올려 이리저리 흔들고 간지럼을 태우다가 입을 맞추고는 세게 껴안았다.


## 16


유리 안드레예비치는 말을 타고 시내에서 바르이키노로 돌아가고 있었다. 그는 수도 없이 이곳을 지나가곤 했다. 그는 이 길을 잘 알고 있어, 특별히 주의를 기울이거나 의식하지도 않았다.

그는 숲속의 갈림길에 이르렀다. 그곳에서 똑바로 가면, 바르이키노로 가고, 옆길로 가면 사크마 강변의 바실리예프스코예 어촌으로 가는 길이었는데, 양쪽으로 갈라지는 그 지점에 농기구 광고가 붙은 세 번째 간판이 서 있었다. 보통 의사는 해가 기울 때쯤이면, 이곳 갈림길 근처에 이르곤 했다. 그날도 평소 때처럼, 해가 기울고 있었다.

벌써 두 달 전, 어느 날 그는 시내에서 집으로 돌아가지 않고, 라리사 표도로브나의 집에서 하룻밤을 보낸 후, 집에는 시내에 볼일이 있어, 삼데뱌토프의 여관에 묵었다고 했다. 그는 오래전부터 안티포바에게 말을 낮추고 라라라고 불렀지만, 아직 그녀는 그를 지바고라고 불렀다. 유리 안드레예비치는 토냐에게 거짓말을 하고, 안티포바에 대한 사실을 감췄다. 일은 점점 심각해져서, 더 이상 용납할 수 없는 지경에 이르렀다. 이것은 전례가 없는 일이었다.

그는 토냐를 사랑하고 존경하기까지 했다. 그녀가 지닌 정신적 평화와 안정은 그에게 무엇보다 중요했다. 그는 그녀의 친아버지나 그녀 자신보다도 더 그녀의 명예를 오롯이 지켜주고 싶었다. 누구든 그녀의 자존심에 상처를 준다면, 그녀를 위해, 상대를 직접 갈기갈기 찢어 버렸을 것이다. 그런데 정작 자신이 그녀를 모욕한 것이다.

그는 가족들과 집에 있을 때면, 자신이 죄인이라는 기분이 들었다. 아무것도 모르는 가족들과 그들의 변함없는 사랑에 몹시 고통스러웠다. 한창 대화가 무르익을 즈음, 갑자기 그의 마음속에 자신이 행한 죄가 생각나면, 온몸이 경직되고, 주변의 어떤 소리도 들리지 않고 이해할 수도 없었다.

식사 중에 그런 일이 생기면, 음식이 목구멍에 걸려 숟가락을 내려놓고 접시를 밀어 버리곤 했다. 눈물이 복받쳐 올랐다. 토냐는 어리둥절해하며 "무슨 일이에요?" 하고 묻곤 했다. "시내에서 무슨 좋지 못한 소식이라도 들었어요? 누가 체포되기라도 했나요? 아니면 총살이라도? 말해 봐요. 괜찮으니 염려 말아요. 말을 하고 나면, 기분이 더 나아질 거예요."

토냐보다 다른 여자를 더 좋아해서, 그녀를 배신한 것일까? 아니다. 그는 그런 선택이나 비교를 한 적이 없다. '자유연애'라는 이념이나 '감정의 권리와 추구'라는 말은 그와 거리가 멀었다. 그런 말을 입에 담거나 생각하는 것마저 그는 저속하다고 느꼈다. 그는 살아가면서 '쾌락의 꽃'을 따거나, 자신을 반은 신적인 존재라거나 초인이라고 여긴 적이 없었고, 무슨 특전이나 특권을 기대한 적도 없었다. 그는 자신이 정결하지 않다는 양심의 가책에 시달렸다.

'앞으로 무슨 일이 벌어지게 될까?' 그는 가끔 이렇게 자문했지만, 도무지 해결책이 나오지 않았다. 그는 불가항력적인 어떤 상황, 문제를 해결해 줄 뜻밖의 상황이 벌어지기만을 기대했을 뿐이다.

그러나 이제는 그럴 수가 없었다. 그는 스스로 이 운명의 매듭을 잘라 내야겠다고 결심했다. 그는 결단을 내릴 각오로 집으로 향했다. 그는 토냐에게 모든 사실을 고백하고, 그녀의 용서를 빈 다음, 더 이상 라라를 만나지 않으리라고 결심했다.

사실 그것은 그렇게 쉬운 일은 아니었다. 정말 라라와 영원히, 완전히 헤어질 수 있을지 스스로도 확신할 수 없었다. 그는 오늘 아침, 라라에게 이 모든 사실을 토냐에게 숨김없이 고백하겠다고 밝혔고, 더 이상 그들이 만날 수 없을 거라고 말했다. 그러나 지금 생각해 보니, 그녀에게 그 사실을 너무 완곡하게 표현한 것 같았고, 확실하게 결정적인 매듭을 짓지 않았다는 느낌이 들었다.

라리사 표도로브나는 괜히 힘든 상황을 만들어, 유리 안드레예비치를 고통스럽게 하고 싶지 않았다. 그렇지 않아도 그녀는 그가 얼마나 힘든지 알고 있었던 터였다. 그녀는 가능한 한 침착하게 그의 이야기를 들으려고 했다. 그들의 대화는 라리사 표도로브나가 사용하지 않는 쿠페체스카야 거리로 나 있는 전 주인의 빈 방에서 내내 이어졌다. 비가 내리던 그날, 맞은편 건물 위의 조각상들의 얼굴 위로 흘러내리는 빗줄기처럼, 눈물이 라리사의 뺨 위로 자신도 모르게 주르륵 흘러내렸다. 그녀는 그의 말을 진심으로 너그럽게 받아들이며 조용히 말했다. "제 걱정은 하지 마시고 당신이 원하는 대로 하세요. 저는 모든 것을 견뎌 낼 수 있어요." 그녀는 자신이 울고 있다는 것도 몰라, 눈물을 닦지도 않았다.

그는 혹시 라리사 표도로브나가 그의 말을 오해했을지도 모르고, 그녀에게 헛된 기대감을 남겨 두었을지도 모른다는 생각이 들자, 다시 말을 돌려 시내로 돌아가 못다 한 이야기를 마무리하고, 더 중요하게는, 죽을 때까지 헤어지게 될 영원한 이별에 어울릴 만한 뜨겁고 다정한 작별을 해야겠다는 생각이 들었다. 그는 간신히 마음을 진정시키며 계속 길을 갔다.

해가 저물어 갈수록 숲속은 추위와 어둠으로 차올랐다. 숲속은 목욕탕의 탈의실에 들어갔을 때처럼, 습기를 머금은 어린 나뭇가지의 축축한 잎사귀 냄새가 났다. 공중에는 모기떼가 물 위에 뜬 부표처럼 미동도 없이 합창을 하듯 왱왱거리며 떠 있었다. 유리 안드레예비치는 이마와 목으로 파고드는 모기들을 쉴 새 없이 찰싹찰싹 내려쳤다. 손바닥으로 땀에 젖은 살갗을 때리는 소리는 달리는 말안장이 삐거덕거리는 소리와 진흙탕 속을 철퍼덕거리며 달리는 무거운 말발굽 소리, 그리고 말의 폐에서 건조하게 뿜어져 나오는 쉭쉭거리는 소리 등과 놀랄 만큼 신기하게 어우러졌다. 멀리 황혼이 어슴푸레하게 저물어 가는 곳에서 갑자기 꾀꼬리가 울기 시작했다.

'오치니시! 오치니시!' 하며, 꾀꼬리가 절절하게 우는 소리는 부활절 전날, '나의 영혼이여! 나의 영혼이여! 잠에서 깨어나라!'고 부르는 노래 같았다.

유리 안드레예비치는 갑자기 아주 간단한 해결책이 하나 떠올랐다. 맞다, 전혀 서두를 필요가 없지 않은가? 물론 자신은 자신이 약속한 것을 실행에 옮길 것이다. 고백을 할 것이다. 그러나 오늘 당장 실행해야 된다는 법이 어디에 있단 말인가? 아직 토냐에게는 아무 말도 하지 않았다. 그러니 다음 기회로 미룬다고 문제가 되진 않을 것이다. 그때, 다시 한번 시내로 오자. 모든 아픔이 보상받을 수 있도록, 진지하고 성심을 다해 라라와 대화를 마무리 짓자. 아, 정말 좋은 생각이다! 정말 멋진 생각이야! 어떻게 지금까지 이런 생각을 못했을까!

안티포바를 다시 만날 수 있다는 생각으로 유리 안드레예비치는 기쁨에 정신이 나갈 지경이었다. 그의 심장은 마구 날뛰었다. 그는 다시 기대감에 휩싸였다.

통나무집들이 들어선 뒷골목과 나무로 포장된 보도. 그녀에게 가는 길이다. 드디어 시내 주변의 초지와 나무 포장도로가 끝나고, 돌로 포장된 노보스발로치니의 도로가 시작된다. 집게손가락으로 책장을 천천히 넘기는 것이 아니라, 엄지손가락으로 책의 가장자리를 누른 채, 책장을 주르륵 넘길 때처럼, 교외의 작은 집들이 섬광처럼 스쳐 지나간다. 숨이 벅차오른다! 저기 저 끝에 그녀가 살고 있다. 비 갠 하늘이 저물어 가고, 한 줄기 서광이 드리워진 하늘 아래. 그녀의 집으로 가는 길목에 늘어선 낯익은 그 작은 집들을 얼마나 사랑했던가! 그 작은 집들을 손으로 들어 올려 입이라도 맞추고 싶은 심정이었다! 지붕 가운데 툭 튀어나온 외눈박이 다락방들! 웅덩이에 반사된 등불과 램프의 열매들! 비 오는 거리의 저 하얀 하늘 아래 살고 있다. 그곳에서 그는 다시 한번 창조주가 창조한 빛나는 사랑을 신으로부터 선물 받으리라. 까만 옷을 입은 여인이 문을 열겠지. 그러면 북극의 백야처럼 차갑게 얼어붙어 있던 그녀를, 이 세상 그 누구의 것도 아니며, 누구에게도 속하지 않은 그녀를 안을 수 있다는 기대로 부풀어 오르리라. 해변의 어두운 모래사장을 달려가는 그대를 향해 바다의 첫 파도가 밀려오듯.

유리 안드레예비치는 고삐를 놓고, 말안장 앞으로 몸을 숙여 말의 목을 끌어안고는 말갈기에 얼굴을 파묻었다. 그의 그런 애정 표현을 전력으로 질주하라는 뜻으로 받아들인 말이 힘껏 내달리기 시작했다.

땅은 연신 말발굽에 차이며 뒤로 멀어지고, 말발굽이 땅에 닿지도 않을 만큼 유연하게 달리는 동안, 유리 안드레예비치는 기쁨으로 고동치는 그의 심장 소리 외에, 누군가의 고함 소리를 들은 것 같았다. 그러나 잘못 들었을 거라고 생각했다.

근처에서 귀청을 울리며 총소리가 들렸다. 의사는 머리를 들고 고삐를 잡아당겼다. 전속력으로 달리던 말은 몇 번 옆걸음질을 치다가 물러서더니, 뒷발로 서려는 듯, 엉덩이를 낮추고 몸을 세웠다.

눈앞에 갈림길이 보였다. 저녁 햇살을 받은 '모로와 베트친킨 회사. 파종기. 탈곡기'라고 쓰인 간판이 반짝였다. 길 건너에는 무장을 하고 말을 탄 기병 세 사람이 길을 가로막고 서 있었다. 그들은 십자 모양으로 기관총 탄띠를 두른 채, 학생모에 주름 잡힌 외투를 입은 실업학교 학생, 장교 외투에 챙이 없는 납작한 가죽 모자를 쓴 기병, 그리고 누빈 바지와 재킷에 챙이 넓은 사제 모자를 푹 눌러쓰고 가장무도회의 분장 같은 기이한 차림을 한 뚱뚱한 사내였다.

"꼼짝 마시오, 의사 동지." 세 사람 중, 가장 연장자로 보이는 쿠반카를 쓴 기병이 유창한 말투로 점잖게 말했다. "명령에 복종한다면, 당신의 안전은 보장하겠소. 그렇지 않으면 어쩔 수 없이 발포하겠소. 우리 부대의 의사가 살해당했소. 그래서 당신을 의료 노역자로 강제 동원하겠소. 말에서 내려 고삐를 젊은 동지에게 넘겨주시오. 잊지 마시오. 조금이라도 도망칠 생각을 했다가는 살아남지 못할 것이오."

"당신이 미쿨리친의 아들 리베리, 숲속 동지요?"

"아니요, 난 그의 연락 장교 주임 카멘노드보르스키요."

제10장

대로에서

# 1

도시들, 마을들, 그리고 역참이 계속 이어졌다. 크레스토보
즈드비젠스크시, 카자크 오멜리노치노 역참, 파진스크, 티샤
츠코예, 새로운 이주민들의 야글린스코예 마을, 즈보나르스
카야 자유농 대촌, 역참 마을인 볼리노예, 구르토프쉬치키,
케젬스카야 개간지, 카제예프 역참, 쿠테이니 포사드 자유농
대촌, 말르이 예르몰라이 마을들이었다.

그곳의 중심부에 시베리아에서 가장 오래된 예전의 우편마
차 대로가 나 있었다. 그것은 간선도로라는 칼로 빵을 자른
듯, 도시와 도시를 가르며 아치 모양과 갈고리 모양으로 마을
을 휘감아, 줄지어 늘어선 농가들 울타리 뒤로 멀어지다가, 뒤
도 돌아보지 않고 마을을 휙 빠져나갔다.

호다트스코예를 지나는 철도가 가설되기 이전, 아주 옛날
에는 세 필의 말이 *끄는* 우편마차가 이 도로를 따라 질주하
곤 했다. 도로 한쪽에는 차와 곡물, 제철소의 연철을 실은 짐
마차의 행렬이 줄을 이었고, 다른 한쪽에서는 감시를 받으며
도보로 끌려가는 죄수 무리들이 대열을 이루고 있었다. 하늘
의 번개처럼 무섭고 극악무도하며 구제할 길 없는 죄수들이
일제히 족쇄를 찰가닥거리며 발을 맞추어 걷고 있었다. 사방

으로 울창하고 컴컴한 숲이 술렁대고 있었다.

사람들은 대로를 중심으로 한 가족처럼 살았다. 도시와 도시, 마을과 마을이 서로 교류하며 가깝게 지냈다. 철도와 대로가 교차하는 호다트스코예에는 철도에 딸린 기관차 수리 공장과 기계 설비 시설이 있었으며, 노동자 숙소를 북적이던 빈민들은 비참하게 살다가 병들어 죽어 갔다. 기술을 가진 정치범들은 노역을 마치고, 그곳에 숙련공으로 정착하기도 했다.

이 선로를 따라 세워졌던 최초의 모든 소비에트들은 오래전에 타도되었다. 얼마 동안은 시베리아 임시정부가 장악하고 있었지만, 지금은 최고사령관 콜차크* 정권이 이 지역을 전부 장악하고 있었다.

**2**

어느 역 구간에선가 언덕 위로 길게 길이 나 있는 것이 보였다. 멀리 펼쳐진 전망도 한눈에 들어왔다. 비탈길과 지평선이 끝도 없이 이어지는 듯 보였다. 말이나 사람들이 모두 지쳐, 잠시 쉬려고 멈춘 곳에서 마침내 비탈길이 끝났다. 눈앞에

---

* 알렉산드르 바실리예비치 콜차크(1874~1920)는 러일전쟁과 제1차 세계대전에 종군했고, 1917년 삼월혁명 때는 흑해부대의 사령관으로 복무했다. 1918년 11월 옴스크의 반혁명정부의 군 장관이 되었다가, 얼마 후에는 쿠데타로 시베리아에 군사독재 정부를 수립해, 연합국의 지지와 승인을 받기도 했다. 한때는 우랄에서 볼가강 유역까지 지배했지만, 1920년에 적군에 패퇴하고, 옴스크가 함락당하자, 이르쿠츠크에서 혁명군에 체포되어 즉결심판을 받고 2월 총살당했다.

드러난 다리 아래로는 세차게 흐르는 케지마 강물이 보였다.

강 건너, 깎아지른 듯 높은 언덕 위로 보즈드비젠스크 수도원의 벽돌담이 보였다. 길은 수도원 언덕 아래를 휘돌아 뒤편의 외딴 몇 군데 빈터를 돌아서 도시 중심부로 뻗어 있었다.

길은 그곳에서 다시 수도원의 녹색 철문들이 열린 중앙 광장의 수도원 마당 모퉁이를 휘돌아 나 있었다. 수도원의 아치형 출입구 위에 세워진 성상화의 반원형 장식테 안에 다음과 같은 글귀가 금박으로 새겨져 있었다. '생명을 주시는 십자가와 굴하지 않는 승리의 신앙을 기뻐하라.'

겨울이 끝나는 사순절 마지막 주일인 수난주간*이었다. 해빙의 시작을 알리며, 길 위에 쌓인 눈은 거무튀튀하게 변해갔지만, 지붕 위의 눈은 챙 높은 도톰한 모자를 쓴 듯 아직 하얗게 남아 있었다.

보즈드비젠스크 수도원 종탑 위의 종지기실에 기어 올라간 소년들 눈에는 아래 보이는 집들이 한데 어우러진 작은 성냥갑과 상자들처럼 보였다. 점처럼 작고 검은 사람들이 이 집 저 집을 향해 걷고 있었다. 종탑 위에서도 거리의 몇몇 사람들은 움직이는 모습만으로 누군지 알아맞힐 수 있었다. 행인

---

* 고난주간이라고도 한다. 로마가톨릭이나 러시아정교회에서 부활절 전 40일부터 시작되는 사순절 기간 중, 각 주간마다 특색 있는 행사를 갖는다. 고난주간은 그 마지막 주간으로 예수께서 유대인들의 손에 잡혀 로마 총독에게 모진 고난을 받으신 후 골고다 언덕 십자가 위에서 돌아가신 그 주간으로, 부활절 전 한 주간을 가리킨다.

들은 연령에 따라 세 부류로 군에 징집한다는 최고통치자*의 벽보를 읽고 있었다.

# 3

생각지도 못했던 많은 일들이 밤새 일어났다. 날씨는 계절에 어울리지 않게 포근했다. 가느다란 보슬비가 허공을 떠다니는 물안개처럼, 지면에 내려앉지 않고 흩날리고 있었다. 그러나 그것은 겉으로만 그렇게 보일 뿐이었다. 흘러내린 빗물이 여기저기 만들어 낸 뜨뜻한 물줄기가 땅 위에 쌓인 눈을 말끔하게 씻어 내려, 대지는 땀으로 범벅된 듯, 번들거리고 거무스름하게 보였다.

뜰 안의 키 작은 사과나무는 수많은 꽃망울이 달린 가지를 담장 넘어 한길로 멋지게 드리우고 있었다. 나뭇가지에서 물방울이 보도 위로 불규칙하게 떨어지고 있었다. 그 역동적인 불협화음이 온 도시에 울려 퍼졌다.

사진관 앞마당에 매여 있던 강아지 토미크가 아침이 다 되도록 짖어 대며 낑낑거렸다. 갈루진의 집 정원에 있던 까마귀는 강아지 소리에 신경질을 내며 온 동네가 떠나갈 듯 까악까악 울어 댔다.

* 시베리아 정권의 콜차크를 가리킨다.

아랫동네의 상인 류베즈노프 집으로 짐을 잔뜩 실은 짐마차 세 대가 도착했다. 그는 물건을 주문한 적이 없으며, 무언가 일이 잘못된 것 같다며 짐을 거부했다. 젊은 마부들은 시간이 이미 늦었으니 하루만이라도 그곳에 머물게 해달라고 애원했다. 상인은 그들에게 욕을 하며 내쫓고는 문도 열어 주지 않았다. 그들의 실랑이가 온 동네에 다 들렸다.

교회 시계로는 제7시,* 그리고 보통 시계로는 새벽 한 시, 보즈드비젠스크 수도원의 가장 무겁고 육중한 종에서 울려 나오는 그윽하고 부드럽고 은은한 종소리의 물결이 음산한 안개비와 어우러져 대기 속을 유영하고 있었다. 해빙된 물줄기에 쓸려 나온 흙무더기가 강변에서 떨어져 나와 가라앉아 강 속으로 스며들듯, 종소리의 파동이 점점 멀어져 갔다.

그날은 성聖목요일 밤, 십이사도의 날**이었다. 그물 같은 비의 장막 뒤로, 희미한 촛불과 촛불에 비친 사람들의 이마와 코, 그리고 얼굴들이 움직이며 어둠 속에서 둥둥 떠가고 있었다. 정진精進 중인 사람들이 새벽 예배를 드리러 가는 길이었다.

십오 분 정도 지나자, 수도원의 통나무 보도를 걷는 발걸음 소리가 가까이 들려왔다. 새벽 예배가 막 시작되려는 시간에 잡화상 안주인 갈루지나가 집으로 돌아가는 중이었다. 그녀는 머리에 스카프를 두르고 털외투를 풀어 헤친 채, 뛰다가

---

* 교회 시각은 유대인의 관례에 따라서 오후 여섯 시에 하루가 시작된다.
** 성목요일은 예수의 마지막 만찬과 예수가 배신당하여 체포된 날을 기념하는 날이다.

제자리에 멈추었다가 하면서 불안스레 걸음을 옮기고 있었다. 그녀는 교회 안의 답답한 공기에 기분이 좋지 않아 바람을 쐬러 나왔지만, 갑자기 예배도 보지 않고, 이 년 동안 금식도 못한 사실이 부끄럽고 창피한 생각이 들었다. 그러나 그녀가 울적해진 것은 그 때문이 아니었다. 낮에 본 벽보 때문이었다. 바보나 다름없는 가엾은 그녀의 아들 테료시카가 동원령의 대상이 된 것이다. 그녀는 그 비보를 애써 머리에서 지워보려고 했지만, 사방 어둠 속에서 하얗게 종이쪽지가 보일 때마다 그 생각이 떠오르는 것이었다.

그녀의 집은 팔을 뻗으면 닿을 만큼, 가까운 골목에 있었지만, 그녀는 밖에 있는 것이 오히려 나았다. 숨 막히는 집 안으로 들어가는 것보다는 바람을 쐬는 것이 한결 편했다.

그녀는 울적한 생각들로 마음이 무거웠다. 그 생각들을 하나하나 입 밖으로 늘어놓자면, 새벽까지 해도 다 못했을 터였다. 그런데 밖으로 나오자, 모든 근심이 한꺼번에 한 덩어리로 날아올라, 수도원 골목에서 광장 골목까지 두세 번을 왕복하는 사이 모두 사라져 버렸다.

부활절이 코앞으로 다가왔지만, 모두들 떠나고, 집에는 그녀 외에 아무도 없었다. 이것이 바로 혼자 아닌가? 맞다. 양녀인 크슈샤를 제외하면 말이다. 게다가 그녀는 누구인가? 남의 속을 알 수가 있어야지! 그녀는 친구일 수도 있지만, 원수일 수도, 은밀한 경쟁자일지도 모른다. 그녀는 남편 블라수시카와의 첫 결혼에서 입양한 딸이었다. 물론 양녀가 아니라, 숨겨진 딸일지도 모른다! 아니면 딸이 아닌 엉뚱한 다른 어떤 존재일지도! 남자의 마음을 다 들여다볼 수도 없는 노릇 아닌가! 더구나 이 처녀는 어디 한 군데 나무랄 데가 없다. 총명하고 아름답고 조신하다. 어느 모로 보나 바보 테료시카나 양부보다 훨씬 똑똑하다.

모두 집을 나가 흩어져, 그녀는 혼자 수난주간을 맞이하고 있었다.

남편 블라수시카는 대로를 따라 여기저기를 돌아다니며, 전투의 공적을 세울 사명이 부여되었다고 신병들을 격려하고 조언하는 일에 열을 올리고 있었다. 저런 바보 같으니라고, 우선 제 자식이나 돌보고 죽음의 구렁텅이에서 꺼내야 할 것 아닌가!

아들 테료시카도 더 이상 견디지 못하고, 부활절 전날 도망가고 말았다. 그는 그동안에 겪은 고생도 해소할 겸, 바람을 쐬겠다며 쿠테이니 포사드의 친척집으로 간 것이다. 그는 실업학교에서 퇴학당했다. 이 년 동안 한 학기씩 뒤처지긴 했지만, 누구의 지적도 받는 일 없이 학교를 다녔는데, 8학년이 되자 인정사정없이 쫓겨나고 말았다.

'아, 정말 괴로워! 오, 하나님! 어떻게 모든 일이 두 손 두 발 다 들도록 이렇게 꼬였단 말인가요? 아무것도 손에 잡히지 않고, 더 이상 살고 싶지도 않아요. 어떻게 일이 이렇게 되었을까요? 혁명 때문일까요? 아니, 그렇지 않아요! 이건 모두 전쟁 때문이에요. 꽃 같은 사내들을 다 죽이고, 아무짝에도 쓸모없는 쓰레기들만 남았어요.'

하청업자였던 아버지 때는 이렇지 않았다. 아버지는 술도 마시지 않고, 교양이 있었고, 살림살이도 넉넉했다. 고모도 두 분 있었는데, 폴랴와 올랴라고 불렸다. 자매는 잘 어울리는 이름처럼 사이도 좋았고, 하나같이 미인이었다. 잘생기고 풍채 좋고 훤칠한 대목수들이 아버지를 방문하곤 했다. 언젠가 하루는 두 자매가 엉뚱하게도, 집에 전혀 필요가 없는데도, 한꺼번에 여섯 가지 털실로 목도리를 짜겠다는 생각을 했다. 결국 그 일을 멋지게 성공시켜, 그 지역에서 그 목도리가 화제가 되기도 했다. 아무튼 그 무렵에는 모든 것들이 가능했다. 교회의 예배도, 무도회도, 사람들도, 예절도, 모든 것이 적절하게 조화를 이루고 있었고 즐거웠다. 비록 그들이 상인이거나 농부, 혹은 노동자 신분인 일반 시민들이긴 했지만. 그 당시에는 러시아도 처녀 시절을 구가하고 있었으며, 요즘과는 비교할 수도 없는 진정한 숭배자들과 지지자들이 있었다. 그러나 이제 모든 것이 빛을 잃고, 유대인 변호사 같은 쓰레기 작자들만 밤낮없이 혀를 놀려 대며 지껄여 대고 있다. 블라수시카와 동료들은 샴페인과 진실한 의지만 있다면 예전의 황금 시절로 돌아갈 수 있다고 생각했다. 과연 잃어버린 사랑을 그렇게 되찾을 수 있을까? 그것을 위해서는 돌을 뒤집고, 산을 옮기고 땅을 뒤엎어야 할 것이다.

## 4

갈루지나는 크레스토보즈드비젠스크 장터의 집하장까지
벌써 여러 차례 왕복했다. 그녀의 집이 그곳의 왼편에 있었다.
그러나 그녀는 매번 골똘히 생각에 잠겨 정신을 차리지 못하
고, 다시 발길을 돌려 수도원 근처의 좁은 길로 되돌아오곤
했다.

장터 집하장 광장은 드넓은 들판처럼 넓었다. 예전에는 장
날이면, 농부들이 짐마차들을 길게 늘어놓아 두곤 했었다.
광장 한쪽 끝은 옐레닌스카야 거리로 통해 있었다. 반대편에
는 활처럼 굽은 형태의 일층이나 이층의 아담한 건물들이 들
어서 있었다. 건물들은 창고나 사무실, 혹은 상점이나 장인들
의 작업장이었다.

평화롭던 시절에는, 이곳에서 안경을 쓰고 긴 털외투를 걸
친 불한당 같은 모습의 한 여성혐오자 브루하노프가 네 쪽짜
리 가게 철문 앞에 놓인 커다란 의자에 점잖게 앉아 카페이카
신문*을 읽으며 가죽이나 타르, 수레바퀴나 마구, 그리고 귀
리와 건초 등을 팔곤 했다.

---

* 1908~1918년 동안 페테르부르크에서 간행되던 일간신문.

작고 흐릿한 그곳 진열장 안에는 한 쌍의 장식용 리본과 꽃다발, 그리고 혼례용 양초가 담긴 몇 개의 종이 상자 위로 해묵은 먼지가 수북이 쌓여 있었다. 둥근 밀랍 제품들이 층층이 쌓여 있는 것을 제외하면, 가구도 없고 물건도 없는 창문 안의 비좁은 방에서 사는 곳을 알 수 없는 백만장자 양초업자의 알려지지 않은 대리인이 몇 천 루블에 달하는 수지와 밀랍, 그리고 양초 등을 거래하곤 했다.

상점 거리의 한가운데 창문이 세 개 달린 갈루진의 커다란 잡화상 건물이 있었다. 그곳에서는 하루 종일 주인과 점원들이 차를 마셔 댔고, 남은 홍차 찌꺼기로 칠을 하지 않아 바닥이 갈라진 마루를 하루에 세 번씩 닦아 내곤 했다. 주인의 젊은 아내는 즐겨 이곳의 계산대에서 일하곤 했었다. 그녀가 좋아하는 색은 연보라색과 보라색이었는데, 그 색은 교회 성직자 복장의 색이자 라일락 봉오리의 색이었으며, 그녀의 최고의 벨벳 드레스 색이자, 포도주잔의 색이었다. 행복의 색, 추억의 색, 사라져 버린, 혁명 전 처녀 시절의 러시아 색도 그녀에겐 밝은 라일락 색으로 느껴졌다. 그리고 유리병에 담긴 전분과 설탕, 그리고 검은 건포도로 만든 진보랏빛 캐러멜 향기를 풍기는, 가게를 비추는 보라색 노을이 그녀가 좋아하는 색깔을 닮았기에, 그녀는 계산대 의자에 앉아 있기를 즐기곤 했다.

이곳 목재 창고 옆 골목에는 오래된 잿빛의 이층 목제 건물이 커다란 낡은 여행 마차처럼 서 있었다. 그 건물에는 네 개의 방이 있었다. 출입구는 정면 양쪽에 하나씩 나 있었다. 아래층 왼쪽은 잘킨드의 약국이었고, 오른쪽은 공증인 사무소였다. 약국 위층에는 대가족을 거느린 늙은 재봉사 쉬물레비치가 살고 있었고, 재봉사 방의 반대편, 그러니까 공증인 사무소 위층에는 많은 하숙인들이 살고 있었는데, 문에는 도배라도 하듯 그들의 간판과 명함이 붙어 있어, 그들의 직업을 짐작할 수 있었다. 이곳에서는 시계를 수리해 주기도 하고, 구두에 징을 박아 주기도 했다. 또 이곳에서 주크와 쉬트로다흐가 공동으로 사진관을 운영했으며, 카민스키의 조판 공방도 있었다.

비좁고 혼잡한 방들 때문에, 사진사의 젊은 조수였던 사진 수정을 맡은 마기드손과 대학생 블라제인이 통나무로 안마당에 지은 사무실에 나름대로 실험실 비슷한 것을 만들었다. 사무실 창문으로 희미하게 새어 나오는 빨간 램프 불빛으로 보아, 그곳에서 그들이 작업을 하는 것 같았다. 그 창문 아래는 사슬에 묶인 강아지 토미크가 옐레닌스카야 거리 전체가 울리도록 크게 짖어 대며 앉아 있었다.

'유대인들이 몰려 있는 곳이군.' 갈루지나는 잿빛 건물 앞을 지나며 생각했다. '거지들과 쓸모없는 인간들의 소굴이야.' 그러나 그녀는 남편 블라스 파호모비치의 유대인 혐오는 옳지 않다고 생각했다. 그들은 나라의 운명에 무슨 영향을 미칠 만큼 중추적인 역할을 하지 못했다. 그런데도 쉬물레비치 노인에게, 왜 러시아가 이런 무질서와 혼란에 빠지게 되었냐고 물으면, 그는 움찔하며 인상을 쓰고 히죽 웃으며 이렇게 대답했다. "그건 모두 레이보치카의*의 속임수 때문이지."

아, 하지만 그녀는 무슨 생각을, 도대체 무슨 생각을 하고 있는가? 그녀의 머릿속에 가득 찬 것이 무엇이란 말인가? 정말 그것이 문제였을까? 그것이 불행이었을까? 불행은 도시에 있다. 러시아는 도시에 의해 유지되지 않는다. 교육을 원해서 도시적인 것을 추구했지만, 그것을 손에 넣을 수는 없었다. 자신의 해안을 떠났지만, 다른 해안에 이르지는 못한 것이다.

'어쩌면, 모든 문제는 무지에 있을지도 몰라. 지식인들은 모든 것을 천리안처럼 미리 예측한다. 그런데 우리들은 머리가 잘릴 상황에 놓여 있는데도, 모자를 찾고 있지 않은가. 어두운 숲속에 있는 것이나 매한가지다! 그렇다고 지식인들이 잘사는 것도 아니잖아? 식량난으로 도시에서 밀려나고 있으니까. 그러니 스스로 해결해야 한다. 도깨비도 길을 잃을 상황이니까.

아무튼 문제는 시골에 있는 우리 친지들이다! 셸리트빈 가족들, 셸라부린 가족들, 팜필 팔리흐 가족들, 모디흐 가족의

---

* 러시아혁명 운동가 레온 다비도비치 트로츠키(1879~1940)를 말한다. 그는 1918년에 붉은 군대 인민위원이자, 군사혁명위원회 위원장으로 러시아 내전이 발발했을 때, 볼셰비키를 승리로 이끄는 데 뛰어난 공을 세웠다. 갈루지나는 그의 이름 레프를 유대식 이름인 레이바의 애칭으로 부르며, 유대계였던 그에게 유대인들은 대단한 긍지를 가지고 있었다.

네스토르와 판크라트 형제가 그렇다! 그들이야말로 좋은 손 재주와 머리를 가진 사람들이었지. 대로를 따라 조성된 새 농장들도 괜찮았어. 약 15데샤티나*의 풀밭에 그들 소유의 말과 양, 소와 돼지 등의 가축들이 있었고, 적어도 삼 년 동안 먹을 식량은 항상 비축해 두곤 했었거든. 농기구도 훌륭했어. 수확용 탈곡기도 있었지. 콜차크는 그들에게 아첨을 떨며 자기편으로 끌어들이려 했고, 군사위원들도 숲의 부대에 가담하라고 회유를 하곤 했지. 게오르기 훈장을 받고 전장에서 귀향한 그들을, 서로 교관으로 삼고 싶어 했어. 현역이든 아니든, 지식인이라면 어디서나 필요로 하는 법이야. 아직은 쓸모가 있었던 거지.

이젠 집으로 돌아가야 해. 여자가 이렇게 오래 거리를 배회하는 것은 좋지 않아. 자기 집 정원이라면 아무 문제도 없겠지만. 그러나 그곳은 길이 엉망진창이라, 흙탕 속에 빠지고 말 거야. 이젠 마음이 좀 누그러진 것 같군.'

복잡하게 얽힌 생각들을 풀 실마리를 찾지 못하고, 결국 갈루지나는 집으로 향했다. 그러나 문턱을 넘기 직전에, 여러 가지 복잡한 생각에 휩싸이며, 현관 앞에서 잠시 걸음을 멈추었다.

요즘 호다트스코예의 지도급 인물들이 그녀의 머릿속에 떠

---

* 데샤티나는 러시아 면적 단위로, 1데샤티나는 1헥타르에 해당한다.

올랐다. 그들은 어느 정도 안면이 있는 인물들이었는데, 수도에서 추방된 정치범 티베르진과 안티포프, '검은 깃발'로 불리는 무정부주의자 브도비첸코, 마을의 철공인 '미친 개' 고르셰뉴 등이었다. 그들 모두는 교활한 사람들이었다. 그들 대부분은 과거에도 세상을 시끄럽게 하곤 했는데, 지금도 무슨 음모를 꾸미고 준비하는 것이 분명했다. 그런 일이 없으면 그들은 견디지를 못했다. 게다가 평생 기계를 만지며 살아온 때문인지, 그들은 기계처럼 무자비하고 냉혹했다. 스웨터 위에 짧은 재킷을 걸치고 다니는 그들은 전염병에 걸릴까 봐, 상아 파이프로 담배를 피우고 끓인 물을 마시곤 했다. 남편인 블라수시카는 아무것도 기대할 것이 없지만, 그들은 자기 마음대로 모든 것을 뒤집어엎고, 자기 방식대로 처리했다.

그녀는 자기 자신에 대해서도 생각했다. 그녀는 자신이 명예롭고 자존심 강하며, 지조 있고 현명하며, 꽤 괜찮은 인간이라고 생각했다. 하지만 이런 촌구석에서는 그녀의 그런 자질 중, 어느 하나도 인정받지 못했고, 어쩌면 그 어디에서도 인정받지 못할 것이다. 갑자기 머릿속에 우랄산맥 동쪽 지방에 널리 알려진, 바보 센테튜리하의 속요 가운데 한 구절이 떠올랐다.

센테튜리하는 달구지를 팔아

발랄라이카*를 샀다네.

그 다음에는 외설스러운 내용이 이어졌는데, 크레스토보즈드비젠스크에서 불리던 이 노래가, 마치 그녀를 빗댄 것처럼 느껴졌다.

그녀는 한숨을 크게 내쉬고는, 집 안으로 들어갔다.

# 5

그녀는 모피 코트를 그대로 입은 채, 응접실을 지나 침실로 들어갔다. 침실은 정원 쪽으로 창문이 나 있었다. 어느새 밤이 되어, 창문 안팎으로 드리워진 그림자가 뒤엉켜 아무것도 구별할 수가 없었다. 자루처럼 축 늘어진 창문 커튼이 희끄무레하게 검고 앙상한 형체로 선 정원의 나무들과 비슷해 보였다. 지면을 뚫고 나온 진보랏빛 봄의 열기가 겨울 끝자락의 정원에 깔린 호박단 같은 어둠을 따뜻하게 달구고 있었다. 방 안에도 똑같이 그 두 가지 현상이 뒤섞여 있었고, 다가오는 부활절의 진보랏빛 열기는 잘 털지 않아 커튼에 쌓인 먼지까지 멋지게 보이게 했다.

성화 속 성모마리아는 은빛 성복 밖으로 거무스름하고 가

---

* 기타와 비슷하게 생긴 삼각형 통의 러시아 전통 현악기를 말한다.

녀린 손바닥을 내밀고 있었다. 성모마리아는 두 손에 'meter theou(신의 어머니)'라는 그리스어 명칭의 첫 글자와 마지막 글자를 뜻하는 문자를 들고 있었다. 금빛 받침대 위에 끼워진 잉크병처럼 짙은 석류색 유리 램프가 침실 양탄자 위에 별 모양의 뾰족뾰족한 레이스 받침 같은 불빛을 드리워 주고 있었다.

스카프와 외투를 벗어 던지며 몸을 급하게 돌리던 갈루지나는 옆구리가 찌릿하고 어깨뼈가 쑤셔 왔다. 그녀는 깜짝 놀라 비명을 지르며 중얼거렸다. "애통한 이들의 성스러운 중재자시여, 순결한 성모마리아여, 어서 구원의 손길을 뻗어 세상을 보호하소서." 하고는 울음을 터뜨렸다. 그녀는 통증이 가라앉을 때까지 한참을 기다렸다가 옷을 벗기 시작했다. 그런데 등 쪽 옷깃의 고리가 손가락 사이로 빠져나가, 구름 같은 옷감 주름 사이로 숨어 버렸다. 그녀는 더듬더듬 힘들게 고리를 찾았다.

그때 잠에서 깬 양녀 크슈샤가 방으로 들어왔다.

"어두운 곳에서 뭘 하세요, 어머니? 등잔을 가져올까요?"

"그럴 필요 없어. 이 정도면 보이니까."

"어머니, 올가 닐로브나, 제가 벗겨 드릴게요. 억지로 하지 마세요."

"안타깝게도 손가락이 마음대로 움직이지 않는구나. 바보 같은 재단사가 한쪽 고리를 제대로 바느질을 못했어. 눈먼 암탉 같으니라고. 옷단을 쭉 뜯어서 그년의 면상에 집어 던질까

보다.”

“보즈드비젠스크 수도원에서는 노래를 아주 잘 부르던데 요. 밤이 조용하니, 여기까지 들렸어요.”

“노래야 모두 부르지. 하지만 맙소사, 몸이 좋지 않구나. 또 여기저기 쑤셔 와. 온몸이. 무슨 죄를 지어서 그런 건지. 어떻 게 해야 할지 모르겠구나.”

“동종요법 의사 선생님이신 스티도브스키가 도와드렸잖아 요.”

“항상 실천하기 힘든 충고만 하더구나. 그 동종요법 의사는 돌팔이였어. 그는 이것도 저것도 아니었어. 그것이 첫 번째야. 두 번째는 그나마도 이젠 떠나 버렸다는 것이지. 가버렸어, 가 버렸다고. 그 사람만 그런 것은 아니지. 부활절이 되기 전에 모두들 이 도시를 빠져나갔어. 지진이라도 일어날 것처럼!”

“그렇지만, 그때 전쟁 포로였던 헝가리 의사가 어머니를 잘 치료해 주었잖아요.”

“그것도 아무짝에 소용없었어. 정말, 아무도 남지 않고 다 떠나 버렸구나. 케레니 라요쉬*는 다른 헝가리 사람들과 함께 군사분계선 너머로 갔다는구나. 우리 귀여운 녀석을 강제로 군으로 데려갔어. 적군으로 데려갔다고.”

“아무튼 너무 건강을 염려해서 그런 거예요. 신경과민이에

---

* 원래 이름은 케레니 라이오쉬. ‘라이오쉬’는 러시아어의 ‘짖다’라는 뜻의 단어인 ‘라요쉬’ 와 발음이 유사해, 붙인 별명이다.

요. 단순한 민간 최면요법이 효과가 있을 거예요. 군인 아내인 주술사가 주문으로 통증을 멈추게 해준 것 기억나세요? 통증이 감쪽같이 사라졌었잖아요. 그 여자 이름이 뭐였는지 생각이 안 나네요. 이름을 잊어버렸어요."

"싫다, 너는 정말로 나를 바보 천치로 생각하니? 네가 내 등 뒤에서 나에 대해 센테튜리하의 노래를 부를지 누가 알겠니."

"오, 하나님, 어떻게 그런 말씀을! 그건 죄악이에요, 어머니! 차라리 군인 아내의 이름이나 기억해 보세요. 혀끝에서 뱅뱅 도는데, 기억나기 전까지는 계속 신경이 쓰일 것 같은데."

"그 여자는 치마 명칭보다 이름이 더 많다. 어떤 이름을 알고 싶다는 거냐? 쿠바리하라고도 하고, 메드베지하라고도 하고, 또 어느 땐 즐리다리하라고도 해. 그 외에도 이름이 열 개는 더 될 거야. 그런데 최근에는 이 근처에서 자취를 감추었어. 무대가 막을 내리자, 들판의 바람처럼 사라져 버렸다니까. 하나님의 종인 그녀를 케지마 감옥에 가두었다나 봐. 낙태를 시키고, 무슨 알약을 만들었다는 거야. 하지만 그녀는 감방 생활을 못 견뎌 탈옥해서, 극동의 어디론가 달아나 버렸대. 내 말처럼, 모두 뿔뿔이 흩어져 버렸어. 블라스 파호모비치도, 테료시카도, 유순한 폴랴 이모도 마찬가지야. 정직한 우리 두 여자. 너와 나 이렇게 두 바보만 이 도시에 남겨진 게지. 내 말은 농담이 아니다. 의사의 도움을 전혀 받을 수가 없게 됐다고. 무슨 일이 일어나면 그걸로 끝이야. 도움을 청할 데가 아무 데도 없지 않니? 사람들 말로는, 모스크바 출신의 어떤 유명한 의사가 유랴틴에 있다는데, 교수이자 자살한 어느 시베리아 상인의 아들이라고 하더구나. 그 사람에게 왕진을 청할까 생각했는데, 적군 검문소를 열두 군데나 세워 놓아, 재채기할 빈틈도 없겠더구나. 그건 그렇다 치고, 이제 가서 자렴. 나도 자야겠다. 블라제인 학생이 너에게 정신을 못 차리는 것 같던데. 너는 왜 거절하니? 그렇게 얼굴을 붉히면서, 왜 감추려고 드는 거야? 가엾은 그 학생은 내가 맡긴 사진을 현상하느라, 부활절 전야를 꼬박 새우며 일하는 모양이더구나. 자기들이 못 자니까 다른 사람도 못 자게 하는 모양이다. 그 집의 개, 도미크가 온 동네를 떠나가라고 짖어 대. 게다가 우리 집 사과나무에서는 까마귀가 저렇게 울어 대니, 오늘 밤에 잠을 청하기는 그른 것 같다. 그런데 너는 왜 그렇게 화가 났니? 조금만 건드려도 터질 것 같구나! 원래 대학생들이란 처녀들을 유혹하고 다니는 법이다."

# 6

"저기 저 개는 왜 저렇게 짖어 대는 거야? 무슨 일인지 한번 가봐야 할 것 같은데. 괜히 짖어 대진 않을 테니 말이야. 잠깐만, 리도치카, 젠장, 입 좀 다물고 있어. 주위를 살펴봐야겠다. 언제 갑자기 수색을 당할지 모르잖니? 나가지 말고 있게, 우스틴. 그리고 시보블루이도 거기 그대로 있게. 당신들이 없어도 아무 일 없을 테니."

중앙에서 파견된 대표는 말을 중단하고, 잠깐 기다려 달라는 이야기를 듣지 못한 채, 빠르고 열띤 어조로 연설을 계속 이어 갔다.

"강도 정치, 중과세, 폭력, 총살, 고문 등의 수법으로 유지되는 시베리아의 부르주아 군사정권에 현혹된 사람들은 모두 각성해야 합니다. 그 정권은 노동자 계급뿐만 아니라, 본질적으로는 모든 근로농민들까지 적대적으로 대합니다. 따라서 시베리아와 우랄 지방의 근로농민들이 반드시 알아야 할 것은 도시 프롤레타리아와 병사들과의 연합, 키르기스와 부랴트 지방의 가난한 농민들과의 연합을 통해서만⋯⋯."

마침내 그는 연설을 중지시키려 한다는 것을 눈치채고 입을 다물었다. 그는 손수건으로 땀에 젖은 얼굴을 닦은 다음, 지쳐서 퉁퉁 부은 눈꺼풀을 내리고 눈을 감았다.

그의 옆에 가까이 있던 사람들이 낮은 목소리로 제안을 했다.

"잠깐 쉬고 하세요. 물 한 모금 드시고요."

불안해하던 파르티잔 대장에게 보고가 들어왔다.

"걱정하실 필요 없습니다. 모두 잘 해결되었습니다. 창문으로 신호등이 보이잖아요. 보초가 열심히 망을 보며 손짓으로 신호를 보내고 있어요. 그러니 보고 연설을 다시 시작해도 될 것 같습니다. 자, 말씀하시죠, 리도치카 동지."

넓은 창고 내부는 장작들이 모두 치워져 있었다. 치워진 한쪽 구석에서 불법 집회가 열리고 있었다. 천장에 닿을 만큼 높이 쌓인 장작더미가 사무실 통로와 입구를 뒤쪽의 텅 빈 반쪽 공간과 분리시켜 주어, 집회를 은폐시켜 주었다. 또한 마루 밑 지하 통로도 갖추어져 있어, 여차하면 참석자들이 수도원 담 뒤편에 있는 콘스탄틴 골목의 으슥한 곳으로 도망칠 수도 있었다.

칙칙하고 창백한 올리브색 낯빛에 귀밑까지 검은 턱수염을 기르고 옥양목 모자로 대머리를 감춘 연설자는 신경성 발한증으로 땀을 줄줄 흘리고 있었다. 그는 탁자 위에서 타고 있는 석유램프의 뜨거운 불기에 아직 남은 담배꽁초에 불을 붙이려고 열심히 숨을 빨아들이고는, 책상 위에 흩어진 서류 더미 위로 몸을 굽혔다. 무슨 냄새라도 맡듯, 근시가 심한 눈으로 재빠르고 신경질적으로 서류를 훑어본 다음, 음울하고 피곤한 목소리로 말을 이었다.

"오직 소비에트를 통해서만 도시와 농촌의 빈곤층이 연합할 수 있습니다. 좋든 싫든, 시베리아 농민들은 아주 오래전에 시베리아 노동자들이 투쟁을 통해 얻어 내려고 했던 목표를 향해 매진할 것입니다. 그들의 공동 목표는 인민이 증오하던 제독과 카자크 대장들이 자행했던 전제정치를 타도하는 것이며, 전 인민 무장봉기를 통해 농민과 병사들의 소비에트 정권을 수립하는 일입니다. 완전무장을 한 부르주아의 용병들인 카자크 장교들에 대항해 싸우려면 무력을 통한 전면적이고 지속적인 전쟁을 계속해야 할 것입니다."

그는 다시 말을 멈추고, 땀을 닦은 다음, 눈을 감았다. 규칙을 무시한 채, 누군가 자리에서 일어나 손을 들고 이의를 제기하려고 했다.

파르티잔 대장, 더 정확히는 우랄 동쪽 지방의 파르티잔 부대 케지마 지구 연합사령관이 연설자의 바로 코앞에 거만하게 앉아서, 상대를 완전히 무시하는 무례한 태도로 말을 가로막았다. 아직 소년티가 나는 젊은 군인이 대부대와 병단을 지휘하고 있을 뿐만 아니라, 부하들이 그를 따르고 존경한다는 사실이 믿기 어려웠다. 그는 기병대 외투의 끝자락으로 손과 발을 감싼 채 앉아 있었다. 의자 등받이에 외투의 윗부분과 두 소매 부분을 걸쳐 놓아, 소위보 견장을 떼어 낸 거무스름한 흔적이 남은 군복 상의를 입은 그의 몸이 드러나 보였다.

그의 양옆에는 동년배로 보이는 두 호위병이 가장자리가 곱슬곱슬한 양털로 된 빛바랜 흰색 양가죽 재킷을 입고 말없이 서 있었다. 조각처럼 잘생긴 그들의 얼굴에는 상관에 대한 맹목적인 충성심과 상관을 위해서라면 무슨 일이라도 하겠다는 결기가 서려 있었다. 그들은 집회나 집회에 제기된 문제들이나 논쟁에 무관심했고, 아무 말도 하지 않았으며 웃는 법도 없었다.

그들 외에도 창고 안에는 열에서 열다섯 명 정도가 더 있었다. 어떤 사람들은 서 있었고, 또 어떤 사람들은 마룻바닥에 다리를 쭉 뻗거나 무릎을 세운 채, 둥근 장작더미에 기대 앉아 있었다.

의자 몇 개가 주요 인물들을 위해 마련되어 있었다. 의자에는 제1차 혁명에 가담했던 서너 명의 나이 든 노동자들이 앉아 있었는데, 그중에는 침울하게 성격이 바뀐 티베르진과 그의 말이라면 언제나 추종하는 친구 안티포프 영감이 있었다. 혁명이 모든 능력과 희생물을 그들의 발아래 갖다 바침으로써, 신성한 반열에 오르게 된 그들은 정치적 교만으로 인해, 모든 생명력과 인간적인 것을 상실한 채, 말없고 엄격한 우상처럼 앉아 있었다.

창고 안에는 주목할 만한 몇몇 사람들이 더 있었다. 그중한 사람은 잠시도 가만히 있지 못하고, 마루에 앉았다 일어섰다 이리저리 왔다 갔다 하고 나서, 창고 한가운데 멈춰 선 러시아 무정부주의의 지주인 '검은 깃발' 브도비첸코였다. 그는 머리와 입술이 컸고 뚱뚱했으며, 머리카락은 사자 갈기 같은 거구의 사내였다. 그는 최근에 일어난 러시아-터키 전쟁에서는 어땠는지 알 수 없지만, 적어도 러일전쟁 당시에는 장교로 활약했었고 평생 자기 환상 속에 빠져 있는 몽상가였다.

그는 그지없이 성격이 유순한 데다 커다란 키 때문에 약간의 차이나 사소한 것들은 잘 눈치채지 못하는 사람이라, 지금 진행되고 있는 회의에서도 충분한 주의를 돌리지 못하고, 모든 것을 잘못 이해한 바람에, 자기 의견과 상반된 견해를 같은 걸로 판단해 동의를 표했다.

그의 지인인 숲속 사냥꾼 스비리드가 마루 위, 그 옆에 나란히 앉아 있었다. 스비리드는 농사를 짓지는 않았지만, 입고 있던 검은색 삼베 루바시카와 십자가 목걸이를 함께 움켜쥐고 앞으로 끌어당겨 가슴 위에 문지르는 행동에서, 토속적이고 농부 같은 그의 천성이 드러났다. 부랴트족 혼혈로 문맹에다 순박한 사내였던 그는 머리카락을 촘촘하게 땋고 있었고, 얼굴에는 듬성듬성한 콧수염과 더 듬성듬성한 턱수염이 나 있었다. 몽골인 같은 외모에 항상 온화한 미소를 짓는 바람에 주름진 그의 얼굴은 더 늙어 보였다.

연설자는 중앙위원회의 군사적 임무를 띠고 시베리아를 순행하고 있던 인물이었는데, 그는 자신이 앞으로 찾아가야 할 광활한 지역을 머릿속에 그리고 있었다. 그는 회의에 참석한 대부분의 사람들에 대해서는 관심이 없었다. 그러나 어렸을 때부터 혁명가이자 인민주의자였던 그는 반대편에 앉아 있는 젊은 사령관에게는 존경의 눈길을 보냈다. 사령관의 거친 언동이 노인에게는 뿌리 깊이 각인된 혁명 정신의 목소리로 여겨졌기 때문에 젊은이를 용서했을 뿐만 아니라, 사랑에 빠진 여인이 자신을 지배하는 남자의 거칠고 무례한 행동까지도 마음에 들어 하듯, 그의 무례한 독설에도 감탄을 보냈다.

파르티잔 대장은 미쿨리친의 아들 리베리였고, 중앙에서 파견된 연설자는 한때는 협동조합주의자*였고, 과거에는 사회혁명당원이었던 코스토예드 아무르스키였다. 최근에 그는 자기 견해를 바꾸어, 자신의 강령의 과오를 인정하고, 몇몇 성명서에 자세하게 자아비판을 함으로써 지난날을 뉘우친 후, 공산당에 입당했고, 입당한 뒤에 곧바로 현재의 중책을 맡게 된 것이다.

군인도 아닌 그에게 이런 직책이 맡겨진 것은 혁명가로서의 그의 경력과 옥고와 옥중 고난에 대한 존경의 표시였고, 예전의 협동조합주의자로서 폭동으로 서부 시베리아를 장악한 농민들의 분위기를 잘 파악하고 있을 거라고 예상했기 때문이었다. 이러한 문제에 대한 그의 지식이 군사적 지식보다 훨씬 중요했던 것이다.

정치적 신념의 변화는 코스토예드를 전혀 다른 사람으로 변화시켰다. 그의 용모와 태도는 물론 습관까지도 변화시켰다. 예전에는 그가 대머리에 수염을 기를 것이라고는 아무도 생각지 못했다. 물론 어쩌면 그 모든 것이 변장인지도 모른다. 당에서 그에게 엄격한 비밀 지령을 내렸던 것이다. 그의 비밀 칭호는 베렌제이, 또는 리도치카 동지였다.

브도비첸코가 느닷없이 연설자가 낭독한 지시 사항에 찬

---

* 1906~1917년에 존재했던 농민, 나로드니키 지식인의 정당으로, 노동량에 따른 토지의 평등 분배를 요구했다.

성한다고 말해. 소란이 일어났다가 회의장이 다시 조용해지자, 코스토예드는 계속 말을 이어 갔다.

"점차 증대하는 농민 대중의 운동을 완전히 장악하기 위해서는 가능한 한 서둘러 군 위원회의 관할 지역 내에 주둔하고 있는 모든 파르티잔 부대와 손을 잡아야 합니다."

이어서 코스토예드는 비밀회의의 조직과 암호, 그리고 약호와 통신수단에 대해 설명했다. 그리고 다시 각 세부 사항으로 넘어갔다.

"백군의 시설과 여러 조직의 무기고, 군수품 창고와 식량 창고의 위치, 그리고 거금이 보관된 장소와 보관 방법 등을 각 부대에 알려 주십시오.

각 부대의 내부 조직과 지휘관들, 군의 내부 규율, 첩보 활동, 부대와 외부와의 접촉, 지역 주민들에 대한 태도, 야전 군사혁명 재판, 적군 지배 지역 내에서의 폭파 전술, 예를 들어, 교량, 철도, 기선, 화물선, 역, 기계 시설이 갖추어진 수리 공장, 전신국, 광산, 식량 공급처 등의 파괴에 대한 사항도 알려 주십시오."

리베리는 꾹 참고 듣고 있었지만, 더 이상 참을 수가 없었다. 그에게는 모든 이야기가 실무와는 전혀 관계없는 헛소리로 여겨진 것이다. 그가 말문을 열었다.

"훌륭한 강연이오. 유념해 두겠소. 적군의 지원을 계속 받기 위해서는 모든 것을 적극적으로 수용해야 할 것이오."

"물론입니다."

"그런데 어떻게 하라는 겁니까? 존경하는 리도치카 선생! 이런 제기랄. 포병과 기병을 포함한 우리 3개 연대 병력으로 오랜 전투를 벌여, 적을 무찌르고 난 우리에게, 당신의 유치한 그 각본을 따르라는 겁니까?"

'정말 멋지군! 정말 대단한 사람이야!' 코스토예드는 이렇게 생각했다.

티베르진이 언쟁하던 두 사람의 말을 가로막았다. 리베리의 건방진 말투가 거슬렸다. 그가 입을 열었다.

"미안하지만. 연설자 동무! 확실한지 알 수 없어서 말이오. 혹시 내가 지시 사항 가운데에 한 곳을 잘못 받아쓴 것은 아닌가 합니다만. 내가 한번 읽어 보겠소. 확실하게 해두어야 할 것 같아서 말이오. '혁명 당시 전선에 주둔한 경험과 군 조직에 소속되어 있으며, 혁명 과정의 전투에 참전 경험이 있는 예비역을 위원회에 포함시키는 것이 바람직합니다. 하사관 한두 명과 군 기술자 한 명을 위원회 위원에 포함시키는 것이 바람직합니다.' 어떻습니까. 코스토예드 동무. 정확합니까?"

"네. 정확합니다. 한마디도 틀리지 않습니다."

"그렇다면 이 부분을 지적해야겠소. 나로서는, 군 전문가라는 부분이 마음에 걸립니다. 1905년의 혁명에 가담했던 우리 노동자들은 군인들을 불신합니다. 그들 가운데는 항상 반혁명 분자들이 끼어 있었으니까요."

사방에서 고함이 터져 나왔다.

"그만 됐어요! 결의문! 결의문을 채택합시다. 해산할 시간입니다. 너무 늦었어요."

"나는 대다수 사람들의 의견에 찬성합니다." 브도비첸코가 굵고 나직한 목소리로 말했다. "시적인 표현으로는 이렇습니다. 시민제도는, 땅에 심어져 뿌리를 내리는 나무처럼, 민주적 토대를 기반으로 밑에서부터 성장해야 합니다. 울타리의 말뚝처럼 위에서부터 박을 수 없습니다. 자코뱅 독재 정권*의 과오가 바로 거기에 있었고, 국민공회가 테르미도르파**에 의해 무너진 것도 바로 그 때문이니까요."

"그것은 명약관화한 일입니다." 스비리드가 방랑 시절의 친구를 거들었다. "어린애라도 다 알 만한 사실이죠. 좀 더 미리 생각했었어야지, 이젠 늦었어요. 지금 우리의 임무는 싸워서 무찌르는 것입니다. 참고 견뎌야 합니다. 이미 시작된 일인데, 후퇴할 수는 없지 않습니까? 자기가 차린 음식은 자기가 먹어야지요. 스스로 바다에 뛰어들었으니, 물에 빠졌다고 소리쳐선 안 됩니다."

---

* 자코뱅당은 1789년의 프랑스대혁명을 급진적으로 이끌었던 정치 분파로, 1793년 6월부터 1794년 7월까지 혁명정부를 주도했고, 공포정치를 통해 국내외의 반혁명 기도에 맞섰지만, 테르미도르 반동으로 몰락했다.

** 테르미도르는 프랑스혁명 당시, 1794년 7월 27일, 쿠데타로 산악파의 혁명정부를 무너뜨렸다. 이 쿠데타로 로베스피에르파가 몰락하고 공안위원회의 독재가 해체되어 공포정치가 끝났다. 그 시기에 공안위원회가 강력한 힘으로 재정 위기를 극복하고 국내의 반혁명 세력을 진압하면서 혁명전쟁도 호전되었다.

"결의문! 결의문을 채택하시오!" 사방에서 결의문을 요구하고 나섰다. 이야기가 중구난방으로 산만해지며, 누가 무슨 말을 하는지도 몰랐지만, 회의는 더 길어져 새벽녘에서야 끝났다. 사람들이 조심스럽게 각자 흩어져 집으로 돌아갔다.

# 7

대로 주변에 멋진 장소가 한 곳 있었다. 그곳은 가파른 언덕에 자리를 잡고 거의 맞닿아 있으면서도, 파진카강의 빠른 강줄기로 양분되어 있는 비탈진 쿠테이니 포사드 마을과 그 아래쪽으로 점점이 흩어져 있는 말르이 예르몰라이 마을이었다. 쿠테이니 마을에서는 군대에 징집된 신병들의 송별회가 열리고 있었고, 말르이 예르몰라이 마을에서는 시트레제 대령의 지휘 아래, 징병위원회가 부활절로 한동안 중단되었던 징집 대상자들의 신체검사를 재개하고 있었다. 신체검사를 할 때는 기마 의용군과 카자크 병사들이 마을에 주둔하곤 했다.

그날은 예년보다 늦은 부활절의 사흘째 되는 날로, 초봄답지 않게 따뜻하고, 바람 한 점 없는 날이었다. 통행에 지장이 없도록, 대로 한쪽에서 좀 떨어진 쿠테이니 마을의 노변에 정장 차림의 신병들을 위한 식탁이 놓여 있었다. 땅에 닿을 만큼 길고 하얀 식탁보가 씌워진 식탁들이 한 줄로 반듯하게 놓이지 않고, 구불구불한 긴 창자처럼 늘어서 있었다.

음식은 마을 사람들이 추렴해 마련했다. 부활절 음식에서 남은 훈제햄 두 쪽과 부활절용 둥근 흰 빵 몇 개, 그리고 부활절용 치즈 케이크 두세 쪽이 대부분이었다. 또 모든 식탁 위에는 소금에 절인 버섯과 오이, 절인 양배추가 담긴 접시와 집에서 구워 두툼하게 썬 빵을 담은 접시, 그리고 색을 입힌 부활절 달걀을 높이 쌓아 둔 커다란 접시가 놓여 있었다. 달걀은 대부분 장미색과 파란색으로 물들어 있었다.

겉은 장미색과 파란색이지만 안쪽은 깨진 하얀 달걀 껍질이 식탁 주변의 풀밭에 여기저기 버려져 있었다. 양복 속에 받쳐 입은 남자들의 루바시카도 장미색이나 파란색이었고, 여자들의 드레스도 똑같이 장미색이나 파란색이었다. 하늘도 파란색이었다. 하늘 위로 유유히 떠가는 구름은 장미색으로, 하늘이 구름과 함께 떠가는 것처럼 보였다.

파프누트킨 집 현관의 높은 계단에서 발을 좌우로 차며, 장화 뒤축으로 거의 뛰다시피 쿵쿵거리며 뛰어 내려와 식탁 쪽—그 집은 식탁이 놓인 위쪽의 언덕에 있었다—으로 다가가서 일장 연설을 시작한 블라스 파호모비치 갈루진의 비단 띠를 두른 루바시카도 장미색이었다.

"여러분, 저는 여러분의 건강을 위해 샴페인 대신 집에서 빚은 술 한 잔을 들겠습니다. 떠나는 젊은이들의 앞날과 무사안녕을 위하여! 신병 여러분, 저는 여러 가지 이유로 여러분과 축배를 들고 싶습니다. 주목해 주세요. 여러분들 앞에 놓인 먼 길은 동족상잔의 피로 조국 들판을 물들인 압제자들로부터 결사적으로 조국을 수호하기 위한 십자가의 길입니다. 민중들은 피를 흘리지 않고 혁명을 이루기를 바랐지만, 볼셰비키당은 외국 자본의 앞잡이가 되어, 민중의 염원인 헌법제정회의를 해산시키고, 막을 수 없는 피의 강물을 흘러넘치게 했습니다. 출정하는 청년 여러분! 적군 뒤에서 파렴치하게 다시 고개를 드는 독일과 오스트리아를 보니, 수치심에 얼굴을 들 수 없습니다. 명예로운 동맹군의 임무로 러시아 군대의 실추된 명예를 회복합시다. 신이 우리와 함께하실 것입니다. 여러분!" 아직 갈루진의 말이 끝나기도 전에 '만세' 소리와 블라스 파호모비치를 헹가래 치자는 소리가 그의 목소리를 삼켜 버렸다. 그는 술잔을 입에 대고, 찌꺼기가 잘 걸러지지 않은 탁한 보드카를 천천히 마시기 시작했다. 술이 마음에 들지 않았다. 그는 좋은 향기를 풍기는 포도주에 길들어진 터였다. 그러나 그는 공적인 희생을 치르는 중이라는 생각에 만족했다.

"자네 아버님은 독수리 같은 분이군. 정말 놀라운 연설이야! 두마의 밀류코프* 의원과 견줄 만해." 술에 취해 떠들어대는 사람들 가운데 취기 어린 소리로 고시카 랴비흐가 옆자리에 앉은 친구 테렌티야 갈루진에게 그의 아버지를 추켜세

---

* 파벨 밀류코프(1859~1943). 러시아 역사가이자 정치가. 제헌의회당의 리더였고 두마에 선출되었다. 이월혁명 이후, 임시정부의 멤버였고, 1917년에 외교장관으로도 재직했다. 백군에 참가했다가 1920년에 망명했으며, 뛰어난 웅변가로 이름을 알렸다.

웠다. "정말 맞는 말씀이야. 대단한 분이시지. 하지만 괜히 열을 올리시는 것 같지는 않은데. 연설로 자네를 징집에서 면제시키려는 모양이야."

"그게 무슨 말인가, 고시카! 부끄럽지도 않나? '징집면제'라니, 어떻게 그런 말을 하나? 자네와 같은 날 통지서를 받았는데, 징집면제라니. 우리는 같은 부대에서 근무하게 될걸. 실업학교에서 나를 쫓아내다니, 나쁜 놈들. 어머니가 얼마나 슬퍼하시는지. 지원 장교도 못 될 거야. 일개 졸병으로 가게 될 거라고. 우리 아버지는 정말 연설을 잘하셔. 두말할 필요 없는 연설의 대가야. 더구나 그것이 타고나셨다는 거야. 체계적인 교육이라곤 전혀 받은 적이 없으니까."

"사니카 파프누트킨에 대한 소문 들었어?"

"들었지. 그런데 감염되었다는 것이 사실인가?"

"불치병이야. 점점 죽어 가고 있어. 모두 자기 잘못이지. 접촉하지 말라고 미리 말했는데도 갔으니. 상대가 누구였는지가 문제야."

"이제 어떻게 되는 거야?"

"비극이지. 자살을 기도했어. 지금 예르몰라이에 있는 위원회에서 징병검사를 받고 있는데, 징집될 거야. 본인 말로는 파르티잔 부대에 들어가고 싶다더군. 사회의 악에 복수하겠다나."

"이봐, 고시카. 자네는 감염되었다고 말했지. 하지만 여자한

테 가지 않아도, 다른 병에 걸리기도 하잖아."

"자네가 무슨 말을 하는지 알고 있어. 물론 그런 짓을 하고 싶다면 하게. 그것은 병이 아니라 은밀한 죄악이라고."

"고시카, 그런 소리를 지껄이면 낯짝을 갈겨 버릴 테야. 친구한테 그런 소리를 하다니, 이런 못된 거짓말쟁이!"

"진정해. 농담한 거야. 자네한테 하고 싶은 말은 이거야. 나는 파진스크에서 부활절을 보냈어. 파진스크에서 떠돌이 강연자가 '개인의 해방'이라는 제목의 강연을 했어. 상당히 흥미롭더군. 마음에 들었어. 그래서 제기랄, 나는 무정부주의자가 될 작정이네. 우리 내부에는 힘이 있다고 하더군. 성이든 인격이든, 동물적인 전기의 표현이래. 어때? 대단한 천재 아닌가? 으흠, 술이 좀 오르는걸. 그리고 주변에서 하도 고함을 질러 대니, 귀가 멍멍해 아무것도 못 알아듣겠어. 더 이상 못 견디겠어. 테료시카, 그만해. 이 애송이, 개자식아, 입 다물라고."

"고시카, 이것만 다시 이야기해 줘. 사회주의에 대해서는 한마디도 이해할 수가 없어. 예를 들어, 사보타즈닉* 같은 말인데, 그게 무슨 말이야? 무엇에 대한 거야?"

"테료시카, 그런 말이라면 나도 교수 뺨치게 잘 알지만, 경고하는데, 제발 귀찮게 굴지 마. 지금 나는 취했어. 사보타즈닉은 어떤 사람이 다른 누군가와 한패거리란 뜻이야. 일단 너

---

* 사보타주는 근로자가 고용주에게 적극적으로 생산 및 사무활동을 방해하거나 원자재나 생산시설 파괴 등을 포함하는 행위를 말하며, 사보타즈닉은 사보타주 공작원을 말한다.

에게 사보타즈닉이라고 말했다면, 너도 그들과 한패거리라는 뜻이지, 알겠어? 이 멍텅구리야."

"난 그 말이 욕지거리인 줄 알았지 뭐야. 하지만 전기의 힘에 관해서는 자네 말이 일리가 있어. 나는 광고를 보고 페테르부르크에서 전기 밴드를 주문하려고 했어. 활력을 증진시키려고 말이야. 대금은 물론 현물과 교환할 생각이었지. 그런데 갑자기 새로운 변화가 생긴 거야. 그래서 밴드에 신경을 쓸 여유가 없었어."

테렌티는 더 이상 말을 할 수 없었다. 그때 멀지 않은 곳에서 엄청난 폭발음이 터져, 취객들의 목소리를 집어삼킨 것이다. 식탁에서 들려오던 소리도 순식간에 멎었다. 잠시 뒤, 더 요란한 소동이 일었다. 의자에 앉아 있던 몇몇이 자리에서 벌떡 일어섰다. 좀 더 의연한 사람들은 계속 서 있었다. 다른 몇몇 사람들은 비틀거리며 다른 곳으로 피하려다 포기하고, 식탁 아래로 쓰러져 그대로 코를 골기 시작했다. 여자들은 비명을 질러 댔다. 대소동이 벌어졌다.

블라스 파호모비치는 범인을 찾으려고 사방을 둘러보았다. 처음에 그는 아주 가까운 쿠테이니 마을의 어디에선가, 아니면 식탁에서 멀지 않은 곳에서 폭탄이 터졌다고 생각했다. 그는 목에 힘줄을 세우고 상기된 얼굴로 목청껏 소리쳤다.

"대체 어떤 유대 놈이 우리 대열에 몰래 숨어들어 소란을 피우는 거냐? 어떤 망할 놈이 수류탄으로 장난을 치는 거야?

어떤 놈의 소행인지 나오기만 하면, 내 자식놈이라도 이 불한당의 목을 졸라 버릴 테다! 여러분, 이런 장난을 치도록 내버려 두어서는 안 됩니다! 당장 색출해야 합니다. 쿠테이니 마을을 포위합시다! 선동자를 잡아들입시다! 그 악당이 절대 빠져나가지 못하게 합시다!"

처음에 사람들은 그의 말에 귀를 기울였다. 하지만 곧바로 말르이 예르몰라이 마을의 면사무소에서 하늘로 서서히 치솟는 검은 연기 기둥에 정신이 팔렸다. 모두들 그곳에서 무슨 일이 벌어지는지 보려고 계곡으로 몰려갔다.

불타고 있는 예르몰라이 면사무소에서 징집 대상자들을 신체검사하던 시트레제 대령과 여러 장교들이 벌거벗은 몇몇 신병들과 함께 뛰쳐나왔다. 어떤 신병은 신발도 신지 못한 채, 바지만 겨우 걸치고 있기도 했다. 마을 입구에선 말안장에 올라탄 카자크 병사들과 의용군들이 몸부림치는 뱀처럼 몸을 뒤트는 말에 채찍을 휘두르는가 하면, 몸과 팔로 팽팽하게 말을 잡아당기며 이리저리 내달았다. 누군가 발각되고 체포되기도 했다. 많은 사람들이 길을 따라 쿠테이니 마을로 달려갔다. 달려가는 사람들을 뒤쫓아 예르몰라이 마을의 종탑에서 비상종이 울렸다.

그 후, 사건은 무서운 속도로 진행되었다. 어둠이 내렸지만, 시트레제 대령은 카자크 병사들과 함께 수색을 계속하며 그 마을에서 이웃 마을 쿠테이니로 거슬러 올라갔다. 순찰대로 마을을 포위하고, 모든 집과 농장들을 수색하기 시작했다.

그 무렵, 송별회에 모여 있던 사람들의 절반은 인사불성이 되도록 술을 마셔 땅바닥에 널브러져 있거나 식탁 가장자리에 엎어져 코를 골며 잠들어 있었다. 의용군이 마을에 도착했다는 소식이 알려졌을 때는 이미 어두워진 뒤였다.

몇몇 청년들은 의용군을 피하려고 서로 발길질을 해대고 밀치며, 마을 뒤로 빠져나와, 맨 먼저 눈에 띈, 지면까지 닿지 않는 식량 창고의 옆 통로로 기어 들어갔다. 어둠 속이라 누구의 식량 창고인지는 알 수 없었지만, 생선과 석유 냄새가 나는 것으로 보아, 소비조합의 매점 창고인 것 같았다.

숨어든 이들은 양심에 거리낄 일을 한 적이 없었다. 그들의 잘못은 숨었다는 것뿐이었다. 대다수 사람들이 바보처럼 술에 취해 당황해서 도망친 것이다. 그리고 몇몇은 자신들을 비난하고 고발할지도 모르는 관계자들을 피해야 할 입장이었다. 지금은 누구든 어떤 정치적 색채를 가지고 있으니까. 소비에트가 장악한 지역에서는 약간 난폭하거나 비행을 저지르기만 해도 흑색백인조* 같은 반동으로 평가되었던 반면, 백군 지역에서는 볼셰비키들의 난동으로 간주되었던 것이다.

이미 농가 지하에는 먼저 들어온 청년들이 있었다. 흙바닥과 창고 마루 사이에 사람들이 가득했다. 쿠테이니 마을과 예

---

* 흑색백인조는 1905년의 혁명 때 결성된 국수주의적 반혁명 극우 반동 단체이다.

르몰라이 마을 사람들이 뒤섞여 있었다. 쿠테이니 마을 사람들은 거의 인사불성이었다. 그들 중 일부는 이를 갈거나 신음 소리를 내며 코를 골기도 했고, 구역질을 하고 토하는 사람도 있었다. 창고 속은 한치 앞도 보이지 않을 만큼 컴컴하고 후덥지근했고, 심한 악취도 났다. 마지막으로 들어온 사람들은 발각되지 않도록, 그들이 기어 들어온 구멍을 안에서 흙과 돌로 막았다. 잠시 후 코 고는 소리와 신음 소리가 그치고 사방이 조용해졌다. 모두 조용히 잠이 들었다. 다만 겁에 질린 테렌티 갈루진과 예르몰라이의 싸움꾼인 코시카 네호발레니흐가 한쪽 구석에서 숨죽여 속삭이는 소리가 들렸다.

"조용히 못해, 이 멍청아! 이러다 모두 죽는다는 것 몰라? 이 빌어먹을 자식아! 시트레제 일당들이 찾아다니는 소리 안 들려? 마을 모퉁이를 돌아 대열을 맞춰 오고 있잖아. 곧 이곳으로 올 거야. 저기 오고 있다. 조용히 해! 숨소리도 내지 마. 목을 졸라 버리겠어. 오, 다행이야, 소리가 멀어지고 있어. 옆으로 지나갔나 봐. 이 바보야, 너는 여기 왜 왔어? 이런 멍청이, 숨을 이유가 전혀 없잖아! 누가 너를 건드린다고!"

"고시카가 숨으라고 소리치는 소리를 들었어. 그래서 여기로 들어온 거야."

"고시카는 그럴 만한 이유가 있지. 랴비흐 가족은 모두 요주의 인물로 낙인찍혀 있으니까. 호다트스코예에 친척들이 있거든. 직공으로 일하는데, 전형적인 노동자들이야. 움직이지

마, 이 멍청아! 가만히 누워 있어. 여기저기 토하고 더럽혀져 있다고. 움직이면 너나 나나 오물이 튀어 묻게 돼. 악취가 나는데도 몰라? 너는 시트레제가 무엇 때문에 마을을 돌아다니는지 알아? 파진스크 사람들을 쫓고 있는 거야. 외지인들 말이야."

"고시카, 대체 그게 어떻게 된 일이야? 왜 이런 일이 벌어진 거야?"

"모두 사니카 녀석 때문에 일어난 일이지, 사니카 파프누트킨 때문이라고. 우리가 모두 옷을 벗고 신체검사를 받고 있을 때였어. 사니카 차례가 되었지. 그런데 옷을 벗지 않는 거야. 이미 잔뜩 취한 채로 집무실에 나타난 거지. 서기가 그에게 옷을 벗으라고 말했어. 점잖게 공손한 말로. 군 서기가 말이야. 그런데 사니카는 무례한 태도로 벗지 않겠다고 하는 거야. 자신의 은밀한 부위를 아무에게나 보여 주고 싶지 않다고 하면서. 아주 쑥스러워했어. 그러고는 몸을 돌려 금방이라도 서기의 턱을 갈길 것처럼 다가갔어. 그랬어. 그러고는 어떻게 된 줄 알아? 사니카는 눈 깜짝할 사이에 몸을 굽혀 사무실의 작은 책상 다리를 붙잡더니 그대로 엎어 버렸어. 책상 위에 놓여 있던 잉크병이며, 군인 명단이며, 모든 것이 마룻바닥으로 쏟아졌어! 그때 시트레제가 사무실의 문을 열고 나타난 거야. 그러고는 소리쳤어. '이런 난폭한 짓은 용서 못해. 너희들의 무혈혁명과 공공장소에서 법에 어긋나는 행동은 용납할 수 없다. 선동자가 누구냐?' 하고 말이야.

그러자 사니카가 창문으로 다가갔어. 그리고 소리쳤어. '보초병, 옷을 집어! 여기에 있다가는 모두 끝장이야!' 나는 옷을 들어 얼른 입고는 사니카 쪽으로 갔어. 사니카가 주먹으로 유리창을 깨고 거리로 뛰쳐나가 바람처럼 들판으로 뛰었지. 나도 그의 뒤를 따랐어. 몇몇이 우리를 따라왔어. 정말이지, 죽어라고 뛰었지. 그러자 바로 그들이 고함을 지르면서 우리를 추격했어. 하지만 왜 그랬는지는 아무도 그 이유를 몰라."

"그러면 폭탄은?"

"폭탄이라니?"

"누가 폭탄을 던졌냐고? 아니, 폭탄인지 수류탄인지는 모르겠지만?"

"이런 제기랄, 우리가 그랬다는 거야?"

"그럼 누구야?"

"내가 그걸 어떻게 알겠어? 누군가 다른 사람이겠지. 아마 누군가 혼란한 틈을 타서 폭탄을 터뜨렸겠지. 그때는 의심을 받지 않을 테니까. 어떤 정치활동가가 그랬을 거야. 이곳에는 파진스크 출신의 정치활동가들이 많거든. 조용히. 입 다물어. 사람들의 목소리가 들려. 시트레제 일당이 되돌아오는 소리야. 이런, 이제 우리는 끝장이야. 조용히 하라구."

목소리가 점점 가까워졌다. 장화 소리와 박차 소리도 들렸다.

"따지지 마. 나를 속일 생각은 하지 말라고. 나는 그런 바보가 아니야. 어디선가 또렷하게 말소리가 들렸어." 페테르부르크의 말투로 명령하는 대령의 고압적인 목소리가 들려왔다.

"각하, 잘못 들으신 겁니다." 말르이 예르몰라이 마을 촌장인 늙은 어부 오트뱌지스틴이 말했다. "마을에서 말소리가 들렸다고 이상할 것은 없습니다요. 여기가 공동묘지는 아니잖아요. 사람들이 어디선가 이야기를 할 수도 있습죠. 집집마다 벙어리들만 사는 것은 아니니까요. 누군가 귀신에게 가위를 눌렸을지도 모르고요."

"아니, 아니야! 당신이 바보 행세를 하고 불쌍한 척한다는 것을 난 다 알고 있어! 귀신이라니! 아주 정신이 해이해졌군. 이젠 국제적인 문제까지 떠들어 댈 요량인 모양인데, 그러나 늦었어. 어디서 귀신 이야기를 하고 있어!"

"그럴 리가 없습니다. 각하. 대령님! 국제적인 문제라니요! 모두들 바보 멍청이에다 천하에 무식한 놈들입니다. 옛 기도서도 겨우 더듬더듬 읽을 정도인데요 뭘. 그런데 무슨 혁명입니까?"

"당신들은 탄로가 날 때까지는 그렇게 말하지. 소비조합 상점을 구석구석 다 뒤지고, 계산대 아래도 살펴봐."

"알겠습니다. 각하."

"파프누트킨, 랴비흐, 네흐발레니가 살았든 죽었든 상관없어. 바닷속이라도 쫓아가 찾아내고 말겠어. 그리고 갈루진의 꼬마 놈도. 그놈의 아버지가 제아무리 애국적인 연설을 하고 다닌대도 다 소용없어. 모두 입에 발린 소리야. 그 반대라고. 우리를 속일 수는 없지. 상인 주제에 연설을 하고 다니는 것이 아무래도 수상쩍어. 자연스럽지가 않다고. 비밀 정보에 의하면, 크레스토보즈드비젠스크에 있는 그자의 집에 정치범들을 숨겨 주고 불법 집회를 연다는 정보가 있어. 그 꼬마 놈을 잡아 와! 아직 그놈을 어떻게 할지는 결정하지 않았지만, 잘못이 드러나면 남은 자들에게 본보기로 가차 없이 목을 매달고 말겠어."

수색병들이 멀리 이동했다. 그들이 멀리 간 다음, 코시카 네흐발레니흐는 겁에 질린 테료시카 갈루진에게 물었다.

"들었지?"

"응." 정신이 나간 그가 귓속말로 대답했다.

"이제는 나와 자네, 그리고 사니카와 고시카가 갈 곳은 숲 속뿐이야. 물론 영원히 그곳에 있겠다는 것은 아니야. 그들이 좀 진정될 때까지 기다리는 거야. 그때 돌아올 수 있겠지."

제11장

숲속 군단

# 1

유리 안드레예비치가 파르티잔의 포로가 된 지도 벌써 이 년이 되었다. 포로이긴 했지만, 그 경계는 아주 애매했다. 유리 안드레예비치가 포로로 잡힌 곳은 벽으로 둘러쳐진 곳이 아니었다. 그를 감시한다거나 미행도 하지 않았다. 파르티잔 부대는 계속 이동 중이었다. 유리 안드레예비치도 그들과 함께 움직였다. 부대는 그들이 이동하는 마을이나 지역의 주민들과도 확실하게 구별되거나 구분되지 않았다. 군대는 주민들과 뒤섞이고 하나로 뭉쳐 있었다.

의사는 구속을 당하거나 포로 상태로 보이지 않았으며, 자유롭되, 그저 자유를 누리지 못하는 것으로 보였다. 의사가 처한 포로 상태라든가 구속이라는 것이 사실은 현실적으로는 존재하지 않는 공상이나, 키메라*같이, 눈에 보이지도 않고 손으로 만질 수도 없는, 일상적인 어떤 강제와 비슷했다. 의사는 감옥이나 쇠사슬, 감시인 등은 없었지만, 눈에 보이지 않는 부자유한 상태였던 것이다.

그는 세 번이나 파르티잔 부대에서 탈출하려고 시도했지만

---

* 그리스신화에 나오는 상상의 괴물. 머리는 사자, 몸통은 양, 꼬리는 뱀 또는 용의 모양을 하고 있으며 불을 내뿜는다고 한다.

모두 실패했다. 하지만 그들은 아무 처벌도 없었고, 그저 불장난처럼 보였다. 그리고 그는 더 이상 탈출을 시도하지 않았다.

파르티잔 대장인 리베리 미쿨리친은 그를 너그럽게 대해 주었고, 자기 막사에서 같이 기거하게 하면서 그와 어울리고 싶어 했다. 그러나 그의 억지스러운 친밀감이 유리 안드레예비치는 거북했다.

## 2

당시 파르티잔 부대는 동쪽으로 계속 후퇴하는 중이었다. 동쪽으로의 이동은 때로 서시베리아에서 콜차크군을 몰아내려는 총공격 작전의 일환이기도 했다. 어느 때는 백군이 후방에서 포위를 시도해, 그 방향으로 이동이 중단되기도 했다. 의사는 기묘한 이 작전을 오랫동안 이해할 수가 없었다.

대부분의 이동은 대로를 따라 늘어선 작은 도시나 마을과 평행하여 진행되었고, 가끔은 가도를 통과해 갈 때도 있었는데, 작은 도시와 마을은 전세의 변화에 따라 적군의 수중에 들어가기도 하고, 백군의 수중에 들어가기도 했다. 그래서 보통 겉으로는 작은 도시나 마을이 어느 쪽 군대의 수중에 들어 있는지 파악하기가 어려웠다.

농민군이 그곳을 지나갈 때면, 그곳을 통과하는 기다란 부대의 행렬이 그곳의 커다란 구경거리였다. 대로 양옆의 집들은 땅속으로 가라앉아 사라져 버린 듯했고, 반대로 진흙탕 속을 행군하는 기병들과 말들, 그리고 대포와 원통형으로 둘둘 만 외투를 등에 지고, 줄지어 걸어가는 키 큰 저격병들이 집들보다 더 높이 큰길 위로 솟아올라 보였다.

언젠가 의사는 작은 한 도시에서 카펠 장군*이 이끄는 백군 장교 부대가 퇴각하면서 버리고 간 영국군용 의약 보급품을 전리품으로 얻게 되었다.

비가 오고 흐려서 모든 것이 두 가지 색으로만 보이는 날이었다. 빛이 닿는 곳은 모두 하얗게 보였고, 빛이 닿지 않는 곳은 모두 검게 보였다. 중간색으로의 변화나 음영이 없듯이, 마음 역시 그렇게 획일화된 암흑으로 가득 차 있었다.

빈번한 군대의 이동으로 완전히 반죽이 되다시피 한 노면이 검은 진창이 되어 흘러내려, 도보로는 도저히 건널 수 없는 곳이 한두 군데가 아니었다. 길을 건너려면, 아주 멀리 떨어진 곳으로 빙 돌아야만 했다. 그런 상황에서 의사는 파진스크시에서 예전에 같은 열차를 탔던 펠라게야 탸구노바를 만났다.

그녀가 먼저 그를 알아보았다. 여자의 얼굴이 낯이 익긴 했지만, 그는 그 여자가 누구인지 얼른 기억해 내지 못했다. 운

---

* 블라디미르 카펠(1883~1920) 장군. 이월혁명 후 제헌의회당의 편에 섰고, 코무치 백군 그룹을 이끌었다. 콜차크 부대의 후퇴 이후, 카펠군으로 불린 시베리아의 백군의 잔병 부대를 지휘했고, 1920년 얼어붙은 바이칼을 가로질러 퇴각하다가 전사했다. 이 사건은 위대한 시베리아 얼음 행군으로 알려지기도 했다.

하의 한쪽에서 건너편을 바라보듯, 그녀는 길 건너에서 주저하는 시선을 보내며, 만약, 그가 알아본다면 기꺼이 인사를 건네고, 아니면 그대로 지나치겠다는 표정이었다.

잠시 후, 그는 온전히 기억을 떠올렸다. 사람들로 가득했던 화물열차, 강제노동에 동원되어 가던 사람들의 무리, 그들을 감시하던 호송병들, 땋은 머리를 가슴에 늘어뜨리고 있던 여자 승객들의 이미지와 함께 그 한복판에 그의 가족들의 모습이 보였다. 재작년에 가족들과 여행하던 추억이 선명하게 떠올랐다. 견딜 수 없이 그리운 가족의 얼굴들이 눈앞에 생생하게 되살아났다.

그는 탸구노바에게 고갯짓을 하고는, 조금 위쪽 도로로 올라와 진창 위에 솟은 돌을 딛고 건널 수 있는 곳을 가리키며, 자신도 그쪽으로 올라와서는 탸구노바 쪽으로 건너와 인사를 했다.

그는 그녀로부터 많은 이야기를 들었다. 같은 난방차를 타고 왔던 바샤, 그러니까 불법으로 강제징용당한 순박한 미소년 바샤를 상기시키며, 탸구노바는 베레텐니키 마을에 사는 바샤의 어머니 집에서 지냈던 일을 의사에게 자세하게 이야기했다. 그녀는 그들과 잘 지냈지만, 마을 사람들은 그녀가 베레텐니키 출신이 아니라, 외지인이라는 이유로 그녀를 곱게 보지 않았다고 했다. 그녀가 바샤와 은밀한 사이라도 되는 양, 조작된 소문까지 돌았다고 했다. 결국 괴롭힘을 당해 죽기 전에, 제 발로 마을을 떠나야 했다고 했다. 그녀는 크레스토보즈드비젠스크시에 사는 여동생 올가 갈루지나에게 가서 머물렀다. 그러다가 파진스크에서 프리툴리예프를 본 사람이 있다는 소문을 듣고 이곳으로 오게 되었다고 했다. 그를 보았다는 것은 거짓으로 밝혀졌지만, 일자리를 얻어 이곳에 눌러앉게 되었다고 했다.

그 사이 그녀의 가까운 사람들이 불행을 당했다. 베레텐니키 마을 사람들로부터 소식을 들었는데, 마을이 식량징발법*에 불복한 죄로 식량징벌대의 습격을 당했다는 것이었다. 브리킨 집이 불타고, 바샤의 가족 중에도 누군가가 죽었다고 했다. 크레스토보즈드비젠스크에서는 갈루진의 집과 재산이 몰수를 당했다. 그 집의 사위는 투옥당했거나 총살당했다고 했다. 조카는 행방불명이 되었다. 처음 한동안 여동생 올가는 재산을 다 잃고 굶게 되었지만, 지금은 즈보나르스카야 자유촌에 있는 친척 농가에서 집안일을 도우며 살고 있다고 했다.

우연히 탸구노바는 의사가 재산을 압수할 예정이었던 파진스크 약국에서 부엌일을 하고 있었다. 압수를 당해 탸구노바를 비롯, 약국에서 생계를 꾸려 가던 사람들이 모두 위기에 몰리게 되었다. 그러나 의사에게는 압수를 중지시킬 권리가 없었다. 탸구노바는 물품을 인도하는 일에 입회하게 되었다.

---

* 소련 전시 공산주의 시기에 있었던 농산물 징발을 말한다.

유리 안드레예비치의 마차는 약국 뒤쪽에 있는 창고 문 앞에 대기하고 있었다. 창고에서 짐짝들과 고리버들에 싸인 병들과 궤짝들을 들어냈다.

사람들과 함께 마구간에 있던 비쩍 마르고 지저분한 늙은 말도 구슬프게 그 반출 작업을 바라보고 있었다. 저녁이 되자, 비는 점차 가늘어졌다. 하늘이 조금 개는 것 같았다. 조금 지나서 구름 사이로 해가 살짝 얼굴을 드러냈다. 그러고는 해가 졌다. 저녁 햇살이 마당에 어두운 청동색의 빛을 비추자, 질척한 오물 웅덩이가 음산한 금빛으로 물들었다. 바람도 웅덩이의 오물을 출렁이게 하지 못했다. 질척하게 무거워서 오물 웅덩이는 움직이지 않았다. 그러나 도로에 괴어 있던 빗물은 바람이 부는 대로 잔물결을 일으키며 주사朱沙처럼 반짝였다.

군대는 말을 탄 기병이든, 보병이든, 깊은 호수와 웅덩이를 피해 길 가장자리를 따라 걷고 또 걸었다. 압수당한 의약품 속에서 코카인 한 통이 나왔다. 최근 파르티잔 대장이 이 코카인에 중독되었다.

## 3

파르티잔 부대에서 의사는 눈코 뜰 새 없이 바빴다. 겨울에는 발진티푸스, 여름에는 이질로, 더구나 전투가 재개된 이후에는 부상자의 수도 점점 늘었다.

파르티잔 부대는 패배와 대대적인 퇴각에도 불구하고, 그들이 지나가는 지역에서 새로 봉기하는 현지의 병사들과 적진에서 도망친 탈주병들이 가세하면서 수가 계속 불어났다. 의사가 파르티잔 부대에 있었던 일 년 반 동안, 병력은 열 배로 불어났다. 크레스토보즈드비젠스크에 있는 지하 사령부 회의에서 리베리 미쿨리친이 휘하 병력을 열 배로 부풀린 적이 있었는데, 지금은 실제로 병력이 그에 육박했다.

유리 안드레예비치 밑에 상당한 경력을 가진 새로 임명된 위생병 몇 명이 조수로 딸려 있었다. 의무대에서 그의 오른팔 역할을 하는 사람들은 헝가리 공산당원 출신이자 의사였다가 포로가 되어, 진영 안에서 라요쉬 동무라고 불리는 케레니 라이오쉬와 크로아티아 출신으로 오스트리아군의 포로였던 간호장 안겔라르였다. 유리 안드레예비치는 라요쉬와는 독일어로, 안겔라르는 슬라브계 발칸인이라, 그런대로 러시아어가 통했다.

**4**

국제적십자협약에 따르면, 군의관과 위생병은 무장하고 전투에 참가할 수 없었다. 그러나 언젠가 한번 의사는 어쩔 수 없이 규칙을 위반한 적이 있었다. 들판에 나가 있다가, 전투가 벌어져 부대원들과 운명을 같이해 총을 잡아야만 했다.

파르티잔의 산병선은 숲 가장자리에 위치해 있었고, 그 안에 있던 의사는 갑자기 적의 총격을 받아, 옆에 있던 통신부 대원들과 함께 납작 엎드렸다. 파르티잔의 후면은 타이가 숲이고, 전면은 차폐물이 없는 탁 트인 초지였기 때문에 백군이 그쪽으로 공격해 왔다.

이미 적들이 눈앞에 가까이 다가와 있었다. 그들의 얼굴 하나하나가 선명하게 보였다. 원래 군인이 아니라, 수도에서 자원한 소년들과 예비역으로 동원된 중년들이었다. 그러나 지원한 지 얼마 되지 않은 대학 초년생들과 김나지야 졸업반 학생들이 그 대부분을 차지하고 있었다.

그중에 의사가 아는 얼굴은 아무도 없었지만, 그중 절반은 어디선가 본 기억이 있었고, 이상하게 낯익어 보였다. 유년학교 시절의 급우와 닮은 이들도 있었다. 그들의 동생들이었을까? 또 누군가는 예전 어느 극장이나 길에서 마주쳤을지도 모른다. 섬세하고 반듯한 용모를 가진 그들은 가까운 가족처럼 느껴졌다.

그들은 지나치게 무모하고 열렬한 용기에 고무되어, 자기 나름대로 임무를 수행했다. 그들은 정규 근위병의 열병 행진도 무색할 만큼 산개 대형으로, 위험을 무릅쓰고 꼿꼿한 자세로 전진해 왔고, 풀밭이 평평하지 않아, 마음만 먹으면 쉽게 숨을 수 있는 작은 구릉이나 돌출한 부분이 있었는데도,

약진躍進을 하거나 땅에 엎드리려고 하지 않았다. 파르티잔의 총알은 그들을 거의 백발백중으로 우수수 쓰러뜨렸다.

백군이 앞으로 진격해 오는 텅 빈 넓은 들판 한가운데 불에 탄 고목 한 그루가 서 있었다. 벼락을 맞았거나 모닥불에 탔거나, 아니면 전에 벌어진 전투에서 포화를 맞아 쪼개지고 불에 탔을지도 모를 일이었다. 진격해 오는 지원병들은 모두 좀 더 안전하고 확실하게 목표물을 겨냥할 수 있는 고목에 시선을 보내며, 그 뒤에 숨고 싶다는 유혹에 빠지기도 했겠지만, 유혹을 물리치고 계속 전진해 왔다.

파르티잔이 소유한 탄약은 얼마 되지 않았다. 탄약을 아껴야 했다. 근접 거리에 올 때까지는 발포하지 않고, 확실히 식별되는 목표물만 쏘아야 한다는 상호 규약의 명령이 있었다.

의사는 총도 없이 풀밭에 엎드린 채, 전투가 벌어지는 상황을 지켜보고 있었다. 용감하게 죽어 갈 어린 소년들을 생각하니 마음이 몹시 아팠다. 그는 진심으로 그들의 행운을 빌었다. 그들도 자신과 같은 교육, 같은 도덕, 같은 판단력을 소유하고 정신적으로 비슷한 후예들이었을 터였다.

그는 마음속으로 초지로 뛰어나가 그들에게 투항해, 이 상황에서 벗어날까 하는 생각도 했다. 그러나 그런 시도는 위험천만한 모험이었다.

그가 두 손을 들고 숲속의 초지 가운데로 달려가는 사이에, 이쪽에서는 배신자를 벌하려고, 상대 쪽에서는 진의를 알지 못해, 양쪽에서 퍼붓는 총격으로 가슴과 등에 총알 세례를 받아 죽을 판이었다. 그는 지금껏 몇 번이나 이런 비슷한 상황에 놓이곤 했지만, 가능성을 가늠해 보고는, 탈주 계획은 매우 무모하다고 결론지었고, 이미 오래전에 단념했다. 그래서 의사는 상반되는 감정을 진정시키며, 계속 배를 대고 엎드린 채, 얼굴을 초지로 향하고, 총도 없이 수풀 속에서 전세의 추이를 계속 지켜보았다.

그러나 바로 옆에서 죽기 살기로 전투가 벌어지고 있는 판국에 아무 행동도 하지 않고 바라보고만 있다는 것은 인간으로서 견딜 수 없는 일이었다. 문제는 지금 그가 포로로 잡혀 있는 진영에 충성해야 한다거나, 자신을 방어해야 한다는 사실에 있는 것이 아니라, 지금 일어나고 있는 일련의 사태와 지금 그의 앞에서, 그리고 그의 주변에서 벌어지고 있는 사건들의 법칙에 따라야 한다는 점에 있었다. 그 상황에서 국외자로 머문다는 것은 규칙 위반이었다. 다른 사람들과 똑같이 행동해야만 했다. 전투가 벌어지고 있는 중이다. 자신과 동료들이 총격을 받고 있는 중이다. 당연히 응사해야 했다.

그와 나란히 산병선에 있던 통신병이 갑자기 부르르 몸을 떨더니, 몸을 쭉 뻗고 움직이지 않았다. 유리 안드레예비치는 통신병 쪽으로 기어가, 그의 탄약함을 풀고 그의 총을 들고는, 원래 있던 자리로 되돌아와 한 발 한 발 총을 쏘기 시작했다.

그러나 그는 공감하고 동정했던 소년들이 안쓰러워 그들을 향해 총을 겨눌 수가 없었다. 그렇다고 공중에 대고 총을 쏘는 것 역시 어리석고 무의미했으며, 그의 의지와 상충되는 것이었다. 하는 수 없이 그는 총의 가늠쇠에 적군이 아무도 들어오지 않는 순간, 불탄 나무를 겨냥해 방아쇠를 당겼다. 그것이 자기 나름의 방식이었다.

목표물을 겨냥해 정확하게 조준하고 천천히 방아쇠를 당기지만, 총을 쏠 의도가 전혀 없어, 끝까지 당기지 않고 있자면, 저절로 공이치기가 공이를 쳐 예기치 않게 총알이 발사되곤 했다. 의사는 손에 총이 익숙해지자, 정확하게 나무 아래쪽의 말라 죽은 가지를 잇달아 쏘아 댔고, 그러면 죽은 나무 둘레로 우수수 나뭇가지들이 떨어져 내리곤 했다.

그런데 이런 맙소사! 의사는 총에 맞는 사람이 없도록, 세심하게 주의를 했건만, 결정적인 순간에 반대 진영에서 한 사람, 또 한 사람이 의사와 나무 사이로 잇달아 뛰어들어, 발사 순간에 화선火線을 가로질러 왔다. 그 순간 두 사람이 부상을 입고 쓰러졌고, 세 번째 역시 불행하게도 나무 옆에 쓰러졌는데 죽은 것 같았다.

마침내 백군의 지휘관이 공격의 무의미함을 깨닫고 퇴각 명령을 내렸다.

파르티잔 쪽은 숫자가 많지 않았다. 주력부대의 일부는 행군 중이었고, 다른 일부는 조금 떨어진 지점에서 훨씬 더 대규모의 상대 부대와 교전 중이었다. 파르티잔 부대는 얼마 되지 않는 자기 부대의 병력이 드러날까 봐, 퇴각하는 적을 추격하지 않았다.

간호장 안젤라르가 들것을 든 위생병 두 명을 데리고 수풀가로 왔다. 의사는 그들에게 부상병의 간호를 지시하고는, 꼼짝도 하지 않고 누운 통신병에게 다가갔다. 아직 숨을 쉬고 있다면, 살릴 수 있을지 모른다는 막연한 기대를 품었다. 그러나 통신병은 숨이 끊어져 있었다. 죽은 것을 확인하기 위해 유리 안드레예비치는 그의 루바시카의 앞섶을 헤치고, 심장에 귀를 댔다. 심장은 멎어 있었다.

전사자의 목에는 줄에 달린 부적 주머니가 걸려 있었다. 유리 안드레예비치는 그것을 풀었다. 주머니 속에 접힌 모서리가 닳아, 누더기가 된 종이가 천 조각에 꿰매져 있었다. 의사는 절반이 누더기가 된 종이를 펼쳤다.

종이에는 「시편」 제90편*의 발췌문이 기록되어 있었는데, 그 내용은 오랫동안 반복되면서 점점 원전에서 멀어진 기도문에 민중들이 덧붙이거나 바꾼 것이었다. 교회슬라브어**로 된 문구의 단편들이 러시아어로 번역되어 적혀 있었다.

---

* 대한성서공회에서 펴낸 「공동 번역 성서」로는 제91편.
** 교회슬라브어는 러시아와 기타 동방정교 교회에서 쓰이는 언어이다. 이 언어는 러시아어와는 다른 중세 불가리아어에서 파생된 고대 교회슬라브어가 12세기 이후 지방적인 슬라브 문장어와 슬라브 방언의 영향을 받아 러시아 교회슬라브어·세르비아 교회슬라브어·불가리아 교회슬라브어 등으로 변형된 것 중의 하나로, 후대에 국민적인 문장어가 형성될 때까지 동방정교회권 슬라브인 및 가톨릭교도 크로아티아인의 문학 활동의 주요한 표현 수단이 되었고, 원래의 교회 전례 용어가 가진 기능을 넘어서게 되었다. 여기서는 교회슬라브어에서 러시아어로 잘못 이해된 부분들을 설명하고 있다.

「시편」에는 '지존자의 가호 아래 사는 자여.'라고 되어 있다. 주문의 표제가 러시아어식 표기로 '가호를 받는 자들은'이라고 바뀌어 있었다. 「시편」의 '낮에 날아드는 화살을…… 두려워하지 아니하리로다.'라는 구절은 '날아드는 싸움의 화살을 두려워 말라.'라는 훈계로 바뀌어 있었다. 또 「시편」의 '그가 나의 이름을 안 즉'으로 나와 있는 것을 러시아어로 '나중에 나의 이름은'으로 바뀌고, '그들이 환란을 당할 때에 내가 그와 함께하여, 그를 건지고……'는 '곧 겨울이 오면 그를'로 되어 있었다.

「시편」의 이 문장이 총알을 피하게 해주는 영험이 있다고 믿었다. 이미 병사들은 지난 제국주의 전쟁 때부터 그것을 부적으로 지니고 다녔다. 그 후로 십 년이 훨씬 지난 뒤에, 체포된 이들은 이것을 옷에 누벼 두었고, 한밤중에 신문에 불려 나갈 때마다, 이 구절을 암송하곤 했다.

유리 안드레예비치는 통신병이 있던 자리에서 숲속 초지를 가로질러 자신이 쏜 젊은 백군 병사의 시체가 있는 쪽으로 가로질러 갔다. 청년의 아름다운 얼굴에는 순결함과 모든 것을 용서한 고뇌의 흔적이 어려 있었다. '나는 왜 그를 죽였을까?' 의사는 생각했다.

그는 죽은 사람의 외투 단추를 풀고 그 앞자락을 쫙 펼쳤다. 외투 안섶에는 어머니의 것이 분명해 보이는 애정이 담긴 서예체로 정성껏 세료자 란체비치라는 전사자의 성명이 수놓여 있었다.

세료자의 루바시카 깃 밑에는 가느다란 사슬에 달린 십자가와 메달, 그리고 무슨 납작한 금 케이스인지, 아니면 못을 쳐 움푹 들어간 것 같은 망가진 뚜껑이 달린 담뱃갑인지 모를 것이 굴러 나와 체인에 매달려 있었다. 그 작은 케이스가 반쯤 열려 있었고, 그 속에서 접힌 종이가 삐죽 나와 있었다. 의사는 종이를 펴보고 자기 눈을 의심했다. 그것 역시 「시편」 제90편이었지만, 여기에는 교회슬라브어의 원전이 인쇄되어 있었다는 것이 다를 뿐이었다.

그 순간 세료자가 신음 소리를 내고는 몸을 폈다. 살아 있었던 것이다. 나중에 알게 되었는데, 그는 가벼운 복부 충격으로 실신해 있었다. 어머니가 준 부적에 총알이 맞아, 그는 목숨을 건졌다. 그러나 의식을 잃고 누운 이 소년을 어떻게 해야 하나?

그 무렵 교전하는 양 진영의 잔인함은 극에 달해 있었다. 포로가 지정된 장소까지 살아서 도착한 적이 없었는데, 적의 부상병의 경우, 그 자리에서 총검으로 살해당하곤 했다.

숲속 파르티잔 부대는 새로운 지원병들이 들어오기도 하고, 이전의 대원들이 도망쳐서 적진으로 넘어가기도 하는 등, 그 구성원들이 계속 변했는데, 란체비치도, 잘 감추기만 하면, 최근에 입대한 신참으로 속일 수 있었다.

유리 안드레예비치는 전사한 통신병의 윗도리를 벗긴 다

음, 안겔라르에게 자기 생각을 털어놓고는 그와 함께 실신한 소년에게 옷을 갈아입혔다.

두 사람은 소년이 회복될 때까지 돌보아 주었다. 완쾌한 란체비치는 은인들에게 콜차크군의 진영으로 되돌아가 적군과 싸움을 계속하겠다고 솔직하게 말했고, 그들은 그를 놓아주었다.


# 5


가을이 되자 파르티잔은 리시 오토크에서 숙영하게 되었다. 이곳은 높은 언덕 위에 있는 작은 숲으로 이루어져 있었고, 그 아래 기슭으로는 거품을 일으키며 세차게 흐르는 물살이 강변을 잠식하며 흐르는, 삼면이 강으로 둘러싸인 곳이었다.

파르티잔 부대가 오기 전에는 카펠 장군 휘하의 백군이 이곳에서 겨울을 났다. 그들은 근처 마을 주민들의 힘을 빌려 숲속에 진지를 쌓았지만, 봄이 되자 그곳을 떠났다. 지금은 폭파되지 않고 남은 엄폐호와 참호, 그리고 지하 통로에 파르티잔 부대가 진을 치고 있었다.

리베리 아베르키예비치는 엄폐호에서 의사와 함께 지냈다. 그는 의사에게 이야기를 늘어놓으며, 이틀째 밤까지 그의 잠을 방해했다.

"존경하는 나의 부모, 나의 아버지, 나의 파터*는 지금 무얼 하고 계신지 궁금하군요."

'오, 맙소사, 광대 같은 이런 말투는 정말 참을 수가 없군.' 의사는 한숨을 내쉬었다. '아버지를 꼭 닮았어!'

"지금까지 우리가 나눈 이야기로 미루어 보아, 당신은 아베르키 스테파노비치를 상당히 잘 알고 있는 것 같아요. 그리고 그분에 대해 특별히 나쁜 감정을 갖고 있지도 않고요. 그렇지 않습니까, 선생님?"

"리베리 아베르키예비치, 내일은 읍내에서 예비선거 집회가 있습니다. 그 외에도 위생병의 보드카 밀주 사건에 대한 재판도 바로 코앞에 다가왔고요. 그래서 라요쉬와 함께 관련 자료를 준비해야 하는데 아직 준비도 못했어요. 그 일 때문에 내일 라요쉬와 만나기로 했습니다. 더구나 이틀 밤이나 잠을 못 잤고. 이야기는 나중으로 미룹시다. 부탁입니다."

"안 됩니다. 다시 아베르키 스테파노비치의 이야기로 돌아갑시다. 그 영감님에 대해 어떻게 생각하십니까?"

"당신의 아버님은 아직 젊습니다. 리베리 아베르키예비치, 당신은 왜 그분을 그렇게 부르죠? 아무튼 이야기하겠습니다. 이미 여러 번 말했지만, 다양한 종류의 사회주의를 잘 구별하기 힘들고, 볼셰비키와 다른 사회주의자들의 특별한 차이도 모르겠습니다. 당신의 아버님은 최근 러시아의 혼란과 소요에

---

* 아버지란 뜻의 독일어이다.

책임이 있는 사람들 중 한 분입니다. 아베르키 스테파노비치는 혁명가의 한 전형이자, 특징이라고 할 수 있으니까요. 당신이나 그분이나 러시아 발효소醱酵素의 대표자라고 할 수 있죠."

"그 말씀은 칭찬입니까, 아니면 비난입니까?"

"재차 부탁드리지만, 이런 논의는 적당한 때에 다시 하기로 합시다. 그건 그렇고, 당신이 코카인을 남용하고 있다는 사실을 언급해야겠습니다. 당신은 내가 관리하는 비축품을 마음대로 가져갔습니다. 그것은 독극물로, 당신의 건강을 책임져야 할 사람이 저라는 것을 차치하고라도, 그것은 다른 데에 필요합니다."

"당신은 어제도 교육을 받지 않았습니까? 당신의 사회의식의 약화는 무지한 시골 아낙네나 보수 반동의 속물들과 전혀 다르지 않군요. 그런데도 당신은 박식한 의사이고, 더구나 무슨 글인가를 쓰고 있는 것으로 알고 있는데. 그것이 부합되는 일입니까?"

"글쎄요, 모르겠습니다. 부합되지도 않을뿐더러, 아무것도 할 수 있는 것이 없어요. 나는 그저 불쌍한 존재일 뿐이오."

"지나친 겸손은 오만입니다. 그렇게 신랄하게 비웃지 말고, 우리 강습회의 프로그램을 잘 이해하고 자신의 오만이 부적절했다는 것을 인정하는 것이 좋을 것이오."

"무슨 말씀입니까, 리베리 아베르키예비치! 오만이라니요! 나는 당신의 교육 활동에 경의를 표합니다. 여러 문제들에 대한 당신의 의견이 신문에 계속 언급되고 있더군요. 그것을 읽었습니다. 병사들의 정신적 발전에 대한 당신의 견해도 알고 있어요. 감탄할 정도였어요. 동지와 약자, 고아와 여자, 청렴결백의 이상에 대해 인민군 전사들이 견지해야 할 태도에 대해 당신이 언급한 모든 것은 거의 두호보르 교도*의 조직 원리와 같고, 일종의 톨스토이주의이자 인류 진보의 꿈이 아니겠습니까? 소년 시절에는 나도 머릿속에 그런 생각이 가득했습니다. 그런 내가 왜 비웃겠습니까?

그러나 먼저, 시월혁명 이후에 등장한 모든 사회의 증진이라는 이념에 대해 나는 동의할 수 없어요. 그 다음으로, 그 모든 것이 실현되려면 아직 요원한데도, 그것을 해석하는 일에만도 피바다를 만들었으니, 목적이 수단을 정당화할 수는 없잖아요? 세 번째로는, 가장 중요한 문제로, 삶의 개조에 대한 이야기에 이르면, 완전히 자제심을 잃고, 절망에 빠질 정도입니다.

삶의 개조라니요! 그런 생각을 할 수 있는 사람은, 아무리 인생 경험이 많다 해도, 한 번도 삶이 무엇인지를 깨닫지 못한 사람들이나 삶의 고동과 영혼을 느껴 본 적이 없는 사람들

---

* 18세기 후반, 러시아 남부에서 발생한 러시아정교회의 교지와 의례를 부정한 러시아 분리파 교도의 한 종파로, 농민의 유토피아적 공동체의 이념을 추종했고, 사유재산을 부정하고, 국가에 대한 납세, 병역을 거부했다. 그 때문에 러시아 정부로부터 탄압을 받고, 러시아 중앙부에서 캅카스로 강제이주 당했으며, 그 일부는 19세기 말 톨스토이의 도움을 얻어 캐나다로 이주하기도 했다. 이 자금을 마련하기 위해 펜을 꺾었던 톨스토이가 다시 펜을 들어 쓴 소설이『부활』이다.

뿐일 겁니다. 그런 사람들은 삶을 마치 아직 자기 손길로 고상하게 빚어지지 않은 거친 원료로, 자신들에 의해 가공되어야 할 물질로 인식합니다. 하지만 삶은 한 번도 재료나 물질이었던 적이 없습니다. 아시다시피, 삶이란 스스로를 끝없이 새롭게 하고, 스스로를 영원히 변화시키고 개조해 나가며 실현시켜 나가는 것이자, 우리들의 어리석은 이념을 훨씬 초월해 있는 것입니다."

"아무튼, 집회에 참석하고 우리 편의 놀랍고 훌륭한 사람들을 만나다 보면, 확실히 기분이 나아질 것이오. 우울한 기분을 떨칠 수 있어요. 원인이 어디에 있는지 잘 알아요. 우리들이 공격당하는 중이라 미래의 희망을 기대할 수 없기에, 의기소침해 있을 겁니다. 하지만 나의 벗이여, 전혀 두려워할 필요 없어요. 나는 개인적으로, 이보다 훨씬 더 무서운 일들—지금은 털어놓을 수 없지만—을 당했지만 의연하게 대처해 왔어요. 우리들의 패배는 일시적인 것이죠. 콜차크의 파멸은 기정사실이니까요. 내 말을 잘 기억해 두시오. 곧 알게 될 테니까. 우리가 승리할 것입니다. 안심하세요."

'정말 안하무인이군!' 의사는 생각했다. '정말 어린애 같아! 얼마나 식견이 좁은지! 우리의 견해가 서로 다르다는 것을 수없이 밝혔는데도, 강제로 나를 붙잡아 여기에 붙들어 두고는, 전투에 패해서 내가 실망했을 거라는 둥, 그의 기대와 희망이 나에게 용기를 불어넣어 줄 것이라는 둥 하면서 환상 속을 헤매고 있어. 자기 앞가림도 못하는 주제에! 그가 혁명에 갖는 호기심은 태양계의 존재에 대한 호기심과 같을 뿐이지.'

유리 안드레예비치는 얼굴을 찌푸렸다. 그는 아무 대답도 하지 않았고, 리베리의 유치함에 대해서는 인내의 한계에 도달했다는 것을 드러내며, 어깨만 들썩했다. 리베리도 그것을 눈치챘다.

"주피터여, 그대는 화를 내는군요. 그것은 그대가 틀렸다는 것을 의미합니다." 그가 말했다.

"이젠 이런 것들이 모두 나에게 무의미하다는 것을 인정하시오. '주피터'니 '두려워하지 말지어다'라느니, '누군가 A라고 말하면 B라고 말해야 한다'느니, '무어인은 제 할 일을 했다. 무어인은 돌아가도 된다'느니 하는 이 모든 속물적이고 저속한 표현은 나와는 상관없는 겁니다. 나는 당신이 화를 낸다 해도 A라고 말하지, B라고 말하지는 않을 겁니다. 당신들이 러시아의 횃불이자 해방자이며, 당신들이 없으면 러시아가 무너지고 빈곤과 무지 속으로 추락한다 해도, 당신들과 관련되고 싶지도 않고, 아무 관심도 없으며, 당신들을 좋아하지도 않으니, 모두 좀 꺼져 줄 수 없겠소.

당신의 정신적 지도자들이 격언을 남발하곤 합니다만, 강제로 환심을 얻을 수 없다는 중요한 사실은 모른 채, 원하지도 않은 사람들을 해방시켜 주고 행복하게 해주었다고 생색을 내는 버릇이 있더군요. 아마 당신도 당신네들의 캠프나 집단이 나에게 그지없이 좋을 거라고 생각할 것이오. 당신은 분명 내가 나의 가족과 자식, 가정과 의무로부터, 다시 말해, 내게 가장 소중하며 내 삶의 의미인 모든 것으로부터 나를 해방시켜 준 것을, 그리고 내가 포로가 된 것을, 당신에게 고마워하고 감사해야 한다고 말하겠지요.

러시아인이 아니고, 누구인지도 알 수 없는 부대가 바르이키노를 습격했다는 소문이 돌더군요. 마을이 파괴되고 약탈당했다고요. 카멘노드보르스키도 그것을 부정하지 않았습니다. 내 가족과 당신의 가족은 도망친 것 같습니다. 어떤 신화 속에 나오는, 눈꼬리가 올라간 사람들이 솜 외투에 털모자를 쓰고, 혹한에도 불구하고, 얼어붙은 르인바강을 건너, 한마디 말도 없이, 마을의 살아 있는 것들을 모두 쏘아 죽이고, 처음 나타났을 때처럼 아무도 모르게 사라졌다고 하더군요. 혹시 그 사건에 대해 당신이 뭐 알고 있는 것 없습니까? 그것이 사실입니까?"

"헛소리요. 모두 날조된 이야기입니다. 아무 근거도 없는 유언비어예요."

"만약 당신이 병사들의 도덕 교육 시간에 이야기한 교시에서처럼 선량하고 너그럽다면, 내가 어디로 가든 석방시켜 주시오. 생사조차 모르고 어디에 있는지도 알 수 없는 내 가족을 찾으러 가겠습니다. 만약 안 된다면, 제발 아무 말 말고 나를 가만히 내버려 두세요. 나는 다른 것에는 아무 관심도 없어요. 게다가 나도 내가 무슨 일을 저지를지 모르겠소. 어쨌든, 이런 제기랄, 나에게도 최소한 잠을 잘 권리는 있잖소!"

유리 안드레예비치는 침상에 엎드려 베개에 얼굴을 파묻었다. 그는 리베리의 말을 듣지 않으려고 애를 썼다. 리베리는 계속 장황한 변명을 늘어놓으며, 봄까지는 백군이 전멸될 거라며 달랬다. 내전이 끝나면 자유와 번영과 평화가 찾아올 것이라고. 그때는 아무도 의사를 붙잡아 두지 않을 것이라고. 그때까지는 견뎌야 한다고. 이렇게 수많은 시련과 희생을 치르며 기다려 왔고, 이제 얼마 남지 않았다고. 더구나 지금 의사가 당장 어디로 갈 수 있단 말인가? 의사 자신의 안위를 위해서라도 지금 혼자 가게 할 수는 없다고 했다.

'계속 같은 말만 지껄이고 있어, 악마 같은 놈! 몇 년 동안 똑같은 말을 반복하는 것이 부끄럽지도 않나?' 유리 안드레예비치는 한숨을 내쉬며 분노했다. '가련한 코카인 중독자가 입만 살아서 자기 말에 도취해 있군. 밤에도 밤인지를 모르고 잠을 안 자니, 저 저주받을 저놈과 함께 살 수가 없어. 정말 괴롭군! 아, 맙소사, 이러다가는 결국 저 녀석을 죽일지도 몰라.

아, 토냐, 가련한 나의 소녀! 당신은 살아 있소? 어디에 있소? 오, 맙소사, 이미 오래전에 해산을 했을 텐데! 어떻게 아이를 낳았을까? 우리의 아이는 아들이오, 딸이오? 그리운 가족들은 모두들 어떻게 지내고 있소? 토냐, 영원한 나의 죄, 나의 양심의 가책이여! 라라, 그대의 이름을 부르기가 두렵소. 그대의 이름을 떠올리니 정신이 나갈 것만 같소. 신이시여! 신이시여! 가증하고 감정도 없는 짐승 같은 저놈은 아직도 계속 연설을 늘어놓으며 입을 다물 기색이 없군. 아, 언젠가는 결국 참지 못하고 저놈을 죽이고 말 거야. 저자를 죽이고 말 것 같아.'

# 6

아낙네의 여름*이 지났다. 맑게 갠 황금빛 가을날이 계속되었다. 리시 오토크의 서쪽 한편의 지면에는 의용군들이 지어 놓은 목조건물의 목조탑이 솟아올라 있었다. 유리 안드레예비치는 그곳에서 조수인 의사 라요쉬와 만나 공동 업무를 의논할 예정이었다. 약속 시간에 맞춰, 유리 안드레예비치는 그쪽으로 갔다. 그는 동료를 기다리는 동안 허물어진 참호 주변을 돌아다니기도 하고, 망루로 올라가 기관총 진지 앞에 있는 틈새로 강 건너 먼 숲을 살피기도 했다.

가을은 벌써 침엽수림과 활엽수림의 경계를 확연하게 구별시켜 놓았다. 침엽수들이 깊은 숲속에 검은 성벽처럼 거무스름하게 솟아 있었고, 조금 떨어진 곳에는 활엽수들이 울긋불긋 불꽃같은 포도주색으로 빛나고 있었다. 그 모습이 흡사 울

---

* 러시아에서 8월 15일부터 9월 1일 혹은 7일까지를 가리키는 말이다.

창한 숲에서 벌목한 굵은 목재로 세워 놓은 성채와 황금 지붕으로 이루어진 옛 도시를 연상시켰다.

의사가 딛고 있는 참호의 바닥이나 수레바퀴 자국이 새벽 서리로 단단하게 얼어붙은 숲길은 매우 건조했고, 그 위에는 원통 모양으로 돌돌 말린 자잘한 버들잎들이 낫으로 베어 낸 것처럼 수북이 덮여 있었다. 쌉쌀한 갈색의 메마른 잎사귀들과 그 밖의 향기 나는 모든 것들이 가을 향기를 뿜어내고 있었다. 유리 안드레예비치는 잡다한 향기가 뒤섞인 가을 향기를 깊이 들이마셨다. 얼음물에 절인 사과 향과 쌉쓰레한 마른 잎사귀의 향, 그리고 달짝지근한 습기의 향과 물을 끼얹은 모닥불, 그리고 방금 끈 불에서 피어오른 듯한 푸른 9월의 연무 향기가 났다.

유리 안드레예비치는 뒤에서 라요쉬가 다가오는 것도 모르고 있었다.

"안녕하세요, 선생님." 독일어로 그가 인사를 건넸다. 두 사람은 곧 업무를 시작했다.

"지금 세 가지 문제가 있습니다. 밀주 제조자들 문제와 야전병원과 약국의 개편 문제, 그리고 세 번째는 내가 제안하고 싶은 것으로, 행군 시에 정신병 환자의 외래 진료에 대한 문제입니다. 당신은 그것이 반드시 필요하지는 않다고 생각할지 모르지만, 내가 살펴본 바로는, 라요쉬 선생, 우리들 모두가 미치기 직전이고, 요즘 정신착란은 전염성과 감염성을 갖고 있어요."

"매우 흥미로운 문제입니다. 하지만 그 문제는 나중에 살펴 보죠. 그전에 논의할 것이 있습니다. 진영 내에 동요가 일고 있어요. 밀주 제조자들에게 동조하는 사람들이 있습니다. 그 뿐 아니라 많은 병사들이 백군이 점령한 마을에서 도망친 가 족들의 안위를 걱정하고 있어요. 그래서 파르티잔 부대의 일 부 병사들은 아내와 자식, 노인들을 태운 마차가 가까이 오 고 있다 보니, 출동을 거부합니다."

"그래요. 그럼 그들을 기다려야지요."

"이런 상황인데, 곧 통합 사령부의 선거도 있어요. 우리의 직접적인 지휘를 받지 않는 다른 파르티잔 부대도 포함된 선 거입니다. 리베리 동무가 유일한 후보자이지요. 젊은이들 그 룹은 다른 사람인 브도비첸코를 밀고 있고요. 그를 밀고 있 는 자들은 우리와는 다른 부류인데, 밀주 제조자들과 부농, 그리고 장사치의 자식들과 콜차크군의 탈주병들과 연결된 사 람들입니다. 그들이 특히 소란을 일으키고 있어요."

"밀주를 만들어 팔던 위생병은 어떻게 될 것 같습니까?"

"아마도 총살형을 선고 받고, 집행유예로 풀려날 것 같습니 다."

"이런, 이야기가 다른 데로 흘렀군요. 업무를 계속합시다. 야전병원의 개편 문제인데, 이 문제를 우선 검토해야 할 것 같 습니다."

"그러시지요. 그런데 선생님이 제안하신 정신병 예방에 대한 문제는 아무 문제가 없습니다. 저도 같은 생각이거든요. 일정한 시대적 특징과 직접적인 역사적 특수성 때문에 발생하는 아주 전형적인 특징의 정신질환이 발생하고 확산되고 있습니다. 이곳에 제정 시대의 군 출신 병사로 아주 의식 있고, 태어날 때부터 계급적 본능을 타고난 팜필 팔리흐라는 사람이 있어요. 바로 그 사람이 그런 이유, 즉 가족들에 대한 걱정으로, 정신이 이상해졌어요. 만약 자신이 전사하고, 그의 가족들이 백군에게 붙잡히게 되면, 자기 때문에 가족이 보복을 당할까 봐서요. 매우 복잡한 심리 상태입니다. 아마 그의 가족도 피란민 대열에 끼여 우리를 따라오고 있을 겁니다. 언어가 통하지 않아, 그에게 자세히 묻지는 못하겠어요. 안겔라르나 카멘노드보르스키에게 알아봐 주세요. 진찰해 봐야 할 것 같아요."

"팔리흐에 대해서는 잘 알아요. 모를 리가 없죠. 한때 군 소비에트에서 만나곤 했거든요. 검은 머리에 이마가 좁은 잔인한 사람이죠. 그자의 어디가 마음에 들었는지 저는 이해를 할 수 없네요. 그는 언제나 극단적인 조치를 내리거나 잔인한 데다, 사형에 동조하곤 했습니다. 그래서 그와 항상 부딪쳤지요. 어쨌든 알았습니다. 해보겠습니다."

# 7

맑게 갠 화창한 날이었다. 지난 한 주 동안 그랬던 것처럼, 바람이 없고 건조한 날씨였다.

진영 안쪽에서는 먼 바다의 파도 소리 같은 대규모 야영지 특유의 웅웅대는 소리가 들려왔다. 숲속을 돌아다니는 발소리와 사람들의 목소리, 그리고 도끼 소리와 말편자 박는 소리, 말 울음소리, 개 짖는 소리, 수탉들의 홰치는 소리 등이 번갈아 들렸다. 햇볕에 그을린 얼굴에 이만 하얗게 드러내고 웃는 수많은 사람들이 숲속을 돌아다녔다. 어떤 이들은 의사를 알아보고 인사를 하기도 하고, 모르는 이들은 인사를 하지 않고 그냥 옆을 지나치기도 했다.

파르티잔 부대는 뒤따라 피난 오는 가족들의 마차가 도착할 때까지, 리시 오토크를 떠나지 않을 작정이었지만, 지금쯤은 가족들이 진지에서 얼마 멀지 않는 곳까지 와 있을 터였기 때문에, 서둘러 진지를 철수하고 동쪽으로 이동할 준비를 하고 있었다. 이것저것을 고치고, 치우고, 궤짝에 못질도 하고, 마차의 수를 확인하기도 하고, 고장 난 곳이 없는지 점검하기도 했다.

숲 가운데 풀이 다져진 넓은 초지가 있었다. 일종의 쿠르간*

---

* 쿠르간은 고대 터키어에서 유래된 말로 조그만 산처럼 만들어진 분구(墳丘)가 있는 분묘를 말한다. 고총(高塚)이라고도 번역되며, 높이 1미터 미만, 직경 3~4미터의 것에서부

닥터 지바고 2

혹은 고성의 폐허 같은 곳으로, 이 지방에서는 고분이라고 불렀다. 보통 그곳에서 군사 집회가 열리곤 했다. 바로 오늘도 그곳에서 중대 발표를 위한 전체 집회가 예정되어 있었다.

숲속에는 아직 단풍이 덜 든 푸른 나무들이 많이 남아 있었다. 가장 깊숙한 숲속의 나무들은 대부분 아직 싱싱하고 푸르렀다. 기울어 가는 오후의 태양은 숲 뒤쪽에서 빛을 뿌리고 있었다. 나뭇잎들은 햇빛을 투과시켜, 그 내부에서 유리 같은 투명한 녹색 불꽃처럼 불타고 있었다.

연락 주임 카멘노드보르스키는 문서보관소 근처의 탁 트인 풀밭에서, 카펠 장군 부대의 사무실에서 입수해 검토를 마친 후 필요 없어진 서류 더미와 자기 관할의 파르티잔 보고서 뭉치를 같이 태우고 있었다. 모닥불이 태양을 등지고 타오르고 있었다. 태양은 숲속의 푸른 잎을 투과한 것처럼, 투명한 불꽃을 투과해 타오르고 있었다. 불길은 보이지 않았지만, 달아오른 공기가 운모처럼 흔들리며 흐르는 것을 보고, 무언가가 빨갛게 타고 있다는 것을 알 수 있었다.

숲 여기저기에는 황새냉이의 기다랗고 화사한 열매와 길게 늘어진 벽돌색 접골목 열매, 그리고 흰색과 진홍색이 섞인 까마귀밥나무의 열매 송이 등, 온갖 종류의 열매들이 알록달록

터 높이 20미터 이상, 직경 100미터 이상의 것에 이르기까지 다양하다. 남러시아, 캅카스, 남시베리아 등에 많고, 피장자의 유체 외에도 무기, 가구, 장신구 등의 부장품이 함께 매장되고 순교자나 말 등을 부장할 때도 있다. 남러시아 스키타이의 쿠르간은 부장품의 호화스러움으로 유명하다.

익어 가고 있었다. 불꽃이나 나뭇잎처럼, 알록달록하고 투명한 잠자리들 역시 유리 같은 날개를 치며 천천히 공중을 날고 있었다.

유리 안드레예비치는 어린 시절부터 노을빛이 불꽃처럼 비쳐 드는 저녁 숲을 좋아했다. 그 순간은 그 빛의 기둥이 그의 몸을 파고드는 것 같았다. 살아 있는 정령의 기운이 그의 가슴속으로 흘러 들어와, 그의 온몸을 통과해, 마침내 어깻죽지 아래로 한 쌍의 날개가 되어 나오는 듯했다. 누구나 평생에 걸쳐 형성되어, 한 인간의 영원한 내면의 얼굴이자 개성의 역할을 하게 될 소년 시절의 원형이 그의 내부에서 갑자기 원초적인 힘으로 깨어나, 자연과 숲과 저녁노을, 그리고 눈에 보이는 모든 것을 그와 동일한 원초적이며 모든 것을 포용하는 한 소녀의 모습으로 바꾸어 놓았다. '라라!' 그는 눈을 감고 나직하게 속삭였고, 그의 온 삶을 향해, 모든 신의 대지를 향해, 햇빛을 받으며 자기 앞에 끝없이 펼쳐져 있는 공간을 향해 마음속으로 외쳤다.

그런데 가공할 사태가 잇따라 일어나, 러시아에 시월혁명이 일어났고, 자신은 파르티잔의 포로가 되어 있었다. 그는 자기도 모르게 카멘노드보르스키의 모닥불 쪽으로 다가갔다.

"서류를 태우고 계시나요? 아직 다 태우지 못하신 모양이군요."

"그렇소이다! 아직도 며칠이 더 걸릴지 모르겠어요."

의사는 장화 끝으로 서류 더미 사이에 있는 서류 한 뭉치를 차서 풀어 놓았다. 그것은 백군 사령부의 통신 문서였다. 서류 속에 란체비치의 이름이 언뜻 비친 것 같다는 막연한 생각이 들었지만, 곧 사실이 아니라는 것이 밝혀졌다. 그것은 다음과 같이 생략되어 뜻을 알 수 없는 지난해 보낸 암호 전보 더미로, 모두 아무 가치 없는 것들뿐이었다. '옴스크 총사령부 제일 복사물. 우리 군 옴스크의 지도. 40베르스타 예니세이에 도착하지 않았음.' 따위들이었다. 그는 다른 뭉치를 발로 차서 풀었다. 그 뭉치에서는 해묵은 파르티잔 집회의 회의록이 쏟아져 나왔다. 맨 위의 서류에는 이렇게 쓰여 있었다. '최지급最至急. 휴가에 대하여. 감사위원회 위원들의 재선. 당면 문제. 이그나토드보르츠 마을 여교사에 대한 고발은 근거 불충분으로 군 소비에트에서 다음과 같이 결정함……'

이때 카멘노드보르스키가 주머니에서 무언가를 꺼내 의사에게 주며 말했다.

"여기, 당신들 의료부대의 출발지시서입니다. 파르티잔 가족들의 마차는 이미 가까이 와 있습니다. 부대 내의 이견도 오늘 안으로 정리될 것입니다. 이젠 언제라도 철수할 수 있어요."

의사는 서류 뭉치에 시선을 던지고는 한숨을 쉬었다.

"지난번에 나에게 제공했던 마차의 수보다 더 적은데요. 부상자는 더 늘었는데도 말입니다! 경상자는 걸어서 간다지만,

그들의 숫자는 얼마 안 됩니다. 하지만 중상자는 어떻게 하라는 겁니까? 게다가 또 약품, 침구, 기구들도 싣고 가야 하는데!"

"최대한 줄여 보세요. 상황에 따를 수밖에요. 그리고 좀 다른 이야기지만, 우리 모두 당신에게 청이 하나 있습니다. 우리 편에 신념이 투철하고 신뢰할 만하며 업무에 충실하고 뛰어난 투사인 동지가 있어요. 그런데 아무래도 조금 이상해요."

"팔리흐 말인가요? 라요쉬에게서 들었습니다."

"맞습니다. 그에게 들러 진찰을 좀 해주세요."

"정신적인 문제인가요?"

"그런 것 같아요. 뭔가 이상한 것이 보인다고 합니다. 아마 환각이겠죠. 불면증도 앓고요. 머리도 아프답니다."

"그러죠. 곧 가보겠습니다. 지금 시간이 좀 있으니까요. 집회는 몇 시부터입니까?"

"아마 이미 모여 있을 겁니다. 하지만 당신은 아무 상관없잖아요? 보세요. 보시다시피 저도 가지 않았습니다. 우리가 없어도 될 겁니다."

"그럼, 팜필을 진찰하러 가보겠습니다. 졸려서 죽을 지경이긴 하지만 말입니다. 리베리 아베르키예비치가 밤마다 철학 토론을 하자는 바람에 녹초가 되었어요. 팜필은 어디에 있죠? 숙소가 어디예요?"

"쇄석장 뒤편의 어린 자작나무 숲 아세요? 바로 그 자작나무 숲입니다."

"찾아보죠."

"초지에 지휘관 텐트가 있어요. 그중 하나를 팜필에게 내주었어요. 가족이 온다고 해서요. 이번 마차 대열에 끼여서 아내와 아이들이 오는 모양입니다. 그래서 지휘관 텐트에 있어요. 대대장 대우를 하는 거죠. 혁명에 공로를 세웠으니까요."

## 8

의사는 팜필을 진찰하러 가던 도중, 한 발짝도 앞으로 걷기가 힘들었다. 지칠 대로 지쳐 있었다. 며칠 밤을 눈 한 번 붙이지 못한 탓에 밀려오는 졸음을 견딜 수도 없었다. 엄폐호로 돌아가 잠깐 눈을 붙일 수도 있었다. 그러나 유리 안드레예비치는 그곳으로 가기가 두려웠다. 언제 어느 때 리베리가 들어와 잠을 방해할지 알 수 없었던 것이다.

그는 풀이 자라지 않아, 주변을 둘러싸고 있는 나무에서 떨어진 금빛 나뭇잎들이 수북이 깔린 숲 한 자리에 누웠다. 나뭇잎들이 바둑판같은 격자무늬로 풀밭에 깔려 있었다. 금빛 나뭇잎 융단 위에도 같은 무늬로 햇빛이 드리워져 있었다. 반사된 이중의 빛 때문에 눈앞이 어른거렸다. 그 빛 때문에 작은 활자를 읽을 때나, 어떤 단조로운 웅얼거림이 들릴 때처럼 졸음이 쏟아졌다.

의사는 땅 위로 튀어나온 나무뿌리를 뒤덮고 있는 이끼 위에 팔베개를 하고 비단처럼 바스락대는 나뭇잎 위에 드러누웠다. 금세 잠에 빠져들었다. 꿈속으로 그를 끌어들이는 반짝이는 빛은 땅 위에 길게 드러누운 그의 몸을 격자무늬로 뒤덮으며, 투명인간의 모자를 쓴 것처럼 그를 빛과 낙엽들의 만화경 속에 뒤섞어 감추어 버렸다.

그러나 너무 지나치게 잠이 필요했고 잠을 원했던 때문이었을까. 그는 금방 다시 잠이 깼다. 어떤 요인도 적당한 선에서나 작용하는 법이다. 도를 지나치면 오히려 역효과가 나기 마련이다. 휴식을 얻지 못한 상태에서 또렷해진 그의 의식은 맹렬한 공전空轉을 계속했다. 그의 뇌리에선 상념의 파편들이 소용돌이치고, 부서진 기계처럼 쿵쾅거리고 수레바퀴처럼 돌고 있었다. 의사는 정신적인 이런 혼란으로 괴롭고 화도 났다. '이게 다 리베리란 녀석 때문이야.' 하고 의사는 화를 냈다. '그렇지 않아도 요즘 세상엔 사람을 미치게 만드는 원인들이 무수히 많은데, 그는 아직 부족한가? 사람을 포로로 잡고, 원치도 않는 우정과 바보 같은 수다로 아무 이유 없이 건강한 사람을 정신병자로 만들고 있잖아. 언젠가는 그를 죽이고 말 거야.'

갈색 반점이 있는 나비 한 마리가 반짝이는 파편처럼 접혔다 펴졌다 하며 허공을 날아 햇빛이 비치는 쪽으로 날아갔다. 의사는 졸린 눈으로 나비를 뒤쫓았다. 나비가 자기 색과 가장 비슷한 갈색 반점이 있는 소나무 위로 내려앉자, 나비와 나무

껍질의 색이 한데 어우러져 전혀 구별되지 않았다. 나무 위에서 그렇게 홀연히 사라져 버린 나비는, 몸 위로 어른대는 햇살과 그림자의 그물로, 타인의 눈에 흔적도 없이 사라져 버린 유리 안드레예비치와 비슷했다.

유리 안드레예비치는 전부터 늘 생각했던 일련의 상념에 빠져들었다. 그가 쓴 몇 편의 의학 분야 논문들에서도 간접적으로 다룬 것이었다. 의지와 합목적성이 가장 진화된 적응 형태로 나타나는 문제, 의태擬態와 모방과 보호색에 대한 문제, 적자생존의 문제, 자연도태의 방법이 어쩌면 의식의 발생과 형성의 과정일 수도 있다는 문제 등이었다. 그렇다면 주체란 무엇이고, 객체란 무엇일까? 양자의 동일성을 어떻게 정의할 것인가? 의사의 머릿속에서 다윈이 셸링*과 만나고, 날아간 나비가 현대 회화, 인상파의 미술과 만나고 있었다. 그는 창조와 피조물, 그리고 창작과 모방에 대해 생각했다.

그는 스르르 잠이 들었다가 금방 다시 깨어났다. 바로 가까이에서 들리는 나직하고 숨죽인 목소리에 잠이 깨었다. 유리 안드레예비치는 간간이 들려오는 몇 마디의 말만 듣고도, 누군가가 무슨 비밀스럽고 불법적인 계략을 꾸미고 있음을 짐

---

* 프리드리히 셸링(1775~1854). 칸트, 피히테의 독일관념론 계보를 계승한 독일의 대표적인 철학자 가운데 한 사람이다. 자아와 비자아, 정신과 자연의 대립을 선험적 관념론의 입장에서 새로운 자연과학을 확립해 해결하려고 시도했다. 자유로운 인간의 주체적 활동은 객관적 자연과 대립하는 단순한 주관적인 정신의 활동이 아닌 양자를 포함한 동일한 주관=객관, 즉 객관적 정신의 자기실현의 활동으로 이해했다. 지바고는 여기서 관념주의와 자연주의 철학의 진화의 개념을 결합하고 있다.

작했다. 음모를 꾸미는 이들은 그가 있다는 사실을 모르고 있음이 분명했고, 가까운 곳에 그가 있을 거라고 짐작도 못했을 것이다. 만약 지금 조금이라도 움직여 들키기라도 하면 목숨이 위험할 수도 있었다. 유리 안드레예비치는 죽은 듯이 몸을 감추고 귀를 기울였다.

몇 사람의 목소리는 귀에 익었다. 파르티잔에 끼어든 아무 짝에도 쓸모없는 인간쓰레기이자 파르티잔의 똘마니인 사니카 파프누트킨, 고시카 랴비흐, 코시카 네흐발레니흐, 그리고 그들을 따르는 테렌티 갈루진 등과 갖은 말썽을 부리는 마구간지기들이었다. 그 외에 그들과 함께 있던 자하르 고라즈디흐는 더 음흉한 인물로 밀주 사건에 관여하고도, 주모자들을 밀고해 잠시 고발을 피한 자였다. 유리 안드레예비치를 놀라게 한 것은 대장을 개인적으로 호위하는 '백은 중대'의 정예 파르티잔인 시보블루이가 거기에 끼어 있다는 것이었다. 스텐카 라진과 푸가초프 이후로 전해지는 전통에 따라 리베리의 두터운 신임을 받고 있는 이 심복은 아타만*으로 불리고 있었다. 그런 그가 음모에 가담하고 있었던 것이다.

음모자들은 적의 전방 척후부대에서 파견된 밀사들과 교섭 중이었다. 상대편 대표자들의 목소리는 전혀 들리지 않았다. 배신자들에게 이야기하는 상대편 대표자들의 목소리가

---

* 라진과 푸가초프의 부대에 '아타만의 귀'라는 이름으로 불리던 심복이 있었다.

어찌나 작았던지, 유리 안드레예비치는 속삭이는 소리가 가끔 멈추는 순간에야 상대편의 대표자들이 말하는 중이라는 것을 짐작할 정도였다.

계속 욕지거리를 섞어 가며 거친 말투로 제일 많이 지껄이는 자는 술주정뱅이 자하르 고라즈디흐였다. 그가 주모자임이 분명했다.

"자, 이보게들! 잘 들어 두게. 제일 중요한 것은 아무도 모르게 조용히 해치워야 한다는 거야. 만일 누구든 배신하거나 비방을 한다면, 이 칼 보이지? 이 칼로 배때기를 갈라 버릴 거야. 알겠어? 우리들은 아무 데도 갈 곳이 없고, 어디를 가든 사시나무 교수대만이 기다릴 뿐이거든. 이렇게라도 죄를 사면받아야 하지 않겠어? 세상이 깜짝 놀랄 수를 써야 한다고. 그들이 그자를 산 채로 포승줄에 묶어 넘겨 달라고 요구하고 있어. 곧 저쪽 대장 굴레보이가 우리 숲으로 가까이 온다고 했거든(누군가 그에게 이름을 제대로 알려 주는 것 같았는데, 잘 알아듣지 못하고 '갈례예프 장군'이라고 바꿨다). 이런 기회는 좀처럼 오지 않아. 저쪽에 그쪽 대표들이 있어. 그들이 자네들에게 직접 말해 줄 걸세. 그쪽에서는 반드시 산 채로 잡아서 넘겨 달라고 요구하고 있어. 자, 그럼 직접 그들에게 물어보세. 이보게들, 말해 봐. 여보게들, 저 사람들에게 무슨 말이든 해 보라고."

상대 쪽 사자들이 이야기를 하기 시작했다. 유리 안드레예비치는 한마디도 알아들을 수가 없었다. 한동안 모두 계속 침묵하고 있어서, 상대방이 자세히 설명 중이라는 것을 짐작하게 했다. 다시 고라즈디흐가 말을 꺼냈다.

"형제들. 잘 들었나? 우리가 어떤 보석 같은 녀석을, 어떤 악동을 만났는지 직접 들었지? 그따위 녀석 때문에 목숨을 바쳐야 하나? 그런 인간 때문에? 그는 썩어 빠진, 어리석은 놈이야. 풋내기에 고행자 같은 놈이라고. 이봐, 테료시카, 한 대 얻어맞아 볼 테냐! 이런 빌어먹을 놈이 왜 히죽거리는 거야! 너에게 말하는 게 아니야. 그래. 그자는 태어나면서부터 고행자였어. 그자가 하는 말을 듣고 있다가는 분명 수도사나 고행자가 되고 말 거라고. 그자의 연설을 들어 봐. 욕지거리를 하지 마라, 술을 마시지 마라, 여자와 관계를 갖지 마라. 아니, 어떻게 그렇게 살라는 거야? 아무튼 내 결론은 이거야. 오늘 밤 돌무더기가 있는 강 나루터에서 보자고. 내가 그자를 유인하겠어. 그러면 모두 한꺼번에 달려드는 거야. 그런 녀석 하나 해치우는 것은 일도 아니지. 식은 죽 먹기야. 어려운 점이 무엇이냐 하면, 상대편에서 생포해 달라고 한다는 사실이야. 포박해 달라는 거지. 그런데 만일 우리가 원하는 대로 안 되면, 내가 혼자서 해결하겠어, 이 손으로 직접 처치하겠다고. 그들도 도와줄 사람들을 보낼 거야."

말을 하던 사람이 음모 계획을 계속 설명하고 있었지만, 다른 나머지 사람들과 함께 자리를 뜨는 바람에 더 이상 말소리가 들리지 않았다.

'저런, 못된 악당들이 리베리를 해치려고 하는군!' 유리 안드레예비치는 자신이 얼마나 그 박해자를 저주하며 죽기를 바라고 있었는지 잊어버린 채, 두려움과 분노에 사로잡혔다. '이 악당들이 그를 백군에 넘기거나 죽일 셈이로군. 이걸 어떻게 막아야 하나? 우연을 가장해 모닥불 쪽으로 다가가, 누구의 이름도 대지 않고 카멘노드보르스키에게 살짝 귀띔해 줄까? 어떻게든 리베리에게 위험을 알려 주어야 하는데.'

카멘노드보르스키는 그곳에 없었다. 모닥불은 거의 다 타버렸다. 카멘노드보르스키의 부하만 남아서 불이 번지지 않도록 지켜보고 있었다.

하지만 음모는 실행되지 못했다. 미연에 저지되었다. 음모가 이미 알려진 것이다. 바로 그날 전모가 완전히 드러나 일당이 붙잡혔다. 시보블루이가 염탐꾼과 선동꾼의 이중 역할을 한 것이다. 의사는 더욱더 불쾌했다.

**9**

피란민들이 어린아이들을 데리고 이틀이면 닿을 거리에 이미 와 있다는 소식이 전해졌다. 리시 오토크에서는 머지않아 가족들을 만나, 야영지에서 철수해 출발할 준비를 진행하고 있었다. 유리 안드레예비치는 팜필 팔리흐를 찾아갔다.

의사는 텐트 입구에서 손에 도끼를 들고 있는 그와 마주쳤다. 텐트 앞에는 잘라 낸 어린 자작나무가 높이 쌓여 있었다. 가지들은 아직 다듬어지지 않은 상태였다. 일부 나무는 그 자리에서 베어진 것들도 있었는데, 제 무게에 겨워 쓰러지면서 부러진 날카로운 나뭇가지 끝이 축축한 흙 속에 박혀 있었다. 다른 것들은 가까운 곳에서 잘려 운반되어, 위쪽에 쌓여 있었다. 위쪽에 놓인 자작나무는 땅에 닿지도, 다른 것들과 섞이지도 못하고, 밑에 깔린 나뭇가지들의 탄성으로 전율하며 흔들거리고 있었다. 마치 자작나무들이 자기들을 베어 눕힌 팜필에게 팔을 뻗쳐서, 싱싱하고 온전한 녹색의 나무로 변해 팜필의 텐트로 가는 길을 막고 있는 듯했다.

"귀한 손님들을 맞으려고 준비 중입니다." 팜필은 하고 있던 일을 설명하며 말했다. "아내와 아이들에겐 천막이 좀 낮아요. 그리고 비가 새기도 하고요. 말뚝으로 위를 받쳐야겠어요. 그래서 도리로 쓸 나무를 좀 베어 왔어요."

"쓸데없는 일이오, 팜필. 당신 가족을 천막에서 같이 지내라고 할 것 같아요? 비전투원인 여자와 아이들을 부대에 함께 살게 하는 법이 어디 있어요? 어디 외곽의 짐마차에서 지내라고 하겠죠. 시간이 되면 언제든 만나러 갈 수 있어요. 그렇게 하세요. 부대의 텐트는 어림없어요. 그건 그렇고, 다른 문제가 좀 있어요. 당신이 요즘 야윈 데다 먹고 마시지도 않고, 잠도 못 잔다고 하던데, 겉으로는 아무렇지도 않은 것 같군요. 머리와 수염이 좀 자라긴 한 것 같지만."

팜필 팔리흐는 검은 고수머리에 턱수염을 기른 건장한 사나이로, 이마 뼈가 굵어 다른 사람보다 두 배는 더 커 보이는 느낌을 주었고, 툭 튀어나온 이마는 마치 관자놀이에 고리나 구리 테를 끼운 것처럼 보였다. 그 때문에 눈꼬리가 치켜올라갔고, 눈을 치켜뜬 그의 모습은 험악하고 심술궂게 보였다.

이번 혁명 초기에, 1905년 때처럼, 혁명이 그저 상류 지식인층의 역사 속의 짧은 사건으로 끝나고, 하층계급에는 아무런 영향도 미치지 못한 채, 흐지부지될지도 모른다는 두려움 때문에, 혼신의 힘으로 민중을 선동해 혁명의 이념을 불러일으키고, 혼란을 부추기고, 동요시키고, 격분시키려는 온갖 수단이 강구되었다.

바로 그 당시 혁명 초기에, 병사 팜필 팔리흐처럼 아무 선동을 하지 않아도 지식인과 상층계급과 장교들을 격렬하게 증오하고 적대시하던 사람들은 열렬한 좌익 인텔리겐치아들로부터 뜻밖의 횡재로 여겨져 귀한 대접을 받았다. 그들의 비인간성은 놀라운 계급의식으로, 그들의 야만성은 프롤레타리아적인 불굴의 의지와 혁명적 본능의 본보기로 여겨졌다. 그 명성을 팜필이 부여받은 것이다. 그는 파르티잔 대장들과 당 지도자들에게 최고의 대접을 받았다.

유리 안드레예비치는 무뚝뚝하고 비사교적이었던 이 거구의 남자를 정상이라고는 할 수 없는 괴상한 사람으로 치부했는데, 그가 상당히 냉혹했고, 취미나 관심사가 단순하고 편협했기 때문이다.

"텐트 안으로 들어가시죠." 팜필이 말했다.

"아뇨, 그럴 필요 없어요. 들어가고 싶지 않아요. 밖이 더 좋아요."

"뭐, 좋을 대로 하세요. 사실은 속이 동굴 같거든요. 그럼, 저 막대기—세로로 길게 쪼갠 나무를 그렇게 불렀다—에 걸터앉아 이야기하시죠."

두 사람은 탄력 있게 흔들리는 자작나무의 줄기 위에 앉았다.

"옛날 속담에 입은 빨라도 일은 더디다는 이야기가 있죠. 하지만 내 이야기를 그렇게 빨리 말할 수도 없네요. 삼 년이 걸려도 다 말을 못할 거요. 어디서부터 시작해야 할지 모르겠군요.

아무튼 이렇소. 아내와 함께 살았어요. 젊은 시절이었죠. 아내가 집안 살림을 했어요. 그럭저럭 만족하며 농사일을 했죠. 아이들도 태어났소. 그러고는 군대에 끌려갔죠. 전선으로 쫓겨 간 거죠. 그때 전쟁이 났소. 전쟁 이야기는 할 필요가 없겠지요. 군의관 동무, 당신도 보았을 테니. 그러다가 혁명이 일어났소. 나는 그제야 비로소 눈을 떴어요. 일개 병사였던 내가 뭔가를 깨달은 것이죠. 적은 독일인이 아니라, 우리나라 사람들이라는 것을 말이오. 세계 혁명의 병사들이여! 총을 버려라, 전선에서 되돌아가 부르주아를 쳐부수자! 뭐, 대충 그런 것이었소. 군의관 동무, 이것도 당신이 다 아는 것이죠. 그리고 사건은 그 다음에 일어났소. 내전이 일어났던 거죠. 나는 파르티잔에 들어갔소. 이 대목은 생략하겠소. 이러다가는 끝이 없을 테니까. 길든 짧든 앞으로 무슨 일이 일어날 것 같소? 기생충 같은 그 작자가 러시아 전선에서 제1, 제2스타브로폴 연대, 그리고 제1오렌부르크 카자크 연대를 철수시켰소. 내가 어린아이도 아니고 왜 모르겠소? 나도 군대에 있었는데 말이오. 군의관 동무, 아무래도 사태가 심상치 않아요. 아주 곤란한 상황이오. 그 악당이 무엇을 노리는지 알아요? 그는 모든 세력을 투입해 우리를 공격하려는 것이오. 우리들을 포위하려고 하는 중이죠.

그런데 이런 상황에 아내와 아이들이 있단 말이오. 만일, 그자가 이긴다면, 아내와 아이들은 어디로 도망친단 말이오? 그자가 과연 내 아내와 아이들은 죄가 없고, 나와 아무 상관도 없다고 하겠소? 그것은 기대할 수가 없을 테지요. 나 대신 아내를 결박하고 고문할 거요. 나 대신 아내와 아이들의 관절 마디마디, 뼈 마디마디를 다 으스러지도록 고통을 가할 거란 말이오. 이런 판국에 어떻게 잠을 자고, 음식을 먹겠소? 무쇠로 만들어졌다 한들 견딜 재간이 있겠소?”

“팜필! 당신은 참 이상하군요. 당신을 이해할 수 없어요. 몇 년 동안이나 그들에게 관심도 없었고, 그들의 소식조차 전혀 몰랐지만 아무렇지도 않았잖아요. 그런데, 이제 오늘이나 내일이면 만날 수 있게 될 텐데, 기뻐하기는커녕, 장송곡을 부르니 웬 말입니까?"

"그때는 그때고, 지금은 전혀 달라요. 지금은 백군 놈들에게 당할 판이잖소. 그리고 나는 어떻게 되든 상관없어요. 나는 어차피 무덤으로 갈 사람이니까. 그곳이 내가 갈 곳이지. 하지만 내 아내와 아이들까지 저세상으로 데려가고 싶지는 않소. 어느 놈이든 그들을 해치면, 그들의 마지막 피 한 방울까지 짜내고 말겠소."

"그래서 허깨비가 보입니까? 허깨비를 본다고 하던데요."

"뭐, 그런 거야 아무 상관없소, 의사 선생. 아직 할 이야기가 남았소. 중요한 사실을 말하지 못했거든요. 그럼, 아무튼 모든 진실을 고백할 테니, 나를 책망하지 말고 들어 주시오. 당신에게 모두 솔직하게 말하겠소.

나는 당신의 형제들을 많이 죽였소. 부르주아나 장교들, 온갖 사람들의 피를 내 손에 묻혔단 말이오. 그들의 숫자나 이름을 기억할 수조차 없을 정도요. 물처럼 피를 뿌렸지. 그런데 어떤 한 녀석은 머리에서 영 떠나질 않는단 말이오. 내가 그 녀석을 처치했는데, 아무리 잊으려고 해도 잊을 수가 없소. 그를 왜 죽였는지 아시오? 그 녀석이 배가 아프도록 나를 웃겼소. 그냥 너무 웃겨서 쏘았던 거요. 아무 이유 없이 말이오.

이월혁명 때였소. 케렌스키 정부 때였지. 우리는 반란을 일으켰소. 어느 철도였어요. 꼬마 선전원이 우리에게 파견되었지. 우리를 연설로 선동해서 전선으로 복귀시키려고 하더군요. 최후의 승리까지 싸우자고 합디다. 견습 사관학교 생도였는데, 우리를 세 치 혀로 제압하러 온 셈이지. 그의 슬로건이 '최후의 승리까지'였소. 슬로건을 외치며 역에 놓여 있던 방화용수 위로 뛰어 올라섰소. 그는 물통 위에 올라가, 높은 곳에서 우리에게 전선 복귀를 호소할 작정이었는데, 갑자기 물통 뚜껑이 뒤집혀 그 녀석이 물속에 빠진 것이오. 발을 헛디딘 거죠. 얼마나 우스웠는지! 웃겨서 구를 뻔했소. 너무 웃겨 죽을 지경이었다니까. 그때 나는 손에 총을 들고 있었는데, 도저히 웃음이 멈추질 않는 거요. 온몸에 간지럼을 태우는 것 같았다니까. 그래서 그를 겨냥해 탕 하고 쏘아 버렸지. 어떻게 그렇게 되었는지 나도 모르게. 마치 귀신에 홀린 것 같았다니까.

그런데, 그때부터 허깨비가 보이는 거요. 밤이 되면 그 정류장이 눈에 어른거렸소. 그때는 배를 움켜쥐고 웃어 댔는데, 지금은 너무 괴롭지 뭡니까."

"멜류제예프라는 도시의 비류치역이었죠?"

"잊어버렸소."

"즈이부시노의 주민들과 함께 반란을 일으켰었죠?"

"잊어버렸소."

"어느 전선이었나요? 어느 쪽이었어요? 서부전선이었나요?"

"서부전선이었던 것 같소. 그럴지도 모르겠소. 잊어버렸소."

제12장

눈 쌓인 마가목

# 1

파르티잔 가족들이 아이들과 가재도구들을 마차에 싣고 주력부대를 따른 지도 꽤 오래 지났다. 피란민 마차 꽁무니를 따라 젖소들이 주를 이룬 많은 가축 떼가 뒤를 따랐다.

파르티잔의 아내들과 함께 진영에 새로운 얼굴이 등장했다. 즐리다리하라고도 하고 쿠바리하라고도 불리는 병사의 아내이자, 가축을 치료하는 수의사이며, 은밀하게 무당 노릇도 하는 여자였다.

만두 모양의 약모略帽를 비스듬히 쓴 그녀는 스코틀랜드 왕실 저격병의 황록색 제복 외투를 입고 있었다. 그것은 원래 최고통치자에게 보낸 영국의 원조품 군복이었는데, 그녀의 이야기에 따르면 어느 죄수의 모자와 옷을 수선해 입은 것이고, 이유도 없이 콜차크군에 감금되어 케지마의 중앙감옥에 있다가 적군에 의해 풀려났다고 했다.

그 무렵 파르티잔 부대는 새 장소에서 숙영하고 있었다. 처음에는 인근 주변을 정찰해 좀 더 겨울나기에 적합한 장소를 찾아내 이동할 때까지만 잠깐 머물 계획이었지만, 그 뒤 사정이 생겨 이곳에 머물며 겨울을 나게 된 것이다.

새 숙영지는 바로 직전의 숙영지였던 리시 오토크와는 전혀 달렸다. 이곳은 사람이 들어갈 수 없는 울창한 타이가에 둘러싸여 있었다. 도로와 숙영지에서 좀 떨어진 한쪽으로 끝없이 숲이 펼쳐져 있었다. 부대가 새 숙영지를 세우고, 거처를 준비하던 처음 며칠 동안, 유리 안드레예비치는 시간적 여유가 좀 있었다. 그는 숲을 살펴보려고 이곳저곳으로 깊숙이 들어가 보기도 했는데, 그곳은 길을 잃기 십상이었다. 그는 첫 답사 때, 두 장소를 눈여겨보고, 그곳을 기억해 두었다.

가을이 깊어 가고 나뭇잎이 다 떨어져 속이 훤히 들여다보이는 숲 가까이 있는 숙영지 출입구 옆에 아름다운 마가목 한 그루가 홀로 서 있었다. 마가목은 텅 빈 숲을 향해 활짝 열어 놓은 대문처럼, 적갈색 단풍이 든 잎사귀들을 그대로 매달고 있었다. 질척거리고 울퉁불퉁한 소택지의 작은 언덕 위에 서 있는 마가목은 하늘까지 닿을 듯, 높이 가지를 뻗고, 산방 꽃차례 같은 단단한 진홍색 열매를 수평으로 넓게 펼쳐 놓은 채, 음산한 초겨울의 우중충한 납빛 하늘을 배경으로 서 있었다. 마가목 가지에는 얼어붙은 노을처럼 화려한 깃털이 달린 피리새와 박새 같은 작은 겨울새들이 모여 앉아, 커다란 열매를 골라 느긋하게 쪼고는, 조그만 머리를 뒤로 젖혀 목을 길게 늘여 가까스로 삼키곤 했다.

나무와 새들 사이에는 어떤 생동감 넘치는 친밀감이 있어 보였다. 모든 것을 꿰뚫어 보는 듯한 마가목이 오랫동안 주지 않고 있다가, 결국에는 작은 새들이 가여워 양보해서 윗옷의 가슴을 풀어 헤치고, 갓난아이에게 젖을 먹이는 어머니의 모습처럼 보였다. '그래, 알았다. 하는 수 없지. 자, 먹으렴, 어서 먹어.' 그렇게 배불리 먹이고는 빙그레 웃는 것이었다.

숲속의 다른 한 곳은 더욱 환상적이었다.

그곳은 높은 위치에 있었다. 높이 솟은 이곳은 일종의 쉬한*으로, 한쪽은 가파른 낭떠러지로 이루어져 있었다. 얼핏 보면, 낭떠러지 아래쪽엔 언덕 꼭대기와는 다른 어떤 강이나 골짜기, 아니면 잡초가 자랄 대로 자란 황량한 풀밭이 펼쳐질 것처럼 보였다. 하지만 낭떠러지 아래도 정상과 전혀 다를 것이 없는 똑같은 풍경이 아찔한 심연 위에, 발아래 층층이 펼쳐진 나무들의 우듬지들이 겹쳐져 있을 뿐이었다. 그것은 분명 산사태 때문이리라.

험준하고 하늘을 찌를 듯 용솟음치는 이 숲은 어쩌다 발을 헛디뎌 낭떠러지 아래로 굴러 떨어져, 땅을 뚫고 타르타로스로 떨어질 위기에 직면했지만, 결정적인 순간에 기적적으로 땅 위에 버텨 선 채, 아무 일도 없었던 것처럼, 저 아래서 모습을 드러내고 술렁대고 있는 듯했다.

물론 수풀이 우거진 이곳 정상의 풍광이 아름다운 것은 그 때문이 아니라, 다른 이유 때문이었다. 이곳의 정상은 깎아지른 듯 수직으로 솟은 화강암 덩어리로 이루어져 있었다. 이

* 우랄 지방 특유의 꼭대기가 뾰족한 언덕.

닥터 지바고 2

암석은 유사 이전의 돌멘*의 유적에서 볼 수 있는 평평하게 다듬은 덮개돌처럼 보였다. 처음 이 고원을 본 유리 안드레예비치는 바위로 만들어진 이곳은 저절로 형성된 것이 아니라, 분명 인간이 깎아 만든 것이라는 확신이 들 정도였다. 아주 오래전에 이곳은 알 수 없는 우상을 숭배하던 고대 이교도의 사당이었을 테고, 이곳에서 신에게 제물을 바치는 의식이 행해졌을 것이다.

춥고 흐린 날 아침, 바로 이곳에서 음모를 꾸민 주모자 열한 명과 밀주 제조자였던 위생병 두 명에 대한 사형이 집행되었다.

사령부의 특수경호반 핵심 중에서, 혁명에 가장 충직한 스무 명의 파르티잔들이 그들을 이곳으로 데려왔다. 호위병들이 거총 자세로 사형수들을 반원형으로 둘러싸고 빠른 걸음으로 그들을 낭떠러지 가장자리로 바싹 몰아붙였다. 그들은 낭떠러지에서 떨어지는 것 외에는 달리 도망갈 길이 없었다.

신문을 당하고 오랫동안 감시를 받으며 구금되어 있었던 데다, 굴욕적인 학대까지 받은 죄수들은 얼굴이 말이 아니었다. 산발한 머리에 검은 얼굴을 한 그들은 어찌나 초췌해 보였는지, 귀신처럼 무서워 보였다.

---

* 돌멘은 브르통어로 책상이라는 'dol'과 돌이라는 'men'에서 나온 말이다. 구석기 문화에서 보이는 유구의 한 유형으로 넓고 커다란 자연석이나 다듬은 돌을 지붕처럼 덮고 그 밑에 돌을 쌓았는데, 위의 돌판을 떠받치는 것을 돌멘이라 부른다.

그들은 취조를 받으며 무장해제가 되었다. 그러고는 아무도 처형 전에 다시 신체검사를 하려고 하지 않았다. 죽음을 눈앞에 둔 사람에게 너무 잔인하고 비열한 행동이라고 여긴 것이다.

갑자기 브도비첸코와 함께 걷고 있던 그의 벗이자 그와 함께 철저한 무정부주의자였던 늙은 르자니츠키가 시보블루이를 겨냥해 경비병의 대열을 따라 권총을 연속해서 세 발을 쏘았다. 르자니츠키는 명사수였지만, 긴장해서 손이 떨리는 바람에 총알이 빗나갔다. 얼마 전까지 동지였던 그에 대한 예의와 연민 때문에 경비병들은 이번에도 역시 르자니츠키에게 달려들거나, 발포 명령을 기다리지 않고, 그를 즉시 응사해 죽이지 못했다. 르자니츠키의 권총에는 세 발의 총알이 아직 남아 있었는데도 긴장해서 잊어버렸는지, 총알이 빗나간 것에 화를 내며 '브라우닝 권총'을 바위에 내동댕이쳤다. 그 충격으로 저절로 네 번째 총알이 발사되어, 사형선고를 받은 파치콜랴의 발을 관통했다.

위생병이었던 파치콜랴는 비명을 지르며 한쪽 발을 움켜잡고, 고통스러운 신음 소리를 내며 고꾸라졌다. 바로 곁에 있던 파프누트킨과 고라즈디흐 두 사람이 그의 양쪽 팔을 붙잡아 일으켜 끌고 갔다. 모두 제정신이 아닌 혼란 상태에서 동료들에게 밟혀 죽지 않게 하려는 것이었다. 파치콜랴는 다친 발을 내딛지 못하고 절뚝거리며 한쪽 발로 껑충거렸고, 사형수들

이 몰려 있는 낭떠러지 끝으로 내몰리며 계속 울부짖었다. 짐
승의 울부짖음 같은 그의 비명 소리가 다른 사람들에게 전염
되었다. 마치 무슨 신호를 받은 것처럼 모두가 자제력을 잃었
다. 갑자기 엉망진창이 되었다. 욕지거리를 퍼붓기도 하고, 기
도를 하거나 애원을 하기도 했으며, 여기저기서 저주를 하기
도 했다.

　노란 테두리가 둘러진 실업학교 학생 모자를 계속 쓰고 있
던 소년 갈루진이 모자를 냅다 벗어 던지고 무릎을 꿇더니,
앉은 채로 동료들 속에 끼어 계속 뒷걸음질로 가파른 낭떠러
지 쪽으로 기어갔다. 그는 호위병들 앞의 땅바닥에 고개를 숙
이고 엉엉 울면서, 거의 미치광이가 되어 그들에게 노래를 부
르듯 애원했다.

　"제가 잘못했어요, 형제들! 제발 용서해 주세요. 다시는 그
러지 않을게요. 살려 주세요. 살려 주세요. 지금 죽기에는 너
무 어려요. 조금만 더 살게 해 주세요. 한 번만 더 엄마를 보
게 해주세요. 용서해 주세요. 형제들! 제발 불쌍히 여겨 주세
요. 당신들의 발에 입을 맞추겠어요. 당신들에게 물을 길어다
드릴게요. 아, 무서워, 무서워. 이제 끝났어, 엄마, 엄마."

　누군지는 보이지 않았지만, 그들 가운데서 울며 애원하는
소리가 들렸다.

　"이보시게, 너그럽고 선량한 동무들! 어떻게 이럴 수가 있
나? 기억해 보게. 우리 모두 두 번의 전쟁에서 함께 피를 흘리

지 않았던가. 똑같은 과업을 위해 싸운 우리 아닌가. 불쌍하게 여기고 용서해 주시게. 영원히 은혜는 잊지 않겠네. 은혜를 갚겠네. 꼭 그렇게 함세. 아니, 귀라도 먹었나, 왜 대답이 없나? 자네들은 예수님을 믿지도 않는가!"

누군가 시보블루이에게 소리쳤다.

"이놈, 그리스도를 판 가롯 유다 놈아! 우리가 왜 너를 배신했다는 거냐? 네놈이야말로, 이 개자식아, 세 번이나 배신한 놈 아니냐. 너는 교수형을 당해야 돼! 황제에게 충성해 놓고 황제를 쳐 죽이더니, 이번에는 우리에게 충성을 맹세해 놓고 우리를 배신했어. 네놈의 악마 레스느이*에게 입을 맞춰라, 그 악마를 배신하기 전에 말이다. 어차피 네놈은 또 배신할 테니."

브도비첸코는 죽음 앞에서도 당당했다. 그는 고개를 꼿꼿이 뒤로 젖히고 백발을 휘날리며, 같은 코뮌 동지인 르자니츠키에게 코뮌**의 전사처럼 모두가 들을 수 있게 큰 소리로 말했다.

"보니파치! 비굴해지지 말게! 자네의 항의가 저들에게 통할리가 있나. 이 시대의 새로운 오프리치니키*** 놈들, 새로운 고문실의 사형집행인들에게 자네의 말이 통할 리가 없지. 하지

---

* 리베리를 가르킨다.
** 1871년의 파리코뮌을 말한다.
*** 16세기 러시아 공포정치 시대의 폭군 이반 4세가 반대파를 탄압하기 위해 만든 자기 직속의 무장 조직.

만 실망할 것 없네. 역사가 모든 것을 판단할 테니. 후손들이 부르봉 놈들의 인민 정치와 그들의 추악한 행위를 만천하에 밝혀낼 거야. 우리들은 세계 혁명의 여명이라는 이상의 순교자로 목숨을 바치는 걸세. 정신 혁명이여, 건재하라. 세계 무정부주의여, 건재하라."

저격병들의 귀에만 들리는 소리 없는 구령에 맞춰, 스무 자루의 총에서 뿜어져 나온 일제사격으로 사형수의 절반이 쓰러지고 대부분이 즉사했다. 남은 자들에게는 두 번째의 일제사격이 가해졌다. 소년 테레샤 갈루진이 가장 오래 꿈틀거리긴 했지만, 결국 몸을 쭉 뻗더니 더 이상 움직이지 않았다.

## 2

겨울을 날 만한 새 장소를 찾아 동쪽으로 더 멀리 이동하려던 계획은 연기되었다. 브이타-케지마강의 경계선을 따라 국도 방향으로 정찰과 순찰이 계속되었다. 리베리도 의사를 홀로 남겨 두고, 숙영지를 나와 타이가로 자주 가곤 했다.

그러나 어디로든 이동한다는 것은 이미 늦었고, 갈 만한 곳도 없었다. 파르티잔에게 그 시기는 매우 힘든 시기였다. 결정적인 패전을 앞둔 백군은 한 번의 공격으로 숲속의 비정규군 부대와 마지막 결판을 내기로 결정하고, 총력을 다해 사방에서 포위망을 좁혀 왔다. 사방에서 파르티잔을 압박해 왔다.

포위망의 반경이 조금만 더 좁혀졌더라도, 파르티잔은 파국을 맞았을 것이다. 포위망이 넓었던 덕분에 그들은 위험에서 벗어났다. 적은 겨울의 초입에서 통행이 불가능한 끝없는 타이가 숲을 따라 전선의 날개를 펼치며 농민군을 압박할 여력이 더 이상 없었다.

어쨌든 이제 어디로든 이동은 불가능했다. 물론 군사적으로 확실한 이점이 되는 이동 계획이 있었더라면, 새 진지를 향해 포위망을 돌파하는 전투도 불사했을 것이다.

그러나 그런 쓸 만한 계획은 전혀 나오지 않았다. 사람들은 녹초가 되어 있었다. 하급 지휘관 본인들이 기운이 쏙 빠져 부하들을 통솔할 여력이 없었다. 상급 지휘관들은 매일 저녁 군사회의를 열었지만, 앞뒤가 맞지 않는 결정을 내놓기 일쑤였다.

다른 월동 장소를 찾는 계획을 중지하고, 지금 머무르고 있는 이곳의 깊은 숲에서 월동 준비를 단단히 해야 했다. 겨울에는 이곳에 눈이 많이 쌓여, 스키 장비를 제대로 갖추지 못한 적들이 쉽게 접근할 수 없다는 이점이 있었다. 은신처를 마련하고 필요한 물자를 비축해야 했다.

파르티잔의 병참 주임 비슈린은 밀가루와 감자가 턱없이 부족하다고 여러 번 보고했다. 그러나 가축이 넉넉해서 비슈린도 겨울 동안의 주식은 살코기와 우유가 될 것이라고 예상했다.

겨울옷도 부족했다. 많은 대원들의 의복이 부실한 상태였다. 숙영지의 개들은 모두 도살당했다. 가죽을 다룰 줄 아는

사람들이 파르티잔들을 위해 털을 밖으로 나오게 만든 개가
죽 재킷을 만들었다.

의사에게 마차의 사용은 허락되지 않았다. 이제 더 중요한
용도로 마차를 사용해야 했다. 마지막 이동 때에는 중상자들
을 들것으로 40베르스타나 되는 거리까지 걸어서 운반했다.

유리 안드레예비치에게 남은 의약품이라고는 키니네, 요오
드, 글라우버염이 고작이었다. 수술이나 붕대를 갈 때, 반드
시 필요한 요오드는 굳은 상태였다. 그것들을 알코올에 녹여
사용해야 했다. 밀주 설비를 부숴 버린 것을 몹시 아쉬워하
며, 가벼운 죄로 처형을 면한 밀주 제조자들에게, 부서진 증
류기를 수리하고 새로운 설비를 만들라는 명령이 내려졌다.
금지된 밀주 제조가 의료용으로 재개되었다. 숙영지에선 모두
들 눈짓을 주고받으며 고개만 저을 뿐이었다. 다시 폭음하는
일이 생기고, 그것이 진영의 와해를 불러왔다.

증류된 알코올은 거의 백 도에 가까웠다. 결정 상태의 약
제는 그 정도의 주정분에서 잘 용해되었다. 나중에 유리 안드
레예비치는 초겨울에 다시 시작된 발진티푸스를 키니네 껍질
을 우려낸 이 밀주로 치료를 하기도 했다.

## 3

그 무렵, 의사는 팜필 팔리흐와 그의 가족을 만났다. 그의

아내와 아이들은 여름 내내 햇빛을 가릴 곳도 없는 흙먼지 이는 길을 따라 피난을 다녔다. 갖은 고초를 당한 탓에, 잔뜩 위축되어 있던 그들은 여전히 불안에 떨고 있었다. 방랑 생활이 그들에게 지울 수 없는 후유증을 남겼다. 팜필의 아내와 아들과 딸 둘은 햇빛에 그을려 아마빛 머리카락이 하얗게 바랬고, 바람에 트고 그을린 까만 얼굴과 하얀 눈썹에 험상궂은 표정을 짓고 있었다. 아이들은 아직 어린 탓에 그동안 겪은 고생의 흔적이 보이지 않았지만, 어머니의 얼굴에는 그동안 당한 공포와 위협으로 생기라곤 보이지 않았고, 야위고 단정한 이목구비와 고통으로 긴장되고 경직된 입술은 자신을 방어하려는 듯, 일자로 꼭 다물고 있었다.

팜필은 가족 모두를 사랑했고, 특히 아이들을 매우 사랑했다. 그가 아이들에게 예리하게 간 도끼 모서리로 나무를 깎아 토끼, 곰, 수탉 같은 장난감을 능수능란하게 만들어 주는 것을 보면 의사도 놀랄 정도였다.

가족이 도착하자, 팜필은 쾌활해지고 원기도 되찾아 병을 회복하는가 싶었다. 그러나 가족이 함께 있게 되면, 진영의 사기에 좋지 않은 영향을 줄 수 있기 때문에, 파르티잔은 반드시 가족들과 떨어져 있어야 했다. 필요 없는 비전투원들과 진영을 분리시켜야 했던 것이다. 호위병들을 충분히 붙여서 조금 떨어진 곳에 피란민들을 수용해 겨울을 나게 할 거라는 소문이 돌았다. 이런 격리에 대한 실질적인 준비보다는 그에 대한 논쟁이 더 분분했다. 의사는 그것이 실행되리라고는 믿지 않았다. 그러나 팜필은 마음이 울적해져서 다시 허깨비들이 보이기 시작했다.

<h1 style="text-align:center">4</h1>

겨울이 코앞에 닥칠 무렵, 몇 가지 이유로 숙영지는 오랫동안 불안과 의혹, 위협적인 혼란 상태와 기묘한 모순 상태에 빠져들었다.

백군은 계획한 대로 봉기군을 포위했다. 이 작전을 완수한 우두머리는 비친, 크바드리, 바살리고 장군 들이었다. 그들은 모두 강직함과 불굴의 의지로 명성을 날리고 있었다. 숙영지의 아내들과 아직 고향을 떠나지 못해 포위망 뒤쪽 마을에 남아 있는 일반 주민들은 그들의 이름만 들어도 벌벌 떨 정도였다.

이미 언급한 대로, 적의 포위망이 더 좁혀질 가능성은 없었다. 그 점은 안심할 수 있었다. 그러나 포위 상태를 그냥 내버려 둘 수는 없었다. 상황에 맡기고 내버려 두면, 정신적으로 적의 사기만 올라가는 법이다. 안전하다고는 하지만, 포위망에서 벗어나기 위한 시위 작전을 전개해야 했다.

이를 위해 파르티잔 세력의 대병력을 분리해, 포위망 서쪽 정면에 집결시켰다. 며칠간의 격렬한 전투 끝에, 파르티잔 부대는 백군을 격퇴하고 그 지점에서 적진을 돌파한 다음, 그들의 후방으로 나아갔다.

돌파 작전으로 자유로운 공간이 만들어지고, 타이가 숲에 숨어 있던 봉기군들 쪽으로 갈 수 있는 길이 만들어졌다. 그들과 합류하기 위해 새로운 피란민들도 밀려들었다. 새로 흘러 들어온 유순한 마을 사람들 모두가 다 파르티잔의 가족들은 아니었다. 백군의 보복을 두려워한 주변의 농민들 모두가 조상 대대로 살아온 마을을 버리고 숲속의 농민군에게 보호를 청하며 합류해 온 것이다.

그러나 숙영지 쪽에서는 이 식객들이 부담스러웠다. 파르티잔은 아무 인연도 없는 새 피란민들까지 돌볼 여유가 없었다. 그들은 사람을 보내 피란민들을 중도에서 정지시키고 칠림카 강가에 있는 칠림 경작지의 물방앗간 쪽으로 향하게 했다. 물방앗간을 중심으로 숲속의 개간지에 형성된 그곳은 드보르이로 불리고 있었다. 그곳 드보르이에 피란민들을 위한 월동 시설을 만들고 그들에게 할당된 식량을 비축해 둘 계획을 세웠다.

그런 대책이 세워지는 동안에 상황이 이상하게 꼬여 파르티잔 사령부도 그들을 위해 손을 쓸 수 없게 되었다.

모처럼 승리를 거두었지만, 상황이 복잡해졌다. 파르티잔 부대에 전선이 뚫려 뒤로 밀려났던 백군이 적군을 차단하고 저지선을 복구한 것이다. 적의 배후로 침투했다가 고립된 파르티잔 부대가 타이가 숲속의 아군 진지로 돌아갈 길을 봉쇄 당한 것이다.

여자 피란민들도 문제였다. 길이 없는 깊은 숲에서 쉽게 길 이 엇갈렸다. 파견된 사람들이 피란민들을 찾지 못하고, 그들 과 길이 엇갈린 채 되돌아오곤 했지만, 여자들은 본능적으로 타이가 숲 안쪽으로 깊이 들어가, 놀랄 만한 지혜를 발휘해서 양쪽의 나무들을 베어 내고, 다리를 놓고, 통나무를 깔아 길 을 내곤 했다.

그런 모든 일들이 파르티잔 사령부의 의도와 정면으로 부 딪혀, 리베리의 계획과 예상을 완전히 뒤집어 버렸다.

## 5

리베리는 스비리드와 함께 타이가 숲에서 그리 멀지 않은 큰길 근처에 서서 이 문제를 두고 흥분해서 이야기를 나누고 있었다. 몇몇 참모들은 도로 위에서 길을 따라 부설된 전신선 의 절단 여부를 놓고 입씨름을 하고 있었다. 리베리가 마지막 결정을 내려 주기를 기다리고 있었지만, 그는 유랑 사냥꾼과 정신없이 지껄이고 있었다. 리베리는 그들에게 손짓을 하며, 곧 그쪽으로 갈 테니, 자리를 떠나지 말고 기다리라는 신호를 보냈다.

스비리드는 브도비첸코가 유죄 선고를 받고 총살당한 것

을 오랫동안 받아들일 수가 없었다. 그는 리베리의 권위와 맞먹는 영향력을 가지고, 숙영지 내에서 반목을 일으켰다는 사실 외에는 아무 죄도 없었던 것이다. 스비리드는 파르티잔을 떠나, 예전처럼 혼자 다시 자유롭게 살고 싶었다. 그러나 그것은 어림없는 일이었다. 고용되어 종속된 상태인 그가, 만약 지금 '숲속 형제단'에서 나가게 되면, 분명 총살당한 이들과 똑같은 운명에 처할 터였다.

날씨는 생각할 수도 없을 만큼 최악이었다. 매섭고 세찬 바람이 그을음 같은 검은 구름을 땅 위로 낮게 몰고 왔다. 갑자기 구름 속에서 무슨 하얀 광기의 발작을 일으킨 듯 세차게 흰 눈이 쏟아졌다.

한순간에 흰색의 휘장이 세상을 감쌌고, 땅 위에는 하얀 천이 깔렸다. 잠시 뒤에는 하얀 천이 흔적도 없이 녹아 사라지고 말았다. 숯덩이 같은 검은 땅과 검은 하늘이 드러났고, 검은 하늘 저 멀리서는 위로부터 비스듬하게 장대비가 억수처럼 쏟아졌다. 땅은 더 이상 물을 흡수하지 못했다. 가끔 하늘이 개면, 하늘을 환기라도 하듯, 먹구름이 흩어지고, 창공에는 차가운 유리처럼 하얗게 반짝이는 창문이 활짝 열리곤 했다. 땅 위에서는 흙에 흡수되고 남은 물이 크고 작은 갖가지 물웅덩이를 만들어, 역시 활짝 열린 창문처럼 반짝이며 하늘에 화답하고 있었다.

방수포에 물방울이 스며들지 않는 것처럼, 습기가 테레빈

유와 수지를 머금은 뾰족한 잎사귀 위로 연기처럼 스쳐 갔다. 전깃줄에는 유리구슬 같은 빗방울이 주렁주렁 달려 있었다. 빗방울은 서로 바싹 엉겨 붙어 떨어져 내리지 않았다.

스비리드는 여자 피란민들을 맞이하기 위해 타이가 숲 깊이 파견된 사람들 중의 하나였다. 그는 자신이 목격한 것을 대장에게 말하려고 했다. 상호 모순된 많은 지시들로 혼란스러워져 어차피 실행되기 어려운 일에 대해서였다. 몹시 심약하고 절망에 사로잡힌 여자 무리 중 일부가 저지르고 있는 난폭한 행동에 대해서도 말했다. 자루며 보따리를 이고 지고, 갓난애까지 들쳐 업고 걸어온 데다, 젖도 말라 버리고 다리도 지칠 대로 지친 젊은 엄마들이 정신을 잃고, 자식을 길바닥에 버리는가 하면, 자루 속 밀가루를 땅바닥에 뿌려 버리고 왔던 길을 되돌아가기도 했다. 굶주림으로 천천히 죽어 가느니, 차라리 바로 죽는 편이 낫고, 숲속 짐승들의 먹이가 되느니, 차라리 적의 손에 떨어지는 것이 낫다고 생각한 것이다.

좀 더 강한 다른 여자들은 남자도 할 수 없는 용기와 인내심의 본보기를 보여 주었다. 스비리드는 아직 보고할 것들이 많이 남아 있었다. 이전에 진압되었던 것보다 훨씬 더 심각하고 새로운 반란의 위험이 숙영지 내에 도사리고 있다는 사실을 대장에게 경고하고 싶었지만, 리베리가 급하게 다그치는 바람에 말문이 막혀 결국 말을 꺼낼 수 없었다. 사실 리베리가 스비리드의 말을 계속 가로막은 것은, 도로에서 그를 기다리던 참모들이 그에게 고갯짓을 하며 고함을 질러 댔을 뿐 아니라, 최근 이 주일 동안 그런 이야기를 수없이 들어, 리베리도 모두 알고 있었기 때문이었다.

"자꾸 다그치지 마시오, 대장 동무. 그렇지 않아도 나는 말주변이 없는 사람이오. 말이 이빨 사이에 걸려 말문이 막힐 것 같소. 내가 말하고 싶은 것은 이것이오. 피란민 마차 대열에 가서, 시베리아 여자들에게 분별 있게 행동하라고 일러두시오. 그곳은 아주 엉망진창이오. 도대체 '모든 힘을 다하여 콜차크를 타도하자'는 것이오, 아니면 여자들을 학살하자는 것이오?"

"좀 더 간략히 말하게, 스비리드. 저기서 나를 불러 대고 있지 않나? 빙빙 꼬지 말게."

"그건 그렇고, 숲의 악마라고 하는 즐리다리하인가 하는 바보 같은 여자 말인데. 무슨 그런 여자가 다 있나. 그 여자가 자기는 수의사라며 가축을 보살피게 해달라고 하는데……"

"수의사 말이군, 스비리드."

"바로 그렇소. 그 여자 수의사에게 가축들의 전염병을 고치라고 말했소. 그런데 그 못된 여자가 어떤 줄 아시오? 가축을 돌보기는커녕, 구교도 무성직파*의 여교주로 둔갑해, 암소에게 예배를 하는가 하면, 새로 온 여자 피란민들을 잘못된 길

---

* 러시아의 슬라브 정교가 분열되어 분리파가 된 부류를 구교도로 부르며, 분리파는 나중에 크게 나뉘어 성직자를 인정하는 파와 무성직파로 분류되는 등 여러 종파로 분열되었다.

로 꾀어내고 있소. 그러고는 이렇게 말하지 뭡니까. 모두가 당신 탓이오, 옷자락을 걷어 올리고, 붉은 깃발 뒤를 쫓아다닌 대가요. 다시는 그런 짓을 하지 마시오."

"어떤 여자 피란민들을 두고 하는 말이야? 우리 파르티잔 소속이오, 아니면 다른 소속이오?"

"물론, 다른 소속의 여자들이오. 다른 마을에서 온 새로운 여자들을 두고 하는 말이오."

"드보르이 마을의 칠림카 물방앗간으로 보내라는 명령을 했는데. 어떻게 여기에 나타난 거지?"

"아니, 드보르이 마을이라니. 그 드보르이 마을은 전부 불 타서 아무것도 남지 않았소. 물방앗간이든 뭐든 다 타고, 남은 것은 재뿐이오. 그들이 칠림카에 도착해서 본 것은 텅 빈 들판뿐이었어요. 절반은 정신을 잃고, 엉엉 울부짖더니, 백군에게 돌아가 버렸소. 나머지 절반은 뒤로 돌아 마차를 타고 이곳으로 왔어요."

"그 울창한 숲과 늪을 지나서요?"

"도끼와 톱이 왜 있겠소? 물론 우리 쪽에서 보낸 남자들도 거들기는 했소. 30베르스타나 되는 길을 냈다고 합니다. 다리를 놓았다니, 보통내기들이 아니오. 정말 억척스러운 여자들이라니까요. 그 맹랑한 여자들이 그런 짓을 하리라고는 꿈에도 생각지 못했을 거요."

"이런 빌어먹을! 30베르스타의 길을 낸 것이 뭐가 그렇게 대단하다고. 이런 멍청한. 그거야말로 비친이나 크바드리 같은 놈들에게 좋은 일을 한 셈이지. 타이가 숲으로 들어오는 길을 내준 것이 아니겠소? 대포도 들어오라는 말이지."

"잠복, 잠복하면 되죠. 잠복 부대를 보내면 끝이오."

"자네가 말하지 않아도 그런 것쯤은 알아."


# 6


해가 짧아졌다. 다섯 시면 어두워졌다. 황혼이 질 무렵, 유리 안드레예비치는 며칠 전 리베리와 스비리드가 언쟁을 벌이던 대로를 가로질러 걸었다. 숙영지로 돌아오는 중이었다. 숲속 초지 가까이 숙영지의 경계가 되는 마가목이 서 있는 작은 산 가까이에 오자, 그가 농담으로 자기 적수라고 부르는 수의사 무당 쿠바리하의 도전적이고 짓궂은 목소리가 들렸다. 그의 적수는 쩌렁쩌렁한 목소리로 속요의 일종으로 보이는 흥겹고 저속한 노래를 부르고 있었다. 사람들이 모여 노래를 듣고 있었다. 남녀가 어울려 공감하는 웃음소리에 이따금 노래가 멈추곤 했다. 그러다가 이내 잠잠해졌다. 사람들이 모두 돌아간 것 같았다.

그러자 쿠바리하는 아무도 듣는 사람이 없다고 생각했는지, 낮은 소리로 다른 노래를 혼자 부르기 시작했다. 유리 안드레예비치는 늪에 빠지지 않도록 조심하며, 어둠 속에서 천

천히 마가목 앞 초지의 진흙탕을 빙 둘러 오솔길을 빠져나가
다, 불현듯 그 자리에 못 박힌 듯 멈춰 섰다. 쿠바리하는 러시
아의 옛 노래를 부르고 있었다. 유리 안드레예비치가 모르는
노래였다. 그녀의 즉흥곡이 아니었을까?

러시아 노래는 물방앗간의 연못에 있는 물 같았다. 물은 움
직이지 않고 가만히 있는 것처럼 보인다. 하지만 밑바닥 깊은
곳에서는 쉴 새 없이 물이 수문으로 흘러나왔다. 잔잔한 표면
은 가짜였다.

노래는 후렴과 대구법 등의 다양한 방법으로 계속 전개되
어야 할 내용이 머뭇대며 진행되지 않고 있었다. 그러다가 어
느 한계점에 이르면, 갑자기 내용이 빠르게 전개되며, 듣는 사
람의 마음을 뒤흔들어 놓았다. 자신을 억제하고 통제하는 애
수에 잠긴 에너지가 그렇게 표현된 것이다. 언어로 시간의 흐
름을 막으려는 미친 시도가 아닌가.

쿠바리하는 반은 노래를, 반은 이야기를 하고 있었다.


작은 토끼 한 마리가 흰 세상을 달리네.
흰 세상을, 흰 눈 위를.
기다란 귀, 작은 토끼가 달려가네, 마가목을 지나,
기다란 귀, 작은 토끼가 달려가, 마가목에게 울먹이네.
나는야 소심한 토끼,
소심하고 겁이 많네.

나는야 짐승들 발자국이 무서운 토끼,

짐승들의 발자국, 굶주린 늑대들의 배.

나를 위해 울어 주렴, 마가목 숲아,

마가목 숲아, 예쁜 마가목아.

어여쁜 너의 열매일랑 나쁜 원수에게 주지 마라,

나쁜 원수에게, 나쁜 까마귀에게.

너의 붉은 열매는 바람에 날려 보내렴,

바람에, 하얀 세상 위에, 흰 눈 위에 날려 보내렴.

내 고향 땅에 너의 열매 날려 주렴, 보내 주렴,

마을 근처 외딴집에.

외딴집 창문에, 오두막 방에,

그곳에 한 소녀가 조용히 살고 있지,

그리운 나의 사랑스러운 소녀.

나의 사랑스러운 소녀에게 전해 주렴,

뜨겁고 불타는 이야기를.

나는 포로가 되었다네,

타향 땅의 병사는 외로워라.

탈출하리, 이 고된 포로 생활에서,

탈출하리, 붉은 나의 열매, 아름다운 그녀에게로.


# 7


병사의 아내 쿠바리하는 팜필 팔리흐의 아내이자, 보통 포티예브나라고 부르는 아가피야 포티예브나의 병든 암소에게 주문을 걸어 주기로 했다. 병든 암소를 무리에서 격리시켜 관목 숲으로 끌고 와 뿔을 나무에 묶어 두었다. 나무 그루터기에 매인 암소의 앞발 옆에 주인이 앉고, 뒷발이 놓인 착유대에는 마법사인 병사의 아내가 앉아 있었다.

다른 많은 가축 떼가 작은 숲속의 초지에 빼곡히 들어차 있었다. 높은 산처럼 키 큰 삼각 모양 전나무들로 이루어진 시커먼 침엽수림이 벽처럼 가축 떼를 사방에서 둘러싸고 있었다. 넓게 퍼져 있는 아래쪽의 전나무들은 통통한 엉덩이를 바닥에 대고 앉아 있는 것처럼 보였다.

시베리아에서는 스위스에서 특별한 상을 받았다는 젖소가 사육되고 있었다. 거의 모든 소들이 하나같이 검고 흰 얼룩무늬 털을 갖고 있었다. 암소들은 사람들 못지않게 굶주리고, 먼 길을 이동한 데다, 목장은 견디기 힘들 정도로 비좁아 몹시 초췌해져 있었다. 서로 옆구리를 비비며 밀치는 바람에 암소들은 정신이 나갈 정도였다. 정신이 이상해진 암소들은 자신의 성별도 잊어버리고 울부짖는가 하면, 축 늘어진 유방을 상대방의 등에 얹으려고 하거나, 수소처럼 상대방의 등에 올라타려고도 했다. 암소들에 깔린 송아지들이 꼬리를 세우고, 암소들의 배 밑에서 겨우 빠져나와 덤불과 낮게 자란 가지들을 짓밟으며 숲으로 도망치면, 늙은 소몰이꾼들과 어린 목동들이 소리를 지르며 그 뒤를 쫓곤 했다.

희고 검은 눈구름들은 겨울 하늘에 전나무 우듬지들이 그어 놓은 좁다란 원 안에 갇힌 듯, 숲속 초지 위로 정신없이 부산하게 몰려다니며 엎치락뒤치락하고 있었다.

좀 떨어진 곳에 모여 있던 호기심 어린 사람들이 마법사를 방해하고 있었다. 그녀는 매서운 눈길로 그들을 위아래로 훑어보았다. 하지만 그들의 영향을 받는다는 것은 그녀의 자존심이 허락지 않았다. 예술가 같은 자존심이 그녀를 제어한 것이다. 그녀는 아무렇지 않다는 듯 행동했다. 의사는 구경꾼들 뒤에 숨어 몰래 그녀를 살폈다.

처음으로 그는 그녀를 찬찬히 관찰할 수 있었다. 예의 그 영국군 약모를 쓰고 있는 그녀는 외국 간섭군의 황록색 외투 깃을 뒤로 아무렇게나 젖히고 있었다. 그럼에도 이 중년 여인의 검은 눈동자와 눈썹을 애젊게 해주는 내적 열정이 드러난 오만한 이목구비로 인해, 그녀의 얼굴에는 무엇을 입든 입지 않든 아랑곳하지 않는다는 표정이 드러나 보였다.

그러나 팜필의 아내 얼굴을 본 유리 안드레예비치는 깜짝 놀랐다. 그는 그녀를 거의 알아볼 수 없었다. 며칠 사이에 무서우리만치 늙어 버렸던 것이다. 퉁퉁 부은 눈알은 금방이라도 빠져나올 것 같았다. 수레의 채처럼 길어진 목에는 부풀어 오른 핏줄이 꿈틀거렸다. 가슴속의 공포가 그녀를 이렇게 만들었던 것이다.

"젖이 나오지 않아요." 아가피야가 말했다. "젖이 잠깐 말랐으려니 생각했는데, 그게 아니라 젖이 나올 때가 되었는데도 아직 나오질 않아요."

"젖이 마르다니. 이봐, 젖꼭지에 종기가 났어. 우지에 담근 약초를 줄 테니 발라 줘. 그리고 주문도 외워야 해."

"그리고 또 다른 문제는 남편이에요."

"주문을 외워서 바람을 피우지 못하게 해줄게. 그건 가능해. 너에게 찰싹 달라붙어 떨어지지 않게 말이야. 그리고 세 번째는 뭐야?"

"바람을 피우는 게 아니에요. 바람을 피우면 차라리 낫지요. 그 반대라서 탈이에요. 나와 아이들에게 찰싹 달라붙어 계속 걱정만 한다고요. 물론 남편이 무슨 생각을 하는지 알고 있어요. 숙영지가 갈리면 우리가 서로 떨어지고, 우리들이 바살리고군에 잡히기라도 하면, 우리와 함께 있을 수도 없고, 우리를 아무도 지켜 주지 못할 거라고 생각하는 거예요. 그놈들이 우리를 괴롭히며, 우리의 고통을 즐길 거라고 하면서요. 저는 남편이 무슨 생각을 하는지 알아요. 그가 무슨 짓을 저지를까 봐 걱정돼요."

"생각 좀 해보자고. 슬픔을 덜어 줘야지. 세 번째 문제는 뭐야?"

"더 이상은 없어요. 암소와 남편 문제가 전부예요."

"이런, 그것뿐이라니! 그렇다면 하느님이 너에게 자비를 베푼 것이 아니고 뭐겠어. 이런 일은 좀처럼 드문 일이야. 문제가 두 개뿐이고, 그나마 한 가지는 남편이 너무 걱정을 해줘서라니 원. 그건 그렇고 암소를 낮게 하면 무엇으로 보답할 거야? 주문을 시작해야지."

"원하는 것이 뭐예요?"

"거친 밀가루로 만든 빵 덩어리와 너의 남편이야."

주위에서 웃음이 터졌다.

"뭐예요, 사람 놀리는 거예요?"

"뭐, 너무 비싸다면 빵은 그만두고. 남편만으로 할까."

웃음소리가 더욱 커졌다.

"이름이 뭐야? 남편 말고 암소 말이야."

"예쁜이요."

"여기 암소들 절반이 모두 예쁜이인걸. 뭐, 하는 수 없지. 신이 살펴 주시기를."

그녀는 암소에게 주문을 외기 시작했다. 처음 그녀의 주문은 가축에 대해서뿐이었다. 그러다가 몰아지경에 이르자, 아가피야에게 모든 마법의 규칙과 방법에 대한 교시를 내렸다. 유리 안드레예비치는 주술에 걸린 사람처럼 기이한 결합문으로 된 주문에 귀를 기울였다. 그것은 예전에 유럽 러시아에서 시베리아로 왔을 때, 마부인 바크흐에게 들었던 경건한 암송과 같은 것이었다.

병사의 아내가 계속 말을 이었다.

"모르고샤 아주머니, 우리에게 오소서. 내일이 아니라 오늘 당장 썩은 종기를 떼어 주소서. 암소의 젖에서 통증을 거두어 가소서. 얌전히 서 있거라. 예쁜이야. 걸상은 엎지 마라. 산처럼 서서 강처럼 젖을 내라. 요물아, 괴물아, 옴딱지를 싹 벗겨, 쐐기풀에 던져라. 마법사의 말은 황제의 말씀처럼 영험하도다.

아가피유시카, 금지사항, 지켜야 할 사항, 피해야 하는 말, 보호하는 말 등을 모두 기억해야 한다. 저기 보이는 것이 숲이라고 생각하겠지. 하지만 그것은 우리가 바살리고의 군사들과 싸우듯, 악마의 군사와 천사의 군사가 한데 엉켜 칼싸움을 하는 것이다.

아니면, 일례로, 내가 가리키는 쪽을 보거라. 아니, 이봐, 그쪽이 아니야. 뒤통수가 아니라 눈으로 봐야지. 내 손가락이 가리키는 쪽을 봐. 그래, 그래. 너는 저것이 무엇이라고 생각하느냐? 자작나무 가지가 바람에 칭칭 얽혔다고 생각하느냐? 새가 둥지를 만드는 것이라고 생각하느냐? 절대 아니야. 사실 저건 진짜 악마의 짓이란다. 물의 요정 루살카가 딸에게 화관을 엮어 주는 거란다. 그러다 사람들이 옆으로 지나가는 소리에 그만두었다. 놀랐던 거야. 밤이면 다 엮을 테니, 두고 보라고.

아니면, 다시 당신들의 저 붉은 깃발을 예로 들까? 너는 무엇으로 보이냐? 저것이 깃발처럼 보이지? 천만에, 저것은 깃발이 아니라, 죽은 처녀들이 검붉은 머릿수건을 흔들며 사람을 유혹하고 있는 거란다. 유혹하고 있어. 무엇을 유혹하냐고? 젊은이들에게 머릿수건을 흔들며 눈짓으로 젊은이들을 학살과 죽음으로 끌어들여, 역병을 퍼뜨리는 것이다. 그런데 너희들은 저것을 깃발이라고, '모든 나라의 프롤레타리아와 가난한 자들이여, 나에게 오라.'는 깃발이라고 하는구나.

지금은 모든 것을 알아야 할 때, 어머니 아가피야. 모두, 모두, 있는 대로 모두. 무슨 새인지, 무슨 돌인지, 무슨 풀인지. 예를 들어, 저 새는 옛날이야기에 나오는 찌르레기, 저 짐승은 오소리라는 것을 말이야.

그럼, 이제부터, 네가 누구를 사랑한다면, 말만 해. 내가 누구든 너에게 홀딱 반하게 해줄 테니. 너희들 대장인 레스니흐, 콜차크, 동화 속의 이반 왕자, 누구든 상관없어. 내가 거짓말로 장담하는 줄 알아? 거짓말이 아니다. 자, 여기 봐, 내 말 들어. 겨울이 오고 들판에 소용돌이치는 눈보라와 눈기둥을 만드는 군무가 일어날 거야. 그러면 나는 눈기둥을, 눈보라를 단도로 찌를 테다. 칼자루까지 닿도록, 눈기둥을 칼로 찌르겠어. 그러고는 눈 속에서 온통 피로 물든 단도를 빼내겠어. 이런 일을 본 적 있나? 응? 그래도 내가 거짓말한다고 생각하다니. 그렇다면 어떻게 소용돌이치는 눈보라 속에서 피가 나올까? 이것은 그저 바람이고, 공기이고, 눈가루일 뿐인데. 그런데 이봐, 이 눈보라는 단순한 바람이 아니라, 과부 마녀가 남편을 잃고 들판을 찾아다니다가, 못 찾고 울부짖는 거야. 그 마녀를 단도로 찌른 거야. 그래서 피가 나는 거야. 내가 그 칼로 네가 원하는 누구의 발자국이든 도려내 너의 옷자락에 명

주실로 꿰매 주겠다. 그러면 콜차크, 스트렐리니코프, 설사 어떤 새 황제라도 네가 가는 곳을 졸졸 따라다니게 될 거야. 그런데도 너는 나를 거짓말쟁이로 생각하고, '모든 나라의 헐벗은 자들과 프롤레타리아여, 나에게 오라.' 따위로 생각하느냐.

아니면, 일례로, 요즘 하늘에서 돌이 떨어져, 비처럼 떨어져. 집 밖으로 문지방을 한 발짝만 나가도, 머리에 돌들이 떨어져. 아니면 누군가가 본 것처럼 기사들이 말을 타고 하늘을 오가고, 말들이 발굽으로 지붕을 차고 있어. 혹은, 옛날에 어떤 마법사들이 폭로한 대로, 그 여자는 자기 몸속에 곡식과 꿀을, 그리고 담비 가죽을 갖고 있다고 했어. 그러자 기사들이 궤짝의 뚜껑을 열듯, 여자의 어깨를 가르고, 어깨뼈에서 칼로 얼마만큼의 밀을, 다람쥐 가죽을, 꿀벌 집을 꺼냈지."

인간은 누구나 가끔 이 세상에서 강하고 엄청난 감정을 경험하곤 한다. 그 안에는 언제나 연민이 깃들어 있다. 우리가 존경하는 대상이 희생자라고 생각하면 할수록, 우리는 그를 더 사랑하게 된다. 어떤 남성들은 여성에 대한 동정심이 생각의 한계를 초월하기도 한다. 그들의 연민은 그녀를 이 세상에 존재하지 않는, 오직 상상의 세계에만 존재하는, 비현실적인 곳에 올려놓기도 하고, 그녀가 숨 쉬는 공기, 자연의 법칙을, 그녀가 태어나기 전의 몇 천 년의 세월까지도 질투하는 법이다.

고전에 대한 지식을 가진 유리 안드레예비치는 주술사의 마지막 말 속에 어떤 연대기의 도입 부분이 들어 있다는 의구

심이 들었다.* 노브고로드 연대기**라든가 이파티예프 연대기
*** 같은 것이 오랜 세월에 걸쳐 왜곡되어 외전外傳으로 변화된
것으로 보였다. 그것은 여러 세기에 걸쳐 주술사들과 이야기
꾼들의 구전으로 전해졌고, 아주 오래전부터 혼용되고 여러
필사본 작자들에 의해 고쳐지고 왜곡되기도 했다.

그가 구전의 강한 힘에 사로잡힌 이유는 무엇일까? 왜 이
해할 수 없는 헛소리, 무의미한 황당한 이야기가 진짜 현실처
럼 생각된 것일까?

라라의 왼쪽 어깨가 갈라져 있다. 장식장 속에 놓인 철제
비밀금고에 열쇠를 꽂듯, 칼을 돌려 넣어 그녀의 어깨뼈를 절
개했다. 그러자 내면 깊숙한 곳에 감춰져 있던 그녀의 영혼의
비밀이 드러났다. 예전에 찾아갔었던 낯선 도시, 낯선 거리,
낯선 집, 낯선 공간들이 내동댕이친 리본 꾸러미에서, 리본 뭉
치가 풀리듯이, 하나하나 펼쳐졌다.

아, 그는 얼마나 그녀를 사랑했던가! 그녀는 얼마나 사랑스
러웠던가! 항상 마음속에 그리고 꿈꾸어 왔던 바로 그 여인,
그가 원했던 바로 그 여인! 그러나 무엇이, 그녀의 어떤 점이
그랬던 걸까? 특별한 명칭과* 특별한 점이 있었던 것일까? 아,

---

* 주술사가 언급한 내용은 러시아 민속학자이자 구전문학가인 알렉산드르 아파나시예
프(1826~1871)가 「슬라브인의 시적 자연관」(1865~1869)에 기록한 텍스트에서 가져온
것이다.

** 노브고로드공국 시대인 1016~1471년까지의 역사 기록물.

*** 러시아 고대 12~13세기의 역사에 대한 연대기. 초기 남러시아 역사의 주요한 자료이다.

아니다. 그렇지 않다! 그야말로 창조주가 목욕을 끝낸 어린아이를 강보에 싸듯이 머리에서 발끝까지, 아주 간결하고 힘찬 일필휘지로 그려 낸 그 신성한 선묘線描 그대로, 그의 영혼의 품에 그녀를 안겨 준 것이다.

그런데 지금 그는 어디에 있으며, 무얼 하고 있단 말인가? 숲속, 시베리아, 파르티잔 부대. 그들과 함께 포위당해 있지 않은가. 이런 기괴하고 기막힌 일이 어디 있단 말인가. 유리 안드레예비치는 이내 눈앞이 다시 흐려지고 머리가 명해졌다. 모든 것이 그의 눈앞에서 둥둥 떠다니는 것 같았다. 그때, 기대하던 눈 대신, 빗방울이 떨어지기 시작했다. 도시의 거리에 커다란 천으로 만든 플래카드를 건물과 건물 사이에 걸쳐 걸어 놓은 것처럼, 숲속 빈터의 한쪽 끝에서 다른 쪽 끝으로 몇 배나 더 확대된 환영이 하늘 위에 길게 펼쳐졌다. 그것은 놀라운 성모의 얼굴이었다. 얼굴은 울고 있었고, 더 굵어진 빗줄기가 그 얼굴에 입을 맞추며 얼굴을 적시고 있었다.

"자, 이제 가거라." 마법사가 아가피야에게 말했다. "암소에게 주문을 다 외웠으니, 이제 나을 거야. 성모님께 기도를 해라. 그분은 빛의 궁전이시고, 생명의 말이 담긴 책이시니."

## 8

타이가의 서쪽 분계선에서는 전투가 계속되고 있었다. 그러나 타이가가 워낙 넓은 탓에, 모든 전투는 어디 먼 국경 지대에서 벌어지는 것처럼 생각되었고, 깊숙한 타이가 속의 숙영지에 숨은 사람들 또한 어찌나 많았던지, 아무리 많은 사람들이 전투에 나가도 남아 있는 사람들이 더 불어난 것처럼 보여, 한 번도 숙영지가 비었다는 느낌은 들지 않았다.

멀리서 들리는 전투의 굉음은 깊숙한 숙영지까지는 거의 들리지 않았다. 갑자기 숲속에서 몇 발의 총소리가 울렸다. 다시 연달아 몇 발의 총소리가 울리는가 싶더니, 총소리는 이내 급박하고 산발적인 빠른 소리로 변했다. 총소리가 나는 근처에 있던 사람들은 갑작스런 총격에 놀라 혼비백산하며 뿔뿔이 흩어졌다. 예비지원군으로 숙영지에 편입되었던 사람들은 각자 자기 마차가 있는 곳으로 달려갔다. 큰 소동이 벌어졌다. 모두가 전투태세를 갖추었다.

그러나 소동은 바로 가라앉았다. 잘못된 경보였다. 그러자 총소리가 난 곳으로 사람들이 다시 몰려왔다. 군중이 늘어났다. 새로 온 사람들이 그곳에 서 있던 사람들에 합류했다.

군중들은 피투성이가 되어 땅바닥에 쓰러진 통나무 같은 한 부상자를 에워싸고 있었다. 심한 부상을 입은 그는 아직 숨을 쉬고 있었다. 오른팔과 왼쪽 다리가 완전히 절단되어 있었다. 가엾은 그가 남은 한쪽 팔과 한쪽 다리로 어떻게 이곳 숙영지까지 기어왔는지 상상할 수가 없었다. 소름 끼치는 피투성이 살덩어리가 된 그의 잘린 팔과 다리는 장황한 글이 써진 나무판과 함께 그의 등에 묶여 있었다. 나무판에는 험한 욕지거리와 함께 이것이 적군 부대의 수많은 만행에 대한 보복 차원에서 취해진 조치라고 적혀 있었는데, 실상 그 부대는 숲속 형제인 파르티잔과는 아무 관계없는 부대였다. 그 외에도 그곳에는 만약 파르티잔이 정한 날짜까지 항복하지 않고, 비친 군단의 대표들에게 무기를 인도하지 않으면, 모두 이런 일을 당할 거라고 적혀 있었다.

팔과 다리가 잘린 이 수난자는 계속 피를 흘리며 순간순간 의식을 잃어 가면서도, 간간이 끊어지는 힘없는 목소리와 꼬부라진 혀로, 비친 장군 휘하 후방군의 취조와 징벌 부대에서 받은 고문과 학대를 전했다. 교수형을 선고받았지만, 수족을 절단하는 것으로 감형되어, 파르티잔을 위협하려는 목적으로 이런 처참한 모습으로 그를 숙영지에 돌려보냈다는 것이다. 적들이 숙영지의 제1경비지점까지 그를 직접 데려왔고, 그 다음에는 땅바닥에 그를 내려놓고 기어가라고 명령하고는, 멀리 떨어진 뒤에서 공중에 총을 쏘며 그를 내몰았다고 했다.

희생자는 간신히 입술을 달싹거렸다. 분명치 않은 그의 말을 들으려고 사람들이 허리를 낮게 구부려 귀를 기울였다. 그가 말했다.

"조심하시오, 형제들. 그는 이곳까지 돌파했소."

"엄호 부대를 이미 파견했소. 대전투가 벌어지는 중이오. 차단할 수 있을 것이오."

"돌파. 돌파. 그는 기습을 감행할 것이오. 나는 알아요. 아, 이제 더 이상 못하겠소, 형제들. 보다시피 너무 피를 흘렸소, 피를 토하고 있어. 이제 끝장이야."

"이봐요, 누워서 쉬어요. 말을 하지 말아요. 여보게들, 말을 시키지 말게, 해로워."

"흡혈귀 같은 개새끼가 성한 곳이 없게 때렸소. '네놈이 누군지 말해라, 그렇지 않으면, 피로 목욕을 시켜 주겠다.'라면서. 하지만 어떻게 대답하겠소, 형제들, 내가 진짜 탈영병이었는데. 맞아요, 그 부대에서 이리 도망쳐 오고 있었으니까."

"자네가 말하는 그가 누군가? 자네를 이런 꼴로 만들었다는, 그 작자가 누구야?"

"아, 형제들, 가슴이 답답해. 숨을 좀 쉬게 해줘요. 지금 말하겠소. 카자크 두목 베케신, 시트레제 대령. 비친의 부하요. 숲속에 있는 여러분은 아무것도 몰라요. 도시는 신음 소리로 가득 차 있어요. 생사람을 녹여서 무쇠를 만들고 있어요. 산 사람의 가죽을 벗겨 혁대를 만들고 있다고요. 다짜고짜 멱살을 움켜잡아 어딘지도 모르는 암흑 속에 처넣지요. 사방을 더듬어 보면, 짐승의 우리 안에, 화물차 칸에 들어 있어요. 한 우리 속에 속옷 바람의 사람을 마흔 명도 넘게 가둬 놓았어요. 그리고 우리의 문을 열고, 화물차 안으로 손을 들이미는 겁니다. 그러고는 맨 먼저 손에 잡히는 놈을 밖으로 끌어내요. 닭 모가지를 자르듯. 오, 하느님. 어떤 사람은 목을 매달고, 어떤 사람은 총개머리로 치고 신문을 하기도 해요. 늘씬하게 두들겨 패서 상처에 소금을 뿌리고 끓는 물을 뿌렸어요. 위로 토하거나 아래로 싸면, 그것을 먹이곤 했어요. 또 아이들이나 여자들에게는 무슨 짓을 했는지, 오 하나님 맙소사!"

가엾은 그가 마지막 숨을 몰아쉬었다. 미처 말을 마치지 못하고, 외마디 소리를 지르고는 숨이 끊어졌다. 사람들은 곧바로 그가 죽은 것을 보고는, 모자를 벗고 성호를 그었다.

그런데 저녁이 되자, 그보다 더 무서운 새로운 사건의 소문이 숙영지 전체에 퍼졌다.

죽어 가던 부상병을 둘러싸고 있던 군중 속에 팜필 팔리흐가 끼어 있었다. 그는 죽은 그의 모습을 보고 그의 이야기도 들었으며 나무판에 적혀 있는 위협적인 내용도 읽었다.

그 순간, 만약 자신이 죽었을 때, 가족에게 닥칠 운명에 대한 지속된 공포감이 최고조에 달했다. 그의 머릿속에서, 서서히 고문당해 죽어 가는 가족의 모습과 고통으로 일그러진 얼굴이 보이고, 그들의 신음 소리와 도움을 요청하는 소리가 들리는 것 같았다. 그는 앞으로 닥칠 고통에서 그들을 벗어나게 해주어야겠다고 생각하고, 광란 상태에서 자기 손으로 그들을 살해하고 말았다. 그는 두 딸과 귀염둥이 아들 플레누쉬카를 위해 나무 장난감을 깎아 주었던 바로 그 면도날처럼 예리한 도끼로 아내와 세 자식을 내리친 것이다.

더 놀라웠던 것은 그가 그런 일을 벌이고도 바로 자살하지 않았다는 것이다. 그는 무슨 생각을 했을까? 그의 앞에 남은 것은 무엇이었을까? 어떤 계획과 의지를 갖고 있었을까? 그는 분명 미치광이이자 완전히 절망한 사람이었다.

리베리와 의사, 그리고 군 소비에트 위원들이 그를 어떻게 처리할지 의논하는 동안, 그는 고개를 푹 숙이고 아무것도 눈에 들어오지 않는 듯, 누런 눈을 멍하니 치켜뜬 채, 숙영지 안을 이리저리 서성댈 뿐이었다. 그 어떤 힘으로도 극복할 수 없는 비인간적인 고뇌가 어린 얼굴에는 공허하고 무심한 미소만이 맴돌았다.

아무도 그를 동정하지 않았다. 모두가 그를 피했다. 그를 사형에 처해야 한다는 소리가 여기저기서 들려왔다. 그러나 그 견해는 지지를 얻지 못했다.

이제 더 이상 그가 세상에서 할 일은 없었다. 그는 광견병에 걸린 미친개가 자신을 피해 도망치듯, 새벽에 숙영지에서 자취를 감추었다.

## 9

겨울이 온 지는 이미 오래였다. 혹한이 계속되고 있었다. 쩍쩍 갈라지는 소리와 어떤 형상이 아무 맥락도 없이 빙무 속에 나타나 머물다 다시 사라져 갔다. 지상에서 보였던 것과는 전혀 다른 태양이 적자색 공처럼 숲속에 걸려 있었다. 꿈속이나 동화에서 나올 법한 걸쭉한 꿀 같은 누런 호박색의 강렬한 광선이 태양 속에서 끈적하게 천천히 흘러나와 허공에서 응고되어 나무에 얼어붙었다.

둥근 발뒤꿈치로 지면을 살살 밟으며 눈 위를 걸을 때마다 뽀드득 소리를 내는 펠트 부츠를 신은 발들이 사방으로 움직이고 있었고, 부츠에 더해 방한 두건과 짧은 외투를 입은 형체들이 천상계를 도는 천체처럼 여기저기 공중을 부유하고 있었다.

아는 사람을 만나면 발을 멈추고 이야기를 나누었다. 그들은 목욕탕에서 갓 나온 듯한 붉은 얼굴에 수세미처럼 얼어붙은 턱수염과 콧수염이 달린 얼굴을 서로에게 바짝 갖다 댔다. 꽁꽁 얼어 있는 두 사람의 짧은 대화 속의 단어의 양에 비해 그들의 입에서 뭉게뭉게 피어 나오는 탁하고 끈적거리는 입김의 양은 비교할 수 없을 만큼 많았다.

숲속 오솔길에서 리베리와 의사가 마주쳤다.

"아, 의사 선생 아니시오? 이게 얼마 만이오! 저녁에 내 참호에 들러 주시오. 나와 같이 묵읍시다. 옛날 생각을 하며 이야기도 좀 하고. 알려 줄 것도 있어요."

"특사가 돌아왔나요? 바르이키노의 소식이라도?"

"나나 당신 가족에 대한 소식은 없어요. 하지만 그래서 오히려 걱정이 덜 됩니다. 제때에 도망쳤다는 뜻이 아니겠습니까. 그렇지 않았다면, 무슨 풍문이라도 있었을 테니까요. 아무튼 나중에 만나서 다 이야기합시다. 그럼, 기다리겠소."

의사는 참호로 찾아가 같은 질문을 했다.

"내 가족에 대해 알고 있는 것이 있으면 무엇이든 이야기해 주시오."

"역시 당신은 자기 코끝만 보려고 하는군요. 분명히 안전한 곳에 무사하게 있을 겁니다. 그보다 더 중요한 이야기가 있어요. 굉장한 뉴스요. 고기 좀 드시겠소? 얼린 송아지 고기요."

"고맙지만, 괜찮소. 빙빙 돌리지 말고 말해 보시오. 본론으로 들어갑시다."

"유감이지만, 나는 요기를 좀 해야겠습니다. 숙영지에 괴혈병이 돌고 있소. 사람들이 빵이나 야채 맛을 잊어버렸어요. 여자 피란민들이 있었던 가을에 더 신경 써서 호두와 야생 과일들을 모아 놓았어야 했었소. 지금 우리 쪽 정세가 매우 호전되고 있어요. 내가 이미 예견했던 일이 일어난 겁니다. 얼음이 녹았어요. 콜차크군이 모든 전선에서 후퇴하고 있고, 이것은 완전히 자연의 힘에 의한 괴멸입니다. 아시겠소? 내가 이미 말하지 않았소? 선생은 불평만 해댔지만 말이오."

"언제 불평을 했단 겁니까?"

"계속 그랬어요. 특히 비친에게 포위당했을 때는 더욱 그랬지요."

의사는 얼마 전 가을에 있었던 일, 반란자들을 총살한 일, 팔리흐가 처자를 살해한 일, 끝없이 자행되는 살육과 대량

학살 등을 생각했다. 백군과 적군은 경쟁하듯 광신적 행위를 일삼았고 상대보다 곱절이나 복수를 일삼곤 했다. 피비린내로 속이 울렁거리고, 피가 목구멍으로 치밀어 올라 머리끝으로 솟구쳤으며, 두 눈엔 핏발이 섰다. 이것을 어떻게 불평이라고 한단 말인가. 그것은 전혀 다른 것이었다. 하지만 리베리에게 그것을 어떻게 설명해야 하나?

참호 속에선 향긋한 숯불 연기가 났다. 연기가 입천장에 스며들어 코와 목구멍을 간지럽혔다. 쇠 삼발이 위에 놓인, 종이처럼 얇게 쪼갠 관솔가지들이 타면서 참호 안을 희미하게 밝히고 있었다. 하나의 관솔가지가 다 타고 나면, 까맣게 탄 끝부분이 물이 담긴 아래쪽 대야 속으로 떨어졌고, 그때마다 리베리는 삼발이의 테두리 안에 불을 붙인 새 관솔가지를 꽂곤 했다.

"뭘 태우는지 보시오. 기름이 다 떨어졌어요. 더군다나 나뭇가지가 너무 말라 금방 타버리니 원. 아, 숙영지의 괴혈병 이야기를 했었죠. 정말, 송아지 고기 안 먹겠소? 괴혈병 말이오. 그런데 왜 그러고 있어요, 의사 선생? 참모들을 소집해 상황을 설명하고, 괴혈병 대책에 대해 교육을 해야 할 것 같은데."

"제발, 속 태우지 마시오. 분명 우리 가족들에 대해 아는 것이 없단 말입니까?"

"정확한 정보가 아무것도 없다고 이미 말했잖소. 하지만 최근 전황은 아직 말 안 했소. 내전은 끝났소. 콜차크군이 완전히 격파되었소. 적군이 철도 간선을 따라 동쪽으로 그들을 계속 추격하고 있으니, 곧 바다에 수장시킬 겁니다. 적군 별동대는 우리와 합류해 후방에 분산된 많은 적을 소탕하려고 서두르는 중이오. 남부 러시아에서는 완전히 소탕했고. 어떻소? 기쁘지 않소? 아직 뭐 부족한 것이 있소?"

"아니요, 물론 기쁩니다. 그런데 우리 가족은 어디에 있는 겁니까?"

"바르이키노에는 없어요. 그건 잘된 일이오. 내 예상대로, 여름에 카멘노드보르스키가 퍼뜨린 소문은 사실무근이었소. 알 수 없는 어떤 족속이 바르이키노를 습격했다는 헛소문 기억나시오? 하지만 마을은 텅 비어 있었어요. 물론 그곳에 무슨 일이 일어나긴 했던 것 같지만. 그러니 내 가족이나 당신 가족들이 그곳에서 미리 도망친 것은 아주 잘한 일이오. 별일 없을 거라고 믿읍시다. 우리 척후병들의 보고에 따르면, 남은 몇몇 사람들도 그렇게 생각한답니다."

"그럼 유랴틴은요? 그곳은 어떻게 되었어요? 어느 편 수중에 들어 있습니까?"

"역시 아직 확실치가 않소. 하지만 무슨 착오가 있는 것 같소."

"무슨?"

"아직 백군이 있다고 합니다. 하지만 그것은 말도 안 되는 소리요, 절대 있을 수 없는 일이지. 그것은 내가 지금 확실히 증명할 수 있소."

리베리는 횃불걸이에 새 관솔가지를 넣고는, 구겨져 너덜거리는 군용 지도를 꺼냈다. 그는 필요한 부분을 위로 오게 하고, 나머지 부분은 안으로 접어 넣은 다음, 연필을 들고 지도를 보고 설명하기 시작했다.

"여기 보시오. 이 지역 일대의 진지에서는 백군이 격퇴되었소. 바로 여기, 여기, 여기도, 이 지역 일대를 따라 말이오. 잘 보고 있소?"

"네."

"그러니 유랴틴 방면에 백군이 있을 리가 없지. 그렇지 않다 해도, 보급로가 차단당해 독 안에 든 쥐가 되고 말 거요. 백군 장교들이 아무리 무능하다 한들, 그것을 모를 리가 없지. 그런데, 외투는 왜 입었소? 어딜 가시게요?"

"잠깐만 실례하겠소. 곧 돌아오겠소. 이 안은 마호르카*와 관솔가지 연기로 공기가 너무 탁해요. 속이 좋지 않소. 바깥 공기를 좀 쐐야겠소."

참호에서 밖으로 나온 의사는 장갑 낀 손으로 출구 옆에 의자 대용으로 놓아 둔 굵은 통나무 위의 눈을 쓸어 냈다. 그는 그 위에 앉아 허리를 굽히고는 두 손으로 턱을 괸 채, 생각에 잠겼다.

---

* 러시아나 폴란드 등지에서 생산되는 질 나쁜 담배. 썬 담배를 신문지에 말아서 피운다.

겨울의 타이가, 숲의 숙영지, 파르티잔에서 지낸 18개월이 아득하게 느껴졌다. 그는 그것을 모두 지워 버렸다. 그의 머릿속은 온통 가족에 대한 생각뿐이었다. 가족들의 신상에 대한 추측은 점점 더 암울한 쪽으로 흘렀다.

지금 토냐는 두 손으로 슈로치카를 안고 눈보라 치는 들판을 걷고 있다. 슈로치카는 담요에 싸여 있고, 그녀의 발은 눈속에 푹푹 빠져든다. 안간힘을 쓰며 발을 빼려고 하지만, 그녀는 눈보라에 휩쓸리고 바람에 쓰러진다. 그녀는 쓰러졌다 다시 일어나지만, 지치고 허약한 다리로 더 이상 서 있을 수가 없다. 아, 언제나 그는 잊고 또 잊곤 한다. 그녀에게 아이가 둘이나 있고, 작은아이는 아직 젖먹이라는 것을. 칠림카에서 목격했던, 비탄과 극도의 긴장으로 이성을 잃은 피란민 여자들처럼 그녀의 두 손에도 어린아이들이 매달려 있다.

두 손으로 아이를 안고 있는데, 주위에는 아무도 도와줄 사람이 없다. 슈로치카의 아빠는 어디에 있는지 알 수 없다. 그는 먼 곳에, 언제나 먼 곳에 있으며, 평생을 멀리 떨어져 있다. 어떻게 그런 사람을 아빠라고 할 수 있나, 그런 아빠가 과연 있을까? 그의 진짜 아빠는 어디에 있을까? 알렉산드르 알렉산드로비치는 어디에 있을까? 뉴샤는? 나머지 사람들 모두 어디에 있을까? 아, 이런 질문은 하지 않는 것이 낫다. 생각하지 않는 것이 낫다. 차라리 생각을 하지 말자.

유리 안드레예비치는 참호로 돌아갈 생각으로 통나무에서

일어섰다. 그 순간 그의 머릿속에 불현듯 생각이 떠올랐다. 그는 리베리에게 돌아가려던 생각을 바꾸었다.

도주에 필요한 물품, 스키와 건빵을 담은 자루 등은 이미 오래전부터 준비해 둔 터였다. 그 물품들은 경비선 밖의 큰 전나무 아래 눈 속에 묻어 두고, 그 위에 특별한 표시를 해서 확실히 해두었다. 그는 눈더미 가운데에 발에 다져져 생긴 오솔길을 따라 그쪽으로 향했다. 밝은 밤이었다. 만월이 빛나고 있었다. 의사는 야간 경비를 서고 있는 곳을 알고 있었기에 그들을 피해 무사히 빠져나갔다. 그러나 얼어붙은 마가목이 서 있는 초지 근처에 다다랐을 때, 멀리서 보초가 큰 소리를 치며, 스키 위에 몸을 곧추세우고 재빠르게 미끄러져 그에게 다가왔다.

"서라! 쏜다! 누구냐? 암호를 대라."

"왜 그러시오, 형제! 정신 나갔소? 아군이오. 모르겠소? 당신들의 의사 지바고요."

"실례했군요. 진정하세요. 젤바크* 동무! 몰라보았소. 하지만 젤바크라도 여기서 더 갈 수는 없소. 규정대로 정확히 해야 하오."

"뭐, 그렇게 하게. 암호는 붉은 시베리아, 대답은 간섭군 타도일세."

---

* 젤바크는 파르티잔 사이에서 통용되던 지바고의 별명. 러시아어로 '혹'이나 '부스럼'이라는 뜻.

"그러면 됐소. 원하는 곳으로 가시오. 그런데 무슨 일로 한밤중에 돌아다니시오? 환자가 있나요?"

"잠은 오지 않고 갈증이 나서 말이오. 좀 걷다가 눈이라도 조금 집어 먹을 생각이었소. 그러다가 얼어붙은 마가목 열매를 발견해, 다가가서 조금 따 먹어 볼까 해서 말이오."

"겨울에 야생 열매를 찾다니, 그게 바로 상류층들의 변덕 아닙니까? 삼 년 동안이나 때리고 때려도 여전하군요. 계급의식이 전혀 없어요. 정말 이상한 분이시오. 가서 그 마가목 열매나 드시오. 내 알 바 아니니."

그러더니 보초는 점차 속도를 내어 스키를 힘차게 밀다가, 휘파람 소리가 나는 기다란 스키 위에 곧추서서, 그곳을 떠나 처녀설 위로 멀리 미끄러져 가더니, 이윽고 듬성듬성한 머리칼처럼 앙상하고 벌거벗은 겨울 덤불 뒤로 사라졌다. 의사가 걸어왔던 작은 길은 방금 전 말한 마가목이 있는 곳으로 이어져 있었다.

절반은 눈 속에 파묻히고 절반은 얼어붙은 잎과 열매를 달고 있는 마가목이 눈이 수북하게 쌓인 두 개의 가지를 의사에게 내밀었다. 그는 라라의 크고 하얀 두 팔, 둥그렇고 탐스러운 두 팔을 떠올리며, 마가목의 두 가지를 앞으로 잡아당겼다. 마가목은 정말로 그에게 응답이라도 하는 몸짓으로 머리에서 발끝까지 눈을 뿌렸다. 그는 무슨 말을 하고 있는지도 모르고 무의식적으로 중얼거렸다.

'그대를 꼭 찾겠소, 그림 같은 내 아름다운 여인이여, 나의 여왕 마가목이여, 내 심장의 피여.'

밝은 밤이었다. 달이 환하게 빛나고 있었다. 그는 깊은 타이가 속을 헤치고 비밀의 전나무 밑으로 다가가, 묻어 두었던 물품들을 파내어 숙영지를 떠났다.

제13장

조각상이 있는
건물 맞은편

# 1

볼샤야 쿠페체스카야 거리는 작은 언덕길을 구불구불 내려가 말라야 스파스카야 거리와 노보스발로치니 길로 이어졌다. 그곳에서는 도시의 높은 지대 건물들과 교회들이 훤히 보였다.

길모퉁이에 조각상이 있는 거무스레한 잿빛 건물이 서 있었다. 비스듬하게 경사진 건물의 장방형 토대 위의 석판에는 새 정부에서 최근에 발행한 신문들과 포고문, 그리고 결의문 등이 까맣게 붙어 있었다. 지나가는 행인들이 보도에 오랫동안 삼삼오오 멈춰 서서 말없이 게시물을 읽곤 했다.

얼마 전 해빙 이후로 날이 건조했다. 바짝 한파가 밀어닥쳤다. 점점 추워졌다. 하지만 얼마 전만 해도 어두웠을 시간인데, 아직 날이 환했다. 겨울은 이미 지나갔다. 빛은 빈 공간의 공허를 채우며, 저녁이 오는 것을 막으며 좀처럼 물러가지 않았다. 그 빛이 마음을 들뜨게 하며 우리를 먼 곳으로 데려가, 놀라게 하고 긴장시키곤 했다.

얼마 전에 백군은 적군에게 도시를 넘겨주고 떠났다. 총소리가 멈추고, 유혈이 멈추고, 전쟁의 공포가 끝났다. 그 사실 역시, 겨울이 가고 봄이 완연해질 때처럼, 사람들을 놀라게 하고 불안하게 했다.

길어진 햇살을 받으며 행인들이 읽고 있던 포고문에는 다음과 같이 적혀 있었다.

'주민들에게 알림. 구舊 게네랄-구베르나토르스카야 거리, 현現 옥탸브리스카야 거리 5번지, 137호, 유르소비에트* 식량부에서 유자격자들에게 권당 50루블에 노동수첩을 교부함.

노동수첩이 없는 자나 불법소지자, 특히 허위 사항을 기재한 자는 전시하의 엄격한 조치에 따라 엄벌함. 노동수첩의 사용에 대한 정확한 사항은 금년 제86호(통산 1013호)의 유랴틴시 집행위원회 공보에 공표되어, 유르소비에트 식량부 137호에 게시됨.'

다른 포고문에는, 시내에 충분한 양의 식량이 비축되어 있음에도, 부르주아들이 식량을 은닉해 식량 배급을 방해하고, 식량 문제의 혼란을 야기하고 있다고 알렸다. 포고문은 다음과 같이 끝맺고 있었다.

'식량을 저장해 놓거나 은닉한 자는 즉시 총살함.'

세 번째의 포고문에는 이렇게 적혀 있었다.

'식량 문제를 정비하기 위해, 착취계층에 속하지 않은 사람들은 소비조합에 통합됨. 자세한 것은 구舊 게네랄-구베르나토르스카야 거리, 현現 옥탸브리스카야 거리 5번지, 137호, 유

---

* 유랴틴시 소비에트의 약자.

르소비에트 식량부에 문의할 것.'

군인들에게는 다음과 같이 경고했다.

'무기를 인도하지 않은 자, 혹은 신규 허가증을 교부받지 않고 무기를 휴대한 자는 법에 따라 엄벌함. 허가증의 갱신은 구舊 게네랄-구베르나토르스카야 거리, 현現 옥탸브리스카야 거리 6번지, 63호, 유르레프콤*에서 실시함.'

## 2

초췌한 몰골의 한 남자가 게시물을 읽고 있던 사람들 쪽으로 다가갔다. 오랫동안 씻지 않아 거무스름한 그는 어깨에 자루를 메고 지팡이를 든 후줄근한 모습이었다. 자랄 대로 자란 머리카락은 아직 흰머리가 보이진 않았지만, 멋대로 자란 짙은 구릿빛 턱수염은 벌써 하얗게 새기 시작했다. 그는 의사 유리 안드레예비치 지바고였다. 모피 외투는 이미 오래전에 길에서 강탈을 당했거나, 아니면 식량과 바꾸었을 터였다. 그 대신 따뜻하지도 않고 소매도 짧은 다른 사람의 옷을 걸치고 있었다.

어깨에 멘 자루 속에는 마지막으로 지나온 교외의 한 마을에서 얻어먹고 남은 빵 조각과 살로** 한 조각이 들어 있었다.

---

* 유랴틴 혁명위원회.
** 소금에 절인 돼지비계.

그는 약 한 시간 정도 전에 철길에서 시내로 들어왔다. 시의 관문에서 이곳 사거리까지 오는 데는 꼬박 한 시간이나 걸렸다. 며칠을 걸어온 탓에 지칠 대로 지쳐 있었던 것이다. 몇 번이나 발을 멈추고 땅바닥에 엎드려 도시의 포석에 입을 맞추고 싶은 충동이 일었지만, 그는 간신히 참았다. 다시 도시를 볼 수 있으리라고 생각지 못했기에, 이렇게 도시를 보니, 살아 있는 존재를 만난 것처럼 반가웠다.

그는 오랜 도보 여행의 절반을 철길을 따라 걸어왔다. 어디를 가든 철로는 버려져서 제 기능을 못했고, 하나같이 눈 속에 파묻혀 있었다. 그가 지나는 길가에는, 백군들의 객차와 난방차들의 편성 열차들이 눈더미에 가로막혀 있기도 하고, 콜차크군의 총퇴각으로 버려지거나 연료가 떨어져 방치되어 있기도 했다. 그렇게 중간에서 완전히 멈춰 버린 열차들이 눈을 뒤집어쓴 채, 길게 이어진 실처럼 수십 베르스타나 이어져 있었다. 그런 열차들은 철도를 따라 노략질을 하는 무장강도들의 요새가 되었고, 도망 다니는 범법자들과 정치범들, 그리고 그 당시 어쩔 수 없이 떠돌게 된 사람들의 은신처가 되었고, 더 심하게는 철로를 따라 맹위를 떨치며 근처의 몇몇 마을을 완전히 전멸시킨 발진티푸스의 희생자와 얼어 죽은 사람들의 공동묘지가 되어 있었다.

이 시대는 '인간은 인간에게 늑대'라는 옛말을 증명한 시대였다. 길 가는 나그네가 나그네를 보고 몸을 피하고, 우연히 마주친 사람들은 살해되지 않기 위해, 상대를 죽여야 했다. 인육을 먹는 일도 벌어졌다. 인간 문명의 법칙이 자취를 감추었다. 그 대신 야수의 법칙이 지배했다. 인간은 유사 이전의 혈거시대穴居時代를 재연하고 있었다.

가끔 몸을 감춘 외로운 그림자가 겁을 먹고 저 앞쪽의 샛길을 가로지르면, 유리 안드레예비치는 가능한 한 그들과 마주치지 않도록 조심하곤 했는데, 그들은 어디선가 본 적이 있는 사람들 같았다. 그는 그들 모두가 파르티잔 숙영지에서 도망쳐 나온 사람들처럼 보였다. 대부분 그것은 오해였지만, 제대로 본 적이 한 번 있었다. 국제선 침대열차 전체를 뒤덮은 눈더미 속에서 한 소년이 기어 나와 용변을 보고는 다시 눈더미 안으로 되돌아갔는데, 분명 '숲속 형제들' 중 한 명이었다. 그는 총살당해 죽었다고 알려진 테렌티 갈루진이었다. 총알이 그를 비껴가서, 오랫동안 정신을 잃고 쓰러져 있다가 얼마 후, 정신을 차리고 처형장에서 기어 나와, 상처가 아물 때까지 한동안 숲속에 숨어 있다가, 가명을 쓰며 사람의 눈을 피해 눈 덮인 열차에 몰래 숨어들곤 하면서, 크레스토보즈드비젠스크에 있는 집을 찾아가는 길이었다.

이 풍경과 정경은 이 지상이 아니라, 어딘가 초월적인 느낌을 안겨 주었다. 마치 어느 미지의 다른 행성의 일부가 실수로 이 지상에 옮겨진 것 같았다. 그리고 자연만이 역사에 충실하게 남아, 현대 화가들이 그린 모습 그대로 눈앞에 펼쳐져 있

닥터 지바고 2

었다.

희끄무레한 잿빛과 진한 장밋빛의 조용한 겨울밤들이 찾아들곤 했다. 가녀린 검은 자작나무의 우듬지들이 희미한 저녁놀을 배경으로 손 글씨처럼 선명하게 그려져 있었다. 눈더미가 산더미처럼 쌓인 개울 양쪽에는 잿빛 운무 같은 얇은 얼음장 밑으로 흙탕물이 흘러내리고 있었고, 눈더미 아래는 이미 흙탕물에 씻겨 나가는 중이었다. 이제 한두 시간이 지나면, 이곳 유랴틴의 조각상이 있는 건물 맞은편에 버들가지 솜털처럼 부드럽고 투명한 잿빛의 차가운 밤이 찾아오리라.

의사는 포고문을 살펴보려고 건물의 돌벽 위에 걸린 중앙출판위원회의 게시판 쪽으로 걸음을 옮겼다. 그러나 그의 눈길은 자꾸 반대편으로, 반대편 건물 이층, 몇 개의 창문이 있는 곳으로 향했다. 예전에는 도로 쪽으로 나 있는 창문들이 하얗게 회칠이 되어 있었다. 창문 안쪽의 두 방에 집주인의 세간들이 가득 들어차 있었다. 지금은 창문턱 아래만 얇고 투명한 성에로 덮여 있을 뿐, 회칠이 씻겨 나가 창문 유리가 투명해 보였다. 왜 이렇게 변했을까? 집주인이 돌아왔나? 아니면 라라가 나가고 새로 세 든 사람들이 살게 되어, 모든 것이 바뀐 것일까?

의사는 몹시 궁금했다. 궁금해서 견딜 수가 없었다. 길을 가로질러 현관을 지나 홀로 들어선 그는 그토록 그리워했던 낯익은 현관 계단을 올랐다. 숲속의 숙영지에 있을 때, 이 철제 계단의 격자무늬와 소용돌이 장식 하나하나를 얼마나 많이 떠올렸던가. 그가 계단 모퉁이에서 발밑의 격자무늬 사이로 아래를 내려다보니, 낡은 물통들과 대야들, 그리고 부서진 의자들이 계단 밑에 널려 있는 것이 보였다. 지금도 이곳은 예전과 마찬가지였다. 변한 것은 아무것도 없었고, 모든 것이 그대로였다. 의사는 예전 모습을 그대로 간직하고 있는 계단이 고맙기 그지없었다.

예전에는 문에 초인종이 있었다. 그러나 초인종은 의사가 숲으로 잡혀가기 훨씬 전에 망가져 소리가 나지 않았다. 그는 문을 노크하려다가, 전과 다르게 문에 무거운 자물통이 채워진 것을 발견했다. 자물통은 군데군데 떨어져 나가긴 했지만, 멋진 장식이 달린 고풍스러운 떡갈나무 문에 대충 박힌 문고리에 달려 있었다. 예전 같으면, 이런 야만스러운 짓은 하지 않았을 터였다. 전에는 문 속에 구멍을 파서 박아 넣은 제대로 잠기는 자물통을 사용했고, 혹시라도 고장 나면 바로 자물통 수리공이 와서 고치곤 했다. 아무것도 아닌 이런 사소한 것조차도, 그가 없는 사이에 사정이 전반적으로 나빠졌다는 것을 말해 주었다.

의사는 라라와 카텐카가 집에 없을지도 모르고, 어쩌면 유랴틴에, 아니 어쩌면 이 세상에 없을지도 모른다고 생각했다. 그는 그 어떤 끔찍한 일에도 마음의 준비를 하고 있었다. 다만 나중에 아쉬움이 남지 않도록, 예전에 그와 카텐카가 몹시 두려워했던 벽 속의 구멍을 더듬어 보기로 하고, 혹시라도 손에 쥐가 닿지 않도록 먼저 발로 벽을 쿵 찼다. 물론 약속한 장소에서 무엇을 찾을 수 있을 거라고는 기대하지 않았다. 구멍은 벽돌로 막혀 있었다. 유리 안드레예비치는 벽돌을 빼내고 그 안으로 손을 집어넣었다. 아, 이런 기적이라니! 그 안에 열쇠와 쪽지가 들어 있었다. 쪽지는 넓은 종이에 아주 길게 쓰여 있었다. 의사는 층계참에 난 창문으로 다가갔다. 도저히 상상할 수도 없는 엄청난 기적이었다! 편지는 그에게 쓴 것이었다! 그는 단숨에 편지를 읽어 내려갔다.

'오, 하나님! 얼마나 다행인지 몰라요! 당신이 살아 있다는 이야기를 들었어요. 이 부근에서 당신을 본 사람들이 저에게 달려와 말해 주었어요. 분명 당신은 바르이키노에 우선 들를 것 같아. 저도 카텐카와 함께 그쪽으로 당신을 만나러 갑니다. 만일의 경우를 대비해, 열쇠를 원래 장소에 놓아둡니다. 제가 돌아올 때까지 아무 데도 가지 말고 기다리세요. 그리고 당신은 모르시겠지만, 저는 지금 건물 앞쪽, 도로 쪽에 있는 방 두 개를 사용하고 있어요. 당신도 바로 알 거예요. 주인의 세간을 일부 팔아서, 집 안이 텅 비어 있고 어질러져 있어요. 먹을 것을 조금 남겨 둡니다. 삶은 감자뿐이지만, 쥐가 먹지 않도록, 제가 해놓은 대로, 다리미나 다른 무거운 것을 프라이팬 뚜껑 위에 올려놓으세요. 정말 너무 기뻐요.'

편지의 앞부분은 여기에서 끝나 있었다. 의사는 편지 뒤쪽에도 글이 있다는 것을 알아채지 못했다. 그는 손바닥에 펼쳐진 종이에 입을 맞추고는 살펴보지도 않고 그것을 접어 열쇠와 함께 주머니에 집어넣었다. 찌르는 듯한 고통스러운 통증과 미칠 것 같은 기쁨이 한데 뒤엉켰다. 그런데 그녀가 아무 망설임도 없이, 한마디 설명도 없이, 바르이키노로 갔다는 사실은, 그곳에 그의 가족이 없다는 것을 뜻하는 것 아닌가. 그 사실은 불안감을 불러왔고, 그의 가족을 생각하니 견딜 수 없는 아픔과 슬픔이 밀려왔다. 왜 그녀는 가족들이 이 세상에 존재하지 않는 것처럼, 그의 가족들에 대해서, 그들이 어디에 있는지 한마디도 하지 않은 걸까?

그러나 다른 생각할 여유가 전혀 없었다. 거리는 어두워지기 시작했다. 어두워지기 전에 할 일이 많았다. 거리에 게시된 포고문을 우선 숙지해 두어야 했다. 방심해선 안 되는 시절이었다. 어떤 법령이 있다는 것을 모르고 위반했다가는 목숨을 잃을 수도 있었다. 문의 자물통을 열 생각도, 지친 어깨에서 배낭을 벗을 여유도 없이, 그는 거리로 나가, 여러 활자로 된 인쇄물들이 가득 붙은 벽 쪽으로 다가갔다.

# 3

게시물들은 주로 신문 기사와 회의 의사록, 회의에서의 연설과 포고문 등이었다. 유리 안드레예비치는 제목을 죽 훑어

보았다. '유산계급의 재산 몰수와 과세 제도에 대하여', '노동자 관리에 대하여', '공장위원회에 대하여' 등이었다. 이 도시에 새로 들어선 권력이 선행 제도를 대신해 발표한 포고였다. 새로운 권력은, 한때 백군의 지배 아래 있던 주민들이 잊어버렸을지도 모르는 그들의 체제의 엄격함을 재차 상기시키고 있었다. 그러나 유리 안드레예비치는 이런 천편일률적인 반복이 계속되는 것을 보자, 머리가 어지러웠다. 도대체 이런 제목들이 등장한 것은 언제부터였을까? 1차 혁명 때였을까, 아니면 백군이 어느 정도의 저항을 시도한 뒤의 중간 시점이었을까? 이 문구들은 다 무엇인가? 작년이었던가? 아니면 재작년이었던가? 예전에 한 번, 이런 직설적인 말투와 독단적인 사상에 감동한 적이 있었다. 그러나 얼떨결에 한 번 감동했다는 이유로, 앞으로 오랫동안 절대 바뀌지 않을 이 미치광이 같은 고성과 요구, 더구나 날이 가면 갈수록 더 진부하고 무의미하며 실행 불가능하다는 사실 외에는 아무것도 기대할 수 없는 것들을 계속 참고 견뎌야 한단 말인가? 매우 예민했던 어느 시절에 그들에게 공감했다는 이유로 그는 자신을 영원히 노예로 만들어 버리고 만 것일까?

어딘가에서 제멋대로 따온 연설 한 토막이 그의 눈에 들어왔다. 그는 읽어 내려갔다.

'기아에 관한 정보는 지방 조직의 믿을 수 없는 태만을 여실히 보여 주고 있다. 불법행위들이 공공연하게 행해지고, 암거래가 자행되고 있는데도, 지방 노조 집행부는 무엇을 하고, 도시와 지방 공장위원회는 무엇을 하는가? 유랴틴 화물역 창고, 유랴틴-라즈빌리예 및 라즈빌리예-리발카 선로구역을 일제히 수색하고 투기꾼들을 즉시 총살하는 등의 엄중한 테러 수단을 취하지 않는 한 기아를 면치 못할 것이다.'

'정말 부러울 만큼 단순하군!' 의사는 생각했다. '세상에 곡물이 사라진 지 오래인데, 무슨 곡물 이야기를 한단 말인가? 이전의 법령들에 의해 근절된 지가 언제인데, 무슨 유산계급과 암거래상 이야기를 한단 말인가? 이미 사라지고 없는데, 아직 무슨 농민이네, 무슨 농촌이네, 하고 떠들고 있단 말인가? 자신들의 지시와 조치로 이미 오래전에 돌 위의 돌 하나도 남아 있지 않다는* 것을 잊었단 말인가? 이미 오래전에 빈껍데기가 되고 퇴색해 버린 테마를 질리지도 않는지 해마다 이렇게 줄기차게 읊어 대다니, 아무것도 모르고 아무것도 보려고 하지 않는 이런 사람들은 도대체 어떤 사람들이란 말인가!'

의사는 머리가 혼란스러웠다. 그러다가 갑자기 의식을 잃고 길바닥에 쓰러지고 말았다. 그가 다시 정신을 차리자, 사람들이 그를 부축해 세우고, 어디로 가는지 데려다주겠다고 했다. 그는 바로 길 건너편이라고 거절하고는 도와준 이들에게 감사를 표했다.

* 마태복음 24:2.

# 4

그는 이층으로 다시 올라가 라라가 살고 있는 방문을 열었다. 층계참은 아직 환한 것이, 좀 전과 비교해 더 어두워진 것 같지 않았다. 그는 해가 길어졌다는 것을 알고는 다행이라고 생각했다.

찰칵 하고 문이 열리는 소리가 나자, 방 안에서는 일대 소란이 일었다. 아무도 없이 텅 비어 있던 방에서 생철 깡통들이 굴러떨어지고 넘어지며 요란한 소리가 그를 맞았다. 커다란 쥐들이 온몸을 마룻바닥에 세게 부딪히고 떨어져서는 사방으로 흩어져 달아났다. 의사는 이곳에 분명 엄청나게 번식해 있을 불쾌한 이 생물에 견딜 수 없는 욕지기를 느꼈다.

이곳에서 무사히 하룻밤을 지내려면, 우선 어딘가 따로 편하게 격리되어 있는 문이 잘 닫히는 방을 골라 피신한 뒤, 깨진 유리 조각과 생철 조각으로 쥐구멍을 모두 막아, 쥐떼의 습격을 피해야 한다는 생각이 들었다.

그는 현관에서 왼쪽으로 돌아, 아직은 낯선 이 집의 구석진 곳으로 들어갔다. 그러고는 통로로 사용되는 어두운 방을 지나, 두 개의 창문이 거리로 나 있는 밝은 방으로 들어갔다. 창문 정면의 건너편에는 조각상이 있는 집이 거무스름하게 보였다. 그 건물 석벽 아래쪽에 신문이 잔뜩 붙어 있었다. 행인들이 창문 쪽을 등지고 서서 신문을 읽고 있었다.

방 안이나 거리에나 한결같이, 이른 봄날 저녁의 싱그럽고 산뜻한 햇살이 비치고 있었다. 방 안과 밖에 똑같은 햇살이 비쳐 들어 방과 거리가 전혀 구별되지 않았다. 차이라면, 아주 작은 차이가 있을 뿐이었다. 유리 안드레예비치가 서 있는 라라의 침실이 바깥의 쿠페체스카야 거리에 비해 조금 서늘한 편이라는 점이었다.

유리 안드레예비치는 마지막 여정을 마무리하고 시내로 점차 가까워지다가, 간신히 시내에 발을 들여놓기 한두 시간쯤 전에는, 순식간에 극심한 체력의 저하를 느끼며 곧장 병이 날지도 모른다는 두려움에 휩싸였었다.

그러나 지금 햇살이 집 안과 밖을 똑같이 비춰 주는 것을 보자 이유 없이 기쁜 마음이 들었다. 방 안과 밖에 동일하게 퍼져 있는 서늘한 공기 기둥이 어스름한 거리를 지나는 행인들과 이 도시의 분위기, 이 지상에서의 삶과 그를 가까이 연결시켜 주는 것 같았다. 두려움이 사라졌다. 병이 들 것 같았던 기분도 가셨다. 곳곳에 스며드는 투명한 봄날의 저녁 햇살은 그에게 희망 가득한 앞날을 약속해 주는 것 같았다. 모든 것이 점점 좋아지고, 그 역시 삶에서 원하는 모든 것을 얻고, 모든 이들을 찾아 화해시키며, 결국 모든 것을 생각하고 표현할 수 있으리라는 믿음이 생겼다. 그리고 바로 그것을 증명해 줄 라라와의 재회의 기쁨을 기다렸다.

조금 전까지 느끼던 무력감이 광적인 흥분과 억누를 수 없는 조바심으로 바뀌었다. 예사롭지 않은 생기는 이전의 무력감보다 더 확실한 발병의 조짐이었다. 유리 안드레예비치는 가만히 앉아 있을 수가 없었다. 다시 거리로 뛰쳐나가고 싶었던 것도 바로 이 때문이었다.

그는 이곳에 자리를 잡기 전에, 미리 머리를 깎고 수염을 밀어야 할 것 같았다. 그럴 목적으로 그는 시내를 지나며 예전의 이발소들의 유리창을 들여다보았다. 몇 곳은 비어 있거나 다른 용도로 쓰이고 있었다. 여전히 이발소를 하고 있는 곳들은 문이 잠겨 있었다. 이발이나 면도를 할 수 있는 곳은 어디에도 없었다. 유리 안드레예비치는 면도기도 없었다. 만약, 라라의 집에 가위라도 있다면, 어떻게 아쉬운 대로 깎을 수도 있었을 것이다. 그러나 라라의 화장대를 아무리 뒤져도 가위를 찾을 수가 없었다.

그는 예전에 말라야 스파스카야 거리에 양장점이 있었다는 것을 기억해 냈다. 만약 그 가게가 아직 없어지지 않고, 지금도 일을 한다면, 가게 문이 닫히기 한 시간 전까지, 그곳으로 서둘러 가서, 어느 재봉사에게든 가위를 빌릴 수도 있을 것 같았다. 그런 생각이 들자 그는 다시 거리로 나왔다.

## 5

기억이 틀리지는 않았다. 예전의 장소에 양장점이 있었고,

일도 계속하고 있었다. 양장점은 보도와 같은 높이에 전면 진열장이 놓여 있었고, 출입구는 도로에 면해 있었다. 창문으로 작업장의 맞은편 벽까지 모두 들여다보였다. 재봉사들이 일하는 모습이 도로에서도 훤히 보였다.

가게 안은 무척 비좁았다. 진짜 재봉사 외에 서투른 재봉사들도 있었는데, 재봉을 취미로 하던 유랴틴 상류 사교계의 중년 부인들이 조각상이 있는 건물 벽에 게시되어 있는 포고문대로 노동수첩을 교부받기 위해 이곳에서 일을 하고 있는 것 같았다.

그녀들의 동작은 진짜 재봉사들의 민첩함에 비해 금방 구별이 될 정도였다. 가게에서 만들어지고 있는 것은 모두 군용 의류들로, 솜바지와 솜 외투, 점퍼류, 그리고 파르티잔 숙영지에서 유리 안드레예비치가 이미 본 적이 있는, 각양각색의 개가죽을 이어 붙인 우스꽝스러운 모피 외투 등이었다. 아마추어 재봉사들은 모피 가공 일이나 마찬가지로, 접어 넣은 옷단을 재봉틀 바늘 밑에 넣고, 서툰 손놀림으로 익숙하지 않은 일을 힘들게 하고 있었다.

유리 안드레예비치는 창문을 두드려, 안으로 들여보내 달라는 손짓을 했다. 안쪽에서도 똑같이 손짓을 하며 개인 주문은 받지 않는다고 답했다. 유리 안드레예비치는 물러서지 않고 계속 손짓을 하며, 가게 안에 들어가서 이야기를 하게 해달라고 고집을 부렸다. 상대방은 고개를 내저으며, 지금 몹시 바쁘니 방해하지 말고 얼른 돌아가라고 답했다. 한 재봉사가 의아해하는 표정으로 화가 난 듯, 두 손의 손바닥을 앞으로 내밀며 도대체 무엇 때문이냐는 눈빛으로 물었다. 그는 집게손가락과 가운뎃손가락으로 가위로 수염 자르는 모습을 흉내 냈다. 상대방은 그의 몸짓을 이해하지 못했다. 그들은 어떤 못된 인간이 그들을 귀찮게 하며 놀린다고 생각했다. 그의 남루한 행색과 이상한 행동은 상대방에게 환자나 미치광이로 보였고, 모두들 가게 안에서 킥킥거리며 그에게 창문에서 떨어지라는 손짓을 했다. 결국 그는 건물 마당으로 통하는 길을 찾을 요량으로 뒤꼍으로 가서, 작업장으로 통하는 문을 발견해 문을 노크했다.

# 6

문을 연 사람은 검은 옷을 입은 거무스름한 얼굴의 중년 여자 재봉사였는데, 근엄해 보이는 표정으로 보아, 가게의 책임자인 것 같았다.

"이런, 정말 끈질긴 사람이네! 왜 이렇게 귀찮게 굴어요? 아무튼 무슨 일인지 빨리 말해 봐요, 바쁘니까요."

"가위가 좀 필요합니다, 제발 놀라지는 마세요. 잠깐만 좀 빌릴 수 있을까요? 당신이 보는 앞에서 턱수염만 깎고 바로 돌려 드리겠어요."

재봉사는 믿을 수 없다는 듯 놀란 눈빛을 보냈다. 그녀는 상대가 어디가 좀 모자란 사람이라고 생각한 것 같았다.

"저는 멀리서 왔습니다. 지금 막 이곳에 도착했는데, 수염이 너무 텁수룩해서요. 수염을 좀 깎았으면 합니다. 아무리 찾아도 이발소가 없네요. 할 수 없이 혼자서라도 깎으려고 했지만, 가위가 없어서요. 잠시만 빌려주세요."

"좋아요. 그럼 제가 깎아 드리죠. 하지만 경고해 둘게요. 만약 당신이 무언가 다른 꿍꿍이속이 있어서 변장하고 외모를 바꾸려 한다거나, 아니면 다른 정치적인 수작을 한다면 가만있지 않겠어요. 당신 때문에 목숨을 버릴 수는 없으니, 적절한 조치를 취할 거예요. 요즘 세상이 그러니까요."

"괜찮습니다, 걱정하지 않으셔도 됩니다!"

재봉사는 의사를 안으로 들이고, 창고처럼 보이는 옆방으로 그를 안내했다. 곧바로 그를 이발소에서처럼 목둘레의 깃 안에 커다란 타월을 둘러 주고 의자에 앉혔다. 재봉사는 잠시 방에서 나갔다가, 곧 가위와 빗, 그리고 모양이 다른 몇 가지 이발기와 가죽띠, 면도기 등을 갖고 돌아왔다.

"살면서 안 해본 일이 없어요." 제대로 갖추어진 이발 도구를 보고 의사가 놀라자, 그녀가 이렇게 해명했다. "이발사 노릇도 했어요. 저번 전쟁 중에 간호사 일을 하면서, 이발과 면도를 배웠죠. 우선 턱수염을 가위로 자르고 나서 면도를 합시다."

"머리는 좀 짧게 깎아 주시겠습니까?"

"해보지요. 아무리 미천한 사람처럼 행동해도 당신이 인텔리라는 것은 금방 알 수 있어요. 요즘은 날짜를 일주일 단위가 아니라, 열흘 단위로 계산하고 있어요. 오늘은 17일이고, 7일은 이발소가 쉬는 날이죠. 당신은 그걸 몰랐나요?"

"정말 몰랐습니다. 제가 일부러 그런다고 생각하세요? 제가 말했잖아요. 저는 멀리서 왔다고. 이곳 사람이 아니에요."

"가만히 계세요. 움직이지 마세요. 다치겠어요. 그러니까 다른 곳에서 오셨군요? 무엇을 타고 오셨죠?"

"두 발로 왔어요."

"대로를 걸어서요?"

"대로를 따라 걷기도 하고, 철길을 따라 걷기도 했습니다. 사방에 열차가 눈 속에 파묻혀 나뒹굴고 있었어요. 일등열차든, 특급열차든 모조리 말입니다."

"자, 이제 조금 남았어요. 여기만 깎으면 됩니다. 가족 문제로 오셨나요?"

"가족 문제라니요! 예전의 신용조합의 일로 왔습니다. 순회감독관이었습니다. 회계감사 일로 출장을 나갔었어요. 그런데 어디로 가게 된 줄 아십니까? 동시베리아로 갔다가 발이 묶여 버렸지요. 돌아올 수가 없었습니다. 열차가 어디 있어야지요. 할 수 없어 걸어왔어요. 한 달 반이나 걸렸습니다. 이루 말할 수 없는 고생을 했지요."

"그런 말을 해서는 안 됩니다. 알아 두어야 할 것이 많을 것 같네요. 잠깐만요. 여기 거울이 있어요. 타월 밑으로 손을 내밀어 받으세요. 잘 보세요. 어때요?"

"조금 더 자르면 좋았을 텐데요. 조금 더 짧게요."

"그러면 머리카락이 일어서요. 아무튼 어떤 이야기도 해서는 안 됩니다. 요즘에는 무조건 입을 다물고 있는 것이 상책이에요. 신용조합이니, 일등열차가 눈을 뒤집어쓰고 있다느니, 감독관이라느니, 감사원이라느니, 그런 말은 아예 잊어버려요. 그런 말을 했다간, 무슨 일을 당할지 몰라요! 지금은 그런 일에 관여할 시절이 아니에요. 차라리 의사라거나 교사라고 거짓말을 하는 것이 더 나아요. 자, 이제 턱수염을 잘랐으니, 깨끗이 면도를 해야겠네요. 비누를 칠해 싹싹 밀면, 한 십 년은 젊어 보일 거예요. 물을 끓여서 가져올게요."

'이 여자가 누구였더라!' 의사는 그녀를 기다리는 동안 생각했다. '초면이 아닌 것 같은 느낌이 드는데, 분명 낯이 익어. 만난 적이 있거나 소문으로 들었을지도 몰라. 분명 아는 얼굴 같은데. 제기랄, 누구지?'

그때 재봉사가 돌아왔다.

"자, 이젠 면도를 하죠. 아무튼 필요 없는 말은 절대 하지 않는 것이 좋아요. 그것은 영원한 진리죠. 침묵은 금, 말은 은이라고 하잖아요. 특급열차니 신용조합이니 하는 말은 하지 말아요. 의사라든가 교사라고 둘러대는 것이 더 나아요. 갖은 고생을 했다는 말은 가슴에나 묻어 두세요. 요즘, 그런 말에 놀랄 사람은 아무도 없으니까요. 면도 괜찮아요?"

"약간 아파요."

"아마 따끔거릴 거예요. 날이 잘 들지 않아서요. 조금만 참으세요. 어쩔 수가 없어요. 수염이 자라서 억센 데다가, 피부가 면도에 길들여지지 않아서 그래요. 요즘에는 웬만한 일에는 놀라지도 않아요. 여기 사람들도 큰 시련을 당했죠. 이만저만 고통을 당한 것이 아니에요. 백군이 지배할 때는 정말 처참했어요! 약탈에, 살인에, 납치에. 그들은 인간 사냥을 했죠. 이를 테면, 사푸노프 쪽 말단 관리 한 사람이 있었는데, 그는 어떤 중위를 못마땅해 했어요. 그래서 크라풀스키 건물 건너편 야외의 숲 근처에 병사를 보내어 매복을 시켜 놓았죠. 그랬다가 그에게서 무기를 빼앗고 라즈빌리예로 호송해 버렸어요. 그 당시 라즈빌리예는 지금의 체카*와 마찬가지였지요. 처형장이었거든요. 왜 그렇게 고개를 흔드세요? 어디가 불편하세요? 아, 그렇군요, 그럴 거예요. 하지만 어쩔 수 없어요. 이쪽은 반대로 밀어 올려야 하는데, 털이 솔처럼 빳빳해서 그럴 거예요. 여기가 원래 그런 부분이에요. 그래서 그 아내는 제정신이 아니었죠. 그 중위의 아내 말예요. '콜랴!' '내 남편 콜랴!' 하면서 총사령관에게 곧장 찾아갔어요. 곧장 찾아갔다

---

* 볼셰비키 혁명 직후인 1917년 12월에 창설된 소련의 비밀 정보기관으로 1922년까지 존속했다.

해도 그저 말이 그렇다는 거죠. 누가 들여보내 주기나 했겠어요. 연줄이 있었던 거죠. 옆 동네에 총사령관을 알고 있던 어떤 여자가 있었는데, 그녀가 이곳의 많은 사람들을 도와주었던 거예요. 그리고 그 총사령관도 보기 드물게 정이 많고 동정심이 강한 사람이었나 봐요. 갈리울린 장군이라고 했어요. 그런데도 그 주변에는 사형과 잔혹행위, 질투극뿐이었죠. 완전히 스페인 소설 그대로였다니까요."

'라라 이야기군.' 의사는 그렇게 짐작했지만, 조심스러워 자세히 물어보지 않았다. 하지만 '스페인 소설 그대로였다니까요.'라는 그녀의 말을 듣자, 다른 어떤 공포의 대상이 떠올랐다. 이 자리에는 전혀 어울리지 않는 엉뚱한 그 말 때문이었다.

"지금은 물론 완전히 바뀌었죠. 물론 아직도 수색에, 밀고에, 총살도 있지만요. 그래도 이념적으로 전혀 달라요. 첫째는 새로운 정부라는 거예요. 통치를 시작한 지 아직 얼마 되지 않아, 본궤도에 올랐다고 할 수는 없을 거예요. 두 번째는, 누가 뭐래도 그들이 민중 편에 서 있다는 거예요. 그 점에 그들의 힘이 있다고 봐요. 우리는 나를 포함해 네 자매예요. 모두 노동자죠. 그래서 우리는 자연히 볼셰비키 편이 되었어요. 언니 한 사람은 죽었어요. 정치활동가에게 시집을 갔었거든요. 형부는 이곳의 한 공장에서 지배인으로 일했죠. 그들의 아들인 내 조카가 지금은 이 지역의 봉기군 대장이죠. 말하자면 명사라고 할까요?"

'아, 바로 그랬었군!' 유리 안드레예비치는 그제야 이해가 되었다. '이 여자가 리베리의 이모였어. 소문이 자자한 미쿨리친의 처제로, 이발사에, 재봉사에, 전철수 노릇도 한다는, 무엇이든 잘한다는 그 유명한 여자였어. 하지만 내 정체가 드러나지 않게 계속 잠자코 있어야겠어.'

"내 조카는 어려서부터 민중에 애정을 품고 있었어요. '스뱌토고르 보가트리'에 있는 아버지와 노동자들 틈에서 자랐죠. 바르이키노의 공장에 대해서는 들어 보셨죠? 이런, 지금 이게 무슨 짓이람! 이런 바보, 이런 멍청한 짓을 하다니! 한쪽 턱은 미끈한데, 다른 쪽은 그대로 두었어. 수다를 떨다 보니 그랬군요. 왜 주의를 주지 않고 가만히 계셨어요? 이런, 비누가 다 말라 버렸네. 다시 물을 데워야겠어요. 다 식었어요."

툰체바가 갔다 돌아오자, 유리 안드레예비치는 질문을 던졌다.

"바르이키노라고 하면 안전한 깊은 숲속에 있으니, 그곳까지는 이런 소동이 미치지 않았을 것 같은데요?"

"뭐, 안전한 것 같지도 않아요. 그런 벽지였는데도 여기보다 더 처참한 일이 벌어진 것 같았어요. 어디 소속인지 알 수 없는 어떤 악당들이 바르이키노를 덮쳤대요. 러시아어를 사용하지 않았다고 하더군요. 집집마다 뒤져 사람들을 거리로 끌어내 총살했다고 하더군요. 그러고는 아무 말도 없이 사라져 버렸다는 거예요. 미처 치우지 못한 시체들이 눈 위에 그대로 놓여 있었대요. 지난겨울에 있었던 일이죠. 왜 그렇게 얼굴을 움직이세요? 하마터면 목을 벨 뻔했어요."

"형부가 바르이키노에 살고 계셨다고 말씀하셨는데…… 그분도 화를 당하셨나요?"

"아니에요, 다행히. 그분은 부인과 함께 때맞춰 도망쳤죠. 새로 얻은 둘째 부인과 말이죠. 지금 어디에 있는지 행방은 알 수 없지만 분명 살아 계실 거예요. 모스크바에서 내려온 가족들도 있었어요. 그들은 그전에 이미 떠났죠. 그중에 젊은 분이 의사였고 가장이었는데, 행방불명이 되었어요. 말은 행방불명이라고 하지만, 가족들이 슬퍼할까 봐 그렇게 하는 것이죠. 사실은 살해당했겠죠. 아무리 찾아도, 찾을 수가 없었다고 하더군요. 그 사이, 나이가 많은 노인 분은 고향으로 불려 갔어요. 대학교수였는데, 농업 분야의 전문가였대요. 들리는 소문에는 정부에서 직접 소환했다고 하더군요. 두 번째로 백군이 들어오기 전에 그들은 유랴틴을 거쳐 떠났죠. 이런, 또 움직이시네요. 면도칼을 대고 있는데, 그렇게 움직이면, 베이고 말겠어요. 이발사에게 너무 많은 것을 기대해선 안 돼요."

'그것은 가족들이 모스크바에 있단 말이군!'


# 7


'모스크바로! 모스크바로 갔어.' 그는 세 번째 철제 계단을 올라가며, 한 발 한 발 오를 때마다 그렇게 마음속으로 소리 쳤다. 텅 빈 방에 들어서자, 이번에도 쥐들이 아까처럼 뛰어 오르고, 굴러떨어지고, 사방으로 뛰고, 대소동을 벌이며 그를 맞았다. 유리 안드레예비치는 아무리 지쳤다고 해도 이 불쾌한 놈들과 함께 있으면, 한순간도 눈을 붙일 수 없을 거라는 생각이 들었다. 그곳에서 묵으려면, 우선 쥐구멍부터 막아야 했다. 다른 방은 마루나 벽의 바닥 부분이 거의 방치된 상태였는데 반해, 다행히 침실은 그 정도는 아니었고, 쥐구멍도 훨씬 적었다. 하지만 서둘러야 했다. 이미 밤이 다 되었다. 정말로 그가 찾아올 것을 예견했는지, 부엌 테이블 위에는 벽에서 떼어 낸 램프에 기름이 절반 정도 담긴 상태로 놓여 있었고, 그 옆에는 몇 개비 성냥이 든 성냥갑이 뚜껑이 열린 채 놓여 있었다. 유리 안드레예비치가 세어 보니 성냥은 모두 열 개비였다. 그래도 성냥이든 석유든, 가능한 한 아껴야 했다. 침실에는 심지가 든 접시 등잔이 또 있었지만, 등잔 기름 자국만 남은 것을 보니, 아마도 쥐들이 바닥까지 빨아 먹은 것 같았다.

벽 아랫부분의 가장자리 몇 곳은 마루에서 널빤지가 떨어져 나갔다. 유리 안드레예비치는 깨진 유리 조각을 뾰족한 쪽을 안쪽으로 겹겹이 쌓아 올려 틈을 막았다. 침실 문은 문지방에 정확하게 맞았다. 문을 꼭 닫아 놓으면, 틈이 많은 다른 방과 완전히 분리되었다. 유리 안드레예비치는 한 시간 정도를 작업한 후, 일을 마쳤다.

천장 아래 장식용 돌림띠가 둘러진 타일 페치카가 침실의 한쪽 구석을 차지하고 있었다. 부엌에는 열 다발 정도 되는 장작이 남아 있었다. 유리 안드레예비치는 장작 두 다발을 라라에게서 살짝 훔치기로 하고, 한쪽 무릎을 짚고 왼팔에 장작을 얹었다. 장작을 침실로 가져와 페치카 옆에 내려놓은 그는 페치카의 구조를 살펴보고 곧바로 페치카가 어떻게 작동하는지 확인했다. 유리 안드레예비치는 방문에 자물통을 잠그고 싶었지만, 자물통이 망가져 있어, 대신 문틈에 두꺼운 종이를 끼워 문이 열리지 않게 해놓은 다음, 여유 있게 페치카에 불을 지피기 시작했다.

페치카 속에 장작개비를 넣던 그는 장작 절단면에 도장이 찍힌 것을 언뜻 발견했다. 그는 눈에 익은 그 도장에 깜짝 놀랐다. 이것은 K와 D로 시작되는 두 글자로 된 오래된 낙인으로, 통나무에 반출된 창고를 표시하기 위해, 톱으로 켜기 전에 찍어 놓은 것이었다. 언젠가 크류게르가 위세를 떨치고 있을 무렵, 공장에서 남아도는 땔감용 장작을 팔 때, 바르이키노의 쿨라비셰프 벌채지의 통나무 절단면에 이 두 개의 문자를 낙인하곤 했었다.

라라의 부엌에 이런 장작이 있다는 것은, 그녀가 삼데뱌토프를 알고 있고, 예전에 의사와 가족들에게 필요한 모든 것을 조달해 주었던 것처럼, 라라도 똑같이 돌봐 주고 있다는 것을 의미했다. 그 사실을 눈치챈 순간, 의사는 가슴이 칼에 찔리는 것 같았다. 그는 전에도 안핌 예피모비치의 도움을 부담스러워했었는데, 지금은 호의에 대한 부담감과 함께 다른 감정이 복잡하게 뒤섞였다.

안핌이 라리사 표도로브나에게 호의를 베풀었다면, 단순히 그녀의 눈이 아름답기 때문만은 아니었을 것이다. 유리 안드레예비치는 안핌 예피모비치의 자유분방한 태도와 여자로서의 라리사의 대담한 성격을 떠올렸다. 두 사람 사이에 아무 일이 없었다고 보기는 어렵다는 생각이 들었다.

페치카 속에서 바짝 마른 쿨라비셰프의 장작들이 한데 어울려 피시식거리며 활활 타올라 따뜻한 열기가 퍼지자, 어렴풋한 의혹으로 시작된 유리 안드레예비치의 질투는 어느새 굳은 확신으로 굳혀졌다.

그의 영혼은 갈기갈기 찢기고, 슬픔이 꼬리에 꼬리를 물고 밀려들었다. 그는 의혹을 떨쳐 버리려고 애쓸 필요도 없었다. 굳이 애를 쓰지 않아도 이 생각 저 생각이 수시로 바뀌었다. 그의 뇌리에 강하게 밀려드는 가족에 대한 그리움이 질투에 휩싸인 망상을 한쪽으로 잠시 밀어냈다.

'그러면 나의 가족들은 모두 모스크바에 있다는 뜻이겠지?' 그는 가족들이 모스크바에 무사히 도착했다는 것을 툰체바가 보증해 준 듯한 느낌이 들었다. '그러니까 나도 없는데, 가족 모두가 길고 고통스러운 여로를 다시 반복했다는 건가? 무사히 도착했을까? 알렉산드르 알렉산드로비치의 귀환 명령은 도대체 무엇 때문이었을까? 대학에서 다시 강의를 해 달라는 것인가? 우리 집은 어떻게 되었을까? 아니, 그 집이 아직 남아 있기라도 할까? 오, 하나님, 저에게 어떻게 이런 괴로움과 고통을 주십니까? 그래, 생각을 하지 말자, 생각을 하지 말자! 생각이 너무 혼란스러워! 뭐가 잘못된 거지, 토냐? 아무래도 병이 난 것 같다. 우리 모두 어떻게 될까? 토냐, 토네치카, 토냐, 슈로치카, 알렉산드르 알렉산드로비치! 영원한 빛이시여, 어찌하여 당신은 나를 버리시나이까?* 어찌해 당신은 평생 이렇게 내게서 멀리 떨어져 있던 말이오? 어찌해 우리는 언제나 따로따로 헤어져 있어야 한단 말인가? 하지만 가까운 날에 합쳐지겠지, 만나겠지, 그렇지 않소? 만약 다른 방법이 없다면, 걸어서라도 가족들에게 가겠소. 우린 만날 거요. 모든 것이 다 잘될 거요, 그렇지 않소?'

'토냐는 해산할 때가 되었고, 분명히 출산을 했을 텐데, 그것을 까맣게 잊어버리고, 아직 내가 땅 위에 발을 딛고 서 있다니! 이런 건망증이 한두 번이 아니다. 분만은 제대로 했을까? 아이를 잘 낳았을까? 모스크바로 가는 길에 그들은 유랴틴에 들렀다고 했다. 사실 라라가 그들과 아는 사이는 아니지만, 아무 관계도 없는 재봉사이자 이발사까지도 그들의 안위

---

* 시편 43:2.

를 알고 있는데, 라라가 쪽지에서 그들에 대해 한마디도 하지 않았다니. 정말 이해할 수 없는 무관심과 냉정한 태도 아닌가! 삼데뱌토프와의 관계에 대해서 아무 말이 없다는 것 역시, 정말 이해할 수 없는 일이군.' 그러다가 유리 안드레예비치는 침실 벽을 바라보고는 이상한 낌새를 눈치챘다. 주변에 놓여 있거나 벽에 걸린 물건들 중에 라라의 것으로 보이는 물건은 하나도 없고, 사라져 버린 낯선 전 집주인의 세간에서는 라라의 취향에 맞는 것을 하나도 찾을 수가 없었다.

그러나 이유가 어찌 됐든, 벽에 걸린 확대 사진들 속에서 그를 바라보고 있는 남자와 여자의 시선을 느끼자, 그는 갑자기 기분이 묘해졌다. 조잡한 가구들에는 적의가 서려 있는 것 같았다. 그는 그 침실에서 자신이 이질적이고 불필요한 존재라는 느낌이 들었다.

그런데도 그는 바보처럼 수도 없이 이 집을 떠올리고 그리워했으며, 이 방에 들어온 것도 주거 공간으로 생각해서가 아니라, 라라에 대한 갈망 때문이었던 것이다! 객관적으로는 이런 감정이 얼마나 우스꽝스러운 것인가! 가령 삼데뱌토프처럼 강하고 현실적이며 잘생긴 남자들이 이런 식으로 살아가고 처신할 수 있을까? 라라는 왜 무기력한 그를, 모호하고 비현실적인 그의 사랑의 말을 좋아하는 걸까? 그녀에게 이런 혼란이 과연 필요할까? 그녀는 그가 원하는 모습으로 존재하고 싶어 하기는 할까?

그렇다면 방금 그가 말했듯, 지금 그에게 그녀는 어떤 모습일까? 아, 이 질문에는 항상 대답이 준비되어 있다.

밖은 지금 봄날 저녁이다. 대기는 소음으로 가득 차 있다. 온 우주가 살아 숨 쉬고 있음을 증명하듯, 뛰노는 아이들의 목소리가 사방으로 저 멀리 울려 퍼진다. 그 광대함이 바로 러시아다. 바다 멀리로 이름을 떨치는 비할 데 없는 거룩한 어머니, 순교자이자, 완고하시고 변덕스러우며 광기 어린 성모이시며, 결코 예단할 수 없는 영원히 담대하고 파멸적인 당돌한 짓을 서슴지 않는 것이 러시아다! 아, 살아 있다는 것처럼 기쁜 일이 있을까! 이 세상에 살면서 삶을 사랑하는 것처럼 기쁜 일이 있을까! 오, 영원한 감사를 보내리라. 살아 있다는 것과 존재한다는 것에!

그것은 바로 라라이다. 그것과 대화를 나눌 수는 없지만, 그녀는 삶과 존재의 대변자이자 표상이며, 소리 없는 존재의 근원에 부여된 울림이자 언어이다.

조금 전, 그녀를 의심했던 일은 모두 사실이 아니다. 절대 그것은 사실이 아니다. 모든 것이 그녀의 존재 안에 완벽하고 완전하게 구현되어 있다!

환희와 회한의 눈물이 눈앞을 가렸다. 그는 페치카의 아궁이를 열고 부지깽이로 난로 속을 뒤적였다. 활활 타는 좋은 장작은 가장 뒤로 밀어 넣고, 덜 탄 굵은 장작들은 통풍이 잘 되는 난로 앞쪽으로 모아 놓았다. 잠시 동안 그는 페치카를 그대로 열어 두었다. 그의 얼굴과 손 위로 이글거리는 불꽃의 온기와 불빛이 기분 좋게 느껴졌다. 한동안 타오르는 불꽃을 바라보다가, 그는 미몽에서 깨어났다. 그녀가 지금 곁에 없다는 사실은 얼마나 쓸쓸한 일인가. 지금 이 순간 무엇이든 그녀를 생생하게 느낄 수 있는 것이 있다면 얼마나 좋을까!

그는 호주머니에서 구겨진 그녀의 쪽지를 꺼냈다. 그는 지난번에 읽은 쪽이 아니라, 뒤집어진 쪽이 나오자, 그제야 쪽지 뒤에도 글이 쓰여 있다는 것을 알아차렸다. 그는 구겨진 쪽지를 펴서, 이글거리는 페치카의 불빛에 비추며 읽어 나갔다.

'당신 가족의 소식은 알고 계시죠? 그들은 모스크바에 있습니다. 토냐는 딸을 낳았습니다.' 그 뒤의 몇 줄은 지워져 있었다. 그 다음에는 이렇게 이어졌다. '글로 적는 것이 바보 같아 지웁니다. 얼굴을 마주하게 되면 실컷 이야기하기로 해요. 지금은 시간이 없어요. 말을 빌리러 가는 중이거든요. 만약 빌리지 못하면 어떻게 할지 모르겠어요. 카텐카와 함께라서 힘들어요……' 마지막 문장도 문질러져서 알아볼 수 없었다.

'안핌에게 말을 빌리러 달려간 게 분명해. 떠난 것을 보니, 말을 빌렸군.' 유리 안드레예비치는 안도했다. '만약, 그녀의 양심에 조금이라도 거리낌이 있었다면, 이렇게 자세히 쓸 수는 없었을 거야.'

# 8

페치카가 잘 타오르자 의사는 연통을 닫고 약간의 요기를 했다. 음식이 들어가자, 갑자기 잠이 쏟아졌다. 그는 옷도 벗지 않고 소파 위에 누웠다가 금세 깊은 잠에 빠져들었다. 방문과 벽 뒤 등, 사방에서 날뛰는 쥐들의 요란한 소란도 들리지 않았다. 그는 잇따라 두 번이나 무서운 꿈을 꾸었다.

그는 모스크바의 어느 집 방 안에 있었는데, 유리가 끼워진 방문에 자물쇠를 걸고, 그래도 마음이 불안해 문안에서 손잡이를 잡고 문이 열리지 않게 붙잡고 있었다. 문밖에서는 아동용 외투에 수병 바지를 입고 작은 털모자를 쓴 어린 슈로치카가 앳되고 가련한 얼굴로 문을 두드리며 안으로 들어가게 해달라고 울며 애원하고 있었다. 아이의 등 뒤에서는 아이가 있는 문 쪽으로 물줄기가 굉음을 울리고 물보라를 일으키며 폭포처럼 쏟아지고 있었다. 지금 흔하게 발생하는 수도관이나 하수관 파열인지, 아니면 실제로 높은 산의 협곡에서 여러 세기에 걸쳐 누적된 얼음과 암흑이 격류가 되어 흘러내리다가 이 방의 문 앞에서 막힌 것인지 분간할 수 없었다.

아이는 굉음을 내며 쏟아져 내리는 물 때문에 공포에 질려 있었다. 아이가 외치는 소리는 굉음에 묻혀 들리지 않았다. 그러나 유리 안드레예비치는 아이의 입을 보고 '아빠! 아빠!' 하며 소리치고 있다는 사실을 알 수 있었다.

유리 안드레예비치의 가슴은 찢기는 것 같았다. 그는 아이를 가슴에 끌어안고, 어디로든 뒤도 돌아보지 않고 도망치고 싶은 충동을 느꼈다. 그러나 눈물을 흘리면서도 그는 잠긴 문고리를 붙잡고 아이를 안으로 들여놓지 않았다. 반대쪽 문에서 금방이라도 들어올 것 같은, 아이의 친모가 아닌 다른 여자에 대한 위선적인 체면과 의무감 때문에 아이를 희생시키고 있었던 것이다.

유리 안드레예비치는 땀과 눈물로 범벅이 되어 잠에서 깼다. '열이 나고 있어. 병이 난 거야.' 그는 직감했다. '하지만 티푸스는 아니야. 이것은 심각하고 위험한 병의 일종인 피로감이다. 무서운 전염병처럼 위험한 병이다. 문제는 삶과 죽음 중, 어느 쪽이 이기느냐에 달려 있다. 그런데 너무 잠이 쏟아져!' 그러고는 다시 잠이 들었다.

다시 꿈속에서 어두운 겨울 아침, 가로등이 켜진 모스크바의 어느 번잡한 도로가 나왔다. 이른 아침부터 거리가 붐비고 첫 전차가 종을 울리며 달려가는 것이나, 가로등 불빛이 포장 도로 위에 쌓인 새벽녘의 잿빛 눈에 노란 줄무늬를 그리고 있는 것으로 보아 분명 혁명 전이다.

한쪽으로만 많은 창문이 난, 길게 뻗은 아파트가 꿈에 보였다. 건물은 거리보다 그다지 높지 않은 이층 정도 높이로 보였는데, 창문에는 커튼이 마루까지 낮게 드리워져 있었다.

아파트 안에서는 사람들이 옷도 벗지 않은 채, 각자 다양한 자세로 잠을 자고 있었다. 열차 안처럼 무질서하고, 기름이 밴 신문지 위에 먹다 남은 음식물과 뜯어 먹고 버린 닭뼈와 날갯죽지나 발 같은 것들이 나뒹굴고, 마루 위에는 잠시 방문한 친척들과 지인들, 행인들과 떠돌이들이 잠을 자려고 벗어 놓은 구두 여러 켤레가 짝을 이뤄 놓여 있었다. 잠옷 위에 아무렇게나 허리띠를 둘러맨 여주인 라라가 소리도 없이 숙소 안의 이쪽 끝에서 저쪽 끝으로 정신없이 뛰어다니고 있었다. 그는 그녀의 뒤를 졸졸 따라다니고 귀찮게 하며 말도 안 되는 어떤 변명을 계속 해대지만, 그녀는 잠시도 그를 상대할 시간이 없었기에, 걸어가면서 그의 변명에 무심하게 고개를 돌리기도 하고, 미심쩍은 시선을 조용히 던지거나 은방울이 구르는 듯한 독특한 웃음을 천진하게 터뜨릴 뿐이었다. 그것이 두 사람 사이에 아직 남은 유일한 친밀감의 표현이었다. 그가 자신의 모든 것을 바쳐, 누구보다 사랑했고, 그녀를 위해 모든 것을 헌신짝처럼 버렸는데, 그녀는 그토록 낯설고 차가운 매력적인 여자였던가!

## 9

자신이 아니라, 자신보다 훨씬 더 익숙한 뭔가가 어둠 속에서 빛나는 인광처럼, 부드럽고 다정한 말로 그의 가슴속에서 눈물을 흘리며 울고 있었다. 그는 자신이 가여웠다.

'지금 병이 난 거야. 병에 걸렸어.' 그는 꿈과 열에 들뜬 헛소리와 의식불명 상태를 오락가락하다, 잠깐 의식이 돌아올 때면, 이런 생각을 했다. '이것 역시 교과서에도 없고 의대에서도 배우지 못한 티푸스의 일종이다. 뭐든 먹어야 한다, 그렇지 않으면 굶어 죽고 말 거야.'

한쪽 팔꿈치를 짚고 몸을 일으켜 보려 했지만, 꼼짝할 힘이 없었던 그는 다시 의식을 잃고 잠에 빠졌다.

'옷을 그대로 입은 채, 얼마나 여기에 누워 있었을까?' 의식을 회복한 순간, 그는 생각했다. '몇 시간인가? 며칠인가? 내가 쓰러졌을 때는 봄이었다. 그런데 지금 창문에 성에가 끼어 있다. 흐릿하게 살짝 끼어 있는 성에 때문에 방 안이 어두워 보여.'

부엌에서는 쥐들이 달가닥거리며 접시들을 뒤집고, 뒤쪽 벽을 요란하게 달려 올라갔다가 무거운 몸으로 마룻바닥에 쿵 뛰어내리는가 하면, 흐느끼는 듯한 저음으로 몸서리치는 비명을 지르기도 했다.

다시 잠이 들었다가 깨어났다. 그물무늬 성에로 뒤덮인 창문은 크리스털 잔에 담긴 붉은 포도주 같은 진홍빛 노을의 불그스레한 열기로 차 있었다. 도무지 분간할 수가 없었던 그는 그것이 아침노을인지, 저녁노을인지 혼자 묻곤 했다.

한순간 어딘가 아주 가까이서 사람의 목소리가 들리는 듯한 느낌이 들었을 때는, 그것이 분명 발광의 조짐이라는 생각이 들어 가슴이 철렁했다. 그는 자신에 대한 연민으로 눈물을 흘리며 그를 외면하고 버린 하늘을 원망하며 소리 없이 울먹였다. '오, 하나님, 어찌하여 저를 버리시나이까? 꺼지지 않는 영원한 빛이시여, 어찌하여 저주받을 이방異邦의 어둠으로 저를 덮으시나이까?'

그러다가 갑자기 그는 모든 것이 환상이 아니라, 의심할 여지없는 현실이라는 것을 깨달았다. 옷이 벗겨지고, 몸도 씻겨졌으며, 깨끗한 루바시카가 입혀진 채, 소파가 아니라 시트가 새로 깔린 침대 위에 누워 있었던 것이다. 그리고 침대 옆에 라라가 그에게 몸을 엎드린 채 울고 있었고, 두 사람의 머리카락과 두 사람의 눈물이 한데 뒤엉켜 있었다. 그 순간, 그는 너무 행복해 다시 정신을 잃고 말았다.

## 10

망상 상태였던 조금 전만 해도, 그는 무정한 하늘을 원망했는데, 이제는 하늘이 광대한 모습으로 그의 침대로 내려와 앉아, 그를 향해 여인의 크고 하얀 두 팔을 내밀고 있었다. 그는 기쁨으로 눈앞이 캄캄했고, 정신을 잃을 것 같은 행복의 심연으로 빠져들었다.

그는 한평생 쉴 사이 없이 무슨 일인가를 해왔다. 집안일을 하고, 진료를 하고, 사색하고, 연구했으며, 글을 써왔다. 이제는 무슨 일을 한다거나, 무엇을 추구한다거나, 무슨 생각을 하는 등의 모든 행위를 멈추고, 그 모든 일을 잠시 자연에 맡긴채, 스스로가 사물이 되고, 구상이 되고, 자비롭고 매혹적이며 풍성한 자연의 멋진 작품이 될 수 있다면 얼마나 좋을까!

유리 안드레예비치는 빠른 속도로 회복되었다. 라라는 그를 먹이고, 백조 같은 아름다운 모습으로, 촉촉하고 나지막한 목소리로 질문을 던지고 대답을 하며 정성껏 그를 간호했다.

나직한 목소리로 주고받는 그들의 대화는 아무리 사소한 것이라도 플라톤의 대화편처럼 깊은 의미를 지니고 있었다.

두 사람을 더 강하게 하나로 결합시키는 것은 그들의 영적인 교감이 아니라, 주변 세계로부터 그들을 분리시켜 놓은 심연이었다. 두 사람이 모두 싫어하는 것이 하나 있었는데, 그것은 현대인들에게 내재된 치명적인 전형성, 판에 박힌 진부한 찬양, 지나친 흥분, 그리고 천재성을 발견하기가 매우 어려워진 수많은 과학자와 예술가들 사이에 광범위하게 퍼져 있는 상상력의 부재, 그것이었다.

그들의 사랑은 위대했다. 물론 모든 사람들이 그런 미증유의 감정을 경험하며 사랑하는 것은 아니다.

그러나 파멸할 수밖에 없는 인간 존재의 가슴속에 영원의 숨결 같은 정열의 숨결이 불어 닥치는 순간순간은 그들—이점에서 그들이 예외적이라고 할 수 있다—에게 자신에 대해, 생에 대해, 더욱더 새로운 계시와 발견의 계기가 되었다.

# 11

 "당신은 서둘러 가족들에게 돌아가야 해요. 저는 하루도 당신을 붙잡을 생각이 없어요. 하지만 당신도 보다시피 상황이 여의치 않아요. 우리가 소비에트 러시아와 합쳐지자마자, 대혼란에 빠지고 말았어요. 시베리아와 동부 지역이 소비에트 러시아의 구멍을 막아 주고 있지요. 당신은 전혀 모를 거예요. 당신이 앓는 동안, 도시는 완전히 변했거든요. 여기 창고에 있던 식량은 중앙으로, 모스크바로 가져가고 있어요. 하지만 그 정도는 바다의 물 한 방울에 불과해서, 모스크바에서는 순식간에 전부 사라져 버리니, 밑 빠진 독에 물 붓기일 뿐이고, 우리들은 이렇게 굶주리고 있죠. 우편도 끊기고, 여객 열차도 멈추었는데, 곡물 수송열차만은 운행되고 있어요. 가이다*의 봉기 이전처럼 시내에서는 다시 불만이 높아가고, 이에 맞서 체카가 날뛰는 중이에요.

 이런 상황인데, 피골이 상접하고 겨우 목숨을 부지하고 있는 상태로 어디를 가시겠어요? 다시 걸어서 가실 생각이세요? 그곳까지 갈 수 있을 것 같아요? 회복되어 체력이 좀 생긴다면 모르겠지만.

---

* 라돌라 가이다 대위를 말하며, 그는 1918년 5월 말, 소비에트 정권에 저항해 시베리아에서 봉기를 일으킨 체코군단의 지도자였다. 1919년 1월부터 7월까지 콜차크군과 합류하여 콜차크 시베리아군을 지휘했으나, 나중에 다시 콜차크에 반기를 들었다.

강요하지는 않겠지만, 제가 당신이라면, 가족들에게 돌아가기 전에 전문직으로 조금 일해 보는 것도 나쁘지 않을 것 같아요. 좋은 대우를 해주거든요. 저라면 지역 보건소 같은 곳에 근무할 거예요. 보건소는 예전의 위생국에 그대로 남아 있고요.

스스로 판단하세요. 당신은 권총 자살을 한 시베리아의 백만장자의 아들이고, 당신의 아내는 이 지역의 공장주이자 지주의 딸이었어요. 그리고 당신은 파르티잔에 있다 도주했고요. 이런 경우, 아무리 변명을 한다 해도, 결국은 혁명군에서 이탈하고 탈주한 사람인 거죠. 어떤 경우도, 공민권을 상실한 상태에서 아무 일도 하지 않고 있어서는 안 돼요. 저의 입장도 안전한 상황은 아니에요. 그래서 저도 지역 인민교육부에 일하러 갈 생각이죠. 제 발등에도 불이 떨어졌어요."

"그건 무슨 뜻이오? 스트렐리니코프는 어떻게 지내고 있는 거요?"

"바로 스트렐리니코프 때문에 발등에 불이 떨어졌다는 거예요. 제가 예전에 그에게 적이 많다고 이야기했었죠. 적군이 승리했잖아요. 이젠 당원도 아니면서, 수뇌부에 가까워 너무 많은 것을 아는 군인들을 가장 먼저 쫓아낼 거예요. 쫓아내기만 하면 그나마 다행이죠. 후환을 없애려고 살해할 수도 있어요. 파샤는 그중에서도 맨 앞에 있어요. 아주 위험한 상황에 놓여 있다고요. 그는 극동에 있었대요. 소문에는 도망쳐서 자취를 감추었다고 해요. 지금 수배 중이고요. 아무튼 그 사람 이야기는 그만해요. 나는 울고 싶지 않아요. 그 사람 이야기가 한마디라도 더 나온다면, 금방 울고 말 거예요."

"그를 사랑했군. 아직도 그를 많이 사랑하고 있소?"

"저는 그와 결혼했어요. 그는 제 남편이에요, 유로치카. 그는 고결하고 훌륭한 사람이에요. 저는 그에게 큰 죄를 지었어요. 제가 그에게 아무 잘못이 없다고 말할 수는 없겠죠. 그는 큰 사명을 짊어진 매우 강직한 사람이지만, 저는 쓰레기이고, 그와는 절대 비교할 수 없는 존재예요. 그래서 죄스러운 마음뿐이죠. 하지만 이제 그런 이야기는 그만둬요. 언제 기회가 되면 제가 직접 이야기할게요. 약속해요. 그건 그렇고, 당신의 부인 토냐는 정말 대단한 분이세요. 보티첼리의 그림에 나오는 분 같아요. 그분이 출산할 때 제가 곁에 있었어요. 그때 그녀와 매우 가까워졌지요. 그 이야기도 다음에 해요. 둘이 같이 일하러 나가요. 매달 많은 급료를 받을 수 있어요. 여기에서는 이전 정부가 교체되기 전까지, 시베리아 화폐가 통용되고 있었어요. 얼마 전에 그것이 폐지되고, 당신이 병을 앓는 동안, 한 푼도 없이 지냈어요. 사실이에요. 상상이 돼요? 믿기지 않겠지만, 어쨌든 그럭저럭 견뎌 냈어요. 그런데 최근에 예전 재무국으로 마흔 대나 되는 화물열차가 지폐를 가득 싣고 왔대요. 커다란 종이에 청색과 적색으로 인쇄된 화폐인데, 우표처럼 뗄 수 있게, 여러 장으로 되어 있대요. 청색이 오백만 루블. 적색이 천만 루블이래요. 인쇄가 조잡해서 변색이 되고 잉크도 번진다고 하더군요."

"전에 그 화폐를 본 적이 있소. 그 화폐는 우리들이 모스크바를 떠나기 직전에 발행되었소."

## 12

"그런데 당신은 그렇게 오랫동안, 바르이키노에서 무얼 하고 있었소? 아무도 없는 빈집 아니었소? 그곳에서 왜 그렇게 지체했던 것이오?"

"카텐카와 함께 청소를 했어요. 당신이 그쪽으로 먼저 가실 줄 알았거든요. 당신에게 그런 꼴을 보이고 싶지 않았어요."

"어떤 꼴이었다는 말이오? 그곳이 심하게 어질러져 있었소?"

"엉망이었죠. 더러웠어요. 제가 모두 치웠어요."

"뭔가 이야기하고 싶어 하지 않은 것 같군. 뭐, 숨기는 것이라도 있소? 하지만 당신이 원하지 않는다면 강요할 생각은 없소. 토냐에 대해서나 이야기해 주시오. 딸아이의 세례명은 뭐라고 정했소?"

"마샤예요. 당신 어머니의 이름을 따서 지은 거래요."

"그 이야기를 좀 해주시겠소?"

"나중에 할게요. 지금 제가 간신히 울음을 참고 있다고 말했죠?"

"당신에게 말을 빌려준 삼데뱌토프는 흥미로운 사람이오. 당신은 어떻게 생각하오?"

"아주 흥미로운 분이죠."

"안핌 예피모비치를 아주 잘 알고 있소. 이곳에서 우리 가족들과 잘 지냈소. 낯선 이 고장에서 우리들이 자리를 잡을 수 있도록, 여러 가지로 보살펴 주었소."

"알아요. 그가 말하더군요."

"당신은 그와 가까운 사이 아니오? 그가 당신을 도와주려고 애쓴 것 같은데?"

"네, 정말 저에게 잘해 주셨어요. 그분이 아니었다면, 제가 어떻게 되었을지 모르겠어요."

"당연히 그렇겠지. 분명 친밀한 동지 관계로 허물없는 사이일 거요. 분명 그 사람이 당신 뒤를 쫓아다녔을 것 같은데."

"그럼요. 끈질기게 따라다녔죠."

"그럼, 당신은? 아니, 미안하오. 내가 그것까지 물어보면 안 되지. 내가 무슨 권리로 당신을 추궁하겠소? 미안하오. 내가 주제넘었소."

"오, 이런. 당신은 분명 다른 것에 신경이 쓰이는 모양이군요. 그러니까 제가 그와 어떤 관계인지 궁금한 거죠? 저와 그분 사이에 어떤 사심이 개입되어 있는 건 아닌지 알고 싶은 거죠? 전혀 아니에요. 물론 제가 안핌 예피모비치에게 많은 신세를 지고, 아무 보답도 못하고 있지만, 아무리 그분이 많은 황금을 주고, 저를 대신해 목숨을 바친다 해도, 저는 그분에게 마음을 주지 않을 거예요. 저는 태생적으로 그런 부류를 싫어하거든요. 그처럼 능숙하고, 자신만만하고, 독단적인 사람들이 세상일에 누구보다 뛰어난 건 사실이에요. 그러나 정신적인 영역에서라면, 그렇게 거드름을 피우고 젠체하는 스타일은 좋아하지 않아요. 저는 애정 문제와 일상생활은 전혀 다르다고 생각해요. 그것만이 아니에요. 안핌은 도덕적인 문제에서 또 다른 훨씬 불쾌한 인물, 나를 이런 여자로 만든 장본인, 지금의 나를 있게 한 그 사람을 상기시켜 주기도 해요."

"이해가 안 되오. 이런 여자라니? 그게 무슨 의미요? 설명해 보시오. 당신은 이 세상에서 그 누구보다 훌륭한 사람이오."

"오, 유로치카, 너무해요. 저는 진지하게 이야기하는데 당신은 사교모임에서나 할 법한 입에 발린 말을 하고 있어요. 제가 어떤 여자냐고요? 저는 망가진 여자이고, 인생을 완전히 망쳐 버린 여자예요. 아직 이른 나이에, 죄스러울 만큼 어린 나이에 여자가 되었어요. 모든 것을 누리며, 모든 것이 허용된 기생충 같은 구시대의 거만한 중년 남자의 위선적이고 추악한 논리를 통해 인생의 가장 추악한 면을 접하게 되었다고요."

"알 것 같소. 그러리라고 짐작했소. 하지만 잠깐만. 그 당시 아직 미성숙한 상태에서 당신이 처녀성을 빼앗긴 채, 어린아이가 겪기엔 너무 큰 고통과 무서운 공포를 느꼈을 것이라는 것은 잘 알 것 같소. 하지만 그것은 이미 지난 일이오. 나는 오히려 이렇게 말하고 싶소. 지금 그것을 애통하게 생각해야 할 사람은 당신이 아니라, 당신을 사랑하고 있는, 나 같은 사람의 몫이라고 말이오. 당신이 그 때문에 고통스러워한다면, 오히려 그때 당신이 그런 일을 겪지 않도록, 당신 곁에 있어 주지 못한 내가 오히려 머리를 쥐어뜯으며 애통해해야 하는 거요. 이상하게도 말이오, 나는 나 자신보다 못한 사람, 아무 인연이 없는 사람에 대해, 참을 수 없는 심한 질투심을 느끼는 것 같소. 상대적으로 나보다 나은 사람일 경우에는 전혀 다른 감정을 느꼈을 것 같은데. 만약 나와 마음이 통하고, 내가 좋아하는 사람이 내가 사랑하는 여인을 똑같이 사랑하고 있다면, 나는 그에게 애달픈 형제애의 감정을 느낄지언정, 그와 싸우거나 경쟁하지는 않을 것 같소. 물론 사랑하는 여성을 한순간도 그와 공유할 수는 없을 테지만. 연기를 피우며 타오르거나 피비린내가 진동하는 질투가 아니라 전혀 다른 감정의 고통을 간직한 채, 물러날 것 같소. 나와 같은 분야의 작업에서도 나를 훨씬 능가하는 예술가와 대결하게 되었을 때, 똑같이 행동할 테고. 나를 압도하는 그의 시도들을 내가 반복할 필요는 없을 테니, 분명히 더 이상 시도하지 않을 것이오.

이런, 이야기가 빗나갔군. 내 생각에는, 만약 당신이 인생을 살면서 아무 불평이 없고, 어떤 회환도 없는 사람이었다면, 이렇게 열렬히 당신을 사랑하지 않았을 것이오. 넘어진 적도 없고, 발을 헛디뎌 본 적이 없는 항상 반듯한 사람을 좋아

할 수 없소. 그런 사람들의 미덕은 생명력이 없고, 아무 가치도 없다고 생각하오. 그런 사람들에게 인생의 참된 아름다움이 보일 리가 없으니까."

"바로 그 참된 아름다움을 말하는 거예요. 참된 아름다움을 발견하기 위해서는, 때 묻지 않은 상상력과 어린아이 같은 순수한 감수성이 필요하다고 생각해요. 그런데 바로 그것을 저는 빼앗겨 버린 거예요. 제가 만약 인생의 첫발을 내디디는 순간에, 타인의 속악한 낙인이 찍힌 상태로 인생을 바라보지 않았다면, 저는 아마도 저 나름의 인생관을 갖게 되었을지도 몰라요. 그뿐만이 아니에요. 막 시작한 제 인생은 파렴치하고 이기적인 그의 저속함에 물들어 버렸고, 그토록 나를 사랑했고, 저도 똑같이 사랑했던 훌륭한 남편과의 결혼 생활마저 파탄 났어요."

"잠깐만. 당신 남편에 대한 이야기는 나중에 합시다. 나는 나보다 저열한 사람에 대해서는 질투를 하지만, 대등한 사람을 질투하지는 않는다고 말했잖소. 당신의 남편에 대해서는 질투하지 않아요. 그런데 그 사람은 대체 누구요?"

"그 사람이라니요?"

"당신을 파멸시킨 그 방탕한 인간 말이오. 그가 누구요?"

"아주 유명한 모스크바의 변호사죠. 제 아버지의 친구였지만, 아버지가 돌아가신 뒤, 우리가 곤궁했을 때, 물질적으로 도와주었어요. 그는 독신이고 부자였어요. 어쩌면, 제가 그를 너무 원망하다 보니, 오히려 그에게 과도한 관심과 당치도 않는 의미를 부여했을지도 모르죠. 사실은 흔한 인간인데도 말예요. 원하시면 이름을 가르쳐 드리죠."

"필요 없소. 이미 알고 있으니까. 언젠가 본 적이 있소."

"그래요?"

"언젠가 호텔에서, 당신의 어머니가 음독했을 때, 본 적이 있소. 한밤중이었지. 우리가 아직 어린 김나지야 학생이었을 때요."

"아, 그때가 기억나는군요. 당신들은 어두운 현관에 서 있었죠. 저는 그때의 장면이 기억나지 않았는데, 예전에 한 번 당신이 저에게 그 일을 말해 준 적이 있었어요. 아마 멜류제예프에서 당신이 말해 주었을 거예요."

"그곳에 코마롭스키도 있었소."

"그랬나요? 그랬을지도 모르죠. 그 사람과 함께 있는 나를 보기는 어렵지 않았을 거예요. 우리는 함께 있었던 적이 많았으니까요."

"왜 그렇게 얼굴을 붉히오?"

"당신의 입에서 코마롭스키라는 이름을 듣게 되니 그렇군요. 전혀 뜻밖의 일이라서요."

"동급생 친구가 있었소. 그때 그 호텔에서 그 친구가 말해 주었소. 예전에 아주 묘한 상황에서 우연히 코마롭스키를 본 적이 있다고 했소. 미하일 고르돈이라고 하는 김나지야 시절의 그 친구가 언젠가 여행을 하다가, 백만장자였던 내 아버지가 자살하는 것을 목격했다고 했소. 미샤는 나의 아버지와 같은 열차에 타고 있었대요. 아버지가 달리는 열차에서 투신해 돌아가셨다고 했어요. 그때 아버지와 동행하고 있었던 사람이 아버지의 법률고문이었던 코마롭스키였소. 코마롭스키는 아버지를 알코올중독자로 만들어 사업을 궁지로 몰아넣고, 결국 파산하게 해서 아버지를 파멸시켰소. 아버지가 자살한 것도, 내가 고아가 된 것도 모두 그 작자 때문이오."

"어떻게 그런 일이! 정말 이해할 수 없는 일이군요! 그런 일이 있었다니! 그렇다면 당신에게 그는 악의 화신인 셈이군요? 우리는 같은 운명으로 엮어진 셈이네요! 정말 숙명이라고밖에 할 수 없어요!"

"내가 광적이고 절망적으로 질투하는 대상이 바로 그 작자요."

"무슨 말이에요? 저는 그를 사랑하지도 않을뿐더러, 경멸하는데요."

"당신은 자신의 모든 것을 다 잘 안다고 생각하오? 인간의 본성, 특히 여성의 본성이란 알 수 없는 모순투성이요! 그를 향한 당신의 혐오의 한구석에는, 어쩌면 그에게 강하게 끌리는 뭔가가 있었을 것이오. 강요가 아니라, 당신의 자유의지로 사랑하게 된, 그 어떤 다른 사람에게보다 더 강하게 끌어당기는 그 무엇 말이오."

"정말 무서운 말이군요. 아무렇지도 않게 아주 정곡을 찔러 말하니, 그 모순이 사실처럼 들리네요. 하지만 그것이 사실이라면 정말 무서운 일이에요!"

"진정해요. 내 말은 무시해요. 내가 하고 싶었던 말은, 내가 당신을 질투하는 부분은 바로 그 감추어진 무의식, 설명할 수도 없고, 추측할 수도 없는 어떤 것이오. 나는 당신의 화장품, 당신의 피부에 맺힌 땀 한 방울, 당신에게 들러붙어 당신의 피를 오염시킬 수도 있는, 대기 속의 전염병균까지도 질투하오. 전염병균을 질투하듯, 언젠가 당신을 코마롭스키에게 빼앗기지는 않을까 질투하는 것이고, 언젠가 내가 죽거나 당신의 죽음으로, 우리가 헤어질지도 모른다는 사실이 두렵소. 틀림없이 당신에겐 이런 이야기가 모두 횡설수설하는 것으로 생각되겠지. 하지만 그 사실을 이해하기 쉽고, 정확하게 설명하기는 쉽지 않구려. 나는 무한히, 미치도록 영원히 당신을 사랑하오."


## 13


"당신의 남편에 대해 더 이야기해 줄 수 있겠소? 셰익스피어가 '운명의 책의 같은 줄에 쓰여 있는 우리'라고 말했듯이 말이오."

"어디서요?"

"「로미오와 줄리엣」이오."

"남편에 대해서는 멜류제예프에서 그를 찾고 있었을 때 많이 이야기했었죠. 그리고 그 후에 유랴틴에서 우리가 처음 만났을 때, 그리고 남편이 열차 안에서 당신을 체포하려 했었다는 이야기를 당신이 했을 때도 했었어요. 확실치는 않지만, 제 기억으로는 언젠가 그가 자동차에 타는 것을 멀리서 보았다는 이야기도 한 것 같아요. 그때 얼마나 그를 삼엄하게 경호하는지 깜짝 놀랐어요! 그는 전혀 변하지 않았더군요. 여전히 멋지고 진지하고 늠름한 모습이었어요. 제가 이 세상에서 본 사람들 가운데, 가장 진지한 모습이었어요. 허세라고는 찾아볼 수 없고, 남성적인 기질과 가식이 전혀 없는 태도였어요. 예전의 모습 그대로였죠. 그런데 오직 한 가지 변한 것이 있다는 것을 알고 불안했어요.

분명 그의 표정에 무언가 추상적인 느낌이 드리워져, 생명력을 상실한 것 같았다고나 할까요? 살아 있는 인간의 얼굴이 어떤 이념으로 의인화되고, 원리화되고, 표상화된 것처럼 보였어요. 그것을 보자 심장이 조여 오는 듯했어요. 저는 깨달았죠. 바로 이것이 그가 자신을 바친 권력, 숭고하지만 죽어 가는 무자비한 권력, 언젠가는 그 자신도 먹이가 되고 말, 권력의 종말이라는 것을요. 동시에 그의 운명은 이미 결정되었고, 그것이 운명의 장난이라고 생각되었어요. 물론 제가 잘못 생각했을지도 몰라요. 어쩌면 그를 만나 본 당신의 이야기를 듣고 영향을 받았을지도 모르죠. 우리 두 사람의 공통된 감정 외에도, 저는 여러 부분에서 당신의 영향을 받는 것 같거든요!"

"아니, 그보다는, 혁명 전 두 사람의 생활을 이야기해 주시오."

"오, 저는 어렸을 때부터 순수를 동경했죠. 그는 순수의 구현이었어요. 우리들은 같은 집에서 자란 거나 다름없었죠. 저와 그이, 그리고 갈리울린, 이렇게요. 그의 어린 시절의 첫사랑이 저였죠. 저를 보면 그는 어쩔 줄 몰라 당황하곤 했으니까요. 그것을 눈치채고 그 사실을 말하는 것이 바람직하지 않았을 거예요. 그렇다고 모른 체하는 것은 더 좋지 않았을 테죠. 저는 그의 소년 시절의 연인이자, 열정의 대상이었어요. 물론 어린 자존심에 감추고 싶었겠지만, 말을 하지 않아도 얼굴에 그대로 드러나 모두가 알게 되었죠. 우리는 가깝게 지냈어요. 그는 나와는 성격이 완전히 달랐어요. 우리가 닮은 것과는 정반대로 말예요. 이미 그때 저는 마음속으로 그를 선택했어요. 우리가 독립하게 되면, 바로 그 놀라운 소년과 인생을 함께하겠다고 결심했고, 마음속으로는 그때 이미 약혼을 한 거죠.

그이는 정말 뛰어난 재능을 가졌어요! 놀라운 사람이었죠! 철도기관사인지 철도수리원인지 하는 사람의 아들이었지만, 천부적인 재능과 부단한 노력으로 높은 수준에 도달했으니까요. 제가 그 수준을 가늠할 수는 없지만, 수학과 인문학의 두 분야에서 당시 대학 교육의 최고 수준에 도달했을 거예요. 그건 정말 쉬운 일이 아니었죠!"

"두 사람이 그렇게 사랑했다면, 무슨 이유로 가정생활이 힘들어진 것이오?"

"어떻게 대답해야 할지 모르겠군요. 설명을 해보도록 할게요. 하지만 좀 부담스럽군요. 저같이 아무것도 아닌 여자가 학식이 있는 당신에게 지금의 전반적인 우리 삶에 대해, 더구나 러시아에서의 사람들의 삶에 대해, 그리고 당신이나 저의 경우처럼, 왜 가정이 파괴되는지에 대해 설명한다는 것이 말이에요. 흡사 문제가 사람들에게, 성격의 유사성이나 차이에, 그리고 애정의 유무에 있는 것처럼 보여요. 지금까지 구축되고 확립된 모든 것이, 관습이라든가 인간의 보금자리, 질서 등에 관련된 그 모든 것이 사회 전체의 와해와 격변을 겪으며 산산이 부서지고 말았다고 봐요. 모든 일상생활이 엉망진창이 되고 파괴되었어요. 남은 것이라곤 비정상적이고, 갈가리 찢기고 벌거벗겨진 무기력한 영혼뿐이죠. 언제나 추위에 떨던 영혼은 자신과 똑같이 벌거벗은 외로운 영혼에 항상 가까이 있었기에 변치 않은 거고요. 처음 세상이 창조되었을 때, 태초의 그 아담과 이브가 벌거벗고 있었던 것처럼, 세상의 종말이 온 지금의 우리 두 사람도 몸에 걸칠 것 하나 없고, 살 집도 없어요. 우리 두 사람은 아담과 이브 이래, 우리 시대까지 수천 년 동안 세상에 창조된, 수많은 모든 위대한 것들의 최후의 기념물이며, 우리는 사라져 가는 이 모든 기적을 기념하기 위해, 숨 쉬고, 사랑하고, 울고, 서로 부둥켜안고 서로에게 매달리고 있는 거죠."

## 14

그녀는 잠시 숨을 고르고 나서, 좀 더 차분하게 말을 이었다.

"당신에게 할 말이 있어요. 만약, 스트렐리니코프가 파셴카 안티포프로 다시 돌아온다면, 광기 어린 행동과 폭동을 그만둔다면, 시간을 되돌릴 수만 있다면, 이 세상 끝이라도, 어느 먼 곳에, 램프와 책이 놓인 파샤의 책상이 있는 우리 집 창문에 기적처럼 불이 켜진다면, 저는 두 무릎으로 기어서라도 그곳으로 갈 거예요. 내 안의 모든 것들이 깨어날 거예요. 과거의 부름에, 신의의 부름에 거역할 수 없어요. 저는 모든 것을 희생할 거예요. 아무리 소중한 것이라고 할지라도. 당신이라 해도. 저와 당신 사이의 이렇게 편하고 자연스럽고 당연한 친밀함일지라도. 오, 미안해요. 제가 말하려던 것은 그것이 아니에요. 이것은 사실이 아니에요!"

그녀는 그의 목에 매달려 흐느껴 울었다. 그녀는 곧 감정을 추스르고 눈물을 닦으며 말했다.

"이 말은 당신을 토냐에게 보내야 한다는 의무감에서 나온 말이에요. 우리는 정말 가여운 존재예요! 우리는 어떻게 될까요? 어떻게 해야 하죠?"

그녀는 잠시 진정이 되기를 기다렸다가 말을 이었다.

"결국 우리의 행복을 망친 것이 무엇이었는지는 말하지 못했군요. 저도 나중에야 알게 되었어요. 말씀드리죠. 이것은 단지 우리의 이야기만은 아닐 거예요. 수많은 다른 사람들의 운명이기도 할 거예요."

"말해 봐요. 지혜로운 나의 아가씨."

"우리는 전쟁 전, 그러니까 전쟁이 시작되기 이 년 전에 결혼했어요. 둘이서 직장을 구하고 가정을 막 꾸렸을 때, 전쟁이 일어났어요. 지금 확신할 수 있는 것은, 바로 그 전쟁이 모든 것의 원인이고, 그때부터 지금까지 우리 세대가 계속 겪게 된 모든 불행의 원인이라는 거예요. 저는 지금도 어렸을 때가 잘 기억나요. 그때까지만 해도 평화로운 지난 세기의 상식이 지배하던 시대였어요. 이성의 목소리를 믿고 사는 시대였죠. 양심의 목소리에 귀를 기울이며 사는 것을 자연스럽고 당연한 것으로 믿었죠. 누군가가 다른 사람의 손에 살해당하는 일이 아주 드물었고, 매우 비정상적이고 예외적인 사건이었죠. 살인이란 연극이나 탐정소설, 신문의 사회면에나 나오는 것이지, 일상생활에서는 결코 일어날 수 없는 일이라고 생각했으니까요.

그런데 평화롭고 소박한 차원의 세계에서, 갑자기 광기의 세계, 유혈이 낭자하고, 곡소리가 나고, 매일 매순간 살인이 합법

적이고 찬양의 대상이 되는 흉포한 세계로 변해 버렸어요.

이런 일에는 반드시 대가가 따르기 마련이죠. 당신이 저보다 더 잘 기억하시겠지만, 모든 것이 한꺼번에 무너져 버렸어요. 열차 운행도, 도시로의 식량 보급도, 가정생활의 기반도, 도덕적 규범마저도."

"계속해요. 당신이 하고 싶은 이야기가 무엇인지 알아요. 당신은 모든 상황을 아주 잘 이해하고 있소! 당신의 이야기를 들으니, 정말 대단하다는 생각이 들어요!"

"그때, 러시아의 대지에 거짓이 횡행하게 되었죠. 근원적인 비극, 미래 악의 근원은 각자 개인의 의견이 소중하다는 믿음을 상실했다는 사실에 있어요. 개인의 도덕적 감정에 따라 행동하는 시대는 지나가 버렸고, 이제는 모두가 하나의 목소리에 맞춰 노래하고, 타인이 강요한 이념에 따라 살아가게 되었어요. 제정 시대에 처음 시작된 상투적인 미사여구가 혁명 시대에도 뒤따라 만연하게 된 거죠.

사회 전반에 걸친 이런 망상은 전염성이 강해 모든 것을 집어삼키죠. 모든 것이 그 영향을 받게 돼요. 우리 가정도 그런 망상의 독성을 극복할 수 없었어요. 가정이 흔들리게 되었죠. 항상 우리를 감싸고 있던 자유롭고 명랑했던 분위기 대신, 우스꽝스러운 웅변적인 내용이 우리의 대화에 스며들었어요. 세계적으로 당면한 주제에 대한 어떤 거창하고 당면한 철학이 말이죠. 파샤처럼 섬세하고 충실한 사람이, 겉만 번지르르

한 외형과 실체를 정확하게 구별할 줄 알았던 사람이, 어떻게 그렇게 몰래 잠입한 거짓을 모르고 지나갈 수가 있었을까요?

바로 거기서 그는 영원히 돌이킬 수 없는 치명적인 실수를 하고 말았어요. 그는 시대적 징후, 즉 사회적인 악을 가정의 문제로 받아들인 거예요. 우리들의 논의가 부자연스럽고 틀에 박힌 듯 경직된 것이 자기 탓이라고 생각했고, 본인이 융통성이 없고 평범한 「상자 속의 인간」*이기 때문이라고 치부했어요. 당신은 이런 사소한 것들이 우리 부부 사이에 어떤 영향을 주었을 거라고 믿지 않을 거예요. 그것이 왜 그렇게 중요한 일이었는지, 정말로 그런 유치한 생각으로 파샤가 바보 같은 짓을 저질렀다는 것을 상상할 수도 없을 거예요.

아무도 그에게 요구한 적이 없는데, 그는 자원해서 전쟁에 나갔어요. 그는 자신이 우리에게 부담이 될 거라고 생각하고, 그 부담에서 우리를 벗어나게 해주려고 했던 거예요. 그의 광기는 거기에서 시작되었죠. 어떤 유치하고 잘못된 자존심으로 인해, 그는 인생에 있어서 아주 사소한 어떤 문제에 분노하게 된 거죠. 그는 혁명의 진행 상황이나 역사에 불만을 품게 되었어요. 역사와 불화하기 시작한 거죠. 그리고 지금도 역사와 싸우는 중이죠. 광기 어린 그의 행동은 여기서 나온 거예요. 그는 어리석은 자존심으로 인해 피할 수 없는 파멸의 길

---

* 안톤 체호프의 단편 작품. 주인공은 고정된 틀로만 사물을 판단하는 유형의 인물이다.

을 걸고 있는 거예요. 아, 제가 만일 그이를 구할 수만 있다면, 얼마나 좋을까요?"

"당신은 그를 진심으로 순수하고 열렬하게 사랑하는군! 그를 사랑하길 바라오. 난 그에게 질투하지 않아요. 당신을 방해하지 않겠소."

## 15

어느새 여름이 왔다가 갔다. 의사는 완전히 회복되었다. 곧 모스크바로 떠날 생각으로 임시로 세 곳에 일자리를 구했다. 화폐 가치가 빠르게 하락했기 때문에 몇 군데에서 일을 해야 했다.

의사는 이른 새벽에 일어나 쿠페체스카야 거리로 나가서, 극장 '거인'을 지나, 지금은 '붉은 식자공'으로 이름이 바뀐 예전의 우랄 카자크 군대의 인쇄소 쪽으로 내려갔다. 고로드스카야 골목에 있는 시청 문에 붙은 '청원접수처'라고 쓰인 표지판이 나타났다. 그는 광장을 비스듬히 가로질러 말라야 부야높카로 나왔다. 스텐고프 공장을 지나고 병원 후문을 지나서, 군 병원의 진료소로 들어갔다. 그곳이 그가 주로 근무하는 곳이었다.

그가 지나다니는 거리의 절반은 나무들이 커다란 가지를 거리로 드리워 그늘을 만들어 주었고, 길 양쪽으로는 기이한 목조건물들이 늘어서 있었다. 대부분의 건물들은 뾰족한 삼각 지붕과 격자무늬 담장, 그리고 문양을 넣은 대문과 장식 테를 두른 덧문이 달려 있었다. 진료소 옆에는 예전에 상인의 아내였던 고레글랴도바가 조상들로부터 물려받은 영지에 고대 러시아풍으로 지은 아담하고 기이한 건물이 서 있었다. 그 건물은 옛 모스크바 공국 시대의 대귀족의 저택처럼 유약을 바른 다면체 타일이 붙어 있고 외부는 피라미드 모양을 하고 있었다.

유리 안드레예비치는 열흘에 서너 번씩은 이곳 진료소에서 스타라야 미야스카야 거리에 있는, 예전의 리게티의 집으로 가곤 했다. 그곳에 들어선 유랴틴 보건부 회의에 출석하기 위해서였다.

정반대쪽으로, 상당히 먼 지역에 안핌의 아버지 예핌 삼데뱌토프가 안핌을 낳다 죽은 부인을 기념해 시에 기증한 건물이 있었다. 그 건물에 삼데뱌토프가 설계한 산부인과 대학이 들어서 있었다. 지금은 그곳에 로자 룩셈부르크*의 이름을 딴 속성 외과의학 강좌가 개설되었다. 유리 안드레예비치는 그중 일반 병리학과 다른 몇몇 선택 과목을 강의했다.

그가 모든 일을 마치고, 한밤중이 되어, 지치고 허기진 상태로 집에 돌아오면, 라리사 표도로브나는 그 시간까지 식사 준비를 하고, 빨래를 하고, 집안일을 하느라 한창이었다. 헝클

* 로자 룩셈부르크(1871~1919)는 폴란드 출신으로 독일에서 활동한 사회주의 이론가이자 혁명가이다.

어진 머리와 양쪽 옷소매를 걷어 올리고 치마를 걷어붙인, 평범하고 일상적인 모습의 그녀는 공주 같은 황홀한 매력으로 숨을 멎게 했고, 드러낸 가슴과 넓게 퍼져 바스락거리는 치마로 이루어진 이브닝드레스에 굽 높은 구두를 신고, 무도회에 나가기 직전의 휜칠한 모습에 비할 바가 아니었다.

그녀는 식사를 준비하고, 빨래를 하고, 남은 비눗물로는 집안의 마루를 닦기도 했다. 어느 때는 부산한 일 대신 차분하게 두 사람의 옷과 카텐카의 옷을 다리거나 손질하곤 했다. 어느 때는 부엌일과 빨래, 그리고 청소를 마친 후, 카텐카의 공부를 도와주기도 했다. 그 외에도 그녀는 새로 개편된 학교에 교사로 나가기 위해, 자습서에 푹 파묻혀 정치적으로 자신을 재교육하는 일에 몰두하기도 했다.

그는 이 모녀에게 정이 깊어질수록, 오히려 두 사람을 가족으로 받아들이지 않으려고 노력했고, 자기 가족에 대한 의무감과 그들을 배신하고 있다는 아픔 때문에 더욱 엄격하게 선을 그었다. 라라와 카텐카는 그가 선을 긋는 것에도 섭섭해하지 않았다. 가족처럼 대하지 않는 태도가 오히려 허물없이 굴거나 거리낌 없이 행동하지 않게 함으로써, 온전한 존중의 마음을 보여 줄 수 있었다.

이러한 분열 상태는 항상 괴롭고 마음이 아팠지만, 유리 안드레예비치는 자주 재발하며 아물지 않는 상처에 익숙해지듯, 그런 상태에 익숙해져 갔다.

# 16

그렇게 두세 달이 흘렀다. 10월 어느 날, 유리 안드레예비치가 라리사 표도로브나에게 말했다.

"일을 그만두어야 할 때가 된 것 같소. 항상 같은 일의 반복일 뿐이오. 시작은 더할 나위 없이 좋지. '성실하게 일하는 것은 항상 환영한다. 사상, 특히 새로운 사상은 더욱 환영한다. 환영하지 않을 수 없다. 잘해 보자. 일하며, 싸우며, 탐구하자.'고 하니까.

하지만 실제 일을 하다 보면, 사상이라는 것은 껍데기일 뿐, 혁명과 권력을 움켜쥔 자들을 찬양하는 말의 양념일 뿐이었소. 정말 지겨울 정도요. 더구나 나는 그런 분야에는 재능이 없소.

물론 그들이 옳을지도 모르오. 그들에게 동의하지는 않지만, 그러나 그들이 영웅이자 훌륭한 인물이고, 나는 인간의 악과 노예근성을 지지하는 비열한 존재라는 생각은 인정할 수 없소. 혹시 니콜라이 베데냐핀이라는 이름 들어 본 적이 있소?"

"네, 그럼요. 당신을 알기 전에도 들었고, 당신이 자주 언급하기도 했죠. 시무시카 툰체바도 자주 그의 이야기를 했고요. 툰체바는 그의 신봉자거든요. 하지만 아쉽게도 저는 아직 그의 책은 읽지 못했어요. 저는 지나치게 철학적인 책은 별로 좋아하지 않거든요. 저는 철학이란 예술과 삶에 약간의 양념 구실을 하는 것으로 족하다고 생각해요. 철학만 연구하는 것은 마치 겨자만 먹는 것처럼 이상하게 생각돼요. 죄송해요, 괜히 주제넘은 말로 이야기가 다른 데로 흘렀군요."

"그렇지 않소. 오히려 나도 당신 생각과 같아요. 나의 견해와 아주 유사해요. 나의 외삼촌에 대해서는 그 말이 맞아요. 어쩌면 내가 실제로 외삼촌에게 좋지 않은 영향을 받았는지도 모르오. 그런데 사람들은 한결같이 나를 천재적인 진단의사, 천재적인 진단의사라고 하면서 치켜세우고 있소. 사실 나는 병을 오진하는 일은 거의 없어요. 그러나 바로 그것이 그들이 증오하는 직관에 의해서이고, 나는 그 직관을 통해 전체 상황을 단숨에 파악하는 완전한 인식의 죄를 범하고 있는 셈이오.

나는 의태, 즉 유기체가 주위 환경의 색에 외형적으로 적응하는 문제에 관심을 갖고 있소. 이러한 보호색 안에, 내재적인 것의 외재적인 것으로의 놀라운 전이가 감춰져 있소.

그것을 강의에서 과감하게 다루었소. 그랬더니 난리가 났소! '이상주의다, 신비주의다, 괴테의 자연철학이다, 신셸링주의다.' 하고 말이오.

그만둬야 할 것 같소. 시 보건소와 대학은 자발적으로 그만두고, 병원은 쫓겨날 때까지 버텨 볼 생각이오. 당신을 걱정시키고 싶지는 않지만, 오늘이든 내일이든 체포당할지도 모른다는 생각이 가끔 들어요."

"괜찮아요, 유로치카. 다행히 아직 그런 일은 일어나지 않을 거예요. 하지만 당신 말이 옳아요. 조심해서 나쁠 것은 없어요. 제 짐작에, 새로운 정권이 자리를 잡을 때까지는, 아직 몇 단계를 거쳐야 할 거예요. 첫 단계가 이성의 승리, 비판 정신, 그리고 편견에 대한 투쟁이죠.

그 다음에 두 번째 단계가 찾아오겠죠. 거짓 공감대를 표방하며, '아첨하는' 검은 세력들이 활개를 칠 거예요. 시기하고, 밀고하고, 음모와 증오가 횡행하게 되겠죠. 당신 말대로 바로 지금 두 번째 단계가 시작되었어요.

멀리서 실례를 찾을 필요도 없어요. 예전의 정치유형수 두 사람이 호다트스코예에서 이곳 혁명재판소의 위원으로 왔는데, 두 사람 모두 노동자 출신으로 티베르진과 안티포프라는 사람이에요.

두 사람 모두 저를 잘 아는데, 한 사람은 바로 남편의 아버지, 저의 시아버지예요. 사실 그들이 이곳으로 전임되어 온 것은 얼마 되지 않지만, 카텐카와 저의 안전이 몹시 걱정돼요. 무슨 짓을 할지 모르는 사람들이거든요. 안티포프는 저를 싫어해요. 어느 날엔가는 그들이 혁명의 정의라는 명분으로 저뿐 아니라 파샤까지 죽이고 말 거예요."

이 대화의 후속편은 아주 빠르게 나타났다. 바로 그 무렵, 말라야 부야놉카가 48번지, 진료소와 이웃한 미망인 고레글랴도바의 집에서 심야 가택수색이 벌어졌다. 그 집에서 은닉된 무기가 발견되고, 반혁명조직이 적발되었다. 많은 사람들이 체포당하고 수색과 체포가 이어졌다. 몇몇 용의자들이 강을 건너 도망쳤다는 소문도 돌았다. 사람들이 수군거렸다. "도망친들 무슨 소용이야? 강도 강 나름이지. 강도 여러 가지잖아. 혹시 블라고베시첸스크에서였다면, 아무르강의 이쪽은 소비에트 정권, 건너편은 중국이라, 물로 텀벙 뛰어들어 헤엄쳐 건너면 바로 안녕이고, 흔적도 없이 사라지겠지. 바로 그런 것이나 강이라고 할 수 있지. 하지만 여기는 상황이 전혀 달라."

"분위기가 심상치 않아요." 라라가 말했다. "우리가 안전했던 시절은 지나간 것 같아요. 당신이나 저는 틀림없이 체포당할 거예요. 그러면 카텐카는 어떻게 되죠? 저는 엄마예요. 불행을 피하려면 무슨 수를 써야 해요. 이 문제에 대비를 해야 해요. 그 생각만 하면 머리가 혼란스러워요."

"생각해 봅시다. 하지만 여기서 무슨 뾰족한 수가 있겠소? 우리가 그런 타격을 피할 무슨 힘이 있겠소? 결국 운명이겠지."

"도망을 칠 수도 없고, 갈 곳도 없어요. 그래도 사람들의 눈을 피해 숨을 만한 곳은 있을 거예요. 바르이키노 같은 곳으로 가는 거예요. 저는 바르이키노의 집이 어떨까 생각했어요. 가는 길도 멀고 집도 엉망이긴 하겠지만, 그곳이라면 이곳처럼 사람들의 눈에 띄지는 않을 거예요. 겨울도 닥쳐오고 있으니까요. 그곳에서 겨울을 날 수 있도록, 제가 준비해 볼게요. 그곳에 손이 뻗칠 때까지, 일 년 정도는 여유가 있을 테니, 그만큼 시간을 버는 셈이겠죠. 시내와의 연락은 삼데뱌토프가 해줄 거예요. 어쩌면 우리의 도피를 도와줄지도 몰라요. 어때요? 어떻게 생각하세요? 사실 지금, 그곳엔 아무도 없고, 텅 비어 있어 무서울 거예요. 적어도 제가 3월에 갔을 때는 그랬어요. 그리고 늑대들도 나온다고 해요. 무서워요. 하지만 지금은 사람들이, 특히 안티포프나 티베르진 같은 사람들이 늑대보다 더 무서운 세상이잖아요."

"뭐라고 해야 할지 모르겠소. 당신은 항상 내게 빨리 모스크바로 가야 한다, 출발을 늦추지 말아야 한다고 몰아세우지 않았소? 지금은 여행도 쉬워졌소. 역에 알아보았소. 암표상들도 눈감아 주고, 무임승차자도 열차에서 끌어내리지는 않는 것 같았소. 이제는 지쳤는지, 총살도 줄어들었소.

모스크바에 아무리 편지를 보내도 답장이 오지 않아 걱정이오. 어떻게든 그곳에 가서 가족의 안부를 알아보아야 할 텐데. 당신이 항상 그렇게 말하지 않았소? 그런데 지금 당신이 바르이키노에 대해 하는 말을 도대체 어떻게 받아들여야 할지 모르겠소. 설마 당신 혼자서 그렇게 무섭고 외진 곳으로 가려는 건 아니겠지?"

"물론, 당신 없이 혼자 갈 수는 없어요."

"그러면서 왜 나를 모스크바로 보내려고 했소?"

"그래요. 그것은 반드시 그래야만 해요."

"내 말 들어 봐요. 이러면 어떻겠소? 좋은 계획이 있어요. 같이 모스크바로 갑시다. 카텐카를 데리고 나와 같이 떠납시다."

"모스크바로 가자고요? 정신 나갔군요! 무엇 때문에요? 안

돼요. 저는 남아야 해요. 여기 어딘가 가까운 곳에서 기다려야 해요. 이곳에서 파샤의 운명이 결정될 거예요. 그가 나를 필요로 할 때, 곧장 그에게 달려갈 수 있는 이곳에서 그의 생사를 기다려야 해요."

"그럼, 카텐카의 장래는 어떡하겠소."

"가끔 시무시카가 찾아오곤 해요. 시마 툰체바 말이에요. 얼마 전에 당신과도 이야기했잖아요."

"그랬지. 당신을 찾아오는 것을 자주 보았소."

"저는 당신에게 정말 놀랐어요! 당신은 눈이 어디에 붙어 있는 거죠? 제가 당신이었다면, 분명, 그녀에게 반했을 거예요. 정말 매력적인 여자죠! 얼굴도 예쁘고! 키도 크고 몸매도 멋져요. 영특하고 교양도 있어요. 더구나 선하고 분별력도 있잖아요."

"이곳으로 도망쳐 오던 날, 그녀의 언니가 면도를 해주었소. 재봉사인 글라피라 말이오."

"알아요. 그 자매들은 사서로 일하는 맏언니 아브도티야와 함께 살고 있어요. 성실하고 부지런한 가족이죠. 만일의 경우, 우리가 체포된다면 카텐카를 그들에게 부탁할 셈이에요. 물론 아직 결정하지는 않았어요."

"그러나 그건 정말로 어쩔 수 없는 경우에 한해서 아니오? 아직 그렇게 되기에는 일러요."

"시마에게 약간 문제가 있다는 소문이 있어요. 사실 그녀가 완전히 정상이라고는 할 수 없을 거예요. 하지만 그것은 그녀가 아주 심오하고 독창적이기 때문이에요. 그녀는 아주 교양이 있어요. 인텔리겐치아의 교양이 아니라, 민중의 교양이에요. 그녀와 당신의 사상은 놀랄 만큼 유사해요. 그녀라면 마음 놓고 카텐카의 양육을 맡길 수 있을 것 같아요."

## 17

그는 다시 정류장으로 나가 보긴 했지만, 별 소득 없이 돌아왔다. 아무것도 해결된 것이 없었다. 그와 라라의 미래는 한 치 앞도 내다볼 수 없었다. 첫눈이라도 내릴 것 같은 흐리고 추운 날이었다. 길게 뻗은 도로보다 네거리 위에 더 넓게 펼쳐진 하늘은 완연한 겨울빛이었다.

유리 안드레예비치가 집으로 돌아와 보니, 시무시카가 와 있었다. 두 사람은 대화를 주고받고 있었는데, 손님이 여주인에게 강의를 하는 듯했다. 유리 안드레예비치는 그들을 방해하고 싶지 않았다. 그리고 잠시 혼자 있고 싶기도 했다. 그들은 옆방에서 이야기를 나누고 있었다. 방문이 살짝 열려 있었다. 문에는 천장에서 마루까지 커튼이 쳐져 있어서, 그 너머로 그들의 한마디 한마디가 또렷이 들려왔다.

"제가 하는 바느질에 신경 쓰지 마세요, 시모치카.* 집중해

* 시모치카도 시마의 애칭.

서 듣고 있으니까요. 예전에 학교에서 역사와 철학 강의를 들은 적이 있어요. 당신의 의견이 마음에 와 닿아요. 그리고 당신의 말을 듣고 있으면 마음도 가벼워지고요. 요즘은 여러 가지 걱정이 많아 잠도 제대로 못 자요. 엄마로서 저의 의무는 우리에게 만약 무슨 일이 일어날 경우, 카텐카에게까지 화가 미치지 않도록 하는 것이에요. 그 아이에 대해 진지하게 생각해야 하는데, 좀체 좋은 생각이 떠오르지 않네요. 그 생각으로 마음이 심란해요. 피로와 수면 부족으로 심란할 수도 있고요. 당신의 이야기를 듣고 있으니 마음이 가라앉아요. 그런데 금방이라도 눈이 내릴 것 같은데요. 눈이 내리는 날, 이렇게 지적인 이야기를 오랫동안 들을 수 있다니 얼마나 좋은지 모르겠어요. 눈이 내릴 때, 창문을 살짝 쳐다보면, 금방이라도 누군가 집 마당으로 걸어 들어올 것 같은 느낌이 들어요. 자, 시작하세요. 시모치카. 들을 준비 되었어요."

"지난번에 어디까지 이야기했었죠?"

라라가 어떤 대답을 했는지는 유리 안드레예비치는 들을 수 없었다. 그는 시마의 말에 귀를 기울였다.

"누구나 문명이니, 시대니, 하는 단어를 사용할 수는 있겠죠. 하지만 사람마다 그 단어를 다르게 이해하고 있어요. 그래서 그런 모호한 단어는 혼란을 일으킬 수 있어요. 그 말 대신 다른 표현으로 바꾸어 보죠.

제 생각에, 인간은 두 가지 요소로 이루어졌다고 봐요. 신과 업적으로요. 인간 정신의 발달은 오랜 기간에 걸친 개별적인 그런 업적들로 분해될 수 있어요. 모든 업적은 여러 세대에 걸쳐 이루어졌고, 하나둘 뒤를 이어 계속되었죠. 그런 업적들 중의 하나가 이집트였고, 그리스였으며, 선지자들의 성서적인 인식도 그런 업적의 하나였어요. 그중에서 연대기적으로 가장 마지막이자, 유일무이하며, 모든 동시대인들의 영감에 의해 이루어진 업적, 그것이 그리스도교입니다.

당신에게 익숙하지 않은 전혀 낯선 방식으로, 훨씬 더 간결하고 직접적으로, 깜짝 놀랄 만큼 완전히 새로운 방식으로, 이 세상에 그리스도교가 가져온 미증유의 새로운 것을 전달하기 위해, 기도서 가운데서 얼마 되지 않는 몇 가지를 최대한 요약해서 이야기할게요.

성가의 대부분은 구약과 신약의 이미지를 대비해 보여 주고 있어요. 구약시대의 여러 사례, 즉 타지 않는 떨기나무, 이스라엘 백성의 이집트 탈출, 불타는 아궁이 속의 어린아이들, 고래의 뱃속에 들어간 요나 등이 신약시대의 사례, 즉 성모 수태나 그리스도의 부활 같은 이미지와 대비를 이루고 있어요.

이렇게 구약의 예스러움과 신약의 새로움이 끊임없이 대조를 이루고 있기 때문에, 신약과 구약의 차이는 아주 뚜렷이 드러나죠.

성가에는 마리아의 동정녀 잉태와 유대인이 홍해를 건넌 사건을 비교하는 시구가 수없이 많아요. 일례로 '때로 흑해에 처녀 신부의 형상이 드리운다.'라고 언급되어 있는 곳에, '바다는 이스라엘 백성 이후에 닫히게 되었고, 임마누엘을 낳은 동정녀는 이후에도 처녀로 남았노라.'고 말하기도 해요. 그러니까 이스라엘 백성이 건넌 뒤에는 그 바다를 다시 건널 수 없게 되었고, 주님을 낳은 뒤에도 동정녀는 여전히 순결했다는 말이죠. 여기서 대비된 사건은 무엇일까요? 둘 다 모두 초자연적인 사건이죠. 모두 기적으로 여겨지는 사건이란 거죠. 그러면 서로 다른 시대, 가장 오래된 원시시대와 훨씬 후대의 새로운 로마시대는 각각 무엇을 기적으로 보았을까요?

한 가지 경우는, 민족의 통솔자인 족장 모세가 마법의 지팡이를 한번 휘둘러 명령을 내리자, 바다가 양쪽으로 갈라지고, 헤아릴 수 없이 수많은 한 민족 전체의 사람들을 지나게 하고, 마지막 사람이 지나가자 바다는 다시 합쳐져, 뒤쫓던 이집트인들을 덮쳐 익사시킨 사건입니다. 이 고대 정신에 담긴 광경, 마법사의 말에 복종하는 대자연, 로마군의 원정을 연상시키는 무수한 군중과 민족, 그리고 통솔자 등, 눈에 보이고 귀에 들리며 정신을 아찔하게 하는 그것입니다.

또 다른 경우는 한 처녀—고대 세계에서는 완전히 주목받지 못했을 평범한—가 아무도 모르게 비밀리에 한 어린 생명을 낳아, 세상에 생명을, 생명의 기적을, 만인의 생명을, 이후

* 러시아정교회의 기도서 4장 성모 송가의 다섯 번째 노래에 나오며, 원문에도 흑해라는 말이 나온다.

에 예수로 일컫게 될 '만물의 생명'을 낳았다는 것입니다. 이 출산은 학자들로부터 불법적인 혼외의 것으로 간주되었을 뿐 아니라, 자연의 법칙에도 어긋나지요. 처녀는 순리에 의해서가 아니라, 영감과 기적을 통해 아이를 낳은 것이니까요. 복음서는 바로 이 영감을 기저로 하여, 일반성을 독자성으로, 일상을 축제로 대치함으로써, 모든 제약에 맞서 삶을 구축하고 싶어 했던 것입니다.

얼마나 위대하고 의미심장한 변화입니까! 어떻게 하늘—왜냐하면 이것은 하늘의 눈으로, 하늘의 입장에서 평가되어야 하며, 유일하고 신성한 틀 안에서 이 모든 것이 이루어지기 때문에—은, 고대적 관점에서는 매우 하잘것없는 극히 개인적인 사건을 민족의 대이동과 같은 가치를 지닌 것으로 보았을까요?

이 세상에 어떤 변화가 일어난 것이죠. 로마시대가 끝나고, 수數의 지배가 끝나게 됨으로써, 모든 사람들이 무력에 의해 집단적으로 강요된 삶을 살아야 할 의무가 끝난 것입니다. 지도자와 민중은 과거의 유물로 사라지게 된 것이죠.

그 대신 등장한 것이 개인과 자유의 교리였어요. 각자 인간의 삶이 신의 이야기가 되고, 그 내용이 전 우주에 가득하게 되었죠. 성수태고지절*에 부르는 성가의 하나에도 나오듯, 아

---

* 기독교에서 천사 가브리엘이 마리아에게 예수 잉태를 알린 날로, 러시아에서는 이날 새를 새장에서 날려 보내는 풍습이 있다.

담은 신이 되려는 죄를 지어, 신이 될 수 없었지만, 이제는 아담을 신으로 만들기 위해 신이 인간이 된 것입니다('인간이 신이 되어, 아담-신을 만든다')."

시마가 계속 말을 이었다.

"이 주제에 대해서는 나중에 다시 말하기로 해요. 잠시, 다른 이야기를 할게요. 노동자를 돌보고, 모성을 보호하고, 자본가들과 투쟁했다는 점에서, 우리의 혁명 시대는 역사에 길이 남을 성과를 보여 준 미증유의 시대입니다. 그러나 지금 한창 유행하는 인생에 대한 해석이나 행복에 대한 철학들은 진지해 보이지도 않고, 유치한 유물일 뿐이에요. 지도자와 민중에 대한 그러한 미사여구를 동원해 우리를 유목민과 족장들의 구약시대로 돌아가게 할 수 있을지도 모르죠. 만약 우리의 삶을 강제로 거꾸로 되돌리고, 역사를 몇 천 년 전으로 뒷걸음치게 할 수 있다면 말예요. 그러나 다행히 그런 일은 불가능해요.

그리스도와 막달라 마리아에 대해서 몇 마디만 할게요. 복음서에 나온 이야기가 아니라, 수난주간의 기도문에 나오는 이야기인데, 성화요일이나 성수요일의 기도문일 거예요. 그렇지만 라리사 표도로브나, 제가 굳이 말하지 않아도 당신은 잘 알고 있을 거예요. 저는 그저 그것을 상기시키고 싶을 뿐이지, 가르칠 생각은 전혀 없어요.

당신도 잘 아시다시피, 슬라브어의 '열정'이라는 말은 맨 먼저 '고뇌', 주님의 고난이란 의미로, '스스로 고난을 당하시는 주님(스스로 고난을 짊어지고 가시는 주님)'이라는 뜻입니다. 그 외에 이 단어는 이후 러시아어에서 성적 방종이나, 정욕이라는 뜻으로도 사용되고 있어요. '나의 영혼은 짐승처럼 정욕의 노예가 되어'라거나 '낙원에서 쫓겨난 몸은 정욕을 억제하고 되돌아갈 수 있도록 노력하리니'처럼 말이죠. 제가 방종한 여자여서인지는 모르지만, 저는 관능의 억제와 금욕에 바치는 부활절 전의 이 기도문을 좋아하지 않아요. 저는 다른 종교의 경전 특유의 시정詩情이 없는, 이런 조악하고 무미건조한 기도문은 분명 번지르르한 배불뚝이 수사修士들이 지어낸 것일 거라고 생각해요. 수사들이 계율을 범하며, 다른 사람들을 속여 왔다는 것이 문제가 아니에요. 수사들이야 그들이 살고 싶은 대로 살면 그만입니다. 문제는 그것이 아니라, 그 기도문의 내용에 있어요. 이런 비탄의 말은 갖가지 육체의 약점, 말하자면, 살이 쪘다든가, 말랐다든가 하는 것에 필요 없는 의미를 부여한다는 거예요. 그것이 불쾌해요. 그렇게 정결하지 못하고 불필요한 부차적인 내용들을 턱없이 높게 언급한다는 거예요. 본론에서 벗어난 이야기를 해서 미안해요. 이제 다시 돌아와서 얼른 이야기할게요.

저는 항상 부활절 전야, 그리스도의 최후의 순간과 부활하기 직전의 사이에, 왜 막달라 마리아에 대한 언급이 나오는지 궁금했어요. 이유를 알 수는 없지만, 삶을 마치는 바로 그 순간에, 그리고 다시 부활하기 직전에, 삶이 무엇인지를 언급한 것은 아주 시의적절하다고 생각해요. 자, 그렇다면 얼마나 진지한 열정으로, 얼마나 솔직하게 직접적으로 그것을 언급하는지, 들어 보세요.

그녀가 정말 막달라 마리아인지, 아니면 이집트의 마리아인지, 그것도 아니면 다른 어떤 마리아인지에 대해서는 논란이 있어요. 어쨌든 그녀가 누군지는 모르지만, 마리아는 주께 이렇게 애원합니다. '제 머리카락을 풀듯이 저의 빚을 해결해 주소서.' 즉, '제가 머리카락을 풀듯이 저의 죄를 용서해 주소서.'라는 뜻이죠. 용서와 회개에 대한 갈망이 얼마나 구체적으로 드러나 있습니까! 마치 손에 닿을 것 같잖아요.

바로 그 성화요일에 드리는 다른 성가에도 이와 유사한 절규가 아주 상세하게 표현되어 있는데, 여기에서 막달라 마리아의 이야기라는 것을 더 확신할 수가 있어요.

거기서 마리아는 자신의 과거에 대해, 매일 밤, 자신의 몸에 밴 예전의 습관이 마음속에 불타오름을, 무서우리만큼 생생하게 한탄합니다. '오, 밤은 억누를 수 없는 음욕의 불길로 나를 태우고, 어두운 암흑의 정욕의 죄로 괴롭히는구나.' 마리아는 그리스도에게 자신의 회환의 눈물을 닦아 달라고, 자신의 가슴 깊은 절규에 귀를 기울여 달라고 간청했습니다. 자신의 머리카락으로 주님의 순결한 발을 닦아, 귀가 멀고 부끄러운 이브가 그 머리카락의 소음으로 천국에 몸을 숨길 수 있게 말이죠. '순결한 당신의 발에 입 맞추고, 저의 머리카락으로 발을 닦으리다. 그러면 서늘한 오후에 낙원의 이브가 그 발소리에 귀가 멀어, 두려움에 몸을 숨기리라.' 그리고 이 머리카락 이야기의 뒤에 갑자기 '무수한 나의 죄, 당신의 운명의 심연을 누가 헤아릴 수 있으리오?' 하는 탄식이 이어져요. 신과 삶, 신과 인간 개인, 신과 여성은 얼마나 가깝고, 얼마나 대등한 관계인가요!"

## 18

역에서 돌아온 유리 안드레예비치는 녹초가 된 상태였다. 그날은 열흘에 한 번 있는 휴일이었다. 평소 휴일에는 9일 동안 부족했던 수면을 실컷 보충하곤 했다. 소파에 그는 비스듬하게 앉아 있었다. 이따금 몸을 반쯤 눕히거나, 아예 몸을 쭉 뻗고 눕기도 했다. 그는 졸면서 시마의 이야기를 듣긴 했지만, 그녀의 이야기는 꽤 감동적이었다. '물론 그녀의 이야기는 콜랴 외삼촌의 논지를 그대로 반영하고는 있지만, 정말 대단한 지적 능력이야!' 하고 생각했다.

그는 소파에서 벌떡 일어나 창가로 다가갔다. 라라와 시무시카가 지금 무슨 말인가 속삭이고 있는 옆방과 똑같이, 그 방 창문도 마당을 향해 있었다.

날씨가 흐려졌다. 마당에 어둠이 깔렸다. 까치 두 마리가 마당으로 날아들어, 내려앉을 곳을 찾고 있었다. 바람이 가볍게 불어, 까치의 깃털이 부풀어 올랐다. 까치는 쓰레기통의 뚜껑 위로 내려앉았다가 다시 담장 위로 날아가더니, 이내 다시 땅으로 내려와 마당을 걸어 다니기 시작했다.

'까치는 눈이 올 징조야.' 하고 의사는 생각했다. 그 순간 커튼 뒤쪽에서 말소리가 들렸다.

"까치가 온 것을 보니, 무슨 소식이 오려나 봐요." 시마가 라라에게 말했다. "손님이 찾아오거나, 소식이 올 거예요."

잠시 뒤, 초인종 소리가 울렸다. 초인종은 얼마 전에 유리 안드레예비치가 고쳐서 철사에 매달아 두었던 터였다. 커튼 뒤에서 라리사 표도로브나가 나와 현관문을 열려고 급히 나갔다. 유리 안드레예비치는 문가에서 들리는 이야기를 듣고, 시마의 언니 글라피라 세베리노브나가 왔다는 것을 짐작했다.

"동생에게 볼일이 있으신가요?" 라리사 표도로브나가 물었다. "시무시카가 와 있거든요."

"아니에요. 동생을 찾아온 건 아니에요. 하지만 집으로 돌아가겠다면 같이 가도 되겠네요. 저는 다른 볼일로 왔어요. 당신 친구에게 온 편지를 가져왔어요. 전에 우체국에 근무한 적이 있었던 것이 천만다행이네요. 몇 사람의 손을 거친 다음, 결국 지인을 통해 제 손에 들어왔으니까요. 모스크바에서 왔네요. 다섯 달이나 걸렸어요. 수취인을 찾을 수가 없었나 봐요. 하지만 저는 알고 있었어요. 전에 면도를 해준 적이 있었거든요."

개봉된 봉투 속에는 몹시 구겨지고 손때가 묻어 너덜거리는 여러 장의 긴 편지가 들어 있었는데, 토냐에게서 온 것이었다. 의사는 저도 모르게 어느새 손에 편지를 들고 있었고, 라라가 봉투를 건네는 것도 의식하지 못했다. 편지를 읽기 시작했을 때만 해도, 의사는 아직 자신이 어느 도시에 있고, 누구의 집에 있는지 의식하고 있었지만, 편지를 읽어 내려가는 동안, 거의 아무것도 의식하지 못했다. 시마가 밖으로 나와 작별인사를 했다. 그는 기계적으로 대답했을 뿐, 그녀에게 관심도 보이지도 않았다. 그는 그녀가 나간 것도 모를 정도였다. 그는 자신이 있는 곳도, 자신의 주변 상황도 완전히 잊어버렸다.

'유라……' 안토니나 알렉산드로브나는 이렇게 쓰고 있었다. '우리의 딸이 태어난 것을 알고 계신가요? 돌아가신 어머니 마리야 니콜라예브나의 이름을 따서 마샤라고 지었어요.

이젠 전혀 다른 소식을 전합니다. 입헌민주당과 우파 사회당의 몇몇 유명한 사회운동가와 교수들이 러시아에서 국외로 추방당하게 되었어요. 멜리구노프,* 키제베테르,** 쿠스코바*** 와 그 밖의 몇 사람, 그리고 니콜라이 알렉산드로비치 그로메코 삼촌과 아버지, 그리고 우리 가족들도요.

당신도 없는 상황에서 정말 불행한 일이에요. 하지만 이런

---

* 러시아 인민사회당 계열의 역사가로 1923년에 망명했다.
** 러시아 입헌민주당 계열의 역사가로 1922년에 추방당했다.
*** 입헌민주당 계열의 여성 활동가로 1922년에 국외 추방당했다.

가공할 시대에 지금보다 훨씬 더 잘못될 수도 있었을 텐데, 이렇게 너그럽게 추방에 그친 것을, 신께 감사하며 운명에 따라야 하겠죠. 만약 당신이 오셔서 여기 함께 계셨다면, 우리와 함께 갈 수 있었을 테죠. 그런데 지금 당신은 어디 있나요? 이 편지는 안티포바의 주소로 보냅니다. 혹시라도 당신을 찾게 되면, 그녀가 전해 줄 수 있게 말예요. 만약 신의 은총으로, 나중에라도 당신을 찾았을 때, 우리 가족의 한 사람으로 당신이 출국 허가를 받을 수 있을지 알 수 없어, 저는 무척 걱정하고 있답니다. 나는 당신이 살아 있고, 언젠가는 꼭 찾게 될 거라고 믿고 있어요. 당신을 사랑하는 제 마음이 그렇게 속삭이고 있어요. 저는 그 목소리를 믿어요. 당신이 발견될 즈음에, 러시아의 상황이 더 좋아진다면, 당신이 직접 개인적으로 국외 여행 허가를 신청할 수도 있을 거예요. 그러면 우리는 다시 한곳에 모일 수 있을 테죠. 물론 그런 기대를 갖고 있지만, 그런 꿈같은 행복이 실현될 수 있을지는 저도 믿기지 않네요.

무엇보다 가슴 아픈 것은, 저는 당신을 사랑하는데 당신은 저를 사랑하지 않는다는 거예요. 저는 그런 판단을 하게 된 이유를 찾고, 원인도 알아보고, 정당화해 보기도 하고, 우리의 모든 삶과 제 자신에 대해 하나하나 돌이켜 보고 따져 보기도 했지만, 어디서 시작되었는지 알 수도 없고, 도대체 제가 무슨 잘못을 해서 이런 불행을 겪게 되었는지, 아무리 생각해도 모르겠어요. 분명 당신이 저를 오해하고, 저에 대해 편견을 갖고, 비뚤어진 거울처럼 저를 곡해하고 있다는 생각이 들어요.

그래도 저는 당신을 사랑해요. 아, 얼마나 당신을 사랑하는지, 당신이 알 수 있다면! 장점이든 단점이든, 당신의 독특한 모든 부분들, 그리고 당신의 평범한 모든 부분들, 그 모든 부분들이 독특하게 결합된 소중한 것을, 추하게 보였을지도 모르는 얼굴을 보완해 주는 내면의 기품을, 부족한 의지력을 보완해 주는 당신의 재능과 지성을 사랑해요. 그 모든 것이 저에게는 너무 소중하며, 당신보다 더 훌륭한 사람은 없다고 생각합니다.

하지만 제가 한마디 해도 될까요? 설령, 당신이 저에게 그처럼 소중한 존재가 아니고, 당신이 그토록 제 마음에 들지 않는다 해도, 나의 사랑이 식었다는 슬픈 진실을 여전히 깨닫지 못한 채, 저는 계속 당신을 사랑한다고 믿을 거예요. 당신을 더 이상 사랑하지 않는다는 것은 굴욕적이고 비참한 벌이라고 두려워해서, 당신을 사랑하지 않는다는 사실을 인정하지 않을 거예요. 저와 당신은 영원히 그럴 수 없을 거예요. 사랑하지 않는다는 것은 사람을 죽이는 것과 거의 마찬가지이며, 누구에게든 그런 타격을 가할 힘이 없기에, 저는 그 진실을 감출 거예요.

아직 완전히 결정되진 않았지만, 우리는 파리로 갈 것 같아요. 당신이 어렸을 때 가본 적이 있는 먼 나라, 우리 아버지와 당신의 외삼촌이 자랐던 그 나라로 갈 거예요. 아버지께서 당신에게 안부를 전해 달라고 말씀하세요. 수라는 많이 자랐어요. 미남은 아니지만 건강한 사내아이로 자랐어요. 언제나 당신 이야기가 나오면 슬프게 울어 대는 바람에 달래기가 힘들어요. 더 이상 쓸 수가 없네요. 눈물로 심장이 터질 것 같아요. 그럼, 안녕히. 앞으로 계속될 끝없는 이별과 고난, 그리고 알 수 없는 미래와 당신의 긴 형극의 길에 축복의 성호를 보냅니다. 저는 조금도 당신을 원망하지 않아요. 당신이 원하는 길을 가세요. 당신에게 좋다면 저도 좋아요.

그토록 가혹했고 비참했던 우랄을 떠나기 전에, 저는 아주 잠깐이지만, 라리사 표도로브나와 알고 지냈어요. 제가 괴로울 때, 항상 곁에 있어 주고, 해산할 때도 도와주어서, 그분께 감사를 드려요. 사실 그분은 정말 훌륭한 분이지만, 솔직히 말한다면 저와는 전혀 다른 분이었어요. 저는 인생을 단순하게 살며 올바른 길을 찾으려고 이 세상에 태어났지만, 그분은 인생을 복잡하게 살아가고, 바른 길에서 벗어나려고 태어난 것 같더군요.

안녕히 계세요. 이제 펜을 놓아야 해요. 편지를 가지러 왔고, 저도 떠날 준비를 해야 하거든요. 아, 유라, 유라, 사랑하는 당신, 저의 소중한 분, 저의 남편, 우리 아이들의 아버지, 도대체 이게 무슨 일일까요? 우리는 이제 다시, 다시는 만날 수 없는 걸까요? 이렇게 쓰고 있는 이야기의 뜻을 당신은 알 수 있을까요? 이해할까요? 이해하세요? 저를 재촉하고 있군요. 저를 형장으로 데려가려고 저에게 보내는 신호처럼 말예요. 유라! 유라!'

유리 안드레예비치는 편지에서 눈물도 말라 버린 멍한 시선을 들어 올렸다. 그의 눈은 슬픔으로 말라붙고, 고통으로 짓이겨져 눈물 한 방울 나오지 않았다. 주변의 아무것도 보이지 않았고, 아무것도 의식할 수 없었다.

창밖에 눈이 내리기 시작했다. 바람은 눈을 비스듬히 휘몰아치고, 무언가를 만들어 내려는 듯 더욱 세차게 펑펑 쏟아지고 있었고, 창밖을 바라보는 유리 안드레예비치에게 내리는 눈이 아니라, 토냐의 편지를 계속 읽고 있는 것처럼 느껴졌고, 눈앞에 아른거리며 끝없이 질주하는 눈송이는 건조한 눈의 결정체가 아니라, 흰 종이 위의 까맣고 작은 글자들 사이의 좁은 행간이 하얗게, 하얗게, 끝없이 하얗게 아른거리는 것처럼 느껴졌다.

유리 안드레예비치는 자기도 모르게 신음 소리를 내며 가슴을 움켜잡았다. 그는 아무래도 기절할 것 같은 느낌이 들어, 비틀대며 소파 쪽으로 몇 걸음 걷다가, 그대로 의식을 잃고 쓰러져 버렸다.

제14장

다시
바르이키노에서

# 1

겨울이 되었다. 함박눈이 펑펑 쏟아졌다. 유리 안드레예비치는 병원에서 집으로 돌아왔다.

"코마롭스키가 왔어요." 그를 마중 나온 라라가 목이 잠긴 목소리로 말했다. 그들은 현관에 서 있었다. 그녀는 한 대 얻어맞은 것처럼 넋이 나간 모습이었다.

"어디로? 누구에게 말이오? 지금 여기 있단 말이오?"

"물론 아니에요. 아침에 들렀다가, 저녁에 오겠다고 했어요. 곧, 다시 올 거예요. 당신에게 할 말이 있대요."

"왜 왔을까?"

"그가 무슨 말을 하는지 이해할 수 없었어요. 극동으로 가는 길에 우리를 보러 일부러 길을 돌아서 유랴틴에 들렀다고 했어요. 중요한 이유는 당신과 파샤를 위한 거라고 했어요. 두 사람 이야기를 많이 했어요. 그에 따르면, 당신과 파샤와 저, 이렇게 우리 세 사람 모두가 아주 위험한 입장에 처해 있고, 그가 시키는 대로 해야만 우리가 무사할 거라고 했어요.

"나는 나가겠소. 그를 만나고 싶지 않소."

그러자 라라는 울음을 터뜨리며 의사 앞에 무릎을 꿇고, 그의 다리를 붙잡고 얼굴을 묻으려 했다. 그는 억지로 그녀를 붙잡아 일으켰다.

"저를 봐서라도 집에 계세요. 부탁이에요. 그와 단둘이 있는 것이 두려워서가 아니에요. 하지만 너무 괴로워요. 단둘이 만나게 하지 말아요. 더구나 그는 현실적이고 노련한 사람이에요. 어쩌면 정말 어떤 유익한 정보를 얻을지도 몰라요. 당신이 그를 싫어하는 것은 당연하다고 생각해요. 하지만 조금만 참고 같이 있어 줘요."

"당신, 왜 이러는 거요? 진정해요. 무슨 짓을 하는 거요? 당장 그만두오. 일어나시오. 정신 차려요. 당신을 따라 다니는 환영일랑 떨쳐 버려요. 평생 그가 당신을 위협하고 있군. 내가 같이 있겠소. 만약 필요하다면, 당신이 말만 한다면, 그자를 죽여 버리겠소."

삼십 분이 지나자 해가 졌다. 사방이 어두워졌다. 최근 반년 동안, 마룻바닥의 구멍은 모두 틀어막았다. 유리 안드레예비치는 새 구멍이 생길 때마다 곧바로 틀어막았고, 털이 북슬북슬한 큰 고양이도 기르고 있었다. 고양이는 언제나 신비한 눈동자를 반짝이며 조용히 앉아 있었다. 쥐들이 아주 없어지진 않았지만, 훨씬 조용해졌다.

코마롭스키를 기다리는 동안, 라리사 표도로브나는 배급받은 흑빵을 썰어, 삶은 감자 몇 개와 함께 접시에 담아 식탁으로 내왔다. 예전의 집주인이 식당으로 쓰던 방을 계속 식당으로 이용했는데, 그곳에서 손님을 맞을 예정이었다. 방에는 커다란 떡갈나무 식탁과 역시 같은 떡갈나무로 만든 검고 묵직한 커다란 찬장이 놓여 있었다. 식탁 위에는 피마자 기름병에 심지가 들어 있는 의사의 휴대용 램프가 타고 있었다.

코마롭스키는 거리에 쏟아지는 눈을 잔뜩 뒤집어쓴 채, 12월의 어둠을 뚫고 나타났다. 그의 모피 외투와 모자, 그리고 덧신에서도 켜켜이 흘러내린 눈 무더기가 녹아서 마루 위에 물웅덩이를 만들었다. 예전에 코마롭스키는 항상 면도를 했었는데, 지금은 콧수염과 턱수염이 제멋대로 자라 있어, 수염에 붙어 있던 눈이 녹으면서 우스꽝스러운 광대처럼 보였다. 그는 말쑥한 양복 윗도리와 조끼에, 반듯하게 주름이 잡힌 줄무늬 바지를 입고 있었다. 그는 인사를 하거나 말을 건네기 전에, 먼저 주머니빗을 꺼내, 축축하고 헝클어진 머리를 한참 동안 빗고 나서, 손수건으로 젖은 콧수염과 눈썹을 깨끗이 닦았다. 그러고는 의미심장한 표정으로 말없이, 라리사 표도로브나에게는 왼손을, 유리 안드레예비치에게는 오른손을 동시에 내밀었다.

"우리는 이미 초면이 아니죠." 유리 안드레예비치에게 그가 말했다. "당신도 알겠지만, 나는 아버님과 잘 아는 사이요. 내 품에서 숨을 거두셨소. 조금 전부터 당신에게 어딘가 닮은 점이 있나 살펴보았는데, 아무래도 아버지를 닮지는 않은 것 같군요. 아버지는 호방한 성격이셨거든요. 매우 급하고 추진력이 강한 분이셨고. 겉으로 보기에는 어머님을 닮은 것 같군요. 부드러운 성품이셨죠. 몽상가이시기도 했고."

"라리사 표도로브나가 당신의 이야기를 들어 보라고 부탁하더군요. 저에게 무슨 용건이 있다고 하셔서 응했습니다. 저로서는 썩 내키지 않지만 말입니다. 당신과 알고 지낼 이유도 없고, 당신과 가까운 사이라고 생각하지도 않아요. 그러니 바로 용건으로 들어가시죠. 무슨 일이십니까?"

"두 분 모두 인사나 나눕시다. 저는 모든 것을 잘 알고 이해합니다. 실례합니다만, 두 분은 참 잘 어울리시는군요. 조화로운 최고의 한 쌍이오."

"더 이상 듣고 싶지 않습니다. 당신과 상관없는 일에 참견하지 마세요. 당신의 의견을 듣고 싶지는 않아요. 함부로 말하지 마십시오."

"그렇게 다짜고짜 화를 낼 일이 아니오, 젊은 양반. 그러고 보니, 아버지를 닮았군요. 아버지께서도 성격이 아주 불같았어요. 아무튼 주제넘지만, 내 자식 같은, 두 사람을 축복하고 싶소. 유감스럽지만, 두 사람은 말뿐이 아니라, 실제로도 세상 물정을 전혀 모르는 철부지들이오. 난 이곳에 온 지 이틀밖에 되지 않았지만, 두 사람에 대해 당사자들이 알고 있는 것보다 더 많이 알고 있어요. 두 사람은 아직 모르고 있지만, 지금 매우 위험한 상황에 놓여 있어요. 위험을 벗어날 어떤 대책을 세우지 않으면, 자유는 고사하고 생명마저 위태로운 상황이오.

모종의 공산주의 스타일이라는 것이 있어요. 그 기준에 맞는 사람은 많지 않소. 하지만 유리 안드레예비치, 아무도 당신처럼 드러내 놓고 그런 기준을 무시하고 살거나 사고하는 사람은 없소이다. 왜 그렇게 문제를 일으키는지 모르겠군요. 당신은 이 세계를 비웃고 조롱하고 있어요. 당신 속으로만 그렇다면 괜찮겠지요. 그러나 이곳에는 모스크바에서 유력 인사들도 와 있소. 그들은 당신의 마음속을 훤히 꿰뚫고 있어요. 두 사람은 이곳의 테미스*의 사제들의 구미에 전혀 맞지 않는 사람들이란 말이오. 안티포프와 티베르진 동무가 라리사 표도로브나와 당신에게 이를 갈고 있소.

당신은 남자고, 말하자면 자유로운 카자크인이라고 할 수 있소. 무슨 미친 짓을 하든, 아니면 자기 목숨으로 장난을 치든 당신의 신성한 권리지요. 그러나 라리사 표도로브나는 자유로운 몸이 아니오. 어머니요. 한 아이의 생명, 한 아이의 운명이 그녀에게 달려 있어요. 몽상에 젖어 구름 위를 떠다닐 입장이 아니란 말이오.

오전 내내, 지금 이곳 상황을 심각하게 받아들이라고 그녀를 설득했소. 그런데 내 말을 전혀 들으려고 하지 않아요. 라리사 표도로브나가 내 말을 알아듣도록, 당신이 힘을 실어 주시오. 그녀는 카텐카의 안전을 외면해선 안 되오. 내 의견을 귀담아들어야 할 거요."

* 그리스신화에 나오는 율법과 정의의 여신.

"저는 제 의견을 남에게 억지로 강요한 적이 없어요. 특히 가까운 사람에게는 더 말할 것도 없죠. 라리사 표도로브나가 당신의 말을 듣든 말든, 그것은 그녀의 문제입니다. 더구나 저는 당신이 무슨 말을 하는지도 모르겠습니다. 당신의 의견이 무엇인지 모른다고요."

"정말, 당신이 아버지를 닮았다는 생각이 더 드는군요. 그분도 당신처럼 고집이 보통이 아니었소. 그러면 본론으로 들어갑시다. 물론 이 문제는 상당히 복잡한 일이니 좀 참아 주시오. 잘 듣고 말을 막지 말기를 바라겠소.

지금 상부에서는 대대적인 변화를 꾀하고 있소이다. 아니, 아니오, 이 사실은 확실히 믿을 만한 사람에게서 나온 정보니까 믿어도 됩니다. 그러니까 총체적인 법질서에 맞는, 한층 더 민주주의적인 궤도로 바꾸겠다는 계획을 갖고 있소. 그것도 아주 빠른 시일 내에 말이오.

그런데 바로 그 때문에, 폐지될 위기에 처한 징벌 기관이 마지막 때가 다가올수록 더 위세를 떨치며, 개인의 원한을 풀려고 안달이지요. 유리 안드레예비치, 당신의 차례가 왔어요. 당신 이름이 리스트에 올라 있어요. 농담이 아니라, 직접 내 눈으로 보았으니, 의심할 여지가 없소이다. 늦기 전에, 자신을 구할 방편을 생각해야 하오.

게다가 이것은 서론에 불과해요. 이제 본론으로 들어가겠소. 지금 태평양 연안 지역의 연해주에서는 전복된 임시정부와

해산된 제헌회의를 계속 지지하는 정치 세력이 결집 중이오. 두마 의원들과 사회운동가들, 그리고 옛 지방자치기관의 유력자들과 실업가들, 그리고 공장주들이 모여들고 있어요. 백군 의용군 장군들도 그곳으로 잔존 병력을 집결시키고 있고요.

소비에트 정권은 극동공화국이 생기는 것을 보고도 모른 척하고 있소. 소비에트 정권으로서는 변경 지대에 이런 것이 있으면 나쁠 것이 없기 때문이오. 적화된 시베리아와 외부 세계와의 사이에 완충지대가 되기 때문이오. 이 공화국 정부는 연립 정권이 될 테고, 각료 의석의 과반수는 모스크바의 요구로 공산주의자들 몫으로 넘어왔소. 때가 되면, 그들의 힘을 빌려, 쿠데타를 일으키고 공화국을 손아귀에 넣으려는 계획을 갖고 있지요. 그런 의도는 속이 환히 들여다보이지만, 문제는 한 가지, 남은 시간을 어떻게 유용하게 이용할 것이냐에 있다고 할 수 있소.

혁명 전에, 나는 아르하로프 형제 상회, 메르쿨로프 상회, 그리고 블라디보스토크에 있는 그 외의 무역회사와 은행에 대한 소송을 다룬 적이 있어요. 그래서 그곳에는 내 이름이 알려져 있지요. 그래서 내각을 조직 중인 그곳 정부에서 나에게 밀사를 보내, 소비에트 정부가 묵인한 가운데, 공공연한 비밀로 극동공화국 법무장관 자리를 제의했어요. 그 요청을 받아들여, 나는 지금 그곳으로 가는 중이오. 방금 말한 대로, 이것이 소비에트 정권의 묵인 아래 가능한 일이지만, 꼭 드러낼 필요는 없기 때문에, 공공연하게 떠들어 댈 일은 아니오.

당신과 라리사 표도로브나를 내가 함께 데려갈 수가 있소. 그곳에서 바다를 건너면, 어렵지 않게 가족들에게 갈 수 있습니다. 물론 당신은 가족들이 국외로 추방당한 것을 알고 있을 것이오. 큰 사건이었소. 지금도 온 모스크바에서 회자되고 있을 만큼 말이오.

라리사 표도로브나에게는 파벨 파블로비치를 위험에서 구해 주겠다고 약속했소. 독립된 합법적 정부의 일원으로서 내가 동부 시베리아에서 스트렐리니코프를 찾아내어, 우리 자치주로 넘어올 수 있도록 돕겠소. 혹시 그가 도망쳐 나오지 못할 경우에는, 연합군이 억류하고 있는 포로들 중에서 모스크바 중앙정부가 원하는 사람과 교환을 제의할 생각이오."

라리사 표도로브나는 겨우 이야기의 내용을 파악하긴 했지만, 자주 그 의미를 놓치곤 했다. 그러나 코마롭스키가 이야기의 마지막 부분에서 의사와 스트렐리니코프의 신변에 대한 문제를 언급하자, 딴생각에 잠겨 있던 그녀는 얼른 정신을 차리고 얼굴을 살짝 붉히며 끼어들었다.

"유로치카, 당신과 파샤에게 이런 계획이 얼마나 중요한지 알죠?"

"당신은 너무 쉽게 사람을 믿는군. 그저 계획일 뿐인데, 마치 다 된 것처럼 받아들여서는 안 되오. 빅토르 이폴리토비치가 고의로 우리를 속이고 있다는 것이 아니오. 일이 어떻게 될지는 전혀 알 수 없다는 것이오! 그런데 빅토르 이폴리토비치, 한마디 하겠습니다. 제 운명을 염려해 주는 것은 고맙습니다만, 설마 당신에게 제 운명을 맡길 거라고 생각하지는 않으시죠? 스트렐리니코프에 대한 염려는 라라가 결정할 문제입니다."

"문제의 핵심이 뭐라고 생각하세요? 그가 제안한 대로 그와 함께 갈 것인지, 아니면 가지 않을 것인지를 결정하는 문제예요. 제가 당신을 두고 혼자 가지는 않을 거라는 건 잘 아시잖아요?"

코마롭스키는 유리 안드레예비치가 진료소에서 가져와 식탁 위에 차려 놓은 희석한 보트카에 자주 손을 댔고, 감자를 먹었다. 차츰 취기가 올랐다.

## 2

이미 밤이 깊었다. 이따금 다 탄 심지를 떼어 내면, 불꽃을 뿌리며 심지가 타올라, 방 안을 밝혀 주었다. 그랬다가 이내 방 안이 어두워지곤 했다. 주인들은 졸리기도 했고, 둘이서 해야 할 이야기도 있었다. 그런데 코마롭스키는 전혀 일어설 기미를 보이지 않았다. 그의 존재는 육중한 떡갈나무 찬장이나 얼어붙은 창밖의 12월의 어둠처럼, 방 안을 답답하게 짓눌렀다.

코마롭스키는 두 사람의 얼굴은 쳐다보지도 않고, 취기 어린 둥그런 눈으로, 두 사람 너머의 어떤 먼 곳을 응시하며, 졸음에 겨운 꼬부라진 혀로 같은 말을 질리도록 끝없이 반복했다. 계속 그가 언급하는 이야기는 극동에 관한 것이었다. 지겹도록 이야기를 반복하다, 몽골의 정치적 의미에 대한 자신의 견해를 라라와 의사에게 장황하게 펼쳐 놓기 시작했다. 유리 안드레예비치와 라리사 표도로브나는 어쩌다 이야기가 몽골 쪽으로 흘러갔는지도 미처 알지 못했다. 이야기가 어쩌다 그 주제로 바뀌었는지 못 듣고 놓쳐 버린 탓에, 아무 관심도 없는 그 화제는 그들에게 더 지루하게 느껴졌다.

코마롭스키가 말했다.

"시베리아는 사실, 새로운 아메리카 대륙이라고 부를 수 있을 정도로, 엄청난 가능성을 갖고 있는 곳이오. 이곳은 위대한 미래 러시아의 요람이자, 우리의 민주화와 번영, 그리고 건전한 정치를 담보할 수 있는 곳이오. 그러나 몽골의 미래는 그보다 더욱 큰 가능성을 갖고 있소. 우리 위대한 극동 지역의 이웃인 외몽골 말이오. 그곳에 대해 뭐 알고 있는 것이 있소? 두 사람은 부끄러운 줄도 모르고 하품이나 하면서 심드렁하게 눈만 깜빡거리고 있지만, 사실 150만 평방 베르스타에 이르는 광대한 면적과 무한한 지하자원을 가진 유사 이전의 처녀지인 이 땅은, 중국과 일본, 그리고 미국이 탐욕의 손길을 뻗고 있어, 러시아의 이익이 약화될 수가 있소. 물론 멀리 떨어진 지구의 한쪽 구석에서 지배권을 어떻게 나누든, 모든 경쟁국들이 러시아의 이익을 인정하겠지만 말이오.

중국은 몽골의 봉건적 신권정치의 후진성을 이용해, 라마교 승려들과 족장들에게 영향력을 행사하고 있소. 일본은 몽골어로 호슌으로 불리는 농노제 지지자들인 왕족들을 발판으로 삼고 있소. 붉은 공산주의 러시아는 몽골의 봉기한 유목민들의 혁명 연합인 함쥘스와 동맹을 맺고 있소. 내 입장에서는 자유선거로 선출된 몽골 의회인 쿠릴타이가 지배하는 진정한 몽골의 번영을 바라는 바요. 개인적으로는 이것에 우리가 주목해야 한다고 생각하오. 즉, 몽골의 국경 너머로 한 걸음만 발을 들이면, 세상은 당신들의 발아래 놓이고, 당신들은 새처럼 자유롭게 될 거라는 사실 말이오."

결국 라리사 표도로브나는 자신들과는 아무 관계도 없는 장광설에 발끈했다. 너무 오래 앉아 있는 바람에 지칠 대로 지친 그녀는 불쾌한 기분을 노골적으로 드러내며, 과감하게 코마롭스키에게 손을 내밀어 작별 인사를 청했다.

"너무 늦었어요. 돌아갈 시간이네요. 저는 자야 해요."

"손님을 이렇게 냉대하다니. 이런 시간에 설마 나를 밖으로 쫓아내려는 것은 아니겠지? 한밤중에 불도 없는 낯선 이 도시에서 어떻게 길을 찾겠소?"

"조금 더 일찍 그런 사실을 감안해. 이렇게 오래 앉아 있으면 안 되었죠. 당신을 붙잡은 사람은 아무도 없었잖아요."

"이런, 왜 그렇게 매몰차게 말을 하나? 내가 여기 머물 것인지, 물어보지도 않았잖소."

"제가 알 바 아니죠. 그런 것에 모욕을 느낄 당신도 아니고
요. 설사, 당신이 여기 묵는다 해도 우리가 카텐카와 함께 자
는 방에 당신을 들이지는 않을 거예요. 그리고 다른 방들은
쥐가 있어서 안 돼요."

"나는 쥐 따위는 두렵지 않소."

"그럼, 알아서 하세요."

## 3

"당신, 무슨 일이 있소? 벌써 며칠째 밤잠을 못 자고, 음식
은 손도 대지 않고, 하루 종일 정신 나간 사람처럼 그렇게 돌
아다니니 말이오. 줄곧 무슨 생각을 그렇게 하오? 무슨 걱정
이 있소? 그렇게 불안해하지 마시오."

"또 병원 경비원 이조트가 왔었어요. 아래층 세탁부와 가
까운 사이거든요. 저한테도 잠깐 들러 걱정을 해주었어요. 무
서운 비밀을 가르쳐 주겠다면서요. '당신 남편에게 불행한 일
이 닥칠 거요. 이러다가 오늘내일 사이에 감옥에 끌려갈지 몰
라요. 그리고 애석하게도 다음은 당신 차례가 될 거예요.' '이
조트, 어디서 들었어요?' 하고 제가 물었더니, '의심할 여지없
는 확실한 사람한테서 들었어요.' 하고 대답하더군요. 폴칸*에

---

\* 러시아 전설에 나오는 반신반견의 괴물로, 여기서는 혁명 후 러시아의 행정조직이 되었
던 소비에트 집행위원회의 약칭인 '이스폴콤'을 비유로 표현한 것이다.

서 나온 이야기라고 해요. 폴칸은 당신도 짐작하겠지만, '이스폴콤'을 비꼬아 말한 거예요."

라리사 표도로브나와 의사는 웃음을 터뜨렸다.

"그 사람이 제대로 보았소. 이미 코앞에 위험이 닥쳤소. 지금 당장이라도 숨어야 하오. 다만 문제는, 어디로 갈 것인가 하는 것이오. 아무래도 모스크바로 피하는 것은 안 될 것 같소. 그러려면 출발을 준비하는 게 워낙 복잡해서 금방 눈치를 챌 거요. 아무도 알아채지 못하게 몰래 해야 하는데. 이러면 어떻겠소? 당신이 생각한 것을 실행에 옮기도록 합시다. 얼마 동안 숨어 있어야 될 것 같으니, 바르이키노로 가기로 합시다. 한 일주일이나 이 주일 정도, 아니면, 한 달 정도 가 있도록 합시다."

"고마워요, 정말 고마워요. 정말 기뻐요. 당신이 그 결정을 내리는데 얼마나 어려웠을지 전 잘 알아요. 하지만 당신의 집으로 가서는 안 돼요. 당신은 그곳에서 살기 힘들 거예요. 텅 빈 방도 그렇고, 여러 가지가 비교되고 비감도 들 거예요. 제가 왜 그걸 모르겠어요? 상대의 고통 위에 행복을 쌓는 짓이고, 또 마음속의 소중하고 신성한 것을 짓밟는 짓이죠. 당신에게 절대 그런 희생을 요구할 생각은 없어요. 하지만 그것이 문제는 아네요. 당신 집은 완전히 부서져서 사람이 살 수도 없어요. 저는 버려진 미쿨리친의 집이 어떨까 생각하고 있어요."

"당신 말이 다 옳아요. 그런 세심한 배려를 해줘서 고맙소.

그런데 잠깐만. 계속 물어보겠다고 생각하면서도 잊어버리곤 했는데, 코마롭스키는 지금 어디에 있소? 아직 이 도시에 남아 있소? 아니면 떠난 거요? 그 작자와 싸우고 계단에서 밀어낸 후에는 아무 소식도 못 들은 것 같은데."

"저 역시 전혀 몰라요. 알 게 뭐예요. 그런데 그 사람은 왜요?"

"곰곰이 생각해 보니, 우리 각자가 그의 제안을 다르게 받아들여야 했었다는 생각이 드오. 당신과 나는 서로 입장이 다르잖소. 당신에겐 돌봐야 할 딸이 있으니까. 아무리 당신이 나와 운명을 함께하고 싶다고 해도, 당신에겐 그럴 권리가 없소.

다시 바르이키노의 문제로 돌아갑시다. 사실, 한겨울에 비축된 식량도 없고 기운도 없는데, 아무 희망도 없이 그렇게 외따로 떨어진 벽촌으로 들어간다는 것은 정말 미친 짓이오. 하지만 그런 미친 짓 외에는 달리 길이 없다면, 미친 짓을 할 수밖에 별도리가 없지 않겠소? 한 번 더 머리를 숙일 수밖에. 안핌에게 말을 한 필 빌립시다. 그리고 갚을 길은 막막하지만, 그분이나 꼭 그분이 아닌, 그 밑에 있는 암상인이라도 좋으니, 밀가루와 감자를 좀 빌려 달라고 합시다. 그리고 우리에게 빌려준 것을 되돌려 받자고, 곧바로 바르이키노를 찾아오지 말고, 꼭 말을 가져가야 할 필요가 있을 경우에만, 우리를 찾도록 설득해야겠소. 잠시 동안 우리끼리만 살아 봅시다. 갑시다. 숲에서 나무를 해다가, 일 년도 거뜬하게 땔 수 있는 장작을,

일주일 동안 때면서 살아 봅시다.

이런, 또 버릇이 나왔군. 엉뚱한 말로 심란하게 해서 미안하오. 이렇게 어리석은 감상적인 말투를 쓰지 않고 당신과 이야기를 하려고 노력하는데도 말이오! 이젠 우리가 무엇을 선택하고 말고 할 수 있는 상황이 아닌 것 같소. 달리 표현할 말이 마땅치 않은데, 죽음이 우리의 문을 두드리고 있다고나 할까? 우리에게 남은 시간은 얼마 되지 않아요. 그러니 우리가 원하는 대로 시간을 보냅시다. 삶과 작별하는 데, 이별 전의 마지막 순간에, 우리 시간을 쓰기로 합시다. 우리에게 소중했던 모든 것들과 우리에게 익숙한 모든 생각들과 우리들이 꿈꾸었던 삶과 양심이 우리에게 가르쳐 준 모든 것들과 작별합시다. 희망과도 작별합시다. 그리고 우리도 서로 작별합시다. 다시 한번 우리의 깊은 밤의 밀어를, 아시아 해역의 이름처럼 넓고 고요한 우리의 밤의 밀어를 속삭입시다. 나의 비밀스러운 금단의 천사여, 당신이 내 인생의 마지막 순간에, 전쟁과 폭동의 하늘 아래, 나와 함께 있는 것은 언젠가 막 시작되던 내 유년 시절의 그 평화로운 하늘 아래, 당신이 나타났던 것처럼, 결코 우연이 아닐 것이오.

그날 밤, 당신은 갈색 교복을 입은 졸업반 여학생이었고, 호텔방 칸막이 뒤, 어두운 곳에 있었소. 그때도 당신은 지금과 똑같이 눈이 휘둥그레질 정도로 아름다웠지.

그 후, 살아가는 내내, 나는 그때 당신이 내 가슴속에 켜놓은 그 매혹적인 불빛을, 그리고 그 이후 나의 전 존재 속으로 퍼져 나가, 당신을 통해 이 세상의 모든 것을 인식하는 열쇠가 되어 주고, 서서히 사라져 간 빛과 희미해져 간 소리를 규명하고 이름 지으려고 수없이 시도하곤 했었소.

교복을 입고 호텔방의 어둠 속에 그림자처럼 당신이 나타났을 때, 소년이었던 나는 당신에 대해 아무것도 몰랐지만, 당신에게 끌리는 그 힘에 몹시 고통스러워하며 깨닫게 되었소. 그 연약하고 가냘픈 소녀는 전기처럼, 세상의 여성성이라고 할 수 있는 모든 것들로 가득 충전되어 있다는 것을. 그래서 그 소녀에게 가까이 다가가거나 손가락 하나라도 건드리면, 순식간에 섬광이 방 안을 대낮처럼 밝히며, 바로 그 자리에서 감전되어 죽거나, 영원히 그 자력에 이끌려, 애처로운 갈망과 슬픔에 감전될 것이라는 것을. 나는 온통 눈물범벅이 되었고, 마음이 후련해지도록 실컷 울었소. 소년인 내가 못 견디게 가여웠고, 소녀인 당신은 훨씬 더 가여웠소. 내 온 존재가 깜짝 놀라 이렇게 자문했소. '사랑하고 자력에 이끌리는 것이 이렇게 괴로운 일이라면, 여자가 되고, 자력이 되고, 사랑을 일깨우는 것은 얼마나 괴로운 것일까?' 하고 말이오.

결국 이렇게 모두 털어놓고 말았군. 정신 나간 이야기라고 생각하겠지. 그러나 내 모든 것이 이 속에 들어 있소."

라리사 표도로브나는 옷을 입은 채, 울적한 심정으로 침대 가장자리에 누워 있었다. 그녀는 몸을 웅크리고 숄을 두르고 있었다. 유리 안드레예비치는 그 옆의 의자에 앉아, 나직한 목소리로 띄엄띄엄 말을 이었다. 라리사 표도로브나는 이따금 팔꿈치를 짚고 상체를 일으켜, 손바닥으로 턱을 괴고 입술을 살짝 벌린 채, 유리 안드레예비치를 쳐다보곤 했다. 그의 어깨에 얼굴을 기대고 행복한 마음으로 자신도 모르게 조용히 눈물을 흘리기도 했다. 마침내 그녀는 침대 끝으로 다가와, 그를 끌어안고 느꺼운 마음으로 속삭였다.

"유로치카! 유로치카! 당신은 정말 현명한 분이에요! 당신은 모든 것을 이해하고, 모든 것을 꿰뚫어 보고 있어요. 유로치카, 당신은 저의 성城이자 피난처며, 저의 반석이에요. 오, 주여, 저의 불경을 용서하소서. 저는 너무 행복해요! 가요, 가요, 내 사랑. 그곳에 가서 제가 걱정했던 것을 말해 드릴게요."

그는 물론 상상이지만, 그녀가 임신했다는 사실을 암시하는 것은 아닐까 하고 생각하며 말했다.

"알겠소."

## 4

그들은 흐린 겨울 아침에 도시를 떠났다. 그날은 평일이었다. 길에는 저마다의 일을 보러 가는 사람들이 오가고 있었다. 아는 얼굴들을 자주 마주치곤 했다. 기복이 많은 사거리의 오래된 급수장에는 집에 우물이 없는 여자들이 물통과 멜대를 옆에 세워 두고, 물을 긷기 위해 차례를 기다리고 있었다. 의사는 자꾸만 앞으로 달음질치려는 뱌트카종 특유의 누르스름하고 복슬거리는 잿빛 털을 가진 삼데뱌토프의 사브라스카*의 고삐를 제어하며, 무리 지어 있는 여자들을 조심스레 우회했다. 빠르게 달리던 썰매가 도로 위에 쏟아진 물로 얼어붙어 솟구쳐 오른 곳을 지나다 미끄러지며 인도를 넘어가, 가로등이며 갓돌에 부딪히곤 했다.

길을 걷던 삼데뱌토프 뒤를 전속력으로 따라잡아 옆으로 지나쳤다. 혹시 삼데뱌토프가 그와 그의 말을 알아보고 뒤쫓아 오며, 큰 소리로 부를지도 모르는 일이었지만, 부르든 말든 아랑곳하지 않고 그대로 질주했다. 또 어느 곳에선가는 코마롭스키를 지나쳐 갔지만, 아직 그가 유랴틴에 있다는 사실을 확인했을 뿐, 인사를 건네지는 않았다.

건너편 인도에서 글라피라 툰체바가 큰 소리로 외쳤다.

"어제 떠났다는 소문이 돌던데, 도통 사람들 말을 믿을 수가 없군요. 감자를 사러 가세요?" 그러고는 무슨 말인지 못 알아듣겠다는 손짓을 하더니, 손을 흔들며 잘 가라는 인사를 보냈다.

시마가 보였을 때는, 썰매를 세우려고 했지만, 오르막길이라 말을 멈추기가 매우 곤혹스러웠다. 그렇지 않아도 말이 뒷

---

* 잿빛 적갈색 털에 검은 갈기와 꼬리를 가진 말.

걸음질을 치려고 해서 줄곧 고삐를 세게 잡아당기고 있는 중이었다. 위에서부터 아래까지 두서너 장의 숄로 몸을 칭칭 감싸고 있는 시마는 마치 둥근 통나무처럼 보였다. 그녀는 잘 굽혀지지 않는 다리로 도로 한가운데 멈춰 선 썰매 가까이 다가와, 작별 인사를 하며 무사히 잘 도착하기를 빌었다.

"돌아오시면, 이야기 좀 해요, 유리 안드레예비치."

드디어 시내를 빠져나왔다. 유리 안드레예비치는 겨울에도 이 길을 지나다니곤 했지만, 여름 풍경이 강하게 기억에 남아 있어서인지, 지금 가는 길이 왠지 낯설었다.

식량이 담긴 자루와 나머지 다른 짐들은 썰매 앞쪽 휘어진 판 아래쪽의 건초 속에 깊숙이 넣고 단단히 매어 두었다. 유리 안드레예비치는 이 지역에서 코쇼프카라고 불리는 커다란 썰매 바닥에 무릎을 꿇거나, 삼데뱌토프한테서 구한 펠트화를 신은 발을 밖으로 늘어뜨린 채, 썰매 가장자리에 옆으로 앉아 말을 몰기도 했다.

정오가 지나자, 겨울 날씨가 언제나 그렇듯, 해가 지기까지는 아직 한참이나 남았는데도 벌써 날이 어두워지는 것 같아, 유리 안드레예비치는 사브라스카에 사정없이 채찍을 가했다. 말은 쏜살같이 앞으로 달렸다. 썰매는 수레바퀴 자국이 깊게 파인 눈길을 보트처럼 떴다 가라앉았다 하며 달렸다. 카챠와 라라는 모피 외투를 입고 있어 몸이 둔했다. 길이 옆으로 휘어져 있거나, 푹 꺼진 곳을 지날 때는 비명을 지르고 깔

갈대면서 썰매 이쪽저쪽을 굴러 건초 속에 포대 자루처럼 처박히곤 했다. 의사는 이따금 일부러 썰매 앞쪽 휘어진 판의 한쪽을 눈더미 위로 올려 썰매를 옆으로 넘어뜨려, 전혀 위험하지 않는 곳을 골라, 라라와 카챠를 눈더미 속에 내동댕이치곤 했다. 그러고는 혼자서 말고삐에 이끌려 얼마간 끌려간 다음, 조랑말을 세우고는 썰매를 원래대로 돌려놓곤 했다. 그러면 라라와 카챠는 눈을 털고 썰매에 다시 올라타 웃거나 화를 내기도 했다.

"내가 파르티잔에게 붙잡힌 장소를 가르쳐 주리다." 의사는 시내에서 확실히 멀리 떨어진 곳에 이르게 되자, 두 사람에게 이렇게 말했지만, 그 약속을 지키기가 어려웠다. 벌거벗은 겨울 숲과 죽음 같은 정적, 그리고 주변에 아무것도 없어, 도저히 지형을 알아볼 수 없었던 것이다. "아, 바로 저기요!" 들판 가운데에 서 있는 '모로와 베트친킨 회사'의 첫 번째 광고탑이 보이자, 그는 파르티잔에게 붙잡힌 숲속의 두 번째 광고탑이 있던 곳으로 오해해 큰 소리로 외쳤다. 그 후, 아직 사크마 분기점에 그대로 남아 있던 두 번째 광고탑 옆을 질주할 때는, 은색과 회색으로 촘촘하게 숲을 뒤덮고 있는 두터운 격자무늬 서리에 눈이 어른거려 알아볼 수가 없었다. 그렇게 두 번째 광고탑은 그냥 지나쳐 버렸다.

나는 듯이 달려, 해가 지기 전에 바르이키노에 도착한 그들은 예전 지바고의 집 앞에서 썰매를 멈췄다. 그 집은 도로에서 첫 번째 집인 미쿨리친의 집 가까이에 있었다. 곧 어둠이 내릴 시간이었기에, 그들은 도둑처럼 서둘러 집 안으로 달려 들어갔다. 집 내부는 이미 어두웠다. 유리 안드레예비치는 마음이 급해, 부서져 내리고 엉망이 되어 버린 집 안을 자세히 살피지는 못했다. 눈에 익은 일부 가구들은 온전한 상태였다. 버려진 바르이키노에는 마지막까지 마을을 완전히 파괴할 사람이 아무도 남아 있지 않았다. 그의 가족들의 물건은 하나도 눈에 띄지 않았다. 물론 가족들이 이곳을 떠날 때, 그가 없었기 때문에, 그들이 무엇을 남기고 무엇을 가져갔는지는 알 길이 없었다. 라라가 말했다.

"서둘러요. 곧 밤이 올 거예요. 감상에 젖어 있을 때가 아니에요. 만약 여기에서 살게 된다면, 말은 헛간에 매어 두고, 식량은 현관에 놓고, 우리는 이 방을 사용해야 해요. 하지만 저는 반대예요. 그 문제에 대해서는 이미 충분히 이야기했으니까요. 당신의 마음이 무거워질 테고, 그러면 저도 마찬가지일 거예요. 이 방은 누구의 방이었죠? 당신의 침실이었나요? 오, 아니네요. 아이 방이었군요. 당신 아들의 침대가 있어요. 카챠에게는 작을 것 같아요. 그래도 창문이 온전하고 벽이나 천장에 금이 간 곳은 없어요. 특히 페치카는 훌륭해요. 지난번에 왔을 때 보고 놀랐죠. 만약, 저는 반대지만, 당신이 꼭 여기에 있겠다고 고집을 피운다면, 외투를 벗고 바로 일을 시작해야겠어요. 우선 페치카에 불을 지펴야 해요. 불을 계속 때야겠어요. 첫날은 밤이든 낮이든 계속 불을 때야 해요. 그런데 당신, 왜 그러세요? 아무 말도 없으니."

"아니오. 아무것도 아니오. 미안해요. 역시 미쿨리친 집을 가서 살펴보는 것이 나을 것 같소."

그는 다시 썰매를 몰았다.


# 5


미쿨리친 집의 대문에는 빗장이 걸리고 맹꽁이자물쇠가 잠겨 있었다. 유리 안드레예비치는 한동안 빗장을 풀려고 씨름하다, 자물쇠를 나사못과 함께 통째로 떨어져 나온 판자까지 잡아뗐다. 그들은 외투에, 모자에, 펠트 장화까지 신은 채, 서둘러 집 안으로 뛰어 들어갔다.

가장 먼저 눈에 띈 것은 아베르키 스테파노비치의 서재를 비롯해, 집 안 곳곳이 잘 정돈되어 있다는 점이었다. 얼마 전까지도 이곳에 누군가 살고 있었던 것으로 보였다. 도대체 누구일까? 만약 주인 부부이거나, 그중 한 사람이라면, 대체 어디로 몸을 숨긴 것일까? 그리고 현관문에 홈을 파서 끼운 자물쇠가 아닌, 맹꽁이자물쇠를 채워 놓은 것은 무슨 이유일까? 그리고 만약, 주인 부부가 이곳에서 오랫동안 계속 살고 있었다면, 분명 집이 모두 정돈되어 있었을 텐데, 일부만 정돈된 이유는 뭘까? 그것은 미쿨리친 부부가 아닌 어떤 침입자가 있었다는 것을 의미한다. 그렇다면 누구일까? 의사와 라라는 사정을 알 수는 없었지만 불안해하지는 않았다. 그들은 더 이상 신경 쓰지 않았다. 요즘은 가재도구를 절반도 넘게 도둑맞은 빈집이 한두 군데가 아니잖아? 쫓기며 몸을 숨긴 사람들이 한둘이겠어? '분명히 수배를 받고 있는 백군 장교일 거야.' 하고 두 사람은 같은 결론을 내렸다. '누군가 돌아오면 같이 지내며 해결하지 뭐.'

유리 안드레예비치는 지난번처럼 서재의 문지방에 못 박힌 듯이 서서, 넓은 방에 놀라기도 하고, 창문가에 놓인 넓고 편안해 보이는 책상에 놀라기도 했다. 이렇게 편안한 환경에서라면, 의미 있고 결과도 낼 수 있는 작업을 시도해 볼 수 있겠다는 생각이 들었다.

미쿨리친의 집 뜰에 있는 부속 건물에는 헛간과 같이 붙어 있는 마구간이 있었다. 그러나 마구간이 잠겨 있어, 유리 안드레예비치는 내부가 어떻게 되어 있는지 알 수 없었다. 시간적 여유가 없어, 오늘 하룻밤은 자물쇠도 없고 손쉽게 열리는 헛간에 말을 두기로 했다. 그는 사브라스카를 썰매에서 풀어, 땀이 식기를 기다렸다가, 우물에서 길어 온 물을 먹였다. 유리 안드레예비치는 썰매 바닥에 깔았던 건초를 말에게 먹이려 했지만, 짓밟혀 가루가 된 건초를 줄 수가 없었다. 다행히 헛간과 마구간 위의 널찍한 건조장 벽을 빙 둘러 구석마다 건초가 한가득 쌓여 있었다.

그날 밤은 옷도 벗지 않은 채, 모피 외투를 둘러쓰고, 하루 종일 뛰어놀다 지친 아이들처럼 행복하고 달콤하게 깊은 잠에 빠졌다.

# 6

잠에서 깬 유리 안드레예비치는 아침부터 창문가에 놓인 멋진 책상을 물끄러미 바라보고 있었다. 그는 종이 위에 무엇인가를 쓰고 싶어 두 손이 근질거렸다. 그러나 라라와 카텐카가 잠자리에 든 밤까지 그 즐거움은 미뤄 두기로 했다. 그때까지 방 두 개를 치우자면, 몹시 바쁠 터였다.

그가 밤에 작업을 하고 싶어 했다곤 하지만, 무슨 구체적인 목표가 있는 것은 아니었다. 그저 펜을 들고 생각나는 대로 무언가를 쓰고 싶다는 열망에 사로잡혔을 뿐이다.

그는 그저 아무것이나 끄적이고 기록하고 싶었다. 우선은 미처 기록해 두지 못한, 지난 일을 회상하고 메모함으로써, 너무 오랫동안 쓰지 않고 중단되어 잠들어 버린 능력을 흔들어서 깨우는 것으로 만족할 생각이었다. 그동안 라라와 함께 이곳에서 좀 더 머무를 수 있게 된다면, 무언가 새롭고 의미 있는 일을 시도할 수 있는 시간적 여유가 생길 것이라는 기대도 했다.

"당신 바쁘세요? 뭐하세요?"

"불을 때는 중이오. 왜 그래요?"

"큰 대야가 필요해요."

"이렇게 때다가는 사흘도 안 돼 장작이 다 떨어지겠는걸. 우리 집 헛간에 가봐야 할 것 같소. 아직 장작이 남아 있을지도 모르니 말이오. 좀 남아 있으면, 몇 번 왕복해서 이리 가져오겠소. 그 일은 내일 하지 뭐. 참, 대야가 필요하다고 했소? 분명 어디선가 본 것 같은데, 도무지 어디였는지 아무 생각이 나지 않아. 그게 말이나 되오?"

"저도 그래요. 어디선가 보았는데 생각이 나지 않아요. 어딘가 엉뚱한 곳에 있어서, 잊어버렸을 거예요. 할 수 없죠 뭐. 씻을 물을 많이 데워 놓았어요. 뜨거운 물이 남으면, 나와 카챠의 옷을 세탁할 거예요. 당신도 세탁할 것이 있으면 주세요. 대충 정리가 되고, 그런대로 모양이 잡히면, 밤에, 잠자리에 들기 전에 모두 목욕을 하기로 해요."

"고맙소. 속옷을 가져오겠소. 옷장이며 무거운 것은, 당신 말대로, 모두 창문에서 떼어 놓았소."

"잘하셨어요. 그럼, 대야 대신 개수통에서 빨래를 해봐야겠어요. 기름기가 있어 좀 끈적거리네요. 우선 개수통의 기름기를 씻어 내야겠어요."

"페치카가 따뜻해지면, 뚜껑을 덮고 다시 서랍을 정리하리다. 책상이나 찬장 서랍을 열 때마다, 여러 가지 새로운 물건들이 나와서 놀랍소. 비누며 성냥이며 연필이나 종이, 필기구 등이 나와요. 바로 눈앞에 뜻밖의 것들이 놓여 있기도 하고. 예를 들면, 탁상 램프에는 석유가 가득 차 있다거나. 이것은 분명 미쿨리친의 것은 아니오. 다른 곳에서 가져온 것이 분명해."

"정말 운이 좋군요! 그것들 모두가 미지의 거주자 덕분이에요. 쥘 베른의 소설처럼 말이죠. 어머나, 이런! 쓸데없는 소리를 늘어놓느라 물이 끓는 것도 몰랐네요."

두 사람은 두 손에 이런저런 물건을 들고 이곳저곳으로 뛰며 부산하게 움직이다가 서로 몇 차례 부딪치기도 했고, 길을 가로막고 다리에 매달리는 카텐카와 몇 번이나 부딪히곤 했다. 여기저기 방 안을 뛰어다니는 카텐카는 청소를 방해했고, 꾸중을 들으면, 이내 토라졌다가, 몸을 떨며 춥다고 불평을 하기도 했다.

'요즘 아이들은 가엾어. 우리들의 집시 생활에 희생당해서는, 어린아인데도 불평 없이, 방랑 생활을 계속하고 있으니 말이야.' 의사는 마음속으로 그런 생각을 하면서도 아이에게 이렇게 말했다.

"아가야, 미안하구나. 그래도 몸을 떨 정도는 아닌데? 심술을 부리고 거짓말을 하는 거지? 난로가 벌겋게 달아올랐는걸."

"페치카는 따뜻해도, 난 추워요."

"그럼 좀 참으렴, 카추샤.* 밤에 한 번 더 불을 따뜻하게 지

* 카텐카보다 조금 더 성숙한 느낌의 애칭.

펴 줄게. 그리고 엄마가 널 따뜻한 물로 목욕시켜 준다고 한 말 들었지? 그러니까 그때까지 이걸 가지고 놀아." 그는 추운 헛간에 있던 리베리의 장난감들을 모두 찾아와 마룻바닥에 쏟아 놓았다. 온전한 것도 있었고, 망가진 것도 있었는데, 주로 크고 작은 블록들과 기관차들, 주사위 놀이나 가짜 화폐 놀이를 할 때 사용하는 바둑무늬에 다양한 색칠과 숫자가 적힌 판 같은 것들이었다.

"어머, 겨우 그것뿐이에요? 유리 안드레예비치!" 카챠는 어른 같은 말투로 불평했다. "이건 모두 내 것이 아니에요. 그리고 그건 어린아이들이나 갖고 노는 거예요. 난 다 컸단 말이에요."

그러나 어느새 카텐카는 양탄자 한가운데 털썩 자리를 잡고 앉아, 장난감들을 모두 벽돌처럼 둘러싸서, 시내에서 자신이 가져온 인형 닌카가 살 집을 지었다. 그 집은 지금껏 끊임없이 카텐카가 옮겨 다니고 끌려다니며 잠시 머물곤 했던 거주지들보다도 훨씬 더 훌륭하고 안정된 집이었다.

"가정적인 저 본능을 보세요. 그 어떤 것도 무너뜨릴 수 없는 가정과 질서에 대한 갈망이죠." 부엌에서 딸의 소꿉장난을 보며 라리라 표도로브나가 말했다. "아이들이란 부끄러움이 없고, 어른들보다 훨씬 더 정직해서, 진실을 두려워하지 않아요. 하지만 우리는 시대에 뒤떨어질까 봐 두려워, 우리에게 가장 소중한 것을 배반하기도 하고, 혐오스러운 것을 찬양하기도 하고, 우리가 이해할 수 없는 것을 지지하기도 하잖아요."

"대야가 여기 있었구려." 의사가 어두운 복도에서 나오며 말했다. "정말 엉뚱한 곳에 있었소. 천장에서 빗물이 새는 마루 위에 말이오. 지난가을부터 내내 그곳에 있었던 모양이오."

**7**

라리사 표도로브나는 시내에서 가져온 식량으로 사흘 동안은 충분히 먹을 수 있는 감자수프와 구운 양고기에 감자를 곁들여, 평소에 구경하기 힘든 진수성찬을 저녁 메뉴로 차렸다. 카텐카는 좋아서 한없이 먹어 댔고, 기분 좋게 웃으며 장난을 치더니, 실컷 먹고 몸이 따뜻해지자, 소파 위에서 엄마의 숄을 두른 채, 몸을 웅크리고 곤히 잠이 들었다.

라리사 표도로브나는 스토브에서 막 벗어난 터라, 지치고 땀에 젖어 있었고, 딸처럼 졸리기도 했지만, 멋지게 저녁 요리를 차린 것이 만족스러웠는지, 설거지를 미뤄 두고, 좀 쉬려고 자리에 앉았다. 그녀는 카텐카가 잠이 든 것을 확인하고는, 손으로 턱을 괴고 식탁 위에 몸을 엎드리며 말했다.

"이것이 헛된 일이 아니라, 어떤 목표를 향해 가는 것이라고 확신할 수만 있다면, 아무리 힘들어도 행복할 거예요. 우리가 이곳에 온 이유는 함께 있기 위해서였다는 사실을 저에게 계속 일깨워 주세요. 힘을 북돋아 주고, 다른 생각을 할 수 없게 말예요. 솔직하게 상황을 직시해 보면, 지금 우리가 무슨 일을 하고 있는지, 또 무슨 일이 일어날지 알 수 없으니까요. 남의 집에 불쑥 쳐들어와 집을 차지하고는, 이것이 정상적인 삶이 아니라는 사실을 외면하고, 그냥 연극일 뿐이라고, 아이들 말처럼 코미디 인형극이나 익살극처럼 '일부러' 그런 것이지, 심각한 것이 아니라며, 우리 자신을 계속 다그치고 있잖아요."

"하지만 사랑하는 나의 천사여, 이곳으로 오자고 고집을 피운 사람은 바로 당신이었소. 내가 얼마나 오랫동안 반대했는지는 당신도 알고 있지 않소?"

"네, 당신 말이 맞아요. 부인하지는 않아요. 제가 잘못한 거죠! 당신은 주저할 수도 있고, 여러 번 생각해 봐도 되는데, 저에게는 항상 논리적이고 일관성이 있어야 한다고 하시는군요! 당신은 어제 옛집에 들어가, 당신 아들의 침대를 보자, 몹시 고통스러워하며 멍해지더니 거의 정신을 잃을 뻔했어요. 당신에겐 그럴 권리가 있고, 전 카텐카를 걱정하고 염려하거나 장래를 생각해서는 안 되고, 오직 당신에 대한 사랑으로 그 모든 걸 버려야 한다는 건가요?"

"라루샤!* 사랑하는 당신, 흥분하지 말아요. 생각을 바꾸고 결심을 되돌리는 일은 언제라도 늦지 않아요. 코마롭스키의 계획을 더 깊이 생각해 보라고 말한 것은 바로 나요. 우리에

---

* 라라보다 좀 더 친밀한 애칭.

겐 말이 있어요. 당신이 원한다면. 내일 당장 유랴틴으로 돌아갑시다. 코마롭스키는 아직 그곳에 있어요. 썰매를 타고 오다가 거리에서 그를 보았지만, 그가 우리를 본 것 같진 않아요. 분명 그를 찾을 수 있을 거예요."

"제가 겨우 한마디 하니, 당신은 벌써 짜증을 내시는군요. 제가 그렇게 잘못했나요? 이렇게 아무 희망도 없이, 아무 곳에나 숨을 작정이었다면, 유랴틴에 머물렀을 수도 있어요. 만약, 정말로 살아야겠다고 생각했다면, 제대로 된 계획을 세웠어야 했어요. 정 안 되면, 비록 구역질나는 사람이긴 하지만, 실무적이고 수완이 좋은 그가 제안했던 것도 있었고요. 정말 우리가 있는 이곳은 그 어느 곳보다 가장 위험할 수도 있는 곳이에요. 바람이 휘몰아치는 끝없이 넓은 평원에 오직 우리뿐이에요! 밤사이 눈 속에 묻히기라도 하면, 아침에 뚫고 나갈 길이 없어요! 그게 아니라도, 이 집의 비밀스러운 우리의 은인이 불쑥 나타났는데, 알고 보니 강도였다든가, 그래서 우리를 찌르기라도 하면 어떻게 해요? 당신에게 무슨 무기가 있는 것도 아니잖아요? 당신이 그렇게 태연한 것이 놀라울 정도예요. 이젠 저까지 그렇게 되어 버렸다고요. 그래서 저도 정상적인 생각을 못하는 거예요!"

"그렇다면 당신이 원하는 것이 무엇이오? 내가 어떻게 했으면 좋겠소?"

"저도 무슨 대답을 해야 할지 모르겠어요. 항상 제가 꼼짝 못하도록 단단하게 저를 붙들어 주세요. 저는 당신의 소유이고, 당신에게 눈이 먼 사랑의 노예, 아무것도 판단할 수 없는 노예라는 걸 항상 주지시켜 달라고요. 그래요. 당신의 가족과 저의 가족은 우리보다는 천 배나 더 나을 거예요. 하지만 그게 중요한 건 아니잖아요? 중요한 건, 사랑의 재능도 다른 재능과 비슷하다는 거예요. 그 재능이 아무리 위대하다 해도 축복받지 못한다면 발현되지 않는 거예요. 당신과 저는 하늘나라에서 입맞춤을 배운 뒤, 우리의 능력을 시험하기 위해서, 어린아이가 되어 같은 시대를 살아가도록 보내졌다는 생각이 들어요. 좌우도 없고, 계급도 없고, 높낮이도 없으며, 모든 존재가 동등한 가치를 가지며, 모든 것이 기쁨을 가져오고 모든 것이 영적으로 변하는 어떤 화합의 왕관을 위해서요. 하지만 매순간 복병이 잠복해 있는 이 야성적인 사랑 속에는 어린아이처럼 길들여지지 않는, 금지된 어떤 것이 들어 있어요. 그것은 자유분방하고 파괴적이며, 가정의 평화에 매우 위협적이에요. 저의 의무는 그것을 두려워하고 경계하는 것이죠."

그녀는 눈물을 애써 참으며, 두 팔로 그의 목을 끌어안으며 말을 멈췄다.

"우리의 입장이 다르다는 것은 이해하시겠죠? 당신에게는 구름 위를 날 수 있는 날개가 주어졌지만, 여자인 저에게는 땅에 몸을 붙이고 위험에서 병아리를 보호할 날개만이 주어져 있을 뿐이죠."

닥터 지바고 2

그는 그녀의 한마디 한마디에 깊은 감동을 받았지만, 자기 연민에 빠지지 않기 위해 그것을 겉으로 드러내지는 않았다. 그는 자신을 억제하며 말했다.

"지금 우리의 방랑 생활이 몹시 불편하고 긴장되는 건 사실이오. 당신 말이 정말 옳아요. 하지만 이런 삶을 원한 건 우리가 아니오. 광적인 떠돌이 생활은 모두가 겪는 일이고, 이것이 바로 시대정신이오.

나도 하루 종일 그 문제에 대해 생각했소. 나는 어떻게든 당분간 이곳에 계속 머물고 싶소. 얼마나 작업을 하고 싶었는지 이루 말할 수가 없소. 농사일을 말하는 것이 아니오. 농사일은 전에 우리 가족 모두가 여기서 했었고 결과도 좋았소. 그렇지만 다시 그 일을 할 기운이나 힘이 없어요. 다른 어떤 일을 마음속으로 구상 중이오.

모든 측면에서 생활이 점차 안정을 되찾고 있소. 언젠가는 다시 책을 출판할 수 있게 되겠지.

그래서 이런 생각을 해봤소. 삼데뱌토프에게 유리한 조건을 제시해 계약을 맺고, 내가 여기 머무는 동안 시집이나 문학과 관련된 책, 아니면 의학 교재 같은 것을 저술하는 조건으로 돈을 받으면, 그것으로 반년 정도는 지낼 수 있지 않을까 생각하는데. 아니면, 외국의 유명한 어떤 작품을 번역하는 방법도 있고. 나는 외국어에 능통하니까. 지난번에 광고를 보니 페테르부르크에 번역만 전문으로 하는 대형 출판사도 있었소. 분명히 그런 일로 돈을 벌 수 있을 것 같소. 그런 일을 할 수 있으면 정말 좋을 텐데."

"그런 생각을 상기시켜 주어 고마워요. 저도 오늘 그런 어떤 일을 생각하고 있었거든요. 하지만 전 여기서 계속 지낼 수 있을 거라고 확신할 수는 없어요. 오히려 머지않아 어딘가 더 멀리 가게 될 것만 같아요. 그래도 우리가 여기서 머무르는 동안, 당신에게 부탁하고 싶은 것이 있어요. 앞으로 며칠 동안 밤이면 몇 시간씩을 할애해. 그동안 저에게 들려주신 시들을 기록해 주세요. 그 시들 가운데 절반은 잊어버렸고, 나머지는 기록해 두지도 않았잖아요. 당신이 나중에 모두 잊어버리게 되지는 않을까 걱정이에요. 전에도 그런 적이 자주 있었다고 당신 입으로 말했잖아요."

## 8

밤이 되자, 세탁하고 남은 뜨거운 물로 모두들 실컷 목욕을 했다. 라라는 카텐카의 몸을 씻겨 주었다. 유리 안드레예비치는 깨끗하고 개운한 느낌으로 창가의 책상에 앉았다. 그의 등 뒤의 방 안에서는 수건으로 머리카락을 터번처럼 말아 올리고 커다란 목욕 타월로 몸을 감싼 라라가 향긋한 비누 냄새를 풍기며, 카텐카의 잠자리를 보살펴 준 다음, 자기도 잠자리에 들 준비를 했다. 곧 집중해 집필할 수 있을 거라는 기대감에 휩싸인 유리 안드레예비치는 주변에서 일어나는 일들 하나하나에 관심을 갖고 편안한 마음으로 바라보고 있었다.

줄곧 잠든 척하던 라라가 드디어 잠이 든 것은 새벽 한 시였다. 그녀와 카텐카가 입고 있는 잠옷과 침대보, 잘 다림질된 레이스가 새하얗게 빛났다. 라라는 이런 때에도 어떤 방식으로든 풀을 먹이는 재주가 있었다.

유리 안드레예비치는 한없는 기쁨과 행복, 달콤한 생명의 숨결과 정적에 감싸여 있었다. 램프의 불빛이 하얀 종이 위에 노랗고 은은하게 쏟아지고 있었고, 병에 담긴 잉크의 표면 위에 금빛 무늬를 만들며 반짝였다. 창밖에는 얼어붙은 겨울밤이 담청색으로 빛나고 있었다. 유리 안드레예비치는 그 모습을 자세히 보려고 춥고 어두운 옆방으로 가서 창밖을 내다보았다. 온통 눈에 덮인 설원 위에 빛나는 만월의 빛이 달걀의 흰자위나 걸쭉한 흰색 페인트처럼 끈적끈적하게 느껴졌다. 얼어붙은 밤의 장관은 말로 형언할 수 없었다. 의사의 마음은 그지없이 평화로웠다. 그는 따뜻하고 불이 환한 방으로 돌아와 글을 쓰기 시작했다.

그는 대범한 필체로 글의 외형이 생생한 손의 움직임을 잘 전달하고, 감각을 상실해 무미건조해지거나 개성을 잃지 않도록 주의를 기울이며, 이전의 형태를 벗어나 점차 나아져, 가장 완성도가 있고 기억에 남아 있는 「성탄절의 별」과 「겨울밤」을, 그리고 그와 유사한 다른 많은 시들을 떠올리며 써 내려갔다. 나중에 그것들은 잊히고 방치되어, 아무도 발견할 수 없게 될 운명이었다.

그는 몇 작품들을 완성하고 마무리한 다음, 전에 시도했다가 미처 끝내지 못한 다른 작품들로 넘어갔다. 지금 완성될 거라는 희망은 없었지만, 기존 작품의 어조 속으로 들어가, 그 뒤를 이어 써 내려갔다. 그러고는 흥이 돋고 몰입되면서, 새 작품으로 넘어갔다.

두세 연의 시구가 가볍게 떠오르고 깜짝 놀랄 만한 몇 가지 비유가 떠오르자, 이젠 작업이 그를 지배하며, 소위 영감이 떠오르는 것을 경험했다. 창작을 지배하는 힘의 역학관계가 역전된 것이다. 주도권을 행사하는 대상은 인간이나 인간이 표현하려는 영혼의 상태가 아니라, 그가 표현하는 언어이다. 아름다움과 의미를 담는 그릇이자 집이라고 하는 언어가 인간을 대신하여 스스로 생각하고 말하기 시작해 온통 음악이 된다. 외적인 청각적 음향이 아니라, 자기 내적인 흐름의 에너지와 열정이 음악이 되는 것이다. 그 순간이 되면, 강한 힘으로 바닥의 돌을 매끄럽게 갈고 닦는 물줄기나 물레방아를 돌리는 세찬 강물의 물줄기처럼, 언어의 물줄기가 자체의 법칙에 따라 흐르며 운율과 리듬을, 그리고 아직 알려지지도, 인식되지도, 명명되어지지도 않았지만, 훨씬 더 중요한 수많은 다른 형식들을 창조해 내게 되는 것이다.

그런 순간마다, 유리 안드레예비치는 중요한 창작은 그 자신이 아니라, 자신보다 더 높은 곳에 존재하며, 그를 지배하고 끌어가는 존재, 즉 우주적 사유와 시정詩情의 상태에 의해 이루어진다는 것을, 그리고 그 창작은 미래에, 역사적 발전의 다음 단계에서 완성된다는 것을 느꼈다. 그리고 그 자신은 그러한 발전을 가능하게 하는 계기이자, 한 점에 지나지 않는다는 것을 느꼈다.

그렇게 그는 자책과 자기 불만에서 벗어나, 한동안 열등감을 느끼지 않았다. 그는 고개를 들어 주위를 둘러보았다.

그는 눈처럼 하얀 베개 위에 잠들어 있는 라라와 카텐카의 머리를 보았다. 깨끗한 침대보, 깨끗한 방, 그들의 깨끗한 얼굴은 밤과 눈, 별과 달의 깨끗함과 하나의 동일한 이미지로 합쳐진 파도가 되어 의사의 가슴으로 밀려 들어와, 그는 그 장엄한 존재의 순수를 느끼며, 기쁨의 눈물을 흘렸다.

'주여! 주여!' 그는 금방이라도 이렇게 속삭일 것 같았다. '당신께서 저에게 이 모든 것을 주셨나이다! 어찌하여 당신은 저에게 이토록 많은 것을 주셨나이까? 어찌하여 당신은 저에게 당신의 임재臨在를 허락하시고, 저로 하여금 당신이 거하시는 가장 소중한 땅으로 들어가게 하시며, 당신의 별 아래, 이 무모하고 불운하고 불평하지 않는 사랑하는 여자의 발아래 있게 허락하셨나이까?'

새벽 세 시, 유리 안드레예비치는 드디어 책상과 원고에서 눈을 들었다. 정신적으로 완전히 몰입한 상태에서 현실로, 자기 자신으로 돌아왔다. 힘이 솟고 행복했으며 마음이 평화로웠다. 그때 갑자기 저 멀리 창밖에 펼쳐진 드넓은 대지의 정적 속에서 흐느끼는 듯한 구슬픈 소리가 들려왔다.

그는 창밖을 내다보려고, 불이 꺼진 옆방으로 갔지만, 그가 작업하는 사이에, 그 방의 유리창에는 성에가 가득 끼어 있었다. 유리 안드레예비치는 틈으로 새어 들어오는 바람을 막으려고 현관 입구에 돌돌 말아 밀어놓은 양탄자를 옆으로 치우고는, 외투를 어깨에 걸치고 밖으로 나갔다.

눈 덮인 광활한 들판 위, 달빛에 반사된 하얀 불꽃에 그는 눈이 부셨다. 처음에는 아무것도 보이지 않고 아무것도 찾을 수 없었다. 그러다가 잠시 후, 멀고 깊은 곳에서 구슬프게 울려 퍼지는 울음소리가 길게 들려왔다. 그 순간 골짜기 너머 초지 가장자리에 작은 선처럼 보이는 네 개의 기다란 그림자가 서 있는 것을 발견했다.

늑대들이 머리를 쳐들고 미쿨리친 집을 향해 나란히 줄지어 서서, 달을 향해, 미쿨리친 집의 창문 위에 반사된 달의 은빛 그림자를 향해 울부짖고 있었다. 잠시 꼼짝 않고 서 있던 늑대들은 유리 안드레예비치가 보고 있다는 것을 알고, 의사의 생각을 알아채기라도 한 듯, 겁을 먹고 개처럼 꼬리를 내리고 들판에서 모습을 감추어 버렸다. 의사가 늑대들이 어느 방향으로 사라졌는지 미처 확인할 겨를도 없었다.

'반갑지 않은 소식이군!' 그는 생각했다. '불청객들이야. 혹시 저놈들의 소굴이 어딘가 가까운 곳에 있지는 않을까? 어쩌면 골짜기 안에 있을지도 몰라. 정말 끔찍하군! 게다가 삼데뱌토프의 말이 헛간에 있는데 큰일이야! 놈들이 말 냄새를 맡았을 텐데.'

그는 라라가 겁을 먹지 않도록, 당분간 그녀에게 이 사실을 숨겨야겠다고 생각했다. 그는 다시 안으로 들어가 현관문에 자물쇠를 채우고, 차가운 방들과 따뜻한 방들 사이에 있는 중간 문을 닫은 다음, 바람이 새어 들지 않도록 문틈에 양탄자와 옷가지들을 쑤셔 넣고 책상으로 되돌아왔다.

램프는 여전히 밝게 빛나고 있었다. 그러나 더 이상 글을 쓸 기분이 나지 않았다. 마음을 진정시킬 수가 없었다. 늑대와 막연한 공포심이 그의 머릿속을 가득 채웠다. 피곤하기도 했다. 그때 라라가 잠에서 깨어났다.

"아직도 환하게 타고 있는 중이군요. 불타는 나의 촛불님!" 그녀는 잠에 취해 은근하고 부드러운 목소리로 나직하게 속삭였다. "이쪽으로 와서 잠깐 제 옆에 앉아 보세요. 제가 꾼 꿈을 이야기해 드릴게요."

그는 램프를 껐다.


## 9


또 하루가 미칠 듯한 정적 속에서 지나갔다. 집 안에서 어린이용 썰매를 찾아냈다. 외투를 입고 얼굴이 발갛게 상기된 카텐카가 큰 소리로 깔깔대며, 얼음이 언 비탈길을 따라 눈을 쓸지 않은 아래쪽 길로 미끄러져 내려갔다. 의사는 카텐카를 위해 눈을 삽으로 단단히 다지고, 그 위에 물을 부어 비탈길을 빙판길로 만들어 놓았다. 웃음기 가득한 꽁꽁 언 얼굴로 아이는 썰매 끈을 끌고, 몇 번이고 언덕 꼭대기로 기어오르곤 했다.

몹시 추운 날이었고, 추위는 점점 더 심해지고 있었다. 뜰에는 햇살이 비치고 있었다. 한낮의 햇살을 받아 눈은 노란색을 띠고, 꿀처럼 노란 눈 속에 일찍 찾아든 석양의 진한 주홍빛이 달콤한 앙금처럼 스며들고 있었다.

어제는 라라가 빨래를 하고 목욕을 하느라, 온 집 안이 눅눅했다. 김 때문에 창문에는 성에가 두껍게 끼고, 습기 때문에 마루에서 천장까지 온 벽지에 시커먼 얼룩이 생겼다. 방들은 모두 어둑어둑하고 답답했다. 유리 안드레예비치는 장작과 물을 나르고, 계속해서 새로운 무언가를 찾으며, 마무리 짓지 못한 집안일이 있는지 살폈고, 아침부터 계속 이어지는 라라의 가사일도 도왔다.

부산하게 일을 하던 두 사람이 어쩌다 손이 닿자, 둘은 일을 멈추고, 운반하려고 들고 있던 무거운 물건을 아무데나 던져두고, 거부할 수 없는 아득한 열정의 불길에 휩싸였다. 그 순간에는 다시 모든 것이 두 사람의 손에서 빠져나가고, 머리 속에서 사라져 버렸다. 그렇게 다시 몇 분, 몇 시간이 흘러 날이 저물었고, 그제서야 두 사람은 오랫동안 카텐카를 혼자 내버려 두었다는 사실과 말에게 물과 건초를 주지 않았다는 사실을 기억해 내고는 깜짝 놀라, 양심의 가책으로 당황해하며 허겁지겁 방치해 둔 일에 달려들었다.

의사는 수면 부족으로 머리가 아팠다. 술에 취한 것처럼 의식이 몽롱하고, 온몸이 쑤시는 듯 노곤한 행복감에 젖었다. 그는 중단된 작업을 다시 계속하고 싶은 마음에 어서 밤이 되기를 초조하게 기다렸다.

그를 대신해 작업의 절반을 미리 완성시켜 주는 것은 몽롱한 안개였다. 바로 그것이 자신과 주변의 모든 것과 그의 생각을 감싸고 있었다. 마지막으로 형상화되고 명료해지기 전의 단계로서, 모든 것에 내재된 전형적인 특성은 바로 이 모호성이었다. 아무렇게나 써 놓은 초고의 혼돈과 비슷하게, 낮 동안의 느긋한 게으름은 밤의 집필 작업을 위해 꼭 필요한 준비 단계였다.

그는 어떤 것 하나 그냥 지나치는 법이 없이, 기진맥진해질 정도로 손보고 고치곤 했다. 모든 것이 변형되고 다른 형태로 바뀌었다.

유리 안드레예비치는 가능한 한 오래 바르이키노에 안주하려던 자신의 꿈이 실현되지 않을 것이며, 라라와 이별할 시간이 코앞에 다가왔다는 것, 그리고 결국 그녀를 잃게 될 테고, 그녀를 잃는 동시에, 살아갈 의욕도, 어쩌면 삶 자체도 잃게 될지 모른다는 느낌이 들었다. 고통이 그의 심장을 옥죄어 왔다. 그러나 그를 더욱 고통스럽게 하는 것은 밤을 기다리는 일, 그리고 모든 사람을 울릴 수 있는 표현을 통해 자신의 고통을 토로하고 싶다는 욕망이었다.

하루 종일 그의 머릿속에 맴돌며 사라지지 않는 늑대들은, 더 이상 달빛이 비치는 설원 위의 늑대가 아니라, 자신과 라라를 파멸시키고, 바르이키노에서 그들을 몰아내려는 적대적 세력이라는 테마로 변했다. 밤이 가까워 오자, 이 적대적인 세력에 대한 시상詩想은 점점 더 자라나, 슈티마 골짜기에 태곳적 야수의 흔적을 남기고 숨은 채, 그의 피를 요구하고 라라에게 욕정을 느낀 동화 속의 어마어마한 크기의 용과 같은 거대한 세력의 상징으로 발전했다.

밤이 되었다. 의사는 전날처럼 다시 책상 위에 등잔을 밝혔다. 라라와 카텐카는 전날 밤보다 일찍 잠자리에 들었다.

그가 밤에 쓴 글은 두 종류였다. 하나는 이전에 쓴 시들을 다듬어 정서한 원고들로, 그것은 단정한 필기체로 쓰여 있었다. 다른 하나는 새로운 작품으로, 점과 생략투성이로 알아볼 수 없게 휘갈겨 쓴 것들이었다.

의사는 휘갈겨 써놓은 원고들을 검토하면서, 여느 때처럼 실망감을 느꼈다. 지난밤만 해도 다듬어지지 않은 이 단편들에 눈물이 나도록 감동했고, 우연찮게 건져 올린 몇 가지 멋진 표현들에 자신도 깜짝 놀랄 정도였다. 그런데 다시 보니, 그 멋진 표현들이 너무 억지스럽게 느껴져 몹시 실망을 느꼈다.

그는 평생 동안, 외형적으로는 드러나지 않지만, 일반적이고 익숙한 형식의 표면 속에 감추어진 유연하고 간결하며 독창적인 어떤 것을 열망했고, 독자나 청자들이 자기도 모르는 사이에 그 내용이 완전히 숙지되는, 간결하고 꾸밈없는 문체를 만들어 내려고 노력했다. 그는 평생 어떤 특별한 주의를 끌지 않는 자연스러운 문체를 만들기 위해 노력했는데도, 그의 이상에 도달하기에는 아직 턱없이 부족하다는 사실을 알고 절망감을 느꼈다.

지난밤에 쓴 초고에서 그는 거의 자장가처럼 애잔함이 묻어나고, 아이들의 옹알이 같은 단순한 표현 방법을 통해 자신의 사랑과 두려움, 그리고 슬픔과 용기가 복합적으로 뒤섞인 감정을 표현함으로써, 그러한 감정들이 어휘 자체들과 거의 상관없이 저절로 드러나게 하고 싶었다.

하루가 지난 지금, 지난밤에 시도한 것들을 다시 살펴보니, 분산된 시행들을 결합할 수 있는 내용적인 유사성이 부족하다는 것을 깨달았다. 유리 안드레예비치는 어젯밤에 쓴 것들을 차츰 지우고, 서정적인 느낌을 그대로 유지하면서, 용사 이고리*의 전설을 쓰기 시작했다. 그는 크고 넓은 시야를 표현

---

* 용사 성 이고리는 초기 기독교의 순교자이자 열네 명의 성인 가운데 한 사람인 성 게오르기, 성 조지의 러시아식 이름으로, 러시아 전설에 용을 물리치고 공주를 구한 용사로 등장한다.

할 수 있는 5음보로 시작했다. 그러나 내용과 동떨어진 운율 자체에 들어 있는 화음이 진부하고 인위적인 느낌이 들어 마음에 들지 않았다. 그는 휴지休止가 있는 과장된 음보를 버리고, 산문에서 불필요한 어휘를 버리듯, 시행을 4음보로 줄였다. 그랬더니 쓰기는 더 어려웠지만 훨씬 고혹적이었다. 작품에 더 생동감이 생기기는 했지만, 아직도 좀 장황한 감이 있었다. 그는 음보를 더 짧게 줄였다. 시어들이 3음보의 시행 속으로 더 좁혀 들어가자, 일시에 잠이 확 달아난 작가는 기운이 솟고 의욕이 불타올랐으며, 행간의 좁은 간격 자체가 시행을 어떻게 채워 나가야 할지를 그에게 암시해 주었다. 시행 속에 거의 언급되지 않은 대상들이 이야기의 틀 안에서 구체적으로 드러나기 시작했다. 그는 쇼팽의 한 발라드에서 천천히 보조를 맞추어 걷는 말발굽 소리를 듣듯, 시의 표면에서 걷고 있는 말발굽 소리를 들었다. 성 이고리가 끝없는 광활한 대초원 위로 말을 달리고, 유리 안드레예비치는 점점 멀어지며 작아져 가는 그의 뒷모습을 보고 있었다. 유리 안드레예비치는 적절하게 제자리를 찾아가는 시어들과 시행들을 미처 따라잡기 힘들 정도로 정신없이 써 내려갔다.

그는 라라가 침대에서 일어나 책상 곁으로 다가오는 것도 모르고 있었다. 뒤꿈치까지 오는 긴 잠옷을 입은 그녀의 모습은 가냘프고 야위어 보였고, 실제보다 훨씬 더 커 보였다. 유리 안드레예비치는 그녀가 창백하고 놀란 모습으로 그의 곁으로 다가와 손을 내밀고 작은 소리로 속삭이자, 깜짝 놀라 몸을 부르르 떨었다.

"이 소리 들려요? 개가 짖고 있어요. 두 마리인 것 같아요. 아, 정말 무서워요! 너무 불길한 징조예요. 어떻게든 참았다가 아침이 되면 바로 떠나야겠어요. 떠나야 해요! 이곳에서는 더 이상 머물고 싶지 않아요."

한 시간이 지나도록 계속 달랜 끝에, 라리사 표도로브나는 겨우 마음을 진정하고 다시 잠이 들었다. 유리 안드레예비치는 현관으로 나갔다. 늑대들이 전날 밤보다 더 가까이 다가왔고, 훨씬 더 빠르게 모습을 감추었다. 이번에도 유리 안드레예비치는 그놈들이 어디로 사라졌는지 짐작할 수가 없었다. 늑대들이 떼를 지어 서 있는 바람에, 몇 마리인지 세어 보기도 힘들었다. 어젯밤보다 훨씬 더 늘어난 것은 분명해 보였다.

## 10

바르이키노에 머문 지 열사흘이 지났지만, 사정은 처음과 달라진 것이 없었다. 지난주에는 사라졌다가 어젯밤 다시 나타난 늑대들이 울부짖었다. 전번처럼 늑대를 개로 착각해, 불길한 징조라며 잔뜩 겁에 질린 라리사 표도로브나는 또다시 내일 아침에 떠나자고 했다. 이렇게 그녀는 우울한 불안 상태와 진정된 상태가 반복되어 나타나곤 했는데, 그런 증상은 하루 종일 자기감정을 억제하고 있는 데다, 충분한 애정을 받지 못한 채, 일에 매인 여성에게 흔한 현상이었다.

모든 것이 똑같이 반복되던, 둘째 주의 그날 아침, 라리사 표도로브나는 이미 몇 번이나 반복했던 대로, 다시 돌아가자며 짐을 꾸리기 시작했다.

집 안은 다시 눅눅해졌고, 날씨마저 잔뜩 흐려 어두웠다. 추위는 좀 가셨지만, 구름이 낮게 드리운 컴컴한 하늘에서는 금방이라도 눈이 쏟아질 것 같았다. 유리 안드레예비치는 며칠 동안 밤잠을 이루지 못해 심신이 극도로 지쳐 있었다. 머릿속이 뒤죽박죽인 데다, 힘이 쭉 빠진 그는 심한 한기를 느껴 몸을 웅크리고 언 손을 비비면서, 불도 때지 않은 방을 서성댔다. 라리사 표도로브나가 어떤 결정을 내릴지도 몰랐고, 또, 그녀의 결정에 어떻게 해야 할지도 알 수 없었다.

그녀는 갈피를 잡지 못했다. 그녀는 만약 그들 두 사람이 불안한 자유 대신, 아무리 힘들더라도 제대로 자리 잡힌 일상적인 생활을 할 수 있게 된다면, 그들이 직장에 다니고, 짊어져야 할 의무를 수행하며 정상적이고 정직하게 살아갈 수 있다면, 자기 목숨의 절반이라도 줄 수 있을 것 같았다.

그녀는 여느 때처럼 하루를 시작했다. 침대를 정리하고, 방을 치우고, 청소를 하고, 의사와 카챠에게 아침을 차려 주었다. 그러고 나서, 그녀는 짐을 꾸리기 시작하더니, 의사에게 말에 마구를 채워 달라고 부탁했다. 그녀는 떠나기로 확고하게 결론을 내렸다.

유리 안드레예비치는 설득할 시도도 하지 않았다. 얼마 전 그들이 사라진 것을 알고 두 사람을 체포하려고 한창 열을 올리고 있을 이때, 유랴틴으로 돌아가는 것은 정말 미친 짓이었다. 물론 이곳 나름의 위험이 도사리고 있는 무시무시한 겨울 광야에서 무기도 없이 외따로 살아가는 것도 정상은 아니었다.

더구나 의사가 이웃집들을 돌며 모은 마지막 건초더미도 떨어져 가고 있었고, 더 이상 기대를 할 수도 없었다. 물론 이곳에서 오래 머물 계획이었다면, 의사는 이웃집을 돌아다니며 사료와 식량을 보충하기 위해 찾아다녔을 것이다. 그러나 며칠을 지낼지 불확실한 상황에서 그런 시찰이 필요하지는 않았다. 의사는 결국 모두 체념하고 말에 썰매를 채우러 갔다.

그는 마구를 채우는 일이 서툴렀다. 마구를 채우는 법을 삼데뱌토프에게 배우긴 했지만, 유리 안드레예비치는 그 방법을 자꾸 잊어버리곤 했다. 서툴기는 했지만, 그런대로 필요한 작업을 모두 마쳤다. 쇠고리 장식이 달린 가죽띠의 끝부분으로 채에 마구를 옭아맨 그는 마구의 한쪽 끝에 고리를 만들어 묶고, 그 끝을 몇 번 돌돌 말고 나서, 한쪽 발을 말 옆구리에 의지한 채, 목에 대는 마구의 양쪽 끝을 세게 잡아당겨 단단히 죄고 나서, 나머지 작업도 모두 끝마친 다음, 현관 앞으로 말을 끌고 가 매어 두고는, 라라에게 떠날 준비가 되었다고 알리러 갔다.

그녀는 안절부절못하고 있었다. 카텐카와 함께 길 떠날 준비를 다 마치고, 짐도 모두 꾸려 놓았지만, 라리사 표도로브나는 두 손을 맞잡고 눈물을 글썽이며, 유리 안드레예비치에게 잠깐 앉으라고 말하더니 자신도 의자에 털썩 주저앉았다가 다시 벌떡 일어서서, "잘하는 걸까요?" 하고 탄식하며, 날카롭고 구슬픈 목소리로 앞뒤가 맞지도 않는 말을 마구 쏟아냈다.

"이것이 제 잘못은 아니잖아요? 일이 왜 이렇게 되었는지는 저도 모르겠어요. 하지만 지금 떠날 수는 없겠어요. 곧 날이 어두워질 테니까요. 가는 도중에 밤이 될 거예요. 더구나 그 무서운 숲을 지나는 도중에요. 그렇지 않아요? 당신이 시키는 대로 하겠어요. 전 어떻게 해야 할지 결정을 못하겠어요. 뭔가 마음에 걸려요. 제 마음이 제 것이 아니에요. 당신이 원하는 대로 하세요. 왜요? 왜 당신은 입을 다물고 한마디도 하지 않는 거죠? 오전 내내 그냥 시간을 보내, 반나절을 허비하고 말았어요. 내일은 더 이상 이러지 말고 좀 더 신중해야겠어요. 그렇죠? 하루만 더 머무르면 어떨까요? 그리고 내일 아침, 더 일찍 일어나 여섯 시나 일곱 시쯤, 동틀 녘에 떠나기로 해요. 어떻게 생각하세요? 당신은 페치카에 불을 지피고, 하룻밤 글을 더 쓰고, 하룻밤을 더 지내기로 해요. 정말 다시없을 동화 같지 않아요? 왜 대답이 없어요? 이런, 제가 뭘 잘못했나요?"

"당신은 과장이 심하오. 해가 지려면 아직 멀었소. 아직은 일러요. 하지만 당신이 원하는 대로 해요. 좋소, 남기로 합시다. 다만 마음을 편하게 먹어요. 당신이 지금 얼마나 흥분했는지 보시오. 자, 그럼 진짜 외투를 벗고 짐을 풀어요. 카텐카가 배고프다고 하잖소. 무얼 좀 먹어야겠소. 당신 말이 옳아요. 이렇게 갑작스럽게 준비도 하지 않고 떠나는 건 무모한 짓이오. 하지만 제발 부탁이니, 흥분하지 말고, 울지 말아요. 금방 불을 지피겠소. 하지만 그전에, 마침 문 옆에 썰매가 준비되어 있으니, 그걸 타고 가서 옛날 우리 집의 헛간에 남아 있는 장작을 가져오겠소. 여기는 장작이 바닥났어요. 울지 말아요. 곧 돌아오겠소."

## 11

헛간 앞에 쌓인 눈 위에는 유리 안드레예비치가 전에 왔다가 돌아간 썰매 자국이 동그랗게 몇 개의 원을 그리며 남아 있었다. 문지방에 쌓인 눈은 이틀 전에 장작을 꺼내느라 짓뭉개지고 더럽혀져 있었다.

아침부터 온통 하늘을 뒤덮고 있던 구름이 흩어지더니 날이 개었다. 날씨는 더 차가워졌다. 다양한 간격으로 이 지역을 둘러싸고 있는 바르이키노의 공원은 헛간 바로 앞까지 이어져, 마치 의사의 얼굴을 들여다보며 그에게 어떤 생각을 불러일으켜 주는 것 같았다. 그해 겨울의 눈은 두꺼운 층을 이루며 헛간의 문지방보다 높이 쌓여 있었다. 헛간의 나무 문설주가 내려앉은 것 같았고, 헛간이 몸을 구부리고 있는 것처럼 보였다. 그리고 지붕 끝에는 눈이 거대한 버섯의 갓 모양으로 거의 의사의 머리 높이까지 드리워 있었다. 처마 바로 위에는, 마치 눈속에 예리한 날로 새겨 놓은 것처럼, 이제 막 나온 초승달이 낫 같은 윤곽을 따라 잿빛 섬광으로 반짝이고 있었다.

아직 낮이라 해가 빛나고 있었지만, 의사는 깊은 밤, 그의 인생의 어둡고 울창한 숲속에 서 있는 듯한 기분이 들었다. 그의 가슴속의 어둠만큼이나 그는 마음이 슬펐다. 이별의 전조 같은 초승달이 고독한 모습으로 그의 얼굴 바로 앞에서 빛나고 있었다.

유리 안드레예비치는 너무 지쳐 쓰러질 것만 같았다. 그는 헛간의 문지방을 지나 썰매 위에 평소의 일회분보다 장작을 적게 가져다 썰매 위에 내려놓았다. 장갑을 끼고 있었지만, 추위로 눈이 엉겨 붙은 언 장작을 옮기는 일은 쉽지 않았다. 아무리 몸을 빨리 움직여 보아도, 몸이 따뜻해지지 않았다. 그의 내부에서 무엇인가가 멈추는 것 같더니 툭 끊어지는 것 같았다. 그는 자신의 파멸적인 운명을 저주하며, 너무나 아름답고, 슬프고, 유순하고, 순수한 여인의 생명을 지켜 달라고 신에게 기도했다. 여전히 초승달은 헛간 위에서 타고 있었지만, 따뜻하게 해주지 못했고, 빛났지만 환하게 밝혀 주지도 못했다.

말이 갑자기 왔던 길을 되돌아서서 고개를 쳐들더니, 처음엔 낮고 조심스럽게, 나중에는 크고 확신에 차서 히힝거렸다.

'무슨 일이지?' 하고 의사는 생각했다. '뭐가 좋아서 저럴까? 무서워서 그러는 것은 아닐 거야. 말은 무서울 때 히힝거리지 않는 법인데, 왜 그러지? 만약 늑대 냄새를 맡았다면, 놈들에게 신호를 보낼 만큼 어리석지는 않을 테고. 더구나 기분이 좋아 보여. 얼른 집으로 돌아가고 싶어서 그런가? 잠시만 기다려, 곧 출발할 거야.'

유리 안드레예비치는 헛간에서 불쏘시개로 쓸 만한 나무 부스러기와 장화 몸통처럼 돌돌 말린 커다란 자작나무 껍질들을 장작더미 위에 조금 더 얹고 나서, 나뭇짐을 거적으로 덮은 다음, 밧줄로 묶어 썰매 옆에 매달고 미쿨리친 집의 헛간으로 실어 왔다.

말이 다시 히힝거리며, 어딘가 먼 곳에서 선명하게 들리는 암말의 히힝거리는 소리에 대꾸를 했다. '누구의 말이지?' 의사는 몸을 부르르 떨며 생각했다. '바르이키노에는 아무도 없다고 생각했는데, 우리가 잘못 안 걸까?' 집에 손님이 찾아온다거나, 말이 히힝거리는 소리가 미쿨리친 집 쪽에서 들릴 거라고는 전혀 생각지도 못했다. 그는 썰매를 끌고 공장 부지의 부속건물들을 빙 둘러 갔지만, 눈 덮인 낮은 구릉에 집이 가려져 있어, 정면 입구가 보이지 않았다.

그는 장작을 헛간에 천천히—서두를 필요가 없지 않은

가?—쌓아 놓은 다음, 말에서 마구를 풀어 썰매를 헛간에 넣어 두고, 바로 옆의 찬바람이 도는 빈 마구간으로 말을 데려가, 바람이 덜 드는 오른쪽 귀퉁이로 들여보내고, 남은 건초 몇 줌을 구유 안에 던져 넣어 주었다.

그는 불안한 마음으로 집으로 향했다. 집 정면 계단 옆에는 마구가 채워진 윤기 나는 살찐 검정말이 편리하게 만들어진 커다란 시골 썰매를 매달고 서 있었고, 말 옆에는 고급 재킷을 입고, 역시 말처럼 윤기가 흐르고 살집이 좋은 낯선 청년이 이따금 손바닥으로 말의 옆구리를 찰싹 때리거나 말굽 뒤쪽 위에 털이 난 곳을 살피기도 하면서 서성대고 있었다.

집 안에서 이야기 소리가 들려왔다. 엿듣고 싶은 생각도 없고, 거리도 멀어 아무것도 들리지 않아, 유리 안드레예비치는 본능적으로 조심조심 걷다가 갑자기 그 자리에 못 박힌 듯, 멈춰 섰다. 목소리를 들으니, 라라와 카텐카와 이야기하고 있는 사람은 코마롭스키인 것 같았다. 그들은 출입구 옆에 있는 앞방에 있는 것이 분명했다. 코마롭스키는 라라와 다투고 있었고, 그녀의 목소리로 짐작컨대, 몹시 흥분한 채 울며, 그의 말에 날카롭게 반박을 하기도 하고 동의하기도 하는 것 같았다. 그 순간 유리 안드레예비치는, 확실치는 않지만, 코마롭스키가 자신에 대한 이야기를 하고 있다는 느낌이 들었다. 그는 의사가 믿을 만한 사람—유리 안드레예비치는 '두 주인의 하인'이라고 들렸다—이 아니다, 라라와 자기 가족 중 어느 쪽을 더 소중하게 생각하고 있는지 알 수도 없다. 의사에게 의지해서는 안 되며, 괜히 의사를 믿었다가는 두 마리 토끼를 쫓다가 다 놓친다는 이야기였다. 유리 안드레예비치는 집 안으로 들어갔다.

그의 예상대로 코마롭스키가 발뒤꿈치까지 내려오는 모피 외투를 그대로 입고 앞방에 서 있었다. 라라는 카텐카의 외투 자락을 잡아당겨, 칼라를 단단히 여미며 고리를 찾고 있었다. 그녀가 딸에게 움직이지 말고 가만히 있으라고 소리치자, 카텐카는 "엄마, 살살 해요, 숨 막혀요."라며 징징거렸다. 모두들 떠날 채비를 마치고 서 있었다. 유리 안드레예비치가 방 안으로 들어서자, 라라와 빅토르 이폴리토비치가 그를 맞으러 앞다투어 뛰어나오며 말했다.

"당신, 어디에 있었어요? 얼마나 찾았는데요!"

"안녕하시오. 유리 안드레예비치! 지난번에 서로 험한 설전을 벌이고도, 무례를 무릅쓰고 이렇게 다시 불청객이 되었소."

"안녕하십니까? 빅토르 이폴리토비치."

"그렇게 오랫동안 도대체 어딜 가셨어요? 지금 이 사람의 이야기를 들어 보고, 우리가 어떻게 해야 할지, 얼른 결정을 내려요. 시간이 없어요. 서둘러야 해요."

"왜 모두 이렇게 서 있으세요? 앉으세요, 빅토르 이폴리토비치. 라로치카, 나더러 어디 갔었냐고 묻다니, 도대체 무슨 소리요? 내가 장작을 가지러 갔다는 것을 알고 있었잖소? 다녀와서 말을 돌봐 주었소. 빅토르 이폴리토비치, 앉으세요."

"어떻게 이 사람을 보고 놀라지도 않죠? 전혀 놀란 것 같지 않네요? 이 사람이 가버렸다고, 그의 제안을 놓쳤다고 후회했잖아요? 그런데 정작 이렇게 눈앞에 나타났는데 당신은 놀라지 않는군요. 게다가 더 놀라운 새로운 소식을 이야기할 거예요. 이이에게 말해 주세요, 빅토르 이폴리토비치."

"라리사 표도로브나가 어떻게 생각하고 있는지 모르지만, 내 이야기는 이것이오. 나는 고의로 내가 떠났다는 소문을 퍼뜨린 후, 며칠간 더 머물면서, 당신과 라리사 표도로브나가 좀 더 생각할 시간을 갖고, 지난번에 우리가 논의한 문제를 신중하게 검토해서 다시 생각해 보기를 기다리고 있었어요."

"하지만 이제 더 이상 머뭇거릴 시간이 없대요. 떠나기에는 지금이 가장 좋은 시간이래요. 내일 아침이면……. 빅토르 이폴리토비치가 직접 말하는 게 좋을 것 같아요."

"잠깐만, 라로치카. 죄송합니다, 빅토르 이폴리토비치. 왜 이렇게 모두 외투를 입고 서 있죠? 외투를 벗고 앉도록 합시다. 이렇게 대충 결정할 수는 없잖소? 빅토르 이폴리토비치, 죄송합니다. 우리의 논의는 아주 예민한 심리적인 문제입니다. 이런 문제를 다시 꺼낸다는 것이 우습기도 하고 난처하기도 합니다. 저는 한 번도 당신과 함께 떠날 생각을 해본 적이 없습니다. 물론 라리사 표도로브나의 경우는 다릅니다. 가끔 우리 두 사람이 서로 다른 걱정을 하고 있을 때마다, 우리가 같은 존재가 아니라, 서로 다른 운명을 살아가는 존재들이라는 것을 깨달았고, 라라는 특히 카챠를 위해 당신의 제안을 잘 생각해 보아야 한다고 생각했습니다. 사실 그녀는 항상 그것을 염두에 두고, 재차 여러 번 그 가능성을 언급하곤 했습니다."

"그것은 당신이 우리와 함께 간다는 전제하에 그랬던 거예요."

"우리가 헤어지는 것은 우리 두 사람 모두에게 괴로운 일이지만, 그것을 감수하고 희생해야 할 것 같소. 내가 간다는 것은 말도 안 되오."

"하지만 당신은 아직 아무것도 모르잖아요. 우선 이야기를 들어 보세요. 내일 아침…… 빅토르 이폴리토비치!"

"라리사 표도로브나는 내가 이미 전해 준 소식을 말하는 것 같소. 유랴틴에 극동 정부의 직원 열차가 출발할 준비를 하고 있소. 모스크바에서 어제 도착했는데, 내일 동부로 출발할 거요. 그건 교통부 소속의 열차지요. 열차의 반이 국제선 침대차로 이루어져 있어요.

난 이 열차를 타야 합니다. 나에게 보좌관을 위한 좌석 몇 개가 할당되었소. 편하게 여행할 수 있을 것이오. 이런 기회는 다시 오지 않아요. 난 당신이 무책임하게 함부로 말하거나, 우리와 함께 떠나지 않기로 결정한 것을 번복하지 않을 거라는 걸 알고 있어요. 당신의 결정이 단호하다는 것도. 그러나 어쨌든 말이오, 라리사 표도로브나를 위해 생각을 바꾸어 주길 바라오. 당신이 가지 않으면 라라도 가지 않겠다고 하니 말이오. 블라디보스토크까지는 바라지도 않으니, 유랴틴까지만이라도 우리와 함께 갑시다. 거기서 다시 생각해 봅시다. 그러니 서둘러요. 잠시도 지체할 시간이 없어요. 내가 썰매를 다룰 줄 몰라서 마부 한 사람이 같이 왔소. 내 썰매에 다섯 사람이 다 탈 수는 없어요. 삼데뱌토프의 말이 한 필 있다는 것을 알고 있소. 그 말을 타고 장작을 가지러 갔다고 했으니까. 아직 마구가 채워진 채로 있나요?"

"아니요. 마구를 풀어 놓았소."

"그렇다면, 서둘러 다시 마구를 채우시오. 내 마부가 도와줄 것이오. 아니오, 아무래도 썰매는 필요 없을 것 같소. 비좁긴 하지만 내 썰매로 가봅시다. 제발 서둘러 주시오. 꼭 필요한 것만 들고 갑시다. 집은 잠그지 말고 그냥 내버려 두시오. 어린아이의 목숨이 달린 문제인데, 집단속 할 시간이 어디 있겠소."

"빅토르 이폴리토비치, 저는 당신을 이해할 수가 없군요. 마치 제가 가겠다고 동의한 듯 말씀하시니 말입니다. 그리고 라라가 원한다면 기꺼이 함께 떠나세요. 당신은 집 걱정을 할 필요가 없습니다. 내가 남아서 당신들이 떠난 후에 정리하고 문단속을 하겠소."

"유라, 무슨 말을 하는 거예요? 당신은 왜 마음에도 없는 헛소리를 하죠? '라라가 원한다면'이라니요! 당신이 가지 않으면 라라도 가지 않을 것이고, 절대 그런 결정을 하지도 않을 거라는 걸 알면서 말예요. 그러고는 '내가 남아서 당신들이 떠난 후에 정리하고 문단속을 하겠다.'고요?"

"그러니까 당신은 확고하다는 말씀이군요. 그러면 다른 요청이 있소. 라리사 표도로브나가 허락한다면, 가능한 한 둘이서 몇 마디 나누고 싶소만."

"좋습니다. 꼭 그럴 필요가 있다면 부엌으로 가시죠. 괜찮겠지, 라루샤?"

## 12

"스트렐리니코프는 체포되어 사형선고를 받고 형이 집행되었소."

"어떻게 그런 일이……. 확실합니까?"

"그렇다고 들었소. 사실일 거요."

"라라한테는 말하지 마세요. 미쳐 버릴 겁니다."

"물론이오. 그래서 이렇게 둘이만 얘기하자고 한 것이오. 이제 총살을 당했으니, 그녀와 딸은 당장 눈앞에 위험이 닥쳤소. 저 모녀를 구할 수 있게 도와주시오. 절대 우리와 함께 가지 않을 생각이오?"

"제가 이미 말했잖아요. 물론입니다."

"그러나 당신이 가지 않으면 라라는 가지 않을 텐데. 도대체 어떻게 해야 할지 모르겠군. 그러면 다른 식으로라도 나를 좀 도와주시오. 말만이라도 좋으니, 당신이 양보할 것처럼, 당신이 설득된 것처럼 해주시오. 나는 당신과 헤어진다는 것이 믿기지 않아요. 여기서든, 아니면 유랴틴의 역에서든 당신이 우리를 전송하러 올 때, 당신도 함께 간다는 것을 라라가 믿게 해야 해요. 그리고 지금 당장 당신이 우리와 함께 가지 않더라도, 시간이 어느 정도 지나, 내가 당신에게 다른 기회를 제공하면, 반드시 뒤따라가겠다고 약속을 하는 겁니다. 그녀에게 거짓 맹세라도 해야 합니다. 제 입장에서 이것은 빈말이 아닙니다. 내 명예를 걸고 맹세하지만, 당신이 나에게 원하기만 하면 언제든지 즉시 당신을 여기서 우리가 있는 곳으로 올수 있게 할 것이며, 그 다음에 당신이 원하는 곳이면 어디든 갈 수 있게 하겠소. 아무튼 라리사 표도로브나가, 당신이 우리를 배웅하러 오리라는 사실을 믿게 해야 해요. 무슨 수를 써서라도 그녀가 믿게 해야 해요. 썰매를 매느라 바쁜 척하면서, 시간을 지체할 수 없으니, 기다리지 말고 서두르라고 재촉하고, 당신은 준비가 되는 대로 바로 우리를 뒤따라오겠다고 하세요."

"저는 파벨 파블로비치의 총살 소식을 접하고 너무 놀라 정신이 없습니다. 당신의 이야기가 귀에 들어오지도 않아요. 하여튼 당신 말에 동의합니다. 스트렐리니코프를 처형했으니, 사실상 라리사 표도로브나와 카챠의 생명이 위험에 처한 것은 분명합니다. 우리들 누군가는 어차피 체포될 테니, 결국 헤어질 수밖에 없을 테고요. 그러니 차라리 당신이 우리를 갈라놓고, 그들을 어디론가 멀리, 저 땅끝으로 데려가는 것이 더 나을 겁니다. 제가 지금 이렇게 말하지만, 이미 모든 일이 당신의 뜻대로 진행되고 있지 않소? 어쩌면 결국, 자존심이고 체면이고 다 팽개치고 내 발로 기어가, 그녀와 제 목숨을 구해 달라고, 내 가족에게 갈 수 있는 배편과 나를 구해 달라고 애걸할지도 모르지요. 하지만 그 모든 것을 내가 결정하게 해 주시오. 당신이 전해 준 소식을 듣고 정신을 차릴 수가 없습니다. 너무 고통스러워 제대로 생각할 수도, 판단할 수도 없습니다. 어쩌면, 당신 제안에 동의해, 돌이킬 수 없는 치명적인 실수를 저지르고, 평생 동안 저주를 할지도 모릅니다. 하지만 정신이 나간 명한 상태여서, 제가 지금 할 수 있는 유일한 일은 당신 말에 기계적으로 따르고 무조건 당신 말에 복종하는 것뿐입니다. 그럼, 그녀의 안녕을 위해 짐짓 말에 마구를 채우고 당신들 뒤를 따를 거라고 말하고, 전 혼자 이곳에 남겠습니다. 그런데 좀 문제가 있어요. 곧 해가 질 텐데, 지금 어떻게 떠나려고 합니까? 숲으로 길이 나 있고, 주변에 늑대들이 있으니, 조심하세요."

"알고 있소. 소총 한 자루와 권총 한 자루를 가지고 있소.

그리고 추위를 견디려고 술도 좀 가지고 왔소이다. 충분히 가져왔으니 좀 나눠 주겠소."

## 13

'내가 무슨 짓을 한 거야? 무슨 짓을 했지? 그녀를 넘겨주고, 포기하고 양보하고 말았어. 지금 당장 그들을 뒤쫓아 가서, 다시 데려와야 해. 라라! 라라!

내 소리가 들리지 않을 거야. 맞바람이 불고 있잖아. 더구나 그들은 소리 높여 이야기를 하고 있을 거야. 그녀는 편안하고 즐거워해야 할 이유가 얼마든지 있지. 그녀는 속고 있다는 것을, 잘못 생각했다는 의심을 전혀 못 할 테니까.'

그녀는 분명 이렇게 생각하겠지. 자신이 원하는 대로, 더이상 바랄 나위 없이, 잘 해결되었다고. 고집불통에 몽상가인 그녀의 유로치카가 결국 하나님의 도움으로 고집을 꺾고, 자신과 함께 안전한 어디론가, 법과 질서가 있고, 좀 더 지각 있는 사람들이 사는 곳으로 향하고 있다고. 설사 계속 자기 입장을 고수하고, 완고한 성격이라 고집을 피우며, 내일 열차를 같이 타지 않더라도, 빅토르 이폴리토비치가 다른 열차를 보내 그를 데려올 테니, 얼마 지나지 않아 자신들과 합류하게 될 거라고.

'물론 지금 그는 벌써 마구간에서, 당황하고 흥분한 채 서

두르며, 서툰 솜씨로 사브라스카에 썰매를 채워 전속력으로 우리 뒤를 따라, 숲속으로 들어가기 전에, 들판에서 우리를 따라잡을 거야.'

라라는 이렇게 생각하고 있으리라. 그런데 그들은 작별 인사도 제대로 하지 못하고, 오직 유리 안드레예비치만 사과 조각이 목구멍을 막고 있는 것처럼, 목구멍에 차오른 고통을 삼키려고 애쓰며, 그녀에게 손을 흔들고 돌아서 버린 것이다.

의사는 외투의 한쪽 소매만 끼운 채, 집 앞 계단에 서 있었다. 소매를 끼우지 않은 다른 손은 지붕 바로 아래의 가느다란 나무 기둥을 목을 조르듯 꽉 움켜잡고 있었다. 그는 저 멀리 보이는 하나의 점에 온 신경을 집중했다. 그곳에는 언덕으로 올라가는 비탈길이 살짝 보였고, 양쪽 길가에는 자작나무 몇 그루가 듬성듬성 서 있었다. 앞이 탁 트인 드넓은 공간 위로, 그 순간 저물어 가는 해가 뉘엿뉘엿 낮게 기울고 있었다. 빛이 비추는 곳을 따라, 움푹 꺼진 길을 지나느라 잠깐 모습을 감춘 썰매가 이제 곧, 금방이라도 모습을 드러낼 터였다.

그 순간을 기다리던 의사는 얼어붙은 황혼의 대기 속에 가슴에서 치솟는 가쁜 숨을 내뿜으며, 소리 없이 무의식적으로 몇 번이나 "안녕, 안녕히!"라고 되뇌었다. "잘 가요, 나의 유일한 사랑, 이제는 영원히 잃어버린 그대."

"저기 간다! 저기 가고 있어!" 하며 그가 창백한 입술로 격하고 메마른 소리로 속삭였고, 그 순간, 움푹 들어간 곳에서

재빠르게 튀어나온 썰매가 죽 늘어선 자작나무들을 스쳐 지나가다, 속도를 늦추기 시작하더니, 오, 너무나 기쁘게도, 마지막 자작나무 앞에서 멈춰 서는 것이었다.

아아, 그의 심장이 얼마나 뛰었던지! 아아, 그의 심장이 얼마나 뛰고 다리는 또 얼마나 후들거렸는지! 너무 흥분한 탓에 어깨에서 흘러내리는 외투처럼 그의 온몸은 흐물거리는 펠트 같았다. '오, 하나님, 그녀를 저에게 돌려주시는 겁니까? 도대체 무슨 일일까? 해가 저무는 저쪽 능선에서 무슨 일이 일어난 걸까? 어떻게 된 거야? 왜 서 있을까? 아아, 그것이 아니다. 이제 끝이다. 다시 움직이고 있어. 달리고 있어. 그건 아마 그녀가 마지막으로 집을 한 번 더 돌아보고, 작별을 고하려고 잠깐 멈춰 달라고 부탁했던 걸 거야. 아니면 유리 안드레예비치가 출발했는지 확인하려고, 그들 뒤를 따라오는지를 확인하려던 것이었을 거야. 그들은 가버렸어. 떠나 버렸어.

만약 그들이 서두른다면, 만약 해가 일찍 저물지 않는다면—어두워지면 그들을 볼 수가 없으리라—그들은 그제 밤에 늑대들이 서 있던 들판을 가로질러, 골짜기 쪽에서 마지막으로 한 번 더 모습을 드러낼지도 몰라.'

그렇게 그 순간이 왔다. 검붉은 태양이 눈 덮인 구릉의 푸르스름한 선 위로 아직 동그랗게 모습을 내보이고 있었다. 눈은 태양이 쏟아내는 달콤한 파인애플색 햇살을 탐욕스럽게 빨아들이고 있었다. 드디어 썰매가 나타났다가 내달리더니,

이내 사라졌다. '안녕, 라라, 저세상에서 다시 만날 때까지, 안녕, 나의 사랑하는 이여, 안녕, 영원히 마르지 않을 깊은 곳의 나의 기쁨이여.' 썰매는 이제 완전히 자취를 감추었다. '이제 그대를 다시는 보지 못하겠지. 이제 다시는, 영원히 다시는, 그대를 볼 수 없겠지.'

그 사이 날이 저물었다. 눈 위에 흩어진 황혼의 붉은 청동 색 점들이 빠르게 빛을 잃고 꺼져 갔다. 부드러운 잿빛 대기 는 점점 더 짙어지는 라일락 빛깔의 어스름 속으로 잦아들었 다. 갑자기 옅어진 창백한 장밋빛 하늘에 부드럽게 드리운 길 가 자작나무들의 수놓은 듯 섬세한 풍경이 잿빛 안개와 어우 러졌다.

유리 안드레예비치는 심적인 고뇌로 신경이 매우 날카로 워졌다. 그는 모든 것을 극도로 예민하게 느꼈다. 주변의 모든 것들, 심지어는 공기마저도 보기 드문 희한한 특성을 띠었다. 겨울밤은 모든 것을 고통스럽게 지켜본 증인처럼, 몹시 근심 에 차 있었다. 지금껏 해거름이 이렇게 깔린 적이 없었던 게 분명했고, 홀로 된 고독한 인간을 위로하기 위해 오늘 처음으 로 밤이 온 것 같았다. 작은 산들을 둘러싸고 있는 나무들이 괜히 지평선을 향해 층층이 파노라마를 이루며 서 있는 것이 아니라, 그와 슬픔을 나누려고 땅에서 솟아올라 막 자리를 잡은 것이 분명했다.

의사는 손끝에 닿을 듯한 그 순간의 아름다움마저, 그를 동정하며 달라붙는 사람을 떨쳐 내듯, 손을 흔들어 뿌리칠 뻔했고, 그에게 가까이 다가온 저녁노을을 향해 '고맙지만, 난 괜찮아.' 하며 속삭일 뻔했다.

그는 세상을 등지고 닫힌 문을 향한 채, 현관 계단에 꼼짝 않고 서 있었다. '찬란한 나의 태양이 졌어.' 그의 가슴은 무슨 말인가를 계속 반복하며 되뇌고 있었다. 그는 목구멍의 발작 적인 경련으로 말을 못하게 된 것도 아닌데, 모든 말을 일일이 입 밖으로 소리 낼 힘이 전혀 없었다.

그는 집 안으로 들어갔다. 서로 다른 두 개의 이중 독백이 그의 마음속에서 시작되더니 끝없이 이어졌다. 하나는 자신 을 향한 무미건조하고 사무적인 독백이었고, 다른 하나는 라 라를 향해 끝도 없이 분출하는 독백이었다. 그의 생각은 이렇 게 흘러갔다. '이젠 모스크바로 가야 해. 가장 중요한 것은 살 아남는 일이야. 억지로 잠을 청할 필요가 없어. 잠을 자지 말 자. 지쳐서 쓰러질 때까지 밤마다 작업을 하자. 그렇지, 할 일 이 또 있지. 당장, 침실 페치카에 불을 피워야 해. 오늘 밤에 여기서 얼어 죽을 수는 없어.'

그러나 그는 자신에게 이런 말도 했다. '잊을 수 없는 나의 아름다운 여인이여! 나의 팔과 손이 아직 그대를 기억하는 한, 그대가 아직 나의 손과 입술에 남아 있는 한, 나는 그대와 함께하겠소. 나는 당신으로 인해 흘리는 눈물을 영원히 남을 귀한 작품 속에 쏟아내겠소. 나는 그대에 대한 기억을 한없이 부드럽고 부드러운, 마음을 저미는 슬픈 형상으로 묘사해 내겠소. 나는 그 일을 마치기 전까지는 이곳을 떠나지 않겠어. 그런 다음에 스스로 떠날 테요. 나는 그대를 이렇게 묘사하리다. 무서운 폭풍이 바다를 온통 휘저어 놓고 떠난 후에, 가장 강하고 가장 멀리 밀려간 파도의 흔적이 모래밭에 남듯, 종이 위에 당신의 모습을 남기겠소. 바다는 밑바닥에서 떠오를 만큼 아주 가볍고, 무게가 나가지 않는 경석과 코르크 조각을, 조개껍질과 해초 등을 구불구불한 선으로 밀어 올려놓지. 끝없이 멀리 펼쳐진 이 선이 가장 높은 파도의 경계선이 되고. 나의 자랑인 그대여, 인생의 폭풍이 이렇게 당신을 나에게 밀어붙였소. 나는 그렇게 그대를 그리겠소.'

그는 집 안으로 들어가 문을 잠그고 외투를 벗었다. 라라가 아침에 세심하게 잘 정돈했지만, 급히 짐을 싸느라 다시 엉망이 되어 버린 방으로 들어가, 흐트러진 침대와 의자, 그리고 마룻바닥에 아무렇게나 뒹구는 잡동사니들을 보자, 그는 침대 앞에 무릎을 꿇고 딱딱한 침대 모서리에 가슴을 기댄 채, 깃털 이불자락에 머리를 파묻고는, 어린아이처럼 훌쩍훌쩍 서럽게 울었다. 하지만 오래가지는 않았다. 유리 안드레예비치는 일어나서 얼른 눈물을 닦고는 깜짝 놀라 넋이 나간 사람처럼, 지치고 멍한 눈길로 주위를 둘러보고 나서, 코마롭스키가 남기고 간 술병을 꺼내 병마개를 뽑아, 반 잔 정도 따라서 물을 넣고 눈을 섞은 다음, 자신이 지금 흘린 절망적인 눈물

만큼이나 짜릿한 쾌감을 느끼며, 그 혼합물을 천천히 꿀꺽꿀꺽 마시기 시작했다.

## 14

유리 안드레예비치에게 이상한 일이 일어났다. 그는 서서히 이상하게 변해 갔다. 그는 예전에는 한 번도 이러한 생활을 해 본 적이 없었다. 그는 집을 예전 그대로 방치해 두고, 자기 몸도 돌보지 않았으며, 밤낮이 바뀌고, 라라가 떠난 후로는 시간관념도 없어져 버렸다.

그는 술을 마시고 라라에게 바치는 글을 썼지만, 그의 시와 스케치 속의 라라는 쓴 것을 지우고 다시 쓰면 쓸수록, 점점 더 그녀의 진짜 모습, 카챠와 멀리 떠난 카챠의 진짜 어머니의 본래 모습에서 멀어졌다.

유리 안드레예비치는 표현력과 정확성을 고려해 퇴고를 거듭했는데, 그것은 묘사되거나 직접 관련된 사람들에게 피해를 주거나 상처를 주지 않기 위해서, 혹은 개인적인 경험과 실제 일어난 사건들을 지나치게 직접적으로 드러내지 않으려는 내적 절제 때문이었다. 그러다 보니, 그의 시에서는 피가 끓어오르는 뜨거운 감정이 점차 사라지고, 피 흘림이나 유해성 대신, 개별성이 모두에게 익숙한 보편성으로 승화되면서 안정된 관점이 나타났다. 그는 일부러 이런 목적을 추구하진 않았지만, 이렇게 안정된 관점은 그녀가 여행 중에 친밀하게 보낸 위안처럼, 멀리서 보내온 그녀의 인사처럼, 꿈속에 나타난 그녀의 모습이나 그의 이마에 닿은 그녀의 손길처럼, 자연스럽게 표현되었다. 그는 시 속에 나타난 이런 소중한 흔적들을 사랑했다.

그는 라라를 향한 사랑의 노래를 쓰는 동시에, 다른 한편으로는 자연과 일상의 삶, 그리고 온갖 다양한 주제들로 각기 다른 시기에 휘갈겨 두었던 기록들을 갈무리했다. 글을 쓸 때면 전에도 항상 그랬듯이, 개인과 사회적 삶에 대한 많은 생각들이 머리에 떠올랐다.

그는 이른바 역사의 과정이라고 불리는 역사의 개념을 재고해 보기도 했다. 일반적으로 인식되는 것과는 달리, 그는 역사를 식물계와 유사한 것으로 보았다. 눈 덮인 겨울이면, 벌거벗은 활엽수림의 가지들은 노인의 사마귀에 난 털처럼 앙상하고 초라해 보인다. 그러나 봄이 되면, 불과 며칠 사이에 숲의 모습이 완전히 달라지면서, 구름까지 닿을 정도로 숲이 뻗어 나가, 자칫 우리들은 무성하게 잎이 뒤덮인 그 숲에서 길을 잃기도 할 뿐 아니라, 몸을 숨길 수도 있게 된다. 식물의 성장을 직접 눈으로 관찰할 수는 없지만, 그러한 식물의 변화는 그만큼 빨리 자라지 않는 동물들의 변화 속도에 비해, 매우 빠른 속도로 진행된다. 물론 숲이 스스로 자신의 모습을 변화시키는 것이 아니다. 숲의 변화는 포착할 수도 없고 숨어서 기다릴 수도 없다. 그래서 숲은 언제 보아도 움직이지 않는 것처럼 보인다. 바로 이처럼, 우리가 추적할 수가 없기에, 사회와 역사가 끊임없이 성장하고 변화하는데도, 움직이지 않는다고 생각하는 법이다.

톨스토이는 나폴레옹이나 통치자들, 그리고 장군들의 선구자적 역할은 부인했지만, 자신의 생각을 끝까지 밀고 나가지는 않았다.* 그는 이와 비슷한 생각을 했지만, 철저하고 분명하게 단언하지는 않았다. 그 누구도 역사를 만들 수 없고, 풀이 어떻게 자라는지 볼 수 없듯이, 역사를 볼 수도 없다. 전쟁, 혁명, 황제, 로베스피에르 같은 것들은 역사의 유기적인 한 부분을 이루는 역사의 자극제이자 역사의 효소일 뿐이다. 혁명은 열성적인 운동가들, 편협한 광신자들, 자제하는 천재들에 의해 수행되곤 했다. 그들은 몇 시간 만에, 혹은 며칠 사이에 구질서를 뒤집어 버리기도 했다. 격변은 몇 주, 혹은 최대한 몇 년 동안 지속될 뿐이지만, 이 격변을 초래한 편협한 정신은 수십 년이나 수백 년에 걸쳐, 신성한 것으로 숭배되는 것이다.

라라에 대한 사랑의 노래를 쓰는 동안, 그는 멜류제예프에서 보낸 아득한 그 여름이 떠올라 눈물을 흘리기도 했다. 그 당시, 혁명은 하늘에서 지상으로 강림한 신, 그 시대의 신, 그

---

* 지바고는 톨스토이의 『전쟁과 평화』에 나오는 역사를 움직이는 동력으로 생각하고 있다.

여름의 신이었으며, 각자가 자기 식으로 광기에 사로잡혔고, 각자의 삶이 고위 정치인들의 정당성을 확고히 하기 위한 예시적 삽화로서가 아니라, 자기 식으로 존재하던 때였다.

이런 온갖 다양한 생각들을 죽 써 내려가는 동안, 그는 예술이란 항상 미에 봉사하는 것이고, 미는 형식을 통해 성취되는 기쁨이며, 형식은 모든 존재의 유기적인 열쇠라는 것을, 살아 있는 모든 생명이 존재하기 위해서는 형식을 가져야 한다는 것을, 그러므로 비극을 포함해, 예술이란 존재의 기쁨을 표현하는 이야기임을 믿게 되었고, 재차 확신하게 되었다. 이러한 사유와 기록들 역시 그를 지치게 하고 슬프게 하는 비극이자 눈물이었지만, 그만큼 그에게 기쁨을 안겨 주는 것이었다.

그를 보기 위해 안핌 예피모비치가 들렀다. 그 역시 보드카를 가져왔고, 안티포바와 그녀의 딸이 코마롭스키를 따라 떠났다는 사실을 전해 주었다. 안핌 예피모비치는 선로보수용 수동차를 타고 왔다. 그는 의사에게 말을 제대로 관리하지 않았다고 나무랐다. 유리 안드레예비치는 사나흘간만 더 말미를 달라고 했지만, 그는 말을 끌고 가버렸다. 그 대신 다음 주 내에, 자신이 직접 다시 와서 의사를 바르이키노에서 아주 데려가겠다고 약속했다.

유리 안드레예비치는 글을 쓰거나 일에 몰입해 있다가도, 이따금 떠나 버린 여인이 눈앞에 생생하게 떠올라, 이별의 그리움과 아픔으로 괴로워했다. 언젠가 어린 시절, 멋진 여름날의 푸르름 속에서 지저귀는 새소리를 돌아가신 어머니의 목소리라고 생각했던 그때처럼, 이제는 라라에게 길들여지고, 그녀의 목소리에 익숙해진 그의 귀가 이따금 그를 속이곤 했다. 가끔 옆방에서 '유로치카!' 하고 부르는 환청이 들리곤 했던 것이다.

그 주에, 그는 또 다른 환각에 휩싸였다. 주말에 그는 갑자기 집 안에 둥지를 튼 용에 대한 종잡을 수 없는 악몽을 꾸다가 한밤중에 잠을 깼다. 그는 눈을 떴다. 갑자기 골짜기 아래서 섬광이 번쩍이더니, 총소리와 메아리 소리가 들려왔다. 의사는 이 사건이 일어난 잠시 후에, 이상하게도 다시 잠에 빠져들었고, 다음 날 아침에는 그것이 모두 꿈이었다고 여겼다.

## 15

며칠 후, 어느 날 일어난 일이었다. 의사는 드디어 이성의 소리에 귀를 기울였다. 그는 만약 자살하려면 빠르고 덜 고통스러운 방법을 택해야 한다고 스스로에게 말했다. 아무래도 그는 안핌 예피모비치가 오는 대로, 즉시 이곳을 떠나야겠다고 결심했다.

땅거미가 지기 직전, 아직 빛이 약간 남아 있을 때, 뽀드득거리며 눈을 밟고 걸어오는 커다란 발소리가 들렸다. 누군가 조용히 집을 향해 뚜벅뚜벅 걸어오고 있었다.

'이상한 일이군! 누구지? 안핌 예피모비치라면 말을 타고 왔을 텐데. 아무도 없는 바르이키노를 지나가는 사람이 있을 리도 없고. 나를 데려가려고 온 모양이야.' 유리 안드레예비치는 혼자 이렇게 결론을 내렸다. '시내로 호출을 하거나 소환하려는 것이겠지. 아니면, 나를 체포하러 왔을 거야. 그런데 무엇을 태워 데려가려는 걸까? 그렇다면 두 사람이 왔어야 하는데. 어쩌면 미쿨리친일 지도. 아베르키 스테파노비치 말이야.' 그는 발걸음 소리를 듣고 그렇게 짐작해 다행이라 생각했다. 아직 정체를 알 수 없는 낯선 사람은 당연히 있어야 할 맹꽁이자물통이 없다는 사실을 발견했는지, 빗장이 부서진 문 앞에 잠시 멈춰 서 있다가, 곧이어 익숙하고 단호한 걸음으로 들어와, 주인처럼, 전면에 있는 중간 문을 열고 들어오더니, 조심스레 다시 문을 닫았다.

출입구에 등을 돌린 채, 책상에 앉아 있던 유리 안드레예비치가 이해할 수 없는 일이 일어났다. 그가 손님을 맞기 위해 의자에서 일어나 문을 향해 얼굴을 돌렸을 때, 낯선 사람이 문지방에 못 박힌 듯 멈춰 서 있었다.

"누굴 찾아오셨습니까?" 의사는 아무 생각 없이 무의식적으로 불쑥 말했다. 그는 아무 대답도 하지 않았고 놀라지도 않았다.

방으로 들어온 남자는 잘생긴 얼굴에 우람하고 체격이 좋은 남자로, 두툼한 양피 장화에, 짧은 모피 재킷과 바지를 입고, 가죽끈이 달린 소총을 어깨에 메고 있었다.

의사는 한순간, 그가 나타난 것에 놀라긴 했지만, 그가 왔다는 사실에 놀라지는 않았다. 이 집에 사람이 살았다는 것과 다른 여러 흔적들이 남아 있었기에, 유리 안드레예비치는 이런 일이 언젠가 일어나리라고 예상했던 것이다. 집에 들어온 그는 집 안에 남아 있던 물품들의 주인임이 분명했다. 그의 얼굴은 유리 안드레예비치에게 어딘가 낯익어 보였고, 아는 사람이라는 느낌이 들었다. 이 사람도 이 집에 누군가 살고 있다는 사실을 알고 있음이 분명했다. 누가 살고 있는 것에 그다지 놀라는 기색이 없었다. 어쩌면 집에 있는 사람이 누구인지도 짐작한 것 같았다. 아마 그도 의사를 알고 있었을 것이다.

'누굴까? 누구지?' 유리 안드레예비치는 그를 기억해 내려고 애썼다. '제기랄, 도대체 그를 어디서 보았지? 그럴 리가? 어느 해인지 기억나진 않지만, 어느 무더운 5월 아침이었다. 라즈빌리예의 정류장이었다. 불길했던 군사위원의 열차 칸, 명쾌한 사고력, 강직성, 가혹한 원칙, 공정함, 공정함, 공정함…… 아, 스트렐리니코프다!'

## 16

그들은 몇 시간 동안 계속 이야기를 나누었다. 오직 러시아에 사는 러시아 사람들만이 할 수 있는 방식으로, 특히 공포와 우울, 미칠 듯한 격정에 빠진 당시의 모든 러시아인들이 이야기하던 방식으로, 그들은 많은 이야기를 나누었다. 땅거미가 졌다. 어둠이 내렸다.

원래 다른 사람들과 대화할 때면, 조급한 말투에 말이 많은 스트렐리니코프였지만, 지금 그 순간은 계속 말을 해야만 하는 다른 개인적인 이유도 있었다.

그는 고독감을 떨쳐 버리기 위해, 온 힘을 다해 의사와의 대화에 계속 매달리고 있었던 것이다. 그는 양심의 가책이 두려웠던 걸까, 아니면 떨쳐 버릴 수 없는 슬픈 기억을 두려워했던 걸까? 자신에 대한 불만으로 견디기 힘들고, 자신을 증오하고, 수치심으로 죽을 만큼 괴로운 걸까? 아니면, 돌이킬 수 없는 극단적 결정을 내리고는, 이 결정을 혼자서 감당하지 못하고, 의사와 잡담을 나누고 어울리며, 그 결행을 가능한 한 늦추려고 하는 것일까?

이유야 어떻든, 스트렐리니코프는 할 수 있는 온 힘을 다해 매우 열정적으로 자신의 감정을 토로함으로써, 자신을 짓누르고 있는 어떤 중차대한 비밀을 숨기고 있었다.

그것은 시대의 질병이자, 혁명의 세기의 광기였다. 모든 사람들의 마음은 겉으로 드러나거나 말하는 것과 달랐다. 그 누구도 양심이 깨끗하지 못했다. 전반적으로 모든 사람들이 기본적인 죄의식을 갖고 있었고, 자신이 남모르는 범죄자이며, 아직 발각되지 않은 협잡꾼이라고 느꼈다. 아주 사소한 구실만 있어도 극도로 자학적인 상상력의 향연을 벌이곤 했다. 사람들은 공포심뿐만 아니라, 병적인 파괴 충동에 사로잡혀, 자기 의지로, 한 번 발동이 걸리면 멈출 수 없는 자아비판의 형이상학적인 무아지경 상태에서 자신을 상상하고 자신을 고발했다.

한창때는 고위 군인이었고, 한때는 군사재판을 주재하던 주요 군 지도자였던 스트렐리니코프가 죽음을 앞두고 허용된 서면이나 구두 진술을 얼마나 수없이 읽고 또 들었을 것인가? 그런데 지금 그 스스로가 그와 같은, 자기 폭로의 발작에 사로잡혀, 자신의 모든 것을 재평가하고 총결산했으며, 열에 들떠 잘못되고 혼미해진 왜곡된 상태에서 모든 것을 판단했다.

스트렐리니코프는 두서없이 이런저런 고백을 늘어놓으며 떠들어 댔다.

"이것들은 모두 치타 근처에서 얻은 것입니다. 이 집의 옷장과 서랍 속에 넣어 둔 귀한 물품들을 보고 놀라셨죠? 그것은 모두 적군이 동시베리아를 점령했을 때, 징발한 것들입니다. 물론 내가 그 모든 것을 혼자 여기 가져다 놓은 것은 아닙니다. 내 주변에는 항상 믿을 만하고 헌신적인 사람들이 있었습니다. 양초며 성냥, 커피, 차, 필기도구 등, 모든 것이 일부는 체코군의 군수용품에서, 일부는 일본과 영국의 군수용품에서 징발한 것들입니다. 놀랍지 않아요? 그렇죠? '그렇죠?'라는 말은, 당신도 아시겠지만, 제 아내가 즐겨 쓰던 말이죠. 제가 여기 왔을 때, 말을 해야 할지 망설였지만, 이제는 고백해야겠어요. 아내와 딸을 보러 왔다는 사실을 말입니다. 그들이 여기 있을 거라는 소식을 너무 늦게 알았어요. 그래서 이렇게 한발 늦은 겁니다. 당신이 아내와 가까이 지낸다는 소문이나 보고를 접했을 때, '의사 지바고'란 이름을 처음 듣고는, 어찌된 일인지, 최근 몇 년 동안 보았던 수천의 얼굴들 중에서, 신문을 받으러 내 앞에 불려 왔던 그 성을 가진 의사가 어렴풋하게 기억났습니다."

"그래서 당신은 그때 그를 총살하지 못한 것을 후회했겠군요?"

스트렐리니코프는 이 질문을 무시해 버렸다. 어쩌면 그는 자기 독백에 끼어든 상대방의 말이 들리지 않았을 수도 있었다. 그는 멍하니 생각에 잠기며 말을 이었다.

"물론 나는 당신을 질투했고 지금도 질투하고 있습니다. 어쩔 수 없는 일이지 않습니까? 멀리 극동에서 저의 다른 은신처들이 발각되고 난 후, 불과 몇 달 전에 이 지역으로 와서 몸을 숨겼습니다. 저는 날조된 죄목으로 군법회의에 회부될 처지에 놓였습니다. 군법회의에 회부되면 어떻게 되는지는 잘 아시겠지요. 저는 아무 죄도 없습니다. 상황이 좋아지면 앞으로 나를 변호하고 명예를 회복할 수 있으리라고 기대하고 있었습니다. 그래서 저는 체포당하기 전에 재빨리 행방을 감추고, 당분간 여기저기를 떠돌며 숨어 지내기로 했습니다. 언젠 가는 결국 구명되리라 생각했던 거죠. 그런데 어떤 어린 악당 이 저의 믿음을 배신하고 저를 팔아먹었습니다.

저는 겨울에 사람들의 눈을 피해 굶주리며, 도보로 시베리 아를 횡단해 서쪽으로 향하고 있었습니다. 저는 항상 눈 속 이나 눈에 파묻힌 열차 안에서 밤을 보내곤 했지요. 열차들 은 선로를 따라 시베리아 철도 간선에 끝없이 줄지어 서 있었 어요.

그러다가 우연히 어린 떠돌이 소년을 만났는데, 그는 일렬 로 늘어선 총살 대열에서 총알이 빗나가 운좋게 도망쳤다고 하더군요. 그의 이야기로는 총살된 시체들 사이에서 기어 나 와 목숨을 건졌고, 몸이 회복된 후에는 나처럼 은신처를 찾 아 여기저기 떠돌아다닌다고 했어요. 어쨌든, 이것은 그 녀석 이 말해 준 것입니다. 어린 비열한으로, 음흉한 구석이 있었는 데, 재능이 없어 실업학교 2학년 때 학교에서 쫓겨났다고 했 어요."

스트렐리니코프가 자세하게 이야기를 하면 할수록 의사는 그 소년이 누군지 알 것 같았다.

"그의 이름이 테렌티이고 성이 갈루진이었나요?"

"그래요."

"그러면 파르티잔과 총살에 대한 이야기는 모두 사실입니 다. 전혀 거짓이 아닙니다."

"녀석의 유일한 장점은 자기 어머니를 몹시 사랑한다는 것이었죠. 아버지는 인질로 잡혀 총살당했고요. 어머니는 감옥에 갇혀 있었는데, 아버지와 같은 운명에 처해 있다는 사실을 알고, 어머니를 구하기 위해 무슨 짓이든 하리라고 결심했다고 했어요. 그 지역의 군 비상위원회에 가서 자수하고, 그들을 위해 일하겠다고 제안했답니다. 군 비상위원회에서는 중요한 밀고를 해달라는 조건으로 그에게 기회를 주었고요. 그는 바로 제가 숨어 있던 장소를 밀고했습니다. 그러나 저는 다행히 그의 배신을 직감해, 때맞춰 몸을 피했죠.

저는 동화 속에나 나올 만한 고난을 겪으며, 시베리아를 거쳐 여기에 도착했습니다. 이곳에 제 얼굴이 알려져 있으니, 제가 여기로 숨어들 거라고 생각하지는 못했겠지요. 그리고 실제로 제가 이 집과 안전하다고 생각되는 이 지역의 다른 집에 오랫동안 숨어 지내는 동안, 그들은 치타 근처에서 계속 저를 찾아다녔습니다. 그러나 이제 끝입니다. 그들이 저의 뒤를 밟고 있어요. 잠깐만요. 어두워지고 있어요. 제가 별로 좋아하지 않는 시간이 오는군요. 오래전부터 불면증에 시달리고 있어서요. 그것이 얼마나 고통스러운지는 당신도 아실 겁니다. 제 양초가 아직 남아 있다면, (질이 좋은 진짜 스테아린 양초입니다. 그렇죠?) 조금 더 이야기를 합시다. 당신만 괜찮다면 촛불을 밝히고 멋지게 밤새도록 이야기를 나눕시다."

"양초는 얼마든지 있어요. 한 통밖에 사용하지 않았으니까요. 저는 등잔을 사용하곤 했지요."

"혹시 빵이 있습니까?"

"없습니다."

"그러면 당신은 무얼 먹고 살았나요? 이런, 제가 바보 같은
질문을 했군요. 압니다, 감자였겠죠."

"네, 감자는 얼마든지 있어요. 여기서 살았던 사람들은 노
련한 살림꾼들이었어요. 그들은 감자 저장법을 알고 있었어
요. 지하실에 모두 온전히 저장되어 있어요. 썩지도 않고 얼지
도 않았어요."

스트렐리니코프는 갑자기 혁명에 대한 화제를 꺼냈다.


## 17


"이 모든 것은 당신과는 상관없는 일이겠죠. 당신은 이해할
수 없을 겁니다. 당신은 전혀 다른 세계에서 자랐으니까요. 도
시 변두리 세상, 철로 주변과 노동자 막사의 세상. 더럽고 비
좁고 굶주리며 노동자와 여성을 천대하는 세상 말입니다. 다
른 한편에는 방종과 응석받이 아이들과 버릇없는 부유한 대
학생과 상인 자식들의 조소적이고 모든 것이 용서되는 뻔뻔
스러운 방종의 세상이 있었습니다. 빼앗기고 상처받고 기만
당한 이들의 눈물과 하소연은 비웃음과 경멸적인 분노의 표
현으로 무시되곤 했습니다. 어떤 어려움도 겪어 본 적이 없고,

아무것도 원하지 않으며, 이 세계에 아무것도 보탠 것이 없고, 남기지도 않았다는 점에서만 주목할 만한 기생충들의 올림피아드 아니었습니까!

그러나 우리들은 삶을 전투로 인식했고, 우리는 사랑하는 사람들의 안전을 위해 바윗돌을 옮겼습니다. 우리들이 비록 그들에게 슬픔 외에는 아무것도 줄 수 없었지만, 털끝만큼도 모욕을 하지는 않았습니다. 우리가 그들보다 더욱 큰 고통을 당했기 때문입니다.

그런데 이야기를 계속하기 전에, 당신에게 꼭 말해 둘 것이 있습니다. 바로 이것입니다. 당신의 생명을 중요하게 생각한다면, 당장 이곳을 떠나도록 하세요. 저에 대한 포위망이 점점 좁혀지고 있고, 나에게 무슨 일이 일어난다면, 당신도 이 일에 휩쓸리게 될 테고, 저와 대화를 했다는 사실만으로도 당신은 이미 연루된 것이니까요. 그 외에도 이곳엔 늑대가 많습니다. 며칠 전에도 늑대를 쏘았습니다."

"아, 그때 총을 쏜 사람이 당신이었군요."

"네. 당신도 물론 들었을 테죠? 저는 다른 은신처로 가는 중이었는데, 그곳에 도착하기 전에 그곳이 이미 발각되어, 많은 사람들이 죽음을 당한 것이 분명하다는 것을 여러 가지 낌새로 알아차렸어요. 저는 당신과 오래 있지 않을 겁니다. 밤이 지나, 아침이 되면 떠날 것입니다. 그러니 괜찮으시다면 이야기를 계속하겠습니다.

그러나 트베르스카야 얌스카야 거리,* 아가씨들을 마차에 태우고 기묘한 모자와 각반 차림으로 싸돌아다니는 멋쟁이들이 과연 모스크바나 러시아에만 있는 걸까요? 그런 거리, 그런 밤의 거리, 그 시대의 밤의 거리, 그리고 경주마들과 회색 얼룩말들은 어디에나 있습니다. 그러나 무엇이 19세기에 통일성을 부여하고, 19세기를 하나의 역사적 시대로 구분 짓게 할까요? 그것은 사회주의 사상의 등장이었습니다. 혁명이 일어났고, 헌신적인 청년들은 바리케이드에 올랐습니다. 정치평론가들은 어떻게 야수적인 자본의 뻔뻔함에 재갈을 물리고, 가난한 자들의 인간적 가치를 구현할 것인지를 고민했습니다. 마르크스주의가 등장했습니다. 마르크스주의는 악의 뿌리가 어디에 있는지, 그 해결책이 어디에 있는지 찾아냈습니다. 그리고 마르크스주의는 세기의 강력한 세력이 되었습니다. 그 모든 것은 그 시대의 트베르스카야 얌스카야 거리였고, 더러움, 성스러운 빛, 부패, 노동자 구역, 정치 삐라들, 바리케이드들이었습니다.

아아! 라라는 여학생 시절에 얼마나 아름다웠는지 모릅니다! 당신은 모르실 거예요. 그녀는 브레스트 철도에서 일하는 노동자들이 입주한 건물에 살고 있던 한 여자 친구에게 자주 놀러 오곤 했지요. 그때는 브레스트 철도라고 불렸는데, 그

* 모스크바 중심부 북쪽에 있는 4차선 도로이다.

후에 이름이 몇 번 바뀌었어요. 지금은 유랴틴 군법재판소 위원인 나의 아버지도 철도역의 직공이었습니다. 나는 자주 그 아파트에 놀러 가곤 했는데, 그곳에서 그녀를 만났습니다. 그녀는 아직 어린 소녀였지만, 이미 그 시절의 긴장 상태, 시대의 불안 같은 것들이 그녀의 얼굴과 눈에 어려 있었습니다. 그 시대의 모든 요소. 모든 눈물과 원망, 당시의 모든 분출과 축적되어 있던 모든 분노와 긍지가 소녀의 수줍음과 당당한 자태와 어우러져 그녀의 얼굴과 당당한 태도에 드러나 있었습니다. 그녀의 이름과 그녀의 입술을 통해 그 시대를 고발할 수도 있었을 겁니다. 이것이 사소한 것이 아니라는 것에 동의하실 겁니다. 이것은 어떤 숙명이며, 표식입니다. 자연이 그녀에게 부여했고, 그녀가 그것에 대한 권리를 가진 어떤 것 말입니다."

"그녀에 대해 정확하게 표현하셨어요. 저 역시, 당신이 묘사한 그대로의 그녀를 그 당시에 보았으니까요. 여학생에 지나지 않았지만, 마음속에서 어른스러운 비밀의 여주인공과 하나가 되었던 겁니다. 벽에 비친 그녀의 그림자는 불안한 자기방어의 실루엣이었습니다. 그것이 제가 본 그녀의 모습입니다. 그렇게 기억합니다. 당신은 정말 놀랍도록 그것을 잘 표현했습니다."

"당신도 본 적이 있고, 기억하시는군요? 그러면 당신은 그것을 위해 무엇을 하셨습니까?"

"그것은 전혀 다른 문제입니다."

"그렇다면, 당신도 아시다시피, 파리 혁명과 함께 19세기의 이 모든 것들, 게르첸\*에서 시작되어 몇 세대에 걸친 러시아 망명객들, 불발되거나 실행되었던 차르 암살 계획들, 전 세계의 모든 노동운동들, 모든 유럽 의회와 대학에서의 마르크스주의, 모든 새로운 사상 체계와 추론의 새로움과 성급함, 조롱, 자비의 이름으로 발전된 더욱 심해진 무자비함, 이 모든 것을 흡수하여 총체적으로 구현해 보여 준 사람이 레닌이었습니다. 지금까지 성취된 것을 응징하는 화신으로서 낡은 것을 파괴하기 위해서 말입니다.

레닌의 등장과 함께 전 세계인의 눈앞에 잊을 수 없는 거대한 형상의 러시아가 인류의 모든 슬픔과 불행을 보상해 주는 구원의 촛불처럼 떠올랐습니다. 그런데 제가 도대체 왜 이런 이야기를 하고 있을까요? 당신에게 이런 이야기는 분명 울리는 꽹과리\*\*의 공허한 소리일 텐데 말입니다.

이 소녀를 위해 대학에 가고, 그녀를 위해 교사가 되어, 그 당시 저에겐 전혀 낯설었던 유랴틴에 일하러 갔습니다. 저는 그녀가 도움을 청하면, 언제든 도움이 될 수도 있도록, 수많

---

\* 알렉산드르 게르첸(1812~1870). 러시아 사회주의의 아버지로 불리는 서구주의 작가이자 출판인. 1847년에 아버지의 유산을 물려받고 1852년에 러시아를 떠났다. 국외에서 급진적 러시아어 신문이었던 『콜로콜』을 1957년부터 발행했고, 수많은 책을 저술했으며 『나의 과거와 사유』(1868)는 유명한 그의 저서이다.

\*\* 바울의 고린도에 보내는 첫 번째 서한(13:1)에 나오는 문구. "내가 사람의 방언과 천사의 말을 할지라도 사랑이 없으면 소리 나는 구리와 울리는 꽹과리가 되고……."

은 책을 읽고 많은 지식을 습득했습니다. 삼 년간의 결혼 생활 뒤, 저는 다시 그녀를 위해 전쟁터로 나갔고, 그 후, 전쟁이 끝나 포로에서 풀려나 돌아온 다음에는, 제가 사망자 명단에 오른 것을 이용해, 가명으로 혁명에 뛰어들어, 그녀가 당했던 모든 고통에 복수하고, 그녀의 아픈 기억들을 깨끗이 씻어 주고 싶었습니다. 더 이상 과거로 돌아가는 일이 없도록, 그리고 세상에 트베르스카야 얌스카야 거리 같은 것이 더 이상 존재하지 못하게 하고 싶었습니다. 그들이, 아내와 제 딸이 가까이, 바로 여기에 있었습니다! 그들에게 달려가 만나고 싶은 마음은 간절했지만, 참느라고 얼마나 애를 썼는지 모릅니다! 하지만, 우선 저의 필생의 임무를 완수하고 싶었습니다. 아아, 지금 그들을 한 번만이라도 볼 수 있다면, 저는 무엇이든 다 할 것입니다! 아아, 그녀가 방으로 들어올 때면, 창문이 저절로 열리고, 방 안에 빛과 공기가 가득 차는 것 같았습니다."

"당신에게 그녀가 얼마나 소중한 존재인지 알고 있습니다. 그러나 죄송하지만, 당신은 그녀가 당신을 얼마나 사랑했는지 아십니까?"

"죄송하지만, 무슨 말씀이십니까?"

"그녀에게 당신이 얼마나 소중한 존재였는지, 이 세상 그 누구보다도 당신을 사랑했다는 사실을 알고 있는지 물었습니다."

"당신이 그걸 어떻게 아십니까?"

"그녀가 직접 저에게 이야기했습니다."

"그녀가? 당신에게?"

"그렇습니다."

"죄송합니다. 이런 부탁이 말도 안 된다는 것을 알지만, 너무 무례한 것이 아니라면, 당신에게 폐가 되지 않는다면, 제발, 그녀가 당신에게 한 말을 그대로 해주십시오."

"기꺼이 말씀드리겠습니다. 그녀는 당신이 이상적인 인간의 구현이며, 당신 같은 남자를 본 적이 없고, 당신은 최고의 수준에 오른 유일한 사람이며, 저 먼 곳에 언젠가 당신과 함께 살았던 집이 보인다면, 그녀가 어디에 있든, 이 세상 끝에 있다 해도, 무릎으로라도 기어서 가겠다고 했습니다."

"죄송하지만, 지나치게 사적인 이야기가 아니라면, 그녀가 어떤 상황에서, 그 이야기를 했는지 기억하십니까?"

"그녀가 이 방을 치울 때였습니다. 깔개를 털려고 밖으로 나갈 때였어요."

"어떤 것이었습니까? 여기에 두 개가 있는데."

"바로 저 큰 것입니다."

"그녀 혼자서 들기엔 무거워 보이는군요. 당신이 도와주었습니까?"

"네."

"두 분이 각자 양쪽 끝을 잡았겠군요. 그리고 그녀는 몸을 뒤로 젖히고, 그네를 타듯 팔을 높이 치켜들어 흔들며 먼지를 피해 얼굴을 이리저리 돌리고 얼굴을 찡그리며 웃음을 터뜨렸겠죠? 저는 그녀의 버릇을 잘 기억하고 있습니다! 그런 다음에는 서로 마주 보고 다가서서, 무거운 깔개를 먼저 두 겹으로 접고, 다음에는 네 겹으로 접었겠지요. 그러면서 그녀는 농담을 하고 장난을 쳤겠지요. 그렇죠? 그렇죠?"

그들은 각자 자리에서 일어나 서로 다른 창문으로 다가가, 서로 다른 방향을 내다보았다. 한동안 말없이 서 있다가, 스트렐리니코프가 유리 안드레예비치에게 다가갔다. 그는 지바고의 두 손을 꼭 잡아 자신의 가슴에 얹고, 쫓기듯 다시 서둘러 이야기를 했다.

"용서하십시오. 당신의 소중한 비밀을 건드렸다는 사실을 알고 있습니다. 하지만 당신이 허락한다면, 좀 더 묻고 싶습니다. 제발 가지 마세요. 저를 혼자 내버려 두지 마십시오. 제가 곧 나갈 겁니다. 생각해 보세요. 육 년에 걸친 이별을, 육 년에 걸친 견딜 수 없는 인내를 말입니다. 그러나 저는 완전히 자유를 얻었다고 생각하지 않았습니다. 제가 먼저 자유를 얻고 난 다음에야, 저는 완전하게 그들의 것이 되고, 제 손은 자유로워질 것이라고 생각했습니다. 그러나 보다시피 이렇게, 저의 모든 계획은 허물어지고 말았습니다. 내일 저는 체포될 것입니다. 당신은 그녀와 가깝고 그녀에게 소중한 분입니다. 어쩌면 당신은 언젠가 그녀를 만날 수 있겠지요. 아아, 아닙니다, 제가 지금 무슨 부탁을 하겠습니까! 미친 짓이지요. 저는 체포되고, 한마디 변명할 기회도 얻지 못할 겁니다. 그들은 다짜고짜 저에게 달려들어 소리를 지르고 욕지거리를 하며 제 입을 막아 버리겠죠. 그들이 어떻게 할지 제가 모를 리가 있겠습니까?"

## 18

드디어 그는 제대로 잠을 잘 수 있었다. 유리 안드레예비치는 오랜만에 처음으로 침대에 눕자마자, 어떻게 잠들었는지도 모르게 잠이 들었다. 스트렐리니코프는 이 집에서 밤을 보내게 되었다. 유리 안드레예비치는 그를 옆방에 재웠다. 유리 안드레예비치는 몸을 뒤척이거나 마루로 미끄러져 떨어진 담요를 끌어당기느라 잠깐 잠에서 깨어나긴 했지만, 깊은 잠으로 강한 활력을 느끼며 다시 달콤한 잠 속으로 빠져들었다. 새벽에, 그는 짧고 순간적으로 변하는 어린 시절의 꿈을 몇 번 꾸었는데, 어찌나 뚜렷하고 세세한지 마치 현실처럼 느껴졌다.

꿈속에 벽에 걸려 있던, 엄마가 그린 이탈리아 해변의 수채화가 갑자기 벽에서 마루로 떨어져 내렸고, 유리 깨지는 소리에 놀란 유리 안드레예비치는 잠에서 깨어났다. 그는 눈을 떴다. 아니, 이 소리는 다른 소리야. 이것은 분명 바크흐가 말한 것처럼, 안티포프, 스트렐리니코프라는 성을 가진 라라의 남편 파벨 파블로비치가, 슈티마의 골짜기에서 다시 늑대를 쫓는 소리겠지. 아니, 그건 말도 안 돼! 그림이 벽에서 떨어진 거야. 그림이 저렇게 산산조각이 나 마룻바닥에 널려 있는 걸 보니, 다시 꿈나라로 돌아온 거라고 그는 믿었다.

그는 너무 오래 잠을 잔 탓에, 두통을 느끼며 일어났다. 처음 한동안 그는 자신이 누구이며, 어디에, 어느 세상에 있는지 얼른 기억할 수가 없었다.

그러다가 갑자기 기억이 났다. '그래, 스트렐리니코프가 와서 같이 밤을 보냈지. 벌써 시간이 이렇게 되었군. 옷을 입어야겠어. 지금쯤 그도 분명 일어났을 테고, 아직 자고 있으면, 그를 깨워서 커피를 끓여 함께 마셔야겠어.'

"파벨 파블로비치!"

아무 대답이 없었다. '아직 자는 모양이군. 정말 깊이 잠든 모양이야.' 유리 안드레예비치는 느긋하게 옷을 입고, 옆방으로 건너갔다. 스트렐리니코프의 군용 털모자는 탁자 위에 있었지만, 그의 모습은 집 안 어디에도 보이지 않았다. '산책을 나간 모양이군.' 의사는 생각했다. '모자도 쓰지 않고 말이야. 체력 단련 중인가? 오늘 바르이키노를 떠나 시내로 가야 하는데. 너무 늦었어. 또 늦잠을 자고 말았어. 매일 아침 이렇다니까.'

유리 안드레예비치는 스토브에 불을 붙이고는, 양동이를 들고 물을 긷기 위해 우물로 갔다. 현관 계단에서 얼마 떨어지지 않은 길 한복판에 비스듬히, 파벨 파블로비치가 스스로 쏜 총탄을 맞아, 눈더미에 머리를 파묻고 쓰러져 있었다. 그의 왼쪽 관자놀이 밑에 눈이 붉게 덩어리져 있었고, 흘러내린 피가 축축하게 고여 있었다. 옆으로 흩뿌려진 작은 핏방울들이 얼어붙은 마가목 열매처럼 눈과 엉겨 붙어 있었다.

제15장

종말

# 1

이제 유리 안드레예비치가 죽기 전, 그의 생애 마지막 팔구 년 동안 있었던 몇 가지 간략한 이야기만 남아 있다. 이 기간 동안 그는 의사나 작가로서의 지식과 기능을 상실하고, 점차 생기를 잃고 피폐해져 갔다. 이따금 우울과 침체의 늪을 벗어 나 기운을 내고 활력을 찾아 다시 활동을 하기도 했지만, 그런 분발은 잠깐이었을 뿐, 다시 자신과 모든 세상에 등을 돌렸다. 그 몇 년 동안, 그는 이미 예전에 자신이 진단한 대로, 심장병 이 악화되었지만 병세가 심각하다는 사실은 알지 못했다.

그가 모스크바에 왔을 때는, 소비에트 시대의 가장 이중적 이고 기만적인 시기였던 네프* 초기였다. 그는 파르티잔의 포 로에서 유랴틴으로 돌아왔을 때보다, 훨씬 더 초췌하고 남루 했으며 산발한 모습이었다. 여행 중에 그는 또 굶주림을 해 결하려고 쓸 만한 옷가지를 하나둘 벗어, 빵과 겨우 몸을 가 릴 정도의 낡고 해진 누더기로 바꾸곤 했다. 길을 가는 동안 자신의 두 번째 모피 외투와 양복을 팔아먹은 그는 잿빛 군

---

* 네프는 전시 공산주의 정책을 말한다. 경제가 파탄에 이르자, 레닌에 의해 1921년 제10 차 소비에트 공산당 대회에서 일시적으로 자본주의 경제를 도입하여 경제를 회복시키 기 위해 실시한 경제 정책으로, 1928년까지 실시되었다.

용 털모자와 다리에 각반을 감은 채, 단추가 다 떨어진 냄새 나는 죄수복 같은 낡은 군복 외투 차림으로 모스크바 거리에 나타났다. 이런 모습의 그는 수도 모스크바의 역과 거리, 그리고 광장에 넘쳐나는 수많은 적군 병사의 무리들과 전혀 다르지 않았다.

그는 누군가를 모스크바로 데리고 왔다. 똑같은 군복 차림의 예쁘장한 시골 소년으로 항상 그의 뒤를 따르곤 했다. 그들은 그런 차림새로 아직 모스크바에 남아 있는 유리 안드레예비치의 어린 시절의 몇몇 지인들의 집에 나타나곤 했다. 지인들은 그를 기억하고 있었고, 그와 동행자가 여행 후에 목욕을 했는지, 우선 확인 한 다음—아직 전염성 높은 티푸스가 맹위를 떨치고 있었다—맞이하곤 했다. 그들은 유리 안드레예비치가 나타난 첫날, 그의 가족들이 모스크바를 떠나 외국으로 간 사정을 이야기해 주었다.

두 사람은 다른 사람들을 꺼리고 몹시 기피했기 때문에, 방문객이 자기들뿐이어서 어쩔 수 없이 대화를 해야 할 경우나 입을 다물고 있을 수 없는 경우는 되도록 피하려고 했다. 지인들의 모임에 갈 때면, 두 사람은 홀쭉하고 껑충한 모습으로 나타나긴 했지만, 사람들의 눈에 잘 띄지 않는 구석진 자리에 몸을 숨긴 채, 일체 다른 사람들의 대화에 끼어들지 않고, 말없이 시간을 보내곤 했다.

큰 키에 남루한 차림새로 어린 친구를 대동하고 다니는 이

수척한 의사는 거리의 구도자 같았고, 항상 그를 따르는 아이는 맹목적으로 그를 순종하고 헌신하는 충실한 제자나 추종자처럼 보였다. 도대체 이 어린 동반자는 누구일까?

# 2

먼 거리를 계속 도보로 여행하던 유리 안드레예비치는 모스크바가 가까워지고 여행이 끝나 갈 즈음에야, 열차를 탈 수 있었다.

그가 지나며 목격한 농촌 모습은, 숲속에서 포로가 되었다가 탈출했을 때, 시베리아와 우랄 지방에서 목격한 것보다 나을 것이 없었다. 그러나 그때는 한겨울이었고, 지금은 늦여름의 따뜻하고 건조한 가을이었기 때문에 걷는 길은 훨씬 편했다.

그가 지나온 지역의 절반이 적의 습격을 받은 듯, 텅 비어 있었고, 들은 추수도 못한 채, 버려져 있었다. 그 모든 것이 전쟁과 내전의 결과였다.

9월 말의 이삼 일 동안, 그는 높고 가파른 강둑길을 따라 걸었다. 유리 안드레예비치 앞에 흐르고 있는 강물은 오른쪽으로 휘어져 있었다. 길 왼쪽으로는 주인을 잃은 들판이 구름 덮인 지평선까지 끝없이 펼쳐져 있었다. 이따금 참나무와 느릅나무, 그리고 단풍나무가 주종을 이룬 활엽수림이 들판 한가운데 나타나곤 했다. 강으로 연결되는 숲속 깊은 골짜기들은 가파른 절벽이나 비탈이 되어 길을 가로지르고 있었다.

추수를 못한 들판에는 무르익은 호밀이 무거운 고개를 이기지 못해 땅 위로 떨어져 흩어지곤 했다. 유리 안드레예비치는 상황이 여의치 않아, 호밀 죽을 끓여 먹을 수 없을 때면, 땅에 떨어진 낟알을 한 움큼 입에 넣고, 간신히 씹어 연명했다. 잘 씹히지 않는 생낟알은 소화가 잘 되지 않았다.

유리 안드레예비치는 그렇게 칙칙한 검은 갈색의, 퇴색한 암황색의 호밀을 한 번도 본 적이 없었다. 보통 제때에 수확한 호밀은 이보다 훨씬 밝은색이었다.

불 없이 타오르는 저 불꽃의 색채들, 말없이 도움을 청하는 저 들판은 싸늘하고 평화롭게 벌써 겨울로 접어드는 드넓은 하늘과 맞닿아 있었고, 얼굴에 드리운 그림자처럼, 가운데가 검고 가장자리가 하얀 길고 겹겹이 층을 이룬 눈구름이 끝없이 하늘 위로 떠가고 있었다.

모든 것이 단조롭고 고요하게 흘러가고 있었다. 강이 흐르고, 반대편으로는 길이 이어졌다. 의사는 그 길을 따라 걷고 있었다. 구름도 같은 방향으로 떠가고 있었다. 호밀밭도 가만히 있지 않았다. 호밀밭에도 어떤 움직임이 감지되었는데, 혐오감을 불러일으키는 무언가가 끊임없이 미세하게 스멀거리고 있었다.

상상할 수도 없는 수많은 쥐들이 그 들판에 서식 중이었다. 들판에서 밤을 맞게 되어, 밭둑에서 야영이라도 할라치면, 쥐들이 의사의 얼굴과 손 위를 달려 다니고, 옷소매와 바지 속으로 기어들곤 했다. 낮이면, 실컷 배를 채운 쥐들이 수없이 불어나 길가의 발밑에서 들끓었고, 사람의 발에 밟히면, 찍찍 소리를 내며 미끌미끌하고 질척하게 짓이겨지곤 했다.

사나운 떠돌이 털북숭이 시골 개들은 서로 눈빛을 주고받으며, 호시탐탐 의사에게 달려들어 물어뜯을 기회를 노렸고, 적당한 거리를 유지한 채 계속 의사를 뒤따라 다녔다. 들판에 바글거리는 죽은 생쥐도 마다하지 않고 닥치는 대로 먹고 사는 개들은, 무언가를 기다리듯, 멀리서 의사를 살피며 당당하게 그의 뒤를 따라왔다. 개들은 이상하게도 숲으로는 들어가지 않았고, 숲에 가까워질수록 조금씩 그 수가 줄어들더니, 이내 방향을 돌려 자취를 감추었다.

그 무렵, 숲과 들판은 매우 대조적이었다. 인적이 없는 들녘은 주인이 없어 저주받은 것처럼 방치되어 있었다. 그러나 사람으로부터 해방된 숲은 속박에서 풀려난 듯 마음껏 아름다운 자태를 뽐내고 있었다.

사람들은, 특히 시골 아이들은 호두 열매가 익을 때까지 기다리지 못하고, 덜 익은 푸르스름한 열매를 따곤 했다. 그러나 지금은 사람들의 손이 닿지 않은 언덕과 골짜기의 경사진 호두나무들이 까칠까칠한 금빛 잎사귀로 뒤덮이고, 가을빛에 타서 푸석해지고 먼지가 낀 것처럼 보였다. 그중 어떤 나무에는 끈으로 묶어 놓은 것처럼 서너 개씩 어울려 탐스럽게 불거

닥터 지바고 2

진 호두가, 금방이라도 터질 것처럼 여물대로 여물어 가지에 겨우 매달려 있었다. 길을 가는 동안 유리 안드레예비치는 계속 호두를 깨물어 먹었다. 가방 속이나 주머니 속에도 호두가 가득 차 있었다. 일주일 내내 호두만 먹은 적도 있었다.

의사의 눈에 들녘은 중병에 걸리고, 고열에 시달리는 것처럼 보였고, 숲은 건강이 회복되어 의식이 또렷해진 것처럼 보였다. 숲에는 신이 살고, 들녘에는 악마의 비웃음이 울려 퍼지는 것 같았다.

## 3

의사는 그 당시, 길을 가다가, 완전히 불타서 주민들이 모두 떠나 버린 어느 마을에 들른 적이 있었다. 불타기 전의 마을에는 강 건너편 길 쪽으로만 집들이 일렬로 서 있었다. 강쪽에는 집이 없었다.

그곳에 겉만 검게 그을린 집 몇 채가 멀쩡하게 남아 있었다. 그러나 이 집들 역시 텅 비어 있었고 사람은 살지 않았다. 다른 오두막들은 모두 잿더미로 변했고, 검게 그을린 굴뚝만 솟아 있었다.

강변 위의 절벽에는 벌집처럼 돌을 파낸 구멍들이 나 있었다. 그것은 예전에 마을 사람들이 생계수단이었던 맷돌을 만들기 위해 절벽의 바위를 파낸 흔적들이었다. 온전하게 남아 있는 집 세 채 가운데 한 오두막이 마을 끝에 서 있었는데, 집 앞마당에 맷돌을 만들다 버려둔 둥그런 돌덩이 세 개가 놓여 있었다. 물론 그 집도 다른 집들처럼 텅 비어 있었다.

유리 안드레예비치는 집 안으로 들어갔다. 조용한 저녁 무렵이었는데, 의사가 집으로 들어서자 집 안으로 바람이 불어들었다. 온 마룻바닥 위로 지푸라기와 검불 등이 이리저리 휩쓸려 다니고, 벽에 아직 붙어 있던 종잇조각들은 바람에 펄럭였다. 온 집 안이 들썩이고 바스락거렸다. 이 집 안에도 다른 곳처럼 쥐들이 바글바글했는데, 온 집 안을 휘젓고 다니며 찍찍거렸다.

의사는 오두막 밖으로 나왔다. 들판 너머로 해가 지고 있었다. 황금빛 저녁노을이 길 건너 강변을 따뜻하게 비추고 있었고, 강변에 드문드문 서 있는 관목 수풀과 강의 후미後尾에 반사된 희미한 빛이 멀리 강 한가운데까지 미치고 있었다. 유리 안드레예비치는 길을 가로질러 걸어가 풀밭에 놓인 맷돌에 걸터앉았다.

그때 강둑 위로 밝은 갈색 머리가 나타나더니, 점차 어깨와 팔이 보였다. 누군가가 강에서 물을 가득 담은 양동이를 들고 강둑길을 올라오고 있었다. 그는 의사를 발견하자, 상반신만 보인 채, 멈춰 섰다.

"물 좀 드실래요? 나쁜 사람 아니죠? 당신이 저를 해치지 않으면, 저도 당신을 건드리지 않겠어요."

"고마워요. 물 한 모금 마셔도 될까요? 걱정 말고 이리 와요. 뭣 때문에 당신을 해치겠소?"

강둑 위로 모습을 드러낸 사람은 아직 앳된 소년이었다. 그는 맨발에다 옷은 다 해지고 머리는 마구 헝클어져 있었다.

호의적으로 말은 했지만, 소년은 불안해하고 경계하는 눈빛으로 의사를 주시했다. 무슨 이유 때문인지, 그는 이상하게 흥분해 있었다. 그는 흥분해서 물통을 땅 위에 털썩 내려놓고는, 갑자기 의사 쪽으로 달려오다, 길 중간에 멈춰 서서 중얼거렸다.

"설마…… 설마…… 그래, 아니야. 그럴 리가 없어. 내가 꿈을 꾸는 거야. 저…… 실례지만, 동무, 혹시 말인데요. 어쩐지 아는 분 같아서요. 아, 맞아요, 맞아! 의사 선생님 맞죠?!"

"그런 너는 누구지?"

"절 못 알아보시겠어요?"

"모르겠는데."

"모스크바에서 올 때, 같은 열차를 타고 왔잖아요. 저는 노무자로 징발되어 호송되고 있었는데."

그는 바샤 브리킨이었다. 그는 의사 앞에 엎드려, 그의 손에 입을 맞추며 울기 시작했다.

불에 타버린 이 마을은 베레텐니키라고 불리는 바샤의 고향이었다. 그의 어머니는 이미 고인이 되었다. 마을이 파괴되고 불길에 휩싸였을 때, 바샤는 채석장의 땅굴 속에 숨어 있었지만, 어머니는 바샤가 도시로 끌려간 줄로 알고, 슬픔을 못 이겨 실성해서 지금 의사와 바샤가 앉아 이야기하고 있는 강둑 옆의 펠가강에 몸을 던졌다. 정확한 것은 아니지만, 바샤의 여동생 알룐카와 아리시카는 다른 지역의 고아원에 있다고 했다. 의사는 바샤를 모스크바로 데려왔다. 돌아오는 길에 그는 유리 안드레예비치에게 무시무시한 이야기를 많이 해 주었다.

## 4

"여기 이것들은 지난가을에 파종한 겨울 보리예요. 씨를 뿌리자마자, 습격을 받았어요. 폴랴 아주머니가 떠났을 때였지요. 팔라샤* 아주머니 기억나세요?"

"아니, 전혀 모르겠는데, 누구지?"

"펠라게야 닐로브나를 모르세요? 같이 열차를 타고 있었잖아요. 탸구노바요. 통통하고 하얗고 활달한 분이었잖아요."

"줄곧 머리를 땋았다 풀었다 하던 여자 말이니?"

"땋은 머리, 맞아요! 머리를 땋아 올린 여자 맞아요!"

"아, 그래, 기억나. 잠깐만. 그러고 보니 그 후에 시베리아의 어느 도시에서도 만난 적이 있는 것 같은데. 길에서 만난 적

---

* 폴랴, 팔라샤 모두 펠라게야의 애칭이다.

이 있었어."

"정말요? 팔라샤 아주머니를 만나셨다고요?"

"왜 그러니, 바샤? 왜 미친 사람처럼 내 손을 흔들고 그래? 그만하렴. 손이 떨어지겠어. 게다가 소녀처럼 얼굴을 붉히고?"

"아주머니는 어떻게 지내시던가요? 어서 이야기해 주세요. 어서요."

"그녀를 만났을 때는, 건강하고 무사했다. 너에 대해 이야기했어. 너희 집에 갔다던가, 같이 지낸다던가 했던 것 같은데, 잊어버렸어. 혼동했는지도 모르겠고."

"그래요. 그럴 거예요. 우리와 함께 있었다고 말했을 거예요. 우리와 함께 살았거든요. 우리 엄마는 아주머니를 친동생처럼 아끼셨어요. 조용하고 일을 잘했어요. 손재주도 좋았죠. 그분이 함께 살 때는 부족한 것 없이 살았어요. 그런데 나쁜 소문이 나서, 아주머니가 곤경에 처했어요. 그래서 베레텐니키를 떠나게 되었죠.

우리 마을에 썩은 코라고 불리는 하를람이라는 농부가 있었어요. 폴랴를 쫓아다녔죠. 코가 없는 고자질쟁이였어요. 하지만 아주머니는 그를 거들떠보지도 않았어요. 그러자 그는 저한테 이를 갈았어요. 저와 폴랴 아주머니의 험담을 하고 다녔죠. 그래서 결국 아주머니는 떠났어요. 우리를 몹시 괴롭혔어요. 그러다가 일이 생겼죠.

이 근처에서 무서운 살인 사건이 일어났어요. 부이스코예 마을과 가까운 숲속 농장에서 홀로 살던 과부가 살해당했죠. 숲 근처에서 혼자 살고 있었죠. 그녀는 고무로 된 뒤축에 장식털이 둘러진 남성 장화를 신고 다니곤 했어요. 줄에 묶인 사나운 개 한 마리가 줄이 닿는 곳까지 주변을 돌아다녔죠. 고를란이라고 불렸어요. 그녀는 집안일이든 농사일이든 남의 힘을 빌리지 않고, 모두 혼자 해냈어요. 그런데 뜻밖에 겨울이 빨리 오게 되었어요. 눈도 일찍 내렸어요. 그녀는 미처 감자를 캐지 못했나 봐요. 그래서 베레텐니키 마을에 와서, 돈이나 감자를 준다며 도와줄 사람을 찾았어요.

제가 감자를 캐주기로 했어요. 그런데 그녀의 농장에 가보니 벌써 하를람이 와 있는 거예요. 저보다 그에게 먼저 부탁을 해놓고선, 저에게는 말을 해주지 않았던 거죠. 그런 문제로 다투고 싶지 않아, 그냥 같이 일을 하기로 했어요. 몹시 나쁜 날씨 속에서 감자를 캤어요. 비도 내리고 눈도 내려 온통 진창이었는데도, 우리는 계속 감자를 캤고, 감자 줄기를 태워 훈훈한 연기에 감자를 말렸어요. 감자를 다 캐고 나자, 그녀는 공정하게 품삯을 주었어요. 그녀는 하를람에게 먼저 가라고 하고는, 저에게 윙크를 하며, 부탁이 있으니 나중에 다시 오든가, 잠깐 남으라고 하더군요.

그래서 나중에 다시 찾아갔더니 그러더군요. '여분의 감자를 전부 배급소에 바치고 싶지는 않다, 너는 좋은 청년이니,

이 일을 입 밖에 내지는 않을 것이다. 그래서 이렇게 털어놓고 이야기하는데, 감자를 저장할 굴을 하나 파려고 한다. 그런데 보다시피 날씨가 이 모양이다. 너무 늦긴 했지만, 이미 겨울이 닥쳐 굴을 파야 하는데, 혼자 힘으로는 엄두가 나지 않는다. 굴을 파는 일을 도와주면, 품삯을 후하게 치르겠다. 나를 도와 감자를 말리고 묻어 달라.'고 했어요.

저는 그녀에게 비밀 구덩이를 파주었어요. 바닥은 넓고 위쪽은 좁게 해서, 호리병 모양으로 팠지요. 그리고는 불을 피워 구덩이 속을 건조시키고 따뜻하게 했어요. 그날은 매서운 눈보라가 쳤어요. 구덩이에 감자를 적당히 넣어 숨기고, 그 위를 흙으로 덮었어요. 감쪽같았죠. 저는 물론 구덩이에 대해서는 입도 뻥긋하지 않았어요. 그 누구에게도요. 어머니나 여동생들에게도 말하지 않았어요. 맹세할 수 있어요.

그 후 한 달 정도가 지났을 무렵, 농장에 도둑이 들었어요. 부이스코예 마을을 지나왔던 사람들 말에 의하면, 대문이 활짝 열린 채, 집 안의 물건은 하나도 보이지 않고, 과부도 사라진 데다, 고를란이라는 개도 사슬을 끊고 달아나 버렸다는 거예요.

그런 다음, 얼마 정도 더 지났을 때예요. 첫 번째 겨울 해빙 때였는데, 새해가 되기 전, 성 바실리의 밤*에 비가 많이 내

---

* 12월 31일 저녁.

려서, 언덕의 눈이 녹고 땅이 드러났어요. 어디선가 고를란이 돌아와 눈이 녹아 드러난 감자 구덩이를 앞발로 파헤치기 시작했어요. 개가 열심히 파서 윗부분을 파헤치니, 구덩이에서 고무 뒤축의 장화를 신은 과부의 발이 나왔어요. 얼마나 끔찍한지!

베레텐니키 마을 사람들이 모두 안타까워하며 과부 이야기를 했어요. 아무도 하를람을 의심하지는 않았어요. 어떻게 그런 의심을 하겠어요? 상상도 할 수 없잖아요? 만약 그가 그런 일을 저질렀다면, 어떻게 그렇게 민첩한 녀석이 베레텐니키 마을을 아무렇지도 않게 어슬렁거릴 수가 있었겠어요? 어딘가 멀리 벌써 도망쳤겠죠.

마을 수장들인 부농들이 농장에서 일어난 이 끔찍한 사건을 은근히 좋아했어요. 마을 사람들을 선동할 좋은 기회였거든요. 그들은 '도시 사람들이 하는 짓을 봐라, 이것은 너희들에게 좋은 본보기이고 경고다, 곡물을 감추거나 감자를 몰래 파묻어 숨기지 말라는 것이다. 그런데 너희들은 어리석게도 숲속의 비적을 의심하고, 숲속의 비적들이 농장에서 일을 저질렀다고 믿고 있다. 어리석은 농민들이여! 너희들은 도시 사람들의 말을 더 신뢰하고 있다. 그들은 결국 너희들을 굶어 죽게 할 것이다. 마을과 재산을 지키고 싶으면, 우리 뒤를 따르라, 우리가 지혜를 가르쳐 주겠다. 여러분들이 땀 흘려 거둔 것을 가지러 그들이 오면, 여러분은 남은 호밀이 한 톨도 없다고 말하라, 무슨 일이 벌어지면 갈고리를 들어라, 그리고 마을공동체를 배반하는 자는 조심하라!' 하고 말했어요. 그러고는 마을 어른들이 부산하게 머리를 맞대고 회의를 열었지요. 그것이 바로 하를람이 원하던 것이었어요. 그는 모자를 휙 거머쥐고 시내로 갔죠. 그러고는 그곳에 밀고를 했어요. 이것 봐요, 마을에서 무슨 일이 벌어지는 줄도 모르고, 이렇게 가만히 앉아서 구경만 할 거요? 당장 그곳에 필요한 것은 빈농위원회요. 말만 하시오. 그러면 내가 즉시 그들 사이를 벌려 놓겠소, 하고 말예요. 그러고는 바람처럼 자취를 감춘 후, 다시 나타나지 않았어요.

그 다음에는 모든 사건들이 일사천리로 진행되었어요. 누가 계획을 하거나 누가 죄를 지은 것이 아니었어요. 시내에서 적군이 파견되었죠. 그리고 순회재판이 열렸고요. 곧바로 제가 불려 갔어요. 하를람이 밀고를 했던 거예요. 강제노동을 피해 도주하고, 마을에서 폭동을 선동하려고 과부를 죽였다는 혐의였어요. 저는 감금되었지만, 마룻바닥을 들어내고 도망쳤어요. 채석장 토굴에 숨어 있었죠. 그래서 제 머리 위에서 마을이 불타는 것도 못 보고, 저 때문에 어머니가 얼음 구멍에 몸을 던진 것도 모르고 있었어요. 모든 일이 그렇게 된 거예요. 그러고는 적군에게 독립된 오두막을 제공하고 술을 주었더니, 그들은 만취하도록 마셔 댔어요. 밤에 주의를 게을리하는 바람에 그 집에 불이 났고, 불이 이웃으로 번졌어요.

마을 사람들은 불이 난 집에서 밖으로 뛰쳐나와 도망쳤어요. 불을 지른 사람이 아무도 없었지만, 시내에서 온 사람들은 모두 불에 타 죽고 말았어요. 화재를 당한 우리 베레텐니키 마을 사람들에게 불탄 집에서 떠나라고 한 사람은 아무도 없었어요. 그러나 마을 사람들 스스로 또다시 무슨 일이 일어날까 봐 두려워 모두 떠나 버렸어요. 부농들이 또다시 열 사람 중에 한 사람은 총살될 거라고 소문을 퍼뜨렸던 거예요. 제가 나왔을 때는 이미 남아 있는 사람이 아무도 없었어요. 마을 사람들은 뿔뿔이 흩어져 어디론가 유랑하고 있겠죠."

## 5

네프 초기인 1922년 봄, 의사와 바샤는 모스크바에 도착했다. 맑고 포근한 날이 이어졌다. 구세주 성당의 황금빛 돔에 반사된 햇살이 네모난 돌로 포장된 길 틈새로, 풀이 무성하게 자란 광장 위로 내리쬐고 있었다.

개인기업 금지령이 폐지되어, 엄격한 규제 속에서나마 자유로운 상거래가 허용되고 있었다. 벼룩시장에서는 중고 상품들이 거래되었다. 거래 규모가 작다 보니 투기적인 암거래가 발생하고, 불법이 횡행했다. 이러한 소규모 상거래는 황폐한 도시에 새로운 재화를 생산한다거나 실질적인 어떤 도움도 주지 못했다. 십여 차례나 팔고 사는 쓸데없는 과정에서 횡재를 하는 장사꾼도 있었다.

개인 장서를 상당히 소장하고 있던 사람들이 책장에서 책들을 모두 꺼내 어느 한 장소로 옮겼다. 그들은 시 소비에트에 협동조합 서점을 열겠다고 신청했다. 그러고는 장소를 신청해, 혁명 초기부터 비어 있던 신발 창고나 폐점된 꽃 가게의 온실을 사용해도 좋다는 허가를 받았다. 그들은 둥근 온실 천장 아래서 되는대로 모아 놓은 허접한 전집류들을 판매했다.

이전의 궁핍했던 시절에, 몰래 흰 빵을 구워 팔던 대학교수 부인들이 지금은, 자전거가 모두 징발되어 비어 있는 자전거포 같은 곳에서 공공연하게 빵을 구워 팔고 있었다. 그들은 이제 도표를 전환해* 혁명을 받아들이고, '예', '좋습니다' 등의 공손한 말투 대신 '뭐, 그러지요' 따위의 말을 사용하게 되었다.

유리 안드레예비치는 모스크바에 오게 되자 이렇게 말했다.

"바샤, 너도 무슨 일이든 해야 할 텐데."

"전 공부를 하고 싶어요."

"당연하지."

"또 한 가지 소망이 있는데, 기억을 살려 어머니의 초상화를 그리고 싶어요."

"아주 좋은 생각이구나. 하지만 먼저 그림을 그릴 줄 알아

---

* 1921년 프라하에서 나온 문집 『도표 전환』에서 따온 것으로, 네프를 자본주의로의 복귀로 받아들여, 소비에트 정권과 협력을 주창한 일단의 지식인들이 당시 '도표 전환파'라는 이름으로 알려져 있었다.

야 할텐데. 이전에 그려 본 적이 있니?"

"아프라크신에 있을 때요. 삼촌이 안 계실 때면, 목탄으로 그려 본 적이 있어요."

"그렇구나. 다행이야. 한번 해보자."

바샤는 그림을 그리는 재능이 있어 보이지는 않지만, 응용미술을 배울 만한 능력은 충분했다. 그래서 유리 안드레예비치는 지인에게 부탁해, 바샤를 옛날 스트로가노프 미술 공예학교*의 일반교육과에 보냈고, 나중에는 인쇄학과로 전과했다. 그곳에서 바샤는 석판인쇄, 활판인쇄와 제본 기술, 그리고 서적 장정의 기술을 배웠다.

의사와 바샤는 서로 힘을 합쳤다. 의사는 다양한 문제들을 테마로 해서 한 장으로 이어 쓴 소책자를 썼고, 바샤는 학교에서 시험 제작 형태로 그것들을 출판했다. 소책자들은 적은 부수로 출판되었고, 보통 지인들이 최근에 새로 연 서점에 배포했다.

소책자들에는 유리 안드레예비치의 철학과 의학적 견해, 건강과 질병에 대한 정의, 생물변이설과 진화에 대한 고찰, 유기체의 생물학적 토대가 되는 개체에 대한 고찰, 그의 외삼촌과 시무시카의 사상과 공통점이 많은 역사와 종교에 대한 유리 안드레예비치의 견해, 그리고 의사가 들른 적이 있는 푸가

---

* 1825년 스트로가노프 백작이 창설한, 현재 모스크바 예술공대의 전신으로 응용미술, 공예 중심의 교육을 했던 교습소이다.

초프의 사적지에 대한 기록,* 유리 안드레예비치의 시와 단편 등이 주로 담겨 있었다.

그의 작품은 평이한 대화체로 서술되었지만, 논쟁적이고 독단적인 데다 충분한 검증이 되지 않은 견해들이어서 대중적으로 널리 읽혀지진 않았지만, 매우 획기적이고 독창적이었다. 그의 책들은 매진되고 독자들에게 높은 평가를 받았다.

당시에 시 창작이나 예술 작품의 번역 등이 전문화되기 시작했고, 다양한 문제에 대한 이론적 연구가 활발하게 이루어지고, 여러 연구소가 세워지기도 했다. 다양한 사상의 회관들과 예술철학 아카데미도 등장했다. 유리 안드레예비치는 허울 좋은 이런 기관들의 절반 정도에서 전임 의사로 활동했다.

의사와 바샤는 오랫동안 친구처럼 함께 살았다. 이 기간 동안, 그들은 이곳저곳의 거주지와 거의 허물어진 구석방을 전전했지만, 어디든 살기가 힘들고 불편했다.

유리 안드레예비치는 모스크바에 도착하자마자, 시브체프에 있는 그의 옛집을 찾아갔다. 그는 그곳에서 가족들이 모스크바를 경유했지만, 그곳에 들르지는 않았다는 이야기를 들었다. 가족들이 추방되면서 모든 것이 변했다. 의사와 그의

---

* 예밀리안 푸가초프(1740~1775). 예카테리나 2세의 정책에 불만을 품고, 의문의 죽음을 당한 황제 표트르 3세를 자칭하며 농노제 폐지를 주장, 농민들을 규합해, 러시아 역사에 유명한 푸가초프의 반란을 일으킨 인물. 1774년 9월 14일에 체포되어 1775년 1월 21일, 동지들과 함께 모스크바에서 공개 처형되었다. 그가 주로 세력을 떨친 곳이 볼가강과 우랄 지역이었는데, 지바고는 이곳을 지칭한 것으로 보인다.

가족에게 배당되었던 방에는 다른 사람들이 입주했고, 그와 가족 소유의 가재도구들은 아무것도 남아 있지 않았다. 위험 인물이라고 생각했던 때문인지, 모두가 유리 안드레예비치를 꺼려 했다.

마르켈은 출세해서 더 이상 시브체프에 머물지 않았다. 그는 무치노이 지역의 건물관리인이 되었고, 그의 직책에 따라 그와 가족에게 관리인 아파트가 배당되었다. 그러나 그는 흙바닥 마루에 수도가 있고 방을 꽉 채우는 커다란 페치카가 있는 옛 경비실에서 살기를 원했다. 겨울이면 이 도시의 수도관과 난방장치가 모두 얼어 터졌지만, 경비실의 방은 따뜻했고 물도 얼지 않았기 때문이다.

그즈음 의사와 바샤의 관계가 서먹해졌다. 바샤는 눈부시게 성장했다. 그는 더 이상 예전에 베레텐니키 마을의 펠가 강가에 살던 맨발의 부스스한 소년처럼 사고하거나 말하지 않고, 전혀 다르게 사고하고 말하게 되었다. 그는 혁명이 선언한 진리의 명백성, 자명성에 점점 빠져들었다. 의사의 이해하기 어렵고 비유적인 언어는 자체적인 약점으로 인해, 애매모호할 수밖에 없기 때문에, 비난받아야 한다고 생각했다.

의사는 여기저기 정부 기관을 찾아다녔다. 그는 두 가지 문제를 청원했다. 가족의 정치적 복권과 조국으로의 귀환을 허가해 줄 것, 다른 하나는 그에게 여권을 주고 아내와 아이들이 있는 파리로 가도록 허락해 달라는 것이었다.

바샤는 의사가 청원하는 데 너무 미온적이고 서두르지 않는 것에 놀라워했다. 유리 안드레예비치는 자기가 기울인 노력이 헛수고가 될 거라고 미리 포기한 채, 더 이상의 시도는 소용없는 일이라고 확신했다.

바샤는 더욱 자주 의사를 비난했다. 바샤의 질책이 틀린 것은 아니었기 때문에, 그는 화를 내지 않았다. 그러나 바샤와의 관계는 금이 갔다. 결국 그들의 관계는 깨어지고 헤어지게 되었다. 의사는 함께 살던 방을 바샤에게 넘겨주고, 자신은 무치노이 고로도크로 옮겼다. 힘 있는 마르켈이 그에게 옛날 스벤티츠키의 집에 있는 구석방을 내주었다. 그 구석방에는 스벤티츠키의 낡고 못 쓰게 된 목욕탕과 창문이 하나밖에 없는 방이 붙어 있었고, 절반이 부서진 뒷문과 금방 허물어질 것 같은 부엌도 딸려 있었다. 유리 안드레예비치는 이곳으로 옮겼고, 이사 후에는 진료를 그만두고 아무도 만나지 않았으며, 자포자기 상태에서 매우 궁핍하게 살았다.

# 6

흐린 겨울의 어느 일요일이었다. 페치카의 연기가 지붕 위로 곧장 올라가지 않고, 사용이 금지되어 있는데도 계속 사용하고 있던 작은 난로의 금속 연통이 연결된 창문 통풍구로 검은 연기가 새어 나오고 있었다. 시민들의 생활은 아직 정상화되지 않았다. 무치노이 고로도크의 주민들은 세수도 못한 지저분한 얼굴로 돌아다녔고, 종기로 고생하고 추위에 떨고 감기에 시달렸다.

어느 일요일에 마르켈 샤포프 가족이 모두 집에 모여 있었다.

샤포프 가족들은 식탁에 둘러앉아 점심을 먹고 있었다. 동이 트는 아침마다 배급표에 따라 빵을 분배하던 시절에는, 바로 이 탁자 위에서 이 건물의 전체 입주자들의 배급표를 가위로 자른 다음, 분류하고 수를 세고 종류별로 종이에 싸거나, 다발로 묶어 빵 가게에 가져가, 빵을 구워 돌아오면, 다시 이 식탁 위에서 빵을 썰고 자르고 나누어 입주자들의 몫에 따라 일정하게 무게를 달아 나누어 주곤 했다. 그러나 이제 그 모든 것은 옛날이야기가 되어 버렸다. 식량 공급 규정이 다른 형태의 계산법으로 바뀌었기 때문이다. 마르켈 가족들은 기다란 탁자에 둘러앉아 게걸스럽게 쩝쩝거리며 맛나게 식사를 하고 있었다.

경비실 방 한가운데 우뚝 솟아 있는 커다란 러시아식 페치카가 방의 절반을 차지하고 있었고, 페치카 위의 침상에는 누비이불이 늘어져 있었다.

현관 입구 쪽 벽에는 정상적으로 물이 나오는 수도꼭지가 세면대 위로 튀어나와 있었다. 경비실에 딸린 방의 양옆에는 긴 의자가 놓여 있었고, 그 밑에는 가재도구가 든 자루와 트렁크가 놓여 있었다. 왼쪽에 식탁이 놓여 있었고, 식탁 위쪽 벽에는 그릇을 올려놓은 선반이 있었다.

페치카가 활활 타고, 방 안은 아주 따뜻했다. 마르켈의 아내 아가피야 티호노브나는 소매를 팔꿈치까지 걷어 올리고, 페치카 앞에 서서 깊은 곳까지 닿는 부젓가락으로 페치카 안에 올려놓은 냄비들의 위치를 바꾸거나, 필요하다 싶으면, 간격을 더 좁히거나 넓히며 요리를 하고 있었다. 땀에 젖은 그녀의 얼굴에는 활활 타고 있는 페치카의 불꽃이 어른거렸고, 때때로 냄비에서 피어오르는 수증기가 얼굴을 휩싸곤 했다. 그녀는 냄비들을 한쪽으로 밀어 놓고, 페치카 깊숙한 곳의 철판 위에 있던 구운 만두를 꺼내어 뒤집은 다음, 불그레한 색깔이 되도록 페치카 속에 다시 집어넣었다. 이때 유리 안드레예비치가 양동이 두 개를 들고 경비실 방으로 들어왔다.

"맛있게 드세요."

"어서 오세요. 이리 오셔서 같이 식사하세요."

"고맙습니다만, 먹었습니다."

"제대로 드시지도 못했을 텐데, 이리 와서 따뜻하게 좀 드세요. 체면 차릴 필요 없어요. 항아리에 구운 감자도 있고, 쌀만두도 있어요. 오트밀 죽도 있고요."

"정말 아닙니다. 고맙습니다. 마르켈, 이렇게 자주 드나들어, 방에 찬바람이 들어오게 해서 미안합니다. 한꺼번에 물을 좀 길어다 놓으려고요. 스벤티츠키의 욕조를 깨끗이 씻어서,

물을 가득 채워 놓고, 물통에도 좀 채워 둘 생각입니다. 대여섯 번만 길어 가겠습니다. 그러면 한동안 괴롭힐 일은 없을 겁니다. 이렇게 들락거려 죄송합니다. 다른 데서는 물을 얻을 수가 없어서요."

"천만에요, 얼마든지 가져가세요. 시럽은 드릴 수 없지만, 물은 얼마든지요. 원하는 만큼 가져가세요. 물값을 받지는 않으니까요."

식탁 앞에 있던 가족들이 웃어 댔다.

세 번째로 유리 안드레예비치가 들어와, 다섯, 여섯 양동이에 물을 길어 가려 하자, 말투가 바뀌고 말이 달라졌다.

"사위 녀석들이 누구냐고 묻더군요. 내가 말을 했는데도 믿지 않아요. 물은 얼마든지 길어 가도 좋아요. 상관없어요. 마룻바닥에만 흘리지 말아요. 이런, 얼빠진 사람 같으니. 문지방에 물을 흘린 것 안 보이시오? 물이 얼면 누가 그걸 망치로 깨겠어요? 그리고 문을 꼭 닫아야죠. 이런, 얼간이 같으니, 문에서 바람이 들어오잖아요. 사위들에게 당신이 누구인지 이야기해 주어도, 도통 믿지를 않아요. 당신 같은 사람에게 얼마나 많은 돈이 허비되었는지 보세요! 그렇게 공부를 하고 공부를 했는데, 그게 다 무슨 소용입니까?"

다시 다섯 번째, 여섯 번째로 유리 안드레예비치가 들어오자, 마르켈은 인상을 찌푸렸다.

"이제 한 번만 더 하고는 그만이오. 이보시오, 형제! 염치가 있어야지. 여기 우리 작은딸 마리나가 역성을 들지 않았다면, 당신의 출신 성분이 아무리 귀하다고 해도 문을 잠가 버렸을 거요. 저기 우리 마리나 기억하죠? 저기 식탁 끝에 앉은 검은 머리 여자애 말이오. 얼굴 붉히는 것 좀 보시오. '아빠, 그분에게 심하게 대하지 마세요.' 하고 말하지 뭡니까. 누가 당신에게 뭐라고 한 것도 아닌데 말이오. 마리나는 중앙전신국 무선 기사로 일해요. 외국어를 잘 알아듣거든요. 저 아이가 당신을 가엾어 하더군요. 당신을 위해서라면 불속이라도 뛰어들 기세로, 당신을 동정하지 뭡니까? 당신이 잘못된 것이 내 죄는 아니잖아요. 어려운 시기에 집을 버리고, 시베리아로 달아나선 안 되었지요. 그건 모두 당신들 잘못이었어요. 우리도 굶주림과 백군의 봉쇄 속에서 고생했지만, 꿋꿋이 살아남았어요. 모두 당신 잘못이지요. 토니카*도 의지할 데 없이, 외국에서 방황하고 있겠지요. 내가 상관할 바도 아니고, 당신 문제지만. 기분 나쁘지 않다면, 하나 물읍시다. 도대체 그 많은 물을 어디에 쓰려고 그러세요? 마당에 물을 뿌리고 얼려서 스케이트장이라도 만들 셈이요? 어허, 가엾은 암탉 꼴 같아, 화를 낼 수도 없고."

다시 식탁에서 웃음이 터져 나왔다. 마리나는 불만에 가득 찬 눈길로 가족들을 돌아보며 화를 내고 그들을 힐난하기

* 토냐의 애칭.

시작했다. 유리 안드레예비치는 그녀의 목소리를 듣고 놀랐지만, 누구의 목소리인지는 알지 못했다.

"마르켈! 집 안에 물청소할 곳이 많아요. 마루도요. 세탁도 좀 해야 되고."

식탁에 앉아 있던 사람들 모두가 놀랐다.

"그런 일을 하는 것은 고사하고, 그런 말씀을 하시다니 부끄럽지도 않으세요? 당신이 무슨 중국 세탁부나 뭐라도 되나요?"

"유리 안드레예비치, 당신에게 딸을 올려 보내겠습니다. 딸애가 빨래도 하고 청소도 해줄 거예요. 필요하면 바느질도요. 얘야, 다른 사람들과 비교도 안 될 만큼 아주 훌륭한 분이시니까, 겁먹을 필요는 없다. 파리 한 마리 해치지 못하실 분이야."

"아닙니다, 그게 무슨 말씀이세요, 아가피야 티호노브나! 그럴 필요 없습니다. 마리나가 저 때문에 손에 물을 묻히다니요. 그녀가 저를 위해 그런 궂은일을 해야 할 이유가 없지요. 저 혼자서도 할 수 있습니다."

"당신이 물에 손을 담그는데, 왜 저는 안 된다고 하세요? 왜 그렇게 고집을 부려요, 유리 안드레예비치! 왜 거절하세요? 제가 당신의 방에 가면 쫓아내실 거예요?"

마리나는 가수가 될 수도 있을 것 같았다. 그녀는 성량이 풍부하고, 힘도 있고, 노래하기 좋은 청량한 목소리를 지니고 있었다. 마리나는 목소리를 높이지 않아도, 보통 대화할 때의 목소리보다 우렁차게 들려, 그녀의 목소리가 아니라, 목소리 자체가 따로 분리된 듯했다. 마치 목소리가 다른 방이나 그녀의 등 뒤에서 들려오는 것 같았다. 이 목소리는 그녀의 보호자이자 수호천사였다. 그런 목소리를 가진 여인은 아무도 모욕하거나 슬프게 할 수 없을 것 같았다.

물을 길으러 갔던 바로 그 일요일에 의사와 마리나의 우정이 싹텄다. 그녀는 그를 자주 찾아가 가사일을 돌봐 주었다. 그러던 어느 날, 그녀는 그의 곁에 남았고, 그 후, 경비실 방으로 돌아가지 않았다. 그때 이후로 마리나는 법적으로는 아니지만, 유리 안드레예비치의 세 번째 아내가 되었다. 유리 안드레예비치는 아직 첫 부인과 이혼하지 않은 상태였다. 그들 사이에 아이들이 생겼다. 샤포프 내외는 딸이 의사의 부인이 되었다고 자랑스러워했다. 마르켈은 유리 안드레예비치가 마리나와 결혼식도 올리지 않고, 혼인신고도 하지 않는다고 불만을 토로했지만, 그의 아내는 남편을 반박했다. "당신, 정신 나갔어요, 안토니나가 아직 살아 있는데, 어떻게 결혼을 하겠어요? 이중결혼을 하라고요?" 마르켈이 대꾸했다. "당신이야말로 바보야. 토니카와 무슨 관계가 있어? 토니카는 없는 거나 마찬가지야. 그녀를 보호해 줄 법은 어디에도 없다고."

가끔 유리 안드레예비치는 스무 장이나 스무 편의 편지로 된 소설이 있듯이, 그들의 결합은 스무 개의 양동이로 된 로맨스라고 농담을 하곤 했다.

마리나는 그 시절에 나타난 의사의 절망, 자신이 추락하고 있다는 것을 인식하고 있는 인간이 보이는 괴벽과 변덕, 그리고 그가 집을 어질러 놓거나 소란스럽게 구는 것도 모두 이해해 주었다. 그의 불평이나 신경과민, 분노 등도 모두 감내했다.

그녀의 헌신적인 희생은 계속되었다. 그의 잘못으로 그들이 자발적이고 스스로 선택한 빈곤에 빠지게 되었을 때, 마리나는 그 사이에도 그를 혼자 남겨 두지 않기 위해 근무를 그만둔 적도 있었다. 직장에서는 그녀를 높이 평가해, 어쩔 수 없었던 휴직 후에, 기꺼이 다시 출근해서 근무하도록 허락했다. 유리 안드레예비치의 몽상을 이해해 주며, 그녀는 그와 함께 이 집 저 집을 돌아다니며 일을 했다. 두 사람은 건물 안에 살고 있는 여러 층에 거주하는 주민들에게 돈을 받고, 장작을 톱으로 잘라 주는 일도 했다. 몇몇 사람들, 특히 신경제정책 초기에 투기를 해서 돈을 벌거나 정부 측에 가까운 학자나 예술인들은 집을 짓거나 가구를 만들기 시작했다. 언젠가 하루는 마리나와 유리 안드레예비치가 거리에서 톱밥을 묻힌 신발로 방을 더럽힐까 봐, 조심스럽게 걸으며, 장작더미를 어느 집주인의 서재로 가져다 쌓고 있었는데, 주인은 제재공製材工 부부에게 눈길도 주지 않고, 거만하게 독서에 몰두해 있었다. 나무를 흥정하고, 주문하고, 값을 지불한 사람은 이 집의 여주인이었다.

'저런 돼먹지 못한 자가 도대체 무얼 저렇게 열심히 읽고 있

지?' 의사는 호기심이 일었다. '도대체 무엇을 저렇게 열심히
연필로 줄을 긋고 있지?' 그는 장작을 들고 책상 옆을 지나면
서, 주인의 어깨 너머로 힐끔 내려다보았다. 책상 위에는 이전
에 바샤가 공예 학교에서 인쇄한 유리 안드레예비치의 소책
자들이 놓여 있었다.

# 7

마리나와 의사는 스피리도놉카에서 살고 있었고, 그 근처
인 말라야 브론나야 거리에는 고르돈이 방 하나를 세내어 살
고 있었다. 마리나와 의사 사이에는 카프카와 클라시카라는
두 딸이 있었다. 카피톨리나 혹은 카펠리카라는 애칭으로 불
리는 카프카는 일곱 살이었고, 얼마 전에 태어난 클라브지야*
는 육 개월이 되었다.

1929년 초여름은 무척 더웠다. 지인들끼리는 두서너 거리
정도는 모자도 쓰지 않고 재킷도 입지 않은 채, 방문하는 것
이 예사였다.

고르돈의 방은 구조가 특이했다. 예전에 양장점이었던 곳
으로, 위층과 아래층으로 나뉘어 있었는데, 두 층 모두 거리
로 나 있는 한 개의 통유리 진열장으로 연결되어 있었다. 진열

---

* 클라브지야의 애칭은 클라시카이다.

장 위에는 금색으로 재단사의 성과 그의 직종이 쓰여 있었다. 진열장 안쪽에는 나선형 계단이 아래층과 위층을 연결해 주고 있었다.

지금 그 건물은 세 칸으로 분리되어 있었다.

아래층과 위층 사이에 한 층이 추가되어 있고, 그곳에 살림방이라고 하기에는 좀 특이한 창문이 나 있었다. 창문은 마루에서 시작해 높이가 1미터 정도 되었다. 창문은 금박을 입힌 글자의 흔적들이 남아 있었다. 그 틈새로 방 안에 있는 사람들의 다리가 무릎까지 보였다. 바로 그 방에 고르돈이 살고 있었다. 그곳에 지바고와 두도로프, 그리고 마리나가 아이들을 데리고 앉아 있었다. 어른들과 달리 아이들은 유리창을 통해 온몸이 다 보였다. 잠시 후, 마리나가 아이들을 데리고 밖으로 나가고, 세 명의 남자만 남았다.

그들은 학교를 같이 다니고, 셀 수 없는 오랜 세월 동안 우정을 쌓아 온 친구들끼리 나눌 만한 대화를 느긋하게 계속 이어가고 있었다. 보통 그럴 때는 어떻게 이야기가 진행될까?

이런 대화를 나누다 보면, 항상 풍부한 이야깃거리를 갖고 있는 사람이 꼭 있게 마련이다. 그런 사람은 자연스럽고 조리 있게 이야기를 끌고 나간다. 그런 능력을 가진 인물은 유리 안드레예비치뿐이었다.

다른 친구들은 표현 능력이 부족했다. 말주변이 없었던 것이다. 그들은 말문이 막히면, 이야기를 하며 방 안을 걸어 다니거나, 담배 연기를 들이마시고, 손을 휘젓기도 했으며, 같은 말을 몇 번씩 반복—'아, 이 사람아, 그건 옳지 않아, 그게 바로 옳지 않다고, 그래, 그래, 옳지 않아'—하기도 했다.

그들은 미처 인식하지 못했지만, 그들이 드러내는 극적인 과장은 그들의 열정적 성격과 관대함을 보여 주는 것이 아니라, 오히려 반대로, 그들의 지식의 부족이나 결함의 드러냈다.

고르돈과 두도로프는 둘 다 훌륭한 교수 그룹에 속했다. 그들은 훌륭한 서적, 뛰어난 사상가, 훌륭한 작곡가, 그리고 어제도 오늘도 항상 좋은, 그야말로 아주 좋은, 오직 좋은 음악에 파묻혀 살았지만, 그들은 평범한 취미의 비극이 몰취미의 비극보다 더 좋을 것이 없다는 사실을 알지 못했다.

고르돈과 두도로프는 그들이 지바고에게 퍼붓는 비난이 친구에 대한 충심 어린 감정이나 그에게 어떤 감화를 주고 싶어서가 아니라, 단순히 자유롭게 생각하거나 자신들이 원하는 대로 대화할 능력이 부족하기 때문이라는 사실을 인지하지 못했다. 그러다 보니 그들의 대화는 비탈길을 내려가는 마차처럼, 그들이 바라는 방향과는 다른 엉뚱한 곳으로 흘러가 버리곤 했다. 그들은 대화의 방향을 바꾸지 못하고, 결국에는 무엇엔가 충돌하고 상처를 주었다. 그렇게 그들은 전력 질주해, 설교와 교훈으로 유리 안드레예비치와 충돌하곤 했다.

그는 친구들의 열정의 원천, 부족한 공감 능력, 판단의 도식 등을 환히 들여다보았다. 그러나 그렇다고 그들에게 이렇게 말할 수는 없었다. '이보게 친구들, 자네들과 자네들이 대변하는 그 주변 사람들, 그리고 자네들이 좋아하는 명사들이나 권위자들의 광휘와 예술이 어찌 그리 조악한가. 자네들 안에 빛나며 살아 있는 유일한 것은 한때 나와 함께 살았고, 나를 알았다는 것뿐이야.' 물론 친구들이 이 사실을 인식한다고 해서 무엇이 달라지겠는가! 그래서 유리 안드레예비치는 그들을 자극하지 않으려고, 조용히 그들의 이야기에 귀를 기울일 뿐이었다.

두도로프는 얼마 전에 그의 1차 형기를 마치고 돌아왔다. 한동안 박탈되었던 그의 시민권도 회복되었다. 그리고 대학에 복직되어 강의도 했다.

지금 그는 유형 때 겪었던 마음 상태와 감정을 친구들에게 털어놓았다. 그는 친구들에게 진실되고 거짓 없이 대했다. 그의 견해가 두려움이나 다른 의도에서 비롯된 것은 아니었다.

그는 자신의 유죄판결의 논거와 감옥에 있을 때, 그리고 출소했을 때, 그에게 베풀어 준 배려, 특히 예심판사와의 개인적 대화를 통해, 사고의 변화를 겪게 되었고, 정치적으로 재교육되었으며, 새로운 관점을 받아들여, 인간적으로 성숙할 수 있게 되었다고 말했다.

두도로프의 논지가 고르돈에게 심리적인 공감을 불러일으킨 요인은 바로 그 진부함에 있었다. 그는 이노켄티에게 고개를 끄덕이며 동의를 표했다. 두도로프가 말하고 느꼈던 판에 박힌 특성, 그것이 고르돈을 감동시킨 것이다. 그는 진부한 감정의 모방성을 그들의 보편성이라고 생각했던 것이다.

이노켄티의 고상한 연설은 당시의 시대정신이었다. 하지만 바로 그 합리성과 속이 훤히 들여다보이는 위선에 유리 안드레예비치는 분노가 치밀어 올랐다. 자유가 없는 인간은 항상 자신의 노예 상태를 이상화시키는 법이다. 중세에 그랬는데, 예수회 신자들이 언제나 이 점을 이용했다. 유리 안드레예비치는 소비에트 지식인들의 최고의 업적, 당시 표현대로는, 최고의 시대정신이라고 불리었던, 정치적 신비주의를 견딜 수 없었다. 유리 안드레예비치는 친구들과 논쟁을 피하려고, 자신의 이런 감정을 드러내지는 않았다.

그는 전혀 다른 것에 관심을 보였다. 이노켄티의 감방 동지이자 티혼\*파 사제였던 보니파티 오를레초프에 대한 이야기였다. 이 유형수에게 흐리스티나라는 여섯 살 난 딸이 있었다. 어린 딸에게 사랑하는 아버지의 체포와 그 후의 운명은 큰 충격을 주었다. '성직자'라든가 '공민권 상실'이라는 단어는 어린 딸에게 불명예의 오점이 되었다. 어린 딸은 마음속으로 이 오점을 언젠가는 자기 가문의 이름에서 벗겨 내야겠다고

---

\* 바실리 벨라빈 티혼(1865~1925). 1917년에 러시아정교회의 대주교로 선출되어, 혁명 당시 러시아정교회 모스크바 대주교였고, 구세력의 중심이 되어 볼셰비키에 반대하여 반혁명운동을 벌였으나, 1922~1923년까지 감옥에 투옥되어 있다가, 1923년 소비에트 정권에 굴복하여 국가와 교회의 화해를 주장했다. 1989년에 러시아정교회에 의해서 성인의 반열에 올랐다.

결심했다. 아직 어린 나이에 자신의 목표를 세우고 결의에 찼던 그녀는 일찌감치 공산주의의 열렬한 어린 추종자가 되었다.

"나는 이제 가야겠어." 유리 안드레예비치가 말했다. "화내지 말게, 미샤. 밖이 더우니, 방 안도 답답하군. 바람 좀 쐐야겠네."

"통풍구가 마루까지 열린 것 안 보이나? 오, 이런, 미안하이. 담배를 너무 많이 피웠군. 자네가 있을 때는 담배를 피워서는 안 되는데, 자꾸 잊어버린다니까. 나보다는 저렇게 엉터리 같은 집 구조가 문제야. 다른 방을 하나 구해 주게."

"그럼, 난 가보겠네, 고르도샤.* 이 정도면 충분히 이야기했어. 내 소중한 친구들, 나를 걱정해 주어 고맙네. 내가 변덕스러워서 그러는 게 아닐세. 병 때문일세. 심장혈관의 경화증이야. 심근벽이 닳아 얇아졌는데, 어느 좋은 날에 갈라지고 터지겠지. 아직 마흔도 안 되고, 평생 술도 안 마시고, 방탕한 적도 없는데."

"장송곡을 부르기엔 자넨 아직 일러. 바보 같으니라고. 더 살 거야."

"요즘엔 아주 미세한 형태의 심장 출혈이 많이 일어나. 그것이 꼭 치명적인 것은 아니지만. 어떤 경우에는 이겨내는 사람도 있으니까. 이것은 새로운 시대의 병일세. 내 생각에는 그

* 고르돈 성을 애칭으로 부르고 있다.

원인이 정신적 억압 때문인 것 같아. 우리 인간들 대부분이 지속적이고 조직적으로 이중적인 체계 안에서 살기를 요구받고 있으니까. 우리가 매일 자신이 느끼는 것과는 반대로 표현하고, 좋아하지 않는 것을 위해 노력하고, 자신을 불행하게 하는 일에 기뻐해야 한다면, 분명 병에 걸리고 말게 돼. 우리의 신경조직은 공허한 음성이나 허상이 아니기 때문이야. 그것은 물리적인 신체의 섬유로 구성되어 있거든. 우리의 정신도 일정한 공간을 차지하고, 입속의 치아처럼 몸속에 자리를 잡고 있어. 이유 없이 계속 혹사시켜서는 안 되지. 이노켄티, 유형 생활이 자네를 성숙하게 하고, 자네를 재교육시켜 주었다는 이야기를 들으니, 정말 참을 수가 없군. 그것은 승마장에서 말이 어떻게 스스로를 훈련했는지 이야기하는 것과 마찬가지 아닌가."

"나는 두도로프의 편일세. 자네가 사람들의 말에 익숙하지 않아서 그럴 뿐이야. 자네가 사람들의 말을 이해할 수 없게 된 거지."

"그럴지도 몰라, 미샤. 어쨌든, 미안하네, 나는 가야겠어. 숨 쉬기가 힘들어. 정말, 괜한 소리가 아니야."

"잠깐만. 그건 구실일 뿐이야. 자네가 우리에게 솔직하고 진실한 대답을 해주기 전에는 자네를 보내 줄 수 없어. 이제는 자네도 생각을 바꾸어, 변화될 때가 되었다고 생각하지 않나? 이 문제에 대해서는 어떻게 할 작정인가? 토냐와 마리나와 관련된 문제를 확실히 해야 하지 않겠나? 그들은 자네의 머릿속에 아무렇게나 만들어진 실체 없는 관념이 아니라, 고통 받고 감각이 있는, 살아 있는 존재인 여성들이란 말일세. 그뿐 아니라, 자네 같은 인물이 헛되이 죽어 가는 것은 수치스러운 일이야. 몽상과 나태에서 깨어나 정신을 차리게. 말도 안 되는 교만은 버리고, 그래, 그래, 쓸데없는 오만을 버리고, 현실을 직시하고, 직장을 잡고, 진료를 계속하게나."

"좋아, 자네에게 대답하겠네. 최근에 나 역시 자주 그런 생각을 했기에, 부끄러워하지 않고 자네에게 무엇인가 약속하겠네. 모든 것이 잘되리라고 생각하네. 그것도 빠른 시일 안에 말일세. 두고 보게. 신에게 맹세하지. 모든 것이 더 좋아질 걸세. 믿을 수 없을 만큼, 열정적으로 살고 싶어졌다네. 산다는 것은 항상 앞으로, 더 높은 곳으로, 완성을 향해 나아가고, 그것을 성취하는 것 아니겠나.

고르돈, 예전에 토냐를 항상 아껴 주었듯이, 마리나를 아껴 주니 고맙네. 하지만 나는 그들 누구와도 아무 문제가 없고, 그들이든, 다른 누구든 간에, 그 문제로 다툰 일이 없네. 자네는 처음에 내가 마리나에게 하대를 하는데, 마리나가 나를 존대하고 당신, 혹은 부칭까지 붙여서, 유리 안드레예비치라고 부르게 한다고 비난했었지. 그때도 나는 전혀 기분 나쁘지 않았네. 자네도 알다시피, 이제 그런 심각한 부자연스러운 문제가 다 사라지고, 모두 잘 해결되어, 서로 똑같이 대하고 있다네.

다른 좋은 소식 하나를 전해 주겠네. 다시 파리에서 온 편지를 받았네. 이제 아이들이 자라서 제 또래의 프랑스 아이들과 아주 잘 지낸다고 하더군. 슈라는 그곳의 초등학교를 마치고, 마냐*는 곧 입학하게 되었다네. 나는 딸의 얼굴도 전혀 모르고, 그들이 프랑스 국적을 갖게 되었다는데도, 웬일인지 그들이 곧 돌아올 것 같고, 그렇게 되면 모든 문제가 저절로 해결될 것 같은 생각이 드네.

여러 가지 암시로 추측하건대, 장인과 토냐는 마리나와 어린아이들에 대해 아는 것 같네. 내가 그 사실을 편지에 쓰지 않았는데도 말일세. 이곳 소식이 다른 경로를 통해 알려진 것 같아. 알렉산드르 알렉산드로비치가 토냐 편에서, 아버지로서 몹시 배신감을 느끼고 상처를 입은 것은 당연한 일이겠지. 그래서 우리의 서신 왕래가 오 년 동안이나 끊어진 걸 거야. 알다시피 모스크바로 돌아온 이후, 한동안 편지 왕래를 했었는데 말일세. 그러다가 갑자기 답장이 없었어. 모든 소식이 끊어졌었지.

그런데 바로 얼마 전에, 다시 편지가 왔어. 온 식구가, 아이들까지도 편지를 써서 보냈더라고. 참 따뜻하고 애정이 넘치는 편지였네. 좀 누그러진 것이 분명해. 아마 토냐에게 무슨

* 마리야의 애칭.

변화가 있는지, 새로운 남자 친구라도 생긴 건지, 제발 그랬으면 좋으련만. 아무튼 나는 모르겠어. 나도 이따금 편지를 보내고 있네. 그건 그렇고, 이젠 더 이상 견딜 수가 없네. 나가지 않으면, 호흡곤란으로 죽을 것 같아. 잘 지내게."

그리고 다음 날 아침, 마리나가 사색이 되어 고르돈에게 달려왔다. 그녀는 집에 아이를 맡겨 둘 사람이 아무도 없어, 작은딸 클라샤를 담요에 싸서 한 손으로 가슴에 안고, 다른 한 손으로는 뒤에 처져 끌려오는 카파를 데리고 있었다.

"혹시, 유라가 여기 있나요, 미샤?" 그녀는 겁에 질린 목소리로 물었다.

"어젯밤에 집에 안 왔어요?"

"안 왔어요."

"그럼, 이노켄티한테 간 모양이네요."

"거기도 가보았어요. 이노켄티는 대학에 나가고 없어요. 이웃들이 유라를 아는데, 거기에 오지 않았대요."

"그러면 도대체 어디로 갔지?"

마리나는 포대기에 싸인 클라샤를 소파에 내려놓았다. 그러고는 갑자기 발작을 일으켰다.


## 8


이틀 동안 고르돈과 두도로프는 마리나의 곁을 떠나지 않았다. 그들은 교대로 그녀를 보살피며, 그녀를 혼자 두지 않았다. 그러면서 사이사이에 유리를 찾으러 돌아다녔다. 그들은 그가 갈 만한 곳을 모두 찾아다녔고, 무치노이 고로도크나 시브체프에 있는 옛날 집에도 가보고, 그가 참여했던 사상회관이나 사상의 집은 물론, 아주 가깝지는 않지만 조금이라도 알 만한 사람이나 알 만한 모든 집 주소를 알아내어 다 찾아다녔다. 그러나 모두 헛수고였다.

경찰에 알리지 않았던 것은, 그가 거주 등록도 되어 있고, 경찰조서에 오른 일도 없었지만, 당시의 분위기에서 모범적이라고 할 수 없는 사람에게 괜히 당국의 관심을 끌게 할 필요가 없어서였다. 그래서 최후의 극단적인 경우가 아니면, 경찰에 알리지 않기로 했던 것이다.

사흘째 되던 날, 마리나와 고르돈, 그리고 두도로프, 이렇게 세 사람 각자에게 유리 안드레예비치가 보낸 편지가 왔다. 편지에는 불안과 걱정을 끼쳐 미안하다는 이야기가 쓰여 있었다. 그는 제발 자신을 용서하고 걱정하지 말라고 부탁하면서, 이 세상의 모든 성스러운 이름으로 간절히 부탁하노니, 자신을 찾지 말아 달라고 간청했고, 아무리 찾아도 소용없을 거라고 덧붙였다.

그는 될 수 있는 한 빠르고 완벽하게 자기 운명을 변화시키기 위해, 한동안 홀로 지내고 싶다고, 언제가 될지 모르지만, 새로운 분야에 자리를 잡을 수 있고, 옛날 생활로 다시는 돌아가지 않는다는 것이 확실해지면, 자신의 은신처에서 나와 마리나와 아이들에게 돌아가겠다고 약속했다.

또 그는 고르돈에게 보낸 편지에, 마리나를 위해 우편환을 부치겠다고 했다. 그 돈으로 마리나가 자유롭게 직장에 다시 나갈 수 있도록 유모를 구해 달라고 했다. 그녀의 주소로 돈을 보내지 않은 것은 누군가 수령증을 보고, 그녀에게서 돈을 강탈할지도 모르기 때문이라고 설명했다.

얼마 후에 돈이 왔는데, 의사나 그의 친구들 기준으로는 아주 많은 금액이었다. 아이들에게 유모를 구해 주고, 마리나는 다시 우체국으로 출근하게 되었다. 한동안 그녀는 마음이 불안했지만, 유리 안드레예비치의 괴벽은 예전부터 익숙해져 있었기에, 나중에는 이 돌발적 사건을 이해했다. 유리 안드레예비치의 부탁과 경고에도 불구하고 친구들과 가족이었던 그녀는 그를 계속 찾았지만, 그의 예견대로 모두 헛수고라는 것이 밝혀졌다. 결국 그들은 그를 찾지 못했다.


# 9


그동안, 그는 그들과 얼마 떨어지지 않은, 바로 코앞에, 그들이 찾아다녔던 곳 중에서도 가장 가까운 곳에 살고 있었다.

그가 사라졌던 날, 그는 어스름이 깔리고 어두워지기 직전에 브론나야 거리에 있는 고르돈의 집을 나와 스피리도놉카의 집으로 향하다가, 백 걸음 정도 걸었을 때, 우연히 거리에서 마주 오던 이복동생 예브그라프 지바고를 만났다. 유리 안드레예비치는 삼 년 이상 그를 보지 못했기에, 그의 소식을 전혀 모르고 있었다. 예브그라프는 바로 얼마 전에 우연히 모스크바에 오게 되었다고 했다. 예전처럼 그는 하늘에서 내려온 것같이 갑자기 나타났고, 의사가 캐묻는 말을 모른 척하며, 말없는 미소와 농담으로 넘겨 버렸다. 그런 다음, 그는 사소한 일상 문제는 생략하고, 즉석에서 유리 안드레예비치에게 두세 가지 질문을 통해, 그의 고통과 궁핍을 바로 알아채고, 사람들이 그들을 스쳐 지나기도 하고, 그들을 향해 마주 오기도 하는 비좁고, 구불구불한 골목길 모퉁이에 서서, 어떻게 형을 돕고 구할 것인지, 구체적인 계획을 세웠다. 유리 안드레예비치의 잠적과 은둔 생활은 바로 예브그라프의 생각이자 계획이었다.

그는 유리 안드레예비치에게 아직 카메르게르스키라고 불리던 예술극장 근처의 골목에 방을 하나 구해 주었다. 그는 의사에게 돈을 마련해 주었고, 의사가 학문을 계속할 수 있는 어느 병원에 좋은 일자리를 구해 주려고 애썼다. 그는 모든 부분에서 적극적으로 형을 후원해 주었다. 그리고 마지막으로는 파리에 있는 그의 가족의 불안정한 상태가 앞으로 어떻게든 해결될 수 있도록 노력해 보겠다고 약속했다. 유리 안드레예비치를 그들에게 보내 주든지, 그들을 이쪽으로 보내 주든지 하겠다는 것이었다. 예브그라프는 그 모든 일을 자신이 직접 해결해 주겠다고 약속했다. 동생의 도움은 유리 안드레예비치에게 활력을 불어넣어 주었다. 예전에도 그랬듯이 동생이 가진 권력이 어떤 것인지에 대한 수수께끼는 풀리지 않았다. 유리 안드레예비치도 굳이 알려고 하지 않았다.

## 10

방은 남향이었다. 방 안의 유리창 두 개는 극장 맞은편 집들의 지붕들과 마주 보고 있었고, 지붕들 너머 오호트니 시장 위에는 여름 해가 포장도로 위에 그림자를 드리우며 높이 떠 있었다.

유리 안드레예비치에게 이 방은 작업실 이상이고, 서재 이상의 장소였다. 열정적으로 작업이 이루어진 이 기간 동안, 그의 계획이나 발상을 책상 위에 쌓인 노트에 모두 담기에는 턱없이 부족했고, 머릿속에 떠오르고 눈앞에 어른거리는 많은 계획들은, 수많은 미완의 그림들이 벽 앞에 가득 세워져 있는 화가의 작업실처럼, 방 구석구석의 공기 속에 떠돌고 있었으니, 의사의 방은 영혼의 향연장이자, 광기의 창고였으며, 계시의 보고였다.

다행히 병원 책임자들과의 협의가 늦어져, 유리 안드레예비치가 언제 새 직장에 나갈지 결정되지 않아 근무는 연기되었다. 이렇게 연기되는 기간 동안에, 그는 글을 쓸 수 있었다.

유리 안드레예비치는 기억에 남아 있거나, 예브그라프가 어디선가 입수해 가져다준 자신의 작품들을 모아 정리하려고 했다. 그 일부는 자필 원고로 남아 있었고, 또 일부는 다른 사람들이 필사해 놓은 원고들이었다. 그러나 자료가 너무 뒤죽박죽이어서, 유리 안드레예비치가 그 일을 해내기에는 역부족이었다. 그는 그 작업을 바로 포기하고, 미완성된 것들을 완성시키는 대신 새로운 단상들을 가지고 새 작품을 쓰기로 했다.

그는 처음 바르이키노에 갔을 때, 대충 기록하곤 했던 메모들처럼, 논문의 개요를 간추려 작성하거나, 머리에 떠오른 시의 첫 구절이나 끝, 또는 중간 구절 같은 조각조각들을 생각나는 대로 써두었다. 그는 불현듯 떠오르는 생각을 단어의 첫 글자나 속기를 사용해도 미처 따라잡지 못할 때가 많았다.

그는 마음이 급했다. 상상력이 부족해지고 작업이 지연될 때는, 여백에 그림을 그려 생각을 떠올리고 붙잡으려고 애썼다. 주로 숲속의 초지, '모로와 베트친킨 회사. 파종기. 탈곡기'의 광고탑이 서 있는 시내의 사거리 등을 그린 그림들이었다.

논문이나 시의 테마는 오직 하나였다. 그 대상은 바로 도시였다.

# 11

나중에 발견된 그의 노트에는 이런 기록이 남아 있었다.

내가 모스크바로 돌아온 1922년, 그때 모스크바는 텅 비어 있었고, 도시의 절반이 파괴되어 있었다. 혁명이 일어난 처음 몇 해 동안에 모스크바가 그렇게 된 후, 지금까지 그대로다. 주민들은 줄어들고, 건물은 새로 짓지도 않고, 낡은 집은 수리하지도 않는다.

그러나 그런 모습으로도 모스크바는 여전히 현대의 대도시이며, 새롭고 진정한 현대 예술의 유일한 영감의 대상이다.

블로크나 베르하렌* 휘트먼** 같은 상징주의 시인들의 작품에 나타나는, 표면적으로 서로 조화되지 않고 뒤죽박죽인 사물들과 개념들의 무질서한 배열은 결코 문체상의 변덕이 아니다. 이것은 실생활에서 포착되었고, 자연을 모방한 인상들을 새롭게 구성한 것이다.

일련의 이미지들을 시행을 통해 이끌어 가듯, 19세기 말의 분주한 도시의 도로는 당시 군중들과 사륜마차와 객차를 싣고 우리 옆을 달려 지나가고, 금세기 초, 지금 도시의 거리는 전동차와 지하철을 싣고 지나간다.

---

* 에밀 베르하렌(1855~1916)은 20세기 초의 베를린 최고 시인으로 신상징주의 계열의 작품을 썼다.
** 월트 휘트먼(1819~1892)은 미국의 가장 위대한 시인으로 평가받고 있으며 미국 정신을 잘 대변하는 시인으로 평가받는다.

이런 조건에서 전원적인 소박함은 낯선 것이다. 인위적으로 꾸민 가짜 소박함은 문학적 모조품이고 부자연스러운 진부함이자, 전원에서 온 것이 아닌, 학자들의 서재의 책장에서 나온 교과서적인 표현일 뿐이다. 현대의 시대정신과 생생하게 결합되고 부합되는 언어—그것은 대도시주의의 언어인 것이다.

나는 번잡한 도시 교차로에 살고 있다. 햇빛이 눈부신 여름날의 모스크바는 마당의 아스팔트로 달궈지고, 높은 건물의 유리창에 반사되며, 구름과 가로수길에 흐드러진 꽃향기를 맡으며, 내 주위를 빙빙 돌아 나에게 현기증을 일으키고, 나에게 자신을 찬양하는 시를 써서 다른 사람들에게도 현기증을 일으키라고 한다. 모스크바는 그런 목적을 위해 나를 낳아 기르고, 나의 손에 예술을 허락한 것이다.

담장 너머 밤낮 시끄럽고 소란스러운 거리는 현대의 영혼과 밀접하게 관련되어 있다. 마치 아직 막이 오르지는 않았지만, 조명을 받아 이미 붉게 물들어 가고 있는 무대의 커튼과 온통 어둠과 비밀을 간직하고 있는 오페라의 서곡이 서로 연결된 것처럼 말이다. 대문과 유리창 밖에서 쉴 새 없이 계속 움직이고 아우성치는 도시는 우리들 각자의 삶의 끝없이 거대한 서곡이다. 나는 바로 이러한 특징들을 가진 도시를 묘사하고 싶었다.


지바고의 시작 노트에 보존된 시 중에서 그런 시는 발견되지 않았다. 어쩌면 「햄릿」이라는 제목의 시가 그런 범주에 속할지도 모르겠다.

# 12

8월 말의 어느 날 아침, 유리 안드레예비치는 가제트니 거리의 길모퉁이에 있는 정류장에서 전차를 탔다. 그것은 대학에서 니키츠카야 거리를 따라 쿠드린스카야 거리로 올라가는 전차였다. 그는 당시 솔다텐콥스카야 병원으로 불리던 보트킨스타야 병원에서 근무하기로 하고, 처음 출근하는 중이었다. 이 병원은 이전에 사무적인 일로 방문한 적이 있어, 초행길은 아니었다.

그날 유리 안드레예비치는 운이 없었다. 전차를 잘못 만났다. 전차를 타고 가는 내내 문제가 생긴 것이다. 철로 홈에 사륜마차의 바퀴가 빠져, 마차가 움직이지 못해 길이 막혔다. 그러다가 또 전차 지붕에서인지 마룻바닥에서인지, 절연체가 고장 나 누전되어 불꽃이 튀며 무언가 타버리기도 했다.

운전수는 몇 번이나 스패너를 들고 멈춰 선 전차에서 내려 주위를 둘러보고, 바퀴와 뒷문 사이에 몸을 웅크리고 들어가, 고장 난 곳을 수리하기도 했다.

운이 나빴던 전차는 모든 선로의 운행을 방해했다. 이 정차로 인해 멈춰 선 전차들과 새로 다가오는 전차들이 줄줄이 거리를 채웠다. 늘어선 전차의 꼬리가 마네즈까지 이어졌고, 더 멀리 길어졌다. 뒤쪽 전차에 탔던 승객들은 시간을 절약해 보려고 앞차로 몰려와, 온갖 혼란을 야기한 그 전차에 올라탔다. 무더운 아침에, 손님들로 꽉 들어찬 전차 안은 비좁고 숨이 막혔다. 니키츠카야 보로타에서 포장도로를 건너 뛰어다니는 승객들의 머리 위로 검붉은 구름이 하늘 위로 점점 높이 솟아오르고 있었다. 폭풍이 몰려오고 있었다.

유리 안드레예비치는 창문에 몸이 짓눌린 채, 좌측의 일인용 의자에 앉아 있었다. 음악원이 있는 니키츠카야 거리의 왼쪽 보도가 계속 그의 시야에 들어왔다. 이런저런 다른 생각으로 멍한 상태였던 그는 거리를 걷거나 차를 타고 가는 사람들을 하나하나 눈여겨보았다.

노란 양국과 수레국화가 수놓인 밝은 밀짚모자를 쓰고, 몸에 딱 맞는 보라색 구식 드레스를 입은 백발의 노부인이 숨을 몰아쉬며, 손에 든 납작한 꾸러미로 부채질을 하면서 보도 위를 터벅터벅 걷고 있었다. 그녀는 몸을 꽉 조이는 코르셋을 입은 데다, 더위에 지치고 땀에 젖어, 망사 손수건으로 연신 축축한 눈썹과 입술을 닦곤 했다.

노부인은 전차와 같은 방향으로 나란히 걷고 있었다. 유리 안드레예비치는 수리가 끝난 전차가 출발해 그녀를 추월할 때면, 그녀를 시야에서 몇 번 놓치곤 했다. 전차가 다시 몇 번 고장을 일으켜 멈춰 설 때면, 그녀는 다시 시야에 들어왔다가, 또다시 전차를 앞질러 가곤 했다.

유리 안드레예비치는, 서로 다른 시간에 출발해, 서로 다른 속도로 가는 전차들이 목적지까지 걸린 시간과 순서를 푸는 학창 시절의 수학 문제가 머리에 떠올라, 이 문제를 푸는 공식을 기억해 내려고 했지만, 전혀 떠오르지 않았다. 그는 결국 이 문제를 해결하지 못한 채, 더 복잡한 다른 고민에 빠졌다.

그는 서로 다른 속도로 앞으로 나아가면서, 나란히 발전해 나가는 몇몇 사람들에 대해, 그리고 언제 누구의 운명이 다른 이의 운명을 추월하고, 누가 누구보다 더 오래 살아남는지에 대해 생각했다. 인생의 경기장을 지배하는 상대성원리 같은 것이 머리에 떠올랐지만, 결국에는 머리가 혼란해져, 그런 접근법을 그만두었다.

번개가 치고 천둥이 울렸다. 운 나쁜 전차는 벌써 몇 번이나 고장을 일으켰고, 이번에는 쿠드린스카야 거리에서 동물원으로 가는 중간에 멈추고 말았다. 보라색 옷의 노부인이 창문 밖에 잠깐 모습을 보이는가 싶더니, 전차를 지나쳐 멀어져 갔다. 첫 번째 굵은 빗방울이 차도와 보도 위로, 그리고 노부인의 머리 위로 떨어졌다. 먼지를 일으키는 회오리바람이 나무들 사이로 불어와 나뭇잎을 흔들고, 노부인의 모자를 벗기고, 치마를 불어 올리더니, 획 사라져 버렸다.

의사는 힘이 쭉 빠지고 구토가 치밀어 올랐다. 그는 몸을 간신히 가누며 의자에서 일어나, 통풍창을 열려고 창문에 달린 끈을 위아래로 잡아당겼다. 그러나 창문은 꿈쩍도 하지 않았다.

사람들이 의사에게 창틀이 단단히 고정되어 있다고 소리쳤

지만, 발작을 간신히 참으며 안절부절못하던 그는 사람들이
외치는 소리를 듣지도 못하고, 들으려고 하지도 않았다. 계속
그는 창틀을 위아래로, 그리고 자기 쪽으로 서너 번 흔들며
창문을 열려고 시도하다가, 갑자기 이전에는 없었던, 한 번도
겪어 본 적이 없는 가슴의 통증을 느꼈다. 그는 자기 몸속의
무엇인가가 터진 것을, 무언가 치명적인 일이 벌어졌다는 것
을, 모든 것이 끝났다는 것을 느꼈다. 바로 그 순간, 전차가 움
직이기 시작했지만, 프레스냐를 따라 살짝 움직이다 다시 멈
추어 섰다.

유리 안드레예비치는 초인적인 의지로 몸부림치며, 긴 의
자 사이의 통로로 벽처럼 밀집해 있는 사람들 사이를 겨우 비
집고 나와 뒷문으로 다가갔다. 사람들은 불쾌감을 표시하며
비켜 주려고 하지 않았다. 신선한 공기가 그를 소생시켜 주는
듯했고, 어쩌면 아직 희망이 있을지도 몰랐으며, 훨씬 더 나
아진 것 같기도 했다.

그가 뒷문 쪽으로 사람들을 헤치고 나아가자, 빽빽하게 들
어찬 승객들이 다시 욕설과 발길질을 하고 불평을 해댔다. 그
는 사람들의 아우성을 모른 척하며 사람들 사이를 비집고 나
와 멈춰 선 전차의 승강대에서 내려와서, 보도 위를 한 걸음,
두 걸음, 그리고 세 걸음을 내딛다가 포석 위에 쓰러졌고, 더
이상 일어나지 못했다.

말소리, 싸우는 소리, 조언하는 소리 등으로 일대 소란이

일었다. 몇 사람이 전차에서 내려 쓰러진 사람을 둘러쌌다. 그들은 바로 그가 더 이상 숨을 쉬지 않고, 심장이 멈추었다는 사실을 알게 되었다. 보도를 걷던 사람들도 시체 주위로 몰려들어, 한 부류는 죽은 이가 전차에 치여 죽은 것이 아니고, 그의 사망과 전차는 전혀 관계없다는 사실에 안도했고, 다른 부류는 그것에 오히려 실망하기도 했다. 사람들이 점점 불어났다. 보라색 옷을 입은 노부인도 사람들 사이에 끼어, 죽은 사람을 쳐다보고, 잠시 사람들의 대화를 듣다가 갈 길을 갔다. 그녀는 외국인이었지만, 어떤 사람들은 시체를 전차에 태워 병원으로 데리고 가야 한다고 조언을 하고, 다른 한쪽에선 경찰에 알려야 한다고 조언하는 이야기를 알아들었다. 그녀는 어떻게 결론이 나는지, 채 기다리지 못하고 가던 길을 갔다.

보라색 옷을 입은 부인은 스위스 태생으로, 멜류제예프에서 온 마드무아젤 플레리라는 아주 나이 많은 부인이었다. 그녀는 지난 십이 년 동안, 고국으로 돌아갈 수 있는 출국 허가를 받기 위해 서면 신청을 해왔다. 바로 얼마 전에야, 그녀의 청원이 받아들여졌다. 출국 비자를 받기 위해 그녀는 모스크바에 왔다. 그날, 그녀는 둘둘 말아 끈으로 묶은 서류 뭉치로 부채질을 하며, 비자를 받기 위해 대사관에 가는 길이었다. 그래서 그녀는 열 번씩이나 전차를 앞질러 가며, 자신이 지바고를 앞질러 갔다는 것도, 그보다 더 오래 살았다는 것도 알지 못했다.

# 13

복도에서 문을 통해 방의 한쪽 구석에 비스듬히 탁자가 놓인 것이 보였다. 탁자 위에는 대충 깎아 만든 배 모양의 관이 낮고 좁은 후미를 문 쪽으로 향한 채 놓여 있었고, 그곳에 고인의 발이 놓여 있었다. 탁자는 유리 안드레예비치가 글을 쓰던 바로 그 탁자였다. 방 안에 다른 것은 아무것도 없었다. 원고는 서랍 속에 넣고 탁자 위에 관을 올려놓았다. 그의 머리맡에는 두들겨 부풀린 베개들이 높이 쌓여 있어, 관 속에 누운 그의 몸은 위로 높이 솟은 언덕처럼 보였다.

수많은 꽃들이 그를 둘러싸고 있었다. 이 계절에 보기 드문 흰색 라일락과 시클라멘, 그리고 시네라리아 꽃다발들이 화병이나 꽃바구니에 담겨 놓여 있었다. 꽃들이 창문에서 들어오는 빛을 가리고 있었다. 수많은 꽃들 사이를 뚫고 스며든 희미한 빛이 밀랍 같은 고인의 얼굴과 손, 그리고 관의 나무와 테두리를 비추었다. 탁자 위에는 흔들리다 이제 막 멈춘 듯한 아름다운 당초무늬가 어려 있었다.

당시에는 사망자를 화장하는 풍습이 일반적이었다. 어린 자녀들에 대한 양육 연금의 혜택을 받고 앞으로의 교육을 보장받기 위해, 그리고 마리나가 직장에서 곤란한 일을 겪지 않게 하기 위해, 교회에서의 장례식을 포기하고, 요즘 일반 시민들처럼 화장하기로 결정했다. 관계 당국에 이 결정을 통지한 후, 당국의 관계자를 기다리고 있었다.

관계자들을 기다리는 동안, 방 안은 이전의 거주자가 이사 가고 새 거주자가 들어오기 전처럼 텅 비어 있었다. 이따금 의식을 진행하는 사람들의 발끝으로 걷는 발소리와 작별을 고하는 사람들의 부주의한 발소리만이 정적을 깨곤 했다. 조문객은 많지 않았지만, 예상보다는 많았다. 거의 무명 인사로 살아왔던 고인의 사망 소식이 매우 빠르게 주변으로 퍼졌다. 그의 생애 동안, 여러 시기에 고인을 알았고, 또 헤어지거나 잊혀지기도 했던 상당히 많은 사람들이 모여 들었다. 고인의 학문적 사상이나 뮤즈는 훨씬 더 많은 모르는 사람들을 불러 모았다. 그들은 고인이 생존했을 때는 한 번도 본 적이 없었지만, 처음으로 그를 만나기 위해, 그리고 마지막 작별 인사를 하기 위해 찾아왔다.

아무 의례도 없이, 일상적인 침묵이 눈앞의 상실감을 더해 주는 그 순간, 오직 꽃들만이 성가와 의례의 부재를 대신해 주었다.

꽃들은 괜히 피거나 향기를 내뿜는 것이 아니라, 합창을 하듯 향기를 뿜어내며, 어쩌면 이것으로 부패를 서두르고, 자신의 향기로운 힘을 모든 이들에게 나누어주어, 무엇인가를 완수하려 하는 것 같았다.

식물계가 죽음의 왕국과 가장 가까운 이웃이라는 것은 쉽게 상상할 수 있다. 여기, 대지의 식물 속에, 무덤가의 나무들 사이에, 그리고 화단 이랑에서 뻗어 오르는 꽃망울 속에, 우리가 찾아왔던 생명의 수수께끼와 변형의 신비가 내포되어 있을지도 모른다. 마리아는 무덤에서 부활한 예수를 처음에는 알아보지 못하고, 묘지를 걸어가는 정원사로 알았다. (마리아는 그가 동산지기인 줄 알고 이르되…….)*

## 14

고인을 카메르게르스키 거리에 있는 그의 마지막 거처로 운구해 오자, 그의 부고를 받고 큰 충격을 받은 친구들이 현관으로 들이닥쳐, 활짝 열린 방 안으로 들어왔을 때, 마리나는 놀라운 소식에 반쯤 정신이 나가 있었고, 오랫동안 정신을 차리지 못한 채, 마룻바닥에 쓰러져 등받이와 좌석이 달린 긴 나무 의자 끝에 머리를 짓찧고 있었다. 주문한 관이 도착하고, 어질러진 방을 모두 정리할 때까지, 현관 앞에 놓여 있던 그 나무 의자 위에 고인을 모셔 두고 있었다. 눈물로 범벅이 된 그녀는 혼자 중얼대기도 하고, 거의 자신의 의지와 상관없이 미친 듯이 터져 나오는 통곡으로 목이 메어, 비명을 지르기도 했다. 그녀는 주위 사람을 의식하거나 부끄러워하지 않고, 보통 사람들이 곡을 하는 방식으로 중얼거렸다. 방을 정리하

---

* 요한복음 20:15 참조.

고, 필요 없는 가구를 치운 다음, 고인을 방으로 옮겨 깨끗이 씻기고 도착한 관에 안치해야 할 때가 되었는데도, 마리나가 어찌나 시신에 꼭 달라붙어 있는지 떼어 내기가 힘들었다. 그 모든 일은 어제 일어난 일이었다. 마리나는 오늘은 멍한 낙담 상태에서 걷잡을 수 없는 애통이 좀 진정되었지만, 여전히 심신상실 상태로, 아무 말도 못했고 제정신이 아니었다.

그녀는 이 방에서 어제 하루 종일을 보냈고, 한 번도 방을 나가지 않았다. 사람들은 클라바에게 젖을 먹이기 위해 아기를 데리고 들어왔고, 어린 유모가 카프카도 데려왔지만, 모두들 왔다가 다시 나갔다.

가족들이 그녀를 둘러싸고 있었고, 그녀와 똑같이 슬픔에 젖은 고르돈과 두도로프도 함께였다. 그녀의 아버지 마르켈도 딸 옆의 긴 나무 의자에 앉아 조용히 울다가, 귀가 멍멍해지도록 코를 풀었다. 그녀의 어머니와 자매들도 울면서 오가곤 했다.

모여든 사람들 가운데는 다른 사람들과는 좀 다른 두 남녀도 있었다. 그들은 남들보다 고인과 더 가까운 사이라는 태도를 삼갔다. 그들은 마리나와 딸들, 그리고 가까운 친구들보다 더 슬픈 척하지 않았고, 그들에게 우선권을 인정했다. 두 사람은 아무 주장도 하지 않았지만, 그들은 분명 고인에 대한 자기들만의 특별한 권리를 갖고 있는 듯했다. 이해할 수 없고 눈에 보이지 않는 그들의 힘이 무엇 때문인지 알 수 없었지만,

아무도 상관하지 않았고 문제 삼지도 않았다. 바로 두 사람이 처음부터, 장례식을 도맡아 순조롭고 차분하게 일 처리를 했고, 자기 일에 만족하는 것 같았다. 두 사람의 고상한 태도는 모든 사람의 눈에 띄었고, 이상한 느낌을 자아내게 했다. 그들은 장례식뿐만 아니라, 그의 죽음과도 관련이 있어 보였는데, 그의 죽음의 원인 제공자라거나 간접적 원인을 제공했다는 것이 아니라, 이 일이 일어난 이후에, 이 사건을 인정하고 받아들였으며, 이 사건이 중요한 것은 아니라고 결정했다는 점에서 그랬다. 소수의 사람들만이 그들을 알고 있었고, 몇몇 사람들은 그들이 누구인지 추측을 했을 뿐이며, 대부분의 사람들은 그들이 누구인지 전혀 알지 못했다.

예리하고 호기심을 자극하는 가느다란 키르기스인의 눈을 가진 남자, 그리고 언뜻 봐도 굉장한 미모의 여인이 관이 놓인 방으로 들어오면, 마리나를 포함해. 그 방에 앉거나 서 있던 사람들, 그리고 방 안을 서성이던 사람들이 모두 약속이나 한 듯, 기꺼이 자리를 비켜 주며, 한쪽으로 비켜섰고, 벽면에 늘어놓은 벤치나 걸상에서 일어나, 복도나 현관으로 나가기도 했다. 그러면 반쯤 열린 문안에 단둘만 남곤 했는데, 그들은 장례와 직접 관련된 중요한 일을 어떤 문제나 방해도 받지 않고 조용히 처리하기 위해 초빙된 사람들처럼 보였다. 지금이 바로 그런 상황이었다. 단둘이 남게 된 그들은 벽 쪽에 놓인 두 의자에 앉아 사무적인 이야기를 시작했다.

"좀 알아보셨나요, 예브그라프 안드레예비치?"

"화장은 오늘 저녁입니다. 삼십 분 후에 의료노동조합에서 고인을 조합 사무실로 모셔 갈 겁니다. 그리고 네 시에 시민장이 열립니다. 제대로 된 서류가 하나도 없었어요. 노동수첩은 옛날 것이고, 조합원증도 새것으로 교환하지 않았고, 조합비도 몇 년 동안 내지 않았더군요. 그 모든 문제를 처리해야 했어요. 그래서 이렇게 지체된 겁니다. 집에서 옮기기 전에, 그러고 보니, 얼마 안 남았는데, 준비를 해야겠어요. 부탁하신 대로 여기 혼자 계실 시간을 드리겠습니다. 실례합니다. 전화벨 소리가 들리는군요. 잠깐만요."

예브그라프 지바고는 복도로 나갔다. 그곳에는 안면이 없는 의사의 동료들과 학교 동창생들, 그리고 병원의 하급 근무자들, 출판계 종사자 등으로 가득 차 있었다. 그곳에 마리나가 긴 외투 자락으로 아이들을 감싸 두 팔로 안은 채—날씨가 춥고 현관에서 바람이 들어오고 있었다—나무 의자 끝에 앉아, 흡사 구속된 죄수를 면회하려 간 여자가 간수의 입실 허락을 기다리듯, 방문이 열리기를 기다리고 있었다. 계단 입구의 문은 열려 있었고, 현관과 현관 앞에는 많은 사람들이 서성대기도 하고 담배를 피우기도 했다. 계단을 내려갈수록 사람들은 자유롭게 큰 소리로 이야기하고 있었고, 거리로 나갈수록 더 시끄러웠다. 전화기를 손바닥으로 가린 채, 웅성거리는 소리 때문에 귀를 곤두세운 예브그라프는 예의 바르게 낮은 목소리로, 하지만 분명하게, 장례의 절차와 의사의 사망에 대한 상황을 설명했다. 그가 방으로 돌아왔다. 대화가 계속되었다.

"라리사 표도로브나, 화장이 끝나고 난 후에, 제발 바로 돌아가지 마십시오. 중요한 부탁이 있어요. 저는 당신이 어디에 묵고 있는지도 모르고 있습니다. 당신을 어디서 만날 수 있는지, 알려 주세요. 빠른 시일 내에, 내일이나 모레, 형님이 남긴 노트들을 살펴보고 싶습니다. 당신의 도움이 필요합니다. 당신은 다른 누구보다 더 많은 것을 정확히 알고 계시잖아요? 이틀 전에 이르쿠츠크에서 오셨다는 것과 모스크바에 오래 묵을 계획 없이 다른 이유로 이곳에 오셨다가, 형님이 이곳에서 마지막 몇 달을 지냈다는 것도, 이런 일이 벌어진 것도 모른 채, 우연히 들렀다는 이야기를 들은 것 같습니다. 당신의 말씀이 이해되지 않는 부분도 있지만, 굳이 해명을 구하지는 않겠습니다. 다만, 그냥 가시면 안 됩니다. 제가 주소를 모르고 있으니까요. 원고를 정리하는 며칠 동안만이라도, 한 건물에 계시거나, 아니면 가까운 곳에 계시든지, 아니면 이 집의 다른 두 방에 계실 수도 있습니다. 그래도 될 겁니다. 제가 이 집 관리인을 알고 있으니까요."

"제 이야기를 이해할 수 없다고 하셨나요? 무엇이 이해가 안 된다고 하시는지 모르겠군요. 모스크바에 도착해서, 짐은 보관소에 맡겨 두고, 옛 모스크바 거리를 좀 걸을까 하고 나섰는데, 절반은 모르겠더군요. 잊어버렸어요. 걷고 걷다가 쿠즈네츠키 다리를 따라 내려가서 쿠즈네츠키 골목을 올라가는데, 갑자기 너무 놀랍게도 낯익은 카메르게르스키 골목이 나왔어요. 이곳은 총살된 저의 남편 안티포프가 학창 시절에 방을 세내어 살던 곳인데, 바로 이 방, 우리가 함께 앉아 있는 이 방이었습니다. 그래서 운 좋게, 옛날에 살던 사람들이 아직 살아 있다면 만날지도 모른다고 생각했어요. 그런데 아무도 없었고, 전과는 아주 달라져 있어서, 저는 나중에야, 그러니까 그 다음 날 그리고 오늘에야, 이것저것 물어본 후에, 점차 알게 된 거예요. 당신이 여기에 계속 계셨는데, 왜 제가 이런 말을 모두 해야 할까요? 저는 번개를 맞은 것 같았어요. 문은 활짝 열려 있고, 사람들이 가득 차 있고, 관이 있고, 그 속에 주검이 있었죠. 대체 누굴까? 저는 들어가서 다가가 들여다보았어요. 그 순간 정신이 나가는 줄 알았어요. 당신도 그 자리에서 모두 보셨잖아요. 그런데 왜 이런 말을 당신께 하고 있는지 모르겠군요! 그렇죠?"

"잠깐만요, 라리사 표도로브나, 말씀 중에 끼어들어 죄송합니다만, 제가 이미 말씀드린 대로, 저와 형님은 이 방에 그런 놀라운 사연이 있었다는 것은 정말 몰랐습니다. 언젠가 이곳에 안티포프가 살았었다는 것을 어떻게 알았겠습니까? 그런데 당신의 이야기 속에 한 가지 놀라운 사실이 있습니다. 죄송하지만, 말씀드리죠. 저는 시민전쟁 초기에 안티포프, 즉 군사혁명 활동을 한 스트렐리니코프에 대해, 자주 그리고 수 없이, 거의 매일 듣다시피 했습니다. 한두 번, 개인적으로 그를 만났지만, 그가 언젠가 저의 가족과 가까운 관계를 맺게 되리라고는 미처 알지 못했습니다. 그런데 죄송하게도, 제가 잘못 들었을지도 모르지만, 당신은 '총살당한 안티포프'라고 말하신 것 같은데, 그것은 잘못된 사실입니다. 당신은 그가 권총 자살을 했다는 사실을 모르셨던가요?"

"물론, 그런 말을 들었지만, 저는 믿지 않아요. 파벨 파블로비치는 절대 자살할 사람이 아닙니다."

"하지만 그것은 엄연한 사실입니다. 형님 말로는, 당신이 블라디보스토크로 가기 위해 유랴틴으로 떠난 바로 그 집에서 안티포프가 자살했다고 했습니다. 당신과 따님이 함께 떠나자마자, 그 일이 일어났다고 했습니다. 형님이 자살한 그를 수습해 매장을 했다고 했어요. 당신이 그 이야기를 듣지 못했다는 것이 이상하군요."

"아니요, 저는 다르게 알고 있었어요. 그러니까 그분이 정말 자살했다는 건가요? 많은 사람들이 그런 말을 했지만, 저는 믿지 않았어요. 그리고 바로 그 집에서라고요? 있을 수 없는 일이에요! 당신이 하신 말씀은 저에게는 정말 중요한 이야기입니다. 그런데, 죄송하지만, 그분과 지바고가 만났다고 하던가요? 서로 이야기를 나누었다고 하던가요?"

"고인이 된 유리의 말에 따르면, 그들은 오랫동안 이야기를 나누었다고 했습니다."

"그게 정말인가요? 오, 하나님! 감사합니다. 그랬다면 다행입니다." 안티포바는 천천히 성호를 그었다. "어쩌면 이렇게 모든 일들이 착착 맞아떨어지는지! 마치 전생의 인연이 있었던 것처럼 말이에요. 나중에 제가 다시 이 모든 이야기를 자세히 물어봐도 괜찮겠지요? 저에게는 사소한 것 하나하나가 모두 소중하답니다. 지금은 제가 정상이 아녜요. 그렇죠? 제가 너무 흥분했어요. 잠시 입을 다물고 쉬면서 생각을 정리해 보아야겠어요. 그렇죠?"

"그럼요, 물론입니다. 기꺼이 그렇게 하겠습니다."

"그렇죠?"

"물론입니다."

"참, 제가 깜박 잊고 있었네요. 화장 후에 가지 말라고 부탁하셨지요. 좋아요. 그렇게 하겠어요. 말없이 사라지지는 않겠어요. 당신과 이 방으로 돌아와 당신이 원하시는 만큼 당신이 원하는 곳에 머물겠어요. 유로치카의 원고를 잘 살펴보기로 하지요. 도와드리겠어요. 저는 분명 당신께 도움을 줄 수 있을 겁니다. 저에게도 큰 위안이 될 테고요! 저는 그분의 모든 필적을 심장의 피로, 모든 감각으로 느낄 수 있어요. 그런 다음에 저도 당신께 부탁드릴 일이 있어요. 당신의 도움이 필요할 것 같아요, 그렇죠? 제가 보기에 당신은 법률가이신 것 같은데, 그렇지 않더라도 당신은 지금이나 예전의 제도를 잘 아실 거예요. 그 외에도 무엇을 조회해 보려면 어느 기관으로 가야 하는지 알고 싶거든요. 모든 사람이 이런 일을 다 아는 것은 아니잖아요, 그렇죠? 저는 정말 무섭고 몸서리치는 일에 조언을 좀 듣고 싶습니다. 어떤 어린아이에 대한 문제입니다. 하지만 그건 나중에 화장을 마치고 돌아와서 이야기해요. 저는 정말 평생 동안 누군가를 찾으러 다니는군요, 그렇죠? 다른 사람에게 아이의 양육을 맡겼는데, 나중에 그 아이의 행방을 꼭 찾아야 할 경우, 전국에 있는 고아 시설의 모든 기록을 볼 수 있는 곳이 있을까요? 아니면 전국적으로 집 없이 떠도는 아이들에 대한 조사나 명부 같은 것이 혹시 있을까요? 아니, 지금은 말씀하시지 않아도 됩니다. 나중에, 나중에요. 아, 정말 끔찍한 일이에요. 끔찍해요. 인생이란 얼마나 끔찍한지, 그렇죠? 제 딸이 도착하면 어떻게 될지 모르겠지만, 그동안 저는 이곳에 있어도 됩니다. 카추샤는 연기와 음악에 아주 뛰어난 재능을 가졌어요. 그 애는 자기가 만든 작품 전체를 혼자서 연기하기도 하고, 무엇이든 흉내를 잘 낸답니다. 더구나 오페라의 전편을 한 번 듣고 따라 부르기도 해요. 정말 놀라운 아이죠, 그렇죠? 저는 연극학교나 음악원 중에서 그 애를 받아 주는 곳이 있다면, 예비 초급 과정에 넣고 기숙사도 정해야 해서, 여기 오게 된 거예요. 그 애가 오기 전에, 모든 수속을 밟고 저는 떠나려고 했습니다. 모든 것을 다 말씀 드릴 수는 없지요, 그렇죠? 그것에 대해서는 나중에 다시 말씀드리죠. 자, 지금은 마음이 진정되기를 기다리며 입을 다물고, 생각을 정리하고, 두려움을 떨쳐 버리도록 노력해 보겠습니다. 그보다 너무 오래 유라의 가족들을 밖에서 기다리게 한것 같아요. 문을 두드리는 소리가 두 번이나 들린 것 같아요. 시끄러운 걸 보니, 밖에 무슨 일이 있나 봐요. 장례조합에서 사람이 온 모양이에요. 저는 여기 앉아서 생각을 좀 할 테니, 문을 열고 사람들을 들어오게 하세요. 이젠 정말 시간이 되었네요. 그렇죠? 잠깐, 잠깐만요. 관 아래쪽에 발판을 놓아야 유로치카에게 닿겠어요. 제가 발끝으로 서 보았는데 잘 닿지 않아요. 마리나 마르켈로브나와 그 아이들도 마찬가지일 겁니다. 그리고 의례서에도 '저에게 마지막 키스를 해주시오.'라는 규정이 있잖아요. 오, 저는 못해요, 못하겠어요. 정말 고통스러워요. 그렇죠?"

"지금부터 사람들을 부르겠습니다. 그전에 한 말씀만 드리겠습니다. 당신은 매우 수수께끼 같은 말씀을 하셨고, 제가 답변 드리기 어려운, 당신을 괴롭히는 것으로 보이는 많은 문제를 이야기해 주셨습니다. 그러나 이것만은 꼭 기억하시길 바랍니다. 제가 기꺼이 모든 문제를 최선을 다해 도울 것이라는 것을요. 명심하세요. 언제든, 어떤 경우든, 절대 낙담해서는 안 된다는 것. 희망을 갖고 행할 것, 이것이 불행에 처한 우리가 해야 할 의무입니다. 아무것도 하지 않고, 낙담하는 것은 의무를 망각하고 방기하는 것입니다. 이제 작별 인사를 하러 온 사람들을 안으로 모시겠습니다. 발판 이야기는 잘하셨어요. 구해서 갖다 놓겠습니다."

그러나 안티포바는 이미 듣고 있지 않았다. 예브그라프 지바고가 방문을 여는 소리도, 방 안으로 사람들이 몰려드는 소리도, 그가 장례와 화장을 주관하는 사람들과 의논하는 소리도, 마리나의 흐느껴 우는 소리도, 남자들의 기침 소리도, 여자의 울음과 통곡 소리도 그녀에겐 들리지 않았다.

단조로운 소리들의 소용돌이에 그녀는 어지럽고 정신이 혼미해졌다. 그녀는 쓰러지지 않으려고 안간힘을 쓰고 있었다. 가슴이 터질 것 같고 머리가 지끈거렸다. 머리를 숙인 채 그녀는 추측하고 상상하고 회상에 잠겼다. 그녀는 순간이동한 것처럼, 몇 시간 동안, 상상 속으로 빠져들어, 그때까지 살 수 있을지 아직 알 수 도 없는, 한 십 년은 늙은 노파가 되어 있는, 어느 미래의 시기로 건너갔다. 그녀는 자신의 불행의 밑바닥으로, 그 심연으로 추락하듯, 사색에 빠져들었다. 그녀는 생각했다.

'이제 아무도 남지 않았다. 한 사람은 죽었다. 또 다른 한 사람은 자살했다. 죽여야 했던 사람만이, 쏘려고 했지만 실패했던 사람만이, 나의 인생을 나도 모르는 범죄의 족쇄에 채운, 낯설고 쓸모없고 하찮은 존재만이 남아 있다. 속된 그 괴물은, 우표수집가들에게나 알려진 아시아의 낯선 변경을 헤매며 돌아다니고, 내가 필요로 하는 가까운 사람은 아무도 남지 않았다.

'아아, 그 사건은 크리스마스이브에 일어났었지. 속물적인 괴물에게 회심의 일발을 쏘기 전에, 바로 이 방에서, 아직 소년이었던 파샤와 어둠 속에서 이야기를 나누었지. 지금 이렇게 작별을 하는 유라는 아직, 나의 인생에 들어오기 전이었어.'

그러고는 그녀는 그 크리스마스이브에 파샤와 나누었던 이야기를 기억해 보려 애썼지만, 떠오르는 건 오직 창문틀 위에서 타오르며, 유리창에 낀 성에를 동그랗게 녹이던 촛불뿐이었다.

지금 탁자 위에 누워 있는 고인이 차를 타고 거리를 지나가다, 동그랗게 녹은 그곳을 보고, 촛불에 관심을 가졌었다는 사실을 그녀가 생각이나 할 수 있었을까? 밖에서 불빛을 본 순간—'촛불이 탁자 위에서 타고 있었다. 촛불이 타고 있었다'—부터 그의 운명의 생이 시작되었다는 것을.

머릿속이 산만해졌다. 그녀는 문득 생각했다. '아무튼 교회에서 장례식을 올리지 못한 것은 유감이야! 교회의 장례식은 아주 장엄하고 성대했을 텐데! 대부분의 망자들은 그럴 가치가 없어. 하지만 유로치카는 그럴 만한 숭고한 사람이었어! 그는 충분히 그럴 만한 가치가 있고, '관 위에서 흘리는 눈물이 할렐루야 노래가 되리라.*'의 노래로 보상받고 평가되었어야

---

* 장례식이나 추도식 때 부르는 성가의 구절. "흙으로 지으심 받은 모든 이는 흙으로 돌아가리라. 죽을 수밖에 없는 우리는 모두 장례식 만가를 부르며 가야 하리니. 할렐루야."

했는데.'

그리고 그녀는 유리를 생각할 때마다, 비록 인생의 짧은 기간이었지만, 그의 곁에 함께 있었을 때 항상 느꼈던 뿌듯함과 안도감이 밀려드는 것을 느꼈다. 항상 그에게서 느꼈던 자유롭고 너그러운 감정이 지금 그녀를 감싸고 있었다. 그녀는 앉아 있던 나무 의자에서 벌떡 일어났다. 알 수 없는 무언가가 그녀의 내부에서 일었다. 그녀는 잠시나마 그의 힘을 빌려, 그녀를 고통스럽게 하는 심연에서 벗어나 신선한 공기가 있는 곳으로 자유롭게 해방되어, 예전의 자유로운 행복을 맛보고 싶었다. 그녀가 꿈꾸고 기대하는 행복은 바로 그와 이별하는 행복, 누구의 방해도 받지 않고 그에게 엎드려 실컷 울 수 있는 권리와 기회를 갖는 것이었다. 격정에 사로잡힌 그녀는 극심한 고통과 안과 의사가 강한 안약을 넣었을 때처럼, 눈물 가득한 시선으로 모인 사람들을 둘러보았다. 사람들이 모두 움직이기 시작하더니, 코를 훌쩍이며 한쪽으로 비켜서서 밖으로 나갔고, 드디어 그녀 혼자만이 문이 닫힌 방 안에 남게 되었다. 그녀는 성호를 긋기 위해 서둘러 탁자 위의 관으로 다가, 예브그라프가 가져다 놓은 발판을 딛고, 천천히 몸 위에 세 개의 성호를 크게 긋고, 차가워진 그의 이마와 손에 입을 맞추었다. 그녀는 차가워진 그의 이마가 마치 주먹을 쥔 손 같이 작아진 듯한 느낌이 들었지만, 그것을 알아차리지는 못했다. 그녀는 관과 꽃과 그의 몸을 자신의 머리와 가슴으로,

그리고 넋으로, 그리고 그녀의 영혼처럼 커다란 팔로 감싸 안은 채, 그대로 얼어붙어 몇 분간 말을 잃고, 아무 생각도 못하고 울지도 못하고 있었다.


# 15


그녀는 터질 듯한 울음을 참느라 온몸이 떨렸다. 애써 울음을 참고 있던 그녀의 눈에서 갑자기 눈물이 쏟아져 나와, 그녀의 뺨과 옷과 손, 그리고 그녀가 붙잡고 있는 관 위로 흘러내렸다.

그녀는 아무 말도 하지 못했고, 아무 생각도 할 수 없었다. 일련의 생각, 공감, 진실, 믿음 같은 것들이 옛날 어느 밤에 있었던 그들의 대화 속에서처럼, 자유롭게 떠올랐다가, 하늘의 구름처럼 그녀를 순식간에 지나쳤다. 바로 그것이 그녀에게 행복과 해방감을 느끼게 해주었다. 자연스럽고 뜨겁게 서로 영감을 주고받는 인식의 방법이었다. 본능적이고 직접적인 것이었다.

지금 그녀는 그런 생각들로 가득 차 있었고, 지금도 죽음에 대한 흐릿하고 불분명한 인식, 죽음에 대한 준비, 죽음 앞에서의 의연함으로 충만해 있었다. 그녀는 마치 이 세상에 스무 번째 인생을 살고 있으며, 수없이 유리 지바고를 잃었고, 이런 일에 심리적인 경험을 완벽하게 축적한 것처럼, 지금 관

옆에서 그녀가 느끼고 취하는 행동은 너무나 침착하고 절제되어 보였다.

아, 그들은 얼마나 자유롭고, 유일무이한 특별한 사랑을 했던가! 그들은 다른 사람들이 노래하는 방법으로 생각하곤 했다.

그들은 서로 사랑했다. 그들은 필요에 의해서나, 보통 잘못 표현되고 있듯이 '성적인 열망' 때문에 사랑한 것도 아니었다. 그들은 그들 주위의 모든 것, 머리 위의 하늘과 구름, 나무들과 발밑의 땅이 원했기에 서로 사랑한 것이다. 어쩌면 그들 주변에 있는 것들이 그들보다도 훨씬 더 그들의 사랑을 원했을지도 모른다. 거리를 지나는 미지의 사람들과 산책길에 멀리 펼쳐진 풍경, 그리고 그들이 살았고 만났던 그 방들이 원했던 것이다.

아, 바로 그것들이, 그것들이 바로, 그들을 결합시키고 가깝게 한 중요한 것들이었다. 한 번도, 한 번도, 심지어는 그들이 정열적인 행복을 누리는 순간에서조차도, 가장 숭고하고 감동적인 것이 그들과 함께한다는 것, 즉 세계의 보편적 틀 안에서 향락을 느끼며, 전체 그림에 그들이 관련되어 있다는 감정, 그리고 눈에 보이는 모든 미와 전 우주에 속해 있다는 느낌이 사라진 적이 없었다.

그들은 오직 이 일체감으로 호흡했다. 그래서 그들은 자연보다 인간을 더 찬양한다든가, 당시 유행하던 인간에의 과잉애정, 인간숭배 같은 것에 관심을 갖지 않았다. 정치화된 사회생활의 거짓된 본성은 그들에게 허접한 공예품으로 보였고, 이해할 수도 없었다.

## 16

드디어 그녀는 비극의 독백이나 합창, 시어, 음악, 그리고 여타 다른 비슷한 상황에서, 아무 의미가 없이 현실과 동떨어진, 감정이 아주 고조된 상태에서만 가능한, 생생하고 격식 없는 대화의 소박하고 일상적인 말로 그와 작별을 고하기 시작했다. 지금과 같은 경우, 그녀의 가볍고 사심 없는 담화의 과장을 정당화시켜 주는 것은 그녀의 눈물이었고, 그 속에서 그녀의 일상적이고 평범한 말들이 가라앉았다 떠올랐다 하며 유영하고 있었다.

눈물 젖은 그녀의 말들은, 따뜻한 비에 젖은 촉촉하고 부드러운 나뭇잎이 바람에 바스락거리듯, 부드럽고 빠른 속삭임으로 바뀌었다.

"유로치카, 이렇게 우리가 다시 함께 있어요. 하나님이 이렇게 다시 우리를 만나게 해주셨어요. 하지만 얼마나 끔찍한 일인가요! 아아, 저는 견딜 수가 없어요! 아아, 하나님! 저는 통곡하고 통곡합니다! 이것이 바로 우리에게 주어진 우리만의 방식이군요. 생각해 보세요! 당신이 떠남으로써 저도 끝났어요. 또다시 이렇게 돌이킬 수 없는 엄청난 일이 일어났어요.

삶의 비밀, 죽음의 비밀, 천재의 매력, 전라全裸의 매력, 바로 이런 것들을 우리는 충분히 이해했었죠. 그러나 지구를 변화시킨다는 따위의 세상의 자질구레한 일들은, 죄송하지만, 우리들의 것이 아니었지요.

안녕, 나의 위대한 그대여, 나의 사랑이여, 안녕, 나의 자랑이여, 안녕, 깊고 세찬 나의 냇물이여. 저는 하루 종일 얼마나 당신의 흐르는 물소리를 사랑했는지, 얼마나 저는 당신의 차디찬 물속에 빠져드는 것을 좋아했는지 몰라요.

그날, 우리가 눈 속에서 헤어진 날을 기억하세요? 당신은 저를 속였어요! 제가 당신을 두고 떠날 수 있을 거라고 생각하셨나요? 아아, 전 알아요, 당신이 저의 행복을 위해 억지로 그렇게 했다는 것을요. 그때, 모든 것이 무너졌어요. 아, 하나님, 제가 그곳에서 마신 것이 무엇이었나요? 제가 무슨 일을 저질렀는지 모를 거예요! 제가 무슨 죄를 지었는지, 상상도 못할 거예요! 하지만 저의 잘못은 아니에요. 그때 저는 석 달이나 병원에 누워 있었어요. 그리고 그중 한 달은 의식이 없었죠. 유라, 그 후부터 저는 사는 것이 아니었어요. 고통과 슬픔으로 마음이 편한 날이 없었어요. 하지만 전 가장 중요한 것은 말할 수도 밝힐 수도 없어요. 저는 그것을 말할 힘도 없어요. 저는 이 순간만 되면, 공포로 머리카락이 곤두서요. 저는 지금 제가 정상인지도 잘 모르겠어요. 하지만 저는 보다시피, 다른 사람들처럼 술도 마시지 못해요. 그런 길은 갈 수가 없어요. 술 취한 여자란 정말 마지막이고, 상상할 수도 없는 일이에요. 그렇죠?"

그러고는 그녀는 무슨 이야기인가를 더 하며, 흐느끼고 괴로워했다. 갑자기 그녀는 놀라서 머리를 들고 주위를 둘러보았다. 방 안에서는 이미 오래전부터 사람들이 걱정하며 어쩔 줄 모르고 있었다. 그녀는 발판에서 내려와 마지막 눈물을 씻어 내듯, 손으로 눈을 닦고 비틀대며 관에서 물러났다.

남자들이 관으로 다가가 세 겹의 천으로 감싼 관을 들어올렸다. 그러고는 관을 들고 나오기 시작했다.

## 17

라리사 표도로브나는 카메르게르스키에서 며칠을 보냈다. 예브그라프 안드레예비치에게 약속한 대로, 그녀의 도움으로 원고 정리가 시작되었지만, 작업은 완결되지 못했다. 그녀가 예브그라프 안드레예비치에게 부탁했던 일도 논의되었다. 그는 그녀로부터 아주 중요한 사실을 알게 되었다.

어느 날, 라리사 표도로브나는 외출했다가 다시 돌아오지 않았다. 아마도 그녀는 그날 거리에서 체포되어 죽었거나, 어딘지 알 수 없는 수많은 북부의 어느 수용소, 혹은 여자 수용소로 끌려가, 나중에 소실된 명단 속의 이름 없는 번호로 잊혀졌을 터였다.

제16장

에필로그

# 1

1943년 여름, 쿠르스크 만곡부彎曲部 돌파 작전과 오룔 해방 이후,* 얼마 전 소위로 진급한 고르돈과 두도로프 소령은 각자 자기 부대로 돌아가고 있었다. 고르돈은 모스크바에서 파견 근무를 끝내고, 두도로프는 모스크바에서 사흘간의 휴가를 마치고 귀대하는 중이었다.

두 사람은 귀대길에서 만나, 체르니라는 작은 도시에서 하룻밤을 보내게 되었다. 그곳 역시 파괴되기는 했지만, 퇴각하는 적들에 의해 완전히 폐허가 된, 소위 '황무지'라고 불리는 다른 대부분의 주거지들처럼 완전히 파괴되지는 않았다.

깨진 벽돌 조각과 잘게 부서진 자갈들이 쌓인 폐허의 도시 한가운데, 온전하게 남아 있던 건초장을 발견한 두 사람은 저녁부터 그곳에 누워 있었다.

그들은 쉬이 잠을 이루지 못하고, 밤새 이야기를 나누었다. 새벽 세 시경에 깜빡 잠들었던 두도로프는 고르돈이 바스락

* 쿠르스크 벌지(만곡부)는 중부 러시아 우크라이나 동부에 있는 곳으로, 150킬로미터에 이르는 깊이에, 서부 쪽으로 200킬로미터에 이르는 양군 전선이었다. 1943년 7월 5일부터 8월 23일에 진행된 이곳의 전투는 벌지 전투로 불리는데, 제2차 세계대전의 독소전쟁에서 적군이 승리하는 데 큰 역할을 했고, 독일군은 1944년에 마지막으로 대반격을 시도했으며, 이후 독일군은 1945년 1월까지 퇴각했다.

거리는 소리에 잠을 깼다. 그는 물 위에 떠 있는 것처럼, 푹신한 건초더미 위에서 이리저리 흔들리며, 속옷 몇 가지를 한데 묶어, 허우적거리며 건초더미 위에서 기어 내려와 다락의 출입구로 다가갔다.

"어딜 가려고 하나? 아직 이른데."

"강에 다녀오려고. 빨래를 좀 할까 해서."

"이런 정신 나간 사람을 봤나. 저녁이면 부대에 도착할 테고, 세탁부 타니카*가 갈아입을 옷을 줄 텐데, 뭘 그렇게 서두르나?"

"그때까지 참을 수가 없네. 땀으로 옷이 푹 젖었거든. 아침이면 더울 거야. 얼른 헹궈서 꼭 짜면 햇빛에 금방 마를 걸세. 몸도 씻고 옷도 갈아입어야지."

"그래도 그건 좀 민망한 일 아닌가. 자네는 장교인데."

"아직 이른 시간일세. 모두들 자고 있을 거야. 숲속 뒤의 어딘가에 있으면, 아무도 못 볼 걸세. 자네는 잠자코 계속 잠이나 자게. 어서 자."

"나도 더 이상 잠이 올 것 같지 않네. 자네와 같이 가겠네."

그렇게 두 사람은 이제 막 떠오르는 따가운 햇볕에 벌써 달궈진 하얀 석조 건물의 폐허를 지나 강가로 나갔다. 예전에 길로 이용되던 햇볕에 달궈진 땅바닥에서 얼굴이 빨갛게 달아

* 타티야나의 애칭.

오른 사람들이 코를 골고 땀을 흘리며 자고 있었다. 그들 대부분은 이 지역 사람들로, 집을 잃은 노인이나 여자들, 그리고 어린아이들이었고, 가끔 자기 부대에 뒤처진 후, 소속 부대를 찾아다니는 적군 병사들도 끼어 있었다. 고르돈과 두도로프는 그들을 깨울까 봐, 발밑을 조심조심 살피면서, 그 사이를 지나갔다.

"조용히 말을 하게. 그렇지 않으면 마을 사람들이 깨어날 테고, 그러면 빨래고 뭐고 다 물 건너 갈 테니까."

그러고는 조용조용 간밤의 이야기를 계속 이어 갔다.

## 2

"이게 무슨 강이지?"

"모르겠어. 물어보지 않았어. 아마 주샤강이겠지."

"아니, 주샤강은 아니야. 다른 강일 거야."

"그러면 나는 모르겠네."

"주샤강에서 그 모든 일이 일어나지 않았나? 흐리스티나 사건 말이야."

"그러긴 한데, 다른 장소였어. 하류쯤이었던 것 같아. 교회에선 그녀를 성자의 반열에 올렸다고 하더군."

"그곳에 '카뉴시냐'라는 이름의 석조 건물이 있었어. 사실 그것은 국영농장의 종마장 마구간이었네. 일반명사가 역사적 명칭이 된 거야. 건물은 오래되고 벽이 아주 두꺼웠어. 독일군들이 그곳을 더 보강해서 난공불락의 요새로 개조했지. 그곳에서 사방으로 포격을 해대서, 우리가 쉽게 공격할 수 없었지. 그래서 마구간을 꼭 확보해야만 했어. 그때 흐리스티나가 놀라운 용기와 기지를 짜내 독일군 진지에 침투해, 마구간을 폭파시키고는 생포되어 교수형을 당했어."

"왜 두도로바가 아니라, 흐리스티나 오를레초바라고 부르나?"

"그때까지 우리는 결혼을 하지 않았거든. 1941년 여름, 전쟁이 끝난 후에 결혼하기로 약속했지. 그 후, 나는 다른 부대와 함께 움직이고 있었어. 우리 부대는 옮겨 다녔던 거야. 계속 옮겨 다니다 보니 그녀와 소식이 끊겼어. 더 이상 그녀를 만나지 못하게 되었어. 그녀의 용감한 행동과 영웅적인 죽음을 알게 된 것은 다른 사람들과 마찬가지로, 신문과 부대의 포고를 통해서였어. 여기 어딘가에 그녀의 기념비를 세운다고 하더군. 내가 듣기로는, 죽은 유리의 아우 지바고 장군이 그녀에 대한 사료를 수집하기 위해 이 지역을 답사 중이라고 하더군."

"미안하네. 괜히 그녀의 이야기를 꺼내서. 자네에게는 아픈 일일 텐데."

"아니야. 괜찮아. 너무 오래 수다를 떨었군. 자네를 방해하고 싶지 않네. 옷을 벗고 물에 들어가서 자네 할 일을 하게.

나는 그동안 강둑에 누워 풀잎이나 씹으며 생각 좀 하고 있겠네. 그러다 잠이 들지도 모르지."

잠시 후, 그들은 다시 이야기를 시작했다.

"자네는 어디서 그렇게 빨래하는 법을 배웠나?"

"필요하면 다 하게 되어 있어. 우리는 운이 없었네. 수용소 중에서도 가장 혹독한 곳으로 가게 되었거든. 거기서는 극소수만 살아남았지. 그곳에 도착했을 때부터 이야기해 주겠네. 우리 조가 열차에서 내렸네. 눈 덮인 벌판이 펼쳐져 있더군. 멀리 숲도 보이고. 그리고 경비병과 우리를 겨눈 총구, 그리고 경비견들이 있었어. 시차를 조금씩 두고 거의 동시에 새로운 무리들이 실려 왔네. 우리는 온 들판에 커다란 다각형을 이루며, 서로 보이지 않게 등을 맞대고 서 있었어. 무릎을 꿇게 하고, 옆을 쳐다보면 총살하겠다고 위협하더니, 몇 시간이나 계속되는 굴욕적인 점호를 시작했어. 계속 무릎을 꿇은 채로 말일세. 한참 뒤에 우리가 일어섰고, 다른 조가 각 지점으로 끌려가자, 우리 조에 이런 명령이 내렸어. '여기가 너희들의 수용소다. 제대로 잘 정돈하라.' 탁 트인 하늘 아래 눈 덮인 대지, 그 한가운데에 세워진 말뚝에 '굴라크* 92YN90'이라고 쓴 표지판 외에는 아무것도 없었어."

"사실, 우리는 형편이 더 나은 편이었어. 운이 좋았지. 나는

---

* 소비에트 당시 노동수용소를 담당하던 '국가보안국 교정노동수용소의 주 관리기관'.

그때 보통 첫 형기를 마친 후에, 부가되는 두 번째 형기를 살고 있었기 때문이기도 했고. 더구나 체포 조항과 조건도 좀 달랐거든. 자유의 몸이 된 후에는, 복직되고, 첫 번째 유형 후에 그랬던 것처럼 원래 재직했던 대학으로 돌아가 강의를 하게 되었어. 그리고 전쟁이 나자, 자네와 똑같이 죄 때문이 아니라, 정식 소령 계급장을 달고 동원되었지."

"그랬어, '굴라크 92YN90'이라는 표시가 적힌 말뚝, 그것이 전부였어. 우리가 처음 도착한 그 추운 날, 맨손으로 막사를 짓기 위해 나뭇가지를 꺾었지. 믿기지 않겠지만, 그렇게 우리 스스로 조금씩 막사를 지었어. 나무를 베어 내서 옥사와 울타리를 세우고, 감옥과 경비탑을 지은 걸세. 그것을 모두 우리가 직접 한 거야. 그러고는 목재 보급 노동이 시작되었지. 산림 벌채 말이야. 그렇게 숲은 벌거숭이가 되었네. 우리는 여덟 명이 한 조가 되어 가슴까지 눈 속에 빠져 가며, 통나무를 어깨에 메서 썰매를 타고 운반했네. 오랫동안 우리는 전쟁이 시작된지도 몰랐어. 감추었던 거지. 그런데 갑자기 이런 제안이 왔어. 즉 전선의 징계부대에 자원하는 자들에겐, 장기전에서 살아남을 경우, 자유를 주겠다고 말이야. 그 후엔 끝없는 전투와 전투가 이어졌고, 전기가 흐르는 수 킬로미터의 철조망들, 지뢰들, 박격포들, 수개월에 걸친 맹렬한 총격이 계속되었어. 그런 이유로 중대는 우리를 결사대라고 불렀지. 마지막 한 사람까지 전멸당했거든. 어떻게 내가 살아남았을까? 어떻게?

그러나 그런 피의 지옥도 수용소의 공포와 비교하면 행복했었다니까. 상황이 힘들었다는 점이 아니라, 전혀 다른 이유 때문에 그랬다네."

"그랬었군, 친구! 무척 고생했어."

"그곳에서는 빨래뿐만 아니라, 원하면 무엇이든 다 배울 수 있었지."

"놀랍네. 1930년대의 모든 생활과 관련지어 보았을 때, 자네의 죄수 생활에서는 물론이고, 심지어는 대학에서의 역할과 책과 돈과 좋은 환경이라는 행복한 상황에서조차도, 전쟁은 정화의 폭풍이자 신선한 바람, 그리고 구원의 숨결이었던 거야.

집단화는 기만적인 실패한 정책이었지만, 오류를 인정할 수 없었던 거야. 실패를 은폐하기 위해 온갖 공포 수단을 동원해 사람들이 생각하고 판단하는 것을 못하게 하고, 존재하지도 않는 것을 강제로 보게 하고, 확실한 것도 반대로 증언하게 했지. 이로써 예조프시나*의 유례없는 잔인성, 헌법에 근거하지 않는 법률 공포, 선거 원칙에 기초하지 않은 선거 도입이 이루어졌던 거야.

전쟁이 발발하자, 전쟁의 실제 공포와 위험, 그리고 실제 죽

---

* 니콜라이 이바노비치 예조프(1895~1940)는 스탈린 휘하 비밀경찰의 수장으로, 스탈린 시대의 무시무시한 대숙청을 실질적으로 지휘하였고, 나중에는 자신이 숙청의 대상이 되어 사형당했다. 그가 행한 대숙청(1937~1938)을 예조프시나라고 부르며, 그 기간에 인민의 적으로 간주되어 총살당한 사람이 100만이 넘고, 그중 68만 명 이상이 정치적 이유로 총살당했다.

음의 위협이 비인간적이고 기만적인 통치에 비해 오히려 축복이 되고, 그것들이 죽은 문자들의 마법적 힘을 막아 주어 오히려 더 편했던 거지.

강제노동에 처해 있던 자네와 같은 사람들뿐만 아니라, 후방이나 전방에 있던 모든 사람들이 가슴을 활짝 열어, 훨씬 더 편하고 자유롭게 숨쉬며, 진정한 행복을 느끼면서, 그 치명적인 구원의 가공할 전쟁의 용광로에 몸을 던졌던 것이지.

전쟁은 수십 년에 걸친 혁명의 사슬과 연결된 특수한 고리야. 전복의 본질에 속하는 직접적인 원인은 더 이상 작동되지 않았어. 전복의 간접적인 결산이, 결실의 결실이, 결론의 결론들이 나타나기 시작했던 거지. 불행을 통해 단련된 불굴의 기질, 시련, 영웅주의, 그리고 거대하고 모험적인 미지의 것에 대한 준비 등이 말이야. 이것들이 환상적이고 놀라운 특성이 되었고, 이것들이 이 세대의 도덕의 꽃을 피게 한 거야.

이러한 진단은 흐리스티나의 순교자적 죽음, 나의 부상, 우리의 사상자 수, 전쟁에서 흘린 모든 피의 비싼 대가에도 불구하고, 나를 행복하게 해주네. 오를레초바의 죽음과 우리 각자의 삶을 비춰 주는 자기희생의 빛이 나에게 그녀의 죽음의 무게를 견딜 수 있게 도와주었어.

애석하게도 자네가 계속 시련을 당하고 있던 바로 그때, 나는 자유를 찾았지. 이때 오를레초바가 역사학부에 들어왔어. 그녀는 나의 지도를 받으며, 학문적 관심을 키워 갔어. 나는 이미 오래전, 수용소에서 첫 형기를 마쳤을 때, 그러니까 그녀가 아직 어렸을 때부터 뛰어난 재능을 가진 그 소녀에게 관심을 갖고 있었지. 기억할지 모르지만, 유리가 아직 살아 있을 때, 내가 이야기한 적이 있었어. 그녀가 바로 나중에 내 제자들 중의 하나가 되었던 거야.

당시에는 학생들이 스승을 비판하는 풍습이 막 유행하던 때였어. 오를레초바는 정열적으로 그 일에 나섰어. 그녀가 왜 그렇게 무섭게 나에게 달려들었는지는 아무도 몰라. 그녀의 공격이 너무 집요하고, 호전적이고, 무조건적이었기 때문에, 이따금 우리 과의 다른 학생들이 반대하고 일어나 나를 방어해 주곤 했어. 오를레초바는 매우 뛰어난 유머리스트였지. 그녀는 누구나 나를 지목하고 있다는 것을 알 수 있는 이름을 벽보에 써놓고 나를 마음껏 놀렸지. 그러다 갑자기, 아주 우연히, 이 뿌리 깊은 적대감이 오랫동안 감추어 왔던 열렬한 풋사랑의 가면이라는 것이 밝혀졌어. 나도 그녀에게 항상 같은 방법으로 대응했고.

우리는 1941년, 전쟁이 일어난 첫해, 그러니까 선전포고 직전과 직후에 멋진 여름을 보냈지. 몇몇 남녀 대학생들이 모스크바 근교의 여름 농장 지역에 머물고 있었는데, 그 속에 그녀도 끼어 있었어. 나중에 우리 부대가 그곳에 주둔하게 되었어. 우리의 친교는 그때 싹트고 무르익었어. 그들에 대한 군사 교육이 행해지고, 의용군 부대가 창설되고, 흐리스티나가 낙

하산 훈련을 하고, 독일군의 모스크바 상공으로의 첫 비행이
야간에 격퇴되었던 그런 상황에서 말이야. 이미 자네에게 이
야기한 대로, 그때 우리는 약혼을 했지만, 우리 부대가 이동
을 하는 바람에 어쩔 수 없이 헤어지게 되었네. 그러고는 더
이상 그녀를 보지 못했어.

우리 쪽에 전세가 호전되고 독일군이 수천 명씩 항복하게
되었을 때, 나는 두 번이나 부상을 당했고, 두 번에 걸쳐 병원
에 잠깐 입원한 후에, 고사포 부대에서 제7참모부로 옮겨가게
되었지. 그곳에서 외국어를 하는 사람들을 구한다는 소식을
듣고, 바닷속을 뒤지듯이, 자네를 찾아내, 우리 부대에 파견
해 달라고 강력하게 요구했던 거야."

세탁부 타냐*가 오를레초바를 잘 알고 있었다네. 그들은 전
선에서 만나 친구가 되었다고 하더군. 그녀가 흐리스티나에
대해 많은 이야기를 해주었어. 타냐는 유리처럼 만면에 미소
를 짓곤 하는데, 본 적이 있나? 웃을 때면, 들창코와 광대뼈가
순식간에 사라지면서, 얼굴이 아주 매력적이고 사랑스럽게
변한다니까. 우리나라에 아주 흔한 얼굴 유형 중 하나야."

"자네의 말을 알겠네. 그럴 거야. 유심히 보지는 않았지만."

"타니카 베조체레데바**는 정말 야만적이고 기이한 이름 아

---

* 타티야나의 애칭.
** 러시아어의 의미로 '순서에 어긋난'이란 뜻의 단어이다. 러시아에서는 성을 자유롭게 만
들 수 있어서 상대적으로 성이 이름보다 개인을 지칭하는 데 중요한 역할을 한다.

닌가. 이것은 성姓이라고 할 수도 없어. 어떻게 그렇게 기이하고 왜곡된 성을 생각해 냈는지 모르겠어. 그렇게 생각하지 않나?"

"그녀가 설명하지 않았나? 그녀는 알 수 없는 방탕한 부모에게서 태어났다네. 아마도, 언어가 아직 순수하고 때 묻지 않은 러시아의 어느 오지에서 아버지가 없다는 의미로 그녀를 베조트체야*라고 불렀을 테지. 길거리에서는 그 호칭을 이해하지 못한 채, 귀로만 듣고 완전히 오해해, 이 의미를 자신들이 쓰는 조악한 거리의 표현에 가깝게 자기 식으로 바꾼걸 거야."

## 3

고르돈과 두도로프가 체르니에서 밤새 이야기를 나누며 밤을 보낸 지 얼마 후, 완전히 파괴된 도시 카라체프에 있을 때 일어난 일이었다. 그들은 그곳에서 소속 부대를 뒤쫓던 중, 본대를 뒤따르는 후위대의 동료들을 몇 명 만나게 되었다.

따뜻한 가을의 맑고 온화한 날씨가 한 달 넘게 지속되고 있었다. 오룔과 브랸스크 사이에 위치한 축복받은 땅 브랸시치나의 비옥한 흑토는 구름 한 점 없는 파란 하늘의 열기로

---

* '아버지가 없는 여자아이'라는 의미의 러시아어.

달구어져 있었고, 태양 빛을 받아 초콜릿과 커피색 윤기를 발하며 거무스름하게 보였다.

곧게 뻗은 중심 도로가 국도와 교차하며 도시를 가로지르고 있었다. 거리 한쪽에는 지뢰에 파괴되어 돌무더기로 변한 집들이 서 있었고, 과수원은 나무들이 뿌리가 뽑히고, 부러지고, 불에 타 있었다. 길 건너 도로 맞은편에 넓은 공터가 있었는데 도시가 파괴되기 전에도, 건물이 많지 않아서 파괴할 만한 것이 없었던 때문에 방화나 폭탄의 피해를 훨씬 덜 당한 것 같았다.

전에 집들이 있었던 쪽에는, 집을 잃은 주민들이 타다 남은 잿더미 속을 파헤치며, 무언가를 찾아내 불에 탄 골목 여기저기에서 멀리 있는 한 곳으로 가져오고 있었다. 다른 사람들은 부지런히 토굴을 파고, 그 위를 잔디로 덮으려고 땅을 토막토막 잘라내고 있었다.

건물이 없는 맞은편에는 하얀 천막들과 트럭들, 그리고 제2제대의 각종 지원용 마차들과 사단본부와 연락이 끊긴 야전병원이 보였고, 길을 잃고 뒤엉켜 서로 찾아 헤매고 있는 온갖 보급창고나 경리부 사람들, 그리고 보급부대의 직원들이 북적대고 있었다. 그 외에도 이질로 핼쑥하고 핏기 없는 까만 얼굴에 회색 모자와 무거운 잿빛 외투를 걸친 보충 중대의 야위고 초췌한 어린 병사들이 원기를 회복하기 위해, 이곳에서 짐을 풀고 앉아서 휴식을 취한 다음, 다시 서쪽을 향해 무거운 발걸음을 옮기곤 했다.

이미 절반이 파괴되어 잿더미로 변한 이 도시는 아직도 불이 타고 있었고, 멀리 지연작전용 지뢰가 설치된 지하에서도 폭발이 계속되고 있었다. 마당에서 무엇인가를 파내고 있던 사람들이 발아래서 진동을 느끼자, 굽혔던 허리를 펴고 삽자루에 몸을 기댄 채, 폭발이 일어나는 쪽을 향해 고개를 돌리고 오랫동안 그쪽을 바라보며 휴식을 취하기도 했다.

그곳에서는 공중으로 솟구친 먼지 무더기가 만들어 낸 회색과 검은색, 그리고 검붉은 구름이 처음에는 기둥과 분수 모양으로 솟구쳐 올랐다가, 나중에는 무겁고 느릿한 덩어리 모양으로 하늘 위로 떠올라 사방으로 흩어지며 깃털처럼 퍼져 가다가, 나중에는 산산이 흩어져 땅으로 다시 내려앉곤 했다. 그러면 일을 멈추고 있던 노동자들이 다시 일을 하기 시작했다.

건물이 없는 쪽에는 관목들에 둘러싸여, 고목들의 그늘이 넓게 드리워진 공터가 있었다. 그 공터는 나무들 덕분에, 외따로 떨어져 서늘한 어스름에 잠긴 지붕 딸린 안마당처럼, 다른 세계와 차단되어 있었다.

이곳 초지에서 아침부터 세탁부 타냐는 같은 부대원 두서너 명과 거기에 합세한 몇몇 동료들, 그리고 고르돈과 두도로프와 함께 타냐 담당의 부대 물품을 운반해 오는 트럭을 계속 기다리고 있었다. 물품들이 들어 있는 많은 상자들이 공터 위에 산더미같이 쌓여 있었다. 타냐는 상자들 더미를 감시하며 그곳에서 꼼짝 않고 서 있었지만, 다른 사람들은 트럭이 와서 멈출 때를 놓치지 않고 트럭을 타려고 상자 더미 가까이에 몰려 있었다.

그들은 이미 다섯 시간 이상을 기다리는 중이었다. 기다리는 사람들은 할 일이 아무것도 없었다. 그들은 두루 세상 경험을 한 수다스러운 이 처녀의 지칠 줄 모르는 수다를 듣고 있었다. 그녀는 자신이 만나고 온 지바고 소장의 이야기를 했다.

"네, 그러니까, 어제 일이었어요. 개인적인 문제라며 저를 장군에게 데려갔어요. 지바고 소장에게요. 그는 흐리스티나에 관심을 갖고 이 지역을 돌며 사람들을 탐문하고 있었어요. 그녀를 직접 만난 목격자들을요. 사람들이 저를 지목했나 봐요. 우리가 친구라고 했대요. 그래서 저를 부른 거죠. 사람들이 저를 불러 데려갔어요. 그는 전혀 무섭지 않았어요. 다른 사람들처럼 별 특별한 점도 없었고요. 눈이 가늘고 머리는 검은색이었어요. 저는 알고 있는 것을 모두 이야기했어요. 그는 다 듣고 나더니 고맙다고 말했어요. 그러고는 저에게 어디 출신이며, 누구냐고 물었어요. 물론, 저는 이리저리 답을 피했어요. 자랑할 게 없었으니까요. 버려진 아이라는 것이 전부니까요. 모두 아시잖아요? 감옥에도 들락거리고 떠돌아다니기도 했죠. 그런데 그분이 저에게 어려워하거나 부담을 가지거나 부끄러워할 필요도 없다고 했어요. 처음에는 조심조심 두어 마디 하다가, 점점 더 많이 지껄이게 되었어요. 그분이 고개를 끄덕끄덕해 주니까 용기가 났던 거예요. 저는 하고 싶은 이야기가 있었어요. 여러분은 제 이야기가 믿기지 않을 테고, 꾸며 낸 말이라고 하겠죠. 그분도 마찬가지였어요. 제가 이야기를 끝내자, 그분이 일어서서 농가의 이쪽 끝에서 저쪽 끝을 왔다 갔다 하더군요. 그러면서 '이거 정말 놀랍군.' 하고 말했어요. '정말 기가 막힌 일이야.' 하기도 했죠. '지금은 시간이 없지만, 나중에 너를 다시 찾을 테니, 걱정하지 마라. 너를 찾아서 다시 데려갈 거야.' 하고 말했어요. '이런 이야기를 들을 줄은 전혀 생각도 못했구나. 너를 여기 이대로 버려두지는 않겠어.'라고도 했어요. '아직은 밝혀야 할 사항이 여러 가지가 있다. 그리고 내가 너의 좋은 삼촌이 될지도 몰라. 장군의 조카딸이 되는 거지.' 그리고 그는 '네가 원하는 대학에 보내 주겠다.'고 말하기도 했어요. 맹세코 정말이에요. 물론 세상에는 농담을 좋아하는 사람들도 있긴 하겠지만요."

그때, 공터 쪽으로 폴란드와 서부 러시아에서 건초를 실어 나르는 데 사용되는, 양옆이 높고 기다란 빈 짐마차 한 대가 들어왔다. 옛날에는 마부라고 부르던, 마차수송단의 현역 군인이 멍에를 멘 말 두 필을 몰고 오고 있었다. 그는 공터로 들어서자, 자리에서 뛰어내려, 말의 멍에를 풀기 시작했다. 타티야나와 몇 명의 군인들을 제외한 모든 사람들이 마부에게 몰려들어, 돈을 줄 테니 마구를 풀지 말고, 자기들이 원하는 곳으로 태워다 달라고 간청했다. 그러나 군인은 자신은 말과 짐마차를 다른 용도로 사용할 권리가 없고, 부여된 임무만 수행해야 한다며, 그들의 요청을 거절했다. 그는 마구를 벗겨 낸 말을 데리고 어디론가 사라졌고, 다시 나타나지 않았다. 땅바닥에 앉아 있던 모든 사람들이 일어나서, 공터에 서 있던 빈 마차에 올라탔다. 타티야나는 마차의 출현과 마부와의 실랑이로 중단되었던 이야기를 계속 이어 갔다.

"장군에게는 무슨 이야기를 했지?" 고르돈이 물었다. "괜찮으면 우리들에게 말해 줘."

"뭐, 그러죠."

그렇게 그녀는 자신의 끔찍했던 사연을 이야기해 주었다.

# 4

"사실, 저는 할 말이 있어요. 사람들 말로는 제가 평범한 출신은 아니래요. 다른 사람들이 이 사실을 말해 주었는지, 아니면 제가 마음속으로 원래부터 생각했던 것인지는 모르겠어요. 다만, 제 어머니 라이사 코마로바가 백몽골*에 숨어 있던 러시아 장관 코마로프 동무의 부인이었다고 들었어요. 그러나 코마로프는 저의 아버지도 아니고, 친척도 아니었을 거예요. 코마로프 자신만이 그것을 알겠지요. 물론 저는 교육도 받지

---

* 백몽골은 당시 소비에트 지배를 받지 않았던 몽골 지방을 말한다.

못하고, 아버지도 어머니도 없이 고아로 자랐어요. 여러분은 제가 하는 말이 우습게 느껴질지 모르지만, 그저 제가 알고 있는 것을 말할 뿐이니, 제 입장에서 들어 주세요.

사실, 제가 지금 하는 이야기는 정말 있었던 이야기예요. 그 사건은 크루시치 너머, 시베리아의 한쪽 끝인 카자크 쪽, 그러니까 중국의 국경 근처에서 있었던 일이에요. 우리 편인 적군이 저쪽 편인 백군의 주요 도시까지 들어갔을 때, 그 코마로프 장관이라는 사람이 어머니와 다른 가족들을 모두 특별 열차에 태워 데리고 가라고 명령했대요. 깜짝 놀란 어머니는 그가 가지 않으면 한 발짝도 갈 수 없다고 했다고 해요.

코마로프도 저에 대해서는 모르고 있었어요. 그 사람은 제가 세상에 태어났다는 것도 모르고 있었거든요. 어머니는 그와 오래 떨어져 있는 동안에 저를 낳고, 누가 그에게 이 사실을 말할까 봐 매우 겁이 났대요. 그는 아이를 무척 싫어해서, 고함을 지르고 발을 구르며, 아이는 집 안의 쓰레기이고 골칫덩어리라고 했대요. 그는 '도저히 이런 것은 참을 수 없어.' 하고 소리치기도 하고요.

그러다가 적군이 가까이 오자, 어머니는 나고르나야 대피역의 여자 전철수인 마르파를 부르러 사람을 보냈대요. 그곳은 우리가 있는 도시에서 세 구간이나 떨어져 있었는데, 그것을 설명하자면 이래요. 제일 먼저 니조바야 정류장, 다음에는 나고르나야 대피역, 그 다음에 삼소노프 고개가 있었어요. 어머니가 어떻게 이 여자 전철수를 알고 있었는지는 최근에야 알게 되었어요. 여자 전철수 마르파는 채소와 우유를 가져와 도시에서 팔았던 것 같아요. 그래서였을 거예요.

그런데 제 말 좀 들어 보세요. 제가 이해할 수 없는 일이 한 가지 있어요. 저는 그들이 어머니를 속이고, 사실을 말해 주지 않았다고 생각해요. 어머니에게 그들이 무슨 말을 했는지는 아무도 모르지만, 아마도, 사태가 해결될 때까지 잠깐이면, 하루 이틀 정도면 된다고 했겠죠. 그렇지 않고서야 타인의 손에 영원히 아이를 맡겨 기르게 하지는 않았을 테니까요. 어머니가 자신이 낳은 아이를 절대 그렇게 버렸을 리가 없어요.

뭐, 아이 문제는 그러기 마련이죠. '이모에게 가보렴, 이모가 맛있는 과자를 줄 거야. 좋은 이모란다. 이모를 무서워하면 안 되지.' 하고 말하곤 하잖아요. 그 후, 제가 얼마나 울었는지, 어린 저의 마음이 얼마나 아팠는지, 떠올리기조차 싫어요. 저는 목을 매어 죽고 싶었고, 거의 미칠 지경이었어요. 당시 저는 아직 어린애였잖아요. 어머니는 양육비로 마르파 이모에게 많은 돈을 주었을 거예요.

철도신호소에 딸린 농장은 풍요로웠는데, 소와 말, 그리고 갖가지 가금류를 키우고 있었고 원하는 만큼 땅을 가꿀 수 있어, 채소밭도 만들었어요. 철로변에 있는 주거지는 무료였고, 철로 바로 옆에는 정부의 초소도 있었어요. 고향 쪽에서 열차가 올 때는 아래쪽에서 경사가 심한 위쪽으로 올라오곤 했어요. 그런데 여러분의 러시아 쪽에서 올 때면, 가파른 내리막길이라, 브레이크를 밟아야 했지요. 울창한 숲이 잎사귀를 모두 떨구는 가을에, 아래쪽을 내려다보면 작은 쟁반 위에 나고르나야역이 놓인 것처럼 보였어요.

농촌 풍습대로 저는 바실리 아저씨를 그냥 아빠라고 불렀어요. 그는 유쾌하고 친절한 분이셨지만, 지나치게 사람을 잘 믿어서, 술에 취하면 어찌나 말이 많아지는지, 수퇘지가 암퇘지에게 말하면, 암퇘지가 온 도시에 소문을 퍼뜨리는 꼴이었죠. 그는 처음 만난 사람에게도 자기 속마음을 모두 털어놓았다니까요.

그런데 그 여자 전철수는 아무래도 엄마라고 부를 수가 없었어요. 친엄마를 잊을 수가 없었고 마르파 이모는 너무 무서웠거든요. 그래서 여자 전철수를 마르푸샤 이모라고 부르곤 했어요.

그럭저럭 세월이 흘렀어요. 몇 해가 지났죠. 얼마나 흘렀는지는 기억을 못하겠어요. 당시에 저는 열차가 오면, 재빨리 달려 나가 깃발을 흔들었어요. 마구를 풀거나 소를 끌고 가는 것도 어렵지 않았어요. 마르파 이모가 실 잣는 법도 가르쳐 주었어요. 집안일은 말할 것도 없었고요. 마루를 쓸고, 정돈하고, 음식을 준비하고, 빵을 반죽하는 일이 아무것도 아니었죠. 그 모든 일을 제가 했어요. 아, 한 가지 빼먹은 것이 있어요. 페첸카도 제가 돌보았어요. 페첸카는 다리가 마비되어,

세 살이 되어도 걷지를 못해 누워만 있어서 돌봐야 했거든요. 몇 년이 지났는데도, 그때 마르파 이모의 눈빛을 떠올리면, 지금도 등골이 오싹해요. 제 다리를 쳐다보며, 페첸카의 다리가 아니라, 내 다리가 그렇게 되어야 했다는 듯, 마치 내가 페첸카를 저주해서 그렇게 되기라도 한 듯, 노려보던 그 눈초리요. 이 세상에는 그렇게 무서운 적의와 악의가 존재하기도 한답니다.

그런데, 다음 이야기를 들어 보면, 그동안 일어났던 일은 나중에 일어난 일에 비하면 아무것도 아니라는 것을 아실 거예요. 경악을 금치 못할 테니까요.

네프 정책이 시행되던 그때는, 1천 루블이 1카페이카로 통하고 있었어요. 바실리 아파나시예비치는 아랫마을에 내려가 소 한 마리를 팔아 두 자루의 돈을 가져왔어요. 그 돈은 케렌카라고 불렸고, 아니, 그것이 아니라, 리몬,* 리몬이라고 했어요. 그는 술을 마시고 모든 나고르나야 사람들에게 자기가 부자라고 떠들어 댔어요.

바람 부는 어느 가을날이었다고 기억되는데, 바람이 지붕을 할퀴고, 두 발로 설 수도, 세찬 맞바람에 기관차도 올라오지 못할 정도였어요. 그런데, 어떤 노파가 언덕 위에서 내려오는 것이 보였어요. 바람에 노파의 치마와 목도리가 휘날리고

---

* 1920~1923년 당시 루블 가치가 하락해, 1백만 루블 지폐를 지칭했던 화폐 단위.

있었어요.

떠돌이 노파는 배를 움켜잡고, 신음 소리를 내며, 집 안으로 들여보내 달라고 간청했어요. 의자에 그 노파를 눕혔더니, 노파는, '견딜 수가 없어요. 배가 아파요. 죽을 것 같아요.' 하고 비명을 질러 댔어요. 그러면서 돈은 얼마든지 줄 테니, 병원에 데려다 달라고 간청했어요. 그래서 아빠는 우리 말 우달로이를 마차에 매고 노파를 태워 우리 집에서 15베르스타나 떨어진 젬스트보 병원으로 데리고 갔어요.

얼마나 지났을까, 저와 마르푸샤 이모가 잠자리에 들었는데, 창문 밖에서 우달로이의 울음소리가 들리고, 마차가 뜰로 들어오는 소리가 들렸어요. 그런데 돌아오기에는 너무 일렀어요. 그래서 마르푸샤 이모는 불을 켜고, 윗옷을 걸친 다음, 아빠가 문을 두드리기도 전에 문을 열었어요.

문을 여니 문지방에는 아빠가 아니라, 검은 머리에 험상궂은 낯선 남자가 서 있었어요. 그가 이렇게 말했죠. '소를 판 돈이 어디에 있는지 말해. 내가 숲에서 네 남편을 죽였지. 그러나 너는 여자니까, 불쌍히 여겨, 돈이 어디에 있는지만 말하면 살려 주겠다. 말하지 않으면 알지? 가만두지 않겠어. 시간을 끌지 않는 게 좋을 거야. 지체할 시간이 전혀 없거든.'

오, 맙소사, 여러분, 우리가 어쨌을지, 입장을 바꿔 놓고 생각해 보세요! 우리는 벌벌 떨면서, 이제 죽었구나 하는 생각이 들어, 너무 무서웠고 입이 떨어지지 않았어요. 얼마나 무서웠는지 몰라요! 그가 바실리 아파나시예비치를 도끼로 살해했다는 것이 첫 번째 불행이었고, 두 번째는 신호소 안에는 살인자와 우리만 있었다는 사실이었으며, 우리 집에 들어온 강도는 살인자가 분명했다는 거예요.

그 순간, 마르푸샤 이모는 정신이 나갔고, 남편 때문에 심장이 찢어지는 것 같았죠. 그러나 정신을 차리고, 겉으로 드러내지 말았어야 했어요.

마르푸샤 이모는 바로 그의 다리 밑에 무릎을 꿇었어요. 그러고는 '제발 살려 주세요, 살려 주세요, 저는 돈에 대해서는 전혀 몰라요, 돈 이야기는 당신한테 처음 들었어요.' 하고 말했죠. 하지만 그런 말이 통할 정도로 그가 단순한 바보는 아니었죠. 그 순간 이모는 그를 속여 넘길 꾀를 생각해 냈어요. '그렇다면 좋아요. 당신 원하는 대로 하세요. 돈은 지하실 밑에 있어요.' 하고 말했어요. '쪽문을 열어 줄 테니 마루 밑으로 들어가세요.'라면서요. 그러나 그 악마는 이모의 속마음을 눈치챘어요. '안 돼.' 하고 그가 말했어요. '이 여자야, 날 속일 생각 말고, 네가 직접 기어 들어가!'라고 말했죠. '지하실로 기어 들어가든, 지붕으로 올라가든, 내가 원하는 건 오직 돈이야.' 하면서요. '잘 기억해 둬. 나를 속이거나, 바보 취급해선 안 돼.'

그러자 그녀는 다시 말했어요. '아니, 왜 그렇게 의심이 많으세요? 나도 기꺼이 그러고 싶지만, 나는 내려갈 수가 없어요. 나는 계단 위에서 당신에게 불을 비춰 줄게요. 걱정하지 마세요. 당신이 믿도록, 내 딸을 함께 밑으로 내려 보낼 테니까요.' 했죠. 바로 나를 지목하는 것이었어요.

오, 하나님, 여러분! 그 말을 들은 제 심정이 어땠을지 생각해 보세요! 아, 이제 죽었구나 하고 생각했지요. 눈앞이 캄캄해지고 다리가 떨려서 서 있을 수도 없었어요.

그러나 악당은 바보가 아니었어요. 그는 다시 우리 둘을 한쪽 눈으로 노려보더니, 이빨을 전부 드러내고 히죽 웃고는, '장난치지 마, 나를 속이려고?' 하고 말했어요. 그는 그 여자가 저를 하찮게 여긴다는 것을 눈치채고는, 내가 친척이나 친딸이 아니라고 짐작했는지, 한 손으로 페첸카를 낚아채더니, 다른 손으로는 지하실 문고리를 잡아당겨 문을 열었어요. 그는 등불을 비추라고 말하고는, 페첸카를 데리고 계단을 따라 지하실로 내려갔어요.

내 눈에는 그때 마르푸샤 이모가 이미 정신이 나가, 뭐가 뭔지 구분을 못하고 완전히 미쳐 버렸다고 생각했죠. 글쎄, 악당이 페첸카를 데리고 지하실로 들어가자마자, 이모가 지하실 통로의 입구를 닫고 열쇠를 채우더니, 그 위에 무거운 트렁크를 올려놓으려고 했어요. 이모는 트렁크가 무거워 혼자서는 못하겠으니, 도와달라며 머리를 까닥여 나를 불렀어요. 트렁크를 옮겨 놓은 뒤, 그녀는 그 위에 앉아 바보처럼 좋아하지 뭐예요. 그녀가 트렁크에 앉자마자, 밑에서는 악당이 마룻바닥을 두드리면서, 좋은 말 할 때, 문을 열라고 소리를 질렀고, 그렇지 않으면 페첸카를 죽이겠다고 했어요. 바닥의 판자가 두꺼워, 말이 잘 들리지 않았지만, 무슨 말을 하는지는 알 수 있었죠. 그가 숲속의 짐승보다 더 무서운 소리를 지르는 바람에 오싹했어요. 그러고는 '이제 페첸카는 끝이다.'라고 소리를 질렀어요. 그런데도 그녀는 상황을 전혀 이해하지 못하는 거예요. 그녀는 트렁크에 앉아 웃으며, 나에게 윙크까지 보냈어요. '네가 무슨 짓을 해도 나는 트렁크 위에서 꼼짝도 않을 테다. 열쇠는 내 손안에 있으니까.' 하는 식이었죠. 나는 마르푸샤 이모에게 별짓을 다해 보았어요. 그녀의 귀에 대고 고함을 지르고, 트렁크에서 밀어내려고 해보았죠. 지하실 문을 열고, 페첸카를 구해야 했으니까요. 하지만 제 힘으로는 어림없었죠! 이모를 도저히 대적할 수가 없었거든요.

강도는 계속 마룻바닥을 두드렸고, 한참이나 시간이 흘렀는데도, 그녀는 눈알을 굴리며, 트렁크 위에 앉아 모른 척하고 있는 거예요.

오, 맙소사, 맙소사! 지금껏 살면서 수많은 일을 보고 겪었지만, 그런 무시무시한 일을 당해 본 적은 없었어요. 죽을 때까지, 살아 있는 동안에는, 페첸카의 그 가엾은 목소리를, 천사 같은 페첸카가 지하실에서 울며 신음하던 소리를 잊을 수 없을 거예요. 그 악마 같은 강도가 페첸카를 목 졸라 죽인 거예요.

'그럼, 이제 나는 어떻게 하나? 이제 어떻게 해야 하나? 반미치광이가 된 노파와 살인강도를 어떻게 해야 하나?' 생각했어요. 그런 생각을 하고 있을 때, 밖에서 우달로이의 울음소리를 들었어요. 말은 그동안 계속 매여 있었어요. 그래요. 우달로이는 '타뉴시카! 어서 타. 빨리 도와줄 사람들에게 가서 도움을 청해!' 하고 말하듯, 히힝거렸어요. 창밖을 보니 동이 트고 있더군요. '그래, 네 말대로 하자, 우달로이! 고마워.' 하고는, '네 말이 맞아, 어서 달리자.' 하고 말했어요. 그런 생각을 하는 순간, 누군가 숲속에서 이렇게 말하는 것 같았어요. '기다려! 서두르지 마, 타뉴샤! 다른 방법이 있어.' 그래서 저는 숲속에 저 혼자 있는 것이 아니라는 걸 알았어요. 그때, 우리 집 수탉이 우는 소리 같은 귀에 익은 기관차의 기적이 아래쪽에서 울렸는데, 기적 소리를 듣고, 그 기관차가 어떤 기관차인지 알 것 같았어요. 나고르나야에 있는 이 기관차는 항상 증기를 뿜고 있었는데, 보조기관차라고 불렸어요. 화물차를 언덕 위로 밀어 올릴 때 쓰는 것이었죠. 그 열차는 혼합 열차로, 매일 밤, 그 시간쯤 지나가는데, 그 소리를 들으니, 귀에 익은 기관차가 아래쪽에서 저를 부르는 것 같았어요. 그 소리에 가슴이 마구 뛰었어요. '살아 있는 모든 짐승과 말 못하는 모든 자동차가 분명한 러시아어로 나와 얘기를 하다니! 나도 마르푸샤 이모랑 똑같이 제정신이 아닌가?' 하고 생각했지요.

지금 이런 생각을 할 겨를이 어디 있담? 그 순간 열차가 가까이 다가오고 있었기 때문에 생각할 시간이 없었어요. 아직 날이 완전히 밝기 전이라, 저는 등불을 들고 철로에 뛰어들어 선로 가운데서 등불을 앞뒤로 흔들었어요.

뭐, 다른 말이 필요하겠어요? 저는 열차를 멈추게 했어요. 다행히 바람 때문에 열차가 조심조심, 그러니까 천천히 걸어오다시피 하고 있었거든요. 제가 열차를 세우자, 저를 아는 기관사가 창밖으로 몸을 내밀고, 무슨 말인지를 외쳤지만, 바람 때문에 알아들을 수가 없었어요. 제가 기관사에게 큰 소리로, '철도신호소가 습격을 당했어요. 사람이 살해되고 강도를 당했어요. 지금 강도가 집 안에 있으니 도와주세요. 아저씨 동무! 어서 도와주세요!' 하고 소리쳤어요. 제가 소리를 지르자, 난방차 안에 있던 적군 병사들이 하나둘 뛰어내리며, '무슨 일이야?' 하고 물었어요. 군용열차였던 거예요. 그들도 밤중에 열차가 숲속의 가파른 언덕 위에 정차하는 것을 보고 놀랐던 거죠.

그들은 저의 설명을 듣고, 지하실로 가서 강도를 끌어냈어요. 그는 페첸카보다 더 가느다란 소리로 애걸했어요. '너그러우신 여러분들! 제발 저를 한 번만 봐주시고, 목숨만은 살려주십시오. 다시는 안 그러겠습니다.' 하지만 사람들이 그를 침목 위로 끌고 와 손발을 레일에 산 채로 묶어 놓고, 그 위로 열차를 몰았어요. 그렇게 그는 사형을 당했죠.

저는 얼마나 무서웠는지, 집으로 옷을 가지러 돌아가지도 못했어요. 저는 그들에게 열차에 태워 데려가 달라고 부탁했죠. 그렇게 해서 저는 열차를 타고 그곳에서 벗어났어요. 그후 저는, 거짓말 하나 안 보태고, 우리나라와 다른 나라의 절반을 부랑자들과 함께 떠돌아다녔고 안 가본 곳이 없었죠. 어린 시절에 그런 슬픔을 당하고 난 뒤, 지금은 얼마나 자유롭고 행복한지 몰라요! 그러나 온갖 고생을 하고 죄를 짓기도 했어요. 물론 그 모든 일은 그 이후에 일어난 일이었지요. 그것은 다음 기회에 이야기할게요. 아무튼 그날 밤 철도관리인이 열차에서 내려 신호소로 들어가, 정부 재산을 압류하고, 마르푸샤 이모의 문제를 처리한 다음, 그녀의 생계 문제도 해결해 주었어요. 어떤 사람들 말로는, 그 후 이모가 미쳐서 정신병원에 있다가 죽었다고 했어요. 또 어떤 사람들은 이모가 회복되어 나왔다는 이야기도 했어요."

이야기를 듣고 난 고르돈과 두도로프는 말없이 오랫동안 수목 사이의 빈터를 거닐었다. 그 후, 트럭이 오더니, 공터 쪽으로 천천히 방향을 돌렸다. 상자들이 트럭 위로 하나둘 실리기 시작했다. 고르돈이 말했다.

"자네는 세탁부 타냐가 누군지 알겠나?"

"물론이야."

"예브그라프가 그녀를 돌봐 줄 거야." 그는 잠시 입을 다물었다가, 이렇게 덧붙였다. "역사에 그런 일이 여러 번 있었지. 이상적이고 고상한 것이 조잡하고 유물론적으로 변하는 경우 말일세. 그런 식으로 그리스가 로마에 굴복하고, 러시아 계몽운동이 러시아혁명으로 바뀌었지. 블로크가 '러시아의 무서운 시대의 아이들인 우리는'*이라고 썼지. 그 두 시대 사이는 아주 큰 차이가 있어. 블로크가 이렇게 말한 것은, 은유로나 수사학적인 것으로 이해해야지. 아이들은 그냥 아이들이 아니고, 아들들, 후손들, 인텔리겐치아라는 뜻이었어. 그리고 공포는 무서운 것이 아니라, 섭리와 계시를 뜻했지. 이것은 서로 다른 것이지. 그런데 지금은 모든 것이 글자 그대로의 뜻이 되어 버렸어. 아이들은 아이들이고, 공포는 무섭다는 것으로. 바로 여기에 차이가 있지."

# 5

오 년인지 십 년인지 세월이 지난, 어느 고요한 여름날 저녁에, 고르돈과 두도로프는 높은 창가에 나란히 앉아 열린 창문으로 끝없이 펼쳐진 어스름한 모스크바를 내려다보고 있었다. 그들은 유리의 노트를 묶어 예브그라프가 편찬한 선집을 읽는 중이었다. 벌써 몇 번이나 읽어서 거의 암기할 정도였다. 그들은 책을 읽고 서로 의견을 나누기도 하고 생각에 잠기기도 했다. 그들이 중간까지 읽었을 무렵, 날이 어두워져 글

* 1914년 7월 8일, 제1차 세계대전이 일어났을 때 쓴 알렉산드르 블로크의 장시.

씨를 읽을 수가 없게 되자, 램프를 켰다.

　작가의 고향이며 작가가 반생을 보낸 곳, 그리고 그가 수많은 사건을 경험했던 모스크바가 멀리 눈 아래 펼쳐져 있었고, 지금 그들에게 모스크바는 그 모든 사건들의 무대가 아니라, 그날 저녁, 그들이 손에 들고 끝까지 읽어 내려간 긴 이야기의 여주인공처럼 보였다.

　비록 전쟁 후에 승리와 함께 올 거라고 생각했던 광명과 해방은 찾아오지 않았지만, 그것과는 상관없이 전후의 대기 속에는 전후 시대의 유일한 역사적 함의였던 자유의 전조가 충만해 있었다.

　창가에 앉은 나이 든 친구들은 영혼의 자유를 얻은 것 같았고, 바로 그날 저녁, 저 아래 거리에 미래가 손에 잡힐 듯 펼쳐지고, 자신들이 직접 그 미래 속으로 들어가, 그 안에 있는 것처럼 느껴졌다. 두 사람은 성스러운 이 도시와 온 세상, 오늘 밤까지 살아남은 역사의 참여자들과 그들의 자손들의 생각에 잔잔하고 기꺼운 평온을 맛보았고, 저 멀리 주변까지 울려 퍼지는 소리 없는 행복의 음악에 감싸여 있었다. 그들의 손에 들려 있는 작은 책은 그 모든 것을 알고 있는 듯했고, 두 사람의 생각을 인정하고 확인해 주는 것 같았다.

제17장

유리 지바고의 시

# 1

## 햄릿

소음이 잦아들었다. 나는 무대로 나갔다.
문설주에 기대어,
내 생애에 무슨 일이 일어나는지,
먼 메아리에 귀를 기울인다.

한밤중 어둠이
수많은 쌍안경을 나에게 맞추고 있다.
아버지, 나의 아버지시여, 할 수 있다면
이 잔을 제게서 거두어 주소서.*

저는 당신의 강한 의지를 사랑하며,
기꺼이 이 역을 맡겠나이다.
그러나 지금은 다른 연극이 진행 중이오니,
이번에는 저를 면해 주소서.

---

* 마태복음 26:39. 겟세마네 동산에서 죽음을 앞둔 예수의 말.

그러나 막의 순서는 이미 짜여 있고,

그 길의 마지막은 피할 수 없다.*

나만 홀로 남겨지고, 모든 사람들은 바리새주의에 빠져 있

다.

인생은 초원을 걷는 것이 아니다.**

## 2

### 3월

태양은 땀이 나도록 이글거리고,

골짜기는 마음껏 소란을 피우고

젖 짜는 튼실한 아가씨들처럼

봄날 일손은 분주하다.


잔설은 파리한 정맥 같은 가지들 속에서

힘없이 빈혈을 앓는다.

그러나 외양간에선 생명처럼 김이 오르고

쇠스랑 이빨들은 힘차게 달아오른다.


* 골고다를 오르는 예수의 길이 암시되어 있다.

** 러시아 속담.

오, 이 밤들, 이 낮과 밤들!
한낮엔 눈 녹는 물방울 소리,
처마 밑 고드름 야위어 가고,
실개천들 잠을 깨어 재잘댄다!

마구간 외양간 모든 문들 활짝 열리고,
비둘기는 눈 속의 귀리 알을 쪼아대며
모든 것의 아버지이며 죄인인
거름더미는 신선한 향기를 풍긴다.

# 3

## 수난주간에

사방이 아직 어두운 밤,
아직 너무 이른 세상,
하늘엔 수많은 별들,
저마다 대낮처럼 빛나고,
만약 할 수만 있다면, 대지는
「시편」 읽는 소리에
부활절 내내 잠들 수 있으리라.

사방은 아직 어두운 밤.

광장이 영원처럼

사거리에서 골목까지 펼쳐 있고,

새벽이 오고 따뜻해질 때까지는,

아직 천 년*을 더 기다려야 할,

그토록 이른 세상.


아직은 온통 벌거벗은 대지,

밤이면, 무엇을 걸치고 나가,

성당의 종을 치고

성가대를 자유롭게 따라 부를까.


성聖목요일부터

성聖토요일까지

물은 강기슭을 할퀴고

소용돌이치며 흘러간다.


숲은 벌거벗어 알몸을 드러내고

수난주간에


---

* 천 년은 '악마이며 사탄인 용'이 천사에게 붙잡혀 결박당한 후에, 지옥에 떨어진 후, 그 위에 인봉을 당한 시간(요한계시록, 20)이기도 하고, '주님께는 하루가 천 년 같고 천 년이 하루 같습니다.'(베드로 후서 3:8)라는 표현에서도 나타나고 있다.

기도하는 사람들의 행렬처럼
소나무들 무리 지어 서 있다.

도시 속, 작은 터에서
집회에라도 나온 듯,
벌거벗은 나무들 서서,
교회 창살 안을 기웃거린다.

나무들의 시선은 두려움에 차 있다.
나무들의 불안은 알 만하다.
정원은 울타리를 벗어나고,
대지의 토대가 흔들린다.
나무들이 하나님을 매장하느라.

성문* 근처에 불빛이 보인다.
검은 면사포와 줄지어 선 촛불들이,
눈물로 얼룩진 얼굴들이
갑자기 십자가 행렬이
성의聖衣를 받들고 걸어 나온다.
정문 옆의 자작나무 두 그루

* 러시아정교회 성당에서 지성소(至聖所)와 분리된 성상(聖像)의 성장(聖裝) 중앙에 있는 양쪽 여닫이문.

옆으로 비켜선다.


행렬은 길을 따라

마당을 한 바퀴 돌고,

밖에서 문 안으로

봄을, 봄의 이야기를,

성찬 떡* 맛이 나는 공기를,

봄의 취기를 실어 온다.


성당 입구에 모여든 앉은뱅이들에게 은총을 베풀듯, 3월이

눈발을 뿌린다.

마치 누군가 걸어 나와,

법궤를 열고,

실오라기 하나까지 모두 나눠 주듯.


성가는 새벽까지 이어지고,

실컷 운

「시편」과 복음서 독경은

안에서 흘러나와

가로등 아래 공터까지 조용히 흘러간다.


* 성찬식의 떡은 두 겹의 빵을 겹쳐 놓은 형태로 위쪽에 십자가와 '예수그리스도 십자가에
  의해 승리하심.'이라는 글이 약자로 쓰여 있다.

그러나 한밤, 침묵에 잠긴 만물과 육신에,

이제 곧 날이 풀리고,

부활의 힘으로

죽음을 정복하리라는,

봄소식 들려온다.


# 4

## 백야


먼 옛날,

페테르부르크 하안지구*에 있었던 집이 떠오른다.

대초원지대의 소지주의 딸,

그대는 쿠르스크** 태생의 베스투제프 여자대학 학생이었지.


그대는 예뻤고, 숭배자들도 있었지.

그대와 나는 백야에

그대의 방 창가에서 앉아,


* 네바강의 섬 지역을 말한다.

** 러시아 중앙 흑토지대에 있는 러시아의 고도(古都)이며 세임강 상류에 위치해 있다. 성
(聖) 테오도시우스의 탄생지로 알려진 이곳은 1032년 이후, 키예프 러시아의 요새로 알
려져 있다. 1240년에 타타르에 공략된 후 1586년에 다시 요새가 건설되기까지 무인지대
였다.

마천루에서 아래를 내려다보았지.


가스 나비 같은 가로등,
첫 떨림으로 아침은 시작된다.
그대에게 가만히 들려주는 나의 이야기는
저 먼 곳의 꿈같았지.


우리는 그 내밀하고 유약한 믿음에,
사로잡혀 있었지.
가없는 네바강 저편
파노라마처럼 펼쳐진 페테르부르크처럼.


저 먼, 깊은 숲에서는
봄날의 백야에,
종달새들 우렁찬 송가로
온 숲을 가득 채운다.


미칠 듯 지저귀며 퍼지는
작고 가냘픈 새들의 소리는
매혹적인 덤불 속 깊은 곳에서.
환희와 소란을 불러일으킨다.

그곳에, 맨발의 여자 순례자처럼, 밤이
울타리를 따라 숨어들고,
몰래 엿들은 소문의 흔적이
창문 너머 밤을 따라 길게 뻗어 간다.

울타리가 쳐진 정원에는,
나직한 대화의 여운에 잠긴
사과나무 벚나무 가지들
하얀 꽃을 입고 있다.

환영처럼 하얀 나무들
수없이 많은 것을 목격한 그 백야에
작별 인사를 하듯,
무리 지어 길로 나온다,

## 5

### 봄의 진창길

석양의 불길이 스러졌다.
깊은 소나무숲 진창길로
우랄산맥 기슭의 먼 농장을 향해

말을 탄 남자가 터벅터벅 지나갔다.


말은 지쳐 헐떡이고,
철벅대는 말발굽 소리를 따라
깔때기 모양의 웅덩이에
메아리가 울린다.


말을 탄 남자가
고삐를 풀고 천천히 가고 있을 때,
봄의 격류*가
온갖 소란과 굉음을 내며 밀려든다.


누군가는 웃고, 누군가는 울고,
돌은 부싯돌**에 부딪쳐 깨지고,
뿌리째 뽑힌 나무 그루터기들은
소용돌이 속에 가라앉는다.


그리고 저녁노을이 타는 곳,
멀리 검은 나뭇가지에서,

---

* 겨울이 지나고 해빙기가 오는 봄에 얼음이 녹아 모든 것을 휩쓸고 지나가는 격류의 이미지를 통해 혁명의 격류를 비유하고 있다.

** 러시아혁명 후에 혼란했던 시절, 모든 생필품이 부족하여 성냥마저 구할 수 없었던 생활 환경을 빗댄 이미지이다.

깊은 곳에서 울리는 종소리처럼
나이팅게일이 서럽게 울어 댄다.


과부의 머릿수건 같은 버드나무 한 그루가
가지를 늘어뜨린 골짜기에,
그 옛날의 도적-나이팅게일\*처럼,
일곱 그루 떡갈나무 위에서 그가 휘파람을 불었다.


이 격정은
어떤 불행, 어떤 정열의 운명을 타고난 걸까?
굵은 총의 산탄처럼 누구를 향해 이 숲속에서
나이팅게일은 울부짖을까?


숲의 요정\*\*처럼, 금방이라도 그는
유형수의 은신처에서 나올 것 같았다.
말을 타든 걸어서든
이곳 파르티잔 전초대를 만나러.


---

\* 러시아 12세기 민담에 나오는 전설적인 영웅으로, 블라디미르의 궁정에 등장해 가신들
의 우두머리가 되었고, 전쟁에 나가서는 타타르인을 몰아내는 대활약을 한 인물이다.
그가 편력 중에 싸워 무찌른 대상이 도적-나이팅게일이다.
\*\* 러시아 민담 속에 나오는 숲의 요정은 그 모습이 서 있을 땐 나무 우듬지처럼 크고, 앉으
면 풀 속으로 사라져 버린다고 전해지는데, 보통 숲속을 지나가는 사람들을 홀려 길을
잃게 한다고 알려져 있다.

대지와 하늘, 숲과 들은
이 기이한 소리에,
광기와 고통, 행복과 고뇌 등
각자에 주어진 운명을 낚아 올렸다.

# 6

## 해명

언젠가 이유 없이 멈추었던
삶이 그렇게 다시 이유 없이 되돌아왔고,
그때, 그해 여름, 그날 그 시간에, 내가 있었던
바로 예전의 거리에 나는 서 있다.

똑같은 사람들, 똑같은 걱정거리들,
그리고 그때의 저녁노을의 불길은 아직 식지 않았다,
죽음의 밤이 서둘러 마네즈* 건물 벽에
못을 박던 그때처럼.

---

* 러시아어로 마네즈는 조마장(調馬場)이란 의미의 보통명사이지만, 이 시에서는 고유명
사로 시의 무대가 모스크바라는 것을 암시한다. 이곳은 1917년 10월 크렘린궁에 있던 사
관학교 생도부대의 최후 거점이 되었던 곳이며, 이 건물을 둘러싸고 혁명파와 치열한 시
가전이 벌어지기도 했다.

낡은 싸구려 옷을 걸친 여자들은
또 밤이면 그렇게 장화를 더럽힌다.
그리고 나중에는 양철 지붕 아래 다락방들이
그녀들을 십자가에 못 박는다.

아, 저기 한 여자가 지친 걸음으로
천천히 문지방을 나와
반지하방을 올라와
비스듬히 안마당을 가로질러 간다.

나는 또다시 변명을 준비한다.
그리고 또다시 모든 것은 마찬가지.
그리고 이웃집 여자는 뒤뜰을 지나,
우리들만 남겨 둔다.

울지 마라, 부어오른 입술을 앙다물지 마라,
입술을 오므리지 마라.
봄의 열기에,
말라붙은 딱지가 또 터질지 모르니.

내 가슴에서 손을 떼라,
우리는 전류가 흐르는 전선이다.

경계하라. 또다시 우리가
우연히 서로 결합할지 모르니.


세월이 흐르면. 그대는 결혼하고.
그 모든 혼란을 잊으리라.
여성이 된다는 것은―위대한 발걸음.
남자를 미치게 하는 것은―영웅적 행위.


나는 여성의 손과
등과 어깨와 목의 신비 앞에.
하인처럼
평생 경배하리라.


그러나 밤이 아무리 나를
그리움의 고리로 묶을지라도.
세상을 향한 애착이 강해
떠나려는 갈망으로 애태운다.

# 7

## 도시의 여름

나직한 속삭임,
서둘러 급히
목덜미 뒤로 한데 묶어
위로 올린 머리 타래.

헬멧을 쓴 여자가 무거운 챙 밑으로
주시하고 있다.
땋아 내린* 댕기머리를
뒤로 젖힌 채.

무더운 거리의 밤은
악천후를 예고하고,
행인들은 발을 질질 끌며
집으로 돌아간다.

갑자기 천둥이 치며,

* 옛날 러시아 아가씨들은 땋은 머리를 젊음과 자유의 상징으로 여겼다.

날카롭게 울려 퍼지고,
유리창의 커튼이
세찬 바람에 흔들린다.

정적이 찾아들어도,
여전히 대기는 후덥지근하고,
번개가 또다시
하늘을 구석구석 훑고 간다.

그러다가 반짝이며
불타오르는 아침이 새로이
간밤 폭우 끝의
도로 웅덩이를 말리는 동안.

아직 꽃이 달린
그윽한 향기의 늙은 보리수는
잠이 덜 깬 찡그린 얼굴로
주변을 둘러본다.

# 8

## 바람

나는 죽었지만, 너는 살아 있지.
그래서 바람은 울고 불며,
숲과 오두막을 흔드는 거야.
소나무 한 그루 한 그루가 아니라,
배 닿는 어느 포구의 거울 같은 수면 위에 뜬
돛단배의 선체처럼,
끝없이 멀리 펼쳐진
모든 나무를 흔드는 거야.
그것은 단순히 허세나
의미 없는 분노 때문이 아니라,
고뇌하며 너를 위해
자장가와 노랫말을 찾기 위함이다.

# 9

## 홉<sup>*</sup>

담쟁이덩굴 뒤덮인 버드나무 수풀 아래<sup>**</sup>
우리는 비를 피할 곳을 찾고 있었지.
우리 둘의 어깨는 비옷으로 덮여 있고
나는 두 팔로 그대를 감싸 안았지.

착각이었어, 이 수풀의 나무들은
담쟁이덩굴이 아니라, 홉의 덩굴로 엉켜 있어.
그러니 이 비옷을
바닥에 넓게 펴는 것이 좋겠어.

---

<sup>*</sup> 홉은 러시아어로 취기라는 의미로도 쓰인다. 담쟁이덩굴은 그리스어로 환락과 사랑을
상징하며, 술의 신 바쿠스에게 바치던 것이다. 또한 시인이 담쟁이덩굴로 엮은 관을 쓰
는 풍습이 있었던 것도 상징적인 의미를 갖고 있다. 그 외에도 그 열매는 신랑 신부가 교
회에서 결혼식을 올리고 돌아왔을 때, 하객들이 그들을 축복하면서 빵 부스러기와 같
이 길에 뿌려, 첫날밤과 미래의 행복한 삶을 기원할 때 쓰이기도 했다.

<sup>**</sup> '버드나무 아래'라는 표현은 '버드나무 숲에서 혼례를 치른다.'라는 관용구처럼, 슬라브
정교의 의식에 따라 교회에서 혼례를 치르지 않고 슬라브 민간 전통에 따라, 이교도적
으로 결혼을 하거나, 혹은 동거를 한다는 이미지와 관련되어 있다.

# 10

## 늦여름

구즈베리 잎사귀는 거칠고 뻣뻣하다.
집 안에선 웃음소리와 유리그릇 소리가 쨍그랑거리고,
도마질을 하고, 술을 삭히고, 후추를 뿌리고,
정향 열매는 식초에 담근다.

숲은 이 소음을, 농담을 던지듯,
화톳불에 탄 듯
햇빛에 그을린 개암나무 한 그루 서 있는
가파른 절벽에 던진다.

여기 골짜기 아래로 길이 나 있고,
여기 메마른 나무 그루터기들과
모든 것을 이 골짜기로 쓸어 모으는
가을은, 넝마 줍는 노파처럼, 처량하다.

어느 기발한 모사꾼이 제기한 것보다
우주는 단순하고,
수풀이 물속에 잠기듯,

만물은 모두 끝이 있으니.

그대 앞의 모든 것이 타버리고
가을의 하얀 그을음이
유리창에 거미줄을 칠 때,
그저 의미 없이 눈이나 깜박이고 있으니.

길은 마당의 허물어진 울타리를 지나
자작나무 숲으로 사라진다.
집 안의 웃음소리와 소란스러운 가사일,
그 소음과 웃음소리도 멀리 사라진다.

## 11

### 결혼 잔치

잔치에 온 손님들
아침에 마당을 가로질러
신부 집으로
손풍금을 울리며 건너왔다.

펠트 천을 덧댄

주인집 대문 너머
한 시부터 일곱 시까지
수다 소리 잠잠하다.

그러나 새벽녘, 졸음이 밀려드는
모두가 잠든 시간에,
다시 손풍금을 울리며
결혼 잔치에서 떠나간다.

손풍금 연주자가 다시
대형 손풍금으로 음악을 연주하면,
박수 소리, 반짝이는 목걸이,*
왁자지껄 야단법석 흥에 겹다.

또다시 이어지는 끝없는
민요 소리가
잔치 마당에서 잠든 침실 쪽으로
들려온다.

눈처럼 새하얀 한 처녀가

* 주로 유리구슬과 동전을 끈에 꿰어 만든 목걸이.

소란과 휘파람 소리와 북새통 속에서
리듬에 맞춰 엉덩이를 흔들며
암공작처럼 이리저리 움직인다.

머리를 흔들고
오른손을 휘저으며
길을 따라 움직이며 춤을 추는,
암공작, 암공작, 암공작.

갑자기 놀이마당의 격정과 소란이,
원무를 추는 발소리가,
지옥에 떨어진 듯, 물속에 잠긴 듯,
잠잠해졌다.

소란한 안마당이 잠에서 깨어났다.
일을 알리는 종소리가
이야기 소리와
커다란 웃음소리와 뒤섞였다.

끝없는 하늘 높이
회청색 회오리바람처럼,
한 떼의 비둘기가 둥지에서

날아올랐다.


마치 누군가 반쯤 잠이 깨어
결혼식 후에
만수무강을 빌며 비둘기들을 날려야 한다는 것을
불현듯 생각해 낸 것처럼.


삶이란 그저 찰나에 불과하고,
마치 선물을 주듯
다른 모든 사람들 속에 우리를
용해시키는 것일 뿐.


그저 열린 창문 아래서
벌어지는 결혼 잔치일 뿐,
그저 한 곡의 노래, 한순간의 꿈일 뿐,
그저 한 마리 회청색 비둘기일 뿐.


## 12

### 가을


가족들을 다 떠나보내고,

가까운 사람들 모두 흩어진 지 오래,

언제나처럼 내 마음도 자연도

온통 고독뿐.


그리고 여기 오두막엔 오직 당신과 나,

숲은 인적 없고 황량하다.

샛길과 오솔길은 노래 가사처럼,

절반이 잡초로 덮여 있네.


슬픈 오두막의 통나무 벽들만이

단둘이 남은 우리를 지켜보고 있네.

우리는 운명을 피하지 못하고,

우리는 그저 파멸해 가리.


우리는 한 시엔 자리에 앉고, 세 시면 일어나리라.

나는 책을 읽고 그대는 수를 놓고,

그러나 새벽이 오고,

언제 우리의 키스가 끝날지 알지 못하리.


더 풍성하고 더 분방하게

나뭇잎아, 휘날려라, 살랑거려라,

그렇게 어제의 쓰디쓴 잔에

오늘의 슬픔을 넘치게 하라.


매혹, 애착, 매력!
9월의 소음 속에 흩어지기로 합시다!
가을의 바스락거리는 소리에 그대의 모든 것이 묻히기를!
얼어붙든가 아니면 미쳐 버리기를!


비단 수술 잠옷을 입은
그대 내 팔에 안길 때,
수풀이 잎사귀를 떨구듯,
그대도 그렇게 옷을 벗으리.


삶이 병보다 고통스러울 때,
그대는—파멸의 발걸음에 내리는 축복이지만,
아름다움의 본질은—용기이며,
이것이 우리를 서로 끌어당긴다.


## 13


### 옛날이야기


옛날 옛적에,

가시나무 우거진 초원을 따라
동화 속 나라에
한 기사가 말을 타고 가고 있었다.

서둘러 그는 전쟁터로 나갔고,
초원의 먼지 속
저 멀리 컴컴한 숲이
앞에 나타났다.

문득 가슴속에
불길한 예감이 스쳤다.
늪을 피하고,
안장을 바짝 죄어라.

그러나 기사는 듣지 않고
전속력으로 질주해
숲속 언덕으로
말을 몰았다.

고분古墳을 돌아,
말라붙은 골짜기로 들어서서,
공터를 지나,

산을 넘었다.

그리고 협곡으로 들어서서
숲속 오솔길을 따라가다
산짐승 발자국과
옹달샘을 발견했다.

경고도 무시하고,
예감도 무시한 채,
개울물을 먹이려고
기슭에서 말을 끌어내렸다.

개울 옆에 동굴이 있고,
동굴 앞에 여울목이 있다.
유황불이 비추듯
입구가 환했다.

적자색 연기가 피어올라
눈앞을 가리고
아득한 비명 소리
솔숲에 가득했다.

놀란 기사는
비명 소리 나는 곳을 향해
계곡을 건너
곧장 말을 몰았다.

이윽고 기사는
용의 머리와
비늘 덮인 꼬리를 보자
창을 움켜쥐었다.

용은 입을 벌리고 불꽃같은
빛을 뿜어내며,
처녀의 몸을 세 겹으로
칭칭 감고 있었다.

거대한 뱀의 몸뚱이가
채찍 꼬리처럼,
목을 핥으며
그녀의 어깨를 붙잡고 있었다.

그 나라의 풍습은
아름다운 처녀를

숲속 괴물에게
제물로 바치는 것.

마을 사람들은
자기 오두막을 지키려고
해마다 이 뱀에게
제물을 바쳤다.

뱀은 이 제물을 받고
마음껏 괴롭히며,
팔을 휘감고
목을 조였다.

말을 탄 기사는 기도하듯
하늘 높이 우러러본 후,
싸우기 위해 창을
비스듬히 겨누었다.

굳게 닫힌 눈꺼풀.
저 높은 곳. 구름들.
많은 물. 개울들. 강들.
수많은 해와 세기.

투구를 떨어뜨린 기사는
싸움에 지쳐 쓰러졌다.
그러자 충실한 군마가
발굽으로 큰 뱀을 짓밟았다.

군마와 죽은 용이
나란히 모래 위에 쓰러졌다.
기사는 정신을 잃고,
처녀는 망연자실.

한낮의 창공은 빛나고,
푸른 하늘 은은했다.
이 처녀는 누구일까? 왕녀일까?
농부의 딸일까? 귀족의 딸일까?

행복에 겨워
눈물이 세 줄기 강물로 흐르고,
영혼은 꿈과 망각에
휩싸였다.

정신이 드는가 싶었지만,
출혈로

기진맥진해
맥박이 뛰지 않았다.


그러나 그들의 심장은 뛰고 있었다.
어느 땐 처녀가, 어느 땐 기사가
의식을 되찾으려 애쓰지만
깊은 잠 속에 빠져들었다.


굳게 닫힌 눈꺼풀.
저 높은 곳. 구름들.
많은 물. 개울들. 강들.
수많은 해와 세기.


## 14

### 8월


약속대로, 어김없이,
이른 아침 태양이
방 안 커튼에서 소파로 비스듬히
샛노란 줄무늬 모양으로 새어 든다.

태양은 근처의 숲을, 마을의 집들을,

나의 침대를, 축축한 베개를,

그리고 책장 너머 벽 모서리를,

뜨거운 황토색으로 물들인다.


베개는 왜 살짝 젖었는지

기억을 더듬어 본다.

나는 하나둘 그대들이 나를 배웅하러

따라오는 꿈을 꾸었었지.


그대들은 무리 지어, 혼자, 아니면 무리 지어 걸어가다,

갑자기 오늘이 구력으로 8월 6일

현성용 축일*이라는 것을

누군가 기억해 냈다.


보통 이날은 타보르산**에서

불꽃 없는 빛이 나오고,

표지처럼 선명한 가을이

---

* 8월 19일은 러시아 구력으로 8월 6일로 현성용(顯聖容) 축일이다. 마태복음 17:1~2, 누가복음 9:28~29에서 예수가 베드로, 야고보, 요한과 더불어 산에 올라가 자신의 천상의 형용을 드러냈다고 전해지는 것을 기념하는 축일이다.

** 이스라엘 북부에 있는 산으로 거룩한 산으로 불리기도 하며, 그리스도 변용의 산으로 알려져 있다. 마태복음 17장에는 산의 이름 대신 높은 산으로만 나와 있다.

모든 시선을 끌어모은다.

그대들은 헐벗은 채, 떨고 있는
듬성듬성한 작은 오리나무 숲을 지나,
판에 찍힌 당밀과자*처럼 타버린
묘지가 있는 붉은 생강 숲으로 들어갔다.

고요한 숲속 나무 우듬지들이
장엄하게 하늘에 맞닿아 있고
닭 울음소리
멀리 길게 울려 퍼진다.

숲속에서는 죽음이 정부의 측량 기사처럼,
묘지 한가운데 서서,
내 키에 맞는 구덩이를 파려는 듯,
죽어 가는 나의 얼굴을 쳐다보고 있다.

곁에서 또렷하게 들리는
누군가의 나직한 목소리가 들려왔다.
그것은 이전의 나의 예언의 목소리.

* 러시아 전통 쿠키로 동물 모양의 틀에 찍어 내어 구운 과자이다.

육체의 부패로도 막을 수 없는 목소리가 울리고 있다.

"안녕, 현성용 축일의 푸른 하늘이여,
그리고 두 번째 구세주 축일의 황금빛이여,
부드러운 여자의 마지막 애무로,
비운의 세월의 나의 슬픔을 위로해 주오.

안녕, 불우했던 세월이여.
이제 작별합시다, 굴욕의 심연에
도전한 여인이여!
나는 그대의 싸움터였소.

안녕, 활짝 펼친 날갯짓이여,
불굴의 비상의 욕망이여,
언어로 표현된 세계의 형상이여,
그리고 창작이여, 그리고 기적의 작업이여."

## 15

### 겨울밤

온 대지 위로 눈보라, 눈보라가

사방으로 휘몰아치고 있었다.
탁자 위에는 촛불이 타고 있었다.
촛불이 타고 있었다.

여름이면 날벌레들 떼를 지어
불을 향해 날아들듯,
거리의 눈송이들
창문으로 날아들었다.

눈보라는 유리창 위에
동그라미와 화살표를 그려 냈다.
탁자 위에는 촛불이 타고 있었다.
촛불이 타고 있었다.

촛불이 어른대는 천장에
겹쳐진 팔들과 겹쳐진 다리들, 그리고
교차되는 운명의 그림자들이
드리워져 있었다.

그리고 장화 두 쌍이
툭 하고 마루 위로 떨어졌다.
침실 촛대에서 밀랍이

눈물처럼 옷 위로 떨어져 내렸다.

그리고 모든 것이 눈보라 속으로
희고 잿빛을 띠는 어스름 속으로 사라졌다.
탁자 위에 촛불이 타고 있었다.
촛불이 타고 있었다.

문틈으로 새어 든 바람은 촛불을 향해 불고,
유혹의 열기는
천사처럼, 두 날개를 십자 모양으로
들어 올린다.

2월 내내 눈보라가 흩날리고,
또 그렇게
탁자 위에 촛불이 타고 있었다.
촛불이 타고 있었다.

## 16

### 이별

문지방에 기대선 한 남자가

낯선 듯 자기 집을 쳐다보고 있었다.
그녀는 도망치듯 떠났고,
혼란스러운 흔적들만이 곳곳에 남아 있다.

방은 온통 어지럽혀져 있지만,
그는 눈물과 두통 발작으로
그곳이 얼마나 엉망인지도
알아보지 못한다.

아침부터 귓가에 소리가 들려온다.
생시인가, 꿈인가?
왜 그토록 그의 마음속에
바다의 추억이 떠오르는 걸까?

유리창에 낀 성에로
신의 세상이 보이지 않을 때,
절망적인 슬픔은
바다의 황량함을 닮았다.

그녀의 모든 모습이
그에게는 소중했다.
해안선이 파도의 선을 따라

바다에 가까워지듯.

폭풍이 지난 후,
파도가 갈대를 집어삼키듯,
그의 영혼 깊은 곳에
그녀의 얼굴과 모습이 스며들었다.

시련의 세월 속에,
견딜 수 없는 일상의 나날들 속에
그녀는 운명의 파도가 되어 밑바닥에서
그에게 밀려왔다.

셀 수 없는 장애물 사이로,
위험을 피해,
파도는 그녀를 싣고 실어 와
그의 곁으로 바짝 밀어 올렸다.

그러나 지금 그녀는 떠났다.
강제로 떠밀려 간 것이다.
이별이 두 사람을 집어삼키고,
슬픔은 뼛속까지 스며들었다.

제17장 유리 지바고의 시

남자는 주위를 빙 둘러 보았다.
그녀는 떠나면서
옷장 속의 물건들을
뒤죽박죽 헝클어 놓았다.

그는 서성이다, 어두워질 때까지
옷장 안에 뒤엉킨 옷들과
구겨진 종이 옷본을
정리해 서랍에 넣었다.

그러다 바늘이 꽂힌
바느질감에 손이 찔리자,
갑자기 그녀의 모습을 떠올리며
조용히 눈물을 흘렸다.


## 17

### 만남


눈은 길을 뒤덮고,
경사진 지붕에 쌓인다.
나는 성큼성큼 걸어 나갔다.

그대는 문 옆에 서 있다.

가을 외투를 입고, 홀로
모자도, 털장화도 신지 않고,
그대는 몹시 흥분해,
축축한 눈雪을 씹고 있다.

나무와 울타리들
아득하게 어둠 속으로 사라진다.
내리는 눈 속에 그대 홀로
구석에 서 있다.

그대의 스카프에서는
녹은 눈이 소매와 옷깃 속으로 흘러내리고,
그대의 머리 위에도
영롱한 이슬방울이 반짝인다.

황금빛 머리카락으로 인해
그대의 얼굴과 스카프, 그대의 모습이
그리고 초라한 외투가
환하게 빛난다.

속눈썹 위에 촉촉하게 맺힌 눈송이가
그대의 눈 속에 어리는 우수와
모든 그대의 자태가
한데 어우러져 조화를 이룬다.

마치 안티몬 액 속에
철을 담근 듯
그대는 내 가슴에
새겨져 있다.

온화한 그대의 온전한 형상이
내 가슴속에 영원히 새겨져 있으니,
세상이 아무리 혹독한들,
그게 무슨 소용이랴.

그리하여 이 밤의 모든 것이
눈 속에 잠기며 더 깊어가고,
우리 사이에
경계선은 사라지리라.

그러나 이 모든 세월 다 지나고,
우리가 세상에서 사라지고,

소문만이 떠돌 때,

우리는 누구이고, 어디에서 왔을까?


## 18

### 성탄의 별


겨울이었다.

광야에서 바람이 불어왔다.

비탈진 동산 위

동굴 속의 갓난아기는 추위에 떨고 있었다.


황소가 입김으로 아이를 따뜻하게 해주었다.

가축들

동굴 속에 서 있고,

구유 위로는 따스한 김이 피어올랐다.


침상의 지푸라기와 수수 낟알을

방한 외투에서 털어 내며,

목자들이 한밤중, 벼랑 위에서

졸린 눈으로 먼 곳을 바라보았다.

멀리 눈 속에 파묻힌 들판과 교회 묘지를,
울타리와 묘비들을,
눈더미에 덮인 수레의 끌채와
묘지 위의 별빛 가득한 하늘을.

그 옆에 미지의 별 하나
초소의 영창에 비치는
작은 램프보다 수줍게,
베들레헴으로 가는 길 위에서 반짝이고 있었다.

별은 천상의 하나님으로부터 떨어져
볏가리처럼, 일부러 피워 올린 불길처럼,
마을을 휩쓴 화염처럼,
탈곡장의 불처럼, 타올랐다,

별은 불타는 짚과 건초더미처럼
활활 타올랐다,
새로 나타난 별에 놀란
우주의 한가운데서.

별 위로 노을이 점점 붉어지며
무언가의 서막을 알리니,

세 명의 점성가는
알 수 없는 불길에 끌려 길을 재촉했다.

그 뒤로 선물을 실은 낙타가 뒤따랐다.
마구를 채운 크고 작은 나귀들이
언덕을 아장아장 내려왔다.

먼 훗날 일어날 모든 일들이
멀리서 닥쳐올 미래의 기이한 환영으로 나타났다.
수 세기의 모든 사상이, 모든 희망이, 그리고 모든 세계가,
모든 미술관, 모든 박물관의 미래가,
모든 요정들의 장난과 마법사들의 모든 작업들이,
모든 세상의 크리스마스트리가, 모든 아이들의 꿈들이.

타오르는 촛불의 모든 떨림과 모든 사슬들이,
모든 화려한 금사金砂들의 광채가…….
……광야에서 불어오는 사납고 세찬 모든 바람이……
……모든 사과들이, 모든 황금구슬의 유리알들이.

늪의 한쪽은 오리나무 우듬지에 가려져 있지만,
여기, 까마귀 둥지와 나무 우듬지 사이로,
일부분은 선명하게 보였다.

물방아 둑을 따라 당나귀와 낙타들이 걸어가는 것을
목자들은 또렷하게 보았다.
—모두 함께 가서, 기적에 경배를 올리세.
양가죽 외투를 두르며 그들이 말했다.

눈길을 걸으니 몸이 달아올랐다.
환한 눈밭을 따라 운모판처럼
맨발 자국이 동굴 앞으로 나 있었다.
별빛 아래 목자의 개들이
촛불을 향해 짖어 대듯, 발자국을 보고 으르렁거렸다.

옛날이야기에나 나올 법한 아주 추운 밤,
누군가가 눈 쌓인 두둑 사이에 몸을 감추며
그들의 행렬을 따랐다.
개들은 공포에 질려 주위를 두리번거리며 터벅터벅 걷다가,
목자들에게 달라붙어, 무슨 일이 일어나는지를 기다렸다.

바로 이 길을 따라, 바로 이 마을을 지나,
몇몇 천사들이 무리와 함께 걷고 있었다.
형체 없는 천사들의 모습은 보이지 않았지만,
발걸음은 자국을 남겼다.

바위 근처에 사람들이 떼 지어 모여 있었다.

날이 밝았다. 삼나무 줄기가 드러났다.

"당신들은 누구시죠?" 마리아가 물었다.

"우리는 목자들이며, 하늘의 사도입니다.

두 분을 찬양하러 왔습니다."

"모두 한꺼번에 들어올 수 없습니다. 입구에서 기다리세요."


동트기 전, 잿빛 같은 회색 어스름 가운데

소몰이꾼들과 목동들이 추위를 쫓느라 발을 구르고,

걸어온 사람들과 말 타고 온 사람들이 다투고,

움푹 팬 통나무 구유 옆에서

낙타들은 울부짖고, 당나귀는 발길질을 했다.


날이 밝았다. 새벽이 마지막 별들을 잿가루처럼,

창공에서 쓸어내렸다.

그리고 마리아는 수많은 무리 가운데

오직 동방박사들만 바위틈으로 들어오게 했다.


움푹 팬 나무 공동 속의 한 줄기 달빛처럼,

온몸에 빛을 발하며, 그는 참나무 구유에서 자고 있었다.

당나귀의 입술과 황소의 입김이

양가죽 외투처럼, 그의 몸을 감싸 주었다.

동방박사들은 외양간의 어스름 속 같은
그늘에 서서, 조심스레 귓속말로 속삭였다.
갑자기 더 깊은 어둠 속의 누군가가
손으로 박사 한 명을 구유에서 왼쪽으로 밀어냈다.
그가 살짝 뒤돌아보니, 성탄의 별이 손님처럼
문지방에서 성처녀를 응시하고 있었다.

## 19

### 새벽

그대는 내 운명의 모든 것을 의미했다.
그 후, 전쟁이 일어나 이별이 찾아왔다.
그리고 아주 오랫동안 그대에 대한
아무 소식도, 흔적도 알지 못했다.

길고 긴 세월이 지나고 또 지난 후,
다시 그대의 목소리가 내 마음을 뒤흔들었다.
나는 밤새도록 당신이 남긴 글을 읽고
갑자기 의식을 찾은 듯, 정신이 되살아났다.

나는 사람들 속으로, 무리 속으로,

그들의 아침의 활기 속으로 들어가고 싶다.
나는 모든 것을 산산이 부수고
모두를 무릎 꿇게 할 준비가 되어 있다.


마치 처음
눈 덮인 거리로
폐허가 된 거리로 나선 것처럼,
단숨에 층계를 달려 내려간다.


여기저기서 사람들이 깨어난다. 불빛들, 안락함,
차를 마시고, 서둘러 전차를 탄다.
잠시 뒤,
도시의 모습은 몰라보게 변한다.


문간마다 눈보라는 끝없이 내리는
눈송이로 그물을 엮고,
모두들 늦지 않으려고
차도 식사도 미처 끝내지 못하고 달린다.


나는 그들의 살갗 속에 들어간 듯,
그들과 모든 이들을 대신해 느끼며,
눈이 녹듯, 나도 녹아내리고,

아침처럼, 나도 눈살을 찌푸린다.


나와 함께하는 이름 모를 사람들,

나무들, 아이들, 그리고 안방샌님들.

나는 그들 모두에게 정복당했으니,

나의 승리는 오직 거기에 있다.


## 20


### 기적*


그는 이미 슬픈 예감에 괴로워하며,

베다니에서 예루살렘을 향해 걷고 있었다.


벼랑 위의 가시떨기나무 햇볕에 시들고,

근처 오두막은 연기도 나지 않고,

대기는 뜨겁고, 갈대숲은 조용하며,

사해死海는 미동도 없이 평온하다.


그는 바다 같은 비애를 느끼며,

* 이 시는 마태복음 21:18~22과 마가복음 11:12~23에 나오는 열매 맺지 못하는 무화과나무의 일화에 기반을 두고 있다.

작은 구름떼와 함께
제자들이 모인 도시의
어느 여인숙을 향해, 먼지 이는 길을 가고 있었다.


그렇게 들판도 쑥들도 우울한 냄새를 풍길 만큼
그는 깊은 생각에 잠겨 있었다.
모든 것은 고요했다. 그 가운데 그가 홀로 서 있고,
그 지역은 망각 속에 반듯이 누워 있었다.
더위와 광야, 도마뱀과 우물, 그리고 개울이
모두 뒤죽박죽 섞여 있었다.


멀지 않은 곳에 무화과 한 그루 우뚝 서 있는데,
열매 없이 가지와 잎사귀들뿐.
그가 나무에게 물었다. "너는 왜 있느냐?
망부석 같은 네가 나에게 무슨 기쁨을 주겠느냐?


목마르고 굶주린 나에게, 너는—무익한 나무,
너를 보니, 쓸데없는 돌덩이보다 못하구나.
오, 너는 얼마나 불운하고 무능한가!
이제부터 영원토록 그렇게 남으라."


피뢰침을 따르는 번갯불처럼,

나무의 몸통으로 질책의 전율이 스치니,
무화과나무는 재가 되고 말았다.


그 순간 잎사귀와 가지, 뿌리와 줄기에
잠깐의 자유라도 있었다면,
자연의 법칙이 개입할 수 있었으리라.
그러나 기적은 기적, 그리고 그 기적은 하나님.
우리가 당황하는 순간, 혼란에 빠진 순간,
갑자기 기적이 일어났다.


## 21

### 대지


봄이 활기차게
모스크바 저택들 안으로 달려든다.
나방이 옷장 뒤에서 팔랑 날아올라,
여름 모자 위를 스멀스멀 기어 다니고,
모피 외투는 트렁크 속으로 숨는다.


목조 중이층을 따라
꽃무와 자라난화 화분들이

자리를 잡고,
방마다 편안한 분위기가 감돌며,
다락방들은 먼지 냄새를 풍긴다.


거리는 반쯤 열린 창으로
반가운 인사들이 부산하게 오가고,
강가에선 백야와 석양이
서로 비켜 간다.


복도에서도 들린다,
드넓은 야외에서 일어나는 일들을,
낙숫물과 우연히 만난 4월이
들려주는 이야기를.


4월은 사람들의 수많은
슬픈 사연을 듣고
석양은 울타리를 따라 식어 가며,
가는 길을 머뭇거린다.


그리고 불길과 공포의 바로 그 결합이
야외와 안락한 집 안에 있고,
곳곳의 공기도 원래의 공기가 아니다.

버드나무의 투명한 잔가지도,
부풀어 오른 바로 그 하얀 싹도,
창문가와 사거리와
거리와 일터에 있는.


왜 안개에 싸인 저 먼 곳은 울고,
왜 거름은 독한 냄새를 풍기나?
저 넓은 땅이 지루하지 않게,
도시의 경계 너머
대지가 홀로 울지 않게 하는 것,
그것이 나의 천직이 아닐까?


그것을 위해 이른 봄
나는 친구들과 함께 모였으니,
우리 매일의 저녁이—작별이 되고,
우리 매일의 잔치가—유서가 되어,
내밀한 고뇌의 흐름으로
존재의 차가움에 온기가 될 수 있기를.

# 22

## 불운한 날들

최후의 주간,
그가 예루살렘에 들어가자,
그를 맞는 호산나 소리 장엄하게 울리고,
사람들은 종려나무 가지를 들고 뒤를 따랐다.


그러나 나날이 험해지고 가혹해져,
사랑이 사람의 마음을 울리지 못하고,
경멸의 눈초리뿐이었으니,
이것이 바로 종언이며 종말이다.


집집마다 하늘이 납처럼
무겁게 내려앉았다.
바리새인들은 그 앞에서, 여우처럼 아첨을 하면서도,
그를 해할 증거를 찾고 있었다.


그리하여 신전의 검은 세력은
그를 악인들의 재판에 넘기고,
예전에 그를 찬미하던 열정으로,

이제 그를 저주한다.


이웃 마을 무리들이
대문 너머로 엿보며,
결말을 기다리며 떠밀고
이리저리 밀쳐 대고 있었다.


이웃들 사이로 귓속말이 퍼지더니,
사방에서 소문이 들려왔다.
그리고 이집트로의 도주와 유년 시절은
이미 꿈처럼 느껴졌다.


광야의 거대한 언덕이,
그 절벽에서,
세상의 모든 왕국을 주겠다며,
유혹하던 사탄이 떠올랐다.


그리고 가나에서의 결혼 잔치가,
그리고 식탁 위의 놀라운 기적이,
그리고 마른 땅을 밟듯 안개 속에서
배를 향해 걸어가던 그 바다가.

그리고 오두막의 가난한 사람들이

그리고 지하실로 촛불을 들고 내려가던 것이,

죽은 자가 벌떡 일어났을 때,

촛불이 깜짝 놀라 꺼지던 그곳이.


## 23

### 막달라 마리아* 1


밤이 되면, 나의 악마는 어느새 나타난다.

나는 과거의 죗값을 치러야 한다.

사내들의 욕망의 노예였고,

광기 어린 백치였고,

거리가 나의 은신처였던,

그때의 방탕한 기억들이 밀려들어,

내 심장을 좀먹는다.


무덤 같은 침묵이 닥쳐올 순간이

---

* 이 시는 요한복음 12:3~4, 마태복음 26:7~8, 누가복음 8:2에 나오는 막달라 마리아의 형상을 기반으로 하고 있다. 누가복음에 "악귀를 쫓아내심과 병 고침을 받은 여자들, 곧 일곱 귀신이 나간 자" 막달라인이라는 마리아는 러시아정교회에서 성주간의 가운데 날인 성수요일에 기념하는 성인으로, 마리아는 아주 비싼 향유를 예수의 발에 붓고 자기 머리털로 그의 발을 씻겨 준 여자이다.

얼마 남지 않았다.

그러니 그때가 오기 전에,

나는 당신 앞에

최후를 맞은 나의 생을,

설화석고상처럼 산산이 부수리라.


오, 나의 스승, 나의 구세주여,

이제 나는 어디로 가야 하나요?

내 생업의 그물에 걸려든

새로운 손님처럼,

밤마다 탁자 옆에서

영겁이 날 기다려 주지 않는다면.


죄와 죽음의 지옥, 그리고 유황불이,

무엇을 의미하는지 설명해 주소서.

접붙인 싹이 나무와 한 몸이 되듯,

모든 사람들 앞에서,

한없이 애통해하며,

당신 안에서 하나가 될 때,


주여, 저의 두 무릎 위에

당신의 두 발을 올려놓았을 때,

십자가의 사각기둥을

안는 법을 배웠고,

당신의 무덤을 준비하며,

정신없이, 당신의 육신을 향해 달려들었나이다.


## 24


## 막달라 마리아 2


사람들은 추수감사절 준비가 한창입니다.

이런 소란을 비껴나

조그만 작은 병의 몰약을 부어

당신의 순결한 두 발을 씻고 있습니다.


손을 더듬어도 당신의 샌들을 찾을 수가 없습니다.

눈물이 앞을 가려 아무것도 볼 수 없습니다.

풀린 머리 타래가

면사포처럼 눈앞에 흘러내립니다.


주여, 당신의 두 발을 치마폭에 감싸 안고,

눈물을 흘리며,

목에서 목걸이를 풀어 당신의 두 발에 감고,

부르누스*에 두 발을 묻듯, 머리카락 속에 묻나이다.


저는 당신이 멈춰 놓은 듯한,

미래를 자세하게 들여다봅니다.

저는 지금 시빌라**의 미래를 보는 예지로

앞날을 예언합니다.


내일 성전의 휘장이 찢어질 것입니다.

우리가 한쪽에 둥글게 모여 앉으면,

나에게 보내는 연민처럼,

대지가 발아래서 흔들릴 것입니다.***


호위대가 정렬하고,

말 탄 병정이 출발할 것입니다.

폭풍 속의 회오리바람이 머리 위로 솟구치듯,

이 십자가도 하늘로 솟구쳐 오를 것입니다.


저는 십자가에 못 박힌 당신의 발에 몸을 던지고,


---

\* 모자가 달린 아랍인 외투.

\*\* 시빌라는 고대의 유명한 무녀(예언자)를 가리키며, 고대 그리스와 로마의 무녀들의 예언을 모아 놓은 『시빌라의 서』에는 유일신 예수그리스도의 탄생의 예언도 등장한다.

\*\*\* 예수가 죽음에 이르러, "성소 휘장이 위로부터 아래까지 찢어져 둘이 되고, 땅이 진동하며, 바위가 터지고……"라는 마태복음 27:51의 모티브를 차용하고 있다.

입술을 깨물고 까무러칠 것입니다.

당신이 십자가 양편에 두 팔을 벌린 것은,

수많은 사람을 포옹하기 위해서입니다.


이렇게 넓은 세상과

이렇게 큰 고통과 이렇게 큰 권력은,

세상에 이토록 많은 인간들과 삶은,

저토록 많은 마을과 강과 숲은 누구를 위한 것입니까?


그렇게 사흘이 지나고,

그렇게 공허 속으로 밀려가리니,

그 무서운 시간 동안

저는 부활을 위해 성장할 것입니다.


## 25


## 겟세마네 동산*


멀리서 반짝이는 별빛이

길모퉁이를 무심하게 비춘다.


* 「겟세마네 기도」, 혹은 「감람산에서의 기도」라는 에피소드가 나오는 마태복음
26:36~46, 마가복음 14:32~42, 누가복음 22:39~46에 기반하여 쓴 시.

길은 감람산 옆으로 나 있고,
그 아래 케드론강이 흐르고 있다.

산 중턱에서 돌연 초원이 끝나고,
그 너머로 은하수 길이 시작되고 있다.
은회색 감람나무들 허공을 따라
저 멀리 대기 속으로 뻗어 나가리라.

그 풀밭 끝에 누군가의 동산인, 작은 땅이 있다.
제자들을 돌담 뒤에 남겨 두고,
그가 말했다. "내 마음이 매우 고민하여 죽게 되었으니,
너희는 여기 머물러 깨어 있으라."*

그는 전능하심과 기적을 행하는 힘을
잠시 빌린 것처럼,
순순히 포기하고,
이제 우리와 같이 죽을 수밖에 없는 존재가 되었다.

저 멀리 밤은 이제
소멸과 허무의 길로 보인다.

* 마가복음 14:34.

광대한 우주는 불모지였고,
오직 이 동산만이 유일한 생명의 장소였다.


그리하여, 그는 이 암흑의 심연을,
시작도 끝도 없는 텅 빈 심연을 응시하며,
이 죽음의 잔을 피하게 해달라고,
피눈물을 흘리며, 아버지께 기도했다.


그는 죽음의 번민을 기도로 달래고,
울타리 너머로 나갔다.
제자들은 졸음을 이기지 못해
길가 잡초밭 여기저기에 드러누워 있었다.


그는 그들을 깨웠다. "하나님은 너희들을
나와 함께 살게 하셨으나, 이제는 자고 쉬라,
보라, 때가 가까이 왔으니
인자가 죄인의 손에 팔리리라."*


말을 마치자마자, 어디서 왔는지 알 수 없는
노예의 무리와 부랑자들 집단이


* 마태복음 26:45.

햇불과 칼을 들고 있고, 그들의 맨 앞엔
배신의 입을 맞출 유다가 있다.

베드로는 칼로 악한들을 반격하여
그중 한 사람의 귀를 잘랐다.
그러나 소리가 들렸다. "네 칼을 도로 칼집에 꽂으라.
칼을 가진 자는 다 칼로 망하느니라."*

"어찌 내 아버지께서 나를 위해 여기에
수많은 천사의 무리를 보내지 아니하겠느냐?
그때는 내 머리카락 한 올도 건드리지 못하고,
흔적도 없이 원수들이 흩어지리라."**

"그러나 생명의 책은
가장 귀한 신성한 장에 이르렀으니.
이제 그곳에 쓰인 대로 실현되고,
그것이 이루어지게 하라. 아멘."***

"보라, 수 세기의 노정은 잠언과 같고

* 마태복음 26:52.
** 마태복음 26:53 참조.
*** 마태복음 26:54 참조.

그 노정 속에서 불타오를 수도 있도다.
잠언의 그 가공할 위엄의 이름으로 나는
스스로 고통을 받아들이고 무덤 속에 들리라."


"나는 무덤에 들어간 지 사흘 만에 살아나리라.
그리하여 강을 따라 뗏목이 흘러가듯,
카라반의 짐배처럼, 수많은 세기가
어둠에서 심판을 받으러 나에게 오리라."


〈끝〉

# 작가 연보

## 보리스 레오니도비치 파스테르나크
Бори́с Леони́дович Пастерна́к, 1890. 2. 10~1960. 5. 30

1890. 러시아의 유명 화가이자 미술대학 교수였던 부친 레오니드 파스테르
나크(1862~1945)와 재능 있는 피아니스트였던 모친 로잘리야 파스테
르나크(1868~1939) 사이에서 2월 10일 출생.

1894. 작가 톨스토이와 그의 딸이 파스테르나크의 집을 방문.

1898~1899. 파스테르나크의 부친이 톨스토이의 소설 『부활』의 삽화를 그림.

1901. 김나지야 2학년에 입학.

1903. 작곡가 스크랴빈 가족과 교류하며 음악에 심취, 음악 공부를 시작함.

1905~1906. 1차 러시아혁명 발발. 가족들과 베를린 여행.

1906. 부친이 학술원 회원이 됨.

1908. 모스크바대학 법학부 입학.

1909. 시와 산문을 습작. 음악보다는 철학을 공부하라는 스크랴빈의 조언에
따라 철학과로 전과.

1910. 「상징주의와 불멸성」 발표.

1911. 미래주의 문학 그룹 '원심분리기'에 참여.

1912. 독일 마르부르크 대학에서 여름학기 동안 신칸트학파 창시자인 헤르만
코헨과 니콜라이 하르트만의 지도를 받음. 이다 비소츠카야(1890~
1979)와의 결별의 충격으로 철학을 포기, 맹렬하게 시 창작에 몰두. 이탈
리아를 여행한 뒤, 가을에 러시아로 돌아옴.

1913. 여러 작가들의 시 문집 『서정시』에 처음으로 시 발표, 대학 졸업.

1914. 제1차 세계대전 발발. 모스크바의 독일인 상인의 집에서 가정교사로 일함. 상징주의 대표 시인이었던 알렉산드르 블로크, 상징주의 이론가이자 시인이었던 뱌체슬라프 이바노프와 교우, 상징주의 영향이 엿보이는 첫 시집『구름 속의 쌍둥이』출간. 미래주의 시인들과도 교우, 미래주의 리더 마야콥스키를 처음 만나 열렬히 숭배하게 됨. '원심분리기' 그룹의 문집『루코녹』에 시와 소논문 발표. 군에 지원, 어린 시절의 다리 부상으로 징집 대상에서 면제됨.

1915. 미래주의자들과 결별, 우랄의 화학공장에서 일하기 위해 우랄로 감.

1917. 이월혁명이 일어나고 임시정부 수립됨. 혁명 소식을 접한 뒤 모스크바로 돌아옴. 시월혁명 이후 레닌과 볼셰비키가 집권하게 되면서 사회주의 체제 시작. 시집『장벽을 넘어서』출간.

1918. 러시아 내전 발발. 시집『삶은 나의 누이』, 중편「류베르스의 어린 시절」집필.

1921. 내전 종식 후, 부모님이 베를린으로 망명함.

1922. 화가 예브게니야 루리에(1898~1965)와 결혼. 20세기 러시아 여성 시인 마리나 츠베타예바(프라하에 거주)와 서신 교환 시작(1936년까지 지속), 26년에 릴케와 세 사람의 서신 교환도 이루어짐. 그들의 서신 교환은 문학계에서 가장 아름다운 서신 교환으로 평가 받음. 아내와 베를린 방문. 1917년부터 단편적으로 발표한 시를 모은『삶은 나의 누이』가 동료 시인들의 극찬을 받음.

1923. 베를린에서 시집『주제와 변주』출간. 첫아들 예브게니 탄생.

1924. 레닌이 사망하고 스탈린이 집권. 혁명에 대한 서사「고상한 질병」을 <레프>에 발표.

1925. 중편「류베르스의 어린 시절」발표.

1927. 그룹 <레프>와 멀어짐.

1928. 서사시집『시미트 중위』,『1905년』출간.

1930. 마야콥스키의 자살로 큰 충격을 받음. 이 사건을 자신의 문학적 죽음으로 인식. 겐리히 네이가우스(1888~1964) 가족 등과 키예프에서 여름을 보냄. 겐리히의 아내 지나이다를 사랑하게 되어 아내와 불화.

1931. 두 번째 아내 지나이다와 그루지야 여행, 그곳의 시인들인 티치안 타비드제, 파올로 야시빌리와 교우. 훗날 이들의 시를 러시아어로 번역. 1928년부터 작업해 오던 자신의 전기적 기록『안전 통행증』출간.

1932. 마야콥스키의 자살로 문학적 침체기를 겪은 후, 지나이다로 인한 새로운 사랑과 새로운 창작적 탄생을 묘사한 『제2의 탄생』 출간, 서사시 『스펙토르스키』 출간.

1933. 작가들과 함께 다시 그루지야 여행.

1934. 아크메이스트 시인 만델쉬탐이 체포되자, 스탈린과 통화해 구명 운동. 제1차 소련 작가대회에서 연설. 부하린에게 바친 헌시와 함께 『제2의 탄생』 재출간. 이 일로 파리에 있던 츠베타예바와 심한 불화를 겪음. 그루지야 시인 바자 프사벨라의 『뱀잡이 새』 번역 출간.

1935. 『그루지야 서정시인들』 번역 출간. 이삭 바벨과 함께 파리에서 열린 반파시스트 국제작가대회에 참가, 츠베타예바의 가족들을 만남.

1936. 유형 중인 만델쉬탐의 형기를 감형 받기 위해 경찰청을 방문, 경제적 도움을 줌. 모스크바를 방문한 앙드레 지드와 만남. 파스테르나크에 대한 작가동맹의 공격이 격화되자, 공식적인 문학 활동을 삼가, 모스크바 근교 페레젤키노로 옮겨 셰익스피어 작품 번역에 몰두.

1937. 부하린이 체포되고 야시빌로가 자살, 타비드제가 체포됨.

1938. 둘째 아들 레오니드 탄생.

1939. 소설 『지불트의 수기』 작업, 전쟁 중에 초고가 소실됨. 극장 공연을 위한 『햄릿』의 번역 중, 메이에르홀드가 체포되고 그의 아내가 사살됨. 츠베타예바가 정치적인 문제로 러시아로 돌아온 남편과 딸을 뒤쫓아 모스크바에 입국. 그녀의 남편과 딸이 체포됨. 『햄릿』이 초연됨.

1941. 번역서 『햄릿』 출간. 제2차 세계대전 발발로 가족들이 치스토폴로 대피. 전쟁을 피해 아들과 옐라부가에 대피했던 츠베타예바 자살.

1943. 브란스크 전선에 종군작가로 참전. 시집 『새벽 열차를 타고』 출간. 번역서 『로미오와 줄리엣』 출간.

1944. 번역서 『안토니오와 클레오파트라』 출간.

1945. 생전의 마지막 시집 『시와 서사시 선집』 출간. 번역서 『오델로』 출간. 영국에 체류 중이던 부친 사망. 영국의 외교관 이사야 벌린과 만남. 『닥터 지바고』 집필 시작.

1946. 출판사 <노브이 미르>에서 일하던 올가 이빈스카야(1912~1995)를 만남. 어려움에 빠진 지인들과 작가들에게 경제적 지원. 서정시 부문으로 노벨문학상에 거론되기 시작하자, 작가동맹 제1서기인 파데예프를 비롯하여 국내에서 맹렬한 비난과 공격이 시작됨.

1948. 번역서 『헨리 4세』 출간.

1949. 번역서 『리어왕』 출간. 이빈스카야가 체포됨.

1952. 전후 러시아 최고의 시인으로 꼽히는 보즈네센스키에게 『닥터 지바고』 원고를 건네줌. 심근경색으로 입원.

1953. 스탈린 사망. 그의 사후 흐루쇼프가 제1서기가 되면서, 스탈린 격하 운동이 일어나 정치범 복권이나 체제 비판이 제한적으로 허용되고, 정치적 분위기가 다소 온건해짐. 번역서 『파우스트』 발간.

1954. 노벨상 후보로 다시 언급됨. 소련 정부는 이에 반대하며 대신 1965년에 노벨상을 받게 되는 숄로호프를 추천. 잡지 <즈나먀>에 『닥터 지바고』에 수록될 시 10여 편 발표.

1956. 『닥터 지바고』 원고를 <노브이 미르>와 <즈나먀>에 보내고 밀라노의 출판업자 펠트리넬리에게 넘김. <노브이 미르>가 『닥터 지바고』의 출판을 거부함. 자전적 에세이 『사람들과 상황』 집필.

1957. 『닥터 지바고』가 이탈리아에서 이탈리아어로 먼저 출간됨. 뒤이어 각국의 언어로 출간됨.

1958. 노벨문학상 수상자로 선정됨. 소련 정부와 문학계는 파스테르나크를 맹비난하며, 작가동맹에서 그를 제명하고 수상 거부를 강요.

1959. 영국 신문에 시 『노벨상』을 발표하자, 자국에서 반역죄로 기소 당하고 외국인 만남이 금지됨. 마지막으로 그루지야를 방문.

1960. 희곡 『눈먼 마녀』 집필. 5월 30일에 페레델키노에서 사망. 그곳에 안장됨.

1988. 러시아의 <노브이 미르>에서 처음으로 『닥터 지바고』 출간됨.